SOMOS TODOS CULPADOS

KARIN SLAUGHTER

SOMOS TODOS CULPADOS

Tradução
Marina Della Valle

HarperCollins
Rio de Janeiro, 2025

Título original: *We Are All Guilty Here*

Copidesque	Fernanda Marão
Revisão	João Rodrigues e Naiara Chiquetto
Produção editorial	Mariana Gomes
Adaptação de capa	Osmane Garcia
Design de capa	Claire Ward/HarperCollinsPublishers Ltd
Imagens de capa	© Silas Manhood Photography Ltd
Diagramação	Abreu's System

Dados Internacionais de Catalogação na Publicação (CIP)
(Câmara Brasileira do Livro, SP, Brasil)

Slaughter, Karin
Somos todos culpados / Karin Slaughter; tradução Marina Della Valle. – Rio de Janeiro: HarperCollins Brasil, 2025.

Título original: We are all guilty here.
ISBN 978-65-5511-818-6

1. Ficção norte-americana I. Título.

25-277321 CDD-813

Índice para catálogo sistemático:
1. Ficção : Literatura norte-americana 813

Bibliotecária responsável: Eliete Marques da Silva – CRB-8/9380

Rua da Quitanda, 86, sala 601A – Centro
Rio de Janeiro/RJ – CEP 20091-005
Tel.: (21) 3175-1030
www.harpercollins.com.br

Para Kate e Kitty Sunshine, que passaram por maus bocados.

Se quer um final feliz, isso vai depender, é claro,
do momento em que você encerra a história.
Orson Welles, *The Big Brass Ring*, 1982

CAPÍTULO UM

Madison Dalrymple encostou o ombro no carvalho gigante e tentou não entrar em pânico. Cheyenne estava atrasada. Mais que atrasada. Não era assim que o plano deveria seguir. Tinham combinado de se encontrar no parque, debaixo do carvalho, até as oito da noite, no máximo. Mas já eram 20h20 e Cheyenne não tinha aparecido nem enviado mensagem. Também não respondia às ligações e mensagens de Madison, e a combinação de calor e ansiedade fazia a garota suar frio. A camiseta tinha grudado nas costas. O short estava enrodilhando no meio. O saco de maconha que tinha comprado do velho Pervertido estava quase assando no bolso da frente.

Talvez o encontro no parque tivesse sido má ideia, mas o pai de Madison não lhes havia dado muita escolha. No dia anterior, tinha dito, do nada, que toda a família passaria o aniversário dela no show de fogos de artifícios, como se fosse uma surpresa boa. Fazer quinze anos não era tão importante quanto dezesseis, mas ser arrastada para o parque com o pai, a madrasta e o meio-irmão chorão parecia mais uma punição que uma celebração. O lugar estava tomado de mosquitos e pernilongos. A comida era nojenta. O ponche parecia xarope para tosse. Havia pelo menos duzentas pessoas espalhadas pelo campo e brincando no lago enquanto esperavam os fogos de artifício começarem, e Madison odiava cada uma delas.

— Cheyenne — murmurou ela, passando os olhos por mullets e permanentes à la poodle. — Cadê você?

Pelo menos o sol estava se pondo. Às dez da manhã, a temperatura havia passado dos 37 graus. A água do lago parecia estar mais quente que a água do chuveiro. O protetor solar dela havia sido levado pelo suor horas antes. A pele fervia. Madison observou ondas de calor tremeluzindo no estacionamento no topo da colina. Carros se amontoavam nas vagas. Várias bicicletas haviam sido abandonadas ao longo da calçada e pela escadaria. As luzes tinham sido apagadas. O show de fogos de artifício estava prestes a começar. A cidade inteira agia como se o Quatro de Julho fosse extremamente importante, mas a verdade é que as pessoas mal sabiam a diferença entre a Constituição e a Declaração de Independência, e ainda se confundiram com a maioria das palavras de "The Star-Spangled Banner" quando a banda da escola a tocou.

Não passava de uma desculpa para comer e beber demais, uma forma de esquecerem que estavam presos naquela cidade de merda molhada e fedida.

Ela apertou o celular na mão. A madrasta já tinha ligado duas vezes a procurando, fingindo que se esforçava para que fossem uma grande família feliz, mas Madison sabia que Hannah só estava fazendo cena. Tipo, fingir que era sua mãe de verdade. Tipo, fingir que não a odiava em segredo. Pior, o pai de Madison continuava agindo como se a filha fosse o problema. A verdadeira mãe dela, esposa dele, tinha morrido havia apenas oito anos, mas ele queria fingir que ela nunca tinha existido.

— Merda — xingou Madison.

Não iria deixar Hannah estragar as coisas. Dessa vez, não. Ela verificou a hora no celular de novo. Cheyenne estava oficialmente 26 minutos atrasada. Madison respirou fundo, disse a si mesma que 26 minutos não eram grande coisa. Uma vez, Cheyenne tinha se atrasado uma hora, e um carro estranho a deixara em frente à casa de Madison. Não tinha sido um Mustang ou um Corvette, mas uma perua com aqueles adesivos de família feliz colados na traseira, desenhinhos representando uma mãe, um pai, dois filhos e um cachorro. Hannah não tinha visto o carro, mas se transformou em uma madrasta crítica quando viu o chupão no pescoço de Cheyenne, estreitando os olhos como quem diz "que puta".

— Madison?

— Que foi?! — gritou ela.

E começou a suar ainda mais quando percebeu que a mulher que a chamara era a melhor amiga de longa data de Hannah. Emmy Clifton-Lang também era policial, o que adicionava uma camada extra ao pânico.

— Você parece meio tensa — disse Emmy. — Está tudo bem, aniversariante?

— Está, sim. — Madison se segurou antes de apertar o saco de maconha no bolso. — Tudo bem.

— Você não parece bem. Está bebendo água suficiente?

Emmy tirou o chapéu. Ela tinha cabelo enrolado, mas o usava preso em um coque como uma senhora idosa, embora ela e Hannah tivessem feito trinta anos um mês antes.

— Aqui fora está mais quente do que parece.

— Eu sei — disse Madison. Aquela mulher achava que ela era idiota, por acaso? — É por isso que estou debaixo de uma árvore. Na sombra. Sozinha.

Emmy não percebeu a insinuação e apoiou a mão na árvore.

— Sabe aquele ditado? Quem se concentra nas árvores não vê a floresta?

Madison revirou os olhos. Ultimamente, tudo o que as pessoas faziam era lhe dar conselhos que não tinha pedido.

— O que é que tem?

— Às vezes a gente acha que sabe com quem está lidando e não percebe que a pessoa talvez não seja a melhor opção. — Emmy deu de ombros. — Às vezes, não vemos a situação como um todo porque estamos muito concentradas em coisinhas como se divertir, sair de casa escondido e fazer coisas que sabemos que não deveríamos fazer. Então, de repente, um dia, a conta chega.

— Deus — grunhiu Madison.

Ela sabia exatamente de onde viera a ladainha "Cheyenne Baker é uma má influência".

— Mande a Hannah cuidar da vida dela, tá? Ela pode parar de mandar pessoas virem falar comigo. Eu vou vazar dessa cidade de merda o mais rápido que conseguir.

— Fiquei sabendo — disse Emmy. — Mas ainda falta muito para a faculdade. Muita coisa pode acontecer em três anos.

— Claro.

Madison não iria contar a verdade. Se o plano desse certo, tudo o que ela e Cheyenne teriam que fazer seria esperar dois meses, então se mudariam para Atlanta e nunca mais teriam que lidar com pessoas lhes dizendo o que fazer.

— Posso levar você para conhecer Mercer, se quiser — ofereceu Emmy. — O campus é lindo. Adorei estudar lá. Conheci ótimas pessoas.

Madison revirou os olhos de novo.

— Não me importo com a faculdade, certo?

— Talvez ainda não... Mas você vai ficar lá em casa para cuidar de Cole no fim de semana que vem, certo? Por que não chega antes? Podemos conversar...

— Estou atrasada. — Madison tirou toda a emoção da voz. — Eu tinha combinado de encontrar Cheyenne na barraca de doces dez minutos atrás.

— Tudo bem, deixa eu falar só mais uma coisinha, então, por favor. — Emmy pegou a mão de Madison, o que era estranho, e a apertou. — Quero que você saiba, e você já deveria saber, que Hannah realmente a ama.

O coração de Madison disparou. Ela sentiu o calor das mãos de Emmy e sentiu uma vontade inexplicável de chorar.

— Ela a viu crescer. — Emmy sorriu. — Nós duas vimos. Nós duas amamos você.

Madison engoliu o nó na garganta.

— Dane-se.

Ela puxou a mão, deixando Emmy sozinha com o coque de velha, o sorriso idiota e o filho idiota que ainda assistia a desenhos animados para bebês, embora já tivesse onze anos.

Madison esperou chegar às arquibancadas para limpar o nariz com as costas da mão. Ela verificou as horas no celular de novo. O pânico voltou a invadi-la. Cheyenne estava oficialmente 31 minutos atrasada. Madison tinha entendido errado? Era para elas terem se encontrado em casa?

Ela balançou a cabeça de um lado para o outro, alguma coisa não estava certa. Não tinha entendido errado. Tinham repassado o plano dezenas de vezes, tinham até percorrido a rota com um cronômetro e depois decidido pegar as bicicletas, porque parecia mais seguro cortar caminho pelas estradas de terra em vez de ir pelo centro da cidade, onde algum intrometido poderia avistar Cheyenne e estragar seu álibi.

Madison mal via a hora de contar à amiga que tinha mentido na cara de Emmy. Elas não iriam se encontrar na barraca de doces. O ponto de encontro era debaixo do carvalho, depois voltariam de bicicleta para a casa de Cheyenne, onde pegariam emprestado o carro do pai dela e beberiam um pouco de uísque, então dariam uma volta pela cidade enquanto todos os idiotas assistiam aos fogos de artifício. Ela tinha pensado nisso tantas vezes que parecia que já tinha acontecido: o Jetta novinho do sr. Baker voando a mais de 160 quilômetros por hora no trecho que passava pela rua principal, Madison se erguendo pelo teto solar, braços abertos, o ar balançando seu cabelo e Rihanna tocando nos alto-falantes.

Dois meses. Era nisso que Madison precisava pensar. O plano daria certo. Elas iriam sair dali. A ideia sairia do papel. Só precisavam esperar até setembro. Pegariam carona para Atlanta, ficariam em uma suíte no Ritz Carlton, comprariam ingressos VIP para o Music Midtown, conheceriam uns caras mais velhos que as levariam para clubes, e provavelmente acabariam casadas com jogadores de futebol e morariam em mansões.

Pelo menos essa era a previsão de Cheyenne, e, assim como era desde o ensino fundamental, estava levando-a a tiracolo — o que estava longe de ser um problema para Madison. Ela nunca tinha sido popular, nunca havia se encaixado, sempre tinha sido nerd demais ou estranha demais. Então o pai de Cheyenne conseguiu um emprego na fábrica e se mudou com a família para Clifton, e a vida de Madison se transformou da água para o vinho. Antes disso, ela nunca tinha se metido em problemas, chamado atenção, sido malcriada, usado maquiagem, e muito menos sido beijada por um garoto.

Era quase como se estivesse morta.

Somente Cheyenne conseguira trazê-la à vida. Ela sabia como se divertir e, apesar do que Emmy Coque de Velha tinha insinuado, sabia como se safar. Cheyenne mostrou a Madison como fazer biquinho, usar voz de menininha e se fingir de burra para que os homens se sentissem grandes, fortes, protetores e, assim, fizessem tudo o que ela quisesse.

Esse era o truque secreto de Cheyenne: ir atrás de homens.

Os garotos da idade delas eram esquisitos e idiotas. Não sabiam o que elas queriam nem tinham como conseguir qualquer coisa. Os homens eram diferentes. Eles escutavam. Prestavam atenção ao que ela queria, compravam coisas, faziam com que se sentisse especial, a elogiavam, ficavam gratos quando ela aparecia, nunca reclamavam se estava atrasada ou de mau humor. Cheyenne disse que até o sexo com eles era melhor, mas Madison não tinha tanta certeza disso. Nunca tinha transado de verdade, só fizera algumas coisas com as mãos, mas, na maioria das vezes, era chato e pegajoso, não era nem de perto tão excitante quanto Cheyenne fazia parecer.

— Vamos, Shy — sussurrou Madison. — Onde você se enfiou?

Alguém esbarrou nela. Um bando de crianças em trajes de banho molhados seguia em direção às mesas de comida. Ela olhou para o céu. A luz tinha diminuído, como se alguém tivesse desligado o sol e, de repente, anoitecia. Fumaça saía das grelhas em que os cachorros-quentes e hambúrgueres tinham sido preparados. As senhoras da igreja colocavam cupcakes com velas de faíscas nas mesas e guardavam saladas de batata pegajosa e caçarolas de vagem. Madison caminhou até a frente das arquibancadas e olhou para o mar de pessoas que se estendia até o lago, procurando o cabelo escuro e espetado de Cheyenne.

Tudo o que viu foi o velho xerife Gerald Clifton ocupando muito espaço no monte de cobertores que a esposa havia estendido ao amanhecer para reservar os melhores lugares. Bem no meio do campo. Não muito perto do lago nem muito longe dos banheiros químicos. Todo mundo se aproximava do xerife como se ele fosse da realeza, o que talvez fosse verdade, já que o condado inteiro tinha sido nomeado em homenagem ao tataravô dele. Emmy era uma das subdelegadas. A esposa dava aulas no ensino fundamental. O filho dava aulas no ensino médio. O irmão comandava a fábrica. A irmã de duzentos anos tocava órgão na Segunda Igreja Batista. Havia toneladas de Clifton por todo o condado, primos, tios-avôs e muitas tias. O pai de Madison brincava que todos que não eram Clifton trabalhavam para os Clifton ou tinham sido presos por eles.

Um pensamento repentino e sombrio fez Madison ficar enjoada.

Talvez o falatório idiota de Emmy sobre florestas e árvores tivesse sido uma alusão a algo específico.

Talvez Cheyenne tivesse sido apreendida. Talvez estivesse na prisão.

Madison, em frenesi, virou-se para a multidão e viu Emmy falando com o marido. Parecia mais que estava gritando. Apontava o dedo para o peito de Jonah como se quisesse esfaqueá-lo. Havia um segundo policial em algum lugar. A garota girou em círculo, desesperada para encontrar o outro subdelegado. Suspirou quando avistou Brett Temple parado perto da longa fila para os banheiros químicos. Até ela poderia dizer que ele não estava fazendo um bom trabalho. Em vez de se atentar a possíveis problemas, brincava com a aba do chapéu. Então visualizou uma faixa vermelha brilhante na parte de trás do pescoço do policial, uma queimadura de sol.

Ela soltou outro suspiro lento para tentar se acalmar. Estudou a massa de pessoas de novo, dessa vez procurando Cheyenne. Ainda sem sinal dela, mas Hannah brotou no meio da multidão. Observava algumas crianças comendo cupcakes, provavelmente a procurando para tirar uma foto de família perfeita para postar no Facebook.

A menina sentiu os lábios se torcerem em um sorriso enquanto se escondia atrás do velho sr. Singh, da loja de ferragens. Hannah usava uma blusa listrada encharcada de suor. Os mamilos estavam salientes como borrachas de lápis, o que Cheyenne teria achado hilário, já que era Hannah quem sempre dizia que a menina exibia muito o corpo.

Ela olhou para o celular. Trinta e nove minutos de atraso. Estava demorando muito. Cheyenne tinha dito que o plano não era perigoso, mas isso não era verdade. Não se mexe com as pessoas e espera que elas aceitem caladas. Ainda mais o tipo de pessoa com quem estavam mexendo.

Sem pensar, Madison procurou Emmy de novo. Era difícil não a ver no uniforme marrom-merda. A briga com Jonah havia acabado. A subdelegada subia a colina em direção às arquibancadas. A cabeça baixa. A aba larga do chapéu escondendo o rosto. Os punhos cerrados. As pessoas a olhavam, cochichando sobre a briga com Jonah.

Era assim que as coisas funcionavam em North Falls: todo mundo se metia na vida dos outros. Não havia uma pessoa na cidade que não conhecesse toda a história da vida de Emmy, desde o nascimento até estar presa com aquele irmão ridículo. Sabiam sobre ela ter representado a escola no concurso estadual de soletração, ido para a faculdade, casado-se com o namorado do fim do ensino fundamental, dado à luz um filho, aceitado o emprego na delegacia do xerife e realmente acreditado que o marido fracassado viraria um músico famoso quando todos sabiam que ele passava a maior parte do tempo fumando maconha no sofá da casa que a esposa bancava.

Cheyenne sempre dizia que Emmy era bonita demais para acabar sendo policial, mas a questão é que ela era boa no que fazia. Não era como o pai, que dedurava a pessoa para os pais se a visse em algum lugar que achava que não deveria estar. Ou Brett Temple, que sentia um prazer genuíno em ser um babaca. Emmy pegara Madison fumando cigarro uma vez, então lhe disse que apagasse, e só. Não contara a Hannah, ou passara na loja do pai dela para uma conversa, o que teria sido fácil porque era bem em frente à delegacia.

Ou seja, Emmy era de confiança.

Madison apertou as mãos enquanto a esperava no topo da colina. Tentou pensar em uma história. Algo próximo à verdade, mas não tão próximo. Algo que não criasse problema para elas, porque achava que talvez, provavelmente, estivessem muito encrencadas. Ou, pelo menos, Cheyenne estava, porque ela poderia se atrasar para muitas coisas, mas não havia como se atrasar para aquilo. Elas tinham praticado. Tinham planejado para todos os possíveis imprevistos. A única explicação era que algo ruim tinha acontecido.

Emmy levantou a cabeça bem quando Madison estava para abrir a boca.

— Agora, não.

A voz de Emmy saiu entrecortada. Os olhos estavam cheios de lágrimas. O nariz estava vermelho, mas não por causa do sol.

Madison não teve opção a não ser sair do caminho. Seguiu Emmy com os olhos por trás das arquibancadas, viu-a cortar a fila para um dos banheiros químicos, então entrar e fechar a porta.

— Merda — murmurou Madison.

E agora?

Ela viu o subdelegado Temple brincando com o chapéu. Ele era a última pessoa a quem pediria ajuda. Não era só um babaca. Era cruel.

Madison olhou para o céu, como se pudesse encontrar a resposta lá. O sol havia diminuído mais alguns watts. As estrelas eram pontos de luz fracos. Olhou para o velho carvalho. Não havia ninguém lá. Deixou o olhar percorrer a multidão até o lago. Banhistas saíam, secavam-se, iam em direção a seus lugares na colina. Logo ficaria escuro. Havia uma sensação de expectativa no ar. Todos estavam prontos para ver os fogos de artifício.

Ela olhou as horas. Quarenta e sete minutos de atraso. Cheyenne não chegaria. Algo tinha dado errado.

Madison precisava ir atrás da amiga.

Enquanto subia a escadaria em direção ao estacionamento, sentia que tinha um propósito. Havia luz suficiente para conseguir encontrar a bicicleta. Ela a carregou pelo restante da escada até a calçada, então a empurrou pelo caminho, passando o olho pelo estacionamento para o caso de Cheyenne ter topado com algum cara com uma garrafa ou um bong. Os carros estavam estacionados tão perto um do outro que mal dava para passar entre eles com a bicicleta, então precisou seguir na calçada paralela à primeira fileira.

Madison precisava de um plano.

Levantaria a bicicleta e a passaria sobre a fita amarela, cujo propósito era impedir as pessoas de entrarem de carro no campo de futebol ao lado do estacionamento. Desceria a colina, pegaria a rua Long, depois viraria à esquerda na Carver, aí cortaria pelo gramado com o laguinho para chegar às estradas de terra. Essa era exatamente a rota inversa à que Cheyenne deveria fazer. Talvez o pneu da bicicleta dela tivesse furado. Talvez ela tivesse tomado alguma coisa e estivesse chapada demais para fazer qualquer coisa além de ficar deitada de costas olhando o céu.

Madison estava prestes a montar na bicicleta quando o primeiro clarão crepitante irrompeu. O show de fogos de artifício tinha começado. Estavam instalados no lado oposto do lago, longe da multidão. Ela ouviu um assobio baixo, viu uma única linha branca brilhante subir queimando no céu noturno, então a viu explodir em mil pontos. Palmas e gritos ecoaram enquanto as faíscas chiavam e sibilavam como pequenas cobras, para depois se apagarem lentamente.

Houve um breve interlúdio. Então outro estalo. Outro assobio baixo. Outra linha de fogo explodindo em uma esfera de azuis e brancos rodopiantes, as cores da mascote da escola. A multidão aplaudiu quando um terceiro rojão explodiu, soltando um zumbido alto enquanto girava no formato de um rosto sorridente.

Madison se esqueceu de todas as preocupações por um momento. Era impossível não se sentir maravilhada. Quando era pequena, na época em que a mãe ainda estava viva, antes de Hannah invadir a vida deles, a família passava todo Quatro de Julho assistindo aos fogos junta, só os três. A mãe empacotava um bolinho e sorvete de chocolate para o aniversário de Madison. O pai a levava para nadar no lago. Quando o show de fogos começava, colocava o braço em volta de Madison para que ela não se assustasse, então falava o nome de cada tipo de fogo de artifício: o *crossette*, em que as estrelas se dividiam em quatro e se cruzavam. O diadema, com as estrelas fixas no centro. O anel, com o formato de halo e rostos sorridentes. O longo cilindro de uma candela romana, ou a torta de quase mil disparos que era meia dúzia de candelas romanas combinadas. Então havia as plantas e flores: o chorão e a peônia, e seu favorito, o crisântemo; todas explosões coloridas de tirar o fôlego.

E ainda a deixavam sem fôlego.

Madison enxugou os olhos, irritada consigo mesma por chorar. Ela dissera a Hannah que estava velha demais para fogos de artifício, mas a verdade era que sentia falta da sensação do pai colocando o braço em volta de seus ombros, puxando-a para perto e a fazendo se sentir segura. Cada *ooh* e *aah* da multidão, cada estrondo tão alto que sacudia o fundo da garganta, lembrava Madison de tudo o que tinha perdido.

Em meio à tristeza, mal registrou o carro que entrava no estacionamento. A vista levou um tempo para se ajustar. Os faróis estavam apagados, e ela não enxergava o motorista enquanto o carro descia a primeira fileira. Ele não iria parar. As luzes de freio permaneceram apagadas quando a frente bateu no meio-fio e atravessou a fita amarela de advertência. Só quando outra explosão de luz iluminou o campo em toda a sua glória esverdeada foi que percebeu o que via.

Cheyenne!

Finalmente, graças a Deus, estava lá.

O grito de alívio de Madison se transformou em uma risada assustada. Cheyenne iria dirigir o precioso Jetta novo do pai pelo campo de futebol. Havia enfiado a notável bicicleta azul néon no porta-malas. As estrelinhas rosa-choque balançavam nas manoplas do guidão. Os sinalizadores brilhavam como luzes de árvore de Natal. O porta-malas não tinha sido amarrado direito e acabou abrindo quando o pneu traseiro atingiu o meio-fio e fechou de volta na bicicleta com tanta força que Madison conseguiu ouvir o som de metal mesmo com os chiados de um fogo de artifício de peônia amarela queimando.

— Shy!

Madison disparou com a bicicleta, curvada sobre o guidão, perseguindo o carro. Viu as luzes de freio brilharem quando Cheyenne se aproximou do centro do campo de futebol. Madison não teve coragem de abrir mais um rasgo na fita de advertência, então foi correndo até o local que Cheyenne já havia rasgado. Sentiu os dentes baterem quando a bicicleta passou pelo meio-fio. Sem querer, acabou mordendo a bochecha. A euforia era tanta que mal registrou a dor.

Típico de Cheyenne. Ela obviamente tinha mudado o plano sem avisá-la. Decidiu pegar o Jetta e o uísque e *só então* encontrá-la no parque. O que fazia muito mais sentido. Deviam ter pensado nisso antes. Por que voltar, quando Cheyenne poderia passar na casa dela a caminho do parque?

O carro parou na beira do campo, apontando para um monte de árvores. Madison ouvia o motor funcionando em ponto morto. Começou a chorar de novo, dessa vez de alívio. Enfim podia admitir como se sentira aterrorizada. Cheyenne tinha dito que o plano seria fácil, mas nada era fácil. Especialmente quando a amiga estava envolvida. Ela pressionava as pessoas até o limite. Madison tinha visto acontecer mais vezes do que se poderia imaginar. Discutindo com um professor, irritando o diretor, gritando com um balconista, gritando com a mãe, com o pai e com a irmãzinha de tal forma que certa vez, e não deve ter sido a única, a mãe deu um tapa em Cheyenne para que ela se calasse.

— Shy! — gritou Madison mais uma vez, mas sua voz se perdeu no *pop-pop-pop* de um fogo de artifício crisântemo desabrochando em roxo, verde e branco vivos.

Ela largou a bicicleta no chão e correu os últimos metros. Os *pops* constantes eram tão altos que os sentia estalar nos dentes. A luz estroboscópica fazia cada movimento parecer entrecortado. Ela estendeu a mão e encontrou apoio no pneu traseiro da bicicleta de Cheyenne. A corrente havia escorregado, dependurada nos raios como uma pulseira descartada.

A noite ficou escura.

O crisântemo tinha se extinguido. No silêncio, Madison ouviu a intensidade da própria respiração — uma puxada de ar, depois outra, depois outra — antes que o assobio seguinte a abafasse, o zumbido tão alto que ecoou em seus tímpanos. Ela se virou para o lago, observando as duas trilhas de luz que subiam rapidamente na escuridão, os reflexos duplos espelhados na superfície da água. Então ouviu a cascata de *bums*. Depois viu as explosões de grandes gavinhas caindo na forma de duas palmeiras enormes.

O rugido da multidão desapareceu. O estalo e o chiado, o sibilo e a crepitação.

Houve outro som. Fraco, mas presente. Muito mais próximo que a multidão. Quase mais próximo que a inspiração intensa da própria respiração.

Um gemido.

Madison olhou dentro do porta-malas do carro. A luz brilhante das palmeiras destacou cada detalhe. O quadro azul néon da bicicleta. A roda traseira torta. A corrente solta. A lona azul forrando o porta-malas. O cordão de varal esticado mantendo-o fechado.

O terror nos olhos de Cheyenne.

— Ah — sussurrou Madison.

Aquele não era o Jetta do sr. Baker.

O céu escureceu. Outro interlúdio.

Madison ficou cega por um instante, mas ainda via Cheyenne no porta-malas. Presa sob a bicicleta. Olhos arregalados. Aterrorizada. Não havia tempo para pensar, apenas para agir. Madison arrancou a bicicleta, jogou-a no chão, agarrou o braço de Cheyenne e tentou ajudá-la.

Outro assobio baixo. Outro rastro de fogo. Outra explosão de luz deslumbrante.

Madison congelou, a mão ainda enrolada no braço de Cheyenne enquanto a verdade se revelava em cores aterrorizantes. Cortes vermelho-vivo. Sangue seco de tom enferrujado. Pontos rosados salpicando o branco dos olhos de Cheyenne. A boca tampada com fita adesiva. O nariz parecendo quebrado. A blusa rasgada. Mais sangue escorrendo pelo peito, acumulando-se em cima do sutiã. Os pulsos atados. As pernas puxadas para cima. Os tornozelos amarrados. Cheyenne gritava por trás da fita, contorcendo-se para sair, pedindo para Madison se apressar, para, por favor, ajudá-la.

Foi nesse momento — não um interlúdio, mas um eco — que Madison se lembrou do que Emmy lhe dissera antes.

Quem se concentra nas árvores não vê a floresta.

Não se preocupe com Cheyenne amarrada dentro do porta-malas. Preocupe-se com quem a colocou lá.

A explosão seguinte foi tão alta que Madison sentiu os dentes doerem, seguido de um aperto na mandíbula, uma contração dos músculos, uma sensação de medo percorrendo o corpo. Os clarões brilhantes de um crisântemo incendiaram o céu.

Madison se virou. Ela viu o rosto do homem, e depois...

Escuridão.

CAPÍTULO DOIS

EMMY ABRIU A PORTA do banheiro químico e inspirou o ar quente e úmido. Seus ouvidos ainda zumbiam. O show de fogos de artifício havia terminado com explosões suficientes para encher uma zona de guerra. Sentia o cheiro de pólvora e enxofre misturados ao fedor de suor e álcool velho enquanto o público começava o lento processo de reunir cobertores e caixas térmicas, procurar crianças pequenas e tentar lembrar onde tinham estacionado. Lanternas foram acesas. A iluminação dos postes começou a voltar. Primeiro no estacionamento perto do campo de beisebol, depois no do topo da colina. Então as luzes atrás das arquibancadas, em seguida perto do lago. Então o clima mudou quando as pessoas lembraram que o Quatro de Julho cair em uma quarta-feira significava que todos precisavam se levantar cedo para trabalhar na manhã seguinte.

— Boa noite, Emmy! — gritou alguém.

— Cuide-se — disse outro.

Emmy se forçou a sorrir enquanto fechava a porta atrás de si. Em retrospecto, esconder-se em uma caixa de plástico cheia de mijo e merda que tinha assado sob um sol ingrato por doze horas não tinha sido uma de suas melhores ideias. Mas ainda era melhor do que a ideia de confiar em Jonah Lang para fazer algo tão simples quanto cuidar do filho de onze anos deles.

— Eu conheço esse olhar.

Brett Temple sorria enquanto girava o chapéu entre as mãos. A parte de trás do pescoço rosado exibia um clássico bronzeado caipira.

— O que ele fez agora?

— Disse que não ia ser *babá* de Cole.

Brett pareceu não entender, então ela esclareceu:

— Não é ser babá quando é seu próprio filho.

— É brincadeira, né? — Vanna, a mulher grávida de Brett, intrometeu-se na conversa. O vestido roxo manchado de suor se enrodilhava sobre a barriga dela como um lençol de elástico em um puteiro. — Você não vai ser assim, vai, amor?

Brett olhou para Vanna e mentiu na cara dura:

— Claro que não, querida.

Emmy precisou desviar os olhos enquanto eles se beijavam. Ela estudou a multidão. Sentiu uma culpa incômoda por ter ignorado Madison, a garota claramente queria conversar.

— Vocês viram Madison Dalrymple?

— Qual delas é essa? — perguntou Brett.

— A gorda — respondeu Vanna.

Emmy tensionou a mandíbula.

— Ela não é gorda.

— Bem, ninguém a chamaria de magrela. — Vanna riu enquanto olhava para Brett como um basset hound apaixonado. — Madison anda por aí com aquela encrenqueira boca-suja, Cheyenne Baker. Lembra, você a levou para a delegacia semana passada.

— Cheyenne Baker. — Brett começou a assentir. — Furtou um saco de bombons da Good Dollar. Mas jogou fora antes que eu a pegasse.

— A psicopatinha provavelmente estava colocando fentanil neles — disse Vanna, com grande autoridade. — Não seria má ideia mandá-la para a prisão desde já. Ela vai acabar lá de qualquer jeito.

— Ei. — Emmy tentou manter o tom uniforme. — Ela ainda é uma criança.

— Uma criança má — retrucou Vanna. — E digo mais, Hannah é uma santa por aguentar Madison. Ela deveria mandar a garota para uma daquelas escolas onde pegam a criança no meio da noite e jogam no deserto em algum lugar em Utah. Tirá-la da área de influência de maus elementos.

Emmy ficou pasma com a crueldade gratuita.

— Hannah ama Madison como filha.

— Mais uma razão para fazer isso. É para o bem dela, sabe? — Vanna esfregou a barriga redonda como se o *filho dela* jamais fosse causar problemas. — Senhor, estou quase parindo. Emmy, o final da sua gravidez foi tão difícil assim?

— Pra falar a verdade, não. Eu me sentia ótima. — Emmy imaginou que a insônia, a dor nas costas, quatro cáries e ter que carregar uma calça extra para quando inevitavelmente se mijasse fossem fichinha perto de deslocar a pélvis, perder dois litros de sangue e vomitar horrores durante o parto. — Mal lembro.

Vanna abriu um sorriso enorme e irritante.

— Bebês são um milagre de Deus.

— E como...

Brett perguntou a Emmy:

— Onde viu Madison pela última vez? Posso ajudar a procurá-la.

— Não precisa. — Emmy imaginou que fosse lá o que deixara Madison tão desesperada a ponto de querer conversar já devia ter se resolvido. — Falo com ela mais tarde.

Brett lhe lançou um olhar cauteloso. Emmy deu de ombros. Não tinham tempo ou recursos para lidar com uma garota de quinze anos em um ataque de raiva. Centenas de pessoas tentavam ir embora ao mesmo tempo e só havia uma estrada para entrar e sair do parque. Os carros na colina estavam espremidos como sardinhas. Nos dois pequenos estacionamentos perto do campo de beisebol, os carros estavam estacionados em fila dupla. Adicione a isso o calor e o álcool, e as chances de que alguém fosse precisar de uma carona para o hospital antes que o turno deles terminasse eram altas. O tempo para ficarem parados conversando havia acabado.

Ela perguntou a Brett:

— Qual você quer: guarda de trânsito ou árbitro?

— Hum, trânsito. Levei um soco no rosto da última vez que arbitrei — respondeu.

Vanna o beliscou no rosto.

— Você respondeu à altura, não foi, amor?

Emmy ignorou a maneira como Vanna o paparicava com uma voz boba e ofegante. A mulher era apenas cinco anos mais nova que ela, mas ainda agia como adolescente. Isso mudaria em alguns meses, quando estivesse passando dias sem dormir e Brett estivesse fazendo turnos duplos porque o risco de levar um tiro durante uma abordagem ainda era melhor do que lidar com um bebê gritando.

— Chame no rádio se precisar de mim — disse Emmy.

Ela colocou o chapéu de volta na cabeça enquanto caminhava em direção à massa cambaleante de pessoas, descendo a colina enquanto todos os outros tentavam subir. Emmy estudou os rostos, tentando descobrir quem tinha bebido demais, quem causaria problemas, quem precisava de uma escolta de volta ao carro e quem estava apenas irritado pela demora para chegar ao estacionamento.

Essa parte pressagiadora do policiamento era algo que não podiam ensinar na academia. Emmy estava no cargo havia seis anos e finalmente desenvolvera o instinto de policial. Às vezes era desencadeado por uma explosão de som repentina, ou até mesmo pelo silêncio absoluto, mas, na maioria das vezes, não era mais que uma mudança sutil no ar, uma espécie de carga estática que ela sentia na pele e que lhe dizia que algo terrível estava prestes a acontecer. O pai dela chamava isso de comichão, e Emmy imaginava que um homem que servia na delegacia desde que Eisenhower estava na Casa Branca poderia chamar do que quisesse. Se Emmy conhecia a cidade como a palma da mão, o pai a conhecia como as artérias do coração.

O Condado de Clifton, na parte sudoeste do estado da Geórgia, tinha uma população de quase vinte mil pessoas. Menos de mil delas vivia na sede do condado, North Falls. A maior das quatro cidades era Verona, onde ficava a fábrica de autopeças. Ocmulgee era conhecida por suas lojas de ponta de estoque ao longo da US 19, e Clayville tinha uma das maiores escolas vocacionais do estado, responsável por alimentar a fábrica com mão de obra qualificada. Tanto North Falls quanto Verona eram banhadas pelo rio Flint, que começava abaixo do aeroporto de Atlanta e fluía pela parte inferior do estado até o oeste da Flórida, onde por fim desaguava no golfo.

Embora, pelo tamanho, as três cidades maiores devessem ter os próprios quadros policiais, a delegacia do xerife atendia North Falls, já que contava com dezesseis colaboradores, o que fazia sentido. O fórum ficava no centro da cidade. Os subdelegados eram responsáveis pela prisão e pelo transporte de prisioneiros e também delegavam policiais às escolas, realizavam tarefas de patrulha, auxiliavam nas investigações em todo o condado e faziam controle de multidoes durante eventos públicos, e era por isso que Emmy e Brett estavam no parque.

Havia uma celebração muito maior do Quatro de Julho nas margens do Flint, mas North Falls sempre fazia a própria. O dinheiro estava lá. As pessoas que administravam o condado estavam lá. Em uma região onde qualquer forasteiro era suspeito, North Falls tinha uma desconfiança particular de qualquer coisa que não nascesse e fosse criada dentro dos limites de 77 hectares da cidade.

Era por isso que a maioria dos rostos que Emmy via na multidão era reconhecível. Do mercado, do centro da cidade, da academia, da lanchonete, do salão de cabeleireiro no porão de Peggy Ingram. Alguns sorriam quando a viam. Outros faziam cara feia. E havia os intrometidos, que olhavam sem nem disfarçar porque tinham visto a briga com Jonah e queriam saber a fofoca.

Emmy olhou para o celular como se tivesse acabado de receber uma mensagem muito importante. A porcaria ficara vibrando no bolso pela última hora, mas ficou feliz por ignorar. Havia seis chamadas perdidas de sua tia insana, provavelmente reclamando de bêbados nadando em seu laguinho ou de vagabundos roubando amoras silvestres da cerca.

Sua prima Taybee havia enviado uma mensagem de texto para todas as primas, sugerindo um almoço de domingo colaborativo na imensa fazenda da família.

Ela tinha escrito "proibido para meninos", o que resultou em uma prima imediatamente acusando-a de sexismo. Três outras primas contornaram a possível briga e perguntaram o que levar. Uma quarta havia enviado mensagem no privado para Emmy e lhe dito que não iria porque ainda não estava falando com Taybee. Outra também havia enviado uma mensagem no privado para sugerir um jantar alternativo em um restaurante onde haveria pessoas para servi-las e ninguém precisaria cozinhar. E então Taybee havia enviado uma mensagem no privado , perguntando a Emmy se ela tinha ouvido falar "desse jantar alternativo".

Uma gota de suor caiu da ponta do nariz de Emmy e acertou a tela.

Ela não se envolveria no drama da prima de jeito nenhum, especialmente com Taybee, uma advogada rica de merda que lidava com cada disputa como se estivesse interrogando um assassino em série. Emmy desceu a lista e encontrou uma mensagem de Jonah. Ele tinha enviado uma foto como uma espécie de oferta de paz: Cole tomando sorvete com cobertura de chocolate, o que era ótimo, porque todo garoto de onze anos deveria ingerir meio quilo de açúcar antes de dormir.

Emmy soltou um suspiro pesado. Não tinha forças para brigar com Jonah de novo, então mandou uma mensagem com um rosto sorridente e colocou o celular de volta no bolso. Deveria trabalhar, em vez de ficar se preocupando com o casamento. Ajustou o cinto de serviço, que, entre arma, munição extra, spray de pimenta, rádio, lanterna, arma de choque, bastão, canivete multifuncional e chaves, pesava uns três mil quilos. Tirou o chapéu e enxugou a testa com o braço.

Deus do Céu, como fazia calor.

A pele estava pegajosa. O cabelo parecia ter sido pintado com spray direto no couro cabeludo. O colete à prova de balas debaixo do uniforme havia se transformado na lixa mais pesada do mundo, e o aro do sutiã cutucava as costelas. Para piorar, estava com uma dor de cabeça latejante. Tinha dito a Madison para beber um pouco de água, mas não seguira o próprio conselho.

Madison.

Não havia barraca de doces. Nem sinal de Cheyenne. Emmy havia absorvido de Hannah uma espécie de preocupação discreta com as duas garotas que eram assunto de muitos telefonemas noturnos e dos encontros etílicos no Clifton Biergarten. Madison sempre fora influenciável. Cheyenne era o tipo de adolescente que tornava a vida interessante e emocionante. Emmy entendia o fascínio. Quando tinha a idade delas, todas as pessoas, os lugares e as coisas a enchiam de um tédio mortal. Era uma das muitas razões pelas quais havia se apaixonado por Jonah com tanta força.

E veja no que deu.

— Em?

Hannah estava subindo a colina. Como todo mundo, parecia estar morrendo de calor, suada e pronta para cair fora.

— Então, Jonah.

Emmy revirou os olhos com tanta força que quase vislumbrou uma dimensão alternativa. Hannah não estava pedindo detalhes. E sim compartilhando a angústia existencial de ser casada com um homem decepcionante.

— Sinto muito. — Hannah apertou o braço dela em solidariedade, mas não a abraçou porque estava quente demais. — Você falou com Madison?

— Foi exatamente como você disse que seria.

Emmy não podia dizer que não tinha sido avisada. Hannah andava na corda-bamba entre adulto que se importava e *madrasta do mal* havia cinco anos.

— Desculpa, eu juro que tentei.

— Obrigada — disse Hannah. — Nossa, é esquisito. Quanto mais ela me trata mal, mais a amo.

Era impossível para Emmy não sentir o mesmo. Elas eram melhores amigas desde o jardim de infância e se viam ou conversavam quase todos os dias desde então. Seu amor por Hannah havia sido facilmente transferido para a garota complicada que a amiga amava.

— Nós nunca fomos assim, certo?

— Claro que não, éramos perfeitas. — Hanna fez um gesto com a cabeça na direção das arquibancadas. — O que Tinky-Winky tinha a dizer?

Emmy soltou uma risada. Vanna parecia muito um Teletubby com aquele vestido roxo.

— Bebês são um milagre de Deus.

— Ela vai se cagar inteira quando aquela coisa sair dela.

Emmy pressionou os lábios para não rir de novo.

— Daqui a dez anos, ela vai estar no Walmart, vai espirrar muito forte e o útero dela vai cair entre as pernas como o badalo de um sino — disse Hannah.

— Isso é muito específico.

— Aconteceu com a amiga da minha tia Barb.

— Aquela com a verruga?

— Merda, preciso ir.

Emmy observou Hannah sair correndo atrás do marido. Paul havia bebido o dia todo, consolando-se por Madison ter se recusado a comemorar o aniversário com a família. O pobre homem mal conseguia andar em linha reta, ainda mais com o filho de dois anos a tiracolo. As bochechas de Emmy arderam em empatia quando viu o olhar envergonhado no rosto de Hannah.

— Emmy Lou?

O tom de barítono profundo do pai cortou o ruído branco da multidão. Ela colocou o chapéu de volta e caminhou em direção a ele.

Emmy tentou não pensar muito a respeito da nova aspereza na voz dele. Gerald Clifton tinha feito 74 anos em janeiro e, de repente, para o choque de todos, o pai forte e capaz começara a se desgastar. Joelhos ruins. Dor nas costas. Artrite nas mãos. Até mesmo a maneira como ele tossia havia mudado de uma explosão rápida e curta para um resmungo de som irregular.

A mãe dela não estava muito melhor. Myrna tinha sido levada às pressas para Atlanta quatro anos antes para uma cirurgia cardíaca de peito aberto. Estava sempre esquecendo onde tinha deixado as chaves, para quem precisava ligar, o que tinha acontecido na semana anterior no programa de TV favorito. A idade também começava a pesar no irmão de Emmy. Aos 51 anos, Tommy passava quase todos os fins de semana no sofá assistindo ao canal de golfe e comprando chapéus vintage no eBay.

O que a deixava sozinha, como sempre. Ela tinha sido o que as pessoas chamam de raspa de tacho. Tommy já estava na faculdade quando ela nasceu, e os pais tinham perdido outros dois filhos: primeiro Henry, depois Martha após um ano. Gerald era velho demais para correr atrás de Emmy no campo de futebol, e Myrna era muito apegada a seus hábitos para mudar a agenda nos dias de jogos e para idas a lojas de ponta de estoque. Eles foram os únicos pais da turma de Emmy que tiveram que equilibrar os pedidos de empréstimo para a faculdade com a decisão de quando começar a receber a aposentadoria.

Obviamente, Emmy sempre esteve ciente da diferença de idade, mas o impacto da matemática não lhe havia ocorrido antes. Ela estava chegando ao auge da vida na mesma época em que todos deslizavam na outra direção. Até a mulher peculiar de Tommy, Celia, tinha começado a desacelerar. Ela era uma vice-diretora durona que dirigia metade do ensino médio, mas dissera a Emmy na semana anterior que sua ideia de paraíso era ficar de pijama o dia todo e só sair de casa para passar no drive thru do Dairy Queen.

— Emmy Lou.

Myrna apareceu do nada. Fez uma cara de reprovação enquanto dava a Emmy a ponta de um cobertor para que a ajudasse a dobrá-lo.

— Ouviu seu pai chamando?

— Não, mãe. Estava só andando na direção dele sem motivo.

— Tom interessante esse que você está usando. Está tentando sugerir o contrário?

— É uma dedução possível.

Emmy terminou de dobrar o cobertor. Sabia exatamente por que a mãe estava lhe dando uma bronca.

— Vai lá, pode falar. Eu sei que viu o que aconteceu comigo e com Jonah.

— Vi. Ouvi falar. Depois ouvi falar de novo. E de novo. — Myrna pegou outro cobertor e tirou a sujeira. — Não vou dizer que avisei.

— Tom interessante esse que você está usando.

— Pode ficar à vontade para deduzir o que quero dizer.

Emmy defendeu Jonah por reflexo.

— O show dele em Macon atrasou ontem à noite. Ele teve que ir atrás do dono para receber o pagamento. Está exausto.

— Sei que você consegue conciliar o emprego em tempo integral e o seu tempo com Cole. — Myrna acertou as bordas do cobertor. — Mas Jonah nem se importou em ficar mais um pouquinho para que o filho visse os fogos de artifício.

O sorvete com cobertura de chocolate. Jonah o comprara na cidade. Emmy iria matá-lo.

— Ele disse que ia levar Cole até as Cataratas para ter uma vista melhor.

— É mesmo?

Emmy não conseguia mais mentir.

— Mãe.

O peito de Myrna subiu e desceu enquanto ela suspirava. Então empilhou os cobertores em cima da caixa térmica com rodinhas. Quando olhou para cima, sua expressão era mais neutra.

— Eu pedi a Jonah para levar Cole lá para casa mais tarde. Pode deixar que eu vou garantir que ele seja colocado na cama.

— Obrigada.

— "Jamais ter sofrido seria jamais ter sido abençoado."

Emmy lhe lançou um olhar vago.

— Edgar Allan Poe — disse a mãe, professora de inglês. — Agora, para onde seu irmão foi? Não consigo puxar essa caixa térmica colina acima sozinha e Deus sabe que Celia não vai levantar um dedo.

Emmy não procurou Tommy. Procurou o pai. Avistou Gerald com facilidade. Estava parado a cerca de dez metros, a cabeça suricateando acima da multidão. Alguém conversava com ele. Ou pelo menos tentava. Gerald Clifton não falava a menos que fosse necessário. Mesmo em casa, preferia deixar Myrna preencher o silêncio.

Ela tirou o chapéu de novo, na esperança de sentir a mais leve brisa vinda do lago. O celular vibrou em seu bolso. Provavelmente outra prima pedindo um terceiro jantar secreto ou a tia louca denunciando um guaxinim por vadiagem.

Conforme se aproximava do pai, Emmy percebeu que ele não estava prestando atenção ao homem parado bem à sua frente, mas sim a observando. Seus olhos se encontraram. Algo estava errado. O radar policial do pai era muito melhor que o de Emmy, mas ela sentia aquela corrente elétrica no ar que fazia os pelos finos da nuca se arrepiarem.

O comichão.

Emmy chamava aquilo de *sensação ruim*. Tinha ouvido outros policiais se referirem ao mesmo sentimento como *palpite, instinto* ou, se o policial fosse uma mulher, *intuição*. Não importava o nome, só significava que algo muito ruim tinha acontecido ou estava prestes a acontecer.

Ela cortou caminho por um grupo de retardatários, acionando o rádio no ombro.

— Brett, na escuta?

— Na escuta. — A voz de Brett crepitava com a estática. — Estou na rua Long. Caminhão bateu na traseira de um Prius. Prius se enfiou em um poste de telefone. A rua está bloqueada nos dois sentidos. O guincho está a vinte minutos. E aí?

Emmy não achava que um acidente de trânsito a quatrocentos metros de distância fosse responsável por seu mau pressentimento. Ela começou a perguntar:

— Você pode...

Gerald gentilmente tirou o rádio da mão dela, então o segurou na boca e pressionou o botão.

— Chame reforços para o acidente. Encontre-se conosco no estacionamento superior. Olhos abertos. Certo?

Houve um sibilo de estática, então Brett respondeu:

— Certo, chefe.

Gerald devolveu o rádio. Eles não se falaram porque não se deve comentar sobre uma sensação ruim, apenas verificá-la. Se estivesse errado, era um alívio, mas, se estivesse certo, o sentimento o colocava onde precisava estar.

Emmy prendeu o microfone de volta no ombro e seguiu Gerald morro acima. As pessoas saíram do caminho dele, mas não só porque era o xerife. O pai era um homem grande, com 1,88 de altura, e carregava na cintura mais peso do que devia. Ficou sem fôlego quando passaram pelas arquibancadas vazias e subiram as escadas de concreto. Emmy teve que olhar para baixo para não pisar na parte de trás dos sapatos de Gerald. Ele não estava em serviço, mas ainda tinha o porte de um policial, mesmo com um par de Keds velhos com meias pretas até o tornozelo, bermuda de náilon cinza de treinador e uma camiseta preta desbotada de um show de Reba McEntire de 2005.

Gerald não parou para recuperar o fôlego até chegarem ao topo da escada. Emmy examinou o estacionamento, a cabeça girando em conjunto com a do pai. Pelo posicionamento, os carros pareciam palitos de dente jogados no asfalto. Ela via luzes de freio brilhando, pessoas penduradas nas janelas dos carros, mãos sendo jogadas para o alto. A tensão era tão forte que ela a sentia nos molares.

Gerald olhou para ela.

— NPC?

Emmy assentiu.

— Isso.

Não parece certo.

Gerald saiu da calçada. Emmy o seguiu pela primeira fileira, que era como uma pista de obstáculos lotada de carros parados e motoristas irritados. Verificou o próprio corpo em silêncio, tentou manter os batimentos cardíacos estáveis e a mente limpa. O trabalho policial se tratava de avaliar as probabilidades, e as chances de algo horrível como um tiroteio eram muito baixas. Era mais provável que se deparassem com outro acidente, ou com uma briga sobre quem entraria na pista primeiro.

— Xerife? — Sylvia Wrigley, editora do jornal local, estava de pé com a porta do carro aberta. — O que está acontecendo?

Gerald levantou o dedo, dizendo para ela lhe dar um minuto, enquanto continuava a andar entre os veículos. Logo perceberam o problema.

Emmy sentiu a tensão deixar seu corpo como água rodopiando por um ralo.

No mês anterior, a cerca ao redor do campo de futebol tinha sido retirada para que o lugar fosse coberto com grama fresca. Várias fileiras de fita amarela de advertência tinham sido colocadas para manter as pessoas afastadas do novo gramado até que as raízes pegassem, mas, ao que tudo indicava, o motorista de um Miata vermelho tinha decidido ignorar o aviso. Ou tentado, pelo menos. O carro esportivo rebaixado estava preso feito gangorra no meio-fio de concreto íngreme. A parte dianteira se projetava no ar como a proa do *Titanic.*

— Idiota — murmurou Emmy.

Reconheceu o carro de Lance Culpepper, que trabalhava como escrivão no fórum. Ela esperava mais dele.

Emmy olhou para o pai, mas Gerald não estava interessado no Miata. Olhava para o campo. Ela forçou a vista, tentando fazer os olhos se ajustarem. Lance não tinha sido o primeiro gênio a procurar um atalho para a rua principal. Um Chevy Equinox branco estava parado no meio do campo, de lado para o estacionamento, todas as quatro portas e janelas fechadas, as luzes apagadas.

A tensão voltou a subir. Sua mente de policial alternava entre os piores cenários possíveis.

Atirador em massa, violência doméstica, fúria ao volante, assassinato seguido de suicídio.

Emmy desabotoou a tira de segurança da Glock. Tirou a lanterna pesada do cinto e a apoiou no ombro. A iluminação do estacionamento só alcançava até a linha do pênalti. A Maglite tinha quatro pilhas D que emitiam oitocentos lúmens, o suficiente para mostrar o caminho até o meio do campo. Os vidros do SUV tinham insulfilm. Daquela distância, não havia como saber quem estava lá dentro.

Em silêncio, Gerald apontou para uma grande poça de óleo, cortesia do Miata antes de subir no meio-fio. Lance Culpepper deu de ombros para Emmy quando ela olhou para dentro do carro. Ela percebeu pela maneira como a esposa dele, Dervla, estava sentada com os braços cruzados, que havia dito ao marido que era uma má ideia.

— Viram mais alguém no campo? — perguntou Emmy.

Lance negou com a cabeça.

— Ele estava ocupado demais destruindo o carro — respondeu Dervla.

— Fiquem aqui — ordenou Emmy.

Ela abaixou a lanterna enquanto caminhava para o campo. A fita de advertência quebrada tinha sido pressionada no chão por um pneu com sulcos pesados. Havia uma área áspera antes que os pés afundassem na grama nova e espessa. Os quadros de grama ainda estavam crescendo. O campo parecia uma colcha remendada, com cerca de oito centímetros de altura. Ela viu lixo jogado; embalagens de chiclete, um garfo de plástico. Exceto pelo SUV branco gigante, o campo estava praticamente intocado.

Emmy se lembrou de ir com calma. Inspirou fundo, prendendo a respiração por um segundo, então a soltou aos poucos. Conforme se aproximava, ouvia o motor funcionando. A placa era do Condado de Clifton. Um adesivo da Escola Elementar North Falls estava colado no para-choque. Ela apurou os ouvidos. Vozes. Um homem e uma mulher do outro lado do carro. Sussurros ásperos. Tensão. Raiva.

— Saiam de trás do veículo! — gritou Gerald.

Emmy se esqueceu da respiração e apertou mais a Glock enquanto esperava.

O casal contornou a traseira do veículo.

Ela expirou. Apontou a lanterna para os dois adultos parados na traseira do Chevy. Estavam com as mãos vazias; as expressões, tensas. Hugo e Angela Sanders claramente haviam se envolvido em uma discussão acalorada antes de Gerald interrompê-los. Emmy via que Tyler, o filho de seis anos deles, estava dormindo dentro do carro, na cadeirinha no banco de trás. Tinham deixado o motor ligado por conta do ar-condicionado. Um longo arranhão havia arrancado a tinta da lateral do veículo. Parte do para-choque dianteiro estava pendurada. O para-lama esquerdo estava rachado. O primeiro pensamento de Emmy foi que aquele era um lugar estranho para um acidente com fuga. Então deixou a lanterna viajar pelo chão.

— Eu não vi — disse Hugo a Gerald. — Não é minha culpa.

Foi como se o coração de Emmy parasse. Havia uma bicicleta presa sob o pneu traseiro direito do SUV. Ela caiu de joelhos, procurando freneticamente um corpo debaixo do veículo.

Na frente. Atrás. Ao lado.

Ela não encontrou um corpo, mas reconheceu a bicicleta. Tinha margaridas cor-de-rosa e amarelas pintadas na estrutura turquesa-claro. Contas que brilhavam nos raios. A cesta amarela em tom pastel na frente. Mais margaridas costuradas no assento de couro branco. Emmy já tinha visto a bicicleta inúmeras vezes, abandonada no jardim da frente de Hannah, bloqueando a entrada de veículos, arranhando a tinta do corrimão da varanda. Pertencia a Madison Dalrymple. A mesma Madison com quem Emmy tentara falar sob o carvalho. A mesma Madison que ela havia dispensado quase uma hora antes.

— Hugo.

Os joelhos de Emmy tremiam enquanto ela se levantava. O NPC havia se transformado em uma sirene vermelha piscando.

— Você conhece Madison Dalrymple?

— Não. — Hugo deu de ombros. — Talvez. O que isso tem a ver...

— É a bicicleta dela? — perguntou Angela. — Onde estão os pais dela? Estamos com esse carro há só uma semana. Pode acreditar que Paul tem mais condições de pagar pelo conserto do que nós.

— Sério? — Lance Culpepper tinha decidido ignorar a ordem de Emmy de ficar quieto. — Como isso é culpa de Paul? Foi você que dirigiu no meio do campo de futebol.

— Você também. — Hugo fez uma careta para o Miata. — E bem mal.

— Estava seguindo você — disse Lance. — Não viu a fita amarela de advertência?

— Já estava rompida — disse Hugo. — Está dizendo que eu deveria ver coisas que nem você conseguiria enxergar?

— Jesus, Lance! — explodiu Angela. — Por que você não volta para o seu carrinho de brinquedo?

— Por que você não para de falar o nome do Senhor em vão?

— Não diga à minha esposa o que fazer.

— Chega! — gritou Emmy, alto o suficiente para silenciá-los. — Lance, volte para o carro e fique lá. Hugo, quer uma multa por sair da pista demarcada? Angela, vai lá ver se está tudo bem com Tyler.

Emmy se certificou de que eles se dispersassem antes de olhar para o pai de novo. Gerald os havia ignorado por completo. Estava olhando para a bicicleta. Havia uma expressão dura em seu rosto. Quando Emmy era criança, confundia o silêncio do pai com reprovação. Mas já entendera que significava que ele estava pensando em como resolver um problema.

— Esta bicicleta é a liberdade de Madison — disse ela. — Ela tem quinze anos. Não pode dirigir. Não a deixaria no meio de um campo.

Ele se virou para o estacionamento, o olhar no chão. Emmy seguiu a linha de visão do pai. Acompanhava o caminho que o SUV tinha tomado para o campo. Com o gramado tão novo, era como se os pneus tivessem passado por argila. Conseguia ler as impressões como um mapa rodoviário.

— Pai? — chamou.

Gerald começou a andar em direção ao estacionamento. Emmy o seguiu, mantendo-se longe das marcas. Tinham andado apenas alguns metros quando ele perguntou:

— O que mais não estamos vendo?

Emmy se virou para o SUV. Ao longe, via um guincho chegando ao local do acidente. A fila de carros na rua Long não andava. Madison havia tentado atravessar o campo para ir para casa e depois deixado a bicicleta cair por algum motivo?

Ela disse ao pai:

— O Chevy acertou a roda dianteira da bicicleta primeiro, então estava virada para o oeste.

— Grande demais. Pense menor.

Ela sentiu a mente disparar, e precisou se lembrar de que Gerald não a estava testando. E sim a ensinando. Se havia uma coisa em que o pai se destacava, era em ouvir. Ela voltou mentalmente para o momento em que caminharam até o SUV. A pequena discussão irritada entre Lance, Hugo e Angela. A resposta a atingiu como um raio.

— Hugo disse que a fita de advertência já estava rompida quando avançou para dentro do campo.

— Isso.

— Se disse a verdade, isso significa que outro veículo entrou no campo antes dele, provavelmente durante a exibição de fogos de artifício, porque nem Hugo nem Lance mencionaram que alguém entrara antes deles.

— Isso.

Emmy apontou a lanterna de volta para o Miata, localizando o conjunto de impressões profundas feitas feitas com facilidade pelos pneus largos do SUV de Hugo. Era isso o que deixara passar. Havia uma sombra menor traçando, ao longo das marcas, um segundo conjunto de impressões de pneu.

— Hugo estava dizendo a verdade — disse Emmy. — Outro carro rompeu a fita de advertência antes.

— Sedã — disse Gerald. — Mais leve.

As marcas de pneu do sedã se ramificavam das outras a cerca de vinte metros de onde estavam, virando à direita em direção a um bosque de pinheiros que ficava mais acima, com vista para a colina. Emmy caminhou pelo campo com cuidado, mantendo-se paralela ao rastro do sedã. Desejou que o coração parasse de tremer no peito. Poderia haver muitas explicações para Madison ter abandonado a bicicleta no meio do campo, além das possíveis catástrofes. Emmy tentou continuar esperançosa até chegar à borda do campo. Os rastros terminavam ali. O sedã havia parado. Ela levantou a lanterna em direção às árvores.

Emmy sentiu outro solavanco no coração, dessa vez, como se uma faca a tivesse atravessado. Havia uma segunda bicicleta. Azul-vivo. Contas multicoloridas nos raios. Fitas cor-de-rosa penduradas no guidão. Cesta azul combinando na frente. Ela tinha visto a bicicleta inúmeras vezes, largada no jardim da frente de Hannah, bloqueando a entrada, arranhando a tinta do corrimão da varanda, descansando a alguns metros da bicicleta turquesa-claro com cesta amarela de Madison, porque as duas meninas eram praticamente grudadas.

— Aquela é a bicicleta de Cheyenne Baker — disse Emmy.

Gerald olhou para ela. Tinha ouvido o tremor em sua voz. Tinha sentido a mesma mudança no ar. O comichão. A sensação ruim. O *não parece certo*. As boas explicações tinham sumido.

— Essas meninas são do tipo que foge de casa? — especulou Gerald.

Emmy já foi negando com a cabeça antes que ele terminasse a pergunta. Não conhecia Cheyenne muito bem, mas Madison era esperta demais para abandonar a bicicleta em um campo de futebol e fugir de casa às dez da noite, sabendo que os pais a esperavam.

— Ela poderia fugir, mas não assim.

— Tem o número dela?

Emmy pegou o telefone e ligou para o celular de Madison. Lutou contra as lágrimas que brotaram em seus olhos enquanto ouvia o único toque antes que a ligação fosse enviada para a caixa postal, que estava cheia. Ela balançou a cabeça de um lado para o outro mais uma vez. Encerrou a ligação. As mãos começaram a tremer. Aquilo era ruim. Aquilo era muito ruim.

— Emmy?! — gritou Hannah, do outro lado do campo.

Ela desviou a lanterna da bicicleta de Cheyenne rapidamente. Pelo jeito, Hannah ficara sabendo do acidente com a bicicleta. Ela balançava Davey na cintura enquanto corria em direção a eles. O menino abria e fechava os olhos, lutando contra a vontade de dormir.

— O que está acontecendo? — perguntou Hannah. — Soube que Hugo passou por cima da bicicleta de Madison.

— Você sabe onde ela está? — perguntou Gerald.

— Dissemos a ela para voltar para casa às onze, mas... — Hannah olhou para Emmy.

A cor rapidamente sumiu do rosto dela. Eram melhores amigas desde o jardim de infância. Sabiam os segredos mais obscuros e os sonhos mais loucos uma da outra. Não havia muito que Emmy pudesse esconder dela.

— Ela está... — A voz de Hannah falhou de novo. — O que aconteceu?

— Não sabemos — disse Emmy, porque era a verdade e Deus sabia disso. — A última vez que a vi, ela estava com o celular. Paul consegue rastreá-lo?

— Como assim?

— Você me disse que Paul tinha um rastreador ou alguma coisa assim no telefone dela, certo? Que ele não deixava você usar?

— I-isso — gaguejou Hannah. Ela sabia que aquilo era um mau sinal. — Ele pode... talvez ele possa...

Hannah não terminou a frase. Voltou correndo para o estacionamento. Davey olhou para Emmy por cima do ombro da mãe com os olhos arregalados. Havia absorvido o pânico de Hannah.

Assim como Emmy.

— Firme. — Gerald pressionou a mão na parte mais baixa das costas dela. — O melhor jeito de ajudá-la é manter a cabeça baixa e fazer seu trabalho.

Emmy assentiu, mas era tão difícil.

— Fale sobre o telefone de Madison.

Ela se obrigou a desviar o olhar de Hannah, então fechou os olhos, tentando evocar a memória do celular que Madison segurava. O calor sufocante. O fedor de suor e cerveja. A menina debaixo da árvore. O pensamento de que aquele era o momento perfeito para defender o caso de Hannah.

Madison usava sapatilhas cor-de-rosa gastas e esverdeadas por causa da grama. Os lábios franzidos de quem está imersa nos próprios pensamentos. Short branco muito apertado. Camiseta azul-clara do Coral de North Falls grudada no peito. Ansiosa, irritada. Preocupada? A pele rosa brilhante. Emmy tinha caminhado em direção à garota, repreendendo-se em silêncio para não começar com uma frase negativa sobre os problemas de uma queimadura de sol, então estupidamente dissera a Madison para beber mais água.

— Certo — respondeu ela, enfim. — Era um iPhone. Branco com adesivos de flores atrás. O mesmo de sempre.

— A que horas foi isso?

— Eu a vi duas vezes. Na primeira, por volta das 20h15, 20h30, ela estava debaixo do carvalho. Fui encontrá-la porque achei que poderia ajudar com... — Emmy sabia que o pai não estava perguntando sobre o relacionamento difícil. — Madison parecia irritada por eu estar falando com ela. Não a irritação de sempre, mais como se precisasse estar em outro lugar. Disse que tinha combinado de se encontrar com Cheyenne na barraca de doces uns dez minutos antes. Mas não tem barraca de doces nenhuma.

— E nada de Cheyenne?

— Não. Não a vi o dia todo. Apesar de ela e Madison serem grudadas.

— E a segunda vez?

— Foi uns dez minutos antes de os fogos começarem. Estava subindo a colina e a vi de pé perto das arquibancadas. Acho que ela queria falar comigo. Eu a cortei. Fui ao banheiro. Eu fui procurá-la depois dos fogos, mas não a encontrei.

Gerald a estudou com os olhos azuis penetrantes.

— Ela levava alguma outra coisa? Óculos de sol? Uma bolsa?

— Nada — respondeu Emmy. — Hannah me disse que ela só usa bolsa quando está menstruada. Mas havia um volume no bolso da frente do short dela. Não de um absorvente ou de um gloss. Era maior. Talvez um saco com um lanche ou algo assim.

— Certo — disse ele. — Vamos olhar a bicicleta.

Gerald pegou a lanterna e manteve a mão nas costas dela enquanto andavam a maior distância da vida de Emmy. O coração parecia chacoalhar dentro do peito. Ela se esforçou para impedir que as lágrimas caíssem. O corpo estava registrando o horror da situação antes que a mente a deixasse imaginar.

A bicicleta de Cheyenne tinha sido arremessada. O guidão estava virado para trás e um dos lados havia afundado na terra. A bicicleta tinha deslizado vários metros antes de bater no tronco de uma árvore. A camada de agulhas secas do pinheiro estava revolvida; o solo, riscado. Parte da casca da base do pinheiro tinha lascado.

Um adulto havia feito aquilo. Provavelmente um homem.

Emmy prendeu a respiração enquanto Gerald jogava a luz ao longo do quadro azul-vivo, dos raios coloridos, dos pedais, do guidão. A corrente estava quebrada; a roda traseira, torta; o pneu, furado. Ele vasculhou a área com o feixe da lanterna. Para a direita. Para a esquerda. O coração de Emmy estremeceu ao ver um telefone a cerca de um metro e meio do pneu traseiro da bicicleta. Capa branca. Adesivos de flores na parte traseira. iPhone. A tela estava estilhaçada.

Gerald jogou a luz alguns metros além do celular.

— Está vendo?

Emmy via. A terra saturada de um líquido escuro acumulado, da mesma forma que a gasolina se acumulava sob o Miata de Lance Culpepper.

Só que aquilo não era gasolina.

Era sangue.

— É isso — disse Gerald. — Temos um sequestro.

CAPÍTULO TRÊS

Emmy estava sentada no banco do passageiro da viatura enquanto o pai acelerava pela estrada. A caminho de dar aos pais de Cheyenne Baker a pior notícia de suas vidas. A filha vulnerável de quinze anos e a melhor amiga dela estavam desaparecidas. As bicicletas tinham sido encontradas abandonadas. Um celular tinha sido destruído de propósito. Havia sangue no local — não apenas uma ou duas manchas, mas uma poça que encharcou o chão. Aquilo não era uma brincadeira, nem mesmo um acidente. O grande volume de sangue mudava tudo. Significava que a pessoa que as levara não tinha medo de machucá-las.

Era só uma questão de tempo antes que o sequestrador as machucasse ainda mais.

Emmy estava dolorosamente ciente da corrida que travavam contra o tempo. Na Mercer, sua tese de pós-graduação tinha sido sobre o aumento constante de sequestros de crianças nos Estados Unidos. Conseguia recitar as estatísticas dormindo.

Em quase metade dos casos, um dos pais ou outro membro da família é o perpetrador. A vítima geralmente tem menos de seis anos. Muitas vezes acontece por causa de um divórcio conflituoso ou de uma disputa de custódia, mas em outras tantas há um componente de agressão sexual.

Cheyenne e Madison já eram adolescentes. Os pais ainda estavam casados. E não fazia sentido que um membro da família de uma das garotas sequestrasse as duas.

Em 27 por cento dos casos os raptos são feitos por conhecidos e, em sua maioria, envolvem jovens infratores. As vítimas tendem a ser adolescentes do sexo feminino. A motivação é quase sempre agressão sexual e muitas vezes envolve um componente de agressão física.

No entanto, no caso de um sequestro realizado por um membro da família, um conhecido teria oportunidades muito melhores de sequestrar as duas meninas do que no meio de um campo de futebol com a grama recém-plantada e metade de North Falls a menos de trezentos metros.

Então só sobrava a opção de um estranho aleatório. Alguém que desejasse levar uma criança. Alguém que tinha visto duas meninas jovens isoladas e sozinhas. Alguém que não conseguia se controlar.

Menos de um por cento dos sequestros de crianças eram cometidos por predadores. As vítimas tendiam a ser quase exclusivamente mulheres com idade aproximada de catorze anos. Elas tinham mais probabilidade de serem levadas para um ambiente externo e de serem coagidas com uma arma de fogo. O sequestrador estava, na maioria das vezes, de carro. Em 44 por cento dos casos, a vítima é assassinada na primeira hora; 78 por cento morrem nas primeiras treze; e, em 24 horas, praticamente todas as vítimas estão mortas.

Emmy checou a hora em seu relógio: 22h58. Estavam oficialmente procurando as meninas havia menos de uma hora. Ela tinha visto Madison pela última vez parada em frente às arquibancadas por volta das 20h50. Hugo tinha batido na bicicleta dela por volta das 22h15. Isso dava ao sequestrador uma vantagem de pelo menos 85 minutos.

Eram 85 minutos para aterrorizar.

Eram 85 minutos para torturar.

Eram 85 minutos para matar.

Emmy dizia a si mesma que estavam procurando pessoas vivas. Que Madison e Cheyenne iriam superar as probabilidades. Mas, a cada segundo que passava, sentia a esperança perder forças.

Gerald passou por uma placa de pare enquanto entrava no bairro de Verona Heights. Ligou para um novo número de seu celular flip, segurando-o firme no ouvido. Ele conhecia as probabilidades tão bem quanto Emmy. Já havia falado com o agente especial do Departamento de Investigação da Geórgia encarregado da região Sudoeste. Havia solicitado uma equipe forense para processar as bicicletas e o campo de futebol. Tinha chamado os quatro subdelegados reserva de Clifton para se juntarem aos outros na busca. A patrulha rodoviária estava vasculhando todas as ruas, rodovias e interestaduais de lá até o Alabama. Os chefes de polícia de Verona, Ocmulgee e Clayville haviam enviado reforços. Metade de North Falls havia se voluntariado para equipes de busca. Hannah e Paul estavam percorrendo de carro todas as rotas possíveis para voltar à casa deles.

A tia de Hannah, Barb, estava cuidando de Davey para que pudessem ficar fora a noite toda, se necessário. A amiga ligou para Emmy uma vez, quase sem conseguir falar. Estava em pânico, aterrorizada, de coração partido.

Assim como Emmy.

Madison tinha apenas sete anos quando a mãe morreu de câncer cervical. Naquela época, Hannah era a professora querida do primeiro ano. Ela assumiu, com disposição, a responsabilidade quando a vida de Paul desmoronou; primeiro ajudando Madison com o dever de casa e preparando lanchinhos, depois deixando que ela dormisse em sua casa, mais tarde escolhendo suas roupas para a escola, então levando-a ao cinema, a festas de aniversário e à casa das amigas, até que, por fim, apaixonou-se perdidamente pelo pai dela.

Tinha tudo para ser um filme romântico com final feliz, mas, assim que Hannah e Paul começaram a namorar, Madison se transformou em um pesadelo furioso e mal-humorado. O casamento só piorou as coisas. Eles tentaram terapia familiar, passeios só entre pai e filha, suborná-la com a nova bicicleta, roupas de que ela não precisava e um iPhone que era caro demais para uma garota de quinze anos. O mesmo celular que tinha sido encontrado perto de uma poça de sangue.

O show de fogos de artifício encobrira qualquer barulho alto.

Um grito. Um pedido de ajuda. Um tiro.

Emmy apertou as mãos para parar de tremer. Estava doente de preocupação, com medo do que as meninas estavam passando e desesperada para voltar no tempo. Pressionou o punho na boca enquanto se virava para olhar pela janela lateral. Continuou vendo a imagem de Madison esperando por ela em frente às arquibancadas. Suada e irritada. Claramente querendo que Emmy se apressasse. A testa enrugada de preocupação. Os lábios franzidos de ansiedade. Por fim, pronta para falar.

Agora, não.

O que Emmy tinha na cabeça? Não se diz "agora, não" a uma adolescente problemática. Você segue a linha do tempo dela. Para o que estiver fazendo. Ainda mais se a adolescente assustada é basicamente a filha da sua melhor amiga. Qualquer outra amiga teria escutado. Qualquer outra mãe saberia.

— Sim — disse Gerald, ao telefone. — Entendido.

Emmy ouviu o aparelho ser fechado. O carro diminuiu a velocidade. Mais à frente, viu um carro de xerife marrom-escuro já estacionado em frente ao sobrado dos Baker. Não havia ninguém atrás do volante, mas ela reconheceu o carro do subdelegado-chefe Virgil Ingram.

Gerald encostou no meio-fio e colocou o câmbio em estacionar.

— Não tem ninguém. O vizinho da direita diz que a família saiu na minivan por volta das três da tarde. Meia hora depois, Cheyenne saiu de bicicleta. A família foi em direção ao rio. Ela foi em direção à cidade. Virgil está rastreando o número do celular do pai.

Emmy assentiu. O homem estava um cargo abaixo do pai. Era um alívio que ele estivesse lá para tomar o lugar dela. Não conseguiria encarar os pais de Cheyenne.

— Peça no rádio para alguém me pegar. Posso ajudar na busca — disse Emmy para o pai.

— Não — disse Gerald. — Desembuche.

— Pai...

Ela se calou diante da expressão impassível dele. Emmy apertou os lábios. De vez em quando, eles faziam isso quando estavam sozinhos dentro de um carro, só os dois. Aquelas duas pessoas que nunca falavam com ninguém conversavam entre si.

— Eu fodi tudo. — Emmy nunca tinha dito aquela palavra na frente do pai, mas a angústia a colocara em sua boca. — Madison quis conversar comigo. Percebi que havia algo errado, parecia até instinto, mas eu estava concentrada nas minhas coisas por causa de Jonah e queria ficar sozinha e aí... eu fodi tudo. Madison estava bem ali, perto o suficiente para que eu a tocasse, e pronta para pedir ajuda, mas, em vez disso, eu me escondi na caixa de merda e agora ela sumiu.

Gerald se remexeu no banco para pegar um lenço no bolso de trás. O algodão estava úmido do calor, mas Emmy o usou para limpar o nariz.

— Hannah sabe? — perguntou.

Ela balançou a cabeça em negativa.

— Não sei como vou dizer a ela.

— Isso vai consumir você por dentro até vocês conversarem.

Emmy dobrou o lenço para encontrar um canto limpo.

— Você me chamou quando eu estava andando pela multidão. É provável que tenha sido mais ou menos na mesma hora que Hugo entrou no campo e acertou a bicicleta de Madison. Como você sabia?

Ele deu de ombros.

— Senti o comichão.

— Eu também. — Ela olhou para baixo, lembrou como foi segurar as mãos da garota debaixo do carvalho. — Não naquele momento, mas antes. Senti que havia algo errado quando estava com Madison, mas ignorei.

— Enganos podem lhe dar um motivo para perdoar.

— Perdoar a si mesmo ou outras pessoas? — perguntou Emmy. — Ou para as pessoas perdoarem você?

— Qualquer uma dessas alternativas. — Ele deu de ombros. — Ou todas elas.

Ela fingiu que não havia entendido o que ele queria dizer.

— Você nunca errou desse jeito.

— Eu gastei toda a minha cota no início — respondeu ele. — Era inflexível demais. Sempre via as coisas preto no branco. Afastei algumas pessoas, e não devia ter feito isso, mas não posso mudar o que aconteceu. É tarde demais para me desculpar e tive que me esforçar para nunca mais fazer algo assim, tive que aprender a perdoar.

Ela olhou para o rosto bem desenhado do pai. Tommy comentara que os pais eram diferentes antes de Emmy nascer, mas ela nunca o vira ser nada além de paciente e compreensivo.

— Não o imagino sendo assim.

— Fico feliz.

Emmy olhou pela janela. Virgil caminhava pela entrada da garagem, vestindo calça jeans e camiseta, segurando um lenço no antebraço como se tivesse se machucado. Ele balançou a cabeça em negativa para que soubessem que não havia sinal das meninas.

Gerald deu um tapinha carinhoso na mão de Emmy antes de abrir a porta do carro. Ela continuou sentada por um momento, verificando as mensagens no celular. Nada de Hannah, mas a mãe havia avisado que Jonah tinha deixado Cole. O alívio de Emmy foi obscurecido pela culpa, parecia errado que ela soubesse que o filho estava seguro, e Hannah, não.

Ela saiu do carro e foi atingida pelo calor sufocante. O uniforme suado havia secado no ar-condicionado, a gola dura irritava o pescoço. Virgil não parecia muito melhor. Ele estremeceu ao levantar o lenço do braço para olhar os arranhões profundos. Aquela era a noite de folga dele, mas parecia longe de descansado. Em janeiro, havia dito a ela que estava planejando se aposentar no final do ano. As duas bicicletas no parque haviam acabado com aquele sonho tranquilo. O rosto enrugado tinha uma aparência acinzentada, a testa estava ainda mais franzida do que o normal. Emmy olhou para a entrada da casa dos Baker. A porta da garagem estava aberta. De um lado, via-se um Jetta de cor escura estacionado. O outro estava vazio.

— Cortei o braço em um maldito arbusto de roseira-brava tentando olhar pela janela da cozinha. — O tom de Virgil era sombrio enquanto ele olhava de volta em direção à construção. — A família não está em casa, mas falei com Felix

Baker no celular. Contei o que tinha acontecido. Eles não tiverem notícias de Cheyenne desde que ela saiu de casa por volta das três, pensavam que ela estava no parque com Madison. Devem chegar aqui a qualquer minuto.

Emmy sentiu o peso daquelas palavras. Estava tão focada em Madison que tratara Cheyenne quase como um detalhe insignificante. Os Baker deviam estar aterrorizados. Nem imaginava como seria aquela volta para casa.

O pai dela sabia. Assim como a mãe. Duas vezes na vida, receberam um telefonema dizendo que um dos filhos estava morto. Primeiro Henry. Depois, Martha. Ambos perdidos em acidentes terríveis. Emmy não tinha ideia de como eles conseguiram seguir em frente. Ela ficaria sem fôlego caso se permitisse pensar, por um segundo que fosse, na possibilidade de perder Cole.

— Certo — disse Gerald. — O que sabemos?

Emmy ficou feliz com a pergunta. Dava-lhe algo em que se concentrar.

— Cerca de 85 minutos se passaram entre a última vez que vi Madison e quando Hugo atropelou a bicicleta dela. A de Cheyenne foi encontrada isolada nas árvores junto ao iPhone estraçalhado de Madison e uma quantidade significativa de sangue. Marcas de pneu indicam que o veículo usado para levar as duas meninas é um sedã.

— Cheyenne Baker foi vista pela última vez na casa da família por volta das três da tarde — acrescentou Virgil —, quando o pai, Felix, a mãe, Ruth, e a irmã de dez anos, Pamela, partiram na minivan Honda Odyssey azul para assistir ao show na bacia do rio Flint. Cheyenne deveria ir até o parque de bicicleta, assistir aos fogos de artifício com Madison e voltar para casa logo depois. Ninguém relatou tê-la visto no parque. Ela tem um celular, mas não está atendendo. Os pais não o rastreiam. Esperavam que ela estivesse em casa quando chegassem aqui.

— O que nós *achamos* que sabemos? — perguntou Gerald.

Emmy foi a primeira a responder de novo:

— Depois que vi Madison, ela deve ter pegado a bicicleta e a empurrado escada acima, até o estacionamento. Talvez fosse cortar caminho pelo campo para chegar à rua Long. Acho que foi procurar Cheyenne. Estava agitada quando a vi. Acredito que elas tinham marcado um horário para se encontrarem, mas Cheyenne estava atrasada.

— Que horário? — perguntou Gerald.

Emmy planejou a rota na cabeça.

— Nas estradas de terra, Cheyenne levaria vinte minutos, no máximo, para pedalar daqui até o parque. Isso daria 15h30. Quando vi Madison, por volta das 20h30, ela parecia preocupada, mas não estava em pânico como seria de se esperar se Cheyenne estivesse cinco horas atrasada.

— Pode ser que Cheyenne quisesse passar a tarde sozinha — sugeriu Virgil — e depois encontrar Madison um pouco antes do show para ver os fogos de artifício.

— Não é assim que as garotas funcionam — disse Emmy. — O motivo de estarem no parque não era os fogos de artifício. Era passarem um tempo juntas. Além disso, era aniversário de Madison. Cheyenne não apareceria no último minuto, muito menos se tivesse que voltar para casa cedo.

— Se você diz. — Os filhos de Virgil eram todos garotos. — Existe algum limite para Madison perceber que Cheyenne está atrasada? Como você disse, é um trajeto de apenas vinte minutos. Em que ponto Madison pularia em sua bicicleta e viria verificar a casa?

— Acho que menos de uma hora — respondeu Emmy. — Madison mandaria mensagem, ligaria para o celular e para o telefone fixo da casa.

— Pedi mandados para os registros telefônicos. Para as duas meninas e para os dois telefones fixos — informou Virgil.

— Tem mais uma coisa.

Emmy pegou a caderneta e fez um esboço do campo de futebol, sinalizando os locais onde encontraram as bicicletas e marcando a fita de advertência rasgada. Usou traços para simular a rota do sedã.

— As marcas dos pneus nos levam até aqui, à bicicleta de Cheyenne. A de Madison estava bem aqui, talvez a cem metros de distância e em campo aberto. Sabemos pelas marcas dos pneus que o sedã não estava perto da bicicleta de Madison.

— Certo, então Cheyenne chegou atrasada, e ela e Madison estavam com as bicicletas perto do aglomerado de árvores — especulou Virgil. — O sequestrador aparece no sedã. Sai do carro. Talvez eles conversem um pouco. Ele agarra Cheyenne, dá uma pancada na cabeça dela, que desmaia, sangra no chão. Madison deixa o celular cair, pula na bicicleta, pedala pelo campo. Ele está a pé. Corre e a pega também. Deixa a bicicleta. Coloca as duas garotas no sedã. Vai embora.

Emmy tinha visto o sangue.

— Acho que uma delas levou um tiro.

Gerald assentiu.

— Concordo.

Emmy sentiu bile subir na boca. Quase se engasgou tentando engolir.

— Quem é nosso vilão? Alguém da família? Um conhecido? Um estranho? — perguntou Virgil.

— Estranho — disse Gerald. — Emmy é a melhor amiga de Hannah.

Ela teve que engolir em seco. O pai não precisava de estatísticas, só de um par de olhos. A viatura de Emmy estava rotineiramente estacionada em frente à casa de Hannah. Era comum ela ainda estar de uniforme quando iam beber depois do trabalho. Além disso, Emmy era filha do xerife. Todos na cidade sabiam da conexão, provavelmente todos no círculo de Madison também saberiam. Nem o infrator mais covarde não seria tão imprudente a ponto de mirar a menina de Hannah.

Precisava ser um estranho.

— A bicicleta de Madison ficou largada no campo aberto. A de Cheyenne foi jogada debaixo das árvores — considerou Gerald.

— Ele entrou em pânico — disse Virgil. — Estava escuro. Imaginou que, se uma bicicleta fosse encontrada, ninguém iria procurar a outra. Que iríamos nos concentrar em uma menina em vez de nas duas. Provavelmente começando com os pais e trabalhando a partir disso.

— Ele precisava que a gente perdesse tempo — disse Gerald. — Queria cair fora.

Emmy respirou fundo, tentando se jogar de cabeça de novo.

— Do ponto de vista logístico, é incrivelmente arriscado ir atrás de duas garotas de quinze anos ao mesmo tempo. Elas são muito imprevisíveis. A probabilidade de uma ou ambas revidarem é muito alta.

— Ele pegou Cheyenne primeiro — disse Gerald.

— Deve ter falado com ela — acrescentou Emmy. — Talvez a tenha abordado na rua. Ela estava de bicicleta. Ele mostrou a arma e lhe disse que entrasse no carro. Ela começou a negociar, tentando convencê-lo a não a sequestrar. Algo como: "Minha amiga está me esperando. Se eu não aparecer, vai vir me procurar. Ela sabe onde estou. A melhor amiga da madrasta dela é policial". Então o sequestrador decide usar Cheyenne como isca para atrair Madison.

— Vamos saber com os registros dos celulares se ela ligou ou mandou mensagem para Madison — disse Virgil. — Talvez o sequestrador tivesse algum tipo de fantasia doentia. Duas garotas de uma vez.

Emmy baixou os olhos para que não vissem sua expressão.

— O Departamento de Investigação da Geórgia disse para ligar para o FBI — informou Gerald.

Emmy sabia que o pai não era muito fã do envolvimento federal. Eles tendiam mais a quebrar as coisas do que as consertar.

— O que o senhor vai fazer?

— Não sei.

Todos se viraram quando faróis entraram na rua. Emmy olhou para o relógio. Tinham atingido a marca de três horas. As chances de as meninas ainda estarem vivas tinham caído para 22 por cento.

Virgil foi para a entrada enquanto uma minivan azul acelerava em direção a eles. Ruth Baker pulou do veículo antes que o marido tivesse tempo de parar. Com o rosto vermelho, os olhos inchados de tanto chorar, ela parecia exausta, assustada, em pânico.

— Vocês a encontraram? Onde ela está? O que aconteceu?

— Senhora — disse Gerald. — Não a encontramos. Preciso fazer algumas perguntas a vocês.

— Que perguntas? — Ela agarrou o braço dele. — Vocês deveriam falar com Hannah e Paul. Nós dissemos a eles que Madison era uma má influência. Seja qual for a confusão em que Cheyenne se meteu, é culpa daquela vaca.

Emmy tentou manter a compostura. A mulher estava perturbada, agarrando-se a qualquer coisa. Ainda não tinha percebido que essas picuinhas não importavam mais. O sequestrador não ligava para isso.

— Senhora — disse Gerald. — As meninas foram levadas à força. Encontramos uma quantidade significativa de sangue na cena. A situação é terrível.

A boca de Ruth se abriu, mas ela ficou em silêncio. Estava chocada demais até para piscar.

— Xerife. — Felix Baker segurava a mão da filha mais nova.

Pamela estava tão chocada quanto a mãe, os olhos arregalados.

— O que podemos fazer?

— Fale sobre a tarde de vocês — pediu Gerald.

— Sim, claro. — Felix respirou fundo. Emmy reconheceu o mecanismo de enfrentamento. Ele estava tentando se manter calmo e objetivo. — Eu fui trabalhar, mas voltei para casa para ajudar a arrumar a van para o piquenique. Saímos para o rio por volta das três. Eu disse a Cheyenne que voltasse para casa logo depois dos fogos.

— Essa foi a última vez que viu ou falou com ela?

— Foi. — Os lábios de Felix tremeram quando ele olhou para a mulher. — Nós dois, foi a última vez.

— Ela não foi com vocês para o Flint?

— Ela queria ficar com Madison. — A voz de Ruth era fraca. — Ela implorou. Eu deveria ter dito não, mas...

Gerald manteve a atenção em Felix.

— Vocês foram direto para a bacia do rio Flint?

— Eu as deixei lá. — Felix indicou a mulher e a filha com a cabeça. — Tinha mais algumas horas de trabalho para cumprir. Sou engenheiro mecânico e fui à fábrica para revisar alguns esquemas, depois saí por volta das sete e encontrei Ruth e Pamela na bacia do rio.

Emmy fez as contas. Aquilo era mais do que algumas horas. Talvez estivessem errados em relação ao perfil do predador. Não passou despercebido que aquele pai, cuja filha e a melhor amiga estavam desaparecidas, tinha um álibi fraco.

— Por que está perdendo tempo com minúcias? — Ruth conseguiu voltar a falar. — Seja lá o que tenha acontecido, Madison colocou as duas nisso. Cheyenne nunca se metia em problemas até nos mudarmos para este fim de mundo. Felix! Diga a eles!

Felix estava balançando a cabeça. Mas então ele disse:

— Ela está certa. Cheyenne mudou quando conheceu Madison.

— Quando foi isso? — perguntou Gerald.

— Dois anos atrás. — Ruth deu uma risada assustada, como se não conseguisse acreditar que era tão recente. — Dois anos, e ela arruinou a merda da nossa vida.

Emmy tentou dar uma olhada em Pamela, mas a criança estava encarando o chão. Aquela não era uma conversa para se ter na frente de uma criança de dez anos. E dos vizinhos. Emmy via luzes acesas nas casas ao redor. Ela se perguntou por que seu pai não havia sugerido que entrassem.

— Xerife — disse Felix —, tem certeza de que elas não fugiram?

— Acha que ela fugiu? — perguntou Gerald.

— Sim. — Felix parou para engolir em seco. A compostura dele estava indo embora. — Estávamos falando... antes disso, claro... estávamos falando de nos mudarmos de volta para Iowa, para ficarmos mais perto da família, e Cheyenne não queria. Ela disse que fugiria se isso acontecesse.

— Vocês tinham tomado alguma decisão definitiva? — perguntou Gerald.

— Não. — Ele olhou para a mulher. — Não, não tínhamos.

— Vocês não sabem! — gritou Ruth. — Ela poderia ter fugido!

— Não — disse Gerald. — As meninas não fugiram.

— Como pode ter certeza? — insistiu Ruth. — De quem foi o sangue que encontraram? Talvez Madison tenha atacado ela. Talvez as duas estejam escondidas em algum lugar.

— Sra. Baker — disse Gerald —, conte-me como o comportamento de Cheyenne mudou.

Ruth abriu a boca, mas logo voltou a fechar. Ela não respondeu, queria manter a fantasia de que talvez fosse apenas uma brincadeira terrível das meninas.

Felix pigarreou.

— Foi muito rápido. Ela conheceu Madison, então da noite para o dia estava diferente.

— De que forma? — pressionou Gerald.

— De todas as maneiras possíveis. — Ruth tentou usar a bainha da blusa para limpar os olhos, mas as mãos tremiam muito. — Antes de Madison, Cheyenne era nossa garotinha perfeita. Então, de repente, não queria mais ser vista com a gente, recusava-se a ir à missa, começou a faltar à escola, tudo era segredo. Então as mentiras começaram. Mentiras sobre aonde estava indo, com quem estaria, passava muito tempo sozinha no quarto e começou a ser muito cruel com Pamela.

Para Emmy, aquilo parecia muito o comportamento de uma adolescente.

— Algum namorado? — perguntou Gerald.

— Não. — Ruth soou enfática. — Nunca.

Emmy não teria visto o olhar furtivo de Pamela se não estivesse olhando diretamente para a criança.

— Cheyenne não tem permissão para namorar, não tem idade para isso — completou Felix.

Emmy mordeu o lábio de novo. Hannah mencionara ter visto um chupão no pescoço de Cheyenne em mais de uma ocasião.

— Vocês têm algum parente na área? — perguntou Gerald.

Felix negou com a cabeça.

— Estão todos em Iowa.

— Cheyenne tinha outros amigos?

— Não — respondeu Ruth. — Assim que nos mudamos para cá, ela era popular, mas então foi nos afastando cada vez mais até...

Emmy observou as lágrimas escorrerem pelo rosto da mulher. A garganta de Ruth estava visivelmente tensa enquanto ela engolia. Havia esgotado todas os redirecionamentos de culpa e as desculpas, restando apenas a realidade cruel: a filha estava desaparecida. Talvez nunca mais voltasse para casa.

— Certo — disse Gerald. — Minha subdelegada gostaria de fazer uma busca no quarto de Cheyenne. Felix, poderia mostrar o caminho a ela?

Felix pareceu surpreso que o pedido fosse direcionado a ele. Tinha imaginado que o xerife fosse querer falar com quem estivesse mais calmo, não sabia que aquele xerife entendia que pessoas calmas tendiam a ter cuidado com o que saía da boca.

Gerald também havia notado que o álibi de Felix era fraco.

— Claro. — Felix esticou a mão para pegar a de Pamela. — Pronta, amorzinho?

Os olhos de Pamela permaneceram em Emmy por um instante a mais antes de deixar que o pai a levasse pela entrada. Emmy acompanhou o ritmo lento deles. Pensou no olhar furtivo de Pamela quando Gerald perguntou sobre namorados. A garota era cinco anos mais nova que a irmã. Havia 22 anos de diferença entre Emmy e o irmão, mas Tommy sempre foi seu assunto preferido. Ele não conseguia enviar um e-mail ou fazer uma ligação sem que ela desse uma de Veronica Mars. Emmy sabia que o irmão pediria Celia em casamento antes dele. Devia ser pior com irmãs.

— Desculpe. — Felix usou a chave para destrancar a porta da frente. — Não tivemos tempo de dar uma arrumada.

— Sem problema.

Emmy examinou a casa enquanto ele a levava escada acima para o andar principal. Ela poderia ter desenhado a planta baixa parada no meio-fio. Quase todas as casas do bairro tinham um desenho semelhante. Décadas antes, alguns Clifton, primos distantes, construíram andares separados por toda Verona. Os engenheiros da fábrica adoravam o visual moderno do século XX. As esposas detestavam a lavanderia no subsolo e os dois lances de escada entre a garagem e a cozinha.

A casa dos Baker não estava bagunçada, considerando que dois adultos ocupados, uma pré-adolescente e uma adolescente moravam lá. A mobília era boa, embora sem graça na maior parte. O casal parecia preferir variações de marrom e branco. Emmy conseguia ver o mesmo esquema de cores na cozinha, no corredor, no lavabo. Não pareciam ter animais de estimação. Poucos quadros nas paredes. Sem tapetes para aquecer as coisas nem mantas e travesseiros para fazer as pessoas se sentirem em casa. Se Emmy tivesse que usar uma palavra para descrever o lugar, seria *temporário*.

A família não tinha começado a falar de se mudar de volta para Iowa por causa de Madison Dalrymple. Era nítido que Ruth se recusara a fixar raízes, estava procurando qualquer desculpa para voltar para casa.

— Por aqui. — Felix gesticulou para que ela o seguisse.

Todas as portas do corredor estavam fechadas. Emmy imaginou que fosse uma mania de Iowa. O piso de madeira era velho e estufado pela umidade. Cada passo era acompanhado por um tipo particular de rangido, e ela imaginou que seria difícil sair furtivamente de casa à noite. Também imaginou que Cheyenne tinha descoberto uma maneira de fazer isso.

Felix parou na última porta fechada à direita. Segurou a maçaneta, mas não a abriu. Emmy lhe deu um momento.

— Pai — sussurrou Pamela, como se estivesse envergonhada por ele ter desaprendido a abrir portas.

— Está tudo bem, amorzinho. — Ele soltou um riso constrangido. — Sua irmã vai ficar furiosa quando descobrir que deixei uma estranha entrar no quarto dela.

Emmy ouviu o pânico na voz dele e lhe deu tempo para tomar a decisão. Abrir a porta significava que Cheyenne estava realmente desaparecida. Que talvez não voltasse. Que alguém a tinha machucado.

Felix respirou fundo, então abriu a porta.

Ela esperava a bagunça adolescente de sempre, mas o quarto de Cheyenne estava em outro nível de desorganização. Ao contrário da mãe, ela havia fincado raízes profundas. Pôsteres de todas as bandas e cantores imagináveis estavam colados nas paredes. Havia vários tipos de coleção — bichos de pelúcia, estatuetas de cavalos, perfumes, batons, brincos, flores secas, velas, *Harry Potter*, a série *Crepúsculo*, paletas de maquiagem, roupas e sapatos — abarrotando o armário cuja porta mal podia ser fechada.

Felix soltou uma risada seca.

— Ela gosta das coisas dela.

— A maioria das meninas gosta.

— Briguei com ela hoje à tarde — disse ele. — Queria que fosse conosco para o rio. Disse que era importante fazermos coisas em família.

Emmy lhe deu um desconto.

— É difícil criar uma adolescente.

Ele fez um gesto em direção às sombras e aos blushes espalhados pela mesa.

— Desistimos de proibir a maquiagem. Ruth insistiu que Cheyenne era muito nova, mas ela colocava assim que saía de casa, então... — Emmy ouviu a garganta dele trabalhar enquanto engolia em seco antes de continuar: — Cheyenne estava certa. Ela me falou que eu não estaria no rio de um jeito ou de outro. Que eu ficaria preso no trabalho e chegaria atrasado, então ela poderia muito bem sair com Madison.

Emmy estudou o rosto dele. Sentiu que o arrependimento era genuíno, mas não tinha o luxo de dar às pessoas o benefício da dúvida.

— Ela tinha um laptop ou...

— Ruth tirou o laptop dela no ano passado. — Ele deu de ombros. — Cheyenne descobriu um jeito de burlar os controles parentais. Não queríamos que ela tivesse acesso a redes sociais, então só pode usar o computador que fica lá embaixo, para fazer os deveres da escola.

— Pode pegar o laptop para mim?

— Desculpe, mas Ruth o doou para a Igreja. As freiras têm um programa para jovens menos privilegiados.

— Tudo bem. — Emmy iria verificar aquilo depois. — E o celular dela?

— É um celular flip velho que esqueci em uma gaveta uns anos atrás. Ruth estava furiosa com ela por ter riscado as iniciais no plástico... — Ele parou de falar quando percebeu que tinha perdido tempo demais ficando bravo por coisas estúpidas. — Nós monitoramos toda a atividade on-line. Ela não tinha permissão para acessar a internet fora de casa ou na escola. Tem tantos maus elementos lá fora...

Emmy observou o rosto dele implodir enquanto percebia que um desses maus elementos tinha pegado a filha ainda assim. Ela disse:

— Preciso começar.

— Claro. — Felix entrelaçou as mãos. — Precisa da minha ajuda para isso, ou...

— O xerife deve ter mais perguntas para o senhor.

— Certo — disse ele. — Certo.

Emmy o observou sair. Os passos dele soaram pesados no corredor, fazendo cada tábua do assoalho ranger. Ela o ouviu descer a escada de dois andares. O clique da porta da frente. Emmy estava prestes a começar a busca quando ouviu um guincho baixo mais perto.

Pamela espiava pela fresta de porta aberta. Emmy sorriu para ela, mas a garota se afastou rápido. Os passos eram leves como os de um rato pelo corredor. A porta de um dos quartos foi aberta e depois fechada.

Ir atrás dela era uma opção, mas Emmy tinha que pesar o fato de que Pamela era uma menina de dez anos cuja irmã estava desaparecida contra a probabilidade de que ela tivesse alguma informação útil. A garota provavelmente se lembraria de cada detalhe daquela noite. Não precisava acrescentar a isso a lembrança de ter ficado com medo de uma subdelegada agressiva. Além disso, a pior maneira de obter algo de uma criança era exigindo que ela falasse.

Emmy começou a busca no quarto de Cheyenne com uma rápida varredura visual para o caso de haver algo óbvio ao redor. A garota parecia gostar de rosa e azul, o que não era surpreendente, considerando como havia decorado a bicicleta. Mas não era um rosa infantil que decorava as paredes. A cor estava mais próxima do rosa-choque, provavelmente escolhida para irritar a mãe.

A colcha era de um azul-vivo quase idêntico ao da bicicleta. Os lençóis eram uma explosão de flores multicoloridas. As almofadas, de uma gama semelhante. Estrelas que brilham no escuro coladas no teto e nas pás do ventilador. Havia um tapete de pele de carneiro falsa com as bordas enroladas. Um par de sulcos profundos havia danificado o piso de madeira. A mesa estava praticamente coberta com vários tipos de maquiagem. Três frascos de esmalte escuro descansavam ao lado de um livro de história. Embaixo, havia um bloco de notas amarelo com rabiscos desenhados em tinta roxa. Emmy sabia que as duas meninas estavam fazendo recuperação porque tinham sido reprovadas em sociologia.

Ela verificou se não havia alguém por perto antes de tirar um par de luvas do bolso e calçá-las. Folheou o livro didático e leu as anotações da aula. A caligrafia de Cheyenne era arredondada e feminina, com círculos no lugar dos pingos. Pelo que Emmy percebia, nenhuma das anotações era de natureza pessoal. Havia uma mochila encostada na lateral da mesa e ela se abaixou para olhar. Outro livro didático, um exemplar de *Romeu e Julieta*, uma barra de Twix, uma garrafa d'água vazia, identidade escolar, três notas de um dólar amassadas, 32 centavos em moedas soltas e o que parecia ser uma bala TicTac peluda.

Emmy se levantou. Começou com o mais fácil. Passou as mãos entre o colchão e o estrado, espiou embaixo da cama, abriu as gavetas da mesa de cabeceira, conferiu o interior e deslizou os dedos ao longo da parte inferior de madeira. Então fez a mesma rotina com as gavetas da cômoda. Vasculhou as prateleiras do armário, o lixo, bolsos aleatórios em roupas. Olhou dentro dos zilhões de pares de sapatos jogados no armário.

Bingo.

Emmy encontrou um cofrinho de metal escondido no canto mais distante do armário. Não perdeu tempo procurando a chave. A caixa era frágil, o tipo de coisa que você daria a uma criança, nem chegava perto de uma fechadura patenteada de Fort Knox. Ela desprendeu o canivete multiuso do cinto e encontrou a broca, enfiou no buraco da fechadura e girou. A caixa se abriu.

— Nossa — murmurou ela.

Devia haver pelo menos três mil dólares no cofre. Ela tirou as notas para contá-las. O dinheiro não era o único estoque de Cheyenne, havia um saquinho de maconha, que estava mais para sementes que erva, mas ainda era maconha. Ela colocou tudo no chão.

A única coisa que restava na caixa era uma tira de fotos daquelas de cabine. Cada um dos quatro quadrados mostrava Madison e Cheyenne, abraçadas, posando para a câmera. Vestidas para uma festa de que provavelmente nenhum dos pais ficou sabendo. O delineador de Madison estava muito pesado, os lábios inchados com batom vermelho-cereja. A blusa muito apertada de Cheyenne estava aberta o suficiente para mostrar o sutiã preto por baixo. O colar de ouro com seu nome escrito em letra cursiva praticamente desaparecia no decote. Madison tinha um colar do mesmo tipo com o nome dela, mas, em contraste, estava vestida com mais discrição, como se não tivesse conseguido se entregar ao visual por completo. A última foto levantava uma questão interessante. Cheyenne estava segurando a cabeça de Madison enquanto a beijava no rosto.

Não era na bochecha nem nos lábios, mas em algum lugar entre eles.

Emmy não queria especular. Naquela idade, ela vivia apaixonada pelas amigas, mas nunca de um jeito sexual. Era mais como se quisesse *ser* como elas do que *ficar com* elas. Ter o raciocínio rápido de Celia, a certeza inabalável de Taybee ou o humor ácido de Hannah. Ser qualquer pessoa, menos ela mesma.

Era tão difícil ser uma menina de quinze anos.

Emmy ouviu as tábuas do corredor rangerem de novo. Ela olhou para o espelho sobre a cômoda e viu Pamela espiando pela fresta da porta.

Então se agachou sobre os calcanhares. Mais uma vez, pensou no olhar furtivo de Pamela na rua. Com dez anos, a menina tinha idade para entender que algo ruim tinha acontecido com Cheyenne, mas não para entender que realmente precisava ajudar. As promessas, os juramentos de mindinho ou até mesmo os subornos eram irrelevantes. Pamela precisava contar tudo. Emmy tentou pensar em uma maneira de transmitir isso sem pressionar a menina. Cole era um ano mais velho, mas só tinha metade da maturidade. O único poder real que se tinha naquela idade era o silêncio.

Ela pegou o celular e fotografou tudo o que havia encontrado. Depois colocou a tira de fotos de volta no cofre de metal, o saco de maconha, então começou a contar o dinheiro. Notas de vinte, na maioria, algumas de dez, várias de cinquenta, o que era surpreendente. Emmy tinha errado na estimativa. Havia perto de cinco mil no cofre. Era uma quantia impressionante para uma adolescente ter escondida no armário. E não era como se Cheyenne pudesse ir a um caixa eletrônico. Quem tinha dado dezenas de notas de cinquenta dólares novinhas para uma garota de quinze anos?

A sombra de Pamela recaiu sobre a coleção de sapatos. A garota se agachou ao lado de Emmy. O vestido amarelo estava manchado, provavelmente resquícios de um picolé vermelho. Os joelhos nodosos tinham cortes e arranhões, e ela tinha argila vermelha sob as unhas, de brincar na margem do rio. O cheiro de suor era quase insuportável, mas daquele jeito que só se aplica a crianças, ainda conseguindo cheirar bem.

Emmy ficou quieta e voltou a contar as notas, colocando-as em pilhas como dinheiro de *Banco Imobiliário*. Pelo canto do olho, observou Pamela apertando as sementes no saquinho como se estivesse estourando plástico-bolha. Emmy arrumou as pilhas de notas, mordendo a língua para não estragar o momento. Tinha passado horas e horas trabalhando na cozinha, fingindo tirar pó dos livros nas prateleiras ou arrumar os jogos do PlayStation enquanto esperava Cole resolver lhe contar o que o incomodava. Esperar Pamela deveria ser fácil comparado àquilo, mas estava tão desesperada para encontrar Madison e Cheyenne que só faltava agarrar a menina pelos braços e sacudi-la.

Em vez disso, pegou as notas de cinquenta e começou a virá-las do mesmo lado.

Pamela continuou apertando as sementes.

Emmy decidiu arriscar.

— Acho que seu pai não sabe do iPhone de Cheyenne.

Pamela ficou tensa.

— Não é um problema.

Emmy tinha visto Cheyenne com o iPhone no sofá de Hannah. As duas meninas estavam sentadas a trinta centímetros de distância e ficavam conversando por mensagem em vez de abrirem a boca para falar.

— Não vou contar para ninguém.

Pamela voltou a apertar as sementes, já havia quebrado a maioria. Emmy se perguntou se ela sabia o que havia no saquinho. Em vez de perguntar, pegou as notas de vinte e começou a virá-las todas na mesma direção.

— Tem mais — disse Pamela.

— Dinheiro?

Emmy continuou arrumando as notas.

— É.

Emmy esperou até acabar de arrumar as notas.

— Onde?

Pamela não respondeu. A culpa de revelar o segredo de Cheyenne obviamente a assombrava. Mais uma vez, Emmy se forçou a ficar de boca fechada, pegando outra pilha de notas enquanto os ouvidos se esforçavam para captar qualquer quebra no silêncio.

Por fim, a menina deu um tapinha no braço de Emmy, esperou que ela a encarasse, então rolou os olhos, focando acima do armário.

A criança era uma investigadora melhor do que Emmy. Lá estava o acesso ao sótão da casa.

Pamela se levantou, jogou o tapete de pele de carneiro para trás e arrastou a cadeira da escrivaninha pelo chão. Isso explicava as marcas de sulcos na madeira. Emmy estava se perguntando como a garota conseguia chegar à porta quando Pamela começou a empilhar livros no assento, o que não era apenas perigoso, mas desnecessário.

— Eu cuido disso, querida.

Emmy subiu na cadeira, estendeu a mão sobre a cabeça e empurrou o painel. Tateou às cegas ao redor das vigas do sótão e houve uma chuva de isolamento rosa sobre a boca e os olhos dela, o que a fez tossir e usar o braço para limpar a sujeira. Estava prestes a pedir mais orientação a Pamela quando tocou a borda de um saco plástico. Ziploc. De quase quatro litros. Grosso o suficiente para o freezer. Ela puxou o saco pela abertura. Piscou, mas não por causa do isolamento, e sim porque não conseguia acreditar no que via.

Outro maço gigante de dinheiro. Uma cartela de pílulas anticoncepcionais com quatro comprimidos faltando. Mais maconha. O que pareciam ser dois pacotes de três gramas e meio de cocaína e uma porção de ecstasy.

Ela olhou para Pamela. Não estava mais disposta a ser cuidadosa.

— Cheyenne namora? — perguntou.

— Sim — disse a menina. — O nome dele é Jack.

CAPÍTULO QUATRO

Mais uma vez, Emmy se sentou ao lado do pai enquanto ele dirigia a viatura dela, dessa vez para outra casa com outra família que estava prestes a ter a vida virada de cabeça para baixo, ainda que fosse por razões muito diferentes. O Jack que Pamela havia citado era o filho de dezesseis anos do dr. Carl Whitlock, um pediatra cuja lista de pacientes incluía quase todos os moradores de North Falls, incluindo Emmy, que se consultava com ele na adolescência, e Cole, que nunca conheceu outro médico. A ex esposa de Carl, Monica, era quase vinte anos mais nova que ele e nunca havia se adaptado à vida de cidade pequena. Ela tinha se casado de novo e se mudado para Atlanta alguns anos antes, mas deixara Jack em North Falls para que ele terminasse o ensino médio.

— Ela está no nosso radar? — perguntou Gerald.

Estava perguntando sobre Cheyenne. Todo policial tinha uma lista de criminosos em potencial no radar, o tipo de pessoa que teve sorte ou inteligência o suficiente para evitar a prisão. Emmy nunca suspeitara de algo além de angústia adolescente por trás dos silêncios cortantes de Cheyenne e Madison sempre que entrava na sala. O estoque de drogas e dinheiro a deixara confusa.

— Sabia que as meninas ficavam chapadas às vezes, mas não fazia ideia de que Cheyenne estava envolvida em algo assim — disse Emmy. — Se soubesse, teria dito a Hannah para afastar Madison dela.

— Certo.

Emmy observou o perfil do pai. Seus "certos" tinham várias camadas. Às vezes, podiam ser tomados ao pé da letra, como um sinal de concordância; em outras, eram apenas o reconhecimento de que tinha ouvido o que havia sido dito, e só. Ambos sabiam que Jonah passava a maior parte do tempo bebendo ou ficando chapado. Ambos escolhiam não falar a respeito.

— Pai, tem uma grande diferença entre alguns baseados e dois pacotes de três gramas e meio de cocaína e o equivalente a dez dólares de ecstasy. — Emmy tentou tirar o tom de petulância da voz. — As drogas pesadas mudam as coisas. Juntando o cofre e o que encontrei no sótão, Cheyenne tinha quase dezesseis mil guardado e mais mil em drogas. Isso é um empreendimento e tanto.

— Qual é o envolvimento de Jack?

— Ele estava traficando ou elas estavam guardando para ele? — Emmy olhou para o borrão da estrada enquanto analisava as possibilidades. — O pai dele é médico, mas não vejo o dr. Carl perdendo o controle do receituário sem perceber. E as drogas que encontramos não são drogas legais. Se eu fosse traficante, poderia convencer Cheyenne a esconder meu estoque, mas não confiaria todo aquele dinheiro a ela. Além disso, se ele tivesse sequestrado as meninas para pegar o dinheiro de volta, a grana não estaria mais lá. De acordo com os vizinhos, a casa dos Baker ficou vazia desde as 15h30.

— Ignore as drogas.

— Não muda nada. Jack teria oportunidades melhores para pegar as garotas. Poderia lhes dizer para passar na casa dele. Mas, para começo de conversa, por que ele as sequestraria? Onde as prenderia? E por que levaria as duas ao mesmo tempo? Parece muito calculado e controlado para um menino de dezesseis anos.

— Quais são os outros cenários? — perguntou Gerald.

Emmy tentou pensar em como as drogas poderiam se encaixar no desaparecimento das duas meninas.

— Os caras das gangues de moto vendem coca e oxi. A milícia vende...

— Emmy Lou — interrompeu ele em um tom que não exatamente tirava sarro dela, mas não era *tão* inocente assim.

A parte humilhante é que ele estava certo. Quem tinha dado drogas a Cheyenne estava ao menos dez níveis abaixo da organização que as traficara para dentro do estado.

— Elas são meninas de quinze anos — disse Emmy. — Não podem dirigir, não podem ficar em bares. Em teoria, nem sequer podem sair de casa sem permissão. Vão para todo lugar de bicicleta, então isso limita ainda mais o mundo delas. Não estão inteiradas em política ou no noticiário, só querem saber do que acontece na escola e no shopping. E, mesmo assim, só aquilo que impacta a vida delas.

— E?

— Ele provavelmente as encontrou no shopping.

Em silêncio, Emmy repassou o carrossel de pequenos traficantes no condado. Praticamente todos eram homens de meia-idade com entradas no cabelo e que mal conseguiam ganhar dinheiro.

— Quer dizer, até os traficantes têm um código de ética. Posso imaginá-los vendendo para adolescentes mais velhas, mas não os vejo sequestrando duas garotas, independentemente do que tenham feito.

— Concentre-se em Madison — disse Gerald.

Emmy sentiu a garganta apertar. Buscar teorias permitira que ela se distanciasse um pouco, mas então se lembrou de que no meio disso tudo havia duas crianças aterrorizadas e ameaçadas. Não eram traficantes de drogas durões ou vigaristas. Eram a filha mais velha de Felix e Ruth Baker. A menininha de Paul e Hannah.

— Dezesseis paus é muita coisa para uma adolescente ter em casa — disse Emmy. — É preciso ser muito disciplinada para não gastar em roupa e maquiagem. Estavam guardando para alguma coisa importante, provavelmente para irem embora da cidade.

— Por quê?

— Porque é o que a gente quer quando é adolescente. Todo mundo a trata como criança, mas você acha que é adulta. Seus pais são burros, a escola é uma perda de tempo, é chato só ter o shopping para encontrar os amigos. Você vê as mesmas pessoas toda vez, ouve as mesmas histórias. — Emmy fez uma pausa, tentando pensar em como era estar presa naquele limbo infernal. — Os Baker dizem que foi Madison quem corrompeu Cheyenne. Hannah e Paul dizem que Cheyenne é a má influência. Acho que é mais provável que uma incentive a outra. Cheyenne é de fora da cidade, é empolgante e exibida. Madison absorve o drama e a emoção como uma esponja. Para manter a atenção de Madison, a amiga precisa correr riscos cada vez maiores. Se eu fosse um traficante nojento, abordaria Cheyenne.

— Paul e Hannah são daqui de North Falls — observou Gerald.

Emmy sabia o que ele queria dizer. Havia muitas suposições embutidas na expressão "daqui de North Falls". O mercado imobiliário da cidade era fechado e exclusivista. Os moradores, principalmente as mulheres, tendiam a ser durões e viviam muito. Em geral, se alguém tinha uma casa dentro dos limites da cidade, era porque herdara da avó, que herdara da avó dela. As pessoas na cidade tinham mais dinheiro, mais educação, mais alcance político e mais recursos. Em outras palavras, se alguém fizesse algo secreto ou ilegal, o melhor seria ficar o mais longe possível das pessoas nascidas em North Falls.

E, em especial, evitar os filhos privilegiados e mimados delas.

— O sequestrador provavelmente as observou antes de decidir agir. — O estômago de Emmy se revirou enquanto ela considerava as possibilidades. — Talvez no começo só vendesse maconha para elas. Então se aproximou um pouco, descobriu que Cheyenne era a líder, e a escolheu.

— Certo — disse Gerald. — Qual é o objetivo dele?

— Sexo. — Ela sentiu um toque de calor no rosto. — Hannah e eu falamos disso quando Madison fez treze anos. De repente, todo tipo de homens adultos assustadores brotou do nada. Nós nos lembramos de isso ter acontecido conosco nessa idade também. O que você veste, como anda, como fala, como respira... sempre tem um cara mais velho desprezível prestando atenção, notando suas vulnerabilidades, bajulando, flertando, porque está tentando a aliciar.

— Para sexo?

— Claro, mas também poder, controle, manipulação. Homenzinhos desprezíveis não dão conta de mulheres adultas. Vão atrás de garotas porque a maioria delas é impressionável e desesperada por aprovação externa. Nessa idade, uma garota faz quase tudo por atenção, mesmo que pareça ruim e ela saiba que é errado.

Emmy deu de ombros quando Gerald a olhou, porque era simples assim.

— Elas não contariam aos pais? — perguntou.

— Os pais ficam bravos com as coisas erradas. O que estava fazendo, falando com aquele cara? Por que estava naquele lugar? Por que não se afastou? O que estava vestindo? Você deu trela?

— Certo. — Ele virou em uma curva fechada. — E as drogas?

O nó apertou com mais força.

— Ele deve ter usado as duas para expandir o negócio de drogas na escola. As aulas de recuperação terminam no fim do mês e as duas meninas estão matriculadas. Isso significa que a escola está cheia de crianças de Verona, Ocmulgee, Clayville e North Falls.

— Não é bom.

— Vou ver o que Dylan sabe. — Emmy pegou o celular e começou a mandar mensagens para o subdelegado Dylan Alvarez, oficial encarregado da segurança na escola, para ver se ele tinha alguma informação útil sobre os traficantes ou as meninas. — Dylan patrulha os corredores todos os dias, ele pode nos dizer com quais crianças precisamos falar.

O celular de Gerald começou a tocar. Ele o abriu e colocou no viva-voz, então disse:

— Está falando com os dois.

— Nenhuma novidade das meninas.

Virgil estava obviamente ao ar livre. O cricrilar dos grilos tomava o fundo.

— Paul pegou os registros das chamadas feitas do celular de Madison nos últimos seis meses. Além de Paul e Hannah, a menina só ligou para três números. O primeiro é o do celular flip que os pais de Cheyenne conheciam. O segundo era um número registrado num pré-pago.

— Um descartável — disse Emmy. — O número poderia ser do sequestrador. Quantas vezes ela ligou?

— Quase sem parar, e não são ligações curtas — disse Virgil. — Algumas duram trinta, quarenta minutos. Outras têm mais de duas horas. O número de mensagens de texto beira o absurdo. Não tenho o conteúdo, mas tenho os registros de horário. Estamos falando de explosões rápidas, às vezes o intervalo entre as mensagens é de quatro ou cinco segundos.

— Isso parece uma conversa entre duas meninas — respondeu Emmy. — Há um padrão entre o telefone de Madison, o celular flip de Cheyenne e o descartável? Tipo, Madison enviou mensagens para Cheyenne e o descartável simultaneamente?

— Espere. — Virgil estava claramente verificando os registros. — Bom, a resposta rápida é não. Parece que Madison só ligou para o celular flip de Cheyenne antes e depois do horário das aulas de recuperação. Durante as aulas, ela entrava em contato apenas pelo descartável, e isso é tipo, Jesus, um monte. Cinquenta, talvez cem mensagens em seis horas. Então param quando a aula termina, aí começam de novo lá pela meia-noite e continuam com intervalos até a manhã seguinte.

— O pré-pago deve ser de Cheyenne — disse Emmy. — Um predador ou traficante não ficaria tanto no telefone. Deixa rastro. Ele tentaria conversar pessoalmente. Menos chances de ser ouvido. Menos risco de ser descoberto pelos pais.

— E o terceiro número? — perguntou Gerald.

— Aí é que está — disse Virgil. — Oito dias atrás, o pré-pago sumiu do radar, então um terceiro número apareceu, também pré-pago. Madison parou de se comunicar com o número antigo e começou com o número novo. Mesma frequência, mesmos horários.

— Será que ela perdeu o telefone? — perguntou Emmy. — Ou foi roubado?

— Seja qual for a razão, precisamos botar as mãos nesses celulares — respondeu Virgil. — Só vai dar para ler as mensagens se tivermos o aparelho. Paul nos deu a senha do iPhone de Madison, mas não consegui fazer aquela desgraça carregar. Não foi só o vidro que quebrou. Tem pedacinhos soltos por dentro.

— Tinha back-up na nuvem? — perguntou Emmy.

— Não, eles tiraram o acesso dela porque tinha tantas mensagens e fotos que estava explodindo o plano de dados — disse Virgil. — Coloquei o celular no saco de provas e está pronto para seguir para o laboratório do Departamento de Investigação da Geórgia, assim como o computador dos Baker.

— Atrase isso — disse Gerald.

Emmy olhou para o pai. Sabia que ele tinha decidido chamar o FBI.

— E os Baker? Eles conseguem acessar os registros do celular flip de Cheyenne? — perguntou.

— Felix não tem uma conta on-line. É preciso um código para ativar. Ele vai ligar para o escritório deles assim que abrir pela manhã.

Emmy achou estranho que um engenheiro não tivesse tudo configurado de modo eletrônico.

— Se uma pessoa está tentando ser sorrateira e precisa de um celular, vai comprar um pré-pago em dinheiro vivo, assim não precisa dar seu nome verdadeiro. Não compraria on-line porque teria que usar um cartão de crédito, daria preferência a uma loja física. Não deve ter mais que um punhado de lugares onde Cheyenne ou Madison poderiam comprar um celular desse tipo. Eu começaria com a Good Dollar e o quiosque no shopping.

— O sequestrador pode ter comprado os telefones — disse Gerald.

Ela não tinha pensado nisso, mas fazia sentido que o homem controlando Cheyenne também controlasse com quem ela falava.

— O volume no bolso de Madison — complementou.

Emmy sentiu um aperto no coração. Ela tinha sido burra ao pensar que era apenas um lanchinho para mais tarde.

— Ela poderia ter um celular flip com ela no parque. Pai, não pode ser aleatório. O sequestrador é sofisticado e tem experiência em aliciar meninas.

— Coloque um time para trabalhar na Lista — ordenou Gerald.

Emmy sabia que essa hora chegaria, mas ainda assim sentiu um golpe no peito. "A Lista" se referia a todos os agressores sexuais registrados no condado.

— Bosta — murmurou Virgil. Ele também sentira. — Certo, chefe.

Gerald fechou o celular e o colocou no bolso, mantendo os olhos na rua. Emmy ouviu o ruído das rodas do carro viajando no asfalto. Estavam na rua Vernon, nomeada em homenagem a seu tataravô. Logo virariam à esquerda na avenida Delilah, nomeada em homenagem à sua tataravó. Hannah morava logo atrás da Delilah, na rua Clay, que recebeu o nome em homenagem ao primeiro Clifton que roubou a terra do povo Creek em 1822 e espalhou seu nome por todo o condado.

— Emmy Lou? — disse Gerald. Ela se virou para olhar para ele. Sabia o que estava por vir. — Você vai ter que falar com Hannah.

Emmy assentiu, devagar.

— Precisa fazer uma busca no quarto de Madison. Descobrir se ela estava escondendo alguma coisa. Procurar o celular pré-pago que sumiu ou qualquer outro do tipo. Dinheiro. Drogas. Comprimidos.

Emmy continuou a assentir.

Gerald acionou a seta para virar à esquerda na Delilah. Emmy olhou para o relógio. Era uma da manhã, mas as luzes estavam acesas em todas as casas. Havia portas abertas, garagens vazias, tantas pessoas andando na rua com lanternas que pareciam um enxame de vaga-lumes.

Estavam todos à procura de Madison e Cheyenne.

Gerald estacionou no meio-fio em frente à casa do dr. Carl. Emmy checou o celular ao sair do carro. Mais duas mensagens da tia maluca e as mensagens das primas haviam voltado com tudo, mas a discussão sobre o almoço na fazenda *versus* restaurante chegara a uma trégua. Taybee havia criado uma planilha com base em um mapa sobre o qual tinha atribuído áreas de busca aos diferentes ramos dos Clifton. Ninguém questionava a autoridade dela. Pela primeira vez, estavam em total acordo sobre o que precisava ser feito.

A última mensagem era da mãe, avisando que Cole estava dormindo na antiga cama de Emmy. Ela se permitiu sentir o alívio de saber que o filho estava em boas mãos. Estava prestes a devolver o celular ao bolso quando o aparelho começou a tocar.

Ela atendeu no viva-voz, para que o pai pudesse ouvir.

— Dylan, estamos os dois aqui. Alguma informação sobre as garotas?

— Nada — disse ele. — Conheço Cheyenne e Madison de vê-las nos corredores, mas nunca se encrencaram comigo.

Emmy ficou decepcionada que as duas garotas tivessem conseguido se manter longe do policial da escola, mas não surpresa. Eram boas em guardar segredos.

— E Jack Whitlock?

— O filho do dr. Carl? — perguntou Dylan em um tom um pouco alarmado. A filha dele, de catorze anos, provavelmente era uma paciente. — Jack não é do grupinho de populares, com certeza. Meio quieto, meio solitário. Nunca tive contato direto com ele.

De novo, não era de se espantar. O trabalho de um policial escolar era segurança e prevenção de crimes. As tarefas diárias de Dylan eram separar brigas, rastrear ladrõezinhos e andar pelos corredores para lembrar aos alunos que havia um policial de plantão — nada disso o colocaria em contato direto com crianças que sabiam como ficar longe de problemas. Ou pelo menos fingir.

— Quem são os traficantes na escola? — perguntou.

— Ninguém — respondeu Dylan. — A Escola North Falls não tem problemas com drogas.

Emmy quase riu.

— Tá de brincadeira?

Gerald pigarreou.

— Dylan, Emmy vai encontrar você na escola amanhã bem cedinho. Passe um resumo. Ela vai precisar falar com conselheiros, professores, alunos, então faça uma lista.

Como Virgil, ele hesitou, mas só por um instante.

— Certo, chefe.

Emmy encerrou a ligação e perguntou ao pai:

— O que foi isso?

Gerald não respondeu. Andou até a casa do dr. Carl, e ela o seguiu, tentando esquecer o telefonema estranho e se concentrar na tarefa em suas mãos.

Até aquele momento, Jack Whitlock era a única pista que tinham para o desaparecimento de Cheyenne Baker e Madison Dalrymple. As meninas estavam desaparecidas havia mais de quatro horas. As chances de serem encontradas vivas estavam caindo para um dígito.

Emmy observou a propriedade. A casa de tijolos vermelhos em estilo rancho, com acabamento branco e garagem no lado esquerdo, era outro especial da família Clifton, projetado para aproveitar as hipotecas com apoio do governo fornecidas aos veteranos da Segunda Guerra Mundial que estavam ansiosos para começar suas famílias. Três quartos. Suíte. Banheiro no corredor. Sala de estar. Cozinha. Escritório. Sem porão.

Havia apenas um veículo estacionado na garagem, o Volkswagen Jetta preto do dr. Carl. O restante do espaço era ocupado por uma longa bancada de trabalho e vários armários de metal. Tudo estava arrumado e em seu devido lugar, ao contrário do jardim, que tinha virado um inferno desde que Monica fora embora. Os canteiros de flores estavam tomados de ervas daninhas. A grama tinha uma aparência ressecada. Ninguém limpava as calhas fazia um bom tempo.

O maior problema era que, ao contrário de todas as outras casas na rua, as luzes na casa do dr. Carl estavam apagadas. Nem a luz da varanda estava acesa.

Gerald olhou para Emmy. As piores explicações passaram sem palavras entre eles.

Tortura. Estupro. Assassinato. Parricídio. Suicídio.

Jack Whitlock era um rapaz branco de dezesseis anos excluído e descrito como quieto e solitário. Emmy sabia com certeza que o dr. Carl mantinha pelo menos uma arma em casa. Ela o tinha visto no campo de tiro com um rifle SIG MCX com cano de dezesseis polegadas forjado a frio, uma coronha retrátil esqueletizada e um carregador de trinta tiros. O rifle de quase três mil dólares era anunciado como uma arma para defesa pessoal, mas o estilo militar tinha um apelo herege para guerreiros de fim de semana, pais divorciados e atiradores escolares.

Emmy desabotoou a alça da Glock pela segunda vez naquela noite.

Gerald subiu os dois degraus até a varanda da frente. Esperou até que a filha estivesse posicionada atrás dele, à direita. Levantou o punho e deu três batidas fortes à porta. Cada uma foi alta o suficiente para soar como um tiro, o que era intencional. Nada de batidas tímidas quando não se sabe o que esperar do outro lado.

Emmy viu um feixe de luz se acender no canto mais distante da casa. Sabia que vinha do quarto principal. Contou os passos até a porta da frente em silêncio. Subindo o longo corredor. Pela sala de estar. Virando à esquerda na cozinha. Outro corredor curto. Então o saguão.

Uma luz foi acesa do lado de dentro, brilhando através dos painéis de vidro no topo da porta. Então a luz da varanda. Aí a porta foi aberta, e o dr. Carl apareceu de camiseta branca enfiada para dentro de uma cueca boxer. Ele piscou atrás dos óculos.

— Gerald? — Carl parecia surpreso. Ele olhou para a rua. — O que aconteceu?

— Cheyenne Baker e Madison Dalrymple desapareceram. — Gerald fez um gesto com a cabeça para dentro da casa. — Podemos entrar?

— P-podem. — Carl foi para o lado, abrindo mais a porta. — Posso ajudar em alguma coisa? Quando isso aconteceu?

Emmy observou o homem acendendo as luminárias da sala. Parecia preocupado, mas não frenético.

— Madison foi vista pela última vez na celebração do Quatro de Julho no parque — começou ela. — Cheyenne foi vista pela última vez hoje à tarde em casa. Suspeitamos de atividade criminosa.

— Jesus.

Os óculos de Carl subiram enquanto ele esfregava os olhos. Ainda estava preso em algum lugar entre o sono e a vigília.

— Vocês... Quer dizer, os registros odontológicos seriam...

— Não é por isso que estamos aqui — disse Emmy. — Podemos falar com Jack?

— Jack? — perguntou Carl, mas não pediu esclarecimentos. Ele se virou em direção ao corredor escuro. — Achei que ele estivesse dormindo.

Emmy via uma luz azul tênue saindo por baixo de uma porta fechada. Ela não esperou um convite, andou pelo corredor com a mão na Glock, ainda no coldre.

— Gerald — disse Carl —, o que está acontecendo?

Atrás de si, Emmy ouviu o registro grave da voz profunda do pai respondendo à pergunta, mas toda a sua atenção estava na porta. Estendeu a mão, apoiando com cuidado os dedos na maçaneta, forçou-se a respirar fundo, então abriu a porta.

Jack estava sentado em frente ao computador, de costas para a porta. O monitor era a única fonte de luz no cômodo. Sentava-se em uma cadeira de escritório com rodinhas, de frente para uma grande mesa de madeira entulhada de papéis e livros. Um par de fones de ouvido Beats estava preso ao iPhone por um fio vermelho, mas o volume estava alto o suficiente para que Emmy ouvisse o ritmo de "Poker Face" vazando ao redor dos ouvidos dele. Uma bomba atômica poderia explodir atrás do rapaz e ele não perceberia.

Ela entrou com cuidado no quarto. Precisou abrir a boca para respirar. O cheiro a atingiu de uma só vez: suor e testosterona com um toque de desodorante e hidratante. A cama estava desfeita; o lençol de elástico enrodilhado, deixando o colchão à mostra. Roupas espalhadas pelo chão. Prateleiras tinham sido montadas no armário aberto. Os pôsteres na parede mostravam mulheres acariciando carros esportivos antigos de um jeito sugestivo. Tudo estava bagunçado, desordenado, jogado.

Ela olhou para o computador. Jack via uma página do Facebook de alguém chamado Rex Delilah, o que dava a entender que ele tinha caído no golpe da brincadeira virtual que prometia gerar seu nome pornô, mas na verdade coletava o nome do seu primeiro animal de estimação e da rua em que você cresceu para roubar suas senhas.

Enquanto Emmy olhava, Jack atualizou os comentários. Dezenas de novas postagens foram carregadas. Ela focou o monitor, que era tão grande que dava para ler a quase dois metros de distância:

Não consigo parar de pensar na última coisa que Cheyenne me disse. Ela queria copiar meu dever de casa, mas eu disse não. Se tivesse deixado, talvez ela não estivesse desaparecida agora.

Eu almoçava com Cheyenne quando ela se mudou para cá. As pessoas se afastam, mas sempre a vi como uma amiga. Rezo a Deus por seu retorno seguro. #CliftonForte

Ela sempre foi uma VACA, e Madison não era diferente.

Mad tirou uma foto da buceta dela para mim, quer ver?

Eu amo Madison, éramos amigas no fundamental e a mãe dela era tão gentil. Ela fazia os melhores cupcakes, vocês lembram? Eu gosto da sra. Dalrymple tb, apesar de ter sido minha professora.

Cheyenne me falou que me pagaria um bqt por $50

Cheyenne, nós amamos você e a Madison, por favor, voltem para casa! #CliftonForte

LINK para a buceta da Mad.

Precisamos rezar para que as duas voltem em segurança. O Senhor ouve as orações das crianças primeiro. Vamos unir nossas vozes no pátio da escola amanhã. #CliftonForte

Ajoelha na minha frente e te dou uma coisa para rezar, com força kkkkk!!! #CliftonROLA

Emily ouviu Jack dar uma risadinha.

De triunfo? De prazer indireto?

Ele recarregou a página de novo, como um viciado em busca de mais uma dose. Mais postagens rolaram para cima. Emmy olhou para o pai, que estava parado no corredor. Tinha um passo leve para um homem tão grande. Ela se moveu para a esquerda, posicionando-se entre a cama de solteiro e a janela. Gerald bloqueou a porta, cortando qualquer chance de fuga, então deslizou o dedo sobre o interruptor de luz, e esperou o aceno de Emmy antes de apertá-lo.

— Pai! — gritou Jack, levantando-se tão rápido que a cadeira bateu na cama. Arrancou os fones Beats da cabeça. "Poker Face" tinha chegado ao refrão. A bateria soou metálica quando os fones de ouvido atingiram o carpete.

— O que...

Emmy ouviu o estalar agudo dos dentes quando ele fechou a boca. O menino a olhou, depois para Gerald. Na mesma hora, soube que ele estava escondendo algo.

— Onde estão Madison e Cheyenne? — perguntou ela.

— Anh? Como é que eu vou saber?

— Sabe que elas desapareceram.

— Sei, mas…

— Tá na cara que não tira os olhos dessa página do Facebook.

— Isso não é…

— O que vou encontrar quando revistar seu quarto?

Jack abriu a boca para responder, mas a fechou de novo. Seu olhar foi em direção à porta. Carl estava parado atrás de Gerald.

— Pai, sou menor de idade. Eles não podem falar comigo sem sua permissão.

— Você sabe por que eles estão aqui? — perguntou Carl.

Jack balançou a cabeça em negativa.

— Não, senhor.

— Filho, você obviamente sabia que as meninas estavam desaparecidas. — Carl parecia chocado. — Por que não me acordou? Madison é minha paciente desde que era um bebê. Hannah e Paul devem estar apavorados, não achou que eu fosse querer ajudar a procurá-la?

Jack baixou a cabeça. O movimento parecia ensaiado.

— Desculpe, pai.

Emmy olhou para Gerald, que observava o quarto. O estado de bagunça. Os posts cruéis na página do Facebook. Não precisou se aproximar para ler o que diziam. A cirurgia de catarata dera a ele uma visão melhor do que ela jamais tivera.

Gerald se virou para Carl.

— O senhor se importa em deixar Emmy conversar com seu filho sozinha?

Carl balançou a cabeça em negativa e disse:

— Imagina. Vamos voltar para a sala. Tenho um pouco de scotch, ou…

Emmy bloqueou o resto da conversa enquanto os dois homens se afastavam. Manteve a concentração em Jack, e perguntou:

— O que vou encontrar no seu quarto?

— Nada.

— Então se eu olhar embaixo da sua cama…

— Merda — praguejou. — Tá, tudo bem.

Jack se ajoelhou e enfiou a mão entre o colchão e o estrado e jogou um objeto nos lençóis amassados. Ela viu uma lanterna de plástico preta, exceto que a parte que deveria ter a luz era de silicone moldado no formato de lábios genitais. Como se isso já não fosse horrível, as palavras XANA DE BOLSO estavam gravadas na lateral.

— Pronto, feliz? — perguntou Jack.

Emmy não estava feliz.

— Coloque essa coisa no chão e se sente na cadeira com as duas mãos onde eu possa ver.

Jack grunhiu, mas obedeceu.

— Não tem mais nada. Juro.

Emmy sabia como era a aparência de um garoto de onze anos que tinha feito alguma besteira. Imaginou que aos dezesseis não seriam muito melhores em fingir inocência. Tirou um par de luvas do bolso, mas não iria procurar às cegas. Inclinou o colchão de solteiro para o lado, porém não reconheceu metade das porcarias pervertidas que Jack tinha escondido, mas o garoto estava definitivamente no auge do despertar sexual. Não havia dinheiro suficiente no mundo que a obrigasse a levar uma luz negra para aquele quarto.

Ela olhou para Jack, que se balançava para a frente e para trás na cadeira, furioso, impotente, envergonhado. Emmy se lembrou de uma frase que leu em um estudo sobre atiradores em escolas: "Eles buscam reafirmar a masculinidade atacando alunos e professores que percebem prosperar dentro da entidade social que sentem ter diminuído sua masculinidade".

Emmy deixou o colchão cair de volta no lugar. Verificou a mesa de cabeceira e as gavetas da cômoda. Nada. Procurou nas prateleiras do armário. Nada. O cesto de roupa suja estava cheio. Ela o chutou para o lado. Nada.

Manteve Jack em sua linha de visão enquanto folheava os livros de bolso na mesa. *O último dos moicanos, Um quarto com vista, Amada*. As lombadas estavam rachadas. Post-its coloridos se destacavam nas páginas. Ela presumiu que ele estava fazendo as leituras de férias para as aulas de Inglês Avançado. Usou a ponta do sapato para empurrar a mochila. Mais livros, entre eles *Contos completos*, de Flannery O'Connor. A gaveta da mesa estava cheia de fichas e canetas. Tirando o verdadeiro Distrito da Luz Vermelha embaixo do colchão, não havia qualquer coisa alarmante ou inesperada no quarto.

Jack cruzou os braços sobre o peito.

— Eu disse que não tinha mais nada.

— Sim, você disse. — Emmy atravessou o quarto e se apoiou no parapeito da janela. — Fale sobre Madison e Cheyenne.

— Eu odeio elas. Espero que estejam mortas.

Emmy prestou atenção ao tom de voz dele. Parecia quase pragmático.

— Tem mais gente que as odeia? — perguntou.

Ele deu de ombros, mas disse:

— Você quer dizer todo mundo na escola? Claro.

— Por quê?

— São umas vacas. As duas. Se você olhar torto para elas, sua vida acabou.

— Como?

— Dizem às pessoas que seu pau é pequeno, ou que você é ruim de cama, ou que tentou tocar nelas, mesmo não tendo feito nada.

— Você fez sexo com alguma delas?

— Não são meu tipo — disse ele, a voz tão cheia de raiva e anseio que Emmy podia praticamente sentir na pele. — Eu tenho namorada.

— Qual é o nome dela?

Jack olhou para o tapete de novo. Uma das pernas começou a tremer.

— Madison disse pra todo mundo que eu sou gay. Eu não sou gay.

— Certo — disse Emmy. — Mas não faria diferença para mim se fosse.

— Bom, eu não sou — insistiu. — Ela mentiu para a escola inteira, e eles acreditaram.

— Sinto muito que ela tenha feito isso com você, Jack. Às vezes, as pessoas podem ser realmente más sem motivo, só porque querem. — Emmy não tinha tempo para dissecar as crueldades bizantinas de garotas adolescentes. — Conte-me o que você acha que aconteceu com Madison e Cheyenne hoje à noite.

Jack fez que não, mas ela percebeu que ele estava de fato considerando.

— Assim, é ruim que estejam desaparecidas, certo? Eu odeio elas, mas o seja lá o que tenha acontecido é ruim.

— É — confirmou Emmy. — Você assistiu aos fogos de artifício no rio hoje à noite, ou...

Ele bufou uma risada incrédula.

— Assisti com meu pai na varanda dos fundos. Caso não tenha percebido nos últimos cinco minutos da nossa conversa, eu não sou muito popular.

Emmy tinha adivinhado isso no segundo em que o vira sentado na frente do computador usando uma cueca branca justa e uma camiseta desbotada do Weezer. Ela deu um passo mental para trás para realmente observá-lo. Cabelo oleoso. Bochechas entupidas de acne. Ele ficaria mais bonito um dia, mas, por enquanto, o corpo estava naquele estágio entre menino e homem: braços e pernas magros, peito côncavo, um punhado de pelos no lábio superior que provavelmente tinha que raspar a cada três dias. Não estava apenas fazendo as leituras de férias, mas também anotações. Usava um pseudônimo para fuçar as redes sociais dos colegas. Tudo indicava que era submetido ao pior tipo de ridículo toda vez que pisava dentro da escola.

— Jack, vamos começar de novo. Não estou aqui para fazer você passar vergonha. Sei que o ensino médio pode ser difícil.

Ele bufou de novo.

— Eu sei que você é uma Clifton.

— Não o tipo certo de Clifton. — Emmy tentou outra abordagem. — Meu avô não queria trabalhar na fábrica. Vendeu as ações e se juntou a um circo itinerante.

Jack a encarou.

— Sério?

— Sério — disse ela. — Veio a Grande Depressão. A fábrica quase fechou e meu avô achou que seria melhor pegar o dinheiro e fugir. Só que ele não foi muito longe, quebrou as costas no trapézio e voltou para casa numa cadeira de rodas. Foi por isso que meu pai largou o ensino médio e entrou para a polícia. Ele precisou ajudar a sustentar a família.

— Droga — comentou Jack. — E o dinheiro da venda das ações?

— Foi para prostitutas e dívidas de jogo.

— Droga.

— Uma droga mesmo — disse Emmy.

Havia uma razão para Taybee a irritar tanto. Ela tinha a arrogância de um Clifton Rico, o que era difícil para um Clifton Pobre engolir.

— Jack, vou ser honesta. O que você tem no quarto é problema seu. Não me importo com sua namorada, seus brinquedos ou seu histórico de navegação. Só quero saber como posso encontrar Madison e Cheyenne.

Ele levantou os ombros.

— Elas já estão mortas.

— Não acredite em tudo que lê on-line. — Emmy tentou soar como se não estivesse perdendo as esperanças. — Preciso explicar o que pode estar acontecendo agora com duas adolescentes que foram sequestradas por um estranho?

Ele mordeu o lábio inferior. Ela percebeu que tinha sido afetado pela pergunta.

— Não, senhora.

— Notou se havia alguém que estivesse irritado com qualquer uma delas?

— Nada específico, mas eu não estava mentindo antes. A escola inteira odeia as duas, não importa o que estejam dizendo no Facebook.

— O que estão dizendo no Facebook?

— Todas as garotas populares de repente estão agindo como se elas não fossem umas vacas. Como se Shy e Mad fossem amigas de todo mundo, mas não eram amigas de ninguém além delas mesmas. Ninguém gostava delas, não de verdade. Eram populares apenas porque as pessoas tinham medo de irritá-las, mas, agora que se foram, é como se ninguém se lembrasse de como eram cruéis.

Jack olhou pela janela, mas Emmy sabia que ele só conseguia ver o próprio reflexo. Não era um garoto feio, mas tinha aquela coisa nele — aquela necessidade dolorida de ser aceito — que pintava um alvo vermelho brilhante em suas costas.

— Sei que Cheyenne estava traficando drogas pesadas.

Jack pareceu surpreso, mas não pelo motivo óbvio.

— Como descobriu?

— Sou policial. Ganho a vida descobrindo as coisas. — Ela sorriu, mas apenas para suavizar a pergunta seguinte. — É possível que Cheyenne tenha deixado um dos outros traficantes da escola puto?

— Não estou metido com isso — disse Jack.

Mas a resposta confirmou a hipótese dela de que não havia como uma escola de ensino médio que matriculava quase dois mil alunos por ano não ter um problema de drogas.

— E o shopping?

— Não vou pra lá. É chato e tudo é mais caro.

— Certo. Vamos nos concentrar na escola. Isso é realmente importante, Jack. Quem levou as meninas não está de brincadeira. Entendo que não goste delas, mas as odeia tanto assim para ficar em silêncio enquanto estão em perigo?

Ele deu de ombros mais uma vez, mas era nítido que estava considerando as implicações.

— Woody é, tipo, o único gângster de verdade lá da escola, mas duvido que ele se importaria. — Emmy assentiu para ele continuar. — O nome verdadeiro dele é Wesley Woodrow. Já ouviu falar dele?

— Não.

— É que o cara sabe ficar fora do radar — disse Jack. — Ele mora em Clayville, mas não vende para o pessoal de North Falls, ele se recusa. Então não ficaria bravo com Shy e Mad negociando com eles. Acho que nem iria notar.

— E se Cheyenne começasse a cortar a base de clientes dele?

— Sinceramente? Não tem como. Woody é assustador, e Shy não é idiota. Não tem como ela calar a boca dele espalhando um boato qualquer que deixaria outro cara anoréxico. Ele daria uma surra nela.

— Mesmo ela sendo uma garota?

Jack assentiu.

— Com certeza. Ele já fez isso antes.

Emmy fez uma anotação para averiguar aquilo depois.

— Só Cheyenne que vendia ou Madison também estava envolvida?

— Impossível Madison fazer mais do que ir junto. Conheço ela desde o jardim de infância. Sempre foi covarde, tem medo de tudo.

Emmy sentiu-se estranhamente aliviada por sua interpretação estar certa.

— Madison estava saindo com alguém? Namorado? Namorada?

Ele negou com a cabeça.

— Não, senhora.

— Tem certeza disso? — pressionou Emmy. — Ela não estava ficando com alguém? Nem tinha um quedinha ou algo assim?

— Só a via na escola com Cheyenne. Talvez goste de alguém, mas Mad não fala comigo desde o fundamental. Nenhuma das garotas que eu conhecia naquela época me dá a mínima hoje em dia. — Ele movimentou os ombros com desdém, mas o desprezo ainda doía. — Estou no coral e na banda. Cantar "Seal Lullaby" e tocar violino não acabaram sendo os afrodisíacos que eu pensava.

Emmy sorriu com a piada.

— A irmã mais nova de Cheyenne pensou que você fosse o namorado dela.

Ele não riu nem reclamou da ideia, apenas deu de ombros pela enésima vez.

— Shy podia ser legal às vezes. Você só precisava afastá-la das pessoas e fazer as coisas exatamente do jeito que ela queria.

Emmy se lembrou do comentário no Facebook dizendo que Cheyenne faria um boquete por cinquenta dólares. Havia muitas notas de cinquenta dentro do cofre do armário dela.

— Você pagou a ela por sexo?

Jack lambeu os lábios, mas não respondeu à pergunta.

— Ajudei o pai dela a limpar o galpão durante o recesso de primavera. Demorou um pouco porque ele tentava jogar coisas fora, como pneus de neve e coisas de inverno, e a mãe de Shy ficava furiosa porque achava que precisariam delas se voltassem para Iowa, então tivemos que guardar tudo de volta. Tipo, isso durou mais de uma semana. Pamela deve ter me visto conversando com Shy. Como eu disse, ela era diferente quando não havia gente por perto. Mais gentil, mais legal.

— Recesso de primavera — disse Emmy. — Foi quando você descobriu que Cheyenne traficava?

— Já sabia antes disso, talvez desde o Natal do ano passado. Mas ela nunca me disse nada. Para ser honesto, fiquei realmente chocado quando soube. Não porque ela não fosse fazer algo estúpido assim, mas os pais dela são super-rígidos. Tipo, eles nem a deixam ter o próprio computador. Ela chegou tarde em casa uma vez e eles a deixaram de castigo por um mês inteiro.

— Você parece saber muito sobre Cheyenne.

— É fácil ver as coisas quando você é basicamente invisível.

Emmy não tinha tempo de se deixar emocionar por aquele menino.

— Você a viu traficando na escola?

— Não, senhora, mas ouvi falarem disso no vestiário. Os caras estavam dizendo que, se você precisasse de oxi ou Adderall, Shy poderia ajudar.

Oxi e Adderall eram informações novas. A situação só piorava.

— Sabe onde ela estava pegando as drogas?

— Não, senhora — disse ele, balançando a cabeça para os lados.

— É possível que Woody estivesse fornecendo?

— Possível, mas não provável. O cara é muito cuidadoso, ele nem falaria com você se soubesse que é de North Falls. E todo mundo sabe...

Emmy esperou que ele terminasse, mas tudo o que conseguiu ouvir foi o final de "The Fame" vindo dos fones de ouvido Beats jogados no chão.

Ela incitou:

— Todo mundo sabe o quê?

Jack repetiu o clássico dar de ombros.

— Que a senhora é policial e que protege Madison.

Emmy deixou as palavras se assentarem na mente por um momento. Ela não tinha protegido Madison naquela noite, provavelmente a única vez nos quinze anos da garota em que isso poderia ter feito diferença.

— Certo — disse ela, pegando emprestado a mania do pai. — De quem Cheyenne poderia conseguir drogas, já que Woody não vendia para elas?

— Do Pervertido, provavelmente.

Emmy sentiu os pelos da nuca se arrepiarem.

— Quem é o Pervertido?

— Não sei o nome verdadeiro dele. Todo mundo o chama de Pervertido. Ele é um cara velho. Às vezes vai ao Chilly Treat.

A sorveteria não ficava longe da delegacia.

— Velho como eu ou velho como seu pai?

— Não sei. Tipo, um velho normal.

— Cabelo escuro? Cabelo claro? Alto? Baixo? Gordo? Magro?

— Cabelo escuro, com certeza. Não é alto nem baixo, mediano. Tipo peso médio. Não sei. É difícil eu sair de casa, ninguém me chama pra nada. Só o vi algumas vezes quando fui comprar comida para viagem no Chilly.

— Por que ele é chamado de Pervertido?

Outro dar de ombros.

— Acho que é porque ele aparece nas festas às vezes. Tipo, festas com o pessoal da minha sala, mas ele é mais velho, tipo, já saiu do ensino médio, então é estranho.

— Que tipo de festa?

— Nada de mais, tipo, na casa de alguém, mas o pessoal vai até as cataratas às vezes. Só um bando de moleques, sem convite ou aviso de que vai acontecer.

Então a gente recebe uma mensagem, ou alguém posta alguma coisa, e as pessoas vão até lá com cerveja e tal.

Emmy tinha ido à cachoeira com Jonah e Hannah quando estavam na escola. Sabia o que acontecia por lá.

— Drogas também?

Ele assentiu.

— Sim, senhora. Pelo menos é o que ouvi dizer.

— É por isso que o Pervertido vai nessas festas? Para vender drogas?

— Talvez, pode ser. Mas também para se divertir com eles? — Jack encolheu os ombros, na defensiva. — Só fico sabendo depois que aconteceu, tipo, com os caras dizendo: "Você viu como o Pervertido estava bêbado ontem à noite", ou "Preciso ir falar com o Pervertido para pegar mais maconha". Coisas assim.

— Das pessoas da escola, quem costuma ir a essas festas? — perguntou Emmy. — Se tivesse que adivinhar.

— O time de futebol, com certeza. As garotas populares. Kaitlynn, Ashleigh, Brandi, Connor.

Ela pegou a caderneta e anotou os nomes.

— Se eu mostrar algumas fotos, acha que consegue identificar esse tal de Pervertido?

— Tipo uma identificação de suspeitos?

— Isso mesmo.

— Acho que sim. Tipo... sim, senhora — respondeu. — Consigo, sim.

Ela ouviu uma batida leve à porta aberta. O pai fez um gesto indicando que era hora de ir.

— Entro em contato amanhã cedo — disse Emmy. — Tente dormir um pouco esta noite. Desligue o computador, preciso de você atento e focado quando fizer a identificação, combinado?

— Sim, senhora.

— Obrigada por sua ajuda, Jack. De verdade.

O menino não respondeu, mas ela viu as bochechas dele ficarem vermelhas quando ele pegou os fones de ouvido.

Emmy seguiu o pai de volta para a sala de estar. Carl estava encostado no braço do sofá, havia vestido uma calça jeans e uma camiseta.

— Falei com o padre Nate — avisou. — Ele disse que há gente suficiente nas buscas. Eu me ofereci para trabalhar na distribuição de comida e café.

— Ótimo — disse Gerald. — Ficaremos em contato.

Emmy abriu a porta e saiu para a varanda. A umidade a envolveu como uma toalha molhada. Sentia o suor brotando na pele. Quando chegou à metade da entrada da garagem, a parte de trás da gola a arranhava mais uma vez.

— Ouviu o que Jack disse sobre o Pervertido?

— Ouvi — disse Gerald. — Carl assistiu aos fogos de artifício em casa com Jack.

— O menino disse a mesma coisa — confirmou ela. — A filha de Taybee, Kaitlynn, é uma das garotas populares da escola, segundo Jack. Posso passar na casa delas de manhã antes de ir para a escola e ver se a menina pode dar alguma informação. Também quero descobrir por que Dylan está sendo tão evasivo com essa questão de drogas na escola.

— Certo. — Gerald parou diante do carro, mas não entrou. — A polícia rodoviária encontrou um colar em uma das estradas de terra. Ouro. Barato. Quebrado no meio. Algo faltando, talvez um medalhão. Parece que houve uma briga. Marcas de pneu de bicicleta. Pegadas de sapato. Grandes, como as de um homem adulto. Pequenas, como as de uma menina. Também encontraram um pouco de sangue.

Emmy sentiu o nó na garganta voltar. Tinha tido uma trégua com Jack, sentindo que estava obtendo informações e seguindo em frente. Mas a realidade voltara a assombrá-la. A chance estatística de sobrevivência das meninas passaria da vírgula decimal em breve.

— Não é um medalhão.

Emmy enfiou a mão no bolso para pegar o telefone. Mostrou ao pai a foto que havia tirado das fotografias que Cheyenne tinha guardadas no cofre.

— Cheyenne e Madison têm colares de ouro do mesmo tipo, com o nome escrito em letra cursiva. Deram de presente uma para a outra no Natal do ano passado. Nunca tiram.

Gerald fez um gesto com a cabeça em direção à casa de Carl.

— Ele me disse que Madison começou a usar contraceptivos em março do ano passado.

— Ele tem permissão para revelar informações médicas pessoais?

— Não.

Emmy imaginou que Carl tinha pesado as consequências.

— Hannah não sabia. Ela teria me contado. O dr. Carl falou alguma coisa sobre Cheyenne?

— Não é paciente dele.

— Jack sabia que Cheyenne traficava. Não quis admitir que pagou, mas parece que ela estava se prostituindo. Cinquenta por sexo oral. Isso poderia explicar parte do dinheiro.

— Madison?

Emmy sentiu o estômago se revirar com o pensamento de Madison recebendo dinheiro em troca de sexo. Ela era só um bebê. As duas eram.

— Não sei, pai. Espero que não.

Gerald tirou as chaves do carro do bolso.

— Casa de Hannah.

Emmy sabia que ele a estava dispensando. Ela o observou subir ao volante. Esperou até que a viatura estivesse na rua antes de colocar a cabeça entre as mãos. A pele estava áspera. A exaustão começava a tomar conta. O medo se espalhava por cada músculo de seu corpo.

Nada do que Jack havia dito apontava para algo além de problemas para Cheyenne e Madison. Era excruciante saber das drogas e do sexo, mas as meninas não tinham tropeçado nessas coisas por conta própria, alguém as tinha levado até lá. Alguém as tinha preparado, enganado, colocado em perigo, tudo sem que os pais percebessem.

O fato assustador era que Ruth e Felix eram muito presentes na vida da filha. Hannah e Paul estavam tão envolvidos nos dramas diários de Madison que era quase claustrofóbico. Os pais das duas tinham feito o melhor que podiam. Amavam as filhas, e as escutavam, tinham carinho por elas, tentavam protegê-las.

E, ainda assim, tinham sido levadas.

Emmy forçou as pernas a se moverem, os pés a andarem pela rua. Virou à esquerda. Depois, à direita. Então estava parada em frente à casa de Hannah.

Estilo rancho de tijolos vermelhos. Acabamento verde-sálvia. Garagem no lado direito.

Emmy tinha ajudado a escolher a cor do acabamento. Tinha ido com Hannah comprar o Jeep que estava na garagem. Tinha forçado-a a aceitar o convite de Paul para um primeiro encontro. Estava no banheiro com ela quando olharam para o bastão de xixi que dizia que Hannah estava grávida de Davey.

Um nó se formou em sua garganta. Emmy precisou abrir a boca para respirar. Tocou os dedos no capô do Jeep ao passar. O metal estava quente. Hannah tinha chegado em casa fazia pouco tempo. O Honda de Paul não estava à vista. Imaginou que ele estivesse nas ruas, gritando o nome de Madison, desesperado para ter a filha de volta.

Hannah abriu a porta antes que Emmy batesse.

— Não encontramos as meninas — avisou.

Ela viu o último resquício de esperança sumir da expressão de Hannah. Então a amiga desabou em seus braços, chorando de tristeza. Emmy precisou segurá-la para não deixá-la cair. Lágrimas encheram seus próprios olhos, porque era horrível, e elas sabiam que não haveria um final feliz. Agarraram-se uma à outra de uma forma que não faziam desde que eram crianças.

Na longa história de sua amizade houve mágoa e lágrimas, mas nada desse tipo. Hannah começou a tremer com o peso de tudo. Seus soluços eram agudos. O som era o de uma navalha abrindo o coração de Emmy. Ela fechou os olhos e visualizou Madison. Não no sofá comendo um docinho ou revirando os olhos enquanto se movia pela cozinha, nem mesmo parada debaixo do carvalho. Mas a esperando no topo da colina em frente às arquibancadas. Lábios franzidos. Celular na mão. Olhar ansioso. Pronta para confiar. Pronta para compartilhar.

Agora, não.

— Emmy. — Hannah soluçou. — Emmy, o que eu vou fazer?

Ela tentou engolir em seco, mas o nó na garganta se transformara em vidro. Ela se lembrou das palavras do pai: "O melhor jeito de ajudá-la é manter a cabeça baixa e fazer seu trabalho".

— Hannah.

Emmy apertou os braços da amiga. A visão do rosto inchado e manchado de lágrimas era quase insuportável.

— Pense bem. Tinha alguém rondando Madison? Deixando-a desconfortável? Olhando para ela de forma estranha, ou...

— Não. Eu teria contado para você, sabe que teria contado para você.

— Certo. — Emmy sabia disso. — E o laptop dela?

— Já tentei entrar, mas não consegui adivinhar a senha.

— Certo — repetiu Emmy, o coração tremendo enquanto tentava pensar nos passos seguintes. — E dinheiro?

— A mesada dela?

— Ela parecia ter mais dinheiro do que o esperado?

— Dinheiro? — Hannah começou a balançar a cabeça de um lado para outro. — Não, ela estava sempre me implorando por dinheiro. Por que a pergunta?

— Deixe para lá — disse Emmy. — Preciso fazer uma busca no quarto de Madison.

— Boa! Eu estava fazendo isso!

Hannah agarrou a mão dela com ânimo, puxando-a para os fundos da casa. Emmy quase tropeçou no tapete da sala de estar. A casa pertencera à mãe de Hannah, que tinha crescido lá e já a levara por aquele corredor até o quarto dela mais de mil vezes quando eram mais novas, para contar segredos, chorar por garotos ou fugir da mãe.

Mas nunca algo desse tipo.

— Já olhei tudo, mas você é melhor nisso. — Hannah entrou no quarto de Madison. — Você vasculha daquele lado. Eu vou olhar esse de novo. Talvez eu tenha perdido alguma coisa. Ela pode ter deixado um bilhete ou uma pista. Você sabe como Madison é inteligente.

Emmy não teve coragem de dizer a Hannah que o melhor era ela ficar fora do quarto. A amiga não tinha procurado de fato; apenas revirara as gavetas e folheara freneticamente os livros, que tinha deixado jogados no chão.

— Hannah. — Emmy tentou ser gentil. — Talvez seja melhor deixar que eu faça isso.

— Posso ajudar — disse Hannah. — Ah, merda... o colchão. Você está sempre dizendo para verificar o...

— Hannah. — Emmy a pegou pelos pulsos. — Deixa que eu faço isso, tá?

Os olhos de Hannah se encheram de lágrimas de novo, mas ela assentiu, recuando para ficar na porta. Observou Emmy calçar um novo par de luvas, levantar o colchão e não encontrar nada. Hannah começou a torcer as mãos enquanto Emmy verificava as gavetas de cima a baixo, passava a mão pela prateleira do armário, mexia nos sapatos, vasculhava os bolsos e examinava as roupas.

Não havia acesso ao sótão. Nenhum cofre. Nenhum saco Ziploc. Nenhum esconderijo secreto.

— O que ela disse para você na segunda vez que a encontrou? — perguntou Hannah.

Emmy levantou os olhos da mochila de Madison.

— O quê?

— Louis Singh disse que viu você com Madison na frente das arquibancadas.

Emmy deixou a mochila cair na cama, devagar. O rosto parecia pegar fogo.

— Não conversamos.

Hannah pareceu intrigada.

— Mas Louis me contou que você disse alguma coisa para ela, e que Madison a seguiu por trás das arquibancadas.

Emmy levou as mãos para a barriga. Não sabia que a menina a seguira.

— Em? — Hannah pendeu a cabeça para o lado, confusa. — O que você não está me contando?

— Eu não... — Emmy sentiu a respiração acelerar. — Não sabia que ela tinha me seguido, estava indo ao banheiro.

— Mas o que ela disse?

— Ela não... — Emmy manteve os lábios abertos, mas não conseguia recuperar o fôlego. — Não conversamos.

— Mas Louis disse que você falou com ela.

Hannah colocou as mãos na cintura. Emmy brincava dizendo que aquela era sua postura de professora, a que usava quando uma criança estava mentindo para ela na escola.

— Você está dizendo que Louis estava inventando coisas?

— Não, eu... — Emmy forçou o ar para dentro dos pulmões. — Hannah, eu não...

A outra esperou, mas vendo que Emmy não conseguia encontrar as palavras, perguntou:

— Você não o quê?

Ela perdeu a coragem.

— Ruth Baker contou ao meu pai que tinha falado com você sobre Madison. Disse que ela era uma má influência para Cheyenne.

A risada de Hannah foi tão alta que soou como um latido.

— Fala sério! Aquela vagabunda fez um comentário de nada no corredor, dizendo que talvez Madison fosse o problema. Eu contei a você quando aconteceu. Era a noite de pais e professores, um pouco antes das férias de final de ano. Você não lembra?

Emmy se lembrou.

— Por quê? — perguntou Hannah. — Ruth está tentando culpar Madison? Como isso pode ser importante?

— Hannah. — Emmy pressionou os dedos nas pálpebras.

Ela não podia continuar adiando. Era muito cruel. Obrigou-se a encarar a amiga nos olhos.

— Madison estava me esperando quando subi a colina. Eu sabia que ela queria conversar, mas disse que não podia naquele momento.

Hannah franziu a testa.

— O quê?

— Eu estava... Fui ao banheiro. Não sabia que ela tinha me seguido pela lateral das arquibancadas. Eu precisava de um momento para me recompor.

— Para se recompor de quê? — Algo brilhou nos olhos de Hannah. Ela bufou. — Jonah.

— Ele estava... — Emmy nem conseguia se lembrar do motivo da discussão. — Nós brigamos na frente de todo mundo. Eu precisava de um minuto.

— Você precisava de um minuto.

— Han, você sabe como é. — Ela tentou fazer pouco caso de algo que não era leve. — Reclamamos dos nossos maridos o tempo todo.

— Eu reclamo porque os sapatos do Paul não combinam com o cinto. Você reclama porque Jonah ficou tão chapado que esqueceu de pegar o Cole na escola. — O tom de Hannah ficou sério. — Não é a mesma coisa.

As palavras fugiram de Emmy por um momento. No silêncio, sentiu o subir e descer superficial do peito. Nunca tinha visto a amiga daquele jeito. Havia uma aura ao redor dela, uma espécie de angústia e raiva fervilhantes.

— Procurei Madison quando saí. Depois que os fogos terminaram, eu fui atrás dela. Você me viu com Brett, perguntei a ele e a Vanna se a tinham visto porque...

— Porque você a ignorou para poder se esconder no banheiro e chorar por causa da porra do John Lang...

— Isso não é...

— Não é o quê? A verdade? Não é exatamente o que você vem fazendo desde que aquele babaca inútil se sentou à nossa mesa na cafeteria da escola no fim do fundamental? — Ela não esperou por uma resposta. Deu um passo agressivo para a frente. — Sabe por que não se lembra de Ruth Baker me dizendo que Madison talvez fosse o problema?

Emmy sentiu a boca secar.

— Eu...

— Porque, no dia seguinte, Jonah gastou oitocentos dólares no seu cartão de crédito para comprar um amplificador novo para a guitarra dele, e você perdeu a cabeça. Você dormiu aqui, no nosso sofá. Lembra? Nós nos sentamos à mesa da cozinha, aquela que você conhece bem, que fica no final do corredor, e você jurou que iria terminar com ele. Fizemos planos. Um orçamento. Até uma lista de coisas para levar para a casa da sua mãe. E você se separou dele, Emmy?

Ela se forçou a não desviar o olhar.

— Não.

— Não, você não se separou. E poderia ter feito isso. Você ganha dinheiro, é dona da casa, do carro. Teria a custódia total de Cole. Tudo o que precisaria fazer era entregar seu Cartão Clifton no fórum e eles lhe dariam o que quisesse.

— Hannah...

— E se você *tivesse* largado, sua cabeça não estaria lá na puta que pariu hoje, quando Madison precisou de você.

— Isso não é...

— Você não falou com Madison porque estava chateada com Jonah. Foi exatamente isso o que acabou de dizer, então me diz que eu estou errada.

Emmy inspirou de modo entrecortado.

— P-por favor, eu…

— Você o quê? Puta que pariu, Em! Quantas vezes Jonah a decepcionou? Quantas vezes ele a irritou? Discutiu com você? Brigou com você na frente de todo mundo? A humilhou? Mentiu? Ferrou você? Destruiu seu carro, a traiu quando estava grávida e a abandonou em trabalho de parto. Até a empurrou escada abaixo! E a única vez, a *única vez*, que minha filha a procura, precisa falar com você, quando ela está no topo da colina esperando por você, e depois a segue pelas arquibancadas como um cachorrinho perdido, você está muito envolvida nas besteiras de Jonah para parar e escutar?

— E-e-eu sinto muito, eu…

— Não! — gritou Hannah. — Você não sente nada! Pessoas que sentem muito não continuam cometendo os mesmos erros o tempo todo, ainda mais com a melhor amiga.

Emmy não conseguia pensar no que dizer. Era como se seu cérebro estivesse sendo atacado por um enxame de vespas. Era horrível. Jamais se recuperariam daquilo se não encontrasse uma maneira de consertar as coisas. Ela poderia se ajoelhar, implorar por perdão. Hannah tinha razão, tudo que ela estava dizendo estava certo.

— Olha para você! Não consegue nem se defender! Sabe exatamente o que fez. Você o escolheu, escolheu aquele babaca cruel e narcisista em vez de uma menina incrível que precisava de ajuda. — Hannah levantou os braços, quase incandescente de raiva. — Não sou só eu que acho ela incrível, Em. Você a viu crescer também. Você a ama quase tanto quanto eu. E agora ela se foi. Nós duas sabemos que isso é verdade, algum monstro odioso a roubou de nós, e ele provavelmente está estuprando ou matando Maddie, e você não conseguiu tirar três segundos para impedir que isso acontecesse porque tudo o que importava era aquele pedaço de merda inútil que nunca vai amar você do jeito que você o ama!

Hannah gritava tão alto que a voz ecoava pela casa. Ela parecia atordoada com as próprias palavras, mas mesmo assim não recuava.

— Vai, me diz que eu estou errada — desafiou.

— E-eu. — Emmy respirou fundo. — Você está certa. Eu sei que eu deveria…

— Terminar com ele? — Hannah bufou de novo, dessa vez com desgosto. — Caralho, não, não vamos fazer isso de novo. Você não vai fazer isso. Já chegamos a esse ponto tantas vezes que perdi a conta. Já são quase vinte anos de: "Dessa vez vou me separar. Não, juro. Não, dessa vez eu realmente estou falando sério, Han. Eu juro que é sério, Han". É tudo besteira! Besteira!

Emmy ergueu as mãos para se proteger enquanto Hannah a agarrava pelos ombros e a forçava a se virar.

— Saia da minha casa. — Hannah a empurrou para o corredor. — Quero você fora daqui. Não me ligue, não me mande e-mail, não me mande mensagem, não tente falar comigo, não me mande nem uma carta.

— Hannah, por favor...

— Você não o ama. Você é viciada nos defeitos dele. Não consegue consertar sua família fodida, então tenta consertá-lo. — Hannah levou as mãos de volta à cintura. — Paul e eu fazemos piada com isso, sabia? Como você é essa mulher fodona e forte que carrega uma arma e prende criminosos, mas depois vai para casa e se arrasta para fazer qualquer besteira que Jonah quiser.

— Hannah, por favor.

— Não. — A amiga a segurou pelos ombros de novo, forçando-a andar pelo corredor. — Acabou para mim, Emmy. Estou fora. Se esbarrar comigo na calçada, atravesse a rua. Se você me encontrar em uma loja, dê meia-volta e vá para casa.

Emmy tropeçou quando Hannah lhe deu um empurrão para dentro da sala de estar e se segurou antes que o rosto batesse na parede. Dezenas de fotografias emolduradas olhavam para ela. Madison quando tinha oito anos e ainda ia ocasionalmente para o colo de Hannah. Paul e Madison na formatura dela do ensino fundamental. Madison andando de bicicleta. Madison revirando os olhos e sorrindo e rindo e vivendo, e ela ainda poderia fazer todas essas coisas se Emmy tivesse parado para ouvi-la.

Hannah abriu a porta da frente.

— Cai fora.

Emmy limpou as lágrimas que não percebera que estavam caindo.

— Hannah, por favor.

— Você sempre escolhe Jonah. — A raiva havia deixado a voz de Hannah. Ela falava como se já estivesse acabado. — Até no colégio, lembra? Eu convidava você para ir ao cinema ou passear no shopping e me ouvir reclamar da minha mãe, mas bastava Jonah estalar os dedos que você sumia. Você sempre o escolhe em vez de mim. Sempre.

— Isso não...

Mas Emmy não continuou a falar. Não podia dizer que não era verdade.

— Se eu pudesse ter de volta todas as horas que passei escutando você obcecada por aquele babaca, todas as desculpas que você deu, todas as mentiras que contou para si mesma. Puta que pariu.

— Você está certa — disse Emmy. — Você está certa sobre tudo isso, sobre Jonah, sobre Madison. Eu sinto muito. Eu sinto tanto. Diz como eu posso consertar isso.

— Como você pode consertar isso? — retrucou Hannah, e Emmy ficou paralisada pela pergunta. — Mesmo que Madison esteja viva, mesmo que, por algum milagre, ela volte para casa, para mim e Paul, como será a vida dela? Como ela vai se recuperar disso? E como você pode estar na minha vida se só vai me lembrar de ter perdido a coisa mais preciosa que eu já tive?

Emmy balançou a cabeça. Era demais. Tudo aquilo era demais.

— Paul nunca vai perdoar você por isso — disse Hannah. — Eu também não sei se vou conseguir.

— Por favor. Você é minha melhor amiga no mundo inteiro. Eu nem sei como viver sem você.

— Isso é uma coisa que você vai ter que descobrir sozinha. Você escolheu seu marido. Agora eu estou escolhendo o meu.

CAPÍTULO CINCO

Emmy desceu a escada até a cozinha da mãe, forçando a vista contra o sol da manhã que atravessava a janela acima da pia. A cabeça latejava de tristeza, exaustão, calor e insônia. Depois de sair da casa de Hannah, ela se obrigou a seguir em frente, engolindo o choro enquanto batia de porta em porta nas residências dos criminosos sexuais da Lista.

Havia 128 criminosos registrados no condado. Deles, 87 tinham sido condenados por algum crime contra um menor de idade. Emmy tinha sido designada para a equipe que cobria Clayville. Ficou enojada com os detalhes nos registros de prisão. Exploração sexual de uma criança. Abuso sexual infantil. Solicitação de sexo a uma criança. Atentado violento ao pudor. Estupro de vulnerável. Incesto.

Madison. Cheyenne. Madison. Cheyenne. Madison. Cheyenne.

Nenhum dos criminosos parecia estar ligado aos sequestros, mas cada homem nojento que investigou a fez sentir um arrepio na espinha. Não porque pareciam monstros grotescos, mas porque aparentavam o que tinham sido em suas vidas anteriores: um zelador de escola primária, um gerente de restaurante de fast-food, um professor da escola dominical, um voluntário no hospital infantil. Óculos de aro grosso, corpos rechonchudos, sorrisos nervosos e rugas ao redor dos olhos que os fazia parecerem vovozinhos. Quando Emmy chegou à casa dos pais, tudo o que fez foi ficar sob o chuveiro na água mais quente que conseguia tolerar e depois se enrolar na cama ao lado de seu filho lindo.

Foi quando tudo o que acontecera a atingiu de fato. O medo por Cheyenne e Madison era uma chama constante em seus nervos, mas a briga com Hannah a escaldou até os ossos.

Como você pode estar na minha vida se só vai me lembrar de ter perdido a coisa mais preciosa que eu já tive?

Ela estava certa. Ela estava certa a respeito de tudo.

— Bom dia — disse a mãe, entrando na cozinha em um vestido simples e chinelos combinando. Ela parou em frente à cafeteira vazia. — Você não fez café?

Emmy não disse nada porque a resposta era óbvia.

— Pelo visto, não. Deixa que eu faço, então.

Myrna franziu a testa de um jeito reprovador antes de pegar a garrafa e enchê-la de água. O longo cabelo grisalho estava solto sobre os ombros e ela tinha um olhar perdido quando se virou para Emmy, perguntando:

— Quantas medidas?

Emmy pigarreou, afastando a tristeza da voz.

— Doze.

— Não sei onde estou com a cabeça ultimamente. — Myrna foi pegar a lata. — Seu pai já saiu para a delegacia, deixou as chaves no carro. Ele disse que vai ligar para você mais tarde, mas que deveria ir à escola agora de manhã, como combinado. Não houve notícias durante a noite, o FBI mandou uma equipe para Atlanta.

Emmy pigarreou de novo.

— A que horas a equipe chega?

Myrna olhou para o relógio.

— Daqui a trinta minutos, mas, se quiser falar com sua cunhada, a dra. Clifton vai chegar quando der na telha.

Emmy encarou a mãe com toda a irritação. Myrna nunca se dera bem com a esposa de Tommy, principalmente porque ambas eram mulheres de opiniões fortes com diplomas conflitantes, mas os ânimos haviam se exaltados nos quatro anos anteriores, e nenhuma delas havia falado uma palavra com a outra desde então.

Myrna encarou de volta.

— Que cara é essa? Você estava chorando?

— Mãe. — Emmy não sabia por onde começar.

A briga com Hannah era uma ferida aberta, mas Myrna nunca tinha sido o tipo de mãe que dava colo. Ela iria querer fazer planos, tomar uma atitude, fazer algo a respeito.

— O que foi?

Myrna parecia impaciente. As mãos na cintura. Postura clássica de professora. Uma imagem espelhada da pose de Hannah.

Emmy perdeu a coragem.

— Acho que as meninas estão mortas.

— Acho que sim — concordou a mãe.

Myrna olhou para a porta da sala de estar antes de apertar o botão da cafeteira. Linhas desbotadas no batente da porta marcavam o crescimento dos quatro filhos. Emmy Lou e Tommy. Martha e Henry. A mulher estava intimamente familiarizada com a devastação de perder não um, mas dois adolescentes prestes a virarem adultos em dois acidentes trágicos.

— Hannah vai precisar se apoiar em você mais do que nunca.

— Não sei, mãe. Ontem à noite...

Emmy queria contar a ela sobre a briga, mas não conseguia encontrar as palavras certas. Tudo ainda estava muito recente, em carne viva. Não havia como voltar atrás. A ferida iria infeccionar pelo resto da vida.

— Aquela citação de Poe que você me disse no parque... Algo tipo: "Se você não sofrer, não será abençoado".

Myrna sentou-se à mesa com um grunhido pesado, então juntou as mãos sobre o jogo americano, olhou para Emmy e repetiu a frase:

— "Jamais ter sofrido seria jamais ter sido abençoado."

— Você estava falando do sofrimento com Jonah e da bênção com Cole?

— Poe desprezava o didatismo e a alegoria, embora, como todos os escritores, raramente seguisse as próprias regras.

— Essa desviada de assunto me faz deduzir que estava fazendo um comentário sobre meu casamento.

— Sua dedução está certa.

A garganta de Emmy voltou a se comprimir. Hannah dissera que ria da cara dela com Paul por acreditar nas besteiras de Jonah. O que os pais dela diziam um ao outro? Tommy e Celia também tiravam sarro? As primas fofocavam pelas costas, como faziam com todo mundo? Sentiu-se enjoada ao pensar em todas as conversas das quais tinha ficado de fora. Que idiota.

— Então? — perguntou Myrna.

Emmy foi poupada de mais uma humilhação pelo som de rodas de carro esmagando o cascalho da entrada. Ela se levantou para olhar quem chegava e reconheceu o Mercedes ML 400 prateado pela placa vermelha na frente, com os dizeres BACHAREL EM DIREITO UNIVERSIDADE DA GEÓRGIA.

Taybee usava as duas mãos no volante enquanto descia pela via. A filha, Kaitlynn, estava no assento do carona e se segurou no painel quando Taybee parou de modo abrupto. O freio de mão foi puxado. A porta do motorista, aberta. Taybee saiu toda vestida de branco: botas de caubói brancas, saia longa branca, camisa de linho branca. As joias eram discretas, mas de alguma forma conseguiam transmitir toda a arrogância do dinheiro dos Clifton, ao melhor estilo "fodam-se os meros mortais" que havia impulsionado o lado dela da família para um sucesso após outro.

Emmy se encolheu por reflexo quando Taybee fechou a porta do carro, depois a abriu e fechou de novo, então bateu no capô com os nós dos dedos e apontou para Kaitlynn antes de ir em direção à casa. A maquiagem estava perfeita. A pele era como a de uma boneca de porcelana. Sempre houve algo assustador a respeito da prima. Ela era linda de tirar o fôlego, magérrima e tão mandona que chegava a ser absurdo.

— Oi. — Emmy abriu a porta de tela, perguntando: — O que foi?

— Eu me ofereci para ficar com todas as crianças. Considerando o que está acontecendo, é melhor deixá-las na fazenda, onde podem ficar juntas e brincar na terra. Tenho que comparecer ao fórum em uma hora, então mande Cole se apressar. Melhor ainda: pode deixar que vou buscá-lo. Trouxe Kaitlynn para vocês conversarem. Mexa-se, querida, sua tia Emmy não tem o dia todo.

Taybee entrou na casa gritando um "bom dia!" desnecessariamente alto para Myrna e foi subindo a escada para buscar Cole, batucando os dedos no corrimão em um ritmo que só Taybee conseguia ouvir. Não havia dúvidas de quem venceria a guerra do Xbox naquela manhã.

Emmy calçou um par de chinelos antes de descer a escada da varanda. O calor já estava escaldante. Ela levantou a mão para bloquear a luz intensa do sol, sentindo a pele queimar, a blusa sem manga e a bermuda se transformaram em lixa contra a pele. Morar a dez minutos de caminhada, mas ainda guardar roupas extras na casa dos pais dizia muito sobre a situação de seu casamento.

Kaitlynn demorou para sair do carro, os polegares deslizando furiosamente pelo celular. Ela era a imagem inversa da mãe: cabelo escuro e pele morena, enquanto Taybee era loira e quase translúcida. Tinha herdado o tom de pele do pai, Terrell, que também era um Clifton, mas não do mesmo ramo de Taybee, o que inexplicavelmente a fizera hifenizar o sobrenome para Clifton-Clifton. Hannah a chamava de Duplo C, embora não por esse motivo.

— Bom dia, querida.

— Bom dia, tia Emmy.

O sorriso de Kaitlynn estremeceu quando colocou o celular no bolso do vestido. Ela tinha dezessete anos, dois anos a mais que Madison e Cheyenne, mas a beleza e o dinheiro lhe davam vantagens que outras garotas nunca teriam. Havia uma razão para Jack Whitlock ter citado Kaitlynn primeiro quando falou das garotas populares. Ela podia ser tão assustadoramente confiante quanto Taybee, mas ser inteligente e bonita também tinha suas desvantagens.

— Você queria falar comigo? — perguntou Emmy.

Kaitlynn assentiu.

— Sim, senhora.

— Vamos encontrar uma sombra.

Emmy a levou pela entrada da garagem, alisando o polegar na palma da mão enquanto caminhava. Não conseguia deixar de lado a sensação de segurar a mão de Madison sob o carvalho. Parecia apropriado ficar com Kaitlynn sob a magnólia que cobria metade do jardim — a segunda vez em menos de vinte e quatro horas que ela ficava embaixo de uma árvore com uma adolescente ansiosa. Kaitlynn também aparentava preocupação, então Emmy colocou o cabelo da menina atrás da orelha com gentileza. Ela podia ser chata às vezes, mas só era má com a mãe.

— Pode deixar que tudo o que me disser vai ficar entre nós — prometeu Emmy.

— Pode contar para a mamãe — disse Kaitlynn. — Nós já conversamos. Foi por isso que ela me arrastou até aqui. Disse que você precisava saber o que elas estavam aprontando.

— Cheyenne e Madison?

— Sim, senhora.

Kaitlynn agarrou a mão de Emmy como se precisasse de um apoio. A palma ainda fria do ar-condicionado do carro.

— Não sei muita coisa, mas sei que Cheyenne estava saindo com um homem mais velho. Escutei quando ela falou disso com Madison na última semana de aula. Estávamos esperando o sr. Loudermilk nos deixar entrar no auditório para o ensaio do coro.

O cérebro de Emmy projetou a imagem de Madison usando a camiseta azul-claro do Coral de North Falls no dia anterior.

— Consegue se lembrar do que ela disse?

— Não exatamente, mas Cheyenne brincou que o cara era tão velho que às vezes não conseguia ficar duro, e disse que queria que o pênis dele fosse tão grande quanto a carteira.

Emmy não notou sinal de constrangimento no rosto de Kaitlynn. Taybee trabalhava com direito de família. Ela nunca tinha se esquivado de usar as palavras certas para as coisas.

— O que mais?

— Ela disse que o cara era um chato, mas que transar com ele era a única maneira de conseguirem dinheiro suficiente para sair da cidade. — Kaitlynn apertou ainda mais a mão de Emmy. — Madison começou a rir, então disse algo sobre ficarem numa suíte no Ritz Carlton em Atlanta. Daí elas me viram do outro lado do pátio e pararam de falar. Foi só isso. Eu nunca tive um motivo para falar com elas, já que não eram do meu ano. Isso ajuda?

— Sim, ajuda. Obrigada, querida. — Emmy colocou o cabelo dela para trás da orelha de novo, desejando poder afastar a preocupação da testa da garota. — E drogas? Elas estavam usando?

— Não sei se usavam, mas faria sentido. Ouvi dizer que Cheyenne tinha contatos, mas não é minha praia. Quer dizer, não me importo de as outras pessoas usarem, mas não gosto de ficar chapada e álcool tem gosto ruim.

Emmy desejou que aquilo nunca mudasse.

— Já ouviu falar de um cara chamado Pervertido?

Ela fez que não.

— Não, senhora. Quem é ele?

— Ouvi dizer que é traficante. Um cara mais velho. Cabelo escuro. Aparece em festas perto das cataratas.

— Aquele lugar é horrível. Connor pegou amarelão lá no mês passado. Ninguém mais vai.

Não foi surpresa para Emmy que as informações de Jack estivessem desatualizadas. Ao contrário de Cheyenne e Madison, que tinham sido reprovadas em algumas matérias, ele não era obrigado a frequentar a escola nas férias.

— Você se lembra de alguém rondando as meninas ou o prédio da escola? Alguém que não é daqui ou que fez você se sentir desconfortável?

— Não, senhora. Eu teria contado para minha mãe. Tipo, na mesma hora.

Emmy acreditou nela.

— E o shopping?

— Só crianças vão lá. É muito chato.

Emmy não disse que ela ainda era uma criança.

— Sei que você deve ter comentado com seus amigos sobre os desaparecimentos. Alguém tem alguma teoria? Algum rumor? Até algo que possa parecer absurdo?

— Não, senhora. É por isso que todo mundo está tão assustado. Ninguém sabe o que aconteceu. Se elas estão bem, se vão voltar para casa. Elas não andavam com mais ninguém, só uma com a outra, e agora as duas...

Emmy viu os lábios dela começarem a tremer e a puxou para um abraço. Kaitlynn enterrou a cabeça no pescoço da tia.

— Está tudo bem, querida. Sei que é difícil. Mas vamos descobrir o que aconteceu.

Kaitlynn começou a chorar de verdade. Emmy esfregou as costas dela, sentindo as pontas afiadas das omoplatas se projetando como asas. Kaitlynn era mais alta que Cheyenne, mais magra que Madison. Tudo em que Emmy conseguia pensar era na Lista, nos registros de prisão de homens com cerca de um metro e noventa de altura, mais de noventa quilos, e nos danos que poderiam causar ao corpo de uma jovem.

A porta de tela se abriu com um estrondo. Cole desceu a escada da varanda correndo.

— Mãe! Vamos para a fazenda! Uma das éguas vai ter um bebê!

Kaitlynn se afastou e pegou o celular, baixando a cabeça para que o cabelo cobrisse o rosto. Emmy se permitiu sorrir enquanto Cole lhe dava um abraço rápido, os braços envolvendo sua cintura por menos de dois segundos antes de pular no banco de trás do Mercedes. Emmy percebeu pela camisa e bermuda combinando que Taybee tinha feito sua mágica. O redemoinho no cabelo do menino tinha sido domado e os sapatos estavam amarrados. A prima era uma feiticeira.

— Cinto de segurança, pessoal. Kaitlynn, pare de enrolar, vamos logo. — Taybee bateu os nós dos dedos no capô do Mercedes três vezes enquanto caminhava em direção a Emmy. — Querida, eu me esqueci de dizer que a tia Millie entupiu meu telefone de mensagens ontem dizendo que precisa falar com você porque o homem que ela contratou para trabalhar no lago anda fumando cigarros e atraindo a ralé. Não tive tempo de descobrir qual era a maluquice da vez, mas você precisa ligar para ela antes que eu vá até lá para estrangulá-la até a morte. Tudo bem Cole ir para a fazenda, certo?

Emmy riu, porque era um pouco tarde para a pergunta.

— Vou pedir a Jonah para ir buscá-lo antes do jantar.

— Claro.

Taybee colocou um sorriso no rosto enquanto abria a porta do carro. Ambas sabiam que Jonah se atrasaria, isso se ele lembrasse de ir.

— Em, na verdade, você se importa se Cole dormir na fazenda? Tem uma égua parindo e sei que Terrell vai adorar a companhia.

Emmy sentiu boca ficar seca. Nunca tinha percebido como Taybee era habilidosa até aquele momento, resolvendo o problema com Jonah.

— Obrigada.

— Agradeça quando eu o mandar de volta coberto de merda de cavalo e placenta. — Taybee começou a entrar no carro, mas parou para estudar Emmy. — Dia difícil pela frente. Você consegue, querida?

Emmy assentiu.

— Eu consigo.

— Ligue se precisar de mim.

A porta foi fechada com um *tunc* forte, e Taybee ligou o carro. Ela ajustou os espelhos e moveu o assento um pouco para a frente, liberando espaço para Cole no banco de trás. Ele começou a acenar enquanto saíam da garagem. Emmy acenou de volta até o Mercedes virar a esquina, então percebeu que Taybee tinha dito que estava levando todas as crianças para a fazenda, mas só tinha uma criança no carro que não a própria filha.

Emmy passou os braços em torno da cintura, seus olhos se encheram de lágrimas que se recusava a derramar. Dissera a si mesma em seus momentos mais difíceis que ficaria com Jonah pelo bem de Cole, mas que lições estava ensinando ao filho sobre mulheres? Que elas podiam ser fodonas e bem-sucedidas em seus empregos, mas que no segundo em que chegavam em casa aceitavam qualquer besteira que os maridos dissessem?

— Emmy Lou? — chamou a mãe, da porta da cozinha. — Seu pai está ao telefone.

Emmy teve a sensação de que uma bigorna estava caindo em sua cabeça enquanto caminhava de volta pela entrada da garagem. Myrna não estava lá quando chegou à cozinha, mas havia apoiado o fone em cima do aparelho de parede. O fio pendia como uma forca. Os canos do andar de cima chacoalharam. Myrna havia ligado o chuveiro.

— Pai? — disse Emmy ao telefone.

— O sangue na cena. Dois litros, segundo o legista. Talvez um ferimento na cabeça. Provavelmente um tiro.

Dois litros de sangue. Emmy havia perdido essa quantidade durante o parto. O cirurgião dissera que ela teria morrido sem uma transfusão.

— Então sabemos que uma delas está morta.

— O tipo sanguíneo é O positivo — continuou Gerald. — Fiz o dr. Carl pesquisar o de Madison. Ela é A positivo.

Apesar das implicações terríveis, Emmy sentiu um fio de esperança.

— Madison ainda pode estar viva.

— Talvez. — O tom de Gerald era desesperançoso. — O FBI quer uma entrevista coletiva. A linha de denúncias vai ficar ocupada.

— Vou passar na escola e depois me apresentar na delegacia.

Ela estava prestes a desligar, mas então percebeu que o pai ainda falava.

— Como foi com Hannah?

— O quarto de Madison estava limpo. Sem dinheiro, cigarros eletrônicos, ou drogas. Nada. — Emmy ouviu o silêncio dele. — Não foi bom, pai. Ela não vai me perdoar.

— Certo — disse ele, mas não tinha terminado. — Andei pensando no que me disse no carro. Preciso comentar isso.

Emmy se recostou na parede. Conseguia ouvir o barulho da delegacia por trás da respiração áspera do pai. Ele não estava se referindo ao caso. Só falava daquele jeito quando era algo pessoal.

— Pode falar.

— Quando você tinha a idade de Madison. Aqueles homens que apareceram do nada. Aqueles que fizeram você se sentir mal. Você estava certa. Eu teria ficado bravo com a coisa errada. Sinto muito.

— Estava falando sobre pais em geral, não era sobre você.

Mais uma vez, Emmy ouviu o silêncio do pai. Ele não tinha acreditado. Talvez porque ela não esivesse dizendo a verdade.

— Está tudo bem, pai. Foi há muito tempo.

Ele manteve o silêncio por mais um instante.

— Certo.

Emmy soltou um suspiro lento. Não podia ter aquela conversa naquele momento. Ela era filha de sua mãe, queria fazer planos, agir, fazer alguma coisa.

— Kaitlynn me disse que ouviu Cheyenne contar a Madison sobre um relacionamento com um homem mais velho. Estava tirando dinheiro dele. As duas planejavam fugir para Atlanta.

— Ouviu quando?

— No fim do ano letivo, então deve ter sido na última semana de maio.

— Recente.

— São necessários mais de dois meses para acumular dezesseis mil dólares em um cofre. Pode ser que o sequestrador não fosse o único homem mais velho que estava pagando Cheyenne em troca de sexo.

— Passou a menina para outros homens?

— Cafetões não deixam suas garotas ficarem com tanto dinheiro.

— Ciúme?

— Talvez, mas por que levar Madison também?

Emmy percebeu que sempre havia explicações para Cheyenne, mas nunca para Madison. Não podiam continuar andando em círculos. O que unia as garotas era o que as levaria ao sequestrador.

— Eles conseguiram tirar alguma impressão digital do colar quebrado que foi encontrado na estrada de terra?

— A corrente é pequena. Precisa de um processo especial. O FBI enviou para Quântico.

— Alguma outra coisa foi encontrada no campo? Cápsulas de bala ou…

— Nada ainda — disse Gerald. — O FBI está rastreando as marcas de pneu. O Departamento de Investigação da Geórgia está trabalhando nas evidências residuais.

— Eu disse a Jack Whitlock que ele precisava passar na delegacia hoje de manhã para fazer um reconhecimento. Preciso juntar alguns caras. Espero que Dylan ou alguém na escola consiga me orientar na direção certa, acho que tem alguém em nossos registros chamado Pervertido.

O cérebro de Emmy estava finalmente acordando. Ela precisava anotar isso.

— Também quero tentar rastrear o laptop de Cheyenne que a mãe doou para a Igreja. E precisamos localizar o celular flip que está no plano da família. O pai me disse ontem à noite que ela rabiscou as iniciais no plástico. Precisamos atualizar as buscas para que todos saibam o que procurar. Vou para a delegacia o mais rápido possível.

— Certo.

Emmy colocou o fone de volta no gancho. Olhou para o relógio. A escola já iria abrir. Não havia tempo para pensar. Apenas um tipo sanguíneo tinha sido encontrado na cena, estavam a menos da metade da marca de 24 horas desde o sequestro. Fodam-se as estatísticas.

Madison ainda poderia estar viva.

Emmy subiu a escada depressa, vestiu um uniforme limpo e prendeu o cabelo em um coque, depois voltou correndo para a cozinha, encheu uma garrafa térmica com café e já saía pela porta quando os canos na parede chacoalharam de novo. Myrna desligara o chuveiro.

A Escola North Falls ficava a quinze minutos de caminhada da casa dos pais e a cinco minutos de carro. Emmy usou o tempo sozinha no carro para se concentrar na investigação. Drogas. Sexo. Dinheiro. Tudo o que tinham descoberto até aquele momento apontava para uma Cheyenne Baker envolvida em algo que fugia de seu controle. Mas talvez estivessem interpretando errado, talvez Madison não fosse uma espectadora, talvez também estivesse envolvida naquilo e, das duas garotas, ela fosse a melhor mentirosa.

Emmy reconheceu o Honda CR-V azul do irmão em frente ao prédio principal. Tommy havia estacionado ao lado do Alfa Romeo conversível verde caçador de Celia, que pertencera ao pai dela. A cunhada era uma de seis vice-diretores, então trabalhava o ano todo. Tommy dava aulas de recuperação para ganhar um dinheiro extra. Emmy achava que, se soubessem algo útil sobre as meninas, já teriam voluntariado a informação, mesmo assim, falaria com os dois antes de ir embora.

Estava saindo do carro quando o celular vibrou no bolso. Tia Millie, ligando de novo. Ela silenciou a chamada e entrou. O subdelegado Dylan Alvarez a esperava na recepção folheando um arquivo, mas levantou os olhos quando o cinto de equipamentos de Emmy disparou o detector de metais. Dylan era um homem atraente, recém-divorciado e difícil de interpretar. Seu coração se apertou com a esperança que viu na expressão dele.

— Não as encontramos — disse Emmy, e sentiu a decepção dele como um par de mãos pressionando seus ombros. — O que você tem para mim?

— Peguei os horários delas. As duas ficaram abaixo da média em sociologia, então estão fazendo recuperação com a sra. Burrough das oito ao meio-dia. Cheyenne fazia exercícios de condicionamento físico e saúde, então ficava até as quatro.

— Ela reprovou em educação física?

— O treinador T. não acreditou que ela ficou menstruada todos os dias por um semestre inteiro.

— Já falou com ele?

Dylan se encolheu.

— Espero que não seja um problema. Falei com a sra. Burrough também. Achei que seria bom começar antes que as crianças chegassem. Não posso dizer que consegui muito com eles, sabe como as testemunhas em potencial ficam quando coisas ruins acontecem com pessoas complicadas. Especialmente crianças.

Emmy tinha visto isso na página de Jack no Facebook. Ninguém queria falar mal dos possivelmente mortos.

— Conseguiu ler alguma coisa nas entrelinhas? — perguntou Emmy.

— As duas meninas eram isoladas e muito grudadas. Isso acontece muito nessa idade, as garotas se concentram de forma intensa uma na outra, alimentam-se do drama de estarem isoladas. “Nós contra eles. Ninguém nos entende. Somos mais inteligentes do que todo mundo.” Estou feliz que minha menina não esteja envolvida nisso. Não é uma maneira fácil de viver.

Emmy sabia que Dylan tinha aceitado o trabalho como policial escolar em parte para ficar de olho na filha de catorze anos.

— E os professores do ano letivo regular? Algum deles está trabalhando durante o verão?

— Além do treinador T… — Ele folheou os registros de Cheyenne e traçou o dedo pela grade do ano anterior. Então ele fez o mesmo para Madison. — O dr. Hardy está aqui. Professor de química. Meio maluco. As duas meninas estavam no coral, o que é bem surpreendente, elas me davam a impressão de serem respondonas, e o sr. Loudermilk não é de levar desaforo.

Emmy conhecia Dale Loudermilk de seus próprios anos de ensino médio. Ele comandava a sala de aula como um instrutor do Corpo de Fuzileiros Navais.

— Ele está aqui?

— Não, trabalha meio período no centro recreativo durante o verão. Não volta até as audições do coral na semana do pré-planejamento.

— Quero falar com o dr. Hardy antes de ir. Vou atrás do sr. Loudermilk no caminho para a delegacia. O que quis dizer ontem à noite quando falou que a "Escola North Falls High não tem problemas com drogas"?

Dylan olhou, nervoso, para o escritório do diretor.

— Vamos andando. A dra. Clifton me disse que nos encontraria nos armários de Cheyenne e Madison no Módulo de Artes.

Emmy se manteve emparelhada com Dylan conforme andavam pelo corredor principal. Ouviu o zumbido alto como o de um motor a jato. Um dos zeladores passava a enceradeira no piso. Outro homem, de macacão, usava um rolo para retocar as paredes. Outro ajustava portas nos armários do corredor. O sistema tinha um calendário anual. Eles tinham que fazer todos os reparos antes que as aulas voltassem na primeira semana de agosto.

Não era uma tarefa fácil. A população estudantil da Escola North Falls era tão grande que o prédio era seccionado em módulos que se projetavam do corredor principal como os aros de uma roda de carroça. Academia do Nono Ano, Ciência, Tecnologia, Engenharia e Matemática, Inglês, História, Atletismo e Artes: cada um tinha o próprio módulo com salas de aula, um centro de aconselhamento e um escritório de vice-diretor. A arquitetura era anterior à epidemia de tiroteios em escolas. Havia espaços abertos e janelas por toda parte, oferecendo pouca cobertura.

Emmy se sentiu extremamente exposta enquanto atravessavam o refeitório, que era do tamanho de um hangar de aeronaves e tinha uma sacada que circundava o perímetro como um ninho de atirador. Ouviu panelas e frigideiras batendo na cozinha. Assim como Emmy, Dylan estava de uniforme dos pés à cabeça. Os passos pesados dos coturnos e o rangido dos cintos de equipamento ecoavam pelo espaço cavernoso. Ela estava prestes a incitar Dylan a falar quando uma mulher usando um chapéu de papel apareceu pela porta giratória e começou a empilhar talheres nos dispensadores. Outra mulher saiu para ajudar. Era evidente que a notícia de que Emmy estava lá tinha se espalhado. Ela tinha crescido entre professores. Sabia como a fofoca se espalhava por uma escola.

— Em que ano sua filha está? — perguntou.

— Jenna acabou de terminar o nono ano. Só tirou menos de oito em álgebra.

— Deve ser um alívio. — Emmy baixou a voz. — Quer dizer, por causa do divórcio. Tenho certeza de que foi difícil.

— Ela ficou chateada no começo, mas depois que acertamos a custódia e ela criou uma rotina, as coisas melhoraram muito. Sabe como as crianças são. Precisam de previsibilidade.

— Você gostou do seu advogado? Quero dizer, ele foi justo?

Dylan lançou um olhar curioso para ela enquanto segurava a porta aberta. O corredor estava vazio; as luzes, apagadas. Ainda assim, ele esperou até que estivessem a alguma distância do refeitório para responder.

— Não é bem justiça que a gente procura em um advogado de divórcio. Se está pedindo uma recomendação, sua prima Taybee me descascou de tal forma que ainda deve ter alguns pedaços embaixo da unha. É de alguém assim que você precisa.

Emmy sentiu uma onda de calor percorrer o corpo. A decisão estava tomada. Não havia mais volta.

— Não pode ser Taybee. Não quero que minha família saiba o quanto me deixei diminuir.

Ela queria dar um tapa na própria boca, mas era tarde demais, já tinha falado, as palavras penduradas como um manto de vergonha. Dylan encarou o chão enquanto continuavam andando. Emmy sentiu o rosto arder. Não sabia dizer se ele estava chocado, horrorizado ou sentindo pena dela. Nenhuma das opções lhe caía bem. Não devia ter feito uma pergunta tão pessoal, muito menos revelado algo tão lamentável sobre si mesma, eles não tinham esse tipo de relacionamento.

— Meu cara é Ramon Rodriguez — disse Dylan. — Inteligente, honesto, aberto, mas disposto a se meter em encrenca se for preciso. Vou passar o contato dele por mensagem.

— Certo.

Emmy soltou um suspiro lento. Olhou para as janelas das salas de aula. As luzes estavam apagadas. Ninguém trabalhava naquela parte do prédio. Enfim sozinhos.

— Fale das drogas.

Dylan soltou o próprio suspiro, mas o dele parecia ser de frustração.

— Todas as escolas do estado usam um programa de software chamado *SchoolPlusOne*. Tudo recebe um código. Notas, claro, mas também suspensões, brigas, agressões, roubos, perseguição, uso de drogas. Os dados são reportados ao Departamento Estadual de Educação. Uma instituição com dados ruins e má reputação gera mais intervenção do estado, possível perda de financiamento, problemas de credenciamento, conselho escolar irritado, pais furiosos.

— Não estão codificando o uso de drogas com precisão. — Emmy ficou decepcionada, mas não surpresa. — Como explicam as suspensões?

— Não são suspensões. Detenções. As violações são codificadas como brigas, interrupções de aula, problemas irrisórios. Sua cunhada se recusa a participar, mas, assim que cruza os trilhos, o código é magicamente alterado.

Ele se referia aos trilhos que corriam entre a escola e o Conselho de Educação do Condado de Clifton. Emmy não ficou surpresa que Celia estivesse batendo de frente com o escritório do condado. Uma de suas peculiaridades era ser do contra.

— Fale sobre Wesley Woodrow.

— Bandido em formação. Vende maconha, oxi, Adderall, ecstasy.

— Coca?

— Isso é mais coisa de faculdade — disse Dylan. — Woody é o pior tipo de traficante, porque é inteligente. Dezesseis anos. Mora com a avó em Clayville. Passou uma temporada no centro de detenção juvenil. Ainda não chegou à prisão de gente grande, mas o aniversário do merdinha está gravado na minha alma. Um segundo depois da meia-noite de 16 de fevereiro, ele será todo meu.

— Não estou entendendo.

Ele parou de andar, então Emmy parou também.

— A lei escolar é diferente da lei comum. Não posso tocar em uma criança até que ela tenha dezessete anos. Antes disso, é responsabilidade do pessoal da administração, o que pode ser bom, porque tudo de que a escola precisa é suspeita razoável para revistar uma criança. Como policial, tenho que atender a um padrão mais alto de causa provável. Posso trazer cães farejadores, mas só posso revistar os armários, o que é performático, para dizer o mínimo, não posso revistar as crianças, não posso mexer em carros ou mochilas. Woody conhece as regras melhor do que ninguém. Ele poderia dar uma das minhas aulas.

Emmy tinha se esquecido de que Dylan cursava Direito à noite.

— Ouvi dizer que Woody não negocia com crianças de North Falls.

Dylan riu.

— Besteira. Quem disse isso a você?

— Jack Whitlock.

Ele se encolheu.

— É, esse garoto não é uma boa fonte de informações. Está bem abaixo na cadeia alimentar. Faço meu melhor para protegê-las, mas as crianças gays não têm uma vida fácil aqui.

— Ele é gay?

— Supergay. — Dylan deu de ombros. — É um garoto legal. O que mais você tirou dele?

Emmy jamais deixaria as palavras "xana de bolso" saírem de sua boca, mas disse:

— Não acho que ele seja gay. Deixou implícito que pagou cinquenta pratas para Cheyenne pagar um boquete para ele.

— Talvez. — Dylan deu de ombros, de novo. — Nessa idade, a sexualidade pode ser fluida, especialmente quando um boquete é uma opção.

— E o custo? Você consegue um boquete por vinte pratas no posto de parada de caminhões na rodovia.

— Não tenho ideia de quanto custa, mas as coisas valem o que as pessoas estão dispostas a pagar — acrescentou Dylan. — Além disso, Jack levaria uma surra no posto. Aquelas mulheres são umas pestes.

— Você não parece surpreso que uma garota de quinze anos esteja trocando sexo por dinheiro.

— É terrível, mas o ensino médio é bem assim mesmo. Metade deles pularia de um penhasco se uma Kardashian fizesse isso primeiro. A outra metade gritaria para irem mais rápido. Essas crianças fazem escolhas ruins. Às vezes olho para elas e penso: "Como esse idiota ainda está vivo?". — Ele pareceu se tocar do que tinha falado. — Então, não, não estou surpreso que Cheyenne estivesse se vendendo. Estou mais chateado do que qualquer coisa, para ser sincero.

Emmy sentia o mesmo.

— E um cara mais velho que as crianças chamam de Pervertido?

— Pervertido? — Dylan pareceu incomodado, mas balançou a cabeça em negativa. — Nunca ouvi falar dele. Qual é o contexto?

— Jack — disse Emmy, mas por dentro se perguntava o quanto suas informações eram realmente confiáveis. — Ele me disse que o Pervertido é um traficante que anda com crianças no Chilly Treat e nas Cataratas. Cabelo escuro. Nem alto nem baixo. Compleição média. Superprestativo.

— Eu posso perguntar por aí, mas, se esse Pervertido for realmente um mau elemento, seria estranho não estar no meu radar.

Emmy não duvidava.

— Sabia que Cheyenne traficava? Isso não veio de Jack. Eu vasculhei o quarto dela e encontrei dois sacos de três gramas e meio de coca, um pouco de maconha, ecstasy e uma porrada de dinheiro.

— Sério? — Ele pareceu surpreso. — Não tinha certeza, mas desconfiava. Na maioria das vezes, quando estou trabalhando em um caso, navego por círculos sobrepostos. Tipo, alguns maconheiros andam com os nerds, e esse nerd conhece um gótico que conhece uma garota popular que pode conhecer um atleta, e isso me leva à fonte do problema. Ninguém se sobrepunha ao círculo de Cheyenne e Madison. Eram apenas as duas.

Emmy estava ficando sem perguntas, e eles tinham voltado ao centro da escola.

— Madison tentou falar comigo ontem no parque. Eu a ignorei. Ela foi levada menos de uma hora depois.

— Merda, sinto muito. Mas não pode se culpar por isso. Mesmo se tivesse falado com ela, não tem como saber se ela teria sido honesta, e muito menos se teria deixado você ajudar. — Dylan olhou para o corredor. — Lá está a dra. Clifton.

A esposa de Tommy era alta e esbelta, geralmente dada a vestidos esvoaçantes e presilhas no formato de borboleta que mantinham o cabelo castanho-escuro preso com cuidado atrás da cabeça. Mas, naquele dia, Celia usava calça jeans e uma camiseta das Panteras de North Falls. Os óculos de leitura estavam no topo da cabeça. Um grande molho de chaves circundava o pulso. Ela segurava um rádio bidirecional na mão. Emmy ouviu a estática baixa enquanto Celia era informada se havia problemas em outras partes do prédio.

— Vou deixar vocês — disse Dylan — Os estudantes vão começar a chegar daqui a pouco. Emmy, avise quando quiser falar com os professores delas.

Ela o observou pegar o celular enquanto se virava para ir embora. Alguns segundos depois, o dela vibrou no bolso. Sabia que ele havia enviado o contato do advogado de divórcio.

— A chave mestra está aqui em algum lugar. — Celia colocou os óculos de leitura para poder olhar o molho de chaves. — Que merda, hein? O escritório do condado está na minha cola, os pais estão gritando comigo ao telefone, os professores estão me dizendo que não podem vir.

— Por quê?

Celia a olhou como se Emmy fosse lenta de raciocínio.

— Estão com medo de que os filhos deles sejam os próximos.

Emmy *era* lenta. Só tinha pensado na cidade se unindo para procurar as meninas. Não tinha considerado que o medo faria com que se destruíssem.

— O quanto você conhecia Cheyenne e Madison?

— Devo interpretar seu uso do pretérito?

Emmy estava cercada por professoras pedantes de inglês.

— Cheyenne provavelmente está morta.

Celia congelou enquanto deixava a notícia ser absorvida.

— E Madison?

— Ela pode estar… — Emmy sentiu a esperança se esvair ainda mais. — As chances não são muito boas.

— Merda — disse Celia, com um suspiro. — As recebi duas na minha sala duas ou três vezes neste verão. Cheyenne era a líder, em geral, mas quando Madison se metia em problemas, podia ser furtiva pra caramba. São sempre os quietos que a esfaqueiam no chuveiro.

Emmy deveria saber que Celia era a única pessoa naquela escola que seria brutalmente honesta.

— O que elas faziam?

— Eram respondonas, não prestavam atenção, usavam o celular na sala, a besteira tediosa de sempre, que exige cada pedacinho do meu doutorado em Literatura Americana do Século XX. — O tom de Celia era estridente, mas quando ela levantou os olhos da busca pelas chaves, a expressão se suavizou. — Acredite ou não, eu realmente gostava delas. Cheyenne estava sempre provocando, mas podia ser engraçada para caramba. E Madison era tão inteligente. Inteligente demais. Eu sempre precisava estar alerta com ela. Não me entenda mal, as duas usaram muita pista, mas, com o tempo, teriam feito um pouso suave.

Emmy podia ouvir a dor na voz dela.

— Sinto muito.

— Bem, quando você pegar o filho da puta, dê-me cinco minutos sozinha com o cara e eu vou fazer com que ele nunca mais machuque ninguém.

Celia enfiou uma chave no armário. Emmy ouviu um clique. A porta se abriu. Ela viu um livro didático e um saco de papel pardo antes que o cheiro de maconha a atingisse como uma marreta.

Mas isso não era o pior.

Emmy precisou pigarrear antes de perguntar a Celia:

— Pode dar um passo para trás?

Então usou a lanterna para iluminar o interior do armário. Seis fotos tinham sido coladas na parte de trás. 4x6. Duas na horizontal, três na vertical. Madison e Cheyenne posavam para a câmera: lábios franzidos, mão na cintura, joelho dobrado, peitos estufados. Em quatro das fotos, as meninas estavam juntas. Nas outras duas, revezavam-se esparramadas sozinhas em um colchão king-size. Usavam maquiagem pesada e as bijuterias baratas de que gostavam. Cada uma vestida com um sutiã de renda quase imperceptível e calcinha fio-dental combinando. O conjunto de Madison era branco. O de Cheyenne era preto. Bem *versus* mal. Anjo *versus* megera.

Emmy não queria, mas se inclinou para olhar mais de perto. O colchão estava no chão. O piso de concreto não tinha acabamento. A parede atrás da cama estava pintada de branco. Nenhuma estante de livros ou arte. Nenhum lençol. Nenhuma característica de identificação. Apenas um colchão king-size e duas crianças vulneráveis.

— Jesus — sussurrou Celia. — Queria não ter visto isso.

Emmy sentiu o mesmo. Havia algo tão doloroso nas expressões delas. Estavam sorrindo, rindo, fazendo beicinho e provocando, claramente achando que estavam no controle, que o domínio da situação não era do homem imundo que as persuadira a contorcer o corpo em posições sexualmente agressivas para a câmera.

— Vamos torcer para que estivessem apenas brincando — disse Celia.

— É — concordou Emmy, mas as fotos provavelmente estavam na internet. Ninguém se dava a esse trabalho por uma coleção particular. Faziam isso para se gabar. Para compartilhar. Humilhar. Explorar.

Emmy prendeu a lanterna de volta no cinto. Usou o celular para fotografar o que havia encontrado, então calçou um par de luvas para poder vasculhar o conteúdo do armário.

O nome de Cheyenne estava escrito em letra cursiva na frente do saco de papel pardo. Emmy imaginou que Ruth Baker tivesse embalado o lanche da filha, embora duvidasse que a mulher tivesse colocado seis sacos de maconha e quatro pacotes menores de comprimidos amarelos lá dentro. Ela os fotografou juntos. Precisaria pegar alguns sacos de evidência na viatura.

— Subdelegado Alvarez. — Celia estava com o rádio na boca. — Mantenha todos os funcionários e alunos fora do Módulo de Artes, por favor.

Uma explosão de estática precedeu a resposta de Dylan.

— Sim, senhora.

Emmy folheou o livro didático antes de colocá-lo no chão, então botou o saco de papel em cima. Apenas um item permaneceu no armário. Ela usou o celular de novo para documentar um envelope de correspondência branco. O endereço do remetente mostrava uma engrenagem em forma de C com um raio cortando o meio. Emmy reconheceu o logotipo da Companhia Clifton Ferramentas e Moldes. Era o brasão da família.

— O pai de Cheyenne trabalha na fábrica, certo? — perguntou Celia.

— Felix Baker. Ele é engenheiro.

Ela abriu o envelope. Havia outra foto, dessa vez mostrando Cheyenne completamente nua. No colchão sem lençol. De costas. Pernas abertas. Braços para fora. Boca aberta.

— Meu Deus — disse Celia. — No que elas estavam metidas?

Emmy colocou a fotografia de volta no armário, virada para baixo. Não queria tocá-la, não queria saber todas as coisas que Cheyenne Baker havia perdido no breve momento que a câmera levou para capturar a imagem.

— Cheyenne estava sendo paga por sexo.

— Droga. — Celia parecia enojada, mas mais consigo mesma que com a garota. — Eu não fazia ideia. Ela estava fazendo isso na escola?

— Não sei. Preciso de cópias de todas as filmagens de segurança do mês passado.

— As câmeras cobrem apenas portas e corredores. Ela podia estar usando uma das salas de aula vazias, banheiros, vestiários. Não que precisasse, todo mundo aqui sabe que o sistema é problemático. — Celia apontou para a câmera atrás de Emmy. — Acabamos de consertar na semana passada.

— Talvez tenhamos sorte. — Emmy duvidava, mas iria olhar as filmagens de qualquer maneira. — Ouviu algum aluno falar de um tal de Pervertido?

— O apelido é um pouco óbvio, né? — disse Celia. — Mas não, eu não ouvi falar dele. É seu suspeito?

— Pode ser — disse Emmy, mas questionava a confiabilidade de Jack. — Onde fica o armário de Madison?

— Aqui embaixo.

Ela esperou enquanto Celia enfiava a chave na fechadura. Ela prendeu a respiração, preparando-se para os horrores que poderiam encontrar. Quando abriu a porta, não havia nada tão dramático quanto no de Cheyenne. Nenhuma fotografia. Nenhum livro didático. Nenhum saco de papel pardo. Na verdade, o armário estava vazio, exceto por um cartão SIM que havia sido cortado em três pedaços.

— Malditas — murmurou Celia. — Confisquei o celular de Cheyenne na semana passada. Madison deve ter roubado o cartão SIM.

Emmy se lembrou imediatamente da conversa sobre os celulares descartáveis de Cheyenne. Um dos números tinha ficado off-line oito dias antes, e um novo número o substituíra.

— Onde está o celular?

— Se ainda estiver aqui, está comigo. — Celia fez sinal para ela no corredor. — Dois dias depois que peguei o celular de Cheyenne, Madison foi ao meu escritório pedindo um absorvente. Disse para ir até a enfermeira, mas ela falou que estava muito envergonhada. Não acredito que caí nessa. Eu a deixei sozinha no meu escritório. Deve ter roubado o cartão SIM nessa hora.

— Tem certeza de que foi dois dias depois?

— Tenho. Fizemos um treinamento de incêndio naquela manhã. Madison estava esperando do lado de fora da minha porta quando voltei do campo de futebol.

— Sua sala ficou trancada durante o treinamento de incêndio?

— Ficou, mas destranquei para que ela pudesse esperar lá dentro. Falei que ela era sorrateira…

Emmy estava mais interessada na logística. Por que não pegar o celular? Por que roubar apenas o cartão SIM? E por que destrui-lo? Se estivessem certos sobre os registros telefônicos de Madison, Cheyenne havia substituído o celular descartável por um novo no mesmo dia. Então, dois dias se passaram antes que Madison roubasse o cartão SIM. Cheyenne claramente não precisava mais de um celular. Quem disse a elas para pegar o cartão SIM de volta? E por que guardar os pedaços de plástico, quando o corte destruía qualquer dado armazenado no cartão?

Talvez devessem mostrá-lo a alguém para provar que havia sido destruído. Talvez o sequestrador tenha enviado Madison para roubá-lo.

Celia caminhou pelo centro de aconselhamento até sua sala, nos fundos. A mesa estava abarrotada de pilhas de papéis organizadas. Havia duas fotos emolduradas: uma de Emmy segurando Cole e outra de Tommy tocando banjo. Era uma foto antiga, o irmão ainda tinha a maior parte do cabelo.

Emmy examinou os monitores acima dos arquivos em frente à mesa. Mostravam os corredores vazios, a entrada do auditório, as portas para os fundos do prédio. Dylan tinha feito seu trabalho mantendo as crianças longe. A única coisa que parecia fora do lugar era o conteúdo do armário de Cheyenne, que ainda estava espalhado no chão. Emmy pensou nas fotos lá dentro. Madison tinha feito quinze anos no dia anterior. Seu corpo ainda se assemelhava mais ao de menina do que ao de mulher.

— Aqui está.

Celia pegou uma caixa de papelão de um dos arquivos e a colocou na mesa.

Emmy sentiu o coração afundar. Havia pelo menos uma dúzia de celulares.

— Lembra a marca do que pegou de Cheyenne?

— Todos eles se misturam depois de um tempo. Os celulares são minha sina. — Celia entregou a ela uma prancheta com uma lista de nomes e datas. — Faço as crianças assinarem, então não tenho que tocar nas telas. Deus sabe que não preciso pegar uma conjuntivite. A regra é: celular confiscado em aula fica comigo por quatro dias letivos. Se for em um fim de semana ou feriado, sinto muito, azar o seu.

Emmy olhou para a longa lista de nomes rabiscados. Não havia nenhuma marcação de X para indicar que os telefones tinham sido devolvidos aos alunos.

— Como sabe se uma criança recebeu o telefone de volta?

— Eles estão arranhando minha porta no quarto dia. Celulares não são baratos.

— Notaria se um estivesse faltando na caixa?

— Não — disse Celia. — Mas eles não saberiam disso. Diria que 99 por cento do meu trabalho é fazer as crianças acreditarem que tenho tempo e recursos para passar a perna nelas.

Emmy imaginou que era por isso que Madison havia roubado o cartão SIM e deixado o celular. Ela encontrou o nome de Cheyenne na lista.

— Cheyenne assinou pelo celular dela na terça-feira da semana passada. Lembra se ela pediu o telefone na segunda-feira?

Celia franziu a testa.

— Sinceramente, não me vem à cabeça.

Emmy ainda estava de luvas. Vasculhou a caixa. Celulares flip se misturavam a iPhones, Androids e um Samsung robusto. Todos desligados. As capas eram as mais variadas. Alguns tinham mascotes esportivos ou o arco-íris. Muitos tinham gatos. Nenhum dos celulares flip tinha iniciais gravadas no plástico. Emmy estava se resignando a examiná-los um a um quando viu um tom de azul bem característico em uma capa de iPhone. O mesmo azul da bicicleta de Cheyenne. O mesmo azul dos lençóis do quarto.

— Tem um clipe de papel?

Celia tirou um de uma pilha de papéis e já foi girando para que a ponta ficasse para fora. Emmy o deslizou no buraquinho da lateral do iPhone. O slot do cartão SIM se abriu. A bandeja estava vazia.

— Que estranho — disse Celia. — O que ele está fazendo aqui?

Emmy se virou. Celia estava olhando para um dos monitores. Dale Loudermilk estava no corredor parecia exatamente o que era: um professor de coral da escola de quarenta e poucos anos casado com uma secretária da igreja. Óculos de aro grosso. Bigode de vassoura. Corte de cabelo Ned Flanders. Corpo de Ron Swanson. Vestia a camisa verde e a bermuda bege do uniforme do Centro de Recreação North Falls.

Ele estava parado em frente ao armário de Cheyenne, talvez imaginando por que todas as coisas dela estavam no chão. A verdade deve tê-lo atingido, mesmo que apenas por causa das fotos sugestivas coladas na parte de trás. Em vez de ir embora, ele olhou para a esquerda, depois para a direita, então esticou o braço para o interior e pegou a fotografia que Emmy tinha deixado virada para baixo no armário.

Ela esperava que ele sentisse repulsa, que a devolvesse imediatamente ao lugar, que sentisse ânsia e nojo, que fizesse qualquer coisa, menos o que fez em seguida.

Ele olhou para a foto obscena de Cheyenne espalhada no colchão sem esboçar expressão alguma. Emmy se aproximou do monitor, estudou as feições insossas, a maneira casual como olhava para um pedaço de pornografia infantil como se fosse um cronograma de ônibus. Ela se viu contando os segundos. Chegou a dez, depois a vinte. Tinha quase chegado a trinta quando Loudermilk devolveu a foto ao armário e foi embora.

— Chame Dylan pelo rádio. Diga a ele para vir aqui agora — pediu Emmy.

Ela não esperou resposta. Correu pelo centro de aconselhamento. A pele parecia pegar fogo. O comichão. A sensação ruim. Nada do que Dale Loudermilk tinha feito parecia certo.

Em vez de correr para o corredor para confrontá-lo, ela espiou pelo canto da porta. Loudermilk se afastava dela, indo em direção auditório, as mãos estavam nos bolsos da bermuda, a cabeça permanecia reta, o passo era rápido. Ele não parou até chegar à entrada do auditório. Virou a cabeça para a esquerda, depois para a direita, depois entrou.

Emmy segurou o equipamento no cinto enquanto corria atrás dele. Parou do lado de fora das portas para manter distância. Entrou no saguão. Entrou no auditório escuro. Fechou a porta com cuidado. As placas de saída serviam como luzes noturnas. Viu Loudermilk, com as mãos ainda nos bolsos, caminhando pelo corredor central. Emmy ficou para trás. Esperou até que ele desaparecesse nas coxias para segui-lo pelo palco. Cerrou os dentes quando a sola do coturno rangeu no piso escuro.

Ele deu a impressão de não ter ouvido. Estava muito concentrado em seguir adiante. Emmy passou por camarins e banheiros. Parou e esperou até que ele virasse à esquerda em um corredor estreito. Não acendeu nenhuma luz. Não abriu ou fechou nenhuma porta. Ela espiou pelo canto. Loudermilk caminhava em direção ao fim do corredor. A placa de saída brilhava à frente. As mãos estavam fora do bolso. Ela percebeu que ele estava segurando algo pequeno, que cabia perfeitamente na palma da mão. Em vez de pegar a saída, ele virou bruscamente para a sala do diretor. Emmy se manteve nas sombras, avançando pelo corredor com cautela, até que pudesse se posicionar para ver a sala pela janela de vidro.

Loudermilk fuçou atrás de um arquivo. Pegou um laptop. Sentou-se à mesa, abriu o computador e encaixou um pen drive do lado. Começou a clicar e arrastar os dedos pelo trackpad. A luz da tela refletia em seus óculos. No silêncio, ela ouviu o disco rígido girando, as ventoinhas acordando. Ele estava copiando arquivos para o pen drive.

Emmy bateu no vidro.

— Jesus! — Loudermilk fechou o laptop com força enquanto pulava da cadeira. — O que foi?

Emmy entrou na salinha e acendeu as luzes do teto.

— Que arquivos estava copiando?

— Eu… — Ele moveu os olhos para o laptop, depois de volta para ela. — Partituras. As audições para o coral são na semana que vem, preciso me preparar.

— As audições só acontecem no fim do mês.

— Eu quis dizer que preciso me preparar *a partir* da semana que vem para as audições que estão chegando. É um processo demorado.

Ele voltou os olhos para a janela. Celia os seguira. Ele endireitou os ombros, tentando expressar alguma autoridade.

— Dra. Clifton, poderia explicar para essa jovem que eu tenho trabalho a fazer?

— Este computador pertence à escola. Eu tenho autoridade administrativa — disse Celia, dirigindo-se para Emmy.

Ela acenou para Celia tentar acessar.

— A senhora não pode.

Loudermilk se esticou para pegar o laptop, mas Emmy bloqueou o caminho dele.

— Por que escondeu seu laptop atrás do arquivo?

— Não estava escondido. Eu o guardei para mantê-lo seguro durante o verão, mas... — Ele movia os olhos enquanto procurava desesperadamente uma explicação. — Qualquer um poderia acessar o computador. Não venho aqui desde o pós-planejamento. Qualquer um dos zeladores poderia abrir...

— Poderia abrir o quê? — Emmy se aproximou. — Que arquivos estava copiando?

— N-nada, eu... — Loudermilk levou a mão à boca. — Por favor, isso é um mal-entendido, não é o que estão pensando, eu sou um homem decente.

— Entrei — disse Celia.

Emmy se abaixou para olhar o laptop. Uma barra de progresso apareceu no meio da tela. Um total de 968 arquivos estavam sendo copiados. Ela abriu a pasta do pen drive, cujo nome era PARTITURA. Havia mais pastas do que conseguia contar. HINOS. ORATÓRIOS. MAGNIFICATS. CANTATAS. SALMOS. NATAL.

— Viu? — Loudermilk apontou para os arquivos. — Eu falei que precisava imprimir algumas partituras para...

— Cala a boca.

Emmy alternou as datas para mostrar a pasta mais recente. CONCERTOS SAGRADOS saltou para o topo da lista. O conteúdo devia ser enorme. A barra de progresso estimava que a tarefa levaria 48 minutos.

Ela moveu o cursor para a pasta.

— Por favor, não — implorou Loudermilk. — Apenas vá embora. Todos nós podemos simplesmente ir embora.

Emmy abriu a pasta CONCERTOS SAGRADOS. Era como uma boneca russa. Mais pastas apareceram, uma para quase todas as letras do alfabeto. Ela começou com os As. Miniaturas carregadas para dezenas de arquivos JPEG. Todos os nomes de arquivo seguiram o mesmo padrão: um nome, um traço, um número.

Abigail-10

Allyson-10

Andie-11

Angela-10

Anna-9

Emmy sentiu gosto de bile na boca. Ela abriu a pasta B. Depois a C. Eram todas iguais. Em ordem alfabética. Indexadas. Um nome. Um traço. Um número. Ela não abriu as fotos. As miniaturas já eram nauseantes.

— Posso explicar — tentou Loudermilk.

Emmy não precisava de explicação.

Dale Loudermilk era um pedófilo com fácil acesso às duas garotas desaparecidas.

CAPÍTULO SEIS

Emmy estava sentada ao lado do pai na sala de observação dentro da delegacia. As luzes estavam apagadas. Havia dois monitores na mesa em frente a eles, ambos mostrando ângulos diferentes da sala de interrogatório a nove metros de distância. Uma câmera estava focada em Dale Loudermilk, sentado com a postura reta em uma cadeira, as mãos cruzadas no colo. A outra estava em Lionel Faulkner, o principal agente do FBI de Atlanta, que havia passado as três horas anteriores tentando fazer Dale confessar o sequestro e provável assassinato de Cheyenne Baker e Madison Dalrymple.

Até aquele momento, tudo o que arrancara de Loudermilk foram negações enfáticas.

— Dale. — A voz de Lionel era irritantemente calma através do alto-falante barato entre os monitores. — Onde estão as meninas?

Emmy observou Dale negar com a cabeça do mesmo jeito que fizera toda as vezes que Lionel repetira a pergunta. O homem nervoso na sala do diretor de palco era uma lembrança distante. Aquela versão de Dale era a de que Emmy se lembrava da escola: presunçoso e condescendente, irritado porque ousavam falar com ele. Era evidente que se achava inteligente o bastante para se safar daquela encrenca no papo, mas a verdade era que, se realmente fosse tão esperto, ficaria quieto e arrumaria um advogado.

— Agente Faulkner, já disse um milhão de vezes — disse Dale. — Minha resposta não vai mudar. Não faço ideia de onde as meninas estão. Não tive a ver com o desaparecimento delas. Sou inocente.

— Por que continua mentindo para mim?

— Não estou mentindo. Só não estou dizendo o que você quer ouvir. — Dale soou como se estivesse dando um sermão em um aluno. — Sou um educador, jamais machucaria uma criança. A simples ideia é um anátema para meu sistema de crenças.

— Vamos lá. — Lionel se recostou na cadeira e cruzou as pernas, agindo como se tivesse todo o tempo do mundo. — O que fez você querer ser professor?

Emmy bufou de frustração. Tinha percebido o padrão de Lionel logo no começo. O agente se inclinava, invadindo o espaço físico de Dale, questionava agressivamente sobre as garotas desaparecidas, e depois se afastava e fazia uma pergunta inofensiva sobre arranjos de coral ou como era trabalhar no centro de recreação.

Era uma técnica de manual projetada para destruir o senso de controle do suspeito aos poucos. O investigador dá o tom, escolhe os tópicos, diz ao suspeito onde se sentar, onde ficar de pé, quando falar, quando comer e quando fazer xixi, até que o suspeito acaba caindo em desespero e confessa. Uma variação da técnica de policial bom/policial mau com Síndrome de Estocolmo, mas, do lado de fora, pelo que Emmy podia ver, Dale Loudermilk não estava caindo nessa.

Ele não suava. Não implorava nem apelava. Não tremia nem chorava. Não balançava a perna. Não retorcia as mãos. Para todos os efeitos, poderia estar em uma reunião de alunos e professores dizendo não a um pai que tentava fazê-lo mudar uma nota.

Dale não lhes daria um décimo a mais.

— Pai, isso é loucura. — Emmy não conseguiu conter a irritação. — Faulkner está fazendo o mesmo vai e vem há três horas. Dale não cedeu um centímetro. Por que ele não está usando as informações que demos?

— Não sei — disse Gerald.

— Olhe para ele. — Emmy acenou para o rosto imperioso de Dale no monitor. — Ainda acha que vai sair daqui. Faulkner precisa começar a pressionar, falar sobre os celulares de Cheyenne, o cartão SIM, o sexo, as drogas, o circuito de segurança da escola. Metade do FBI está ocupada despedaçando a casa e o carro de Dale, fazendo uma colonoscopia em todos que ele já conheceu. Faulkner precisa começar a deixar claro que o mundo inteiro de Dale está se fechando. Madison ainda pode estar viva.

— Frustrante — disse Gerald.

— O senhor está certo. — Emmy sentiu a irritação crescer. — Não podemos entrar lá?

— Não.

— Pai, ele precisa dar um aperto no cara.

— Nem sempre um aperto é forte o suficiente.

— O que isso significa? — indignou-se Emmy. — O senhor sempre me disse que, se algo não estivesse funcionando, eu deveria tentar algo novo. Madison pode estar assando no porta-malas de um carro ou amarrada em um chalé. Quanto tempo ela consegue aguentar sem água nesse calor?

Gerald não respondeu. Estava concentrado no monitor que mostrava Dale Loudermilk sentado no assento de interrogado. Emmy estava prestes a pedir ao pai uma tarefa que a tirasse daquela sala escura e sufocante quando uma tosse aguda sacudiu o alto-falante. Dale levou a mão até a boca. Ele tossiu novamente.

Emmy observou Lionel Faulkner apontar para o copo de plástico na mesa.

— Beba um pouco de água.

Dale fez um espetáculo ao levantar o copo. Tomou um gole alto. Estalou os lábios. Devolveu-o à mesa.

Emmy apertou as mãos até sentir os ossos se moverem. Continuava com a sensação de segurar a mão de Madison debaixo do carvalho. Havia falhado com a garota uma vez. E estava assistindo a outro policial falhar com ela. Dale nunca contaria a Faulkner onde elas estavam. Foi preciso reunir cada grama de sua força de vontade para não correr pelo corredor, invadir a sala de interrogatório e arrancar aquele ar pomposo da cara dele a tapas.

— Você recrutou Cheyenne e Madison quando elas estavam no nono ano — disse Lionel.

Dale soltou um suspiro pesado.

— Não é um recrutamento, eu faço audições. Qualquer criança pode tentar. Cheyenne é uma contralto sólida, Madison tem uma tessitura muito rica que combina bem com meus tenores veteranos.

— Essa é apenas uma maneira elegante de dizer que ela é uma boa cantora, certo?

Lionel esperou Dale assentir.

— Elas são garotas bonitas, não são? Cheyenne em particular.

— Não seja nojento.

— Madison, no entanto... — Lionel estalou a língua contra os dentes. — Ela tem curvas bonitas. Dá para encher a mão.

Emmy sentiu o ácido queimando o estômago.

— Madison estava no seu coral — continuou Lionel. — Você a levou para o campeonato estadual em Atlanta no ano passado.

— Eu levei um ônibus inteiro de estudantes naquela viagem. Madison Dalrymple era apenas uma delas.

— Você ficou no mesmo hotel que Madison. O Marriott Marquis na avenida Peachtree Center. Seu quarto era bem ao lado do dela.

— Minha esposa estava na cama comigo. — Dale pareceu gostar do jogo de palavras. — A sra. Loudermilk ajudou a supervisionar a viagem. Pode falar com ela e vai ouvir que não viu nada.

— Não sei se Esther é a melhor juíza de caráter. — Lionel deixou uma sensação de familiaridade aparecer em seu tom. — Ela não fazia ideia de que morava com um pedófilo havia vinte anos.

Dale estava de punhos cerrados. Então abriu os dedos bem devagar, uma espécie de lembrete para si mesmo de que precisava ficar calmo.

— Não tinha o direito de falar com minha esposa sem minha permissão.

— Acho que você não entende a sua situação — disse Lionel. — Você foi preso por posse de pornografia infantil. Foi pego em flagrante.

— Acho que você é quem entendeu errado — rebateu Dale. — Já disse várias vezes que doei meu laptop antigo para o departamento de teatro. Não o via há mais de um ano.

— A chefe do departamento de teatro não se lembra de você ter dado a ela.

— Não estou surpreso, é uma mulher distraída.

— A dra. Clifton disse que o laptop ainda está registrado em seu nome.

— Eu não confiaria nos registros dela se fosse você. Ela é muito desleixada.

— Verificamos o laptop em busca de impressões digitais, Dale. Só encontramos dois conjuntos. As da dra. Clifton estão no teclado, o que faz sentido, porque ela desbloqueou o computador. Já as suas estavam na parte interna, externa e no pen drive que estava usando para baixar a pornografia.

— Ah, percebi o mal-entendido. A máquina estava coberta de poeira, eu a limpei antes de usar. — Dale pegou o copo d'água, mas não bebeu. — Eu disse que não via aquele computador já fazia um ano. Não desde que recebi o novo.

— Certo — disse Lionel. — A Associação de Pais e Mestres comprou um MacBook Pro novinho para o senhor depois que o coral ganhou o primeiro lugar nas regionais. Nós o encontramos na bolsa dentro do seu carro.

Dale colocou o copo de volta na mesa.

— Posso dar a senha. Tem minha permissão para verificar. Tudo o que vai encontrar são planos de aula, arranjos de coral e partituras.

Lionel se inclinou para a frente novamente.

— Deixe-me dizer o que o FBI faz quando recebemos um caso como esse. Pode ser?

Dale deu um suspiro pesado e forçado. Não tinha percebido que Lionel, ao lhe pedir permissão para transmitir informações e usar repetidamente a frase "deixe-me", tinha a intenção de dar a impressão de que ele sempre tinha uma escolha.

Ele acenou com a mão.

— Estou ouvindo.

— Nós revistamos sua casa. Revistamos seus veículos. Revistamos seu local de trabalho, o depósito onde você guarda as ferramentas de jardinagem, o armário no centro recreativo, onde você guarda seu pote de Gooch Guard. Nós falamos com sua esposa. Falamos com sua família. Falamos com seus vizinhos, seus colegas de trabalho, seu pastor, os homens do seu time de softbol, o cara da loja de ração que colocou seis sacos de húmus em sua caminhonete na semana passada, a mulher que cortou seu cabelo na sexta-feira.

Emmy sibilou um jato de ar entre os dentes. Faulkner estava finalmente expondo os detalhes para que Dale soubesse que a vida estava sob um microscópio.

— Dale, permita-me ser honesto com você.

— Isso significa que não foi honesto antes deste momento?

— Você vai para a prisão.

Dale balançou a cabeça em negativa.

— Eu não vou para a prisão.

Lionel riu diante da certeza dele.

— Meu chapa, você foi literalmente pego em flagrante por uma subdelegada.

— Emmy Clifton é uma criança. Ela só conseguiu o emprego por causa do pai. — Dale parecia pensar que tinha marcado um ponto. — Meu *chapa*.

— Sério, cara, você parece chapado com seu próprio estoque. Preciso fazer um teste de drogas em você?

Dale bufou de desgosto.

— Eu nem bebo álcool.

— Escuta, Dale. Não sei em que mundo de fantasia de unicórnio você está vivendo agora, mas me deixe falar como são as coisas no mundo real. Vamos tirar o que você fez com Cheyenne e Madison da história por um minuto, certo?

Dale começou a resmungar:

— Isso é ridículo.

— O estado da Geórgia está prestes a atropelá-lo feito um caminhão Mack. Você ainda não sabe, mas vai ser jogado longe. Temos algumas das penalidades mais brutais para posse de pornografia infantil no país. Cada download é considerado uma ofensa. Cada download. Está me acompanhando?

Dale não respondeu, mas de repente estava prestando atenção.

— Estamos falando de crimes, não de contravenções. Estamos falando de multas de até cem mil dólares *cada*. Diretrizes de sentença de cinco a vinte anos *cada*. — Lionel tinha invadido o espaço pessoal de Dale novamente. — Sei que você não é professor de matemática, então me deixe mostrar os números. Digamos que você pegue o mínimo, certo? Não é o que vai acontecer, mas vamos dar um desconto. Cinco anos vezes 968 imagens pornográficas de meninas de nove a onze anos é igual a *você vai apodrecer na prisão.*

Emmy viu a língua de Dale sair rapidamente por baixo do bigode enquanto ele lambia os lábios. A informação claramente o atingira com força, mas seu comportamento frio se manteve.

— Eu não vou para a prisão — insistiu Dale, mais uma vez.

— Continue apegando-se a isso. Mas, do meu ponto de vista, a única questão é: em qual prisão você vai apodrecer e quanto tempo vai levar pra morrer?

— São duas perguntas.

— Vou responder às duas para você — ofereceu Lionel. — Ou será a Prisão Estadual de Dooly, onde eles abrigam todos os outros pedófilos, ou será a Prisão Estadual de Diagnóstico e Classificação da Geórgia, onde vai passar uns quinze anos em isolamento dentro de uma cela antes que o levem pelo corredor, amarrem-no numa maca, enfiem uma agulha no seu braço e o matem.

Os lábios de Dale se separaram. Sua respiração aguda assobiou pelo alto-falante.

— Dê uma olhada nessa salinha de merda, cara. Isso é o Taj Mahal comparado ao que sua cela vai ser. Se esticar os braços, vai tocar as paredes dos dois lados.

Dale não conseguiu resistir e olhou ao redor da sala.

— Sabemos que Cheyenne já morreu.

Dale mordeu o lábio inferior para manter a boca fechada.

— E Madison? — perguntou Lionel.

Emmy ouviu outro assobio agudo de respiração. Dale pigarreou. Encarou a parede diante de si. A expressão estava vazia, mas Emmy viu uma gota grossa de suor escorrer de sua costeleta.

— Isso tudo é um engano.

— Sabe quantos caras estão na prisão porque cometeram um engano?

— Não disse que *eu* cometi um engano. Eu disse que *você* cometeu um engano.

Dale parou um momento para se acalmar, terminando a água. O copo de plástico fez um barulho de estalo quando ele o devolveu à mesa.

— Por que eu precisaria de dois laptops? Meu MacBook Pro é uma máquina muito superior. Como eu já disse repetidamente, não vejo o antigo há meses.

Emmy sentiu todo o ar sair do corpo. Ele usara o silêncio para pensar em outra desculpa.

— Certo — disse Lionel, levando a coisa adiante. — Como você sabia que o laptop estava escondido atrás do arquivo?

— Todo mundo sabia que estava lá atrás. Não estava escondido, só guardado.

— Guardado de quem?

— Guardado *por quem*, e eu não saberia dizer.

— Há quanto tempo está lá?

— Não faço ideia.

— Certo, deixa eu ver se entendi — disse Lionel. — O que está me dizendo que aconteceu é: Cheyenne Baker e Madison Dalrymple são sequestradas, e, por alguma estranha coincidência, você aparece na escola bem cedo na manhã seguinte para pegar um laptop que não vê há mais de um ano, há meses ou sabe-se lá há quanto tempo, mas que sabe que está *guardado* entre um arquivo e uma parede, que, de algum jeito, todo mundo tinha visto, mas ninguém mais tocou, porque queria copiar uma partitura, mas, sem você saber, o único arquivo que copiou para o pen drive que trouxe de casa é o único arquivo no laptop que tem quase mil fotos de pornografia infantil.

Dale lambeu os lábios novamente. Ele sabia que parecia absurdo.

— Isso mesmo.

— Esther estava na casa da irmã em Carrolton para assistir aos fogos com os filhos. Disse que falou com você por telefone, mas não o viu pessoalmente. Os vizinhos estavam todos nos shows de fogos de artifício. Ninguém o viu. Você não tem um álibi.

— Eu estava em casa.

— Seu vizinho disse que você estava na entrada da garagem hoje de manhã, lavando e aspirando o carro. Você sempre lava e aspira o carro às 5h30 da manhã?

— Não é verão em Atlanta também? — A presunção de Dale havia retornado. — Eu faço as coisas cedo porque fica muito quente mais tarde.

— Faz sentido — concordou Lionel. — Mas o que me pega é que nunca ouvi falar de um homem usando alvejante para limpar o carro. Pelo menos não um homem inocente.

Dale voltou o olhar para a parede em branco diante dele.

— Naqueles seriados forenses, eles sempre dizem que alvejante pode destruir evidências de sangue e DNA. Enganam todos os testes que temos, certo? — Lionel fez uma pausa, mas não houve resposta. — A questão é que o fato de você limpar o carro com alvejante é o sinal de alerta. Isso me diz que você estava preocupado que fôssemos achar DNA, impressões digitais e vestígios de Cheyenne e Madison.

— Não ficaria surpreso se achasse — rebateu Dale. — Eu levo as crianças para casa depois dos ensaios o tempo todo. Sempre peço permissão dos pais antes, pode perguntar para Hannah e Ruth.

— Nós fizemos isso — disse Lionel. — Você levou Cheyenne para casa muitas vezes. Verona fica a vinte minutos de carro na direção oposta da sua casa.

Dale não disse nada.

— Fale da Glock 20 que está registrada em seu nome.

Lionel esperou, mas Dale não respondeu.

— Nós não a encontramos na sua casa ou no seu carro. Onde ela está?

Dale baixou a cabeça e olhou para o copo vazio na mesa.

— As coisas não estão a seu favor, cara. — Lionel fez uma pausa. — Você não é idiota. Sabe o quanto isso parece ruim.

Emmy observou Lionel se inclinar mais uma vez. Ela não tinha notado antes, mas a postura de Dale tinha mudado drasticamente nos últimos minutos. Ele não estava mais sentado com a postura reta. E sim meio curvado. Os ombros caídos. Começava a ceder.

De acordo com os manuais, esse era o momento mais perigoso durante um interrogatório. Apenas três coisas poderiam acontecer: ele iria confessar, pediria um advogado ou ficaria completamente anestesiado.

— Não fui eu — sussurrou Dale.

— Certo, amigo, estou ouvindo. Mas me deixe resumir a situação. Duas garotas sequestradas. Você conhece as duas. Sangue na cena indica um ferimento de bala. Sua Glock sumiu. Você limpou seu carro com alvejante. Não tem um álibi para a noite passada. Foi pego baixando pornografia infantil do seu laptop hoje de manhã.

Dale balançou a cabeça de um lado para outro.

— Não é meu laptop — murmurou.

— Sabia que os computadores mantêm um registro toda vez que um usuário faz login?

Dale ergueu a cabeça. Ele obviamente não tinha ideia. Endireitou-se na cadeira, tentando recuperar a confiança.

— Senhas podem ser roubadas.

— A última vez que seu laptop foi acessado foi em 12 de maio deste ano. O conteúdo da pasta Concertos Sagrados foi visualizado por vinte e um minutos durante seu horário de almoço.

— Todo mundo almoça...

— Não, escute. — Lionel levantou um dedo para silenciá-lo. — Temos a câmera do circuito de segurança mostrando quando você entrou no auditório três minutos antes do login e saiu quatro minutos depois do logout. Você ficou lá por vinte e oito minutos. Então, no dia 24 de maio, o mesmo padrão. Você entrou no auditório na hora do almoço, fez login por vinte e quatro minutos, fez logout, então a câmera pega você saindo do auditório.

Emmy prendeu a respiração, inclinando-se para frente na cadeira, implorando silenciosamente para Dale enfim ceder.

— Mas... — Dale pigarreou. — A câmera do corredor está quebrada.

— Isso era verdade até pouco tempo. Mas a câmera atrás do balcão de ingressos no saguão sempre funcionou bem.

Emmy observou a cor sumir do rosto de Dale. Ele apertou as mãos no colo. A arrogância finalmente derreteu de suas feições. Parecia assustado.

— Até que enfim — murmurou ela.

— Dale — disse Lionel —, vamos continuar olhando para as imagens e comparando-as aos logins, e é assim que vamos provar além de qualquer dúvida razoável que você acessou o *seu* laptop da escola durante o horário escolar para se masturbar com pornografia infantil.

Dale começou a balançar a cabeça.

— Não.

— Deixa eu dizer o que acho que realmente aconteceu hoje de manhã — começou Lionel. — Você estava limpando o carro, pensando em todos os pontos sensíveis que poderiam ligar as meninas a você, e entrou em pânico por causa do laptop.

— Não — insistiu Dale.

— Você sabia que a cidade estava cheia de policiais. Sabia que era apenas questão de tempo até que falassem com os professores das meninas. Estava com medo de que encontrassem o laptop, ou que alguém da escola se lembrasse de vê-lo enfiado atrás do arquivo.

— Não é meu.

— Sabia que o número de série seria rastreado até você. Sabia que, se alguém visse os arquivos naquele laptop, você seria ligado ao sequestro, pois quais são as chances de um pedófilo que se masturba com fotos de crianças exploradas e vulneráveis não ser o assassino estuprador que sequestrou duas meninas que conhece há dois anos?

— Elas não são meninas. São praticamente mulheres adultas.

— Está me dizendo que gosta das mais novinhas?

— Estou *dizendo* que você está errado. — O tom de Dale mudou, ele estava bravo. — Se sua teoria insana fosse verdade, o que não é, por que eu simplesmente não pegaria o laptop e o destruiria?

Lionel riu, como se a resposta fosse fácil.

— Porque você se acha inteligente, Dale. Porque repassou na sua cabeça todas as desculpas idiotas que daria se destruísse o laptop. *Perdi. Não me lembro para quem dei. Deixei cair no vaso sanitário por acidente.* Você percebeu que a única solução era apagar o disco rígido e torcer para que fosse o fim da história.

Dale olhou para as próprias mãos, mas não antes de Emmy ver a expressão atordoada em seu rosto. Ele *achava* que era inteligente. *Tinha* entrado em pânico.

Lionel se inclinou para a frente pela centésima vez, os cotovelos apoiados nos joelhos.

— Meu parceiro falou com sua esposa.

Ambos os cômodos estavam tão silenciosos que Emmy ouviu o som desagradável de Dale engolindo em seco.

— Ele me disse que Esther trabalha meio período como contadora na igreja batista, que ela parece uma boa senhora cristã. Você concorda com essa descrição de sua esposa, Dale?

— Sim — disse, com um suspiro.

— Esther está devastada, Dale. Ela não conseguia parar de chorar. Na verdade, vomitou quando contamos. Meu parceiro teve que chamar um médico.

Pela primeira vez desde que tudo aquilo começara, Dale pareceu preocupado com outra pessoa além de si mesmo.

— Ela sofre de ansiedade.

— Ela está sofrendo agora — disse Lionel. — Está preocupada com Madison e Cheyenne.

Emmy viu o lábio inferior de Dale começar a tremer. Os olhos estavam cheios de lágrimas.

— Um dos princípios mais importantes do cristianismo é o perdão. Você acha que Esther vai perdoar você? — perguntou Lionel.

Dale limpou os óculos, enxugando as lágrimas.

— Acho que Esther vai perdoá-lo em algum momento, Dale. Sua esposa acredita na Bíblia, é uma mulher temente a Deus. — Lionel fez uma pausa. — Mas ela não pode perdoar você sem saber toda a verdade. E é isso o que você realmente quer, não é? Você quer dizer a verdade.

Dale começou a assentir, mas não disse nada.

— O laptop é seu, não é?

Dale balançou a cabeça em negativa.

— Conte onde as meninas estão, Dale. Deixe-me levá-las para casa, para a família delas.

Ele continuou balançando a cabeça para os lados, mas ainda assim não falou.

— Dale, ajude-me a levar Cheyenne e Madison para casa. Ruth precisa ver a bebê dela. Hannah quer abraçar a garotinha uma última vez.

Emmy sentiu os olhos se encherem de lágrimas. Ela olhou para o pai. Gerald não se moveu. Seu olhar permanecia preso no monitor que mostrava o rosto de Dale Loudermilk.

— Conte — disse Lionel. — Desabafe, cara. Diga onde elas estão.

Dale por fim desabou. Um soluço alto sacudiu o alto-falante. Ele jogou os óculos na mesa, cobriu o rosto com as mãos e começou a chorar, mas então seus gritos se transformaram em uma espécie de lamento. Ele balançou para frente e para trás como se estivesse se confortando.

Emmy apertou os braços da cadeira enquanto o observava. Só conseguia pensar em Madison e Cheyenne. Tinham chorado assim? Elas se sentiram aterrorizadas, desamparadas, abandonadas? Cheyenne pensara que aquele era o fim de sua vida quando Dale atirou na cabeça dela? Madison estava chorando feito criança no lugar escuro para onde ele a levara?

— Dale, escute, cara. — Lionel colocou a mão no ombro de Dale para firmá-lo. — Olhe para mim, certo? A maneira de se livrar dessa culpa é me dizer onde elas estão. Só isso importa. Diga onde elas estão.

Dale manteve o rosto entre as mãos. Ele murmurava algo. A voz abafada demais para ser captada pelo microfone.

— O que foi? — Lionel também não conseguiu entender, então afastou as mãos de Dale e olhou para o rosto dele. — Conte.

— Já disse que não fiz nada! — gritou ele, e se afastou da mesa. Começou a balançar os braços e continuou gritando: — Não fiz nada, porra! Não fiz nada, porra! Não fiz nada, porra!

Emmy ouvia os gritos em eco, vindos primeiro do corredor, então, meio segundo depois, do alto-falante.

— Merda — praguejou ela. Queria socar o monitor. — Ele nunca vai ceder. Você sabe disso.

Gerald estendeu a mão até o alto-falante e desligou o som. Os gritos abafados pararam de repente. Emmy viu que Lionel havia se levantado e tentava acalmar Dale com as mãos estendidas.

— O armário de Cheyenne. Mostre para mim.

Emmy pegou o telefone, abriu as fotos e entregou o aparelho ao pai.

— O que estou deixando passar? — perguntou ela.

— Não sei.

Gerald deslizou os dedos sem jeito pela tela, tentando dar zoom algumas vezes.

— Nada de colares.

Emmy se sentiu estúpida por não fazer a conexão.

— Elas compraram colares uma para a outra no último Natal. Acho que não iriam tirá-los para as fotos, ainda estão usando as outras bijuterias. Isso significa que as fotos têm pelo menos sete meses.

Gerald deslizou pela tela. Ele fez a mesma coisa que Emmy tinha feito na escola, olhar atentamente para o fundo das fotos em busca de pistas de onde a sessão de fotos havia ocorrido.

— Impressora colorida?

— Sim, a tinta e o papel não vão nos ajudar. É do tipo que você compra no Office Depot. Não tem marca d'água ou registro de data e hora.

Ele deslizou novamente.

— Fale do celular de Cheyenne.

— Eu coloquei o número de série no sistema. O iPhone foi roubado em Atlanta em fevereiro do ano passado. O departamento policial da cidade está tentando rastrear o dono original, mas o problema é que todos os dados do celular foram apagados. Cheyenne fez uma redefinição de fábrica. — Emmy antecipou o questionamento seguinte porque já tinha se feito a pergunta. — Celia me disse que a sra. Burrough mandou Cheyenne para a sala da diretoria para entregar o telefone. Ela estava sozinha no corredor, teve tempo de sobra para limpá-lo no caminho.

— Mas ela não pegou o cartão SIM.

— Talvez não soubesse que precisava. Foi por isso que Madison voltou dois dias depois.

— Por ordem de quem?

Ambos olharam para os monitores. Dale estava sentado, braços cruzados sobre o peito. Não parecia alguém que entendia de tecnologia.

— O que sabemos? — perguntou Gerald.

Emmy olhou para o relógio.

— Já se passaram dezessete horas desde o sequestro. Um homem que foi professor das duas vítimas é pedófilo. Temos duas cenas de crime: o campo de futebol onde as duas bicicletas, o sangue de Cheyenne e o celular de Madison foram encontrados. A outra cena são as estradas de terra, onde um colar de ouro quebrado foi encontrado, assim como marcas de pneus de bicicleta, um par de pegadas grandes e um de pequenas.

— O que achamos que sabemos?

— Há um homem chamado Pervertido que não conseguimos identificar e que pode nem existir. Um traficante chamado Wesley "Woody" Woodrow que pode ser o fornecedor delas. O celular flip oficial de Cheyenne está por aí em algum lugar. O segundo celular descartável que ela comprou para substituir o que Celia confiscou está por aí também. O celular apreendido foi apagado sabe-se lá por quê. Por algum motivo, Madison arriscou se meter em encrenca para roubar o cartão SIM do escritório de Celia dois dias depois. Ela cortou o cartão em três pedaços, mas o guardou, mesmo não havendo como acessar os dados, o que implica que ela o daria a alguém como prova de que foi destruído.

— Que dados?

— Um cartão SIM armazena o número do telefone, autorização de redes, listas de contato e um número limitado de mensagens de texto. Os dados podem ser transferidos para qualquer aparelho.

— Fotos? Vídeos?

— Não — disse Emmy. — Mas Cheyenne poderia ter salvado na nuvem. Você pode usar um cartão de débito para comprar armazenamento. Usar nome e endereço falsos. Não é difícil.

— Nosso sequestrador está em alguma das fotos? — perguntou Gerald. — Vídeos?

Emmy não gostaria de ser a policial a encontrá-los.

— O FBI informou que não é provável que consigam restaurar os dados do telefone apagado. Há uma chave de criptografia ou algo técnico que não entendi, mas significa que é uma causa perdida. Acham que vão ter mais sorte com o telefone de Madison. Ou se encontrarmos o segundo celular descartável que Cheyenne estava usando. Ou talvez o flip.

— Muitos celulares — disse Gerald. — Volte para o envelope no armário.

Emmy sabia que ele tinha visto o logotipo da Clifton Ferramentas e Moldes no endereço do remetente.

— Felix Baker trabalha na fábrica, então não é impossível ter alguns envelopes espalhados pela casa. Mas ele nos disse que deixou Ruth e Pamela na beira do rio e depois foi trabalhar. Sobram quatro horas que precisamos investigar.

— Já fiz isso — disse Gerald. — Liguei para a fábrica hoje de manhã. Falei com a segurança. O cartão-chave de Baker entrou às 15h28, saiu às 18h51. O circuito interno de TV o flagrou no prédio. A minivan estava parada no estacionamento.

Emmy não estava pronta para deixar Felix Baker escapar.

— Sei que a esposa disse que ele chegou ao rio por volta das 19h30, mas podemos confiar nela? Saindo às 18h51 ainda dá tempo para Felix ir ao parque, capturar as meninas, fazer fosse lá o que ele queria e então aparecer a tempo de levar Ruth e Pamela para casa.

Gerald pegou o gancho do telefone na parede, discou o ramal de Virgil e apertou o viva-voz. Os toques estrilaram no cômodo escuro.

— Sim, chefe?

— Recebeu os registros?

— Acabaram de chegar à minha caixa de entrada — disse Virgil. — A placa da minivan de Felix Baker foi registrada pela Patrulha Rodoviária da Geórgia às 19h16 da noite passada virando na rua Front Basin. Foi escaneada de novo ao sair às 23h02.

Emmy sabia que todos os carros da Patrulha Rodoviária da Geórgia tinham scanners de placas montados nas grades dianteiras. A rua Front Basin era a única maneira de entrar ou sair do show de fogos de artifício do condado, então Felix Baker estava limpo.

— E os registros telefônicos?

— Estou esperando que a atividade de Madison de ontem seja atualizada a qualquer momento. Enquanto isso, estou trabalhando com a companhia telefônica, tentando obter os registros de chamadas dos dois celulares descartáveis. A única coisa que sei até agora é que o primeiro número de celular descartável ficou on-line em agosto do ano passado — informou Virgil.

— E o celular flip? — perguntou Gerald.

— Felix enviou os registros das chamadas de Cheyenne hoje de manhã. O celular flip só se comunicou com quatro pessoas: Felix, Ruth, Pamela e Madison.

— Não me surpreende — disse Emmy. — Cheyenne sabia que os pais estavam de olho na vida digital dela. Ruth doou o laptop para a igreja depois que ela foi pega ignorando os controles parentais. Eu tinha anotado para ligar para eles hoje de manhã, mas então aconteceu toda essa coisa com Dale. Eu posso ir…

— Não. — Gerald fez sinal para que ela permanecesse sentada. — Virgil?

— Eu cuido disso — disse ele. — Mandei Brett averiguar o quiosque de celular no shopping e a Good Dollar. Eles venderam um total de seis telefones com cartões SIM no dia em que o novo número de Cheyenne apareceu on-line. Rastreamos todos os compradores. Um é um apostador, duas são mães solteiras passando por dificuldade, os outros três admitiram estar usando o telefone para trair a esposa.

— O primeiro celular descartável de Cheyenne foi roubado em Atlanta há mais de um ano. O segundo também deve ter sido roubado, mas o cartão SIM pode ter sido comprado localmente. Não é preciso comprar um telefone novo para ter um. Basta trocá-los — disse Emmy.

— Tudo o que a companhia telefônica conseguiu me dizer foi que os dois cartões SIM foram ativados em North Falls. Tenho os números ICCID de vinte dígitos dos cartões, mas são vendidos em lotes. Não têm valor até que alguém coloque dinheiro neles. São como um vale-presente que não foi ativado. Não têm como rastreá-los até um vendedor.

— Certo. — Gerald parecia pronto para seguir em frente. — Virgil, Irma Woodrow frequenta sua igreja?

— Correto.

— O neto dela é o Wesley. Atende por Woody. Vende drogas. Preciso saber se ele teve contato com Cheyenne ou Madison. Veja se o padre Nate pode ir com você.

— Pode deixar, chefe.

Gerald encerrou a ligação. Emmy pensou que ele se levantaria para ir embora, mas cruzou os braços sobre o peito e se recostou na cadeira.

— Explore os pontos fracos, Emmy.

Aquele era outro jogo entre eles: mesmo quando tinham certeza de que haviam prendido a pessoa certa. Um bom advogado de defesa sempre procuraria os pontos fracos no caso. Um bom policial sempre se certificava de que eles não existissem.

Emmy se virou para os monitores, seguindo os movimentos do suspeito principal pela sala de interrogatório. Dale estava andando de um lado para outro, ainda exaltado, sem dúvida insistindo que não tinha a ver com o sequestro de Cheyenne e Madison.

E se essa parte da história fosse verdade?

Não havia dúvidas de que Dale era pedófilo, mas será que era o sequestrador das duas garotas? Ou era apenas um dos outros 87 pedófilos que já estavam registrados no condado?

— O FBI levantou os registros bancários de Dale. Entre a hipoteca, os pagamentos do carro de Esther e os empréstimos estudantis, mal sobra dinheiro no final do mês. Ela trabalha no escritório da igreja. Faz bico no centro recreativo todo verão para pagar as contas.

— Certo.

— Cheyenne tinha 16 mil escondidos no quarto. Enquanto isso, Dale está distribuindo toalhas no centro recreativo oito horas por dia por um salário-mínimo? — Emmy pensou em outra coisa. — Kaitlynn ouviu Cheyenne fazendo uma piada sobre o homem mais velho com quem estava saindo. Ela disse algo como: "Queria que o pênis dele fosse tão grande quanto a carteira". Dale não tem uma carteira grande.

— Pode haver mais de um homem mais velho.

— A pornografia que Dale tinha no laptop — disse Emmy. — As garotas que ele estava olhando eram pré-adolescentes: nove, dez, onze anos. Cheyenne e Madison já passaram pela puberdade. É diferente.

Gerald também olhou para os monitores. Lionel estava apontando o dedo na cara de Dale, que tinha parado de andar em círculos, embora a nova tática parecesse tão eficaz quanto a antiga.

— Vamos dar uma volta — convidou ele.

Emmy não percebera o quanto a sala era claustrofóbica até estar no corredor. Ela piscou para as luzes brilhantes do teto. Seus olhos demoraram tanto para se ajustar que ouviu Brett antes de vê-lo.

— Chefe. — Ele parecia animado. — Aquele outro agente do FBI disse que eu posso participar do interrogatório da esposa de Dale. Tudo bem para o senhor?

— Não — disse Gerald. — Encontre um homem chamado Pervertido. Vasculhe as ruas. Traga-o para cá.

Brett fez uma tentativa meia-boca de esconder a decepção.

— Sim, chefe.

A porta da sala de interrogatório se abriu. Emmy sentiu um cheiro de suor velho quando Lionel Faulkner chegou ao corredor e fechou a porta atrás de si. Com a voz baixa, disse a Gerald:

— O cara é duro na queda.

— Eles geralmente são.

— Tem alguma ideia?

— Quando você não sabe nada, é fácil acabar se convencendo de que sabe alguma coisa.

Lionel riu.

— Isso é um enigma dentro de um quebra-cabeça.

— Boa sorte.

Lionel parecia levemente perturbado enquanto Gerald seguia pelo corredor. Emmy deu de ombros para o agente antes de seguir o pai pela porta lateral. Jogou as chaves para ele e se sentou no banco do carona da viatura. O carro tinha assado ao sol. Ela cruzou os braços para que a pele não tocasse o banco escaldante.

Gerald girou a chave na ignição. O ar quente das saídas de ar atingiu seu rosto. Levaria uns bons cinco minutos de sofrimento antes que esfriasse. Emmy esperou até que estivessem na metade da rua principal para perguntar ao pai sobre o interrogatório. Gerald claramente vira algo nos monitores que o fizera mudar de rumo.

— O que eu deixei passar? — perguntou Emmy.

— NPC — disse ele.

Não Parece Certo.

Ela tentou ouvir o próprio corpo. O estômago estava embrulhado de novo. Tinha acusado Lionel Faulkner de andar em círculos, mas, emocionalmente, estava fazendo a mesma coisa. Seus sentimentos tinham se sobreposto pelo menos vinte vezes nas últimas quatro horas. Em um minuto, dizia a si mesma que Madison estava viva e seria encontrada. No seguinte, tinha certeza de que ela estava morta. Sentira-se quase eufórica quando prendera Dale, certa de que ele contaria a verdade. Então afundou novamente em um buraco quando ele se recusara a admitir. Dale nunca lhes contaria o que tinha acontecido. Não os levaria até os corpos. As meninas nunca seriam encontradas.

— Não tenho certeza de que é ele — disse Gerald.

— O quê? — Emmy virou a cabeça com rapidez. — Nós levantamos alguns pontos fracos, mas ainda se sustenta. Dale parece perfeito.

— Repasse os prós e contras.

Ela não teve que pensar nos *prós*. Claro que era Dale, havia uma pilha de evidências circunstanciais contra ele.

— As meninas foram alunas dele por dois anos. Andou de carro sozinho com as duas. Não seria difícil para ele encontrar um momento privado durante o horário escolar. Tem as tardes livres. A arma dele sumiu. Ele limpou o carro com alvejante hoje de manhã. Não ficou chocado com a pornografia infantil no armário de Cheyenne. Tentou apagar as fotos do laptop. Não tem um álibi para a noite passada. Ele se encaixa no perfil de abusador. É arrogante, acha que é mais inteligente do que todo mundo. Está acostumado a estar no controle. Ele busca poder...

— Emmy Lou.

— Sei que não gosta da parte teórica, mas é verdade, pai. Existem perfis para pessoas assim. O senhor me disse ontem à noite que o dinheiro e as drogas podem ser uma distração. Talvez esteja certo. As meninas podem ter sido levadas apenas por serem jovens. Homens maus não precisam de uma razão lógica para fazerem coisas ruins com mulheres, eles as machucam só porque querem.

— Certo — disse ele. — Repasse os contras.

— Já repassei os contras. O dinheiro. Dale não tem uma "carteira gorda". — Emmy sabia que ele queria mais. Ficou em silêncio por um momento para pensar. — Se não for ele, é alguém como ele. Alguém na comunidade que se esconde à vista de todos. Talvez esteja em um casamento ruim ou seja divorciado. É provável que tenha começado assistindo à pornografia infantil no computador, aí decidiu realizar suas fantasias.

— Ontem à noite?

— Não, ele está aliciando as meninas há um tempo. Essa é a única maneira de explicar os celulares descartáveis, o dinheiro e as drogas. Se imaginarmos, pelas fotos no armário de Cheyenne, que o sequestrador já as conhecia antes que comprassem os colares no último Natal, então isso remonta a pelo menos sete meses. Algo o deixou irritado recentemente.

Gerald diminuiu a velocidade do carro para fazer uma curva.

— Explique-me passo a passo.

— Quarta-feira passada, Cheyenne teve que entregar o celular para Celia. Ela deve ter contado ao sequestrador o que aconteceu. Na sexta-feira de manhã, Madison estava na sala de Celia roubando o cartão SIM. Ela o cortou em três pedaços, mas os deixou na escola durante o fim de semana. Talvez ele não tenha acreditado na palavra dela de que havia destruído o cartão. Talvez tenha ficado preocupado e decidido que precisava calar as duas para sempre. Ele é mais velho, então é paciente, calculista, sabe esperar o momento certo. Sabia que elas estariam juntas no parque para o show de fogos de artifício. Não só elas, mas a cidade inteira estaria estar lá. As ruas estariam vazias. Ele decide levá-las na quarta-feira à noite.

— Como?

— Ele deve ter dito a Cheyenne para encontrá-lo em algum lugar. Por isso Madison estava preocupada. Porque Cheyenne estava atrasada, deveriam ter se encontrado no parque, debaixo do carvalho.

— Quando?

— Provavelmente às oito da noite, uma hora antes do início do show. Isso pode significar que Cheyenne encontraria o sequestrador por volta das 19h ou 19h30. Madison sabia os detalhes do encontro. Por isso estava impaciente quando falei com ela. Depois, quando a ignorei, decidiu pegar a bicicleta e ir procurar Cheyenne sozinha.

— E?

Emmy fechou os olhos por um segundo. A imagem de Madison esperando por ela na frente das arquibancadas era tão real que ainda sentia a ansiedade que irradiava da garota de quinze anos como o calor de uma fogueira crepitante. Por que não tinha parado um momento? Por que não tinha segurado a mão de Madison, dito que poderia confiar nela, ouvido o que a garota tinha a dizer?

— Algo a impediu — disse Gerald.

Emmy levou um momento para se recompor. Imaginou Madison vendo-a ir de mau humor para o banheiro. Então saindo da área das arquibancadas. Pegando a bicicleta. Arrastando-a escada de concreto acima.

— Madison levou a bicicleta até o estacionamento — repassou Emmy. — Estava escuro. As luzes estavam apagadas. Os fogos de artifício prestes a começar. O sequestrador aparece no sedã. Está com a bicicleta de Cheyenne no porta-malas. Madison consegue ver porque os fogos de artifício começaram. Ela vai até o carro. Algo acontece. Talvez Cheyenne tente fugir. Madison vai atrás dela. O sequestrador dirige até o campo. As meninas tentam se abrigar sob as árvores. O sequestrador pula do carro e atira em Cheyenne.

Emmy não conseguiu evitar um tremor. Praticamente sentiu o cheiro do óleo da arma e viu o recuo da Glock 20 de Dale quando o cão desceu, a bala cortou o ar e abriu um buraco no crânio de Cheyenne Baker.

— E? — perguntou Gerald.

— O som dos fogos de artifício abafa o tiro. Enquanto isso, Madison sai de bicicleta pelo campo. O sequestrador a persegue a pé. Ele a agarra. Domina a menina. Deixa a bicicleta. Carrega Madison até o carro. Coloca as duas garotas dentro. Dirige para um local remoto que planejou com antecedência. Lá, provavelmente abusa de Madison uma última vez antes de matá-la também, então se livra dos dois corpos.

— Onde?

— Quer dizer... — Emmy tentou se lembrar das estatísticas. — Na maioria dos sequestros predatórios, os corpos são encontrados a até trinta quilômetros do local do arrebatamento. A área é conhecida pelo sequestrador. Muitas vezes ele revisita a cena para reviver os crimes. Em geral, esconde os corpos de alguma forma, cobrindo com folhas, enterrando numa cova rasa, jogando na água, escondendo num prédio ou galpão abandonado, ou descartando num aterro sanitário.

— Pense menor.

— Não tem como pensar menor até sabermos mais sobre Dale — respondeu Emmy. — Ele gostava de fazer trilha? Acampava? Pescava? Andava de caiaque? Fazia viagens longas? Estamos cercados por árvores. Há florestas em todo lugar. Parques. O rio Flint. Dezenas de lagos. Valas de drenagem. Estradas de exploração madeireira. Trilhas de incêndio antigas. O pântano Okefenokee fica a apenas quatro horas de distância.

Emmy sentiu o coração disparar. Não estava apenas listando pontos turísticos. Em sua mente, imaginava as garotas em cada local. O ferimento a bala de Cheyenne sangrando sobre as folhas secas. O corpo de Madison envolvido por pesos, imerso no fundo do pântano.

— E se nunca encontrarmos os corpos? — perguntou Emmy. — E se Hannah tiver que se perguntar pelo resto da vida se Madison está viva ou morta?

Gerald estendeu a mão sobre o console e segurou a mão dela.

Emmy percebeu que deixara escapar uma lágrima. A ferida purulenta abrira novamente. A tristeza de perder Madison. A briga com Hannah. A culpa esmagadora. Ela olhou pela janela, observou as árvores passarem embaçadas, não tinha o direito de chorar. Precisava que o pai estivesse errado. Precisava que Lionel Faulkner quebrasse Dale Loudermilk para obter uma confissão completa. Para descobrir que Madison ainda estava viva. Para devolver a Hannah a coisa mais preciosa da vida dela.

Para saber que, de alguma forma, contra todas as probabilidades, tudo voltaria ao normal.

Gerald soltou a mão de Emmy enquanto entrava em uma estradinha. Uma série de trilhas sem nome cruzava várias fazendas: gado, amendoim, soja, cavalos. Todas as fazendas tinham passado de uma geração rica de Clifton para a seguinte.

Naquele momento, estavam nas terras de Taybee e Terrell. Emmy sabia disso pela cerca branca e bem pintada que delimitava a propriedade. A superfície de argila vermelha era compactada e lisa, resultado de quase duzentos anos de passagem constante de reboques de cavalos, caminhões de transporte de animais e tratores. Todos na cidade usavam as estradas de terra em algum momento para cortar caminho evitar alguma área. Quando meninas, Emmy e Hannah passavam lá de bicicleta, a caminho da cidade, para olhar os cavalos ou passear no lago que se estendia pela metade inferior da propriedade da tia Millie.

— Sabe por que Millie não para de me ligar?

— Não sei de nada.

Emmy tinha se esquecido de que Millie não falava com Gerald. Era isso o que Hannah queria dizer com "sua família fodida". Os Clifton brigavam uns com os outros o tempo todo. Os quatro anos de silêncio entre Myrna e Celia eram fichinha comparados aos rancores que duravam décadas. Entre os Clifton vivos, Millie era a terceira mais velha. Ela se lembrava de bastante coisa.

Gerald diminuiu a velocidade. Mais à frente, Emmy viu uma van branca com o logotipo do Departamento de Investigação da Geórgia nas portas. A unidade forense ainda estava estudando a área onde o colar de ouro e o sangue tinham sido encontrados. Haviam isolado um grande perímetro usando estacas de metal para segurar a fita amarela brilhante da cena do crime.

Emmy sabia por que o pai a levara lá. Citou um dos melhores conselhos dele.

— Se não sabe o que fazer, comece do começo.

— Isso — disse Gerald, saindo do carro.

Ela se preparou para o calor de rachar. Sentiu uma leve tontura ao se levantar, tinha se esquecido de tomar café da manhã e já passava da hora do almoço. O celular começou a tocar quando ela se aproximou da van. Esperava ver o número de Millie, mas o identificador de chamadas dizia GOOD DOLLAR.

Emmy conhecia Louise Good desde o jardim de infância. Tinham ficado mais próximas quando estudaram na Mercer, mas então Louise foi cursar Farmácia para poder trabalhar na loja da família. A Good Dollar atendia North

Falls inteira e a maior parte de Verona. Também ficava a uma curta distância de bicicleta das casas de Cheyenne e Madison. Emmy levantou um dedo para avisar ao pai que levaria um minuto, então atendeu:

— Oi, Louise, obrigada por ligar.

— Se for sobre os celulares que vendemos na semana passada, Brett já passou por aqui.

— Não, é outra coisa. — Emmy manteve a voz baixa, escolhendo as palavras com cuidado. — Que tipo de anticoncepcional Madison Dalrymple está tomando?

— Menina, posso ter um problemão por contar isso a você.

Emmy fechou os olhos. Hannah poderia pedir a informação, era a tutora legal de Madison. O único problema era que precisaria pedir a ela.

— Merda — disse Louise, mas Emmy ouviu um som de estalo quando ela começou a digitar. — Certo, o dr. Carl receitou Solaire-Freedom 0,15 miligramas para ela. São 24 pílulas rosas e quatro brancas em um blister.

Emmy reconheceu a descrição. Correspondia às pílulas que havia encontrado no esconderijo de Cheyenne.

— Quando ela começou?

— Vou olhar o registro. — Louise começou a murmurar enquanto digitava. — Certo, achei. Trouxe a receita em papel no dia 13 de setembro e veio retirar no dia seguinte.

— E Cheyenne Baker? — Emmy foi cuidadosa para não usar os verbos no passado. — Ela também está tomando anticoncepcional?

— Ah, nossa, não — disse Louise. — Quando a família se mudou para cá, o médico de Cheyenne em Iowa deu a ela trinta dias de amoxicilina para tratar acne. Deixou a pobrezinha com o maior piriri. Sugeri a Ruth que ela tentasse um anticoncepcional para controlar as espinhas, e, se você tivesse ouvido o escândalo que ela fez, acharia que eu disse para esfolar a criança viva.

Parecia algo que Ruth Baker faria.

— Hannah pegava o anticoncepcional de Madison?

— Não tenho ideia. E, se perguntar no balcão, vão querer saber o porquê. — Ela fez uma pausa. — Por que não pergunta a Hannah?

— As coisas não estão fáceis para ela neste momento. — Emmy não se demorou na desculpa. Teve outra ideia. — O anticoncepcional de Madison foi registrado no convênio de Hannah?

— Ah, boa. — Mais estalos, mais zumbidos. — Não, ela não usou convênio. Custa 178 dólares por mês, o que é ridículo. Diz aqui que a última vez que Madison comprou foi em 28 de junho, às 12h21. Transação em dinheiro.

Aquilo batia com a linha do tempo. Madison saía da recuperação ao meio-dia. Havia quatro pílulas faltando, o que significava que tinha começado a tomar no primeiro dia do mês.

— Muito obrigada, Louise. Fico devendo essa.

— Só encontre aquelas fofinhas — disse Louise. — Sei que você sempre teve Hannah no seu coração, mas me prometa que vai trazê-las para casa.

— Certo.

Emmy disse a si mesma que estava usando o "certo" amorfo do pai, que não estava fazendo uma promessa que não tinha certeza de que conseguiria cumprir. Antes que Louise prosseguisse, Emmy encerrou a ligação. Ela olhou de volta para Gerald, que conversava com um dos técnicos, um homem magro em uma roupa de proteção branca.

Ela olhou para o celular como se estivesse lendo algo importante, mas a verdade era que precisava de um momento para se recompor. Passou os dedos por algumas mensagens da prima, mas os olhos estavam muito embaçados para ler. Tia Millie havia deixado seis mensagens na caixa postal. Emmy não precisava ouvi-las. Eram sempre as mesmas. A voz rouca da tia anunciando "Millie Clifton", seguida por uma série de cliques agudos enquanto ela tentava colocar o telefone de volta no gancho. Emmy ordenou a si mesma para se recompor em silêncio. Limpou o nariz com as costas da mão e voltou ao trabalho.

A poeira girava em torno da calça e cobria os sapatos enquanto ela caminhava em direção à van. O sol brutal havia desbotado o barro vermelho da Geórgia para um branco tão difícil de olhar que fazia os olhos lacrimejarem. Viu que os técnicos já começavam a guardar os equipamentos, levantando acampamento. A fita amarela caiu no chão. De perto, reconheceu que o técnico magro de roupa de proteção era o agente especial Michael BerryLawhorn.

Ele acenou com a cabeça.

— Estava contando ao seu pai que nossa segunda equipe acabou de encontrar uma cápsula de bala no campo de futebol. Meio enterrada no solo. Foi esmagada por um dos pneus do carro. Eles o enviaram para a perícia balística, mas a suspeita é que seja de um cartucho .22 Magnum de fogo circular.

— Isso é para um rifle ou um revólver — observou Emmy. — Nosso suspeito tem uma Glock 20 registrada, que usa munição de dez milímetros.

— Posso dizer quase com certeza que essa não foi a arma usada — disse Michael. — Se sua vítima tivesse levado um tiro de dez milímetros na cabeça, haveria osso e cérebro espalhados por todo lado. Um .22 é menor e mais leve. Fica ricocheteando dentro do crânio como uma bola de fliperama. A única coisa que sai é sangue.

— Encontraram alguma coisa aqui? — perguntou Gerald.

— Nada chamou a atenção de imediato, mas me dê um segundo e o conduzo pela cena.

Gerald esperou até que Michael estivesse caminhado em direção à equipe dele para dizer a Emmy:

— A Ruger tem uma pistola de fogo circular. Modelo padrão. Desmontagem com um botão. Ação por ferrolho. Carregador destacável. Ótima arma.

Emmy nunca conheceria armas de fogo como o pai.

— Qual é a aplicação?

— Esporte, principalmente. Tiro ao alvo. Tiro recreativo — disse ele, e acrescentou: — Browning Buck Mark. Beretta Neos. Colt Ace. Tem outras. A Ruger é a melhor.

— Não consigo imaginar Dale atirando em latas no tempo livre.

Emmy pesquisou a Ruger no celular. A pistola semiautomática tinha sido fabricada pela primeira vez em 1949.

— Parece algo que se vê na mão de um nazista num daqueles filmes antigos de guerra.

— É baseada na Nambu japonesa.

Ela guardou o celular no bolso.

— Dale ainda é o melhor suspeito. Os contras não anulam os prós.

— Talvez a gente ainda não tenha encontrado o contra certo.

— Madison pegou a receita de anticoncepcionais com o dr. Carl para dar a Cheyenne.

Emmy percebeu o olhar curioso do pai, mas sabia que ele poderia deduzir com facilidade a origem da informação.

— A primeira vez que Madison retirou a medicação na farmácia foi em 14 de setembro. Meu palpite é que Cheyenne tenha esperado alguns dias e começado a tomar em primeiro de outubro.

— Levou um tempo para ser convencida — disse Gerald.

— Talvez — respondeu Emmy, sem se comprometer, porque sabia como adolescentes podiam ser idiotas.

Ela mesma havia começado a transar com Jonah três meses antes que um susto com uma possível gravidez a fizesse correr para a clínica da Planned Parenthood em Clayville. Celia a tinha levado para que os pais não descobrissem.

— Xerife.

Michael estava enrolando na mão a fita solta da cena do crime, como se fosse uma luva amarela brilhante.

— Podemos ir quando estiverem prontos.

Emmy olhava para o chão enquanto caminhavam pela pista. Havia valas de drenagem dos dois lados, com pedras pesadas cobrindo os drenos franceses que levavam a água para um reservatório. Terrell mantinha a grama bem aparada para evitar que cobras assustassem os cavalos. A cerca da área conhecida como "cem do fundo", onde as vacas leiteiras pastavam, ficava a uns quinze metros. Emmy via as colinas ondulantes ao longe e, mais acima, a elevação onde a casa da fazenda se erguia como uma coroa entre as joias dos Clifton.

— Taybee e a família estavam na bacia do rio ontem à noite. Os trabalhadores foram para casa às quatro da tarde. Ninguém estaria aqui entre sete e oito — informou Emmy.

Gerald assentiu, e se virou para Michael.

— Pronto.

— Sim, senhor. — Michael abriu o zíper da roupa de proteção enquanto falava. — O FBI está cuidando da identificação das marcas de pneu e das pegadas. Disseram que teremos os resultados até a metade da semana que vem. Mas essa é, sem dúvida, a área onde a luta aconteceu. Temos a bicicleta vindo da direção oeste. Perdemos a marca a cerca de quarenta metros adiante, mas dá para ver como ela serpenteou de um lado para outro na via.

Emmy viu as curvas suaves e imaginou Cheyenne pedalando a bicicleta, os braços abertos ao lado do corpo, inclinando-se para a esquerda e depois para a direita como um avião. Pensando no que faria com o homem mais velho, em como se divertiria mais tarde com Madison no parque.

— O carro também veio do oeste — continuou Michael. — Encontramos o rastro a uns seis metros. Muitos veículos de fazenda passam por essa via, então é impossível rastreá-lo antes disso. O que sabemos é que o motorista parou de modo abrupto e saiu do carro. Essas pegadas são de um homem, tamanho 43. Eu diria que é algum tipo de bota de caminhada ou de trabalho, mas o FBI vai confirmar. Agora, acompanhem-me aqui.

Gerald ficou na estrada enquanto Emmy seguia Michael para dentro da vala de drenagem. O cascalho se deslocava sob as solas grossas de seu coturno. A poeira subiu. Ela tossiu.

— Ali. — Michael apontou de volta para a via. — Desse ângulo dá para ver a marca melhor.

Emmy teve que usar as mãos para proteger os olhos do sol, forçando a vista para enxergar o solo endurecido. Só percebeu a depressão porque Michael havia apontado. Balançou a cabeça de um lado para o outro, não era o que havia imaginado.

— Está dizendo que o carro atingiu a bicicleta?

— Isso. — Ele apontou alguns metros antes da marca. — O impacto aconteceu aqui. Foi aqui que a bicicleta caiu.

Emmy subiu de volta para a via para ter uma visão melhor. Já havia trabalhado em dezenas de acidentes com bicicletas durante o patrulhamento. Ajoelhou-se, tentando interpretar a cena. O pedal da bicicleta tinha tocado o solo primeiro, funcionando como uma âncora, e a inércia fez a roda traseira girar.

— O aro da roda traseira estava torto. A corrente tinha caído. — Ela se lembrou.

— Acho que o para-choque dianteiro esquerdo do carro tocou a roda traseira. O impacto entortou o aro e jogou a bicicleta longe. E a ciclista junto.

A imagem na mente de Emmy mudou. Em vez de uma Cheyenne despreocupada fazendo curvas suaves na estrada, ela via uma garota apavorada, pedalando freneticamente de um lado para o outro, tentando escapar de um carro que vinha em sua direção.

— Ele não estava dirigindo rápido — continuou Michael —, talvez uns 25 quilômetros por hora, mas estamos falando de um veículo de quase uma tonelada contra uma bicicleta de dez quilos conduzida por uma menina muito pequena. Ela foi derrubada na via e rolou para dentro da vala bem ali.

Mais uma vez, Emmy reconstituiu a cena na mente. O olhar apavorado de Cheyenne ao ouvir o carro se aproximando. O choque quando a bicicleta foi atingida. O horror ao ser lançada pelo ar, aterrissando no cascalho antes de rolar até a parte mais baixa da vala.

— Vocês encontraram outra parte do colar dourado? — perguntou Emmy.

— Não, mas foi aqui que a patrulha rodoviária encontrou o colar ontem à noite. Sem corpo, é difícil dizer se foi arrancado do pescoço dela ou se quebrou com o impacto.

Emmy viu outra coisa. Três áreas circulares no cascalho haviam sido retiradas.

— Tinha sangue no cascalho?

— Tinha, encontramos respingos do impacto e algumas gotas onde ela foi carregada ou de quando tentou subir de volta para a via. Imagino que o sangue seja do nariz e da boca, talvez um arranhão da queda. Vamos testar o DNA no laboratório para confirmar se é dela. Com licença, preciso atender esta ligação.

Michael atendeu o celular enquanto subia da vala.

Emmy se virou para Gerald.

— Isso muda as coisas, pai. O sequestrador dirigiu até ela e bateu na bicicleta. Quis assustá-la. Talvez até matá-la.

— É.

— Com que merda elas estavam envolvidas?

Gerald olhou para a via.

— Como ela chegou ali?

Emmy olhou para a via também, tentando se situar. Pegou o bloco de notas e desenhou três linhas horizontais, depois sobrepôs três linhas verticais espaçadas igualmente, representando as estradas de terra.

— Michael disse que ela veio do oeste. — Emmy virou o caderno para que o pai visse. — As ruas são assim, como um jogo da velha com três quadrados extras na parte de baixo. Aqui é onde fica a casa da Cheyenne, em Verona. Aqui é onde a bicicleta dela foi atingida pelo carro. O caminho mais rápido seria por aqui, o que faria com que chegasse pelo leste, não pelo oeste. Ela não cortaria pelo terreno da Taybee por causa dos cachorros. Sem contar a cerca, precisaria levantar a bicicleta por cima da...

— Veio por aqui. — Gerald pressionou o dedo no canto inferior do desenho.

Emmy teve a sensação de levar um soco no estômago.

— Isso é no terreno da tia Millie. Taybee me disse que ela estava reclamando de estranhos cortando caminho pelo quintal.

— Ligue para ela.

Emmy viu as notificações de chamadas perdidas de Millie empilhadas na tela do celular. Havia onze mensagens de voz. Sentiu o estômago se revirar quando selecionou o número e colocou no viva-voz. Cinco longos toques se passaram antes de a tia por fim atender.

— Millie Clifton — anunciou.

— É Emmy. Taybee me disse...

— Demorou para me ligar de volta. — Millie interrompeu. — Você tem sorte de eu ter voltado pra casa pra tomar meu remédio de pressão depois de procurar aquelas pobres meninas. Por que não atendeu quando eu liguei?

— Tia Millie — disse Emmy, tentando manter o tom calmo —, por favor, só me diga por que estava me ligando.

— Uma das meninas desaparecidas esteve no meu quintal ontem, e não foi a primeira vez. Reconheci o rosto dela no jornal.

Emmy ficou atônita. Não pela informação em si, mas pelo fato de que poderia já saber daquilo desde a manhã.

— A senhora viu Cheyenne Baker no seu quintal?

— Não, a outra, a menina de cintura larga.

— Madison. — Emmy sentiu a garganta apertar ao dizer o nome. — O que ela estava fazendo?

— Conversando com Adam.

Emmy lançou um olhar interrogativo para Gerald. Ele balançou a cabeça para os lados.

— Tia Millie, quem é Adam? — perguntou Emmy.

— O homem de quem falei a você no mês passado. O que contratei para consertar meu muro de contenção. Eu disse que ele não prestava. Fica lá fora, fumando cigarro com qualquer tipo de vagabundo que consegue atrair. Vocês nunca me escutam, acham que sou uma velha tonta.

Emmy não conseguia parar de balançar a cabeça para os lados.

— Que horas a senhora viu Madison?

— Acho que foi um pouco antes do almoço. Adam disse que não se importava de trabalhar no feriado de Quatro de Julho, mas aí eu olhei pela janela da cozinha e vi os dois lá, fumando e rindo, com os pés descalços dentro do meu lago.

O coração de Emmy parecia que ia explodir dentro do peito.

— Pode me dizer o sobrenome de Adam?

— Ah, *agora* você quer saber? — retrucou Millie. — Passei um mês falando de como estranhos estavam cortando caminho pelo meu quintal para vir falar com ele. Teve até uma lunática que bateu à minha porta às cinco da tarde, achando que ele morava aqui comigo. E era uma menina jovem, mal saída do colégio. Eu fiquei tão chocada que quase caí dura.

— Tia Millie, por favor. Eu preciso saber o sobrenome de Adam.

— Tá bom. Vou olhar no meu caderninho de endereços. Não está em A de Adam...

Millie começou a cantar o alfabeto.

— A, B, C, D, E...

Emmy mordeu o lábio para não gritar. O caderno de endereços da tia era grosso como uma lista telefônica, mas Millie tinha seu próprio jeito de categorizar as pessoas.

— P — disse Millie, finalmente. — Aqui está. Adam Huntsinger.

— Obrigada.

O dedo de Emmy pairava sobre o botão para encerrar a chamada, mas ela congelou.

O comichão. A sensação ruim. *O não parece certo.*

— Tia Millie... por que Adam Huntsinger está na letra P no seu caderno de endereços?

— Ah, foi por causa da jovem que bateu à minha porta. A peste olhou bem nos meus olhos e disse: "Vim ver o Pervertido".

CAPÍTULO SETE

EMMY TINHA IMAGINADO QUE Pervertido fosse um homem na casa dos vinte, mas a ficha criminal de Adam Johnathan Huntsinger o descrevia como um homem de 49 anos, cabelo preto, olhos castanhos, um metro e oitenta e oito de altura e 86 quilos. Ele tinha uma marca de identificação: uma tatuagem de cobra em volta do antebraço esquerdo. Nunca foi obrigado a se registrar como agressor sexual e não tinha antecedentes de crimes contra menores.

Mas isso não significava que não fosse conhecido pela polícia.

Seis anos antes, Adam tinha passado noventa dias na prisão do condado depois que um policial de Verona o parou por causa de uma lanterna traseira quebrada. Adam não conseguiu apresentar a carteira de motorista. O policial notou um baseado no cinzeiro da caminhonete Chevy verde de 1982.

Três anos depois, Adam ficou mais trinta dias atrás das grades por dirigir a mesma caminhonete por Clayville, novamente sem habilitação, enquanto bebia uma garrafa de Jack Daniels.

Ele havia entrado e saído da condicional diversas vezes. Seu histórico profissional era irregular. Trabalhou na fábrica, depois na loja de rações, voltou para a fábrica e, por fim, começou a fazer bicos pela cidade, fazendo jardinagem e pequenos reparos para pessoas como Millie Clifton.

De acordo com os registros de condicional, o último endereço conhecido indicava que ele morava com os pais. O pai, Walton, era dentista e viajava com um grupo de voluntários para prestar serviços odontológicos a comunidades carentes. Alma, a mãe, era uma professora muito querida do quarto ano. Ela sofria de degeneração macular precoce, o que afetava sua visão a ponto de não conseguir mais dirigir até o trabalho.

O filho a deixava e a buscava todos os dias na escola.

A mesma escola onde Hannah trabalhava como professora.

A mesma escola que Madison frequentava.

Emmy ergueu os olhos para a casa de fazenda de dois andares onde os Huntsinger moravam em Elsinore Meadows, antigas terras de pastagem entre os limites das cidades de North Falls e Verona. O vizinho mais próximo estava a meio quilômetro de distância, no fim de uma estrada de terra. Havia um carro estacionado na entrada da casa: um Jetta preto coberto por uma espessa camada de poeira da estrada de cascalho. A borda do porta-malas estava lascada, como se a tampa tivesse batido contra outro pedaço de metal. Emmy examinou o carro, caminhando devagar até a frente. O lado esquerdo do para-choque estava arranhado. O plástico, riscado até a camada de primer cinza sob a tinta preta. Era um arranhão estreito, não muito profundo, do tipo que se esperaria ver em um veículo que tivesse atingido a roda traseira de uma bicicleta.

O coração de Emmy pulou na garganta.

— É ele, pai. Esse é o carro.

— É. — Gerald já estava com a mão na arma enquanto olhava para a casa. — Verifique os fundos.

Ela desarmou a trava de segurança da Glock enquanto caminhava pela varanda da frente, espiando pelas janelas da sala enquanto passava. Não viu ninguém dentro. Virou-se quando ouviu o pai testando a maçaneta da porta da frente.

O clique ecoou no silêncio. Estava trancada.

— Abra, já! — Gerald bateu à porta com tanta força que parecia que a casa inteira tremia. — Polícia!

Emmy ficou atenta a qualquer resposta, mas não ouviu qualquer movimento dentro da casa.

Ela pulou o corrimão da varanda e aterrissou no gramado. A grama havia sido cortada recentemente. Alguém havia criado um caminho de cascalho que levava até um pequeno patamar de concreto ao lado da casa. Havia duas entradas: uma escada que subia até a cozinha e outra que descia dois degraus para o porão.

Emmy tentou abrir a porta do porão, mas estava trancada. Olhou pela janela. Um abajur fornecia luz suficiente para iluminar todo o espaço, que não era maior que um quarto de motel barato. Painéis escuros revestiam as paredes. Latas de cerveja amassadas espalhadas pelo chão. Um cinzeiro transbordando na mesa de centro. Sacos de fast-food caindo de uma lata de lixo. Roupas descartadas espalhadas pelo chão. Um Xbox conectado a uma televisão gigante. Um futon servindo de cama, um cobertor imundo. Banheiro sem porta. Dava para ver o chuveiro embolorado. Não havia guarda-roupas, apenas um par de armários de metal, abarrotados de camisetas e calças jeans dobradas de qualquer jeito. Parecia o quarto de um adolescente, mas o instinto lhe dizia que pertencia a Adam Huntsinger.

Ela iria encontrar aquele desgraçado.

Não deixaria o FBI lhe dar tapinhas na cabeça durante três horas e ficar oscilando entre acusações de estupro e assassinato, nem fazendo perguntas educadas a respeito de onde vinha seu interesse por jardinagem. Se fosse preciso, Emmy apontaria uma arma para a cabeça dele e faria Adam Huntsinger contar o que tinha feito com Madison e Cheyenne.

— Emmy Lou! — chamou Gerald, da frente da casa.

Emmy ouviu outra voz masculina enquanto corria para a entrada. Não via Walton Huntsinger desde a adolescência, mas ele parecia não ter envelhecido nem um dia sequer. Orelhas grandes, corpo magro, sorriso bobo. O cabelo estava molhado. Vestia um roupão de banho. Obviamente, tinha acabado de sair do chuveiro.

— ... só precisava lavar a poeira da estrada — dizia a Gerald. — Estava em West Virginia com os Tooth Troopers. Eu e alguns amigos dentistas viajamos por aí...

— Onde está Adam? — perguntou Emmy.

Walton pareceu confuso com a interrupção, então apontou para a entrada da garagem.

— A caminhonete dele não está aqui.

— Aquele carro é seu?

— Sim, o câmbio está com problemas. Não sou muito fã de voar. Precisei alugar um carro para ir até lá. Acho que a embreagem está...

— Dr. Huntsinger — disse Emmy —, é imprescindível encontrarmos Adam.

— Ele está em...? — O rosto de Walton ficou pálido. — Claro que ele está encrencado. Talvez tenha ido buscar Alma. Ela passou a semana em Biloxi com algumas amigas da escola. Deveria voltar por esses dias.

— Ligue para ela — exigiu Gerald.

Walton voltou para dentro de casa e retornou com o celular. Digitou o número e esperou enquanto chamava.

— Oi, querida, sou eu. Acabei de chegar em casa. Não, a viagem não foi tão ruim. E você, onde está?

Emmy prestou atenção ao tom de voz dele. Era agudo, nervoso. Ele sabia que aquilo era sério. Não queria alarmar a esposa.

— Certo, bem, você tem notícias de Adam? — Ele soltou uma risada forçada. — Não, ele não está encrencado. Só queria saber se ele vai buscá-la ou se eu devo ir.

Emmy viu o pomo de adão de Walton subir e descer enquanto ele engolia em seco. O homem estava suando.

— Bom, nenhuma surpresa. Também não tive notícias dele. — Walton olhou para baixo, para a varanda, enquanto ouvia a esposa falar. — Está bem, querida, ligue quando chegar à casa da Trina que eu passo lá.

Emmy observou seu peito subir e descer quando ele encerrou a chamada e perguntou:

— Xerife, o que aconteceu?

— Ligue para Adam — ordenou Gerald.

Walton assentiu, como se entendesse que precisava apenas aceitar a situação. Digitou um número. Esperou os toques. Por fim, balançou a cabeça para os lados.

— A caixa postal está cheia. Digam o que posso fazer.

— Precisamos revistar sua casa — informou Gerald.

— Certo, hum, sim. Claro. Entrem.

Gerald já estava na metade da escada quando Emmy entrou no hall. Ela viu uma mala ao lado da porta. Samsonite preta, tamanho de mão. Uma carteira masculina de náilon vermelho com o logo do Georgia Bulldogs enfiada no bolso com zíper. Um guarda-chuva grande colorido preso à alça.

— A previsão em Bridgeport era de chuva.

— O senhor tem armas em casa?

— Hum... — Ele deu de ombros. — Talvez eu tenha algumas pistolas antigas do meu pai por aí. Ele gostava de tiro ao alvo e me levava para atirar em latas quando eu era menino, mas nunca fui muito fã.

Emmy tinha a sensação de que havia um pássaro preso dentro de sua caixa torácica. Tinha achado que era Adam quando viu o carro, mas passara a ter certeza. Ele realmente tinha levado as garotas. Saberia onde encontrar o corpo de Cheyenne. Talvez estivesse mantendo Madison presa em algum lugar, amarrada, acorrentada, ainda viva.

— Como eu entro no porão? — perguntou Emmy.

— Tem uma entrada lateral perto da porta da cozinha.

— Não dá para entrar pela casa?

— Não, é só um quartinho. Antes era minha oficina. Adam reformou quando perdeu o emprego na fábrica. — Ele parecia atrapalhado. — Desculpe, você não quer ouvir tudo isso. Vou pegar a chave reserva.

Emmy o seguiu por um longo corredor, passando pela sala de estar, depois pela de jantar, até chegar à cozinha. As paredes eram pintadas de amarelo vibrante, os eletrodomésticos eram todos diferentes entre si. Walton abriu a gaveta ao lado da geladeira, mas o olhar estava fixo no único chaveiro sobre o balcão.

— Essa é do meu carro. Deixei lá em cima, na minha cômoda — disse ele.

Emmy percebeu a tensão na voz do homem.

— Dr. Huntsinger.

Seus olhos encontraram os dela. Ele estava com medo.

— Não é como das outras vezes, né? — perguntou.

— Não, senhor.

Ela o observou vasculhar canetas, lápis, chaves de fenda, tesouras e cartões de visita espalhados. Ele abriu outra gaveta de bugigangas e continuou procurando. Emmy juntou as mãos, lembrando-se de segurar a mão de Madison debaixo do carvalho. A expressão irritada da menina quando Emmy lhe disse que era amada. Madison *ainda* era amada. Ela ainda podia estar viva. Ainda havia uma chance de Emmy levá-la para casa.

Walton abriu outra gaveta. Ela lhe daria mais vinte segundos antes de arrombar a porta do porão. Todos os policiais do condado estavam atrás de Adam Huntsinger. Havia um alerta geral de busca para a caminhonete Chevy verde dele. Oficiais interrogavam ex-colegas de trabalho, amigos, inimigos, companheiros de bebida. Os delegados federais estavam organizando uma força-tarefa de coordenação com todas as forças policiais da Geórgia, do Alabama e da Flórida.

Poderia haver uma pista no porão: um recibo, uma anotação, algo que conduzisse Emmy ao lugar aonde Adam tinha levado as garotas.

Madison ainda podia estar viva. Tinha que estar.

— E-eu sinto muito. — Walton encontrou a chave, mas hesitou em entregá-la. — Seja lá o que ele tenha feito, eu sinto muito.

Emmy agarrou a chave e saiu correndo pela porta da cozinha, desceu as escadas e fez a curva até o porão. Encaixava a chave na fechadura quando sentiu um mal-estar repentino no corpo. Não era o comichão, nem uma sensação ruim, nem um *não parece certo*. Era como se fios elétricos vivos estivessem percorrendo cada nervo do corpo. O cérebro dela precisou de alguns segundos para processar o que tinha visto. Não dentro da casa. Não pela janela do porão. No fim da escada da cozinha. Caído na grama. A luz do sol refletira em algo brilhante e dourado.

Ela se virou, prendendo a respiração. O sol não tinha se movido. Ainda podia ver o brilho dourado na grama. Ajoelhou-se devagar. Estendeu a mão para pegar o objeto, mas a razão falou mais alto. Emmy não precisava tocá-lo para saber o que era nem tinha dúvidas sobre a quem pertencia.

O nome estava lá, letras douradas e enlaçadas formando o nome da dona: *Cheyenne.*

Emmy abriu a boca e inspirou para gritar pelo pai, mas então viu outra coisa. Algo ainda mais terrível.

Havia um grande galpão de equipamentos escondido entre as árvores no quintal. O ar nos pulmões dela gelou. O galpão era grande o suficiente para abrigar um trator. As duas portas estavam trancadas com um cadeado de bicicleta pesado. As janelas de cada lado estavam cobertas com papel-alumínio. Para bloquear o calor do sol? Para esconder o que havia dentro? Para impedir que uma garota de quinze anos soubesse onde estava? Para fazer com que ela sentisse que não tinha chance de ser salva?

Emmy sentiu um tremor estranho no coração, como se uma flor tentasse desabrochar. Era esperança. Apenas uma pequena e frágil semente de esperança.

Ela disparou em uma corrida, movendo os braços e impulsionando o corpo com as pernas, como se tivesse acabado de largar em uma prova de atletismo. A distância até o galpão se estendia como se olhasse pelo lado errado de um telescópio. Emmy pensou no calor de 37 graus. O telhado de metal do galpão estaria pelo menos vinte graus mais quente, lá dentro seria um forno. Madison teria água? Estaria desmaiada? Teria desistido? Será que estava pensando na última vez que vira Emmy, na última vez que tentara pedir ajuda, apenas para ouvir um *agora, não*?

Emmy bateu o ombro nas portas do galpão. Quicou para trás como se tivesse batido em um trampolim, então se levantou e puxou a fechadura com o máximo de força que conseguiu. As portas não se moveram. O cadeado era muito forte. Ela correu para o lado, encontrou outra janela coberta de papel-alumínio. As bordas estavam enroladas na parte inferior. Emmy colocou as mãos em concha no vidro, desesperada para ver lá dentro.

— Madison? — Ela arriscou chamar, mas a palavra ficou estrangulada em sua garganta. — Amor, você está aí?

Ela usou a lanterna para quebrar a janela. A moldura estava fraca devido à podridão. A madeira se estilhaçou com o vidro, rasgando a pele do dorso da mão dela. Emmy olhou freneticamente para dentro. Estava escuro, quase um breu. Viu o contorno de uma máquina, sentiu o cheiro de óleo de motor e gasolina. Seus olhos se ajustaram à falta de luz. Sombras se transformaram em objetos. Um cortador de grama motorizado. Um aparador de grama de mão. Um galão de gasolina. E outro conjunto de portas nos fundos. Outro cadeado. Outra sala.

— Madison?

Emmy esperou, mas não houve resposta. Ela deu três passos para trás, então correu para a parede, tentando abrir caminho. As tábuas se estilhaçaram como gravetos, e ela caiu dentro no galpão, batendo a cabeça no chão de cimento, então tateou em busca da lanterna. O sangue havia deixado suas mãos escorregadias. Vapores de gás queimavam seus olhos. Por fim encontrou o botão, e o feixe de luz ricocheteou pela sala. Pelo chão, pelos cantos, até as vigas. Ela correu novamente e quebrou as portas nos fundos. Teias de aranha se enrolaram em seu corpo. Emmy tropeçou em algo pesado e sólido. O tornozelo virou. Ela caiu no chão. A lanterna caiu. A respiração falhou. A visão oscilou. Ela olhou para as teias quebradas, o raio de sol, o espaço cavernoso e solitário.

A sala dos fundos estava vazia.

O galpão estava vazio.

Madison não estava lá.

— Emmy Lou?

O pai estava parado perto do cortador de grama enferrujado. A luz do sol batia no corpo dele, e ela podia ver a preocupação em seu rosto.

— Eu achei o... — Ela ofegava. — De Cheyenne... eu encontrei o-o...

— Certo, querida. Sente-se.

Gerald ajoelhou-se ao lado de Emmy e envolveu um lenço com gentileza em volta da mão dela. O algodão branco se encharcou de vermelho. Ele usou o polegar para limpar o sangue do rosto da filha.

— Você está bem?

— O colar de Cheyenne.

— Eu vi.

— E-eu pensei que Madison estava aqui, pai. Pensei que poderia salvá-la.

Gerald a abraçou junto ao peito. Emmy estava devastada demais para chorar. Só conseguia ouvir as batidas rápidas do coração do pai. Ele passou a mão ao longo do braço dela, tentando acalmá-la. Sentiu que lentamente voltava aos sentidos. A dor foi quase imediata. A mão ardia. O tornozelo latejava. A cabeça doía. Braços, rosto e pescoço estavam repletos de arranhões.

Ela viu outra sombra cruzar a luz. Virgil cutucou o colarinho da camisa. O suor havia transformado o uniforme dele em plástico filme. Ele olhou duas vezes para Emmy. Viu o sangue, as portas quebradas.

Ela se endireitou, engolindo o sangue na boca, e tentou se recompor. O lenço de Gerald estava encharcado. Virgil enfiou a mão no bolso de trás e ofereceu o dele. O algodão já estava molhado de suor.

— Obrigada...

Ela tentou pigarrear, mas acabou tossindo sangue. Tinha mordido o interior da bochecha, e tocou a carne rasgada com a língua.

— Chefe — disse Virgil —, a patrulha rodoviária viu a caminhonete de Huntsinger em um bar em Clayville.

Gerald não respondeu. Nem tentou sair, só lançou um olhar preocupado para Emmy.

— Estou bem, pai. Vamos.

Emmy precisou de força para se levantar. Gerald a ajudou. Ela estremeceu com a dor que subia do tornozelo e colocou o braço em volta dos ombros do pai para que ele pudesse ajudá-la a andar até a viatura.

Gerald não se mexeu.

— Eu consigo. Vamos.

— Não. Você vai para o hospital.

— O quê? — gritou ela. — Pai, não!

— Preciso do Departamento de Investigação da Georgia aqui. Vasculhe a casa. Vasculhe o quintal — ordenou a Virgil.

— Sim, chefe.

Virgil tirou o rádio do ombro enquanto saía do galpão. Gerald soltou Emmy e o seguiu. Estavam indo embora sem ela.

— Pai, eu… — reclamou Emmy.

Gerald a interrompeu com um olhar. Sua expressão ficou dura. Estava decidido.

— Ligue para sua mãe vir buscá-la.

Emmy pulou em um pé, seguindo-o.

— Não preciso ligar para a mamãe. Pai, aonde você vai? Qual bar?

Gerald a ignorou enquanto caminhava pelo quintal, falando em voz baixa com Virgil. Ela viu Walton parado na varanda da cozinha. Testou o tornozelo, cerrando os dentes enquanto mancava atrás do pai.

— Pai! — tentou Emmy. — Qual bar? Me diga qual bar.

Gerald desapareceu na frente da casa. Emmy mancou atrás dele, agarrando-se na parte inferior do corrimão da varanda para chegar à entrada da garagem. O pai já tinha entrado na viatura de Virgil. Enquanto Brett Termple chegava, eles saíram. Os dois veículos pararam. As janelas foram baixadas. Gerald estava dando ordens a Brett.

— Merda — murmurou ela. — Merda, merda, merda.

Brett parou ao lado da viatura de Emmy e deu um assobio baixo quando viu o estado dela.

— O que aconteceu?

— Eles disseram para onde estavam indo?

Brett deu de ombros.

— Não me pagam para saber dessas coisas. Virgil disse para ficar longe do rádio.

— Eu preciso…

Emmy sentiu uma onda de náusea por causa da dor. A mão estava em chamas. Parecia ter um sino badalando dentro da cabeça dela.

— O colar de Cheyenne está na grama do lado da casa, perto dos degraus da cozinha. Marque, certifique-se de que a cena esteja protegida. O pai...

— Walton — interrompeu Brett. — Ele arrancou o molar do meu priminho semana passada.

— Vá interrogá-lo. — Emmy não tinha tempo para jogar Seis Graus de Separação de North Falls. — Ele disse que pode ter algumas pistolas antigas na casa. Precisa vasculhar esse lugar de cima abaixo. Comece pelo porão, é onde o suspeito mora.

— Certo — respondeu Brett. — Mas seu pai me disse para ligar para sua mãe para levá-la ao hospital.

— Já mandei mensagem para ela, vai me encontrar lá. — Emmy nunca mentira tão bem. Precisava sair dali. — Está perdendo tempo, Brett. Pode haver alguma coisa naquele porão que a gente possa usar durante o interrogatório.

Brett parecia cético.

— Não acho que você esteja em condições dirigir.

— Parece pior do que é.

Emmy começou a desabotoar o cinto de equipamentos para mostrar que estava de folga. Tirou o rádio do ombro.

— Interrogue o pai. Ele estava fora da cidade, mas pode saber de alguma coisa. Ainda temos que construir um caso, Brett. Prender Adam Huntsinger não garante nada. Ele vai tentar usar a localização das meninas como vantagem. Ainda não chegamos à marca das 24 horas. Madison ainda pode estar viva, temos que tirar o poder dele.

Brett começou a assentir.

— Sim, certo.

Emmy tentou não mancar enquanto caminhava até a viatura. Jogou o cinto de equipamentos no banco do passageiro e cerrou os dentes enquanto se sentava ao volante. O tornozelo esquerdo estava torcido e a mão direita tinha um corte de cinco centímetros, mas dava para dirigir.

Ela deu marcha ré e foi para a estrada, sem se preocupar em aumentar o volume do alto-falante do rádio. Sabia que Gerald manteria a ordem em segredo. Não queria que metade da cidade aparecesse e as coisas saíssem do controle. Havia pelo menos vinte botecos em Clayville. O tio Penley era dono de metade deles. Emmy iria a cada muquifo até encontrar o certo.

A poeira subia atrás da viatura enquanto acelerava. Ela mapeou a rota na cabeça. Assim que estivesse na interestadual, seriam quinze minutos até a saída de Clayville. Dez, se usasse as luzes e as sirenes. Ela estava alcançando os interruptores no painel quando percebeu que as estradas de terra a levariam até lá mais rápido.

Não perderia tempo acessando a pista pela estrada principal. Fez uma curva fechada e cortou por um campo aberto, arrancando grama. Os pneus batiam, o chassi rangia, e ela praguejava a dor para fora do corpo enquanto se esforçava para manter o carro em linha reta. A tensão só afrouxou quando os pneus zumbiram na argila dura da pista. O sangue no volante ficou pegajoso, e ela viu a cerca branca brilhante que marcava o início da fazenda de Taybee e Terrell.

O celular dela começou a tocar.

Emmy usou a mão esquerda, remexendo desajeitadamente no bolso direito. Apertou o botão para atender ao mesmo tempo que viu o identificador de chamadas.

Hannah.

— Emmy? — A voz dela estava rouca de tanto chorar. — Por que todos os policiais estão indo para Clayville? Eles encontraram as meninas? Elas estão bem?

Emmy ainda sentia a pequena centelha de esperança que havia murchado dentro do galpão vazio. Não podia fazer isso com Hannah.

— E-eu não sei. Você precisa esperar até…

— Pare de mentir pra mim! — gritou Hannah. — Emmy, por favor! Encontraram as meninas? Devo ir até lá? Onde elas estão?

— Hannah, não estou mentindo! — Emmy gritava porque Hannah o fazia. — Só fique em casa. Prometo que vou…

— Vá se foder! — berrou Hannah. — Vá se foder com essas suas promessas idiotas! Isso tudo é culpa sua!

A ligação foi cortada. Emmy jogou o celular para o outro lado do carro. Os olhos se encheram de lágrimas que ela não merecia chorar. Tirou o pé do acelerador. O carro começou a desacelerar. O ganido do motor V8 diminuiu para um ronco baixo. Ela reduziu até parar.

O que estava fazendo?

Estava machucada. Sangrando. Provavelmente com uma concussão. Havia ignorado Madison no parque. Havia ignorado as ligações de Millie o dia inteiro. O pai não precisava da ajuda dela no bar em Clayville. Precisava que fizesse o que ele tinha mandado. Que fosse ao hospital. Que fosse uma preocupação a menos. Que parasse de tentar ser a heroína dessa história terrível e trágica.

Emmy tinha criticado a técnica de entrevista de Lionel Faulkner, mas o protocolo padrão presumia que o suspeito era culpado. Gerald pegaria o homem certo. Faulkner conseguiria quebrar Adam Huntsinger. O estuprador assassino faria uma confissão completa. Explicaria tudo o que havia acontecido. E, por fim, com sorte, pelo bem de Hannah e Paul, pela sanidade de Ruth e Felix, diria onde encontrar os corpos.

O rio. Um parque. Uma vala. Uma antiga estrada de extração de madeira. Emmy havia listado as estatísticas para Gerald algumas horas antes. A maioria das vítimas é encontrada a menos de trinta quilômetros do local do sequestro, em um lugar conhecido pelo criminoso. Os corpos geralmente são ocultados de alguma forma. Cobertos com folhas, enterrados em uma cova rasa, submersos na água, escondidos em um prédio ou galpão abandonados, desmembrados e jogados em um lixão.

Adam teria enterrado Cheyenne em uma cova rasa? Teria levado Madison para o fundo da floresta? Será que ela se viu debaixo de mais uma árvore? Será que olhou para o dossel imponente, o emaranhado de folhas, e pensou no que Emmy tinha dito? Que, às vezes, a gente perde a visão do todo porque está concentrado demais nos detalhes? Às vezes, deixamos de ver a floresta por causa das árvores.

O pé de Emmy escorregou do freio. O carro começou a se mover. Ela sentiu um pensamento se formar na mente em arcos lentos e preguiçosos, igualzinho a como ela e Hannah desciam aquela mesma estrada de terra de bicicleta. Ela se propôs um dos tópicos do pai:

O que estamos deixando passar?

Um lugar conhecido pelo agressor. Um lugar onde ele se sente confortável. Um lugar ao qual pode voltar para reviver seus crimes. Um lugar onde foi visto fumando com uma de suas vítimas às onze da manhã no dia dos sequestros.

O lago da tia Millie.

A viatura deu um tranco violento quando Emmy pisou fundo no acelerador. O velocímetro já marcava quase cem por hora quando chegou ao fim da cerca de Taybee. O pasto atrás da casa de Millie era cercado por arame farpado. Emmy atravessou a cerca, arrastando um dos mourões com o carro. Via o lago à frente, alimentado por uma nascente subterrânea. Duzentos metros de circunferência. Até seis de profundidade no meio.

Isolado, contido, acessível — o lugar perfeito para submergir um corpo.

Emmy freou bruscamente à beira da água. O sol havia transformado a superfície em um espelho. Ela saiu do carro e protegeu os olhos com a mão. Ignorou a torção no tornozelo enquanto corria ao redor da parede de contenção. Havia bitucas de cigarro espalhadas por toda parte. Adam havia deixado as ferramentas no chão. Emmy viu que algo flutuava no meio do lago. Uma interrupção da luz sobre a água. Uma ondulação imóvel. Um azul-claro de algodão, o mesmo azul-claro da camiseta que Madison usava no parque.

— Não... — Emmy só conseguiu sussurrar a palavra. — Não...

Ela mergulhou na parte mais funda do lago, cortando a superfície como uma lâmina. Subiu para respirar quando estava quase no centro. Seus pés pesavam por causa do coturno. Ela puxou os cadarços, e chutou os sapatos para longe enquanto nadava. Os braços faziam movimentos amplos, cavando a água, ignorando a queimação no tornozelo ferido e na mão machucada.

Estava tão perto.

Conseguia ver as letras escuras na parte de trás da camiseta azul-clara. Madison estava de bruços, o cabelo loiro flutuando como fios de seda. O braço direito estendido, os dedos movendo-se com as pequenas ondas na superfície.

Emmy deu um último impulso, agarrando a mão da garota, puxando-se até o corpo. Levantou a cabeça de Madison para fora da água. O rosto estava inchado; as pálpebras, fechadas; os lábios, brancos como algodão. A menina de Hannah. O bem mais precioso da amiga. Emmy sentiu que os ossos da mão da garota estavam esmagados. Apertou-a gentilmente junto ao peito, mantendo Madison tão perto quanto deveria tê-la mantido na noite anterior, quando ainda estava viva, irritada, preocupada, claramente em perigo, precisando de ajuda — se ao menos Emmy a tivesse escutado.

E lá estava ela, acariciando a bochecha de Madison, segurando o peso de sua cabeça na palma da mão. A água batia nos lábios de Emmy. Conseguia ouvir o som das ondas contra a parede de contenção.

— Sinto muito, querida. Sinto muito por não tê-la escutado — sussurrou.

As lágrimas arderam nos olhos de Emmy. Dizer aquilo não aliviava nada, não tornava o fardo mais leve; apenas evidenciava o peso de tudo o que havia sido perdido.

Ela baixou a cabeça de Madison na água com cuidado. Estava exausta, mas não iria abandonar a garota de novo. Precisava descobrir como levá-la até a margem. Algo a mantinha presa. Emmy passou as mãos pelo torso da menina. Uma corrente pesada estava enrolada na cintura. Ela respirou fundo e mergulhou novamente, enfiando a cabeça na água para ver o que a prendia.

Outro corpo. Outra menina preciosa.

Raios de sol dançavam ao redor da cabeça de Cheyenne Baker. O colar de ouro havia sido substituído por uma corrente cravada no pescoço como dentes afiados. A violência que havia sofrido ainda estava gravada em seu rosto. Lábio rachado. Nariz quebrado. Um ferimento de bala marcando o centro da testa. Cheyenne vira a bala chegando. Soube que iria morrer. Emmy estendeu a mão, tocando a bochecha dela. Queria dar um pouco de suavidade à criança cujos últimos momentos na Terra tinham sido preenchidos com tanto terror.

Emmy sentiu o ar se esgotando em seus pulmões. Cada molécula do cérebro gritava para que subisse à superfície. Mas ela se forçou a nadar mais, seguindo a corrente até o fundo do lago. Estava presa a uma grande rocha. O único motivo pelo qual as meninas ainda estavam lá era o peso da pedra. Emmy puxou a corrente com força, soltando-a. A cabeça rodava quando empurrou o corpo para cima, em direção ao ar.

— Emmy Lou Clifton! — Millie estava de pé no muro de contenção. — O que você está fazendo?

Emmy não podia desperdiçar fôlego com uma resposta. Ou tirava as meninas da água ou se juntaria a elas em seus túmulos. Nadou para trás de Madison, passou o braço em volta do peito da garota e estendeu o outro braço acima da cabeça, iniciando o árduo percurso de costas até a margem.

Como policial, Emmy já havia realizado resgates na água, mas nunca com dois corpos. Os movimentos eram desajeitados. O pé esquerdo não funcionava. Cheyenne continuava virando de lado. O peso das duas parecia dobrar conforme chegavam à parte rasa. Emmy saiu do lago de joelhos, arrastando os corpos atrás de si. Conseguiu levá-los apenas até a metade da grama antes de desabar de costas. Olhou para o céu. Os pulmões falhavam. Tossiu. Estava cercada por ar, mas mal conseguia respirar.

— Pobrezinhas.

Millie as observava de cima. Começou a balançar a cabeça em tristeza.

— Parecem dois anjinhos partidos.

Emmy cobriu o rosto com as mãos e começou a chorar.

DOZE ANOS DEPOIS

CAPÍTULO OITO

Emmy Clifton estava sentada à mesa da cozinha, encarando a primeira página do *North Falls Herald* no celular. A foto mostrava Adam Huntsinger saindo do tribunal com o punho erguido em triunfo. Uma multidão havia se reunido para aplaudi-lo. A manchete era como um tiro na cara.

Assassino dos anjos partidos é solto.

Ela não conseguia ler o artigo. Nem precisava. A cadeia de eventos que levara àquele momento horrível estava gravada em sua mente. Em vez de se torturar com o passado, concentrou-se na foto. O corredor da morte não havia tirado a vida de Adam, mas claramente lhe roubara algo. Aos 61 anos, parecia que cada segundo dos últimos doze anos havia tirado uma camada de sua alma. Embora sorrisse, tinha o semblante exaurido. A pele, marcada por cicatrizes de acne, estava seca e descamada. O cabelo escuro, grisalho. As bochechas afundavam no rosto. Os olhos, atrás dos óculos de aro grosso de presidiário, carregavam um olhar assombrado.

Provavelmente havia pessoas olhando para aquela mesma foto e sentindo pena dele. Ou pior, eram parte das hordas de seguidores sem cérebro que ouviram o podcast *Anjo equivocado*, de Jack Whitlock, e estavam eufóricos, como torcedores cujo time acabara de vencer o campeonato. O próprio sr. Xana de Bolso exibia um sorriso orgulhoso enquanto se posicionava atrás do homem que havia identificado como Pervertido doze anos antes. Todos na multidão olhavam para Adam como se ele fosse um herói. O que Emmy via era um monstro que havia escapado impune de um duplo homicídio. Um homem que provavelmente passara os últimos doze anos revivendo o prazer sexual que tirara de seus crimes hediondos. Um pedófilo que, sem sombra de dúvida, voltaria a machucar outra criança.

Ela ampliou o punho erguido de Adam. A tatuagem de cobra enrolada no antebraço havia desbotado para um tom azulado. O corpo estava magro e musculoso, resultado do tempo ilimitado para sessões de flexões, abdominais e polichinelos de uma cela dois por quatro, quase 24 horas por dia. As veias pareciam pulsar sob a pele.

Se ao menos a agulha do carrasco tivesse perfurado uma delas.

Emmy se forçou a colocar o celular virado para baixo sobre a mesa da cozinha. Segurou a caneca de café entre as mãos, deixando o vapor subir até o rosto. A última vez que tinha visto o assassino de Cheyenne e Madison fora do banco das testemunhas. Seu depoimento tinha sido crucial porque ela estivera presente em cada reviravolta do caso. Emmy tinha sido a última pessoa conhecida a falar com Madison no parque. Vira todas as evidências no campo de futebol. Tinha sido ela quem conseguira a informação com a tia Millie. Examinara o Jetta amassado na entrada da casa dos Huntsinger. Encontrara o colar de Cheyenne na grama, perto do porão de Adam. E, mais importante, tinha sido ela quem tirara as duas garotas do lago.

Ela fechou os olhos e se viu de volta na água. Cobrindo o rosto de Madison com a mão. Observando os feixes de luz dançarem ao redor da cabeça de Cheyenne. Desde aquela tarde fatídica, Emmy era assombrada pelo rosto das duas meninas em seus sonhos. Em sua mente, não existia o *antes*, apenas as coisas terríveis que vieram depois.

— Olá? — chamou Myrna, do topo da escada. — Tem café?

A tensão endureceu cada músculo do corpo de Emmy.

— Sim, mãe. Precisa de ajuda?

— Não, eu não preciso de porra de ajuda nenhuma.

Emmy sentiu os dentes rangerem. O som dos passos arrastados de Myrna descendo as escadas lembrava uma cascavel se esgueirando pelo chão. Emmy nem precisou se virar para saber o que a mãe estava fazendo. Segurando o corrimão com as duas mãos, descia a escada degrau por degrau, colocando um pé e depois o outro no mesmo degrau, repetindo o processo até cair pelo resto do caminho ou conseguir chegar até a base sozinha.

Não adiantava tentar impedi-la e nem pedir para que usasse uma bengala. Ou sugerir que transformassem a sala de estar em um quarto no andar de baixo. Uma discussão acalorada não faria diferença no resultado. Myrna se sentaria nos degraus como uma criança birrenta até que Emmy desistisse e a deixasse em paz. O especialista de Atlanta havia dito que essa teimosia era quase universal em pacientes com Alzheimer em estágio avançado, mas Emmy sabia, por experiência própria, que a intransigência irritante da mãe era uma característica que não podia ser atribuída ao diagnóstico.

— Bom, consegui descer inteira. — Myrna apoiou pesadamente a mão na cadeira de Emmy ao passar por trás dela. — Apesar do que você estava torcendo para acontecer.

Emmy soltou o ar preso nos pulmões, devagar. Seu corpo tremia. Passara a maior parte da noite tendo que lidar com mais um episódio dos terrores noturnos de Myrna. Os gritos ensurdecedores tinham sido péssimos, mas as alucinações duraram horas. A mãe só se acalmara por volta das cinco da manhã, mas Emmy nem se dera ao trabalho de voltar para a cama, já que teria que se levantar em uma hora de qualquer forma.

Horas depois, observava a mãe se movimentar pela cozinha, servindo uma xícara de café, pegando ovos e bacon na geladeira, depois o pão na despensa. Ela usava um vestido de ficar em casa, o cabelo grisalho fantasmagórico caindo abaixo dos ombros. Enquanto se movia para dentro e para fora da luz do sol, seu rosto assumia diferentes máscaras. De um ângulo, parecia velha e rabugenta; de outro, os anos desapareciam; de outro ainda, revelava a confusão boquiaberta enquanto tentava se lembrar de como ligar o fogão.

Myrna mexia os botões de forma atrapalhada, um por um, as marcações claramente sem sentido. No último, girou com violência. Nada aconteceu. Nenhuma luz se acendeu. Nenhum clique do acendedor, nenhum *vush* do gás se inflamando. Ela se virou para Emmy.

— O fogão está quebrado.

O fogão fora desligado em outubro do ano anterior, quando Myrna botara fogo na casa.

— Vou pedir para Cleet consertar.

— Diga a ele que preciso de um horário exato. Não tenho o dia todo para ficar esperando.

Cleet havia morrido quinze anos antes, mas Emmy pegou o telefone de qualquer maneira.

— Vou mandar uma mensagem para ele agora.

Ela imitou o movimento do polegar deslizando pela tela, mas tudo o que viu foram os traços endurecidos de Adam Huntsinger. Emmy deslizou para a direita, e a página anterior carregou com um close-up de outro rosto cansado, dessa vez de perfil. A mulher estava sentada em um banco de igreja com a cabeça voltada para a cruz. A legenda dizia: "Barbara Jericho, o verdadeiro anjo partido".

Uma notificação de mensagem chegou. Depois outra. E mais uma. Emmy reprimiu um gemido que nunca poderia explicar para a mãe. Taybee havia chamado as primas para organizar um chá de bebê para sua filha Kaitlynn. Uma prima já tinha reclamado de não poder levar o marido. Outra havia mandado uma mensagem no privado para Emmy sobre como era de mau gosto colocar um carrinho de bebê de oitocentos dólares na lista de desejos. Outra brincou de forma sombria que levaria um cabide e uma garrafa de gim.

— Nossa, minha artrite está terrível hoje.

Myrna flexionou os dedos, ignorando a cicatriz vermelha e inflamada que descia pela parte de trás do polegar. Não se lembrava de ter dado um soco em uma janela no mês anterior e quase ter cortado um tendão.

— Eu odeio quando você fica com esse negócio na mão enquanto eu estou falando com você.

Emmy colocou o celular de volta na mesa. Sabia que não deveria interpretar a repreensão como sinal de que Myrna, de alguma forma, havia conseguido se ancorar no presente.

— Sobre o que quer conversar, mãe?

— Não seja ridícula, eu não sou sua mãe — bufou Myrna. — Tem alguém chegando. Quem será?

Emmy estava prestes a descartar a afirmação como paranoia da mãe, mas ouviu as rodas de um carro amassando o cascalho. Foi até a janela da cozinha. Kaitlynn tinha chegado mais cedo, e Millie já estava saindo do Mercedes vermelho. Ela bateu a porta e então cambaleou pela entrada com uma careta determinada em seu rosto enrugado. Aos 92 anos, ela havia conquistado o título de Clifton Mais Velha Viva e não estava com pressa de abrir mão da coroa.

— A tia Millie chegou.

— Não sei se estou disposta a conversar hoje de manhã.

Emmy também não achava que Kaitlynn estivesse. O motor roncou enquanto o Mercedes saía da garagem com um rangido. A garota havia seguido os passos da mãe na Universidade da Geórgia e já advogava havia dois anos, um fato que deixava Emmy se sentindo com exatamente vinte bilhões de anos de idade.

— Millie Clifton! — anunciou Millie, batendo a porta de tela antes que Emmy conseguisse alcançá-la.

A tia jogou uma sacola de papel em direção a ela. Emmy fez uma oração silenciosa de agradecimento a Taybee por ter mandado o café da manhã.

— Ninguém vai me dar uma mãozinha, não? — reclamou Millie.

Emmy não tinha como vencer as duas senhorinhas. Ela passou a sacola de papel para a mãe e ajudou a tia a se sentar à mesa. A sacola de pano estava tão pesada que a pele dela tinha afundado ao redor das alças. Livros da biblioteca quase transbordavam da bolsa, assim como um exemplar da lista telefônica de

North Falls de 1978. Os livros eram só para enfeite. Myrna não conseguia mais acompanhar uma história. Passariam a manhã lendo a lista de nomes em ordem alfabética, Millie contando fofocas e rindo sobre pessoas que já estavam mortas, ou quase, nenhuma das quais Myrna conseguia se lembrar.

— Viu essa porcaria? — Millie pegou um jornal enrolado da sacola e o brandiu como se estivesse ameaçando um cachorro. — O Pervertido na capa. A cidade inteira está em alvoroço, tem gente me ligando dia e noite, estão prontos para sair por aí e resolver isso com as próprias mãos.

— Diga a eles para se acalmarem. — Emmy se ocupou guardando os ovos e o bacon. — Adam não vai ficar muito tempo fora da prisão.

— Espero que não — resmungou Millie. — O que é preciso fazer é arrastar aquele chacal para trás de um celeiro, dar um tiro na cabeça dele e deixar um enxame de corvos bicar os olhos dele.

— Tia Millie — disse Emmy, tentando redirecionar a conversa —, não é um "enxame" de corvos. É um "bando" de corvos.

— Isso — interveio Myrna. — Só pode ser enxame se tiver "marimbandos".

Emmy deu uma risada atônita, mas teve que desviar o olhar para esconder as lágrimas. Depois de seis anos de um declínio árduo e implacável, havia tão poucos momentos em que Myrna realmente era ela mesma. Essas pequenas faíscas de personalidade começavam a parecer mais lembretes insensíveis de tudo o que havia sido perdido. Emmy abriu a gaveta e pegou um pacote de lenços de papel. Assoou o nariz.

— O que foi agora? — Myrna soou irritada. — Pelo amor de Deus, Martha. Pare de chorar.

Emmy mordeu o lábio, implorando para que as lágrimas não caíssem. Não era a primeira vez que Myrna confundia os filhos. Era como se segurar a uma bola de demolição enquanto a mente da mãe oscilava entre a compreensão e a confusão.

— Myrna Louise Clifton! — gritou Millie, com um tom firme. — Esta não é a Martha. É a Emmy Lou, sua filha caçula.

A confusão de Myrna não diminuiu.

— O que aconteceu com a Martha?

Nem Millie teve coragem de contar que a menina estava morta havia mais de quatro décadas.

— Lembra quando me contou que estava grávida da Emmy Lou? Estávamos viajando, visitando os primos Coleman lá em Maryland. Você escorregou no gelo na entrada da Beulah e quebrou a perna em dois lugares. Lembra?

O lento aceno de cabeça de Myrna deixou claro que ela não acreditava na história.

— Nunca senti tanto frio na minha vida — continuou Millie. — E o médico disse que você precisava ficar lá por alguns meses enquanto se recuperava, mas aí Gerald foi buscá-la. Disse que poderia se recuperar em casa. Você ficou um ano inteiro sem trabalhar. Lembra?

Myrna continuou a assentir, mas obviamente ainda estava cética.

— Sim, eu lembro.

Emmy foi poupada quando Cole desceu as escadas. Já estava vestido com o uniforme de subdelegado. A calça cargo verde e a camisa cáqui clara eram muito mais lisonjeiras do que o tom marrom anterior, que lembrava um cachorro-quente deixado muito tempo ao sol. O cinto de equipamentos pesado que podia causar hérnias também havia desaparecido. O colete à prova de balas de Cole estava pendurado ao lado do de Emmy nos ganchos perto da porta. Ela nunca olhava para ele sem se lembrar do conjuntinho de pijama que colocava na mala quando Cole ia dormir na casa de alguém. Ele tinha ficado quase um palmo mais alto que ela, e bastante musculoso.

— Bom dia, senhoras.

Cole tinha o mesmo sorriso charmoso e fácil do pai, mas sem a baboseira de Jonah. Ele beijou a cabeça de Millie, deu um sorriso para Myrna e depois deu um empurrãozinho com o braço em Emmy enquanto servia uma xícara de café.

— Tudo certo?

Ele estava se referindo aos terrores noturnos de Myrna. Emmy precisava tirar o filho de lá, um homem de 23 anos não deveria viver assim.

— Tudo certo.

— Estava pensando em ir para Atlanta no fim de semana, para o Festival Dogwood.

— Você está contando para sua mãe ou perguntando para sua chefe?

— Depende. — Ele aumentou o sorriso. — Foi minha mãe ou minha chefe que me disse que preciso desenvolver interesses fora do trabalho?

— As duas estavam certas, mas vamos ver como vai ser o dia. O vovô está nos esperando no escritório dele.

Cole deu um gole no café escaldante, depois enxaguou a xícara na pia. Millie abriu a lista telefônica para começar a manhã. Emmy estava fechando a porta de tela quando ouviu a voz suave da mãe perguntar:

— Quem era aquele jovem bonito?

Emmy retesou a mandíbula novamente, e tentou fazer com que se soltasse enquanto descia a escada. Myrna não iria comer o café da manhã. Na semana anterior, havia parado de reconhecer a comida, tinha perdido o mecanismo da fome. O médico dissera que era apenas questão de tempo, mas isso é o que todos os médicos dizem quando não sabem quanto tempo vai durar.

— Noite difícil — disse Cole.

— É.

Emmy cruzou o caminho que levava até o escritório do pai, concentrando-se nas obrigações do dia em silêncio. Havia tarefas para distribuir, a chamada a fazer, e todas as outras funções administrativas, mas Adam Huntsinger era o assunto principal. Millie tinha razão, a cidade estava agitada. Emmy tinha lido muitos comentários irritados na reportagem do *Herald* e se pegou concordando com alguns. A ideia de que o assassino de Madison e Cheyenne estaria de volta a North Falls fez seu estômago se revirar de um jeito familiar.

Para felicidade geral, Adam não estava completamente livre, e sim em liberdade condicional, o que limitava seus direitos de modo considerável. Voltara a morar na casa dos pais, em Elsinore Meadows. A caminhonete Chevy verde ainda estava registrada em seu nome. De acordo com os termos da condicional, ele precisaria arranjar um emprego em breve, submeter-se a revistas aleatórias e fazer exames toxicológicos. Mas torcer e rezar para que Adam violasse alguma dessas condições e fosse mandado de volta à prisão não tornariam a cidade mais segura.

O celular de Emmy vibrou no bolso. Ela abriu as notificações. As primas já estavam começando a chegar a um consenso quanto à data e à hora do chá de bebê. Ela rolou a tela para baixo, admitindo para si mesma que secretamente esperava uma mensagem de Hannah. Não esperava uma reconciliação ou uma abertura para um acerto de contas, mas uma oportunidade para ser útil, para lhe dizer que não estava desistindo, que não era o fim, que encontraria uma maneira de mandar Adam Huntsinger de volta para a prisão, mesmo que isso a matasse.

Mas não havia mensagem de Hannah nem maneira de Emmy dar o primeiro passo. Ela havia respeitado a vontade da ex-amiga nos doze anos que se passaram. Não tinham uma conversa de verdade desde aquele dia angustiante em que Emmy encontrara as meninas na água. Às vezes, acenavam uma para a outra quando se viam em um restaurante ou no bar. Certa vez, as duas estavam no corredor de hortifrúti do mercado e Hannah comentara: "Os pêssegos estão bons este ano". Em outra ocasião, Emmy esperava na Good Dollar e percebeu que ambas cantarolavam a versão de elevador da música "Complicated", que estava tocando. Se Hannah estava pensando nas horas que já haviam passado tentando borrar o delineador como Avril Lavigne, não falara.

— Mãe, tem certeza de que está bem? — perguntou Cole. — Sem querer ofender, mas você está um caco.

— Ah, que fofo da sua parte, querido. Por que não faz um bordado dessa frase e me dá de presente no Dia das Mães? — Emmy captou o sorriso do rapaz quando esbarrou nele com o quadril. — Conseguiu dar uma olhada naquele complexo de apartamentos em Verona? Seu tio Penley disse que daria um bom desconto.

— Está na minha lista.

Emmy sabia que não havia lista. Também sabia que tudo o que a irritava no filho — a teimosia, a lealdade obstinada, o senso de responsabilidade — eram coisas que a irritavam em si mesma.

Ela estendeu a mão para abrir a porta do escritório de Gerald, dizendo ao rapaz:

— Feche a gola da camisa.

O pai levantou os olhos da mesa quando entraram. Estava escrevendo no bloco de anotações. A luz do sol entrava pelas janelas estreitas atrás dele. Havia convertido o antigo galpão em um escritório quando Emmy e Cole se mudaram após o divórcio. Armários de arquivos forravam uma parede. Duas fotografias emolduradas dos filhos ocupavam um canto perto da janela: uma de Emmy quando criança, segurando um gatinho, outra de seus irmãos quase adultos, parados na base das Cataratas, três anos antes do nascimento dela. Dois anos antes de Henry morrer. Um ano antes de Martha falecer. Tommy, de sunga, era alto e magro. Naquela época, era calouro na faculdade. O cabelo dele era quase tão longo quanto o de Martha.

— Bom dia, chefe — disse Cole.

— Subdelegado.

Gerald tampou a caneta e deslizou o papel para dentro de uma pasta, então olhou para Emmy.

— Como está hoje?

Ele estava perguntando sobre Myrna. Gerald havia andado com ela pela casa na noite anterior. Havia uma fina linha vermelha na bochecha dele onde a esposa o arranhara ao lhe dar um tapa.

Aquele não era o único sinal visível da doença de Myrna. Se a mãe estava envelhecida pelo diagnóstico, o pai tinha sido arrastado até a beira do inferno. Tinha 86 anos, mas parecia dez anos mais velho que Millie. O rosto estava magro, ele havia perdido peso demais, rápido demais. O uniforme pendia nos ombros como um saco de papel. De muitas maneiras, era mais difícil para Emmy ver o pai se deteriorando do que a mãe.

— Estamos em um dia aceitável — disse ela, porque *aceitável* e *ruim* eram as duas opções disponíveis. — Millie vai passar a manhã com ela, depois Tommy vai na hora no almoço, e o auxílio de saúde domiciliar vai tomar conta até que a gente possa sair da delegacia.

— Eu posso ajudar — disse Cole.

— Não, você não pode. — Emmy olhou para o pai. — Vamos repassar?

Gerald fez que sim com a cabeça.

— Certo.

Ela sentiu-se aliviada por poder começar a trabalhar. Fez um sinal para Cole se sentar, depois tocou a própria gola para lembrá-lo de fechar o botão.

— O que sabemos? — começou ela. — Na manhã dos assassinatos, Adam Huntsinger foi visto conversando com Madison no lago por volta das onze horas. As bitucas de cigarro na cena batem com o DNA dos dois. As impressões digitais e o DNA de Adam estavam do lado de dentro do saco Ziploc com maconha encontrado no bolso de Madison, assim como no saco de maconha encontrado no cofrinho de Cheyenne. O Jetta do pai dele tinha marcas no para-choque dianteiro esquerdo consistentes com o impacto de um pneu de bicicleta. O pingente do colar quebrado de Cheyenne foi encontrado do lado de fora do quarto dele no porão, com as impressões digitais de Adam. Havia armas na casa compatíveis com a usada no assassinato de Cheyenne. Os rastros no campo de futebol e na estrada de terra coincidiam com a marca e o tipo de pneu padrão do ano e classe do Jetta de Walton Huntsinger. As pegadas de botas de trabalho tamanho 43 foram encontradas na estrada de terra, no campo de futebol e no lago. Adam Huntsinger usava uma bota tamanho 43.

Emmy esperou por Cole, que acrescentou:

— Naquela mesma noite, Barbara Jericho, uma dançarina de striptease de 22 anos, estava trabalhando em um clube nos arredores de Macon. Ela conheceu um cliente que se ofereceu para levá-la a Savannah para assistir aos fogos de artifício. Na manhã seguinte, foi encontrada por um subdelegado de Candler vagando pelas ruas de Metter, a mais de 160 quilômetros de distância. Ela contou a ele que tinha sofrido agressão sexual. Foi levada ao hospital, onde foi feito um exame de corpo de delito. No ano passado, Barbara Jericho estava ouvindo o podcast *Anjo equivocado*, começou a olhar fotos on-line e reconheceu Adam Huntsinger como o homem que a atacou. Entrou em contato com a delegacia do xerife de Candler e descobriu que o exame forense nunca tinha sido processado. Após algumas idas e vindas, conseguiram que o Departamento de Investigação da Geórgia processasse o exame, e o DNA correspondeu ao de Adam Huntsinger. O estupro deu a ele um álibi para a noite do sequestro e do assassinato. Ele foi liberto do corredor da morte dois dias atrás. Está em liberdade condicional aguardando julgamento, dessa vez pela acusação de estupro.

— O que *achamos* que sabemos? — perguntou Emmy.

Cole falou rapidamente, do mesmo jeito que fazia quando tinha oito anos e achava que estava sendo esperto.

— Vocês ainda acham que Adam Huntsinger é culpado.

— Certo.

Emmy lançou um olhar ao pai em busca de apoio, mas a expressão dele era tão impassível quanto seu silêncio.

— Apresente os pontos fracos — pediu Emmy.

— Quer dizer... — Cole deu de ombros, mas praticamente havia memorizado cada palavra do podcast de Jack. — Adam disse que as impressões digitais dele estavam no colar porque Madison lhe pediu que o consertasse para Cheyenne. Ela pode ter deixado a corrente cair na estrada de terra quando estava indo comprar maconha dele no lago da Millie. Vocês nunca encontraram a arma do crime. Nunca encontraram o celular flip de Cheyenne com as iniciais dela gravadas na capinha. Não havia DNA das vítimas dentro do Jetta. A lona plástica que os mergulhadores encontraram no fundo do lago pode ter sido usada para forrar o porta-malas, mas não tinha DNA nem impressões digitais. O que você acabou de dizer sobre os pneus, as pegadas e a marca no para-choque dianteiro... tem muitos elementos "consistentes", mas poucas "correspondências exatas".

— Você aprendeu na academia que toda prova sempre é cem por cento conclusiva?

— Aprendi que DNA é chave de ouro.

— Quanto tempo o DNA pode permanecer no trato reprodutivo de uma mulher?

Cole deu de ombros de novo.

— Até cinco dias.

— Então, é possível que Adam tenha tido relações sexuais sem proteção com Barbara Jericho até cinco dias antes de ela ser atacada. É possível que o verdadeiro agressor tenha usado camisinha. É possível que, pela própria admissão dela, o fato de estar chapada durante o ataque tenha feito com que se confundisse com os horários.

Cole não deu de ombros dessa vez, mas esboçou um leve sorriso.

— Você não aceitou essa lógica naquele caso de estupro no ano passado.

— Eu não segurei duas crianças mortas nos braços no ano passado.

Emmy viu quando ele estremeceu. Não ia retirar o que disse. Quem estava lá era a chefe dele, não a mãe.

— Eu estive nas autópsias — acrescentou ela. — Cheyenne foi espancada e levou um tiro na cabeça. Os ossos das mãos e dos pés de Madison foram quebrados sistematicamente, e é bem provável que tenha sido com um martelo. Adam a manteve viva por um período entre doze e dezoito horas. Ela não tinha como se proteger. Não podia fugir.

— Mas vocês também nunca encontraram o martelo.

— Explique o que significa o termo "preponderância de provas".

Cole se irritou, mas ainda assim respondeu:

— Que algo tem mais probabilidade de ser verdadeiro do que o contrário.

— E o que significa "além de qualquer dúvida razoável"?

— Que não existe outra explicação razoável para as provas apresentadas.

— Agora me dê uma explicação mais provável do que Adam Huntsinger ser o assassino. E não cite o podcast idiota do Jack, ele falou besteira 99 por cento do tempo. Dale Loudermilk não tinha um Jetta, o carro dele era uma caminhonete Ford e a mulher tinha um Audi. Ele não calça 43. O DNA dele não apareceu nas provas relacionadas às garotas.

— Dale pegava o Audi da mulher o tempo todo — disse Cole. — Foi visto lavando o carro com água sanitária oito horas depois do sequestro.

— Sete horas depois — corrigiu Emmy —, e ninguém nunca disse que as meninas não estiveram no Audi. Dale admitiu isso no primeiro interrogatório. Durante o julgamento, o advogado de Adam interrogou Ruth Baker. Ela testemunhou que tinha deixado Dale levar Cheyenne para casa. Hannah disse a mesma coisa sobre Madison.

Cole não recuou.

— E o dinheiro e as drogas pesadas?

— Ótima pergunta — disse Emmy. — É curioso que nenhum dos homens adultos que pagavam uma garota de quinze anos por sexo e forneciam cocaína para ela vender tenha se apresentado.

Ele bufou, frustrado.

— Alma Huntsinger testemunhou que foi ela quem arranhou o para-choque esquerdo do Jetta quando ainda conseguia dirigir.

— Alma Huntsinger estava tentando manter o filho longe do corredor da morte. O júri assistiu a três semanas de depoimentos, viu todas as provas e o considerou culpado além de qualquer dúvida razoável. — Emmy devolveu a Cole um dar de ombros como o dele. — Considere isso, parceiro. Que outra explicação é mais razoável?

Cole ergueu as mãos em rendição.

— Como quiser, chefe.

Emmy ouviu outro carro entrar na garagem. Olhou pela janela e viu o Honda azul de Tommy estacionando no espaço de sempre, debaixo da magnólia. Ouviu o assobio dele enquanto caminhava até a porta da cozinha. Ela conferiu as horas. O irmão iria se atrasar.

— Cole — disse Gerald —, preciso de um minuto a sós com sua mãe.

— Sim, senhor.

Emmy esperou até ele sair.

— Não preciso de sermão, pai. Sei que estou pegando pesado com Cole, mas ele acha que sabe tudo, e não sabe. O *não parece certo* dele é mais um *que porra é essa*.

— Certo — disse Gerald. — Qual é o plano?

Mais uma vez, Emmy sentiu alívio ao voltar ao trabalho.

— Precisamos fazer uma visita a Adam Huntsinger. Millie disse que tem recebido ligações, as pessoas estão morrendo de vontade de fazer uma besteira. O burburinho on-line também não ajuda. Não sei se são só idiotas falando besteira, mas Walton já passou dos setenta e Alma não enxerga um palmo à frente do nariz. Temos o dever de alertá-los.

Gerald não reagiu ao que ela disse. Apenas repetiu:

— Qual é o plano?

Emmy sentiu o estômago se revirar novamente, mas por um motivo diferente.

— Meu plano é fazer o meu trabalho como subdelegada-chefe o melhor que puder.

— E depois?

Emmy deu de ombros de modo tão irreverente quanto Cole.

— Pai, o xerife do condado de Houston ficou no cargo até os 91 anos, quando se aposentou. O senhor não está mais correndo atrás de bandido. Está liderando a força com a cabeça, ainda tem a confiança do condado, vão votar no senhor enquanto se candidatar. Não tem motivo para...

— Tem motivo.

Emmy pressionou os lábios.

— Você deveria se candidatar — disse ele.

— Já são quase 7h30. A única coisa para a qual vou me candidatar é o trabalho. — Ela se levantou da cadeira. — Tem coisa demais acontecendo na minha vida para arrumar mais dor de cabeça. Quer uma carona?

— Não — disse ele. — Desembuche.

— Pai...

Gerald a segurou com o olhar como uma corrente puxando-a de volta para a cadeira.

Emmy soltou um suspiro longo e frustrado e se sentou. Tinham começado com esse hábito quando estavam sozinhos no escritório dele. As pessoas que nunca falavam com ninguém acabavam conversando uma com a outra.

— Cole não quer tirar as rodinhas da bicicleta. Vivo dizendo para ele se mudar, que não precisa ficar preso à mãe. Precisa seguir com a vida.

— Dê o exemplo — disse Gerald. — Candidate-se a xerife.

— Pai. — Ela tentou pensar em um jeito de fugir do assunto, mas as palavras escaparam antes que pudesse segurá-las: — Já estou perdendo a mamãe. Só de pensar em perder você...

— Ainda estou aqui.

— Mas eu preciso de você aqui. — Ela colocou a mão no peito, indicando não só o coração, mas a estrela de chefe de polícia que o pai tinha prendido na camisa dela quando Virgil Ingram se aposentou. — Eu te amo, pai.

— Também te amo, filha. Mas a mudança não vai esperar só porque você está parada. Vai acontecer. Sabe disso tão bem quanto eu. Transforme isso numa coisa boa. Sangue novo. Ideias novas. Computadores. Internet. Podcasts. Snapchat. O tal de *Tick Tack*.

Emmy riu.

— Você odeia todas essas coisas.

— Não significa que eu esteja errado.

— Não quero isso, pai. Não sei como fazer uma campanha. Não sei se posso substituir o senhor.

— Alguém vai — disse ele. — Cedo ou tarde.

— Olá, olá, olá!

Tommy bateu os nós dos dedos à porta enquanto entrava no escritório. Ele transbordava o otimismo incansável de um professor perto da aposentadoria.

— E aí, família?

Emmy forçou um sorriso.

— Você nunca deixa de ser bobo?

— E você nunca deixa de ser uma chata?

Tommy apoiou a mão no ombro dela. Ele não se deixou enganar.

— Tudo bem, pirralha?

Ela assentiu, mas se sentiu encurralada. Tommy não estava lá por acaso, era óbvio que Gerald lhe pedira para aparecer antes do trabalho. Emmy pensou nas anotações que o pai estava fazendo quando entrara no escritório. Aquilo era uma carta? Ele iria pedir demissão? Iria forçá-la a tomar uma decisão?

Não havia a menor chance de Emmy estar pronta para uma conversa como aquela. Não depois de menos de duas horas de sono, com uma mãe que estava perdendo a memória e um filho que achava ser o Encyclopedia Brown.

— Certo — disse Gerald. — Vamos acabar logo com isso.

Emmy encontrou o olhar de Tommy, que balançou a cabeça de um lado para outro. Não fazia ideia do que fosse *isso.*

— O que foi, pai?

— Sente-se.

Gerald esperou até Tommy se acomodar. Então, esperou mais um pouco. Finalmente, pigarreou e disse:

— Chegou a hora.

Emmy sentiu um aperto diferente no peito. Não se tratava dela. Era sobre Myrna.

— Quebrei minha promessa — disse Gerald. — Sua mãe nos disse o que queria.

O aperto se transformou em uma pressão esmagadora. Emmy olhou novamente para Tommy. Ele sempre a chamara de "a intérprete do papai", mas dessa vez ambos sabiam exatamente do que Gerald estava falando.

No dia seguinte à confirmação do diagnóstico de Alzheimer de Myrna, ela convocara uma reunião de família. O pedido que fizera não podia ter sido mais claro. Implorara: "Prometam que não vão tentar me manter em casa quando ficar ruim. Podem me internar. Podem me enfiar num contêiner e me jogar no mar. Não vou notar a diferença, e não quero que nenhum de vocês tenha que viver comigo desse jeito".

— Pai... — Os olhos de Tommy estavam cheios d'água. — Não podemos.

Emmy abriu a boca para concordar, mas todas as desculpas foram afogadas pelas recordações do episódio da noite anterior. Os gritos sem sentido, dilacerantes, que soavam como uma sirene. Emmy pulando da cama. Gerald correndo pelo corredor. Cole indo ajudar. Emmy segurando a mãe enquanto ela soluçava, depois colocando-se contra a porta quando Myrna começara a gritar para afugentar os estranhos que haviam invadido sua casa.

Ela não reconhecia qualquer um deles havia mais de três meses.

Myrna sabia que isso aconteceria. Tinha sido professora de inglês por mais de cinquenta anos. Sabia como se informar. Tornara-se especialista nos estágios do Alzheimer. Conhecia os horrores que a fase avançada poderia trazer.

Emmy ainda se lembrava da mãe lendo em voz alta a lista que fizera em um caderno. Havia catalogado todas as coisas que não queria para si nem para a família: ajustar horários, correr de um lado para outro, mudar planos, faltar ao trabalho, perder celebrações, momentos e tempo com familiares e amigos, lidar com medicações, consultas médicas e exames, enfrentar o estresse, a preocupação, as noites sem dormir e o trabalho físico exaustivo. Ajudá-la a tomar banho. Trocar fraldas. Mudar os lençóis. As roupas. Preocupar-se com a possibilidade de que ela fugisse.

Procurá-la quando isso acontecesse. Assisti-la sair de controle. A hipersensibilidade, os delírios, a paranoia, a projeção, os terrores noturnos e os gritos lancinantes, que tinham passado a ser cada vez mais frequentes a ponto de Emmy mal conseguir encostar a cabeça no travesseiro sem tensionar o corpo, antecipando o ataque seguinte. "Prefiro cair morta agora a me tornar um fardo para vocês no futuro", dissera.

Gerald abriu a gaveta superior da escrivaninha e pegou um folheto. Emmy reconheceu o logotipo do asilo que haviam visitado no ano anterior. O Centro de Cuidado da Memória Azaleia era um prédio de dez andares que se assemelhava a uma mistura de hospital psiquiátrico e prisão de segurança máxima.

Tommy e Emmy não tinham aguentado até o fim da visita guiada. Ambos escapuliram após dez minutos, enfiando-se em seus respectivos carros para chorar.

— Celia e eu conversamos — disse Tommy. — Posso me aposentar mais cedo. Mamãe não deve ter muito mais tempo.

— Filho. — O tom de Gerald era o mais suave que Emmy já o ouvira usar ao se dirigir ao irmão. — E quanto tempo *você* tem?

Tommy abaixou a cabeça. Não era mais um homem jovem, havia mais anos atrás dele do que à frente. Gerald continuou:

— A mãe de vocês estava lúcida quando nos disse o que queria. Não podemos tirar isso dela agora que não é mais o caso.

Tommy pressionou os dedos nas pálpebras.

— Eu não concordo.

— Não precisa — disse Gerald. — Foi decisão dela. Agora é minha.

Tommy respirou fundo e rápido. Sabia que não havia motivo para argumentar.

— Quando?

— Amanhã.

Emmy cobriu a boca para conter o soluço que queria escapar.

— Eu posso... — Tommy inspirou profundamente. — Posso tirar uma folga do trabalho para ajudar a arrumar as coisas.

— Não precisa. Ela não se lembra das coisas dela, não se lembra de nós. Nosso rosto, nossa voz. Somos todos estranhos. Ela já está quase morta.

Emmy baixou as mãos para o colo lentamente.

Gerald bateu o dedo no folheto com a mesma determinação de um juiz batendo o martelo.

— A ambulância vem às 7h30. Vou com ela. Vocês dois vão estar no trabalho. A única maneira de superar isso é manter a cabeça baixa e fazer o trabalho de vocês. Entendido?

Tommy já estava com a cabeça baixa, mas assentiu.

Emmy também assentiu. Passou o polegar pela palma da mão. Os olhos turvos de lágrimas enquanto via o irmão tentando segurar o choro. Sentia-se magoada. Sentia-se roubada. Sentia-se envergonhada, porque parte dela, e nem era uma parte pequena, sentia-se aliviada.

O telefone na mesa de Gerald começou a tocar. Emmy olhou para o pai, que havia pegado o lenço do bolso para secar os olhos. Entregou-o para ela antes de apertar o botão do viva-voz.

— Brett — pigarreou Gerald, transformando-se de marido e pai enlutado em xerife do Condado de Clifton. — Está no viva-voz.

— Desculpe incomodar tão cedo, chefe, mas tem uma coisa séria acontecendo — disse Brett, a voz tensa. — Estou na estrada de terra, do outro lado da propriedade de Millie. Tem uma bicicleta de menina aqui. O pneu traseiro está torto. A corrente saiu. Parece que tem um pouco de sangue também. A garota não está em lugar nenhum.

A descrição fez o estômago de Emmy se revirar. A conversa avassaladora sobre Myrna logo foi deixada de lado. O mundo havia voltado para doze anos antes. Emmy estava na estrada de terra com Gerald. Michael Berry-Lawhorn os guiava pela cena do crime onde Cheyenne Baker tinha sido levada.

Emmy fitou os olhos do pai, sabendo que ele estava pensando a mesma coisa. Gerald ficou em silêncio. Apenas segurou o olhar dela, fortalecendo-a. Então, assentiu, porque ela tinha um trabalho a fazer.

Emmy respirou fundo, forçando o ar para dentro dos pulmões para conse-, guir falar.

— Brett, sabe de quem é a bicicleta?

— Sei — respondeu, e Emmy percebeu que o tom ríspido dele não era por empolgação, mas por medo.

Ele também havia trabalhado no caso de Adam Huntsinger. Tinha visto os corpos destroçados de Madison e Cheyenne. Sabia o que poderia acontecer com outra menina desaparecida.

— Tem um trabalho de escola ou algo assim no cesto da bicicleta, tem nome. Paisley Walker. Catorze anos. Liguei para a casa dela. A mãe atendeu. O pai já tinha saído para o trabalho. Eles moram na avenida Coleman. A mãe disse que a menina saiu de bicicleta para a escola pouco antes das sete, mas ela não foi para lá.

— Paisley Walker? — Emmy conferiu com Tommy.

Ele fez que não. Não a conhecia.

— Quem ligou para a polícia? — perguntou Emmy a Brett.

— Sylvia Wrigley. Ela ainda está na cena. Acho que… — O celular chiou enquanto ele abafava a voz. — Acho que ela tirou fotos.

Emmy compartilhou um lampejo de irritação com Gerald. Sylvia Wrigley era a editora do *North Falls Herald*. Provavelmente já tinha postado as fotos em todas as redes sociais. A cidade já estava prestes a implodir, não precisavam que Sylvia jogasse a faísca.

— Ligou para o hospital? Atendimentos de emergência? — perguntou Emmy.

— A mãe e eu ligamos para todo mundo. Nada.

— Certo.

As mãos de Emmy já estavam suadas quando pegou o celular. Falava enquanto digitava.

— Estou enviando reforços para isolar a cena. A patrulha vai refazer o caminho que ela percorreu de bicicleta. Quero que converse com a mãe. Precisamos da descrição de Paisley. Descubra o que ela estava vestindo, peça uma foto recente e me envie tudo por mensagem.

— Sim, chefe.

— Espere. — Emmy o impediu de desligar.

A mente dela trabalhava furiosamente para encontrar explicações que não fossem a pior. Em quase metade dos casos de crianças desaparecidas, um dos pais era responsável.

— Fique de olho na mãe e no pai, veja se algum deles está agindo estranho. Tente entender como é o casamento. Peça permissão para revistar a casa de cima a baixo. Dê uma olhada nos carros também. Certifique-se de que Paisley não esteja escondida em algum lugar.

— Chefe. — Brett hesitou. — Não acho que ela esteja escondida.

Emmy também não, mas precisavam considerar todas as possibilidades. Como o fato de que, em 27 por cento dos casos de crianças desaparecidas, um parente ou conhecido era o responsável.

— Peça aos pais para ligarem para parentes, amigos, qualquer pessoa com quem Paisley tenha algum tipo de relação, por mais distante que seja — ordenou ela. — O mesmo vale para a escola. Coordenadores, professores, auxiliares... Pergunte sobre as atividades extracurriculares: anuário, coral, qualquer coisa. Ela estava fazendo aquele trabalho de escola para alguém.

— Certo, chefe. O que mais?

O estômago de Emmy se revirou. O *que mais* era a pior possibilidade. Um estranho. Um sequestrador predador que, ao acaso, viu uma criança e decidiu levá-la.

— Dê uma olhada na vizinhança. Tem alguma casa em reforma ou em construção? Algum vizinho com uma babá, um parente ou amigo visitando? Um novo professor substituto ou funcionário da manutenção na escola? Precisamos falar com todo mundo, Brett. Quero toda a equipe mobilizada. Ninguém dorme até encontrarmos Paisley.

— Sim, chefe. O reforço acabou de chegar. Mais alguma coisa?

— Apenas vá.

Gerald desligou o telefone e pegou a jaqueta que estava sobre a cadeira. Emmy apertou o ombro de Tommy antes de sair do escritório com o pai, saltando de uma tragédia para outra.

Paisley Walker. Catorze anos. Andando de bicicleta pelas estradas de terra. Havia outra criança, uma segunda vítima? O padrão se repetia? A menina teria sido levada para algum local isolado, onde seria estuprada e torturada, os ossos das mãos e dos pés quebrados para que não pudesse se proteger, não pudesse fugir?

— Mãe! — Cole saiu correndo de casa levando os coletes à prova de balas. — Acabei de ouvir...

— Entre no carro.

O sol ofuscava a visão enquanto ela cruzava o quintal. Emmy ouvia o pai lutando para acompanhá-la. Seus olhos começaram a lacrimejar. Teve a sensação de que iria vomitar. Aquilo não podia estar acontecendo de novo. Não com Adam fora da prisão. Não com a mãe em queda livre, o pai se apagando, sua vida desmoronando. Quando abriu a porta do carro, estava trêmula e enjoada. Cole pulou para o banco de trás. Ela queria desacelerar, tirar um segundo para respirar, impedir a mente de imaginar todos os piores cenários, mas não havia tempo.

Gerald olhou o celular enquanto Emmy tirava o carro da entrada da garagem. Ela o observou digitar o número do Departamento de Investigação da Geórgia. O tempo era crucial. Precisavam ativar um Chamado Levi, o equivalente da Geórgia a um Alerta Amber.

— Sylvia Wrigley ganhou milhares de seguidores depois de ser entrevistada para o podcast do Jack — disse Emmy.

— É.

Emmy pegou o celular no bolso. Havia meia dúzia de notificações do *Herald*. Ela as ignorou e abriu o grupo do WhatsApp com as oficiais femininas da região. Digitou com o polegar: "Possível sequestro, menina de catorze anos. Detalhes a caminho. Fiquem de olho".

— Mãe — chamou Cole. — Para onde estamos indo?

Emmy tinha passado direto pela rua que levava à delegacia.

— Casa de Adam Huntsinger.

— Mãe... — Cole se segurou na grade metálica do banco traseiro. — Se Adam sequestrou essa menina, ele não seria tão burro de levá-la pra casa dele.

— Coloque o cinto de segurança — ordenou Emmy. — Sei que Adam não é burro, mas as outras pessoas, não.

Ela fez mais uma curva fechada, jogando Cole para o outro lado do carro. Ele colocou o cinto quando chegaram à rodovia. Emmy olhou o relógio, fazendo os cálculos. A área de Millie nas estradas de terra ficava a dez minutos de bicicleta da avenida Coleman. Sylvia teria ligado assim que vira o sangue, depois Brett teria corrido até a cena, então ligara para os pais, para a escola e para os hospitais, e só então para Gerald.

Isso lhes dava uma janela de trinta minutos em que algo ruim podia ter acontecido a Paisley Walker. Emmy deixou a mente trabalhar à toda mais uma vez, repassando as possibilidades.

Um dos pais. Um membro da família. Um conhecido. Um estranho.

Menos de um por cento dos sequestros infantis eram cometidos por sequestradores predatórios. As vítimas tendiam a ser quase exclusivamente do sexo feminino, com idade média de catorze anos. Eram mais propensas a serem levadas em ambientes externos e coagidas com uma arma de fogo. O sequestrador, na maioria das vezes, estava de carro. Em 44 por cento dos casos, a vítima era assassinada na primeira hora. Enquanto 78 por cento morriam nas primeiras três horas.

Depois de 24 horas, praticamente todas as vítimas estavam mortas.

— Sherry — disse Gerald ao celular. — Preciso da sua ajuda.

Emmy dissociou da voz do pai. Deixou a mente continuar a trabalhar, tentando pensar em explicações inocentes. Paisley poderia ter perdido o controle da bicicleta e caído. Poderia estar caminhando em busca de ajuda. Ou escondendo-se em algum lugar para não levar bronca.

A bicicleta de Paisley tinha sido atingida por um carro. O motorista a tinha levado ao hospital ou a uma clínica de emergência. O turno tinha mudado. O prontuário dela se perdera no meio da papelada. Ninguém se lembrava de tê-la visto. Já estava a caminho de casa.

Todos esses cenários eram possíveis, mas nenhum parecia certo. Adam Huntsinger tinha voltado à cidade havia dois dias. Metade da população queria linchá-lo. A outra metade queria colocá-lo em um pedestal. Era muita atenção para um homem que passara praticamente todas as horas dos últimos doze anos sozinho. Em estudos sobre pedófilos em liberdade condicional, o estresse era o principal fator para a reincidência.

— Pode deixar. — Gerald desligou. — O DIG ativou o alerta. Dê-me a linha do tempo.

— Paisley saiu de casa por volta das sete. Sylvia ligou para a polícia às 7h30. Brett telefonou cerca de vinte minutos depois e agora… — Emmy olhou o relógio no painel. Seu coração afundou. As chances de sobrevivência de Paisley estavam prestes a cair pela metade. — Ela está desaparecida há 58 minutos.

— Coloque um alarme. Trinta minutos.

Emmy levou a mão ao relógio enquanto mantinha a outra firme no volante. Sabia que o pai não acreditava em probabilidades estatísticas.

— Um alarme para quê?

— Para ligarmos para o FBI — disse Gerald. — Cometi um erro da última vez. Esperei demais.

Emmy ajustou o alarme enquanto saía da rodovia. quatro meses anteriores, haviam passado horas conversando sobre o caso, dissecando as discrepâncias no podcast de Jack, revisando as provas, discutindo o que podiam ter feito diferente. Em todas essas conversas, Gerald nunca havia expressado arrependimento por não ter solicitado a ajuda do FBI mais cedo.

Não havia tempo para perguntar a respeito. A estrada passou de asfalto para cascalho. A poeira subiu atrás da viatura. Eles estavam em Elsinore Meadows. Emmy lançou um olhar para Cole pelo retrovisor. Ele olhava fixamente para a frente, a mandíbula travada. Enfim, aquilo parecia real para ele. Uma coisa era ouvir um podcast durante a corrida matinal, outra bem diferente era estar no meio de uma investigação às cegas, onde cada decisão tomada, cada passo dado, poderia significar a diferença entre a vida e a morte de uma criança.

Brigar com Jonah. Ignorar Madison. Não retornar as ligações incessantes de Millie. Emmy não podia voltar atrás e fazer as coisas de outro jeito. Tudo o que podia fazer era jurar que nunca mais repetiria os mesmos erros.

— Merda — sussurrou Cole.

Emmy soltou o próprio palavrão. O furo de reportagem de Sylvia Wrigley tinha causado exatamente o que temiam. Carros tinham sido largados estacionados, mais de vinte de cada lado da estrada. Um grupo de mais de vinte pessoas se aglomerava no topo da entrada da casa dos Huntsinger. Gritavam, cerrando os punhos, sedentos por confusão. Emmy acionou a sirene algumas vezes ao se aproximar, mas ninguém se dispersou. Estavam tomados pela raiva, pelo medo, pela sede de vingança.

Ela reduziu a velocidade da viatura e ordenou a Cole:

— Bloqueie o fim da estrada. Chame reforço imediato.

— Sim, chefe. — Ele começou a sair do carro.

— Cole! — ordenou Emmy. — Ponha o colete, porra. Prenda bem firme.

Emmy não arrancou com o carro até vê-lo puxando as alças de velcro. Pisou no acelerador. A viatura deu um solavanco. Aquele não era o momento para uma entrada discreta. Ela pisou no freio, virou o volante bruscamente e parou de maneira agressiva.

— Para trás! — gritou Emmy ao sair do carro.

Ela pegou o colete à prova de balas no banco de trás e o prendeu firme. Varreu a multidão com os olhos, verificando mãos e cinturas. Celulares apontados, gravando cada um de seus movimentos. Rostos distorcidos pela fúria. Duas Glocks, uma Sig Sauer, um revólver Smith & Wesson, uma garrafa de bebida com um pano sujo saindo do gargalo. Ninguém havia sacado a arma ou acendido o pavio, mas não havia garantia de que continuaria assim.

— Eu disse "para trás"! — Ela colocou uma mão sobre a arma e ergueu a outra, apontando para o outro lado da estrada. — Para trás! Agora!

Houve movimento, mas não o suficiente. Gerald bateu a porta do carro e começou a caminhar em direção à multidão. Sem colete. Sem arma. Doze anos antes, as pessoas teriam se afastado como o Mar Vermelho. Mas aquelas pessoas mantinham-se firmes, gritando, berrando, enfurecidas, empunhando os celulares como armas.

— Isso é culpa sua!

— Malditos policiais!

— Por que eu pago meus impostos?

Gerald esperou que se calassem.

— Preciso que voltem para as suas casas.

— Porra nenhuma! — disse uma mulher. — Vocês soltaram um pedófilo da prisão. Agora ele sequestrou outra menina.

— Isso mesmo! — gritou um homem. — O que vão fazer a respeito disso?

Gerald aguardou outro momento de silêncio.

— Vou bater à porta da frente.

Nenhuma resposta. Eles não estavam tão fora de si a ponto de contestar uma solução simples. Uma pessoa se afastou. Depois, outra. Finalmente, abriu-se um caminho para Gerald seguir até a entrada. Emmy acompanhou o avanço lento dele. A casa não ficava a mais de quinze metros da estrada, mas só permitiu-se respirar quando viu o pai alcançar a varanda. A porta foi aberta antes que ele pudesse bater.

Gerald desapareceu lá dentro.

Ela inspirou fundo mais uma vez antes de se virar para Cole. Ele estava segurando a fila de carros, mas não conseguia conter as pessoas que estavam a pé. Emmy estava prestes a desviar o olhar quando reconheceu uma das mulheres caminhando em sua direção. Cabelo loiro preso para trás. Maquiagem leve. A ansiedade de Hannah era palpável. As mãos estavam entrelaçadas. No dedo, o anel de diamante que Emmy ajudara Paul Dalrymple a escolher para ela ainda brilhava.

Paul tinha se tornado alcoólatra. Durante anos, Emmy ouvira os rumores. Paul sendo encontrado desmaiado no trabalho. Paul fazendo um escândalo em um dos jogos de beisebol de Davey. Depois as infrações e multas nos registros da patrulha. Perturbação da ordem pública. Direção imprudente. Flagrado duas vezes por dirigir embriagado. Carteira de motorista suspensa. Negócio quase falido. Antes do que acontecera a Madison, ele era nerd e doce. Mas se tornara um homem amargo e em cacos. Nas raras vezes que seus caminhos se cruzavam, Paul nunca perdia a chance de lhe lançar um olhar carregado de ódio.

Hannah ergueu o queixo em cumprimento. Depois, ficou a alguns passos de distância, observando a multidão. Emmy fez o mesmo, mas não por curiosidade. O reforço ainda não havia chegado. Cole estava a meio campo de futebol de distância. O pai estava sozinho dentro da casa de um assassino condenado, e havia uma multidão de pessoas clamando por sangue.

E uma garota de catorze anos chamada Paisley Walker ainda estava desaparecida.

Emmy tirou o celular do bolso, fingiu verificar as mensagens. Deslizou o dedo para abrir a câmera para poder gravar o rosto de quem estava lá. Mães de leggings. Homens com macacões de trabalho. Alguns retardatários de camisa social. Ashleigh Ellis e Brandi Norton, que haviam feito parte do grupo das meninas populares com Kaitlynn no ensino médio. Dervla Culpepper, que tinha ficado presa no Miata, no campo de futebol, na noite em que as garotas desapareceram e que, doze anos depois, mentira descaradamente na entrevista de Jack para o primeiro episódio de *Anjo equivocado*. Lá estava ela, segurando o celular, registrando o espetáculo, na expectativa de ganhar mais alguns minutos de fama.

Ao todo, Emmy contou 26 pessoas, e mais estavam a caminho. Sabia que criminosos violentos às vezes se infiltravam em investigações. Fingiam ser testemunhas, cidadãos preocupados, meros espectadores. As estradas de terra não ficavam longe. Florestas densas margeavam o caminho. Seria fácil se livrar de um corpo.

Hannah pigarreou.

Sem pensar, Emmy se virou, olhando diretamente para o rosto dela pela primeira vez em mais de uma década. Ficou absorta por um momento ao ver as linhas de expressão que se espalhavam nos cantos dos olhos, o cabelo grisalho aparecendo na raiz. Emmy sabia que Hannah estava notando as mesmas mudanças nela. O tempo tinha seguido seu curso, ao contrário da amizade delas.

— Acha que Adam levou Paisley? — perguntou Hannah.

O som da voz dela baqueou Emmy, tão reconhecível quanto a de Tommy ou a do pai. Usou o celular como desculpa para desviar o olhar, filmando os carros estacionados ao longo da estrada. Conferiu Cole mais uma vez. Ele estava encostado no capô de um carro parado. Os polegares apoiados dentro do colete. As alças pendiam soltas.

— Se Adam fez isso, não a trouxe para cá — disse Emmy.

— Não — respondeu Hannah. — Até mesmo um animal enjaulado se lembra de como caçar.

Emmy notou a falta de emoção no tom de Hannah. Havia olheiras escuras sob seus olhos. Provavelmente não tinha uma noite de sono tranquila desde que o podcast de Jack fora ao ar. Mesmo antes do assassinato de Madison, Paul já era o tipo de marido intimidador, que nunca deixava nada passar. Todos na cidade sabiam que ele tinha perdido o controle com a bebida. Algumas semanas antes, tinha aparecido bêbado em um dos jogos de beisebol de Davey. Talvez Hannah fosse a única coisa mantendo a família de pé.

Murmúrios se espalharam pela multidão. A porta da frente havia se aberto. Emmy guardou o celular no bolso do colete. Gerald pisou na varanda. Reconheceu Walton Huntsinger pelo porte. Então percebeu que não estava olhando para Walton, estava olhando para Adam.

Hannah percebeu ao mesmo tempo. Prendeu a respiração. Agarrou a mão de Emmy. Nenhuma das duas disse uma palavra, mas Emmy sentia o ódio reverberando entre as pessoas ao redor delas.

Filho da puta, assassino, espero que tenha conseguido o que merecia na prisão.

Adam fechou a porta. Emmy observou o pai fazer uma careta ao descer os degraus da varanda. Os joelhos estavam desgastados até o osso. A coluna curvada como o cajado de um pastor. Se continuasse perdendo peso, desapareceria antes de Myrna.

Hannah apertou a mão dela.

— Sinto muito pela sua mãe.

Emmy pressionou os lábios. Ambas as mãos deveriam estar livres caso algo ruim acontecesse, mas o contato físico com Hannah, a familiaridade, parecia a única coisa sólida em sua vida naquele momento. Ela soltou as primeiras palavras que vieram à cabeça.

— Ela ainda não esqueceu que você quebrou o jogo de porcelana dela.

Hannah soltou um riso curto.

— Maldita Myrna.

Emmy piscou para conter as lágrimas. Gerald descia a entrada da casa. O andar arrastado estava mais pronunciado. a calça precisava de ajuste. Sempre soubera que o pai tinha envelhecido, mas ainda não havia caído a ficha de que ele estava definhando, até o momento.

Hannah também percebeu. Por isso ainda segurava a mão de Emmy. Ela tinha ido até a casa de Adam porque estava assustada, porque seu coração estava partido, porque mais uma coisa preciosa havia sido tirada de mais uma mãe apavorada.

Então voltou ao antigo papel de tentar confortar Emmy.

— Certo.

Ela soltou a mão de Hannah e caminhou até o pai. Ele tinha apoiado o cotovelo na caixa de correio. Estava sem fôlego. Emmy enxugou os olhos, tentou se recompor e fez um gesto para que a multidão recuasse e desse espaço a Gerald. Apenas Dervla Culpepper não obedeceu. Ela agitava o celular no ar como uma repórter do *Access Hollywood*. Emmy queria afastá-la, mas assumiu a posição habitual ao lado direito do pai.

Gerald esperou o silêncio antes de dizer à multidão:

— A menina não está aqui.

— Como sabe? — questionou uma mulher. — Entrou no porão?

— Entrei — respondeu Gerald, e Emmy soube que era mentira.

O porão não podia ser acessado pela casa.

— Paisley Walker não está aqui. Vão para casa. Deixem-nos fazer nosso trabalho.

Ninguém se moveu até que um homem de macacão levantou as mãos em rendição e se afastou. Alguns outros o seguiram. Depois, mais alguns. Emmy sentiu o toque do relógio no pulso quando o cronômetro marcou trinta minutos. Gerald estava certo. Deveriam estar chamando o FBI, não encenado uma peça de justiceiros e abutres.

— Xerife? — Dervla enfiou o celular no rosto de Gerald. — Como se sente sabendo que o senhor e sua filha destruíram a vida de Adam com suas mentiras?

— Senhora. — Ele soou exausto. — O caso contra Adam Huntsinger é…

— Paul! — gritou Hannah.

Emmy estremeceu.

O pânico na voz dela, o terror visceral, incendiou cada nervo do corpo de Emmy. Ela deu meia-volta. O tempo desacelerou até quase parar. Todos os seus sentidos desapareceram, exceto um. Sem audição, sem paladar, sem tato, sem som. Emmy viu a fúria nos olhos de Paul Dalrymple enquanto ele mirava um revólver Smith & Wesson diretamente em seu peito. Então Hannah se lançou contra a arma com as duas mãos. Cole se aproximou correndo. O colete balançava porque ele não o prendera direito, como Emmy mandara.

Por que ele nunca ouvia, por que ele nunca ouvia?

Cole sumiu de vista quando Hannah entrou no campo de visão de Emmy. O rosto dela ficou nítido. O medo nos olhos. A boca aberta em um grito. O revólver ainda estava apontado para Emmy. Ela girou segundos antes do disparo. O cano cuspiu fogo. A fumaça se abriu como uma flor. Os lábios de Emmy se entreabriram. Ela inspirou. Preparou-se para o impacto. Um assobio baixo. A bala passou zunindo ao lado de sua cabeça. Então, sentiu algo se partindo atrás dela; um iceberg se desprendendo, um galho enorme caindo de uma árvore. Ela se virou e viu o pai desabar no chão.

O tempo voltou com uma clareza cortante.

— Pai!

Emmy caiu de joelhos ao lado dele. A bala havia aberto um buraco no peito de Gerald. Ela pressionou as mãos sobre o ferimento, tentou conter o sangue que jorrava.

— Pai, aguente firme! Por favor, aguente firme!

— Vovô! — Cole corria pela rua. — Vovô!

— Chamem uma ambulância! — gritou ela.

A multidão paralisou ao redor deles. Paul estava sentado no meio da rua. Hannah, de joelhos. O revólver, no asfalto. Ninguém se movia. Ninguém fazia nada.

— Alguém chame a porra de uma ambulância!

— Em...

Os dentes de Gerald batiam. A mão tremia quando ele a colocou sobre a dela.

— Em-m-m...

— Aguente firme, pai.

Ela pressionou o peso sobre o peito dele e sentiu as bordas afiadas de uma costela quebrada. O sangue pulsava entre os dedos. O rosto dele perdia cor. Os lábios tremiam.

— Por favor, aguente firme. Por favor.

— Em... — Os olhos dele se moviam, confusos. — Emmy Lou?

— Estou aqui, pai. — Ela se inclinou para que ele pudesse vê-la. — Estou bem aqui.

— FBI... — sussurrou.

— Vamos chamá-los, pai. Assim que você estiver na ambulância, eu...

— P-p-reciso... — Ele tossiu. Sangue escorria do canto de sua boca. — P-p-reciso... falar...

A garganta de Emmy se apertou tanto que ela mal conseguiu responder.

— Falamos mais tarde, pai. Tá bom?

Ela viu uma lágrima deslizar pelo rosto dele. Gerald não falou mais nada, mas olhava para ela, obrigando-a a entender. Ele tinha pedido para conversar. Precisava escutar.

Uma quietude tomou conta do corpo de Emmy, uma calma que nunca havia sentido antes. Tudo ao redor desapareceu. Eram apenas os dois, as pessoas que nunca falavam, a menos que fosse um com o outro.

Ela segurou o rosto dele.

— Fale, pai.

— Sua m-mãe... — sussurrou. — D-diz para ela... me... desculpar...

— Está bem. — Emmy usou o polegar para limpar as lágrimas dele. — Eu digo, pai. Prometo.

As pálpebras começaram a tremer. Emmy alisou o cabelo dele para trás. Ela sentia o corpo do pai tentando resistir, mesmo quando o fluxo de sangue diminuía para um fio.

— Por favor, papai. — Emmy continuava fitando os olhos dele, do jeito que ele sempre fizera com ela. — Por favor, fique comigo. Não estou pronta para deixá-lo ir.

Por um instante, só por Emmy, ele pareceu tentar. Ela sentiu o conforto da presença do pai, a certeza do seu amor. Mas então ele soltou um suspiro longo e doloroso. Os olhos perderam o foco. O corpo começou a relaxar. O rosto ficou sereno. A preocupação desapareceu de sua testa. A dor se fora. Os fardos estavam sendo aliviados. A luta chegava ao fim. Ela observou a vida se extinguir até não restar mais nada.

Então ele fechou os olhos e se foi.

CAPÍTULO NOVE

Jude Archer ficou no fundo da sala de conferências enquanto o agente especial Raheem Davidson guiava a família Talbot pelo caso de duas décadas do FBI contra Frederick Arnold Henley. A sala estava escura, a única luz vinha do monitor na cabeceira da longa mesa. As persianas estavam todas fechadas sobre as grandes janelas que davam para o Centro Cívico de São Francisco. O som abafado de buzinas e vendedores ambulantes penetrava o vidro grosso e à prova de explosões do Edifício Federal Phillip Burton enquanto a avenida Golden Gate ganhava vida.

Dentro da sala, só se falava de morte. Dezenove membros da família estavam presentes, e outros doze acompanhavam por um link seguro. Alguns tomavam notas. Outros olhavam para as próprias mãos. Alguns apenas acompanhavam em silêncio a ponteira da caneta laser enquanto Raheem indicava áreas de interesse no mapa. Trilhas para caminhada. Rotas de escalada. Áreas de nidificação. Cavernas e grutas de blocos de pedra que serviam de lar para pelo menos treze espécies diferentes de morcegos.

— Como vocês sabem — disse Raheem —, Freddy Henley admitiu ter assassinado doze garotas com idades entre catorze e dezessete anos. Sem a perseverança da agente especial encarregada Jude Archer, não saberíamos a localização de nenhuma dessas vítimas hoje.

Jude manteve a expressão neutra enquanto todos se viravam para olhá-la. Raheem havia se desviado do roteiro. As reuniões com as famílias eram planejadas para fornecer informações, responder a perguntas, fazer com que os entes queridos se sentissem ouvidos. Era um momento solene, não uma ocasião para reconhecimento ou aplausos. Ainda mais se tratando de Freddy Henley. Ele havia cometido o primeiro assassinato em 1993. A polícia local só percebeu que era um assassino em série em 1996. O FBI o prendera em 22 de dezembro de 1999, e só fazia dezesseis dias que tinham localizado os restos mortais de uma garota de dezessete anos chamada Darlene Talbot, desaparecida em 12 de março de 1995. Ela havia sido a terceira vítima de Freddy, mas seus restos mortais foram os últimos a serem encontrados.

— Vamos continuar.

Raheem esperou que a família voltasse a atenção para o monitor. Ele voltou a usar a caneta laser.

— Muitos de vocês provavelmente já viram isso, mas, em nome da transparência, vou repassar a lista. Valerie Lydelle foi encontrada na porção sul da formação rochosa de Machete Ridge. Jennifer Wu foi localizada aqui, no cânion, ao longo desse riacho. Kayse Nguyen foi encontrada mais acima, sob um grupo de choupos. Steph Haver estava dentro da caverna Balconies, aqui.

Jude observou a família. Ouvir os nomes era avassalador. Eles conheciam intimamente a dor associada à perda de cada uma dessas garotas. Todas as canetas estavam abaixadas. Alguns já haviam começado a chorar. E ainda havia muitos outros nomes pela frente. Tanya Butler havia sido enterrada em uma cova rasa perto da represa. Honora Rios fora descartada no reservatório. Natalie Daniels. Wanda Trochek. Mary Kay Morris. Paredão Resurrection. Cânion Frog. Pico Hawkins. Freddy tinha se aproveitado de cada ponto turístico ao longo de mais de dez mil hectares de terra.

O Parque Nacional Pinnacles ficava na Califórnia Central, a aproximadamente duas horas de carro de San Jose e a menos da metade dessa distância de São Francisco. O acesso de veículos ao parque era feito por apenas duas direções. A entrada leste levava ao centro de visitantes. A oeste era a preferida pelos escaladores. Cada uma dessas estradas terminava sem saída em lados opostos dos restos erodidos de um vulcão extinto, cujos picos de cor ferrugem inspiraram o nome do parque. Quem escolhesse a rota errada perderia uma hora tentando encontrar o caminho de volta.

Jude havia passado múltiplas horas, depois dias, depois meses, anos e, por fim, duas décadas explorando o parque, indo até a prisão de Folsom, voltando ao parque, seguindo as pistas escassas que Freddy lhe fornecia. Às vezes, ele dizia a verdade. Às vezes, Jude enfiava uma pá no chão, iluminava o ponto certo dentro da caverna certa e encontrava os restos mortais de uma das vítimas. O alívio da descoberta era sempre ofuscado pela esmagadora constatação de que apenas Jude poderia encontrar o restante.

Freddy não falava com ninguém além dela. Havia um registro na prisão com um relatório exato das horas que Jude havia passado com ele. O fato de que seu relacionamento mais longo fora com um assassino em série sádico — talvez o mais sádico com quem já havia conversado — dizia muito sobre a vida dela.

Como muitos psicopatas, Freddy sentia prazer em reviver os detalhes de seus crimes. A sede de sangue não havia sido saciada apenas com estupro e assassinato. Ele tinha torturado as vítimas por dias, profanado os corpos, enviado e-mails assediando as famílias, postado fotos horríveis na dark web, mandado mensagens para as mães, ligado para as irmãs e até perseguido algumas delas até quase perderem a sanidade.

Jude pensava nessas pessoas quando se sentava diante de Freddy Henley na prisão de Folsom. Mantinha a expressão neutra, o corpo imóvel, enquanto ele tentava em vão arrancar uma reação. Freddy ansiava por um olhar de horror ou nojo. Um lampejo fugaz de terror. Achava que iria quebrá-la. O que não percebia era que, aos poucos, era ele quem estava sendo quebrado.

Assim como Freddy, Jude era do meio acadêmico. Ela sabia como se comunicar na linguagem dele, tinha um vasto conhecimento sobre o que o fazia funcionar. Não havia estudado apenas seus crimes, seu *modus operandi*, sua infância dentro da normalidade ou seu histórico disciplinar impecável no ensino médio. Ela havia estudado seus interesses. Freddy tinha doutorado em Ciências da Terra pela Universidade da Califórnia, em Santa Bárbara. As formações rochosas do Pinnacles eram sua área de especialização. A dissertação investigava como os deslocamentos da Falha de San Andreas, ao longo de milhões de anos, moveram a metade mais ocidental do vulcão Neenach por 320 quilômetros desde as Cordilheiras da Costa do Pacífico.

Ele poderia falar sobre Pinnacles por horas. A família passara férias lá havia gerações, muito antes que a área fosse oficialmente designada como parque nacional. Na adolescência, havia sido voluntário no parque. Como estudante, coletara amostras de solo no parque. Acampava lá. Caminhava lá. Ele tinha uma memória fotográfica de cada canto, cada crista e pico. E, por vinte anos, usou esse conhecimento para brincar de gato e rato com Jude cada vez que revelava a localização de um dos doze corpos de jovens mulheres e meninas.

Ela deixou o olhar viajar de volta para o monitor na parede. Raheem ainda lia a lista de vítimas. Eram todas tão familiares para Jude quanto a própria árvore genealógica. Adolescentes com aparelho nos dentes, espinhas, esperanças, sonhos e planos para um futuro que Freddy Henley havia destruído.

Em 22 de outubro de 1993, Mandy Crull foi sequestrada de uma loja de departamentos em Santa Barbara. A mãe a mandou pegar um carrinho de compras, e a garota de catorze anos nunca retornou. Freddy a torturou e a estuprou por dois dias antes de levá-la ao parque, queimar seu corpo e enterrá-lo em uma cova rasa em um mirante panorâmico perfeito para piqueniques.

Jude encontrou o corpo dela em 20 de dezembro de 2004.

Em 6 de janeiro de 1994, Johna Blackmon passeava com o cachorro da família em seu bairro. O cachorro voltou para a casa. Johna, não. Freddy a sequestrou com a van. Ele a levou para o Pinnacles e a estuprou e torturou por três dias. Desmembrou o corpo dela e espalhou os pedaços pelo reservatório.

Jude enviou mergulhadores para encontrá-la em 11 de março de 2007.

As outras surgiram depois, espalhadas ao longo dos anos. Freddy só caçava vítimas na primavera ou no outono por causa do clima mediterrâneo perigosamente quente do parque no verão, e era mais provável que dissesse a Jude onde encontrar uma vítima durante os meses mais amenos.

Você deveria ficar grata, boneca, não quero que esse seu rosto bonito fique queimado de sol.

Raheem passou para o slide seguinte. Alguém se engasgou quando uma foto de Darlene Marie Talbot preencheu a tela. Congelada no tempo. Nunca esquecida. Filha de Lara e Danny Talbot. Irmã mais velha de Thalia, Ronny, Jimmy e Daniel Jr. Neta de James e Miriam. Sobrinha de tantos tios e tias que Jude teve que registrá-los no caderno para não se confundir quando ligassem. E ligaram. E ligaram.

Onde ela está, por que você não a encontrou, você achou as outras garotas, você não se importa?

Darlene estava em um passeio de caiaque no reservatório Bear Gulch com algumas amigas quando desapareceu. Uma garota pensou que ela tinha ido ao banheiro. Outra, que ela estava relaxando na praia. Na verdade, Darlene havia deixado o chapéu cair no meio da trilha, voltou correndo para pegá-lo, então Freddy Henley pulou da floresta e a atingiu na cabeça com um machado de escalada. As marcas de seu corpo sendo arrastado pela floresta ficaram encharcadas com o sangue dela.

Às vezes é melhor quando elas estão inconscientes, boneca. Sabe do que estou falando? Facilita fazer o que é preciso fazer.

— O que nos leva a duas semanas e meia atrás.

Raheem digitou no teclado do laptop. Outro mapa preencheu o monitor. Desenhado de forma grosseira, sem muitos detalhes. Jude vira Freddy marcar o X no meio com a mão trêmula e artrítica. Estavam na ala hospitalar da Folsom. Jude tinha puxado uma cadeira para perto da cama. No ano anterior, tinha visto o câncer corroer o corpo dele. Se Freddy estivesse do lado de fora, talvez houvesse opções ativas de tratamento, mas ele estava preso, o que significava que todas estavam fora de seu alcance, só lhe restava morrer.

Ela não havia lhe pedido que fosse de consciência limpa. Era um psicopata. Não tinha consciência. Mas ele não queria ficar sozinho, e Jude estava com ele, e isso significava alguma coisa. Uma hora antes de morrer, ele fez um gesto para ela se aproximar. Pediu uma caneta e uma folha de papel. Ela sentia a relutância dele como um miasma nauseante, mas, no final, resignou-se ao inevitável.

Tudo bem, boneca, pelo jeito, o que dizem é verdade. A morte vem para todos.

Raheem apontou para o X marcado de forma trêmula no mapa, desenhado por Freddy no leito de morte.

— Isso é na boca da caverna Bear Gulch. Como vocês sabem, os restos mortais de Darlene foram localizados entre pequenos bolsões de pedras do talude.

Jude olhou para o carpete enquanto o som de choro enchia a sala. Ouvia o zumbido distante de uma furadeira no final do corredor. Tentou se lembrar de quantas vezes o prédio havia sido reformado durante seus 27 anos de carreira no FBI.

Estavam adaptando o sistema elétrico para computadores de mesa na primeira vez que havia entrado no escritório de campo de São Francisco. Jude era uma espertinha de 32 anos, recém-saída do doutorado, e ostentava uma saia xadrez preta, uma jaqueta de couro de motociclista e calçados Doc Martens grossos. A foto de Bill Clinton estava na parede. O autor do bombardeio do Parque Olímpico seguia solto. Os Ramones tinham se apresentado pela última vez no Palace.

Como acadêmica, ela não fazia ideia de como trabalhar dentro do sistema rígido do FBI. Jude se vestia de um jeito muito grunge, falava as coisas na cara, usava muita maquiagem, falou mal das pessoas erradas, irritou o chefe dela, depois o chefe dele, quase foi demitida, aí aproveitou o fato de ser uma das poucas mulheres no prédio para se manter por lá, então foi relegada ao departamento de sequestros e pessoas desaparecidas na esperança de que colocasse uma arma na cabeça ou acabasse tendo a foto em uma caixa de leite. Ninguém ficou mais surpreso que Jude ao descobrir que ela era realmente boa na função.

Não apenas boa. Jude amava aquilo.

O monitor mostrou um slide de correspondências de DNA. Raheem se aproximava do fim da apresentação. Jude chamou a atenção dele, levantando o celular, fingindo que precisava atender a uma ligação. Antes de sair, percebeu que ele parecia agitado. Jude fez uma anotação mental para apoiá-lo mais tarde. Então percebeu que não haveria um mais tarde. Aquele era o último dia em que andaria pelos corredores do décimo terceiro andar do Edifício Federal Phillip Burton.

A idade de aposentadoria obrigatória no FBI era de 57 anos. Jude tinha conseguido espichar mais dois anos, mas não havia mais negociação. O caso Freddy Henley fora encerrado. Estavam forçando a aposentadoria dela.

— Jude?

A mãe de Darlene a seguira para fora da sala. Lara segurava um lenço de papel na mão. Parecia perturbada.

— Muito pesado? — perguntou Jude.

— Não, eu precisava saber. Eles precisavam saber. É bom entender o que aconteceu. O que você fez. — Lara pressionou o lenço de papel na boca. — Sinto muito, Jude. Eu devia ter confiado em você. Devia ter escutado quando você prometeu que a encontraria.

Jude se lembrou de ter feito aquela promessa. Era o tipo de erro de novata que anos de experiência a ensinaram a nunca mais cometer.

— Nós fizemos tudo o que estava em nosso alcance.

— Mas você conseguiu — insistiu Lara. — Você a encontrou. Você encontrou meu bebê. E eu você tão mal, eu a odiei. Por que fiz isso? Por que culpei você?

— Escute — disse Jude —, não tem uma forma "errada" de lidar com essas situações. Tudo o que você fez foi exatamente o que deveria fazer.

— Eu gritei com você. Escrevi centenas de cartas pedindo para você ser demitida.

— É bom escrever as coisas. Desabafar.

Jude sabia que os chefes nunca se tinham se importado com as cartas. As inúmeras advertências em sua ficha eram por violar o código de vestimenta do FBI e falar palavrão. Ela apontou com o queixo em direção a seu escritório.

— Vamos entrar aqui.

Ficou surpresa quando viu a sala vazia. Os móveis estavam lá, mas todos os seus itens pessoais tinham desaparecido. As prateleiras estavam vazias, as fotos tinham sido tiradas das paredes, não havia nem sinal do toca-discos, apenas a bolsa estava pendurada no cabideiro. Todo o restante tinha sido embalado pela segurança para garantir que ela não roubasse um grampeador.

— O que é isso? — perguntou Lara. — Você está sendo promovida?

— Estou me aposentando. Hoje é meu último dia.

A expressão interrogativa de Lara rapidamente se transformou em angústia.

— Você esperou até encontrar meu bebê?

Jude pegou um pacote de lenços de papel na bolsa.

— Sabe de uma coisa? Eu estava pensando na primeira vez que entrei neste prédio. Tinha 32 anos. Achava que era a fodona. Havia um bando de velhos contando histórias de guerra de Patty Hearst e Jim Jones. É por isso que estou indo embora. Não quero ser a velha para esse novo grupo de fodões.

Lara resmungou enquanto secava os olhos.

— Por favor, olhe para mim.

Jude sabia que elas tinham mais ou menos a mesma idade, mas Lara fora maltratada por quase trinta anos de estresse e incerteza. Ela perguntou à mulher:

— E você? E agora?

— E agora? — Lara soltou um suspiro fundo ao sentar-se no sofá. — Não sei, para dizer a verdade. Quem sou eu quando não estou lutando para encontrar Darlene?

Jude se encostou na mesa. Sabia que Lara não estava esperando uma resposta.

— Sempre tive esperança. Foi isso o que me fez continuar. — A voz de Lara assumiu o tom de uma confissão. — Mesmo depois de Freddy admitir que a tinha matado, mesmo depois que você me contou sobre as fotos que ele tirou. Não que eu não confiasse em você, mas não havia um corpo. Todas as outras garotas tinham sido encontradas, mas Darlene, não. Cada vez que uma aparecia, cada vez que não era ela, eu tinha esperança de que minha filha ainda estivesse viva.

— Eu sei — disse Jude.

Lara Talbot não era a primeira mãe a lhe fazer essa confissão.

— Todo mundo fica falando de encerramento, perdão ou seguir em frente, e eu só quero gritar na cara dessas pessoas. Freddy Henley não merece ser perdoado.

Jude contou a ela a verdade brutal:

— Ele está morto e, quando estava vivo, não se importava com perdão. Ele nunca pensou em nenhum de vocês.

Lara assentiu, mas sem concordar.

— Ele disse a você como encontrá-la. Há redenção nisso.

— Ele não fez isso por redenção. Fez porque jogamos um jogo, e eu ganhei porque ele estava morrendo.

Ela parecia atordoada.

— É simples assim?

— Psicopatas não se preocupam com o certo e o errado. Eles fazem as próprias regras. Freddy trabalhava com transações. Eu o visitava. Conversava com ele. Era interessante. Ele me dava informações suficientes para me fazer voltar.

— Como você fez isso por tantos anos? Eu não suportava ficar na mesma sala que aquele maníaco.

Jude nunca compartilhou informações pessoais no trabalho, mas aquele era seu último dia, e ela passara quase toda a carreira trabalhando para levar a filha daquela mulher para casa. Então se sentou no sofá ao lado de Lara.

— Meu irmão morreu quando eu era pequena. Ele se afogou no rio.

A surpresa ficou visível no rosto de Lara, que entreabriu a boca.

— Os amigos viram quando ele afundou. Ele não voltou à tona. A correnteza o levou embora.

Jude sentiu a garganta enferrujada, não contava aquela história havia anos.

— Não havia dúvidas de que ele tinha se afogado. Mas levou seis dias para que encontrassem o corpo.

O lábio inferior de Lara começou a tremer.

— Então você sabe.

— Sei como foram aqueles seis dias — respondeu Jude. — Tive momentos de esperança. Todos nós tivemos. Sem um corpo, não havia provas. E se ele tivesse conseguido agarrar um galho rio abaixo? E se estivesse perdido na floresta? E se estivesse ferido e sozinho? Minha mãe desmoronou. Meu pai bebia até ficar em estupor. Tudo era tão escuro e opressivo, como se uma pedra pressionasse o peito de cada um de nós. Parecia que aquele não saber nos sufocaria até a morte.

Lara começou a concordar. Era um clube terrível de que fazer parte.

— Quando a polícia o encontrou... Sei lá. É quase indescritível. O peso foi embora. Ainda estávamos arrasados, mas voltamos a respirar. Meu pai parou de beber, minha mãe saiu da cama, tomou banho, começou a organizar o funeral, escolher o que ele deveria vestir. Ouvi minha tia perguntar como ela estava conseguindo seguir em frente, e minha mãe disse: "Eu só precisava de um lugar para enterrar minha dor".

As lágrimas de Lara corriam livremente.

— Foi assim que consegui ficar no mesmo cômodo que Freddy Henley. Queria que você e as outras famílias tivessem um lugar para enterrar a dor.

Lara enxugou os olhos com o lenço.

— Espero que sua mãe esteja orgulhosa de você.

— Gosto de pensar que ela estaria.

— Ah, não. Sinto muito que ela tenha partido.

— Eu também.

Jude se levantou do sofá. Raheem já devia ter terminado.

— Quer que eu a acompanhe de volta à sala?

— Não, você já fez o suficiente por mim. — Lara começou a sair, então se virou para ela. — Deus a abençoe.

Jude sorriu, mas se arrependeu de contar a história. As famílias que perderam filhos para Freddy Henley eram um grupo muito unido, falavam umas com as outras quase diariamente, havia páginas no Facebook e grupos de bate-papo privados, e se encontravam no Pinnacles uma vez por ano para realizar um memorial.

Lara passaria adiante as informações privadas de Jude de forma bem-intencionada. Então alguém contaria a outra pessoa e, em um mês, Jude teria um produtor de *Dateline* batendo à porta querendo saber de sua perda.

Ela soltou um longo suspiro enquanto voltava para o escritório vazio. Em vez de ir para a mesa, ficou na janela e olhou para o tráfego na rua Turk, que corria atrás do prédio. Carros, vendedores e pessoas arrastando-se pelos últimos minutos do horário de pico. O lamento distante das sirenes de Tenderloin. Os pombos se empoleirando no estacionamento do outro lado.

Jude vira o sol brilhando sobre a ponte Golden Gate quando entrara. A luz banhava a parede em frente à mesa com uma tonalidade quente. Ela traçou o dedo ao longo do retângulo escuro em que um dia esteve uma moldura. Havia doze sombras fantasmagóricas para doze fotografias de jovens mulheres de catorze a dezessete anos. Era possível determinar a época pelos estilos de cabelo e maquiagem, e a transição cultural entre adolescentes ansiando por parecer mais velhas e o desespero repentino de parecer jovem.

Freddy Henley não foi o único caso em que Jude trabalhou, mas foi o que definiu sua carreira. Nas vésperas da aposentadoria, ela se viu fazendo a mesma pergunta que fizera a Lara Talbot: quem era quando não estava lutando para levar todas as vítimas de Freddy Henley para casa e para suas famílias?

Jude deixaria a resposta para outro dia. Naquela tarde, precisaria fazer um discurso em sua festa de aposentadoria. Então haveria um jantar no qual, a julgar pelos vários outros jantares do mesmo tipo a que comparecera, dariam-lhe uma camiseta escrito AGENTE ESPECIAL ENCARREGADO DE ESTAR POUCO SE FODENDO e uma caneca de café com os dizeres APOSENTADO FEDERAL.

O pensamento era tão deprimente que se sentia tentada a sair de fininho pela porta dos fundos naquele instante. Em vez disso, sentou-se à mesa e ligou o computador. Não ia deixar a caixa de entrada cheia. Havia dezenas de mensagens de despedidas. Jude passou por todas, dando o e-mail particular para as pessoas com quem não queria perder contato e sendo muito diplomática com as que esperava nunca mais ver.

Estava prestes a verificar como andavam as coisas com Raheem na sala de conferências quando o telefone fixo tocou.

— Archer — disse ela ao atender.

— Então, vai ser aula de cerâmica ou observação de pássaros? — perguntou Chaz Hollister.

Jude deu um suspiro audível. O chefe estava na casa dos trinta e poucos anos, ainda ignorante ao fato de que estava na beira de um penhasco do qual todos cairiam em algum momento.

— Pensei em tentar macramê.

— Não tenho ideia do que seja isso. — Ele riu com a facilidade de um homem que nunca questionou a própria inteligência. — Sério, Quântico adoraria ter você.

— Anotado.

Jude tirou os óculos de leitura. Ela não queria voltar a dar aulas e nem queria fazer trabalho de consultoria, investigações particulares, segurança ou qualquer outra opção disponível para agentes aposentados.

— Você vai receber o relatório pós-evento de Raheem na reunião de informação com os Talbot ao meio-dia. Ele está encerrando com a família agora.

— Bom — disse Chaz. — Mas não foi por isso que liguei. Ouvi dizer que a HBO está fazendo outro documentário sobre o Assassino do Pinnacles. Eles sabem que foi você quem descobriu tudo.

Jude baixou o fone para que ele não a ouvisse xingar. Então se lembrou de que a papelada já tinha sido processada.

— Querido, eles não sabem nada de porra nenhuma.

Chaz riu, bem-humorado.

— Entendo por que não quis aparecer em frente às câmeras antes, mas Freddy Henley está morto. Ele não vai vê-la na TV. Agora que encontrou a última...

— Darlene Talbot.

— Certo — disse Chaz. — Mas o que estou dizendo é que pode ser bom para a agência. Comemore nossas vitórias.

— Doze jovens mulheres estão mortas, e levamos mais de duas décadas para encontrá-las. Isso não é uma vitória.

Jude viu um boletim piscar em seu computador. O banner verde brilhante indicava um sequestro de criança confirmado. Ela pegou o mouse, mas hesitou ao ver a origem do aviso.

FBI: ATLANTA – DEPARTAMENTO DE INVESTIGAÇÃO DA GEÓRGIA
North Falls, Geórgia (Condado de Clifton; SUDOESTE) Menor desaparecida, 14 anos – possível sequestro por desconhecido

— Veja de outra forma — disse Chaz. — Poderia ajudar a lançar seu segundo ato. Você sairia andando de Mercedes no circuito de palestras, desfilando no palco com sua jaqueta de couro e dando uma de durona.

— Quando se é verdade, a pessoa não precisa "dar uma de durona".

Jude colocou os óculos, clicou para abrir o aviso e percorreu os detalhes. Paisley Walker. Cabelo loiro. Olhos azuis. Tinha um metro e cinquenta e sete de altura, cinquenta quilos. Vista pela última vez usando um moletom azul de manga comprida da The Eras Tour com leggings pretas e tênis Skechers brancos com cadarços cor-de-rosa. Saiu de casa de bicicleta. Desapareceu entre sete e 7h30 da manhã.

Jude olhou para o relógio. São Francisco estava três horas atrás da Geórgia. A garota estava desaparecida havia cinco horas. Com sorte, o departamento de Atlanta já estava no local. North Falls era uma comunidade pequena na parte sudoeste do estado. Eles não tinham recursos para esse tipo de investigação.

— Pelo que ouvi falar, se você assinar com uma agência de palestrantes... — continuou Chaz.

Jude virou o fone para longe do ouvido enquanto clicava em um link para o jornal local. A primeira página do *North Falls Herald* preenchia a metade superior do monitor.

PAISLEY WALKER AINDA DESAPARECIDA
ASSASSINO DE POLICIAL SOB CUSTÓDIA

O coração parecia um punho batendo dentro do peito. Ela precisou abrir a boca para respirar. A fotografia abaixo da manchete não era da garota desaparecida, mas de uma subdelegada. A mulher estava debruçada sobre o corpo de um homem idoso. Tinha sangue no rosto. Havia algo assustador em sua expressão e ela parecia sozinha. Jude leu a legenda: "Apesar de testemunhar o assassinato do pai, a subdelegada-chefe Emmy Lou Clifton ainda lidera a busca por Paisley Walker...".

— Jude? — disse Chaz.

Ela tirou os óculos. As mãos tremiam.

— O que você disse?

— Perguntei se posso ajudar você com alguma coisa.

— Pode. — Jude examinou a foto de novo. — Quem é nosso cara em Atlanta?

CAPÍTULO DEZ

Emmy estava sentada em frente a Elijah Walker, o pai de Paisley. Estavam na delegacia dessa vez, não na casa da família no oeste de North Falls. O corretor de seguros ainda vestia a camisa social branca e a calça cinza-escura que usara ao sair para o trabalho na manhã do dia anterior.

— Eu não consigo… — A voz de Elijah falhou. — Não consigo me lembrar de nada a respeito dele.

Ela olhou para o relógio. Eram 12h16. Haviam passado a marca de dezessete horas desde que Paisley havia sido levada.

— Não sei o que você quer de mim — disse Elijah.

Emmy não conseguia desviar o olhar do relógio. Havia sangue seco incrustado no botão. Quinze horas tinham se passado desde que o pai morrera. Ela mal conseguia piscar sem ver o rosto dele.

— Sra. Clifton? — chamou Elijah.

Emmy respirou fundo antes de voltar a encará-lo.

— É chefe Clifton, sr. Walker. Preciso que me conte o que fez ontem de manhã mais uma vez.

Ele balançou a cabeça para os lados, inconformado.

— Para quê? Já contei essa história um milhão de vezes. A senhora deveria estar lá fora procurando…

— Todos estão procurando Paisley. Todo o departamento do xerife, cada força policial da região das quatro cidades, a equipe de busca e resgate dos bombeiros, o Departamento de Investigação da Geórgia, a patrulha rodoviária e todas as jurisdições dentro de um raio de oitocentos quilômetros. — Emmy apertou a mão sobre o relógio. Sentiu o calor do vidro na palma. — Estou aqui conversando com o senhor porque o que viu pode ser muito importante.

— Não sei se realmente vi... — Ele esfregou o rosto com as mãos. — Pode nem ser a caminhonete dele. Sabe quantas caminhonetes...

— Sr. Walker.

Emmy se forçou a soltar o relógio. Colocou as mãos espalmadas sobre a mesa. A perna começou a tremer. Lutou para controlar a ansiedade.

— Precisamos recomeçar. Sei que está frustrado e sei que quer sua filha de volta, mas prometo que a melhor forma de fazer isso acontecer é me contando exatamente o que viu ontem de manhã.

— Era... — Ele sacudiu a cabeça. — Uma caminhonete preta. Um modelo antigo com o escapamento ruim.

Emmy só conseguia pensar na caminhonete de Adam, mas ela era verde-clara e muito característica, com a frente parecida com a do Mate, do filme *Carros*, da Pixar.

— Quando o senhor diz modelo antigo, quer dizer do século passado ou...?

— Eu não sou especialista em caminhonetes. Nem estava prestando atenção, estava ao celular.

Aquela informação era nova.

— Com quem o senhor conversava?

— Ninguém. Estava ouvindo a caixa postal. Clientes me ligam quando sofrem acidentes, eu ligo de volta e discutimos os detalhes. Olhei para baixo por um segundo, quando olhei para cima, ele estava lá. Quase bati nele.

Outro detalhe novo.

— O senhor viu o rosto dele?

— Não conseguia enxergar pelo para-brisa. Aconteceu rápido. Mas me lembro de ter pensado que a caminhonete parecia com a do cara. Anthony, acho, algo assim.

— Ótimo. — Emmy tomou cuidado para não repetir o nome, na tentativa de evitar que ficasse fixado na mente dele. — Fale sobre o motorista.

Elijah soltou outro suspiro frustrado.

— Foi há quatro meses, tá bom? Não me lembro dos detalhes. Fui pegar a correspondência quando ele parou e disse que estava trabalhando na rua, não sei em qual casa, mas ele disse que tinha um pouco de casca de pinheiro sobrando de outro serviço e que poderia espalhar nos canteiros, se eu quisesse.

— Certo. — Emmy supôs que o homem estivesse dirigindo por aí com a casca, tentando ganhar algum dinheiro. — Ele desceu da caminhonete para falar com o senhor?

— Não, ele estava com o braço apoiado na janela do carro.

— Na sua altura? Mais alto ou mais baixo que o senhor?

— Acho que na mesma altura.

Emmy deduziu que isso significava que a caminhonete era de porte médio, o que eliminava a Chevy 1982 de Adam.

— Lembra quanto ele cobrou?

— Faz ideia de quantas pessoas eu pago ao longo do ano?

Ela tentou outra abordagem.

— Durante a semana, o senhor fica no escritório, certo? Nunca trabalha de casa?

Elijah pareceu surpreso, como se tivesse percebido que ela sabia o que estava fazendo.

— Verdade, então deve ter sido num sábado ou num domingo.

Emmy assentiu para incentivá-lo a continuar.

— O senhor pode me falar da aparência dele mais uma vez?

— Já disse, ele parecia mexicano. Cabelo escuro. Pele escura.

Emmy percebeu o tom pejorativo, como se ele usasse a palavra como um insulto, e não como referência a um local de origem.

— O senhor quer dizer que ele era do México, ou...?

— Não perguntei de onde ele era.

— Ele tinha sotaque?

— Acho que sim. — O homem refletiu por um segundo. — Sim, mas era fácil de entender.

— Estava usando relógio, óculos escuros ou chapéu?

Elijah balançou a cabeça para os lados e deu de ombros ao mesmo tempo.

— Não lembro.

— Nenhuma tatuagem?

Mais um gesto negativo e um suspiro impaciente. Começava a ficar frustrado de novo.

— Não lembro.

— Tudo bem. Vamos com calma.

Emmy pressionou a mão na perna, tentando impedi-la de tremer. Estava com câibra na sola do pé.

— Como ele estava vestido?

— Como um jardineiro. Não reparei na roupa. O que isso quer dizer, aliás? Roupas, ele estava vestindo roupas.

— Botas?

— Talvez?

Emmy esperou um instante antes de perguntar:

— Sua mulher estava em casa?

— Não. Carol engordou um pouco nas festas de fim de ano, estava na aula de spinning. — Outra revelação. Ele estalou os dedos e apontou para Emmy. — Isso significa que era sábado. A aula dela é às dez, depois ela faz as unhas, almoça com o grupo de estudo da Bíblia e vai ao mercado. Geralmente, está em casa por volta das duas ou três da tarde, no máximo.

— Tem certeza disso?

— Sim, claro que tenho. Do contrário, não estaria sozinho em casa com Paisley. Passamos todos os domingos juntos como família. Missa de manhã e, depois, a refeição comunitária.

— Certo.

Emmy apertou a coxa em uma tentativa inútil de parar o tremor. Os músculos estavam rígidos. O cérebro falhava em enviar um sinal para fazê-los parar.

— Então o senhor disse ao homem do caminhao que sim, queria a casca de pinheiro, e ele começou a espalhá-la. E depois, o que aconteceu?

— Voltei para dentro de casa. Fui ver Paisley, achei que ela ainda estivesse na cama, mas não estava no quarto. E sim no deque dos fundos, no celular.

— Falando com quem?

— Com ninguém, crianças não fazem ligações, ela estava mandando mensagem ou no Snapchat. Não sei, não perguntei, só pedi para abaixar a música.

— Ela abaixou?

Elijah negou com cabeça de novo, mas disse:

— Talvez, acho que sim. Fui tomar banho. Quando saí, a música não estava mais tocando. Ela estava conversando com ele, o tal de Anthony.

— Onde ele estava?

— No quintal, perto da área de grama-preta em volta da árvore. Ele tinha um pouco de casca de pinheiro nas mãos, mas olhava para ela, e me lembro de não ter gostado. Não gostei do jeito como olhava para ela.

Emmy cruzou as pernas, mas ainda sentia o tremor.

— Paisley estava de pé ou sentada no deque?

— Encostada no corrimão. — Elijah voltou a balançar a cabeça. — Também não gostei disso. Ela ainda estava de pijama, o short era apertado demais no bumbum, dava para ver praticamente tudo. Carol ia ter essa conversa com ela, Paisley já estava grandinha para usar aquele pijama, queria que ela se vestisse de maneira mais recatada.

— O que Carol achava disso?

— O que importa o que Carol achava? — vociferou. — Você sabe com o que eu estava preocupado. Paisley estava passando a mensagem errada. Olhe o que aconteceu.

Emmy tentou tirá-lo dessa linha de pensamento.

— Paisley costuma ficar de pijama o dia todo nos fins de semana?

— Não, a regra é que ela tem que vestir roupas de verdade antes do almoço.

Ele teve outro momento de revelação.

— Isso dá uma ideia do horário, certo? Carol saiu às 9h50, então foi depois disso, mas antes das 12h30, que é quando almoçamos.

— Certo — disse Emmy. — E o jardineiro? O que ele vestia?

— Eu já disse que não... — Ele parou, a boca entreaberta. — Uma camisa clara. Bege, talvez, com um emblema aqui.

Emmy observou quando ele tocou o lado esquerdo do peito com a mão direita.

— De que cor era o emblema?

Elijah semicerrou os olhos, tentando se lembrar.

— Tinha uma costura verde, como uma árvore ou arbusto. E a calça dele também era marrom-claro. Foi por isso que não desconfiei, porque parecia trabalhar para uma empresa de paisagismo.

— Certo, ótimo.

Emmy descruzou as pernas. Ouviu o salto da bota batendo no chão. Inclinou-se para a frente na cadeira, tentando controlar o tremor.

— Agora, volte ao momento em que viu Paisley e o homem no jardim. Conseguiu ouvir o que eles falavam?

— Não, mas Paisley estava rindo. Não gostei do jeito que ela ria. Falso, agudo. Então, quando abri a porta e saí, os dois se calaram.

— O senhor disse alguma coisa?

— Não precisei. Eles sabiam o que estavam fazendo. — Elijah passou a mão na boca, agitado. — Anthony terminou de espalhar a casca de pinheiro. Paisley entrou para dentro de casa. Disse a ela que não deveria ficar flertando com homens daquele tipo. Ia conversar com Carol a respeito disso, mas aí o irmão inútil dela teve alguma emergência e eu...

Emmy o observou passar a mão na boca de novo.

— Qual foi a reação de Paisley quando o senhor a repreendeu?

— Ela deu um chilique. Disse que tinha passado vergonha, que eu não entendia, mas eu entendia direitinho o que estava acontecendo. Quando se provoca um homem adulto, é preciso lidar com as consequências. — As mãos dele estavam cerradas em punhos sobre a mesa. — E eu tinha razão, não? Ela flertou com esse cara e agora só Deus sabe o que ele está fazendo com ela.

Emmy esperou Elijah se acalmar, mas isso não aconteceu.

— Por que está aqui, afinal? — exigiu. — Seu pai foi assassinado hoje de manhã. Por que não está com sua família?

Emmy sentiu a garganta se fechar.

— Meu pai iria querer que eu estivesse aqui, sr. Walker. Uma das últimas coisas que ele me disse foi para chamar o FBI. Ele queria que eu encontrasse Paisley.

— Ah, é? — perguntou ele. — Como se vocês tivessem feito um ótimo trabalho encontrando aquelas garotas mortas no lago, né?

Emmy pressionou os lábios.

— Eu ouvi o podcast do Jack. Ele chamou você de Anjo Equivocado. Disse que estava tão obcecada em prender alguém que se concentrou na pessoa errada. — Ele se inclinou para a frente. — E se estiver errada quanto a Anthony? E se Adam levou Paisley por vingança contra a senhora, e estamos aqui perdendo tempo com um mexicano qualquer num caminhão preto?

Emmy deixou o silêncio se prolongar para ter certeza de que ele tinha terminado.

— Seu quintal é grande.

— O quê?

— O cara espalhou casca de pinheiro na frente. O senhor tomou banho, e ele ainda estava espalhando nos fundos quando terminou. Isso levou um tempo.

— E daí?

— Quanto dinheiro costuma ter em casa?

Elijah deu de ombros, de um jeito exagerado.

— Sei lá, cinquenta dólares. Carol sempre tem mais na bolsa, se eu precisar.

— Mas Carol não estava lá — disse Emmy. — Então como pagou pelo serviço?

— Eu não… merda.

Ele se atrapalhou para pegar o celular no bolso.

— CashApp. Foi isso o que usei. Merda!

Emmy o observou digitar a senha para desbloquear a tela e abrir o aplicativo.

— Aqui, achei. AntonioR45. Dia 18 de junho. Escaneei o QR Code dele. — Elijah praticamente jogou o telefone na direção dela. — Consegue encontrá-lo com isso?

— Fique aqui. Já volto.

Emmy ouviu os telefones tocando enquanto percorria o corredor a passos rápidos. Virou à esquerda, passando os olhos pelo escritório vazio de Gerald. Todas as outras mesas na sala da equipe tinham agentes atendendo chamadas ou seguindo pistas. Encontrou o responsável do FBI por casos de sequestro e desaparecimento no fundo da sala. O agente especial Seth Alexander se inclinava sobre um mapa de papel do sudeste dos Estados Unidos. Desenhava mais um círculo concêntrico a partir de North Falls. Já havia dezessete círculos, cada um marcando 113 quilômetros de distância percorrida para cada hora desde que Paisley fora levada. Fizeram Emmy pensar nos anéis de uma árvore.

— Tenho algo.

Entregou-lhe o celular de Elijah, tomando cuidado para não tocar na tela.

— Ele disse que pagou o jardineiro pelo CashApp. Não mexi em nada. Não quis alterar o histórico de qualquer outra coisa. A senha principal é 8-7-2-3-1-6.

— Ótimo, vamos verificar. — Seth anotou a senha na borda do mapa. — Mais alguma coisa?

— Elijah é bem rígido, muito controlador. Não aprovava a forma como a filha se vestia.

— Bem-vindo ao clube — comentou Seth. — Acha que ele está envolvido?

— Ele está escondendo algo. Vou deixá-lo suar um pouco e depois pressioná-lo de novo.

— Quero que você saiba que meu diretor regional trabalhou com Gerald logo depois de sair de Quântico. Ele está enviando reforços consideráveis para nos ajudar. Disse que vai providenciar qualquer coisa de que precisar.

— Certo.

Emmy se perguntou se algum dia ouviria o nome do pai sem sentir que tinha levado um soco na garganta.

— Elijah falou algo sobre uma emergência do "irmão inútil" da esposa quatro meses atrás. Deu a impressão de haver uma certa hostilidade.

Seth folheou as anotações.

— Reggie McAllister. Tem 37 anos. Foi preso por sacar uma faca num jogo de basquete amador. Ainda está em liberdade condicional. Casado, sem filhos. Mora em uma casa alugada nos arredores de Mobile. Motorista de entregas para uma fornecedora de luminárias. Mandamos uma equipe até a casa dele, mas a mulher disse que ele tinha saído meia hora antes para ver a irmã. Pedi para a Polícia Rodoviária do Alabama segui-lo até a fronteira. A patrulha rodoviária vai assumir quando ele cruzar para a Geórgia. O que mais você tem?

— Elijah me deu uma descrição de Antonio. Hispânico, talvez do México ou de algum lugar ao sul da fronteira. Fala com sotaque. Cabelo escuro. Olhos castanhos. Vestia uma camisa bege e calça da mesma cor. Tinha um emblema no peito, possivelmente um logotipo. Vou revisar a lista de jardineiros que os vizinhos contratam para ver se algum deles usa uniforme.

Emmy estava prestes a sair, mas confirmou:

— Ele desbloqueou o telefone e me entregou. Isso é consentimento implícito para vasculhar o aparelho, certo?

— Com certeza. Damien é nosso especialista em tecnologia, vai acessar os e-mails e as mensagens de Elijah, rastrear a localização pelos aplicativos e olhar o histórico de navegação. Não vamos deixar passar nada.

— Mande mensagem se encontrar algo.

Emmy avistou Virgil conversando com um agente do FBI que trabalhava na linha de denúncias. Ela havia lhe pedido ajuda na busca, mas a verdade era que precisava de alguém além de Cole a seu lado. Só de ver o antigo mentor, já sentia parte do peso ser tirado de seus ombros.

Virgil deu a Emmy um sorriso triste quando ela se aproximou. Ele não tinha mudado muito nos doze anos que haviam se passado. Mantinha-se em boa forma mesmo após a aposentadoria. A postura ainda era ereta, ombros para trás, peito estufado, do jeito que ensinaram no treinamento militar. Emmy se deu conta de que ele tinha mais ou menos a mesma idade que Gerald quando Madison e Cheyenne morreram.

Ela foi direto ao assunto.

— Eu me sinto uma idiota por pedir a você para voltar para ajudar, ainda mais com outra criança desaparecida.

— Eu já estava planejando me voluntariar de qualquer jeito. — A voz de Virgil era gentil. — Meus joelhos estão velhos demais para rastejar por baixo de casas, mas ainda sou bem bom com um telefone e um computador.

Emmy não teve tempo para ficar aliviada.

— Pegue uma mesa. O FBI já verificou as redes sociais de Paisley, mas talvez alguém com conhecimento local perceba algo que eles tenham deixado passar.

— Sim, senhora.

Ele começou a se afastar, mas colocou a mão no ombro dela, como se quisesse dar apoio.

— Você consegue, Emmy Lou.

— Espero que sim.

Emmy sentiu mais um pouco da pressão se aliviar ao caminhar até a mesa de Brett e se sentar. Ela ligou o computador e inseriu suas credenciais. Estava pegando o bloco de notas do bolso quando pousou o olhar nas janelas do escritório de Gerald.

Escritório de Emmy, também. As mesas estavam encostadas. As luzes, apagadas. A capa de chuva do pai, ainda pendurada no gancho da parede. A cadeira dobrável em que Cole havia se sentado para falar com ele dois dias antes ainda estava virada na direção de Gerald.

A porcaria da perna voltou a tremer. Ela começou a pesquisar a primeira empresa da lista, Jardinagem Albright. Sentiu a vista embaçar. Não era o cansaço que fazia com que se sentisse assim. Os terrores noturnos de Myrna a tinham treinado para sobreviver com pouquíssimo sono. Seu corpo estava se rebelando, tentando expulsar o luto que ela estava engolindo.

O celular de Emmy vibrou. Ela reconheceu o número.

— Brett, você a encontrou?

— Não, chefe.

Emmy ouvia os bipes altos e os motores a diesel de equipamentos pesados. Brett estava em um aterro sanitário em Tallahassee. Um dos vizinhos dos Walker estava no meio de uma reforma completa. A caçamba de entulho na entrada da garagem havia sido esvaziada às 7h30 da manhã do dia anterior. Brett tinha feito a viagem de quatro horas até a Flórida para vasculhar o aterro, caso o sequestrador de Paisley tivesse descartado o corpo dela lá.

— Chefe? — perguntou Brett, com a voz preocupada.

Ela sentiu cãibra no pé de novo.

— Estou bem, Brett.

— Eu entendo — disse ele. — Mas seu pai morreu bem na sua frente. Sei que tem esse gelo dos Clifton correndo nas veias, mas ninguém a julgaria se a senhora se afastasse dessa.

Emmy olhou para o escritório do pai. As pilhas de pastas organizadas. A caneta favorita. O laptop dela aberto do outro lado das fotos emolduradas que ele mantinha na mesa. Cole e Emmy usando uniforme. Tommy de chapéu de palha. Emmy tinha começado a manhã do dia anterior pensando em como era estranho o filho já ser um homem adulto. Antes do meio-dia, abraçara-o como não fazia desde que ele era criança.

— Emmy — disse Brett. — Pense no que o chefe iria querer.

Emmy sabia exatamente o que o pai iria querer.

— A melhor forma de honrá-lo é fazendo nosso trabalho. Volte assim que puder. Precisamos encontrar uma pessoa para descer no esgoto e nos bueiros ao longo do trajeto que Paisley pegou para chegar às estradas de terra. Também quero buscas no lago da Millie de novo.

— De novo? — perguntou ele. — Seria bem estúpido se livrar de Paisley Walker do mesmo jeito que foi feito com Madison e Cheyenne.

— Seria bem estúpido não considerar essa possibilidade.

— Certo — respondeu Brett, devagar. — Vou chamar os mergulhadores.

Emmy desligou o telefone e voltou à pesquisa. Estava quase terminando a lista quando Cole entrou na sala da delegacia. Ela teve um momento para observá-lo de perto antes que ele a notasse. Os olhos estavam vermelhos. A pele, pálida. Como Emmy, ele queria continuar trabalhando, seguir em frente. Como ela, parecia que um toque de nada poderia parti-lo em milhões de pedaços. O que o mantinha em pé era o gelo nas veias.

— Chefe, nada ainda. — Cole tinha participado de um dos grupos de busca que vasculhava as estradas atrás de sinais de Paisley. — Recebi uma ligação de Celia. Ela disse para não incomodá-la, mas a vovó está tendo outra noite difícil.

Emmy sentiu a pressão voltar como uma corda apertando seu pescoço.

— Recebemos uma pista ruim de Elijah sobre um veículo no bairro ontem de manhã. Pode não dar em nada, mas precisamos investigar. Ele só se lembrou de uma "caminhonete preta mais antiga". Veja os registros e tente filtrar alguma coisa. Ele pode não ter documentos, mas guarde essa parte para você. Não precisamos de outro grupo de justiceiros atacando pessoas inocentes.

— Sim, chefe.

Ele começou a sair, mas ela segurou a mão dele. Emmy sentiu um leve tremor, mas não sabia se vinha dela ou de Cole.

— Mãe — a voz dele estava tensa —, minha chefe me deu uma ordem.

Ela sentiu os dedos do filho escaparem dos seus. Não sabia dizer se sentia-se orgulhosa ou devastada por ter criado mais um Clifton.

— Emmy? — Sherry Robertson, agente de campo do DIG da região sudoeste, acenou do fundo da sala. — Preciso de um minuto.

Ela respirou fundo e atravessou a sala. A visão estava trêmula. O efeito *stop-motion* tinha voltado. O DIG tinha jurisdição sobre todos os casos de tiroteios envolvendo policiais. Sherry investigava o assassinato do xerife Gerald Clifton.

— Paul está dormindo na cela — disse Sherry. — Hannah pediu um advogado.

Emmy não ficou surpresa. Anos antes, ela mesma tinha ensinado Hannah a nunca falar com a polícia sem a presença de um advogado.

— Alguma coisa nos vídeos dos presentes?

— Nada útil — disse Sherry. — Mas precisa saber que aquela tal de Culpepper postou um vídeo on-line mostrando Gerald. A CNN borrou o rosto dele, mas é bem gráfico.

Emmy disse a si mesma que pensaria nisso depois.

— Dervla Culpepper não estava filmando Hannah e Paul quando o tiro foi disparado?

— Não podia. Gerald colocou o braço na frente dela, tentando protegê-la.

Emmy guardou essa informação para mais tarde.

— E as testemunhas? Havia mais de vinte pessoas lá.

— Um terço delas diz que Hannah estava segurando a arma. Outro terço diz que era Paul. E o terço restante estava apavorado demais para ver qualquer coisa.

Previsível.

— Para que precisa de mim?

— Detalhes — disse ela. — Já tenho seu depoimento, mas teve tempo para pensar melhor. Tem certeza de que não viu quem estava segurando a arma quando disparou?

Emmy já tinha ouvido variações dessa pergunta pelo menos três vezes. Ela conhecia a técnica, era a mesma que tinha usado com Elijah Walker. Você repetia a pergunta porque procurava novas informações ou tentava identificar mudanças na história.

— Não. Sinto muito. Tive perda de visão periférica. Estava olhando para a arma, não para quem a segurava. A única outra coisa que vi foi meu filho correndo pela rua. Então vi meu pai, e...

Houve um silêncio carregado de solenidade. Sherry tinha trabalhado com Gerald por anos. Todo policial do estado o conhecia ou já havia trabalhado diretamente com ele. Emmy havia ignorado ligações de pesar de capitães de polícia, xerifes, do presidente da Câmara Estadual e até do governador.

— Emmy — disse Sherry —, sei que o diretor já entrou em contato, mas se sua família precisar de qualquer coisa da agência, estamos aqui.

Ela assentiu.

— Agradeço.

— Algum OCAC já entrou em contato?

Emmy assentiu de novo. Quando um policial era assassinado, um oficial civil de assistência a crises era imediatamente designado para acompanhar a família e guiá-la pelos passos seguintes: lidar com benefícios, pedidos de seguro, recursos estaduais e federais, a imprensa e, por fim, o planejamento do cortejo fúnebre.

Naquele momento, Emmy não conseguia pensar em nada daquilo.

— Tommy já falou com ele, vão se encontrar de manhã. Preciso voltar ao trabalho.

— Certo. Avise se lembrar de mais alguma coisa sobre a arma.

Sherry apertou o braço de Emmy de leve.

— A médica-legista chega em meia hora, se quiser ver seu pai antes que o levem para a sede.

A forca apertou ainda mais em torno do pescoço dela. Tudo estava acontecendo rápido demais. Gerald estaria fora da cidade antes do amanhecer.

— Vou avisar o Tommy.

Emmy pegou o celular, usando-o como desculpa para encerrar a conversa. Mandou uma mensagem para Tommy enquanto caminhava pelo corredor. Ele ainda estava acordado e respondeu quase imediatamente com um emoji de joinha. Aquela era a versão de Tommy para o "certo" do pai deles. Poderia significar apenas que ele tinha visto a informação ou que iria encontrá-la na funerária. Emmy descobriria em meia hora.

Isso lhe daria tempo suficiente para pressionar Elijah mais um pouco. Ou talvez devesse falar outra vez com Carol Walker. Brett a tinha interrogado antes, mas, quando Emmy tentou continuar a conversa, a mãe de Paisley estava tão histérica que um médico precisou ser chamado para sedá-la. Emmy presumiu que o efeito do Diazepam já tivesse passado. Precisava perguntar à mulher sobre o irmão dela. Pôr o casamento do casal à prova, ver se a obsessão de Elijah com modéstia tinha criado um ponto de tensão com a filha.

Mas não conseguiu.

Emmy saiu pela porta lateral para o estacionamento. Já passava das duas da manhã, mas aquele era o primeiro momento desde a morte do pai em que estava completamente sozinha. Precisava de um instante para sentir todas as coisas que vinha tentando reprimir, para ceder à ansiedade que estava fazendo seu corpo se voltar contra ela, para respirar o ar noturno e ouvir o silêncio.

Recostou-se na parede. O tijolo áspero a arranhou. Ela olhou para o céu escuro, fechou os olhos e respirou fundo.

— Pai — sussurrou —, o que eu faço agora?

Ela sabia exatamente o que Gerald diria.

O que sabiam?

A chance de sobrevivência de Paisley Walker havia caído para um dígito. O pai da garota era hostil e controlador. A mãe estava catatônica. A única pista era um homem hispânico dirigindo uma caminhonete tão comum na região que ele bem poderia estar no jato invisível da Mulher Maravilha.

O que achavam *que sabiam?*

Quatro meses inteiros depois da interação de Paisley com o jardineiro, Elijah ainda estava furioso porque a filha tinha usado um shortinho apertado. Ele parecia acreditar que uma criança era responsável pelas ações de um homem adulto. Era difícil dizer se Elijah tinha uma obsessão doentia pela filha ou se era apenas um babaca controlador.

— Emmy?

Ela semicerrou os olhos na escuridão. Um homem alto, carregando uma maleta, atravessava o estacionamento. Vinha da direção do complexo carcerário.

Seu coração afundou ao reconhecê-lo. Dylan Alvarez era a última pessoa que queria ver naquele momento.

Emmy se afastou da parede.

— O que está fazendo na cadeia no meio da noite?

— Estou representando Hannah.

— Você trabalha com direito de família. Ela precisa de um advogado criminalista.

— Foi exatamente o que eu disse, mas ela não me escuta. Está transtornada demais para ouvir qualquer pessoa.

Dylan pousou a maleta no chão.

— Tem alguma maneira de você mandar um recado para ela?

— Você está falando sério? — Emmy lutou para conter a raiva. — Você realmente está pedindo para uma policial passar um recado para sua cliente?

— Pode parar de berrar comigo como se eu fosse uma criança ignorante? — Era óbvio que Dylan também segurava a raiva. — Hannah está devastada. Você sabe que ela adorava seu pai. Ele estava com ela quando o pai dela morreu. E a mãe.

Emmy sabia. Ela também estivera. Dylan continuou:

— Eu nem consigo fazer com que ela me diga o que aconteceu. Só fica repetindo que precisa saber se você está bem.

— Então eu deveria passar um bilhete pra ela dentro da cela com o DIG de olho?

— Sei que é uma ideia idiota, mas estou tentando encontrar uma solução que não coloque Hannah no corredor da morte por matar um policial.

Emmy teve a sensação de ter uma faca enfiada no coração. Não tinha deixado a mente ir além das perguntas de Sherry Robertson.

— O DIG vai usar a mesma estratégia que usou contra o pai daquele atirador da escola — esclareceu Dylan. — O revólver que Paul levou para a cena está registrado no nome de Hannah. Ela guardava a arma em um cofre ao qual sabia que Paul tinha acesso. Sabia que ele tinha feito ameaças de morte contra você e seu pai, sabia que ele era volátil e imprevisível. E, diferentemente daquele pai, Hannah estava na cena do crime, ao lado de um policial, e não disse nada. Por fim, vão encontrar uma testemunha que vai jurar que Hannah estava tocando a arma quando ela disparou. E isso vai ser tudo de que o júri precisa para condená-la.

O suor começou a brotar na pele de Emmy. Ela tinha feito Hannah comprar a arma para se proteger quando voltou para casa depois da faculdade.

— Ela estava tentando impedi-lo, gritou para me avisar. Eu disse isso ao investigador.

— O que mais você disse?

— Que eu sou uma péssima testemunha. Eu entrei em pânico, estava apavorada, não vi se Hannah tocou ou não na arma. — Emmy sabia que estava falando demais, mas não se importava. — Eles não podem mandá-la para a prisão se não souberem quem puxou o gatilho.

— Gata, você sabe como funciona crime que termina em morte. Não precisa haver intenção de matar. Só saber da existência da arma e das intenções de Paul já é o suficiente para incriminá-la. — As palavras de Dylan eram duras, mas o tom dele era suave. — Seu pai era um herói para a polícia. Todo mundo no condado vai ficar de olho na promotora. A eleição é em novembro, você sabe o que ela vai fazer.

Não havia mais ar nos pulmões de Emmy. Ela não tinha juntado todas as peças, porque não queria.

— Hannah é professora. Mãe.

— Talvez consiga um acordo se testemunhar contra Paul, mas mesmo assim... os custos legais, perder o emprego, lutar no tribunal; isso vai destruí-la.

— É por isso que Hannah está tentando falar comigo? Está preocupada com a acusação?

— Ela está tentando falar com você porque está afundada na dor. E porque está preocupada com você. Nós dois estamos.

A voz de Dylan ficou ainda mais suave.

— Seu pai morreu nos seus braços, Emmy. Onde está Cole? E Celia e Tommy?

— Cole está trabalhando. Celia e Tommy estão cuidando da mamãe.

— E quem está cuidando de você?

Ela cobriu o relógio com a mão. Pensou no sangue incrustado na coroa. Gerald sempre cuidou dela. Desde o momento em que nascera, sempre pudera contar com ele.

— Gata — começou Dylan, o tom transbordando uma gentileza que ela não merecia —, não é errado admitir que você está de luto. Eu também estou.

A coluna de Emmy se tensionou.

— Uma garota de catorze anos já deve estar morta a essa hora. Quer que eu vá chorar num canto enquanto sou a única segurando esse departamento inteiro de pé?

— Deus me livre você demonstrar alguma fraqueza.

— Deus me livre você me deixar processar as coisas do meu jeito.

Dylan olhou para a rua. Os dois sabiam que a discussão que não estavam tendo era a mesma que já tinham tido um milhão de vezes antes. Às vezes, de forma calma. Às vezes, aos gritos. Emmy era fechada demais, nunca falava sobre as coisas, não se expressava. Era independente demais, solitária demais, isolada demais. E Dylan estava cansado de esperar que ela mudasse.

— Por que a Hannah ligou pra você? — perguntou ela.

Ele soltou um suspiro frustrado.

— Eu trabalho com direito de família, chefe. O que acha?

De todas as emoções que Emmy se recusava a sentir, não conseguiu evitar a necessidade de sentir pena de Hannah.

— Ela está se divorciando de Paul?

— Ela pediu separação legal há dois meses. Ele se recusou a sair de casa.

— A mãe dela colocou aquela casa em um fundo fiduciário para a Hannah. A lei diz que...

— As leis não importam se você não estiver disposto a aplicá-las. Hannah não quer ser responsável por colocar o pai do filho dela na cadeia.

Emmy conhecia essa armadilha na pele. Jonah tinha tornado o divórcio deles o mais excruciante possível.

— Como Davey está?

— Nada bem. — Dylan parecia surpreso com a pergunta. — Os dois pais dele estão presos.

Emmy olhou para o chão. A mente continuava pregando peças nela, separando a morte de Gerald do fato de que tanto Hannah quanto Paul haviam sido presos pelo assassinato dele.

— E Cole? — perguntou Dylan.

— Nada bem — respondeu. — O avô dele está morto, a avó perdeu a cabeça e a mãe dele é meio que uma vaca insuportável.

— Meio?

A risada de Emmy ficou presa na garganta. As lágrimas voltaram. O tremor ameaçou tomar conta. Ela fechou os olhos e viu o pai de novo. O branco ceroso da pele. O azul-escuro dos lábios. O último pedido dele, sua ordem final: dizer a uma mulher que não conseguia se lembrar do rosto dele que ele sentia muito.

— *Mi amor*.

Dylan se aproximou. O som da voz dele era tão reconfortante que ela quase podia sentir o coração lançando-se em sua direção. Ele entrelaçou os dedos atrás do pescoço dela com delicadeza.

— Deixe-me ficar ao seu lado e ajudá-la. Só dessa vez.

Emmy sentiu a atração do calor dele, o desejo de ser envolvida em seu abraço, de voltar para a casa que já tinham compartilhado, de se deitar na cama e sentir a segurança da presença dele.

Ela tinha terminado com Dylan seis meses antes, quando os terrores noturnos de Myrna começaram a piorar. Emmy dissera a si mesma que era difícil demais lidar com a sensação de ser puxada em duas direções diferentes, mas, na verdade, era difícil demais manter-se inteira perto de Dylan. Ela começou a chorar com comerciais sentimentais, a se agarrar a ele como uma criança sempre que voltava da casa dos pais.

Naquele momento, Emmy já estava quase dominada pela necessidade que tinha dele. Seria tão ruim assim dizer a Dylan o que sentia? Que cada passo era uma agonia? Que mal conseguia erguer a cabeça? Que ainda o amava e precisava tanto dele? Ou ceder às emoções, deixar tudo sair, a deixaria tão vazia que ela não conseguiria continuar?

— Certo.

Ela escapou do alcance de Dylan e voltou para dentro do prédio. A luz forte do teto a fez lacrimejar. Viu Cole à mesa dele.

— Alguma coisa?

— Seis mil caminhonetes pretas. Preciso saber o que Elijah quis dizer com modelo antigo.

— Pergunte a ele — disse Emmy. — Vá falar com ele. Veja se sente-se mais à vontade para se abrir com um homem. Eu volto daqui a pouco.

Ela pegou o casaco do gancho e observou Cole digitar no teclado. Ele tinha trocado o uniforme por um limpo. A gola estava abotoada. O cabelo, meticulosamente penteado para o lado.

Depois que Gerald tomara o tiro, não tinha apenas brigado com o filho. Ela o tinha destruído. Estavam dentro da viatura dela, que estava entorpecida. Coberta do sangue do pai, tremendo de luto. Cole, também. O uniforme dele estava encharcado onde tinham se agarrado um ao outro sobre o corpo de Gerald. Então, ela lhe dera uma bronca por não ter ajustado o colete como tinha mandado.

Emmy vestiu o casaco, caminhou até Cole e pressionou os lábios no topo da cabeça dele. Depois, saiu pela porta da frente da delegacia.

As luzes da rua principal estavam apagadas. As vitrines das lojas, escuras. A loja de vestidos. A adega. O café. Ela viu os refletores iluminando o fórum. A bandeira dos Estados Unidos e a do estado da Geórgia estavam a meio mastro. Ela se virou e olhou para a delegacia. As duas bandeiras no telhado também estavam a meio mastro.

Emmy desviou o olhar. Encheu os pulmões de ar e sentiu a sensação de neblina se espalhar dentro dela. Não tinha percebido como estava frio. Fechou o zíper da jaqueta. O relógio brilhou no escuro e ela tocou a coroa com o dedo, depois, caminhou algumas quadras até parar diante da casa funerária.

As luzes estavam acesas no saguão de entrada. Outra bandeira iluminada estava hasteada a meio mastro do lado de fora do prédio. Ela se perguntou como estariam as outras bandeiras; as do salão de veteranos, dos postos da patrulha rodoviária e da mansão do governador na rua Paces Ferry, em Atlanta. Todas a meio mastro para homenagear a vida de seu pai.

Emmy enfiou a mão no bolso, mas não pegou o celular. Queria que Tommy explicasse o joinha. Ele iria encontrá-la na casa funerária? Ou ficaria com Myrna para ajudá-la a passar pelos terrores noturnos? Qualquer uma das escolhas era compreensível. Gerald estava morto. Myrna ainda estava viva. A mãe era muita coisa para Celia lidar sozinha, era razoável que o irmão ficasse com a esposa.

Mesmo que a irmãzinha realmente precisasse dele.

Emmy tirou a mão do bolso e contornou a lateral do prédio. Já tinha feito várias visitas noturnas à casa funerária em suas patrulhas. Na Geórgia, o cargo de legista era eletivo. Milo Kinley, o diretor funerário, concorria sem oposição havia quase quarenta anos.

Não era só isso. Ele tinha estudado com o pai dela no ensino médio. Jogavam cartas todos os sábados com Virgil e Louis Singh desde que Emmy conseguia se lembrar. Milo havia enterrado a maioria dos mortos da família Clifton. E, depois que a médica-legista terminasse de abrir o corpo de Gerald para documentar seu assassinato, seria Milo quem o prepararia para o túmulo.

A luz estava acesa no escritório dos fundos. Emmy não precisou bater à porta. O prédio nunca ficava vazio, geralmente um estagiário da faculdade de Tanatopraxia ficava de plantão para atender os telefonemas caso fosse necessário buscar um corpo, mas naquela noite Milo estava sentado à mesa perto da entrada. Escrevia alguma coisa quando ela entrou. Emmy pensou naquela manhã, quando tinha entrado no escritório de Gerald. Ele também estava fazendo anotações.

— Emmy Lou. — Milo se levantou para cumprimentá-la. — Sinto muito, querida.

Ela sentiu os dentes rangerem quando ele a abraçou, sem jeito.

— A médica-legista está a caminho. Deve chegar logo — disse ela.

— Já falei com ela. Está tudo certo. A Patrulha Rodoviária da Geórgia está de prontidão para escoltá-la até a sede do DIG. — Milo ergueu a mão em direção à sala de embalsamamento. — Eu o deixei preparado para você e Tommy. Fiquem o tempo que for. Só vou precisar que assinem alguns papéis quando forem embora.

Mais uma vez, Emmy percebeu que não tinha pensado tão à frente. Sempre havia burocracia, cadeia de custódia, todas aquelas coisas que aprendera na academia, mas que nunca imaginara que um dia teria que fazer para o próprio pai. Mesmo com a marcha esmagadora de Myrna em direção à morte, Emmy presumira que Gerald cuidaria de tudo.

— Preciso falar com Tommy sobre o que ele quer fazer.

— Boa ideia, querida. Isso pode ser um bom começo. — Ele lhe entregou uma folha de papel. — É um formulário padrão que dou às famílias para ajudar a escrever o obituário.

Emmy pegou o papel, mas a vista estava embaçada demais para ler as palavras. Só conseguiu distinguir que parte do texto era digitada; e outra, preenchida à mão.

— Fiz algumas sugestões para a redação. Basicamente, dizer que Gerald deixa você, Tommy e Myrna. Para Henry e Martha, a linguagem padrão é dizer que ele foi precedido na morte por dois filhos, depois listar os nomes e as idades. Henry tinha dezessete anos. Acredito que Martha tinha dezoito quando faleceu.

Emmy não conseguia parar de olhar para o formulário. Todo o restante na sala girava ao seu redor.

— De qualquer forma — disse Milo, e pegou de volta o papel, marcado com o suor dos dedos dela —, vou entregar isto a Tommy. Talvez vocês prefiram que Celia escreva? Ela é formada em Letras, afinal.

— O papai… — A palavra ficou presa na garganta dela. — Ele escreveu alguma coisa. No mês passado. Não o obituário, mas escreveu o que queria para o funeral. Os arranjos, a música, o orçamento. Ele não queria nos sobrecarregar com isso. Nem por causa dele, nem por causa da mamãe. Ele também escreveu todas as instruções para o funeral dela.

— Ah, entendi.

— Ele não queria que as pessoas soubessem, mas talvez você tenha percebido. — A boca de Emmy ficou seca. Ela mal conseguia formar palavras. — Foi por isso que ele perdeu tanto peso. Começaram nos pulmões… os tumores. Descobrimos no ano passado. Ele estava fazendo tratamento, mas, cinco semanas atrás, fez uma biópsia e foi diagnosticado com câncer metastático no fígado, e não havia mais o que fazer. Quer dizer, havia coisas que poderiam ser feitas, mas ele não queria. Não queria gastar o tempo que lhe restava no hospital, ainda mais considerando que a mamãe precisava dele. Então… decidiu deixar tudo por escrito.

Milo parecia tão devastado quanto Emmy tinha ficado quando soube do câncer. Era por isso que Gerald vinha falando com ela para que assumisse o cargo de xerife.

Por isso organizara a transferência de Myrna para uma clínica. Ele tinha se reunido com Emmy e Tommy no mês anterior e informado que havia decidido deixar o câncer seguir seu curso. "Apenas mantenham a cabeça baixa e façam seu trabalho. Têm a vida de vocês para viver. Sua mãe nem vai perceber que fui embora", dissera.

Milo colocou a mão no ombro dela.

— Sinto muito, querida. Dava pra ver que não estava bem, mas ele sempre foi reservado. Nossos únicos assuntos eram futebol universitário e nossos filhos. Ele tinha tanto orgulho de vocês. Você e Tommy eram a paixão da vida de Gerald.

Emmy limpou o nariz com as costas da mão.

— Os médicos não tinham dado um prazo exato de quanto tempo a gente tinha. Disseram que poderia ser três, seis, talvez doze meses, mas... ainda havia sete por cento de chance de ele sobreviver. Se tivesse feito o tratamento. Quer dizer, ele não queria. Deixou isso claro quando... Mas esperava que... você sabe, ele sempre foi forte. Sempre desafiou as probabilidades.

— Sim, verdade.

Milo assentiu, mas ela podia ver a tristeza nos olhos dele.

Emmy limpou o nariz de novo, tentando se recompor. Talvez o câncer fosse o motivo pelo qual não estava fora de si naquele momento. Tivera mais de um mês para se acostumar com a morte do pai. Passaram horas sentados no escritório dele, conversando a respeito de tudo. Nos trinta dias anteriores, Emmy aprendera mais sobre Gerald Clifton do que em todos os anos anteriores.

— Enfim, o câncer. Não sei se eles precisam fazer algo diferente durante a... — Emmy não conseguiu dizer a palavra *autópsia*. — Achei que você deveria avisar a médica-legista. Caso haja alguma precaução a ser tomada.

Milo assentiu, mas talvez achasse que ela tinha perdido a razão. Câncer não era contagioso, não era como pegar gripe.

— Quer um momento a sós com ele? — perguntou.

Emmy não confiava na própria voz, apenas fez que sim com a cabeça.

— Estou aqui se vocês precisarem de mim. — Milo apertou levemente o braço dela antes de soltá-lo. — Sempre, Emmy Lou. Até meu último suspiro.

Emmy assentiu mais uma vez. O momento havia chegado. Milo abriu a porta da sala de embalsamamento.

Ela inspirou, trêmula, outra vez. A porta se fechou silenciosamente atrás dela.

Gerald estava deitado sobre uma mesa no centro da sala. Um lençol branco cobria seu corpo, dobrado debaixo do queixo. Emmy sabia que Milo fizera isso por consideração a ela. Nunca o vira cobrir uma vítima daquela maneira.

Vítima.

Emmy sacudiu a cabeça, dizendo a si mesma que estava errada. O pai não era uma vítima, fora um espectador inocente. A arma estava apontada para o peito dela. Durante os doze anos que haviam se passado, Paul tinha olhado para ela com ódio, zombado dela, murmurado insultos a seu respeito.

Então, tinha levado um revólver para Elsinore Meadows para tentar matá-la.

O compressor do freezer desligou. O silêncio era tão absoluto que Emmy conseguia ouvir o próprio coração. Forçou as pernas a se moverem e foi até o pai. O rosto de Gerald estava relaxado. Olhos fechados. Lábios quase completamente escurecidos. O sangue na boca tinha sido limpo. O pequeno arranhão que a unha de Myrna deixara na manhã anterior parecia mais uma marca feita sem querer com uma de suas canetas de correção.

— Pai.

Emmy soltou um longo suspiro enquanto olhava para o corpo. Jamais tinha entendido o verdadeiro significado da expressão "a vida se esvaiu de alguém". Mas passara a entender. Não havia mais vida no pai, apenas um corpo devastado pelo câncer, uma coluna arqueada pela artrite, joelhos tão desgastados que as pernas haviam entortado. Ela deslizou a mão sob o lençol, segurou a mão fria dele. Esperou sentir algo, qualquer coisa, que dissesse que aquele era o último momento deles a sós. Mas não se parecia em nada com o que tinha lido em livros ou visto em filmes. Nenhuma sensação de encerramento, de que o espírito dele tinha esperado o suficiente para dizer adeus. Nenhuma certeza de que ele ainda estaria lá, vigiando-a, ouvindo-a, de olho nela.

Fechou os olhos, tentando evocar o som da voz dele.

Emmy Lou, o que está faltando?

— Você — sussurrou para o silêncio. — Estou sentindo sua falta.

Deixou a mão cair ao lado do corpo. Não tinha como voltar ao escritório com Milo. Não queria falar de obituários, caixões, cerimônias ou cortejos fúnebres. Queria ficar sozinha.

Emmy contornou o corpo, passou pela sala de velório, depois pela capela, e parou no saguão da frente, com luzes fortes, vasos de flores e caixas de lenços discretamente espalhadas pelos cantos. A visão ficou turva, mas não de lágrimas. Ia desmaiar. Encostou o ombro na parede.

Estava de volta à rua, em frente à casa de Adam ouvindo os gritos de Hannah. Vendo a arma disparar. Observando Cole correr, o colete balançando atrás dele. Sentindo uma grande ruptura às suas costas; um iceberg se partindo, um galho enorme se desprendendo de uma árvore. Ela estava à deriva. Caindo. Sem ele, estava perdida.

— Emmy? — Jonah bateu à porta de vidro. — Você está bem?

— Merda — sussurrou ela.

Esses homens não lhe davam descanso.

— O que você quer?

— Quero que abra a porra dessa porta.

Emmy destravou a fechadura. O cheiro úmido de maconha entrou no saguão antes dele. O bar fechava às duas, o que significava que ele passara um bom tempo bebendo antes de pegar o volante.

— Você está bem?

Ela recuou para se afastar do cheiro dele.

— Estou bem, Jonah. O que você quer?

— Não precisa ser uma vaca comigo. Quero saber se nosso filho está bem, ele não atende minhas ligações. Estava indo pra casa quando a vi pelo vidro.

Cole não atendia as ligações de Jonah nem nos melhores dias.

— Espere até de manhã. Está difícil pra todo mundo agora.

— Eu entendo. — Jonah suspirou. — Quando meu pai morreu foi como se eu tivesse sido atropelado por um trem.

Emmy se recostou na parede. Implorou em silêncio para que ele fosse embora.

— Você se lembra do funeral?

Emmy se lembrava de Jonah tão bêbado que desmaiou no banco de trás do carro.

— Queria que meu pai tivesse vivido para me ver ficar de pé, sabe? — Ele esboçou um sorriso triste. — Tocando nos fins de semana, sendo dono do meu próprio bar. Acho que ele finalmente teria se orgulhado de mim. Mas ele não viveu pra ver isso.

Emmy se lembrou de que não era mais sua função massagear o ego de Jonah Lang. O pai dele teria ficado horrorizado. O dinheiro para comprar o bar era fruto da venda da casa da avó de Emmy, algo que foi forçada a fazer para pagar Jonah e fazê-lo ir embora.

— Em, pode ligar para o Cole por mim? — pediu Jonah. — Fale que precisa falar com o pai dele.

Emmy engoliu a irritação.

— Não vou me meter. Ele liga quando quiser, não adianta forçar.

Jonah riu.

— Se eu esperasse aquele garoto querer falar, ele nunca abriria a boca. Só não virou um robô igual a você porque eu estou sempre dando uma forçada.

Emmy não queria entrar naquilo de novo.

— Você tentou na delegacia?

— Pelo amor de Deus, garota. Fez o menino voltar pro trabalho?

— Ele disse que queria.

— E você deixou? — Jonah soava indignado. — O que tem de errado com você?

— Aposto que você tem uma lista guardada em algum lugar.

— A cidade inteira tem uma lista.

— Cole já é adulto. Tem direito ao próprio espaço.

— Ele é um maldito Clifton, isso sim. E você fez questão disso.

— Jonah. — Ela precisava tirá-lo de lá antes que perdesse o controle. — Pela milionésima vez, eu não tive nada a ver com o Cole querer trocar de sobrenome. Ele fez isso pelo meu pai quando soube do câncer.

— E o meu pai? Ele também morreu. Sabe como ele teria se sentido com isso? O próprio neto se recusando a carregar o sobrenome Lang? Esse nome vai morrer comigo. É isso o que você quer?

Emmy se afastou da parede. O que queria mesmo era socá-lo nos rins até ele urinar sangue.

— Você pode, uma vez na vida, não fazer tudo girar em torno do seu umbigo? Meu pai foi assassinado há menos de 24 horas.

— Ele ia morrer de qualquer jeito.

Emmy não percebeu o quanto estava furiosa até ser tarde demais. A raiva explodiu, injetando adrenalina em cada célula do seu corpo. A visão se aguçou. Sentiu o gosto de sangue na boca. Não o socou, mas deu um tapa tão forte que ele caiu numa cadeira. Depois, outro, e outro, gritando:

— Cale a boca! Cale a boca! Cale a boca!

Ele a empurrou para longe. O lábio sangrava.

— Vaca filha da puta.

Ela viu a mão dele se fechar num punho.

— Vai, bate, eu duvido.

— Você bem que queria que eu fizesse isso.

— Sabe uma coisa que eu queria? — gritou Emmy. — Queria desenterrar seu pai e contar que a única razão pela qual você tem aquela porcaria que chama de bar é porque *eu* dei a você. Foi meu trabalho duro que pagou aquele baixo que você não sabe tocar. Foram as minhas economias que o colocaram naquela banda de merda que o chutou no minuto em que o dinheiro acabou.

— Não foi assim que aconteceu!

Jonah saltou da cadeira e atravessou o saguão a passos pesados. Empurrou a porta com tanta força que ela voltou.

— Vaca desgraçada.

— Babaca! — gritou Emmy atrás dele.

Ver Jonah entrar na caminhonete paga por ela a fez ficar com ainda mais raiva. Emmy enfiou a mão no bolso e segurou o celular. Deveria chamar uma viatura para revistar o carro dele, multá-lo pelos baseados que sabia que estavam no console, pela garrafa aberta no porta-copos. Mandá-lo para a cadeia por uma noite.

Forçou a mão a soltar o telefone. Não podia fazer isso com Cole, mas também não conseguia dissipar a raiva. Começou a andar de um lado para o outro pelo saguão. Respirou fundo, soltando o ar entre os dentes. Em algum nível, sabia que sua raiva estava mal direcionada. Não que Jonah não merecesse levar uma surra, mas o corpo de Emmy estava expulsando o luto da única forma que sabia.

— Oi.

Ela se virou bruscamente. Uma mulher mais velha estava parada na entrada da capela. Vestia uma jaqueta de couro preta, calça jeans escura e botas de motoqueiro com cadarço. Uma bolsa de camurça pendia do ombro. Delineador marcado nos olhos. Cabelo castanho desgrenhado, na altura dos ombros. Eram quase três da manhã, mas ela parecia pronta para subir no palco com a Courtney Love.

Emmy tentou se recompor. Ainda estava de uniforme. O melhor que conseguia fazer era fingir que a mulher não tinha visto que avançara em Jonah como um cão raivoso.

— Posso ajudá-la, senhora?

— Sou a agente especial responsável Jude Archer. Ou, bem... não tão especial assim, ultimamente. — Ela deu um sorriso rápido. — Longa história.

Emmy quase riu.

— Você não parece uma agente do FBI.

— Ouço isso o tempo todo.

— Seu pessoal está lá na delegacia.

Emmy deixaria Seth Alexander lidar com aquela impostora. No momento, estava tão tensa que sentia a mandíbula prestes a travar.

— Três quarteirões abaixo, à esquerda. Vou até lá quando terminar aqui — acrescentou Emmy.

— Na verdade, gostaria de falar com você em particular. — Jude apontou para a capela. — Por que não nos sentamos ali dentro?

Se achava que Emmy iria se sentar em um banco de igreja e abrir o coração, era mais ingênua do que parecia.

— Escute, moça, eu não quero falar com você. Quero que vire as costas, volte por onde veio e me deixe em paz.

— Certo.

Emmy esperou que ela fosse embora, mas a mulher não se moveu. Ficou lá parada, como se não tivesse dito "certo" em concordância, mas apenas para reconhecer que um pedido havia sido feito. A cadência, a entonação no final... Era tão familiar que quase parecia que Gerald tinha se levantado da mesa na sala de embalsamamento e estava lá com ela, parado na entrada da capela.

Os nervos de Emmy começaram a disparar, enviando uma eletricidade pulsante do topo da cabeça aos dedos dos pés. O comichão. A sensação ruim. O *não parece certo*. Ela sabia quem era aquela mulher, estava longe de ser uma estranha.

— Por favor, não faça isso — implorou Emmy. — Agora, não.

— Ah — disse Jude. — Então eles contaram a você.

A porta de vidro se abriu antes que Emmy pudesse responder. Tommy entrou no saguão, olhando para baixo enquanto tentava fechar o zíper da jaqueta. Levantou os olhos e piscou. O choque em seu rosto era quase cômico. Ficou momentaneamente sem palavras.

— Martha? — sussurrou.

Jude sorriu para o irmão.

— Oi, Tommy.

CAPÍTULO ONZE

JUDE OBSERVOU ENQUANTO EMMY abriu a boca, depois a fechou e então saiu do prédio sem dizer uma palavra, passando pelas portas de vidro. Tommy não disse nada. Não fez nada. Apenas soltou um longo suspiro que atravessou mais de quarenta anos. Era como se estivessem apertados ao lado de Henry na traseira do Chevy Vega de Myrna, esperando Gerald cambalear para fora do bar.

Mas eles não eram mais crianças. Henry morrera fazia muito tempo. Tommy tinha a postura curvada de um homem que passava tempo demais atrás de uma mesa, olheiras escuras marcavam seu rosto, ele estava com a barba por fazer e completamente careca.

— Não vai atrás dela? — perguntou Jude.

— Ela não é do tipo que alguém vai atrás.

Jude não se surpreendeu. Os Clifton gostavam de uma saída dramática.

Tommy cruzou os braços. Observou-a por um instante e então disse a coisa mais Tommy possível:

— O Billy Idol sabe que você roubou o visual dele?

— O Kojak sabe que você roubou o dele?

Ele sorriu do mesmo jeito de antigamente.

— Você veio dançar no túmulo do papai ou... ?

Jude esperou pelo *ou*, mas ele não completou.

— Como Myrna está lidando com isso?

— Ela não lida mais com nada hoje em dia. — Tommy coçou a barba por fazer. — Alzheimer. Fase avançada. Não reconhece mais ninguém, esquece que precisa comer, não consegue se limpar sozinha, acorda no meio da noite gritando sobre...

Jude percebeu a pausa abrupta. Ela viu Tommy olhar demoradamente para o relógio, buscando uma desculpa para esconder seu luto.

— Nossa, não tinha percebido que estava tarde assim. — Ele pigarreou antes de voltar a encará-la. — Ela vai ser transferida para uma clínica às 7h30 em ponto, então só faltam algumas horas. Papai arranjou tudo antes de morrer. Não nos deu muita escolha.

Jude precisou de um momento para processar a informação. Ela tinha se preparado para enfrentar a língua afiada e os olhares cortantes de Myrna. Saber que a mãe estava, na prática, perdida para sempre a fez perceber que, no fundo, ainda esperava algum tipo de reconciliação.

— Você não parece surpreso por eu estar viva.

Ele sorriu de novo, um tique nervoso.

— Em meados dos anos 1990, dois agentes do FBI bateram à minha porta. Disseram que estavam fazendo uma verificação de antecedentes como parte do seu possível emprego.

— O que disse pra eles?

— Primeiro, gaguejei um monte. Fiquei meio chocado porque estavam agindo como se você estivesse viva. Depois, disse a verdade. Que não a via havia mais de uma década. Que você gostava de festas na época, mas eu não fazia ideia do que andava aprontando ultimamente.

Jude imaginou que ele lhe tinha feito um favor.

— Eles falaram com papai?

Tommy deu de ombros.

— Seria o mais lógico, mas ele nunca mencionou nada comigo.

Jude entendeu o que aquilo significava. Tommy também nunca havia mencionado nada com Gerald. Ela olhou para as portas por onde Emmy tinha acabado de sair.

— Ela claramente sabe.

— Papai fez uma reunião com a gente no ano passado e contou.

— E você fingiu surpresa?

— Não sei se você lembra, mas eu sou bom em fingir.

Jude viu o sorriso nervoso voltar, percebeu que Tommy ainda evitava confrontos. Sempre teve um jeito meio solitário. Henry e ela eram muito próximos, nasceram com apenas catorze meses de diferença. Eram a sombra um do outro. Nunca houve muito espaço para Tommy conseguir aquilo de que precisava.

Jude achou que aquele era um bom ponto de partida.

— Uma das muitas coisas das quais me arrependo é que Henry e eu sempre o deixamos de fora. Sinto muito por isso, devíamos ter ficado juntos. Você foi um bom irmão, Tommy. Nunca teve nada a ver com você.

— Não me parece uma boa ideia começar a desenterrar as coisas agora. — Ele coçou a barba por fazer. — Papai parou de beber depois que você foi embora. Parou de vez. Voltei da faculdade e todas as garrafas tinham sumido.

— Ele disse por quê?

— Não, mas acho que foi por causa da Emmy. — O sorriso, dessa vez, era genuíno. — Ela era como um raio de sol. Deu-lhes uma nova chance; a todos nós, para ser honesto. Foram tão bons com ela, pessoas melhores. Não sei explicar, mas, se eu não a amasse tanto, ficaria com ciúme.

— Eles eram assim com Henry. Pelo menos no começo.

— Não, não era a mesma coisa. Eles não a idolatravam. Eles a adoravam. Mamãe até ficou um ano inteiro sem trabalhar só para ficar com ela quando era bebê.

Jude se pegou sorrindo também.

— Quem corrigia a gramática de todo mundo enquanto Myrna estava fora?

Os dois responderam ao mesmo tempo:

— Celia.

Compartilhar um momento de riso com o irmão aliviou um pouco o peso no peito de Jude. Ela ficou feliz que Emmy tivesse tido uma versão melhor de Myrna e Gerald do que a que ela tivera.

— Cada filho tem pais diferentes, mesmo crescendo na mesma casa.

Tommy pareceu intrigado com a observação, mas logo disse:

— Os agentes do FBI me disseram que você era psiquiatra.

— Psicóloga criminal. E você é professor de história, e Celia é diretora da sua antiga escola.

— O FBI sabe que anda monitorando a gente? — perguntou, arqueando a sobrancelha direita.

— Você postou tudo isso no seu Facebook, *PuxaSaco81*.

Ele riu.

— Casada? Filhos?

— Divorciada, mas ele era um cara bom. E eu nunca fui maternal. — Jude olhou de novo para as portas. A rua estava escura e vazia. — Ela é muito bonita.

— Durona para caramba — disse ele. — Quando Emmy era pequena, tivemos que colocar uma luz noturna no quarto dela, mas não porque ela tinha medo do escuro. O escuro tinha medo dela.

— Jesus, Tommy.

Ele soltou uma risada seca.

— Ela é tão inteligente. Papai a tomou como pupila, e a ensinou a ser policial.

— Como fez com Henry.

— Não, quando eu digo que foi diferente, é porque foi. Sem pressão, sem raiva. Papai foi paciente, gentil. Só queria ajudá-la a fazer algo em que já era naturalmente boa.

Jude não conseguia imaginar um Gerald gentil e paciente.

— Ela é boa no trabalho?

— Melhor que ele em muitos aspectos, porque entende que as pessoas não são só oito ou oitenta. — Ele deu de ombros, mas era algo grande. — O filho dela, Cole, é incrível. Herdou a inteligência da mãe e o carisma do pai.

Jude tinha ouvido a discussão de Emmy com Jonah. Não chamaria aquilo de carisma.

— Ela estava lá quando papai foi assassinado — observou Jude.

— Os dois estavam. Cole também é policial. — O sorriso discreto de Tommy ergueu um canto de sua boca. — Nenhum dos dois teve coragem de virar professor.

Jude também sorriu, mas percebeu que ainda era um assunto delicado para Tommy. Ele era o mais velho, mas Henry sempre fora o favorito de Gerald, aquele que fora treinado para seguir seus passos.

— Lembro-me do papai dizendo que não ia perder tempo me ensinando a ser policial porque eu desistiria quando me casasse.

— Também me lembro. — Tommy deu de ombros de novo, mas ela percebeu que ele ainda sentia a afronta por ela. — Papai não era assim com a Emmy. Ele a apoiava sem condições. Todos nós apoiávamos. Mamãe cuidava do Cole para que ela pudesse ir para a faculdade. Papai dava folgas do trabalho. Celia e eu ajudávamos quando podíamos.

— Uma grande família feliz.

Tommy lançou um olhar mordaz para ela. O sorriso sumiu.

— Não a machuque, combinado?

Jude sentiu um tipo estranho de vazio, como se o corpo quisesse se desligar. Tinha esquecido aquela sensação ao longo dos anos. Aquela família. Aquela cidade. Aquelas pessoas. Sua alma ainda guardava as cicatrizes da dor que eles haviam causado. Algumas coisas não ficam para trás.

A Jude de São Francisco teria conversado a respeito, mas ela estava em North Falls, e estava lá por um motivo.

— Certo.

Tommy assentiu.

— Certo.

Ele saiu pela capela. Jude observou até que desaparecesse pela porta atrás do púlpito. O irmão encontraria Gerald deitado na sala de embalsamamento.

Milo sentado à mesa. O choque no rosto do agente funerário quando Jude entrara em seu escritório logo foi substituído por cautela. Ela gostou da recepção fria. Isso lhe dizia que, mesmo depois de tanto tempo, o povo de North Falls continuava o mesmo.

Jude enfiou as mãos no bolso da jaqueta e saiu pela porta da frente. Ainda estava no fuso horário da Costa Oeste, mas o voo de cinco horas, seguido por três horas de carro, pesava em seu corpo. Sem falar no estresse de estar de volta a um lugar que um dia havia chamado de lar.

O centro de North Falls não tinha mudado desde que ela fugira no meio da noite com pouco dinheiro e uma garrafa de Jack Daniels. As fachadas das lojas tinham placas diferentes, mas os prédios eram os mesmos. Baixos, de um andar, alinhados nos dois lados da rua principal. A delegacia ficava em uma ponta. A loja de ferragens, na outra. Jude ainda se lembrava de fazer esse caminho com Henry ao lado, checando se o pai estava no trabalho, depois cortando pelo beco para ver se o carro da mãe estava estacionado atrás das pilhas de madeira onde ela se encontrava com Louis Singh depois das aulas.

Jude olhou para a calçada. Observou as botas batendo no concreto. Tentou se ater ao presente, em vez de ser arrastada para o passado. Havia um discurso longo preso na cabeça dela, um que compôs mentalmente enquanto esperava pelo voo, enquanto dividia o assento do avião com um empresário galanteador, enquanto dirigia de Atlanta até lá.

Mãe, não estou aqui para causar problemas. Dê-me uma chance de ajudar.

Jude sabia como era o Alzheimer. Natalie Daniels, a sexta vítima de Freddy Henley, tinha sido a única filha de um pai solo. Doug Daniels havia atuado como intermediário entre o FBI e as famílias. Ele era um pacificador, um homem gentil e alguém por quem Jude desenvolvera enorme respeito. Ela havia sido uma das primeiras pessoas a quem Doug contara seu diagnóstico. Também fora uma das poucas que continuou a visitá-lo muito depois de ele ter perdido a lucidez. O fato de não ter conseguido localizar o corpo de Natalie enquanto ele ainda estava vivo foi um dos maiores fracassos profissionais de Jude.

Ela enfiou a mão na bolsa à procura de um lenço de papel. Sabia que estava se emocionando por Doug Daniels porque não conseguia chorar pelos próprios pais.

— Martha?

Virgil Ingram estava parado do lado de fora da delegacia. Ele olhava para o celular, mas logo o enfiou no bolso de trás ao vê-la. Virgil era pelo menos quinze anos mais velho que Jude. Em suas recordações, estava sempre de uniforme ao lado de Gerald. Então a calça jeans e a camisa de manga comprida eram uma surpresa. Seu cabelo tinha ficado grisalho. Pelo movimento dos músculos sob a roupa, Jude deduziu que ele ainda passava cada momento livre cavalgando e exibindo cavalos.

— Imaginei que você apareceria — disse ele.

Jude respirou fundo, preparando-se.

— Parece que a notícia da minha morte foi um pouco exagerada.

— Gerald me contou no ano passado. Disse que você virou uma figurona do FBI.

Ela não deixou a mente divagar pelo fato de o pai haver compartilhado essa informação com Virgil.

— Estou aqui para ajudar no caso de Paisley Walker.

— Vão precisar. Tecnicamente, estou aposentado. Agora trabalho como detetive particular. Emmy me pediu para ajudar. A pobre menininha sumiu na estrada deserta. Igual à última vez. — Ele começou a explicar: — Houve um caso...

— Eu ouvi o podcast. *Anjo equivocado?*

Virgil bufou.

— Jack Whitlock é um babaca, e aquilo é um monte de besteira que coloca toda a atenção em Emmy. Ela não era a responsável pelo caso, Gerald era. E, para deixar claro, ninguém cometeu erros. Pegaram o cara certo. Lembra do Adam Huntsinger? Ele sempre foi uma fruta podre.

Jude sabia que algumas pessoas diriam o mesmo a seu respeito. Ela ergueu os olhos na direção da delegacia. O tijolo vermelho tinha sido pintado de cinza-escuro. Em vez das letras de bronze, havia uma placa iluminada.

— Quem está no comando agora?

— Emmy, pelo que parece. Gerald a nomeou subdelegada-chefe antes de eu me aposentar.

— Ela está preparada para isso?

— Para fazer o trabalho? Com certeza. Ela que vem comandando o departamento nos últimos dois anos. Gerald queria que ela assumisse de vez, mas não sei, acho que ela não quer. E não tenho certeza de que os outros aceitariam.

— Mesmo que ela já esteja fazendo o trabalho?

— Faz muita diferença sem o Gerald para apoiá-la.

— Um homem só precisa provar sua competência uma vez. Uma mulher tem que provar todos os dias.

Ele riu.

— Virou feminista agora?

— Sou realista. — Ela indicou a delegacia com a cabeça. — O que vou encontrar lá dentro?

— Vamos ver. — Ele segurou a porta aberta. — Depois de você.

Jude havia passado a carreira entrando em delegacias às cegas. O cheiro era sempre o mesmo: suor e desespero. Normalmente, havia um ar de hostilidade ou ressentimento. Para muitos policiais, chamar o FBI era, na melhor das hipóteses, um mal necessário e, na pior, uma admissão de fracasso. O fato era que ninguém ficava feliz em vê-la. E não os culpava. Quando o FBI assumia um caso, ficava com todo o crédito. A menos que tudo desse errado; então, a culpa recaía sobre a polícia local.

— Puta merda — disse um homem. — Dra. Archer?

Ela o observou praticamente pular as mesas para alcançá-la. Cabelo curto penteado para o lado. Camisa branca impecável. Gravata azul-claro. Broche da bandeira norte-americana. Jude reconheceu o estilo bem alinhado de um agente de carreira do FBI. Ele estendeu a mão. Jude sentiu o suor na palma quando a apertou.

— Dra. Archer, que honra conhecê-la pessoalmente. Sou o agente especial Seth Alexander. Meu chefe disse que mandaria os pesos-pesados, mas eu não sabia que seria um canhão. Muito obrigado por vir, senhora. Assisti a uma palestra sua em Quântico há alguns anos. Estou honrado por fazer parte da sua equipe.

— Obrigada, mas estou oficialmente aposentada. Estou aqui apenas como consultora.

Jude olhou ao redor à procura de Emmy, deixando o olhar deslizar pelo escritório vazio de Gerald.

— Onde está a xerife interina?

— Saiu por um momento. Quer que eu a localize?

Jude tinha a impressão de que não conseguiria lidar com Emmy naquele momento. Era muito mais fácil voltar a um padrão familiar.

— Atualize-me primeiro. O que sabemos?

— Paisley Walker, menina de catorze anos.

Seth a conduziu para os fundos da delegacia. Jude olhou para o mapa de North Falls estendido sobre uma mesa. Círculos rastreavam a possível trajetória do sequestrador.

— Aqui. — Seth apontou para um X vermelho na avenida Coleman. — A mãe diz que Paisley saiu de bicicleta para a escola pouco antes das sete. Por volta das 7h30, uma testemunha ligou para a emergência. Ela estava aqui, em uma das estradas rurais que os moradores falam que é "de terra". O informante relatou que havia uma bicicleta infantil abandonada. Nenhum sinal da ciclista. O pneu traseiro estava torto; a corrente, solta. Sangue na cena. O policial que atendeu ao chamado ligou para os hospitais, vasculhou a casa da família. Nada.

Jude analisou o mapa, embora a rota já estivesse desenhada em sua mente. Ela andava de bicicleta por aquelas estradas com Henry e Tommy para pescar no lago de Millie.

— E depois? — perguntou.

— Falaram com os pais, investigaram parentes, entrevistaram os funcionários da escola, conversaram com vizinhos, fizeram buscas até a casa onde a bicicleta foi encontrada. Vasculharam lixeiras, bueiros, becos. O pai da menina, Elijah Walker, está sendo interrogado. A mãe, Carol, está na casa deles. Precisou ser medicada, mas meu agente disse que ela já está pronta para falar.

— Algum suspeito?

— Não, senhora — respondeu Seth. — Um tio meio esquisito está vindo do Alabama, e um homem hispânico em uma caminhonete preta fez serviço de jardinagem para a família quatro meses atrás. O pai disse que pode ter visto a mesma caminhonete na manhã do desaparecimento. Estamos rastreando o homem por um aplicativo de pagamento.

— Tenha cuidado com isso.

Jude olhou em volta e avistou um jovem subdelegado curvado sobre um computador. Bonito. Cabelo castanho cacheado. Traços marcantes.

— Cidade pequena. As pessoas se inflamam facilmente — continuou ela.

— Sim, senhora — respondeu Seth. — Soube do policial que foi assassinado?

— Soube. — Jude desviou o olhar do jovem. — Já consideraram alguma conexão entre o desaparecimento de Paisley e o caso de Adam Huntsinger?

— Huntsinger foi solto há dois dias, enquanto responde por uma acusação de estupro. Devemos investigá-lo? Isso é obra de um assassino em série?

— Indeterminado.

Jude não gostou da empolgação na voz do agente. Ele pensava demais na caçada e pouco nas vítimas.

— O que mais vocês têm?

— Temos o celular de Elijah Walker. — Ele chamou outro agente de aparência formal. — Agente especial Damien Reynolds. Ele cuida da parte de TI.

— Dra. Archer, é uma honra — disse Damien. — Um dos policiais locais conseguiu acesso ao celular de Elijah Walker. As mensagens estão limpas. O histórico de navegação é basicamente jogo de futebol e pornografia. Preciso rodar um software para entrar no WhatsApp, mas as fotos já contam uma história.

Jude procurou os óculos de leitura dentro da bolsa, tirou-os do estojo e começou a rolar as imagens. Muitas vezes, durante a carreira, teve plena consciência de que era a única mulher em uma sala cheia de homens. Olhar as fotos obscenas de órgãos genitais masculinos e femininos armazenadas no telefone de Elijah Walker, com certeza, era um desses momentos.

— Os metadados foram apagados, então não temos a localização, mas todas as fotos são do ano passado — disse Damien.

Ela tirou os óculos.

— Que tipo de pornografia estava no histórico de navegação?

— *Bondage* leve. Mulheres adultas. Nada muito bizarro. Nada envolvendo menores ou mulheres muito jovens.

— Qual a senha principal do celular?

— 8-7-2-3-1-6. — Damien leu o número de um pedaço de papel.

— Fale-me sobre os pais — disse Jude.

— Elijah Arnold Walker, 37 anos, branco. Corretor de seguros. Diácono da igreja. A esposa é Carol Diane Walker, 31 anos, branca. Dona de casa. Voluntária em um brechó local três dias por semana. Nenhum dos dois teve casamentos anteriores. Paisley é filha única.

— Então ela nasceu quando a mãe tinha dezessete; e o pai, 23 — refletiu Jude. — Álibis?

Seth demorou um instante para fazer a conta.

— A mãe estava em casa. Vizinhos a viram pegando a correspondência depois que a filha saiu. O pai estava no trabalho a manhã inteira. A secretária estava com ele quando recebeu a ligação.

— Leve-me até ele.

— Sim, senhora. Por aqui.

Jude não precisava de ajuda para encontrar as salas de interrogatório, mas ficou feliz em deixar Seth guiar o caminho. Aproveitou para olhar o escritório vazio de Gerald. As luzes estavam apagadas. A mesa dele havia sido virada de costas para a janela. Outra mesa estava encostada nela. Jude viu um laptop, uma foto desbotada de um menino com uma cabeleira de cachos castanhos, igual à do jovem policial que ainda se curvava sobre o computador.

A sensação de desconforto voltou a seu corpo. Tommy dissera que Gerald havia mudado por causa de Emmy, que Myrna tinha melhorado, que Emmy trouxera um raio de sol para suas vidas. Mas deixara o óbvio de fora: a luz só tinha atravessado depois que a escuridão de Jude desaparecera.

Seth parou diante da porta fechada da primeira sala de interrogatório.

— Quer que eu fique, senhora?

— Presumo que haja câmeras. Observe à distância. Eu aviso se precisar de você. — Antes que ele saísse, Jude perguntou: — Quem foi que convenceu Walker a desbloquear o celular?

— Emmy Clifton. Eu a deixei fazer a primeira tentativa na entrevista.

Jude tentou não se incomodar. Conseguir acesso voluntário ao telefone não era pouca coisa.

— Ela compartilhou as impressões sobre Walker?

— Disse que ele é controlador e, palavras dela, "bem rígido". Achou que estava escondendo algo. Destacou que ele não gostava do jeito que a filha se vestia. — Seth deu de ombros. — Bem normal para um pai se preocupar com isso. Pode ser que Emmy tenha projetado as próprias questões.

— Você a conhece bem? — Jude percebeu a hesitação dele. — Você continua a chamá-la de Emmy. Ela não é a xerife interina?

— Não, senhora, eu não a conheço, mas ela é a xerife interina, sim.

Ele teve o bom senso de parecer constrangido. O FBI tinha um código de conduta rigoroso para o qual Jude não dava a mínima, em geral.

— Ouvi dizer que a xerife Clifton era muito próxima do pai. Não fazia nada sem ele. Talvez os próprios sentimentos dela estejam interferindo em seu julgamento.

— Está dizendo que ela não está à altura do cargo?

— Ela foi subdelegada por um tempo, mas, pelo que ouvi de alguns moradores, o pai dela fazia todo o trabalho pesado. Ela estragou o caso de Adam Huntsinger. Provavelmente está encrencada de novo. — Ele alisou a gravata. Estava nervoso, tentando se redimir. — Meio estranho o pai dela estar morto e ela ainda estar trabalhando como se nada tivesse acontecido.

— Acho louvável. É preciso ter muito caráter para deixar de lado o próprio luto e procurar uma criança desaparecida.

— A senhora tem razão. — Seth alisou a gravata de novo. — Não sei o que faria se meu pai fosse assassinado bem na minha frente.

— Eu esperaria que mantivesse a cabeça baixa e fizesse seu trabalho.

Jude abriu a porta da sala de interrogatório. Por um instante, teve a impressão de ter atravessado um portal para o passado. Era como se tivesse treze anos de novo, andando de um lado para outro na sala enquanto interpretava o policial bonzinho e o durão para o grande criminoso interpretado por Henry.

Então, piscou, e havia apenas um homem de meia-idade furioso prestes a gritar com ela.

— Que merda está acontecendo aqui?

Elijah Walker claramente estivera esperando alguém entrar para explodir. Ele empurrou a cadeira para trás da mesa. O rosto estava vermelho de raiva.

— São altas horas da noite. Eu deveria estar com minha esposa. Quem é a senhora?

— Sou a dra. Jude Archer. Estou atuando como consultora do FBI. — Ela digitou a senha no celular dele e mostrou uma das muitas fotos obscenas. — Esse é o seu pênis?

O homem ficou estático. Nem respirava.

— Esse é o seu pênis? — repetiu ela.

— Como você...

Elijah tentou agarrar o celular de volta, mas Jude o pressionou junto ao peito.

— Sente-se, sr. Walker.

Ele parecia querer bater nela, mas, por fim, lentamente, sentou-se à mesa.

— Como acessou meu celular?

— O celular que o senhor desbloqueou e entregou para a xerife interina?

— Aquela vaca estúpida não tinha o direito de olhar nada além do meu CashApp.

— Para quem estava enviando fotos do seu pênis?

Ele balançou a cabeça de um lado para outro.

— Eu não...

Ela mostrou outra foto, dessa vez de uma mulher.

— De quem é essa vagina?

Elijah a encarou com ódio escancarado.

— Isso é um absurdo. Está perdendo tempo.

Jude puxou outra cadeira. Sentou-se de frente para ele. Tirou um momento para olhá-lo. O cabelo de Elijah estava oleoso. A pele brilhava de suor. Ele estava pálido, exceto pelo rosto, que estava tão vermelho em comparação ao pescoço que lembrava um pirulito de cereja.

— Sr. Walker, fiz duas perguntas simples. Está se recusando a respondê-las?

Ele rangia os dentes. Jude via uma veia pulsando sob o olho.

— Eu já disse. Isso não tem nada a ver com Paisley.

— Estava tendo um caso?

Ele não respondeu.

— Estava tendo múltiplos casos?

Jude colocou os óculos e rolou mais algumas fotos.

— Parece a mesma vagina para mim. Essa marca de nascença na parte interna da coxa dela é interessante.

— Pare com isso!

Elijah bateu o punho na mesa. Jude percebeu que ele estava acostumado a usar a raiva como arma. Provavelmente funcionava com as mulheres da vida dele, mas não funcionaria com ela.

— Sr. Walker, você tem todo o direito de permanecer em silêncio. — Jude se levantou. — Faremos uma coletiva de imprensa às 7h30 para pedir informações ao público sobre o paradeiro de sua filha. Posso levar essa pergunta sobre a identidade da mulher a eles.

— Como assim, caralho?! — A voz de Elijah subiu. — Não pode fazer isso, sua vaca maldita.

— Posso e farei.

Ela alcançou a maçaneta.

— Espere.

Jude se recostou na porta. Estudou o rosto dele de novo. A cor havia sumido, deixando-o pálido. Os olhos se moviam, tentando encontrar uma saída. Emmy estava certa ao dizer que Elijah Walker era uma pessoa que precisava ter o controle das coisas. Jude havia puxado o mundo de debaixo dele ao tirar seu poder. Era hora de contrabalançar um pouco.

Ela olhou para as mãos dele. O indicador esquerdo estava calejado na dobra da primeira falange.

— O senhor pesca com isca?

— O quê? — perguntou, nitidamente surpreso com a pergunta.

— O calo no seu dedo parece de queimadura de linha. Meu irmão se cortava exatamente no mesmo lugar quando pescava no rio Flint. — Jude repetiu: — O senhor pesca com isca?

Elijah olhou para o próprio dedo indicador como se nunca o tivesse visto.

— Pesco.

— Então sabe como é lançar a linha centenas de vezes em centenas de lugares diferentes, esperando pegar alguma coisa. — Jude cruzou os braços. — É isso o que fazemos quando uma criança é sequestrada, sr. Walker. Lançamos centenas de linhas em centenas de direções e esperamos pegar algo. Essas fotos no seu celular podem ser um peixe ou podem ser lixo preso na linha. O senhor pode desperdiçar meu tempo me fazendo ir atrás disso ou pode me contar a verdade.

— São lixo — disse ele. — Só isso.

— Está tendo um caso.

Ele balançou a cabeça em negativa.

— Não é um caso.

— Ela é uma profissional do sexo? Está pagando por isso?

Ele apoiou a cabeça na mão, cobrindo os olhos com os dedos.

Jude esperou em silêncio que ele desse outra desculpa ou revelasse um nome. Elijah demorou. Ela ouvia os telefones tocando abafados na sala ao lado. O relógio na parede marcava 3h40 da manhã. Jude conhecia as estatísticas a respeito de sequestros de crianças, a diferença nas chances de sobrevivência quando um dos pais estava envolvido em comparação com um estranho. Não era a primeira vez que ficava sozinha em uma sala com um possível predador, mas aquele era um dos raros momentos em que seu instinto não lhe dava uma resposta clara.

Ela revisou os fatos do caso até aquele momento mentalmente. O instinto não estava comprometido pelo fato de estar de volta a North Falls. Não tinha a ver com Tommy, nem com Emmy, nem com os pais. A libertação de Adam Huntsinger mudara a equação. A bicicleta abandonada na estrada de terra. O pneu traseiro torto. A corrente solta. Sangue na cena. Jude não era do tipo que acreditava que coincidências não existiam, mas tinha plena certeza de que coincidências não existiam em North Falls.

Elijah inspirou com força.

— Eu não a vejo há meses, tá bom? Eu parei. A culpa foi demais.

— Como vocês se conheceram?

— On-line. Num site de encontros. Não lembro o nome.

Jude assentiu.

— Certo.

— Deixei claro desde o começo que era casado, que nunca deixaria minha mulher. — Ele começou a sacudir a cabeça. — Achei que ela estivesse interessada em mim, mas depois começou a falar de dinheiro. O nome dela é Trixie. Nunca soube o sobrenome. Foram só algumas vezes.

— Como marcavam os encontros?

— Ela me fez baixar o WhatsApp. Era assim que a gente se comunicava. Primeiro trocamos fotos, depois nos encontramos pessoalmente. — Ele soltou um longo suspiro, como se a confissão o rasgasse por dentro. — Eu juro, foram só algumas vezes. Parei de vê-la três ou quatro meses atrás. Como eu já disse. Como disse a ela. Eu nunca deixaria minha mulher. Eu amo Carol, amo minha família.

— Onde vocês se encontravam para transar?

— Em um hotel em Clayville. A pousada Dew Drop.

Jude conhecia o lugar de sua juventude problemática. Elijah Walker deve ter se destacado tanto quanto um missionário mórmon.

— É uma parte perigosa da cidade para alguém como o senhor. Gosta de correr riscos?

— Não era… — Ele enxugou o suor da testa. — Carol não é muito aventureira. Estamos casados há muito tempo.

— O que Trixie lhe oferecia? Estamos falando de fetiches? *Bondage?*

— Não, sempre sexo normal.

— Quanto ela cobrava?

— Era 450 por duas horas, mais o valor do quarto.

Jude mudou a sentença para o tempo presente.

— O senhor paga diretamente para ela ou tem um intermediário?

— Deixo o dinheiro em espécie na cômoda, aí tomo um banho, e, quando saio do banheiro, ela começa a contar o tempo. — Ele se endireitou na cadeira, tentando recuperar alguma dignidade. — A última vez foi meses atrás. Não tive mais contato com ela desde então.

— Sabe que tipo de carro ela dirige?

Ele negou com a cabeça.

— Nunca reparei.

— Ela mencionou hobbies ou algo sobre a família?

— Não sei nada sobre ela. — Continuava negando com a cabeça. — Eu não pagava para ouvir ela reclamar dos filhos ou dos problemas. Eu estava lá por mim. Só por mim.

— Qual é a senha do seu WhatsApp?

— Não lembro, já faz meses que não acesso. Só baixei porque ela pediu.

— Sr. Walker, o senhor tem alguma ideia de onde Paisley está agora?

— Não. Juro pela minha vida. — Ele finalmente olhou para Jude. — Por favor, estou implorando para que deixe isso de lado. Não tem nada a ver com Paisley.

— Espere aqui.

Els saiu para o corredor e fechou a porta atrás de si. Seth já estava saindo do antigo depósito. Ela podia ver o brilho dos monitores sobre uma mesa, duas cadeiras espremidas à frente deles.

— O detalhe da pesca com isca foi impressionante.

— O julgamento da xerife Clifton estava certo. Ele está escondendo alguma coisa. — Jude lhe entregou o celular. — Diga ao Damien que precisamos destravar isso o quanto antes. Quero que mande uma equipe para a pousada Dew Drop com uma foto do Walker, veja se alguém se lembra dele. Traga a secretária dele até aqui. Bata à porta dela. Tire-a da cama. Ela é o álibi dele para ontem de manhã. Quero saber se está dormindo com ele. Se não estiver, com certeza tem uma ideia de com quem ele tem se envolvido.

— Você quer dizer Trixie?

— Não deve ser o nome verdadeiro dela — disse Jude. — Vai ser algo como Ashley ou Katie. O valor de 450 dólares por duas horas indica um serviço de namorada. Ele passa dez minutos transando com ela, e o restante do tempo reclamando de como a vida é difícil e de como a esposa não o entende.

Seth pareceu mais surpreso do que deveria.

— A acompanhante deve ter uma agência que filtra os clientes. São eles que Walker está pagando. Precisamos vasculhar os extratos do cartão de crédito e todos os aplicativos de pagamento. Tem que haver um rastro. Ele não achou essa mulher num site de encontros.

Ela apontou para o celular.

— Nem o homem, aliás. Aquele claramente não é o pênis de Elijah Walker.

Seth ergueu as sobrancelhas.

— Senhora?

— As mãos, o pescoço e o rosto do Walker são pálidos. A menos que ele esteja indo a uma cabine de bronzeamento e fazendo só nos genitais e na barriga, aquele não é o pênis dele.

— Sim, senhora. — Seth pegou o telefone. — Acha que Walker está sendo chantageado?

Jude tinha visto a foto de Paisley no boletim em São Francisco.

— A filha dele é uma jovem loira e bonita.

— É...

Seth não parecia mais surpreso. Ele já tinha ouvido falar de tráfico sexual infantil, pelo menos.

— A coletiva de imprensa às 7h30 que a senhora mencionou... Desculpe, não percebi que já tinha organizado isso. Vai fazer um apelo?

— Estava blefando, mas quero que organize uma mesmo assim. Esse horário dá tempo de a mídia nacional chegar de Atlanta. O palco é todo seu. — Jude não queria ser o rosto da investigação. — Certifique-se de agradecer à xerife Clifton e às forças locais pela cooperação. Diga à imprensa que estamos seguindo pistas. Peça que as testemunhas se apresentem. Dê o número da linha de denúncias.

— Sim, senhora.

— Vou falar com a mãe. Carol Walker pode saber o que o marido anda fazendo.

Jude começou a sair, mas então pensou em algo.

— Preciso que imprima duas fotos da coleção do Elijah. Uma de cada, tamanho real, colorida.

— Vai mostrar para a mulher dele? — O agente parecia chocado.

— Querido, precisa entender que não estou aqui para segurar na mãozinha de ninguém nem pisar em ovos. Vou fazer o que for preciso para trazer uma garota de catorze anos de volta para casa.

— Sim, senhora. Vou mandar um agente levá-la à casa dos Walker.

— Não, vou pegar uma carona com a xerife.

CAPÍTULO DOZE

EMMY ESTAVA SENTADA NO escuro dentro do complexo da delegacia. A perna finalmente havia parado de tremer, mas apenas porque os músculos se esgotaram. Enquanto os ponteiros do relógio desciam até as cinco da manhã, ela sentia cada tique do relógio drenando sua vida. Não tinha mais nada para dar. Tudo o que podia fazer era encarar o painel de monitores de vídeo à sua frente. Doze câmeras diferentes no lado masculino. Oito no feminino.

Paul Dalrymple estava em isolamento para a própria proteção. Quando Emmy assumiu o turno de monitoramento da cadeia, ele andava de um lado para o outro na cela. Naquele momento, estava com as mãos agarradas às grades e batia a testa de leve contra o aço. O uniforme listrado de preto e branco estava manchado de suor. Havia uma mancha de vômito na frente. Foi preciso chamar a manutenção por causa do vaso sanitário entupido. Ele estava passando por abstinência de álcool. Seria preciso chamar um médico também, mas Emmy não estava no clima de ajudar o homem responsável pela morte do pai dela.

Ela desviou o olhar para o monitor inferior direito. Hannah também estava sozinha em uma cela, mas porque a vigiavam por risco de suicídio. Não havia se movido do catre desde que Emmy entrara na sala de monitoramento. Estava deitada de lado, encolhida em posição fetal. Como Hannah fitava o chão, Emmy via que seus ombros tremiam enquanto chorava. A cena tinha partido o coração dela. Queria entrar na cela, abraçá-la, dizer que tudo ficaria bem.

Na verdade, queria que Hannah fizesse o mesmo por ela.

Nos doze anos que se passaram, Emmy ansiara pelo conforto daquela amizade inúmeras vezes. Quando Myrna foi diagnosticada com Alzheimer. Quando ela começou a piorar de verdade. O câncer de pulmão de Gerald. Seguido do câncer de fígado. E, por fim, essa insanidade de a irmã mais velha estar de volta à cidade menos de 24 horas depois de o pai ter sido morto em serviço.

Hannah sempre fora a única pessoa na vida de Emmy que lhe disse que a loucura dos Clifton não era normal. Que as coisas que todos eles testemunharam, mas das quais nunca falavam, como o alcoolismo do passado de Gerald, os casos esporádicos de Myrna, a cleptomania de Millie, o TOC de Taybee, o acúmulo compulsivo daquele primo, o vício em jogos de azar de outro, ou a obsessão bizarra de um tio por colecionar adesivos de frutas, eram, na verdade, perturbadoras.

Emmy olhou para o celular sobre a mesa. Quando Gerald revelara que a filha estava viva, ela fez todas as buscas legais possíveis por Martha Judean Clifton. Nunca lhe ocorreu que a irmã começaria a usar o nome do meio, assim como nunca lhe ocorreu que Martha pudesse ter se casado e mudado de sobrenome. Emmy estava começando uma nova busca quando Seth Alexander fez o trabalho por ela. O tom animado da mensagem dele era quase palpável: "Consegue acreditar na nossa sorte? Ela literalmente escreveu o livro!".

Ele havia enviado um link para a publicação em questão: *Comparações estatísticas de modalidades investigativas em sequestros e raptos de crianças* (edição revista, 2022), por J.M. Archer, PhD.

Emmy já conhecia o trabalho acadêmico. Usara uma versão anterior para escrever sua dissertação.

— Mae?

Cole estava parado na porta — a desvantagem de toda a família ter o aplicativo de localização instalado. Os olhos dele foram direto para o monitor no canto inferior direito. Hannah tinha mantido o relacionamento com Cole porque o amava e sabia que não era culpa dele a mãe ser uma péssima amiga. Antes, Emmy conseguia ler cada emoção no rosto do filho. Até que isso se tornou impossível, porque o criara para ser tão emocionalmente reprimido quanto o restante da família.

— O FBI mandou uma mulher para assumir. Ela é durona. Ouvi um dos agentes dizendo que ela prendeu um assassino em série — disse Cole.

Emmy respirou fundo.

— O que ela está fazendo?

— Interrogando Elijah Walker. Talvez arranque algo dele.

Emmy se obrigou a soltar o ar. Não tinha como adicionar mais um nível de estresse naquele momento. Precisava manter o foco em encontrar Paisley Walker.

— Ele se lembrou de mais alguma coisa sobre a caminhonete?

Cole encostou o ombro no batente da porta.

— Nada, mas continuou falando de como Paisley estava vestida quando saiu de casa. Disse que tinha proibido a filha de usar legging sem colocar uma saia ou bermuda por cima. Falou que eu sabia o motivo; acho que ele queria dizer "porque os homens são nojentos".

— Acha estranho ele ficar insistindo nisso?

— Parece mais estranho ele usar isso como uma forma de culpar a filha pelo próprio sequestro. — Cole deu de ombros. — O vovô se importava com o que você vestia?

— Geralmente era a vovó que me enchia o saco para eu vestir algo que não fosse calça jeans e camiseta.

O sorriso de Cole não durou mais do que um segundo.

— Meu pai me mandou uma mensagem.

Emmy quase tinha se esquecido da briga com Jonah. Viu Cole se inclinar para colocar o celular sobre a mesa, ao lado do dela. Olhou para a mensagem: "Diga à sua mãe para me agradecer por eu não mandar prender ela por agressão".

— Ele sempre teve dificuldade com colocação pronominal — murmurou Emmy.

Perceber que estava se tornando Myrna era a cereja de merda em mais um bolo de merda.

— Filho, às vezes, quando alguém morre, isso traz à tona um monte de coisas não resolvidas.

— Está falando do Jonah ou de você?

Ele era esperto demais, o filho.

— Não o chame de Jonah. Ele ainda é seu pai.

— Sabia que ele deu um emprego para Adam Huntsinger no bar?

Emmy teve que engolir as palavras que queriam sair.

— Todo mundo precisa trabalhar em algum lugar.

— Certo.

Cole pegou o celular e começou a sair.

— Espere aí. Sente-se comigo um pouco.

A hesitação era visível no rosto de Cole, mas fez o que a mãe pediu.

— O que foi?

Emmy sentiu a determinação começar a vacilar, mas não havia como evitar aquela conversa. Não queria que o filho fosse pego de surpresa da mesma forma que ela havia sido. Ainda assim, não havia um jeito fácil de contar.

— Não tenho energia para rodeios, então vou ser direta. Sua tia Martha está viva. Ela é a agente do FBI que fez Seth Alexander sair dando pulos de alegria. Agora ela se chama Jude Archer, mas é ela.

Cole não disse nada, mas o choque era tão evidente quanto um letreiro neon.

— Vovô contou para mim e para Tommy no ano passado. — Emmy sabia que estava jogando muita informação de uma vez. Deu alguns segundos para que ele assimilasse. — Depois que seu tio Henry se afogou no rio, Martha perdeu o controle. Começou a beber e usar drogas. E, para sustentar o vício, começou a roubar. Num dado momento, roubou o carro da sua tia-avó Millie. Ficou bêbada. Quase matou alguém na estrada. O outro motorista ficou bem, mas passou uma semana no hospital. Muita gente ficou furiosa. Martha acabou deixando a cidade no meio da noite. Nunca mais olhou para trás.

Cole balançou a cabeça como se não conseguisse entender.

— Mas por que o vovô disse que ela estava morta?

— Porque havia pessoas na cidade que queriam que ela fosse processada pelo acidente de carro. — Emmy ainda via a confusão no rosto dele. — Filho, isso foi há mais de quarenta anos. Não existia internet. Ninguém tinha computador. Cada boletim de ocorrência ou denúncia era escrito em uma folha de papel que podia ser enfiada no fundo de um arquivo ou jogada fora. Seu tio-avô era o promotor do condado. Seu outro tio-avô era o juiz da comarca. A tia Millie era editora-chefe do *Herald*. O tio Penley era o prefeito. Se Gerald Clifton estava dizendo que a filha tinha morrido em um acidente de carro em Memphis, então todo mundo aceitava que ela tinha morrido em um acidente de carro em Memphis.

— Tá. — Cole claramente estava testando as falhas da história. — E o funeral?

— Vovô disse para todo mundo que ela foi cremada. Não houve funeral. Tommy estava na faculdade. Eu ainda era um bebê, então não fazia ideia do que se passava. Millie ficou furiosa por causa do carro, cortou relações com os primos, mas não precisou de muito esforço, Jude já tinha queimado muitas conexões.

Emmy lhe deu mais um momento para que processasse tudo. Depois, começou a responder à próxima pergunta que sabia que ele faria.

— Obviamente, sua avó sabia a verdade. Esse foi um dos motivos pelos quais o vovô nos contou. A vovó não parava de dizer que Martha ainda estava viva. Vovô achou que era errado continuarmos insistindo que ela estava morta. E acho também que queria que nós soubéssemos. Isso foi na época em que foi diagnosticado com câncer de pulmão. O prognóstico já não era bom. Ele disse que não queria que seus fantasmas se tornassem nossos demônios.

Cole continuou explorando.

— Por que ela não voltou para casa antes?

— Posso adivinhar. Ela falou para o vovô que não pisaria em Clifton enquanto ele estivesse vivo.

Cole voltou a tensionar a mandíbula. Ele sempre fora muito protetor com o avô.

— O que Tommy disse?

— Que as coisas eram mais complicadas do que o vovô dizia, mas ele guardou essas complicações para si. — Emmy sabia que essa era a parte menos surpreendente da história. — De qualquer forma, vovô disse que cometeu muitos erros naquela época.

— "Erros podem dar um motivo para perdoar."

Ele estava citando Gerald. Emmy mordeu o lábio para segurar as lágrimas.

— Por que ninguém me contou isso antes? — perguntou Cole.

— Porque...

Emmy sabia quais botões poderia apertar para encerrar aquela conversa. Eram os mesmos que Gerald havia usado e os mesmos nos quais Tommy se apoiava com todas as forças. Mas não ia usá-los contra o próprio filho.

— Porque somos todos covardes que evitam falar sobre coisas que nos machucam.

Cole soltou uma risada surpresa.

— É, faz sentido.

Emmy soltou um longo suspiro. Já havia atingido o limite de gestos corajosos.

— Já deu seu depoimento sobre o assassinato do vovô para Sherry Robertson?

Ele demorou um momento para acompanhar a mudança brusca de assunto.

— Sim, mas ela continua me perguntando sobre a arma. Eu disse que não consegui ver quem estava segurando.

— Foi o que eu disse para ela também.

Emmy respirou fundo.

— Quero que vá comigo interrogar Carol Walker. Precisamos ver se ela se lembrou de alguma coisa.

— Estou pronto.

— Espere. Quero que faça outra coisa antes.

Emmy apontou para os monitores. Não sabia se estava fazendo aquilo por Dylan ou por ela mesma, mas, naquele ponto, não importava mais.

— Vá até o bloco de isolamento feminino e deixe sua tia Hannah vê-lo na porta. Fique no vidro, mas não entre. Assim, seu rosto não aparece nas câmeras. Depois, me encontre lá fora e vamos para a casa dos Walker.

O pedido o deixou desconfortável.

— E se ela tentar falar comigo?

— Apenas sorria, acene ou faça o que quiser. Depois, vá embora. Certo?

Era evidente que ele queria fazer algumas perguntas, mas o filho também havia herdado o gene da covardia.

— Certo.

Emmy o acompanhou pelos monitores enquanto ele guardava a Glock no armário do corredor e entrava no complexo prisional. Ela começou a se levantar, mas alguém bloqueava a porta.

— Ele é um garoto bonito.

Emmy sentiu os dentes rangerem. Imaginou se sua mandíbula também se projetava como a de Cole.

— Ouvi dizer que está assumindo meu caso.

— Estou aqui só como consultora. Ainda está no comando, xerife.

A mandíbula de Emmy começou a doer.

— Sou a subdelegada chefe.

— O que significa que é a xerife interina agora que Gerald se foi. Precisa garantir que as pessoas saibam que está no comando.

— Enfie seu conselho no cu. — Emmy percebeu que o golpe não tinha surtido efeito. — O FBI sabe que você é alcoólatra?

— Sim.

— E viciada em cocaína?

— Cocaína é fantástica, mas meu problema era o álcool. — Jude se apoiou no batente da porta do mesmo jeito que Cole havia feito. — Revelei tudo na investigação de antecedentes. Estou sóbria há 39 anos e dois meses.

— Parabéns. — Emmy apontou para a porta. — Por que não fica fora do meu caminho, e eu fico fora do seu?

— Elijah Walker está traindo a esposa.

Emmy se esforçou para manter a expressão neutra.

— Ele disse isso?

— Eu disse isso para ele.

Jude puxou um grande envelope da bolsa de camurça. Tirou duas fotos impressas, segurando-as para Emmy ver.

— Essas estavam no celular dele.

Dizer que Emmy foi pega de surpresa seria o mesmo que dizer que as últimas 24 horas tinham sido exaustivas. Não tanto pelas fotos, mas pelo fato de que ela estava dentro da cadeia em que sua ex-melhor amiga estava presa por assassinato, e sua irmã morta estava lhe mostrando as imagens de um pau e uma boceta como se exibisse fotos de suas férias na Europa.

— O que você vê? — perguntou Jude.

— Bem... — Emmy ainda estava desnorteada. — Eu não... Quer dizer... Isso não é do Elijah, a menos que seja de uma época em que ele ia para a academia todos os dias e se encharcava de autobronzeador.

— Ótimo. O que mais?

Emmy não queria, mas olhou mais de perto.

— Seria fácil verificar se ele tem essa pinta logo abaixo do umbigo. É possível que seja bissexual, mas meu palpite é que ele tirou um print da foto de outro cara e fingiu que era dele.

— Esse é o meu palpite também. E essa aqui? — Jude entregou a foto da mulher. — Elijah disse que conheceu essa mulher num site. Ela se apresentou como Trixie e cobra 450 por duas horas.

— Ah... — Emmy piscou. Ela se sentia como se estivesse sendo testada. — Trixie deve ser um nome profissional, mas não combina com o preço. Isso é doze vezes mais do que as garotas cobram no posto de caminhoneiros. A marca de nascença em forma de borboleta pode ajudar a identificá-la, mas a depilação total é sua melhor pista. Há dois lugares na cidade que fazem esse tipo de serviço: Sugar Babies, no shopping, e o salão da Peggy Ingram.

— Peggy Ingram — repetiu Jude. — Ela assumiu o negócio da mãe?

— Sim e não. — Emmy devolveu a foto. — Ela tirou o salão do porão quando Virgil se aposentou. Ele é detetive particular agora. Precisa de um lugar discreto para se encontrar com os clientes. Peggy ficou com a loja na frente, do outro lado da rua da loja de ferragens.

— Onde ficava o sapateiro?

— Isso, onde tem um bosque que se chama solidão.

Jude sorriu, reconhecendo a brincadeira.

— Mande uma mensagem para Peggy. Veja se ela se lembra de uma cliente com essa marca de nascença.

Emmy olhou para o relógio. Depois olhou de novo, porque aquele tinha sido um dos dias mais longos de sua vida.

— Mal deu cinco da manhã. O sol nem nasceu ainda.

— Peggy vai ler quando acordar.

Jude virou-se para trás. Cole estava parado no corredor.

— Você deve ser meu sobrinho.

Cole olhou para Emmy e depois para Jude.

— Você deve ser minha tia morta.

— Jude Archer. — Ela enfiou as fotos de volta no envelope antes que ele as visse. — Cole, por que não vem conosco até a casa de Carol Walker?

Cole olhou para Emmy. Estava esperando a resposta dela. Jude também. Havia muitas coisas que poderia dizer naquele momento, mas nenhuma delas ajudaria a levar Paisley Walker para casa. Jude estava na cidade havia uma hora e já tinha conseguido mais de Elijah Walker do que Emmy em todo aquele tempo. Não era o momento para abrir novas feridas. Se Paisley tivesse sido sequestrada por um dos pais, ainda poderia estar viva.

— Vamos — disse Emmy.

Eles caminharam em fila única até o estacionamento. A lua minguante pairava no céu. As luzes do estacionamento pareciam conter a escuridão com sua fúria. Emmy começou a digitar a mensagem para Peggy Ingram. O cérebro quase entrou em curto-circuito tentando encontrar a melhor forma de perguntar. Peggy tinha todo o jeitinho de uma avó doce, mas depilava genitais nos fundos de seu salão. Provavelmente não havia muita coisa que pudesse chocá-la. Decidiu por: "Desculpe incomodar, mas tenho uma pergunta estranha sobre uma possível cliente da senhora que tem uma marca de nascença em forma de borboleta na parte interna da coxa esquerda. Depilação total. Faixa de pelos descolorida. Provavelmente caucasiana. Pode ajudar? Tenho uma foto, mas não sei se quer ver".

— Qual é o seu carro? — perguntou Jude.

Emmy deu uma pista óbvia ao entrar na viatura estacionada na vaga marcada "Subdelegada Clifton". Ela ligou o motor. Jude se sentou no banco do passageiro. Cole deslizou para o banco de trás. A luz brilhante do celular iluminava o rosto dele enquanto digitava na tela.

Jude baixou o quebra-sol para olhá-lo pelo espelho.

— Querido, você está me pesquisando no Google?

Emmy viu a expressão culpada de Cole pelo retrovisor.

— Mãe — disse ele —, aqui diz que ela capturou Freddy Henley.

Emmy tinha assistido à série documental sobre o Assassino de Pinnacles com Dylan no ano passado.

— Não havia mulheres naquele caso.

— Nem todo policial quer dar entrevistas — retrucou Jude.

Emmy entrou na rua principal.

— Ainda mais se estão mortos.

— Verdade, mas ele teria parado de falar comigo se eu tivesse ficado mais famosa do que ele. — Jude olhou para Cole pelo espelho. — Mapas e erros. Foi isso o que pegou Freddy Henley. É o que pega a maioria desses caras. Ted Bundy foi parado por uma infração de trânsito. O Filho de Sam levou uma multa de estacionamento. O BTK usou o computador errado. Não é que os investigadores sejam particularmente espertos. É que os bandidos entram em pânico e cometem erros estúpidos.

Emmy percebeu que ela tinha capturado o interesse de Cole.

— E a parte do mapa?

— A terceira vítima de Freddy foi sequestrada dentro do Parque Nacional Pinnacles. As outras, em áreas ao redor da Universidade da Califórnia, em Santa Barbara, que tem um dos melhores departamentos de Geologia do país. Pinnacles é um sítio geológico impressionante. O parque é dividido em dois por formações rochosas. Há um portão no oeste e um no leste, mas as estradas não se conectam. As cavernas do lado leste são fechadas para proteger a população de morcegos, mas as do lado oeste ficam abertas. Está acompanhando?

— Sim. — Cole não estava apenas acompanhando, mas absorvendo cada palavra. — O lado oeste é mais isolado.

— Certo. Então, se você quer esconder um corpo, escolhe a entrada oeste. A área de estacionamento vai dar em trilhas planas para caminhada. É mais fácil entrar e sair, há muita vegetação para cobertura, menos esforço da sua parte. De meados de junho até o começo de setembro, faz calor demais para escalar, o que significa que é pouco frequentada. Mas você não quer ser a única pessoa lá, certo?

— Certo — concordou Cole.

— Analisei os padrões climáticos, descobri os melhores meses e horários para visitar, cruzei essas informações com os sequestros e depois conversei com todas as pessoas que tinham alguma conexão tanto com a universidade quanto com o parque e que o haviam visitado durante os períodos ideais, voltando até o final dos anos 1980.

Cole parecia surpreso. Ele já tinha batido em muitas portas durante o patrulhamento.

— Quantas pessoas?

— Um total de 928.

— Falou com todas elas?

— Tive sorte na número 649. — O sorriso de Jude deixava claro que havia muito mais nessa história. — Um dia, bati à porta do Freddy e ele confessou.

— Assim, do nada?

— Mais ou menos assim — ponderou Jude. — Ser um assassino em série é solitário. Não tem muita gente com quem eles possam conversar sobre seus passatempos.

Emmy viu o canto da boca de Cole se curvar em um sorriso.

— A senhora é perfiladora criminal?

— A Unidade de Ciências do Comportamento já tinha atingido a cota de mulheres quando entrei. Sou psicóloga criminal. Meu foco são crianças desaparecidas e sequestradas. Agora é sua vez, querido. Paisley Walker. Já tenho a linha do tempo. O que achamos que sabemos?

Emmy sentiu um baque no estômago com a pergunta, que antes só havia escutado do pai. Cole não hesitou.

— O sequestro de Paisley é semelhante ao de Cheyenne Baker, que está ligado ao de Madison Dalrymple. Bicicleta abandonada na estrada. Pneu traseiro danificado. Sangue na cena.

— Temos certeza de que Paisley foi sequestrada? — perguntou Jude. — Tecnicamente, um sequestro acontece quando uma criança é separada dos pais. Um rapto ocorre quando a criança é levada e mantida contra sua vontade.

Emmy mordeu o lábio. Não precisava daquela mulher dando aula para o filho dela.

— Está sugerindo que talvez os pais a tenham levado? — perguntou Cole.

— O pai estava tendo um caso. A mãe pode ter encenado o sequestro como vingança. Ou Elijah pode ter armado tudo para ter vantagem sobre Carol. Ou pode haver alguém na vida do pai que a levou.

Cole começou a assentir. Emmy teve vontade de revirar os olhos. Aquela mulher era algum tipo de bruxa. Em menos de cinco minutos, Cole já estava sob o feitiço dela.

— E se for um assassino em série? — perguntou Cole.

— Se o mesmo suspeito raptou três crianças, então pode ser que estejamos lidando com um criminoso em série. Nesse tipo de caso, as vítimas nos dizem quem é o criminoso — disse Jude.

Emmy já tinha ouvido o suficiente daquela baboseira.

— Já procuramos conexões entre as três vítimas. Não há nada em comum.

— A bicicleta? O pneu torto? O sangue na cena?

— Coincidências, não provas.

— Passei minha carreira tentando encontrar crianças desaparecidas para suas famílias — disse Jude. — Se for o mesmo criminoso, sempre há uma ligação. Vocês só não a encontraram ainda.

— Muito bem, dra. Archer — disse Emmy. — A senhora é a especialista. Diga qual é a conexão.

— Ainda não analisei os arquivos originais do caso, mas meu ponto de partida seriam pais controladores.

Emmy riu.

— Bem-vinda ao clube. Se esse for o critério, teremos um milhão de novos sequestros. Cole, não entre em nenhuma van branca.

— Bom conselho no geral, mas o problema dos pais controladores é que eles ensinam os filhos a serem controlados — disse Jude. — Se as três meninas foram vítimas do mesmo predador em série, então ele está em Clifton ou nos arredores. É alguém confiável ou que tem autoridade. Alguém que se esconde à vista de todos e que tem histórico de pedofilia.

— Nossa, isso realmente reduz as opções. Um pedófilo. Já verificamos todos os criminosos sexuais registrados. Ainda assim, isso deixa uns vinte mil suspeitos no condado.

— Cerca de 94 por cento dos agressores sexuais são homens.

Emmy não ia deixar que ela subisse no pedestal das estatísticas, mesmo que tivesse escrito um maldito livro sobre o assunto.

— Certo, mais ou menos metade da população é feminina. Isso nos deixa com cerca de dez mil suspeitos do sexo masculino.

— Pedófilos tendem a atacar dentro do próprio grupo demográfico. Uma criança branca tem mais chance de ser abusada por um homem branco.

— Certo, bom argumento. Por volta de 75 por cento da população do condado é branca. Agora estamos em sete mil suspeitos.

— Agressores costumam trabalhar ou se voluntariar em funções que os colocam em contato com possíveis vítimas.

— Certo, então vamos presumir um terço desse número. Ainda temos quase 2.500 homens brancos.

— Para traçar um perfil preciso de um assassino, é preciso o corpo da vítima. Esteve nas autópsias de Baker e Dalrymple?

O estômago de Emmy se revirou. A pergunta a levou de volta ao necrotério da sede do Departamento de Investigação da Geórgia. Madison estendida sobre a mesa de aço inoxidável. O lençol puxado para trás. O pequeno corpo exposto sob as luzes fortes. As mãos e os pés grotescamente deformados pelos ossos quebrados. O médico-legista explicara que a pele estava preta porque Madison havia sangrado internamente por horas. Ela pigarreou.

— Eu estava lá.

— Sinto muito. — Jude percebeu a mudança no tom dela. — Nunca presenciei a autópsia de uma vítima que conhecia. Deve ter sido difícil.

Emmy não queria a compaixão dela.

— Qual é a pergunta?

— Os ossos das mãos e dos pés foram quebrados de forma sistemática ou aleatória?

Um nó se formou na garganta de Emmy. Ela já sabia que a mão de Madison estava quebrada quando a segurou no lago, mas não havia entendido a gravidade até ver o raio X.

— Sistemática. Todos os ossos foram esmagados, de cima a baixo, nas mãos e nos pés.

— Podemos supor que o criminoso tem conhecimento médico?

— Podemos supor que ele tem mãos e pés — rebateu Emmy. — Não é nenhum mistério onde os ossos estão.

— Mas as fraturas não eram aleatórias nem frenéticas — disse Jude, com aquela calma irritante. — O criminoso é alguém cuidadoso e controlado. No mínimo, um profissional habilidoso.

— Pode ser qualquer cara que trabalhe em fábrica. Exceto que a maioria deles vem do Norte da África. Há um centro de refugiados em Clayville.

— Quando eu morava aqui, eles vinham do Camboja.

Jude virou o rosto para a janela, mas não antes que Emmy percebesse a expressão pensativa. Não deixaria que a outra se recuperasse.

— Qual o objetivo desse exercício?

— Se for um assassino em série, o predador provavelmente é um homem branco que trabalha em uma posição qualificada, que exige certa educação e disciplina. O trabalho dele o coloca em contato frequente com crianças. Ele é bem respeitado na comunidade. Provavelmente tem família, mas isso é apenas uma fachada para os crimes. Ele se esforça muito para parecer normal, mas só para esconder o que faz.

— Não é à toa que não quiseram você na divisão de perfis criminais. Adam Huntsinger não era nada disso — zombou Emmy.

— Sempre há muita pressão quando uma criança desaparece. Com duas raptadas ao mesmo tempo, é fácil se perder na urgência. Erros acontecem. — Jude se virou novamente para ela. — Tem certeza de que foi o Adam?

— Tenho certeza de que não vou deixar você menosprezar o trabalho policial do meu pai.

— Ainda assim. — Jude desviou o olhar mais uma vez. — Reduzimos de vinte mil suspeitos para cerca de 2.500, o que já é bem mais manejável, não acha?

Emmy não ia ceder nem um centímetro.

— Confie em mim, não quer saber no que estou pensando agora.

— A casa dos Walker fica logo ali, à direita.

Emmy sentiu os dentes travando. Sabia onde ficava aquela maldita casa. Encostou a viatura na calçada, parando antes da caixa de correio. Alguém havia pintado o sobrenome da família na lateral: CASA DOS "WALKER."

— Ninguém mais sabe usar aspas? — comentou Jude.

Emmy ouviu a risada de Cole no banco de trás. Ouvir aquela mulher destrinchar um caso como Gerald já era ruim o bastante. Escutá-la reclamar de gramática como Myrna era o próprio inferno na Terra.

— Cole — disse Emmy —, ligue para a central. Veja se eles têm uma estimativa de chegada do irmão que está vindo do Alabama. Não quero ser pega de surpresa.

— Sim, chefe.

Jude começou a sair do carro, mas antes se virou para Cole.

— Querido, sei que é difícil, mas deveria começar a chamá-la de xerife agora.

A porta se fechou antes que Emmy pudesse corrigi-la. Ela teve que descolar os dedos do volante antes de conseguir sair. Olhou para Jude por cima da viatura.

— Pode parar com esse seu método socrático com meu filho. Ele sabe como ser policial e sabe como me chamar.

Jude assentiu de maneira curta.

— Entendido.

Cole começou a sair do banco de trás. Emmy fechou a porta, prendendo-o lá dentro. Então, disse a Jude:

— Quero deixar isso bem claro, caso você ainda não tenha percebido. Eu não quero você aqui, e a única razão pela qual a estou tolerando é porque parece saber o que está fazendo. O minuto em que deixar de ser útil será o minuto em que estará fora deste caso.

Jude assentiu.

— Certo.

— Não me venha com esse "certo" como se fosse da minha família — retrucou Emmy. — Acabou de se gabar de ter passado quarenta anos tentando trazer crianças desaparecidas de volta para os pais delas, mas nunca lhe ocorreu trazer a sua própria bunda de volta para casa?

— Vinte e sete anos — disse Jude.

— O quê?

— Foi o tempo que trabalhei na agência. Vinte e sete anos. Não quarenta.

Emmy abriu a porta para Cole e seguiu em direção à casa dos Walker.

CAPÍTULO TREZE

Carol Walker abriu a porta da frente com um rosário nas mãos. Piscou na escuridão antes de se lembrar de acender a luz da varanda. Os movimentos eram lentos e cuidadosos, como se cada gesto fosse calculado para atrair a menor atenção possível. O instinto de Jude indicou que aquilo provavelmente não se tratava de um sequestro parental. A mulher estava amedrontada demais. O luto e a preocupação não a tinham consumido da noite para o dia. Ela tinha a postura de alguém que passara a vida inteira sendo convencida de que estava errada. A única maneira de Carol Walker deixar o marido seria numa maca ou num caixão.

— Senhora — disse Emmy. — Sinto muito, ainda não temos notícias sobre Paisley. A senhora se lembra do meu filho, o subdelegado Clifton. Esta é Jude Archer, do FBI.

O aceno lento de Carol deixou claro que ela só havia registrado a primeira parte, a que falava de Paisley. Já não estava dopada, mas os olhos ainda tinham um brilho vítreo. Ela passava as contas do rosário pelos dedos com a inquietação de um pássaro encurralado enquanto os conduzia para a sala de estar.

Jude a observou por trás. O relógio se aproximava das cinco da manhã, e Carol vestia uma legging branca sob uma longa saia jeans com a qual parecia ter dormido. O mesmo valia para a blusa branca, com rendas na gola e nos punhos das mangas compridas. A sala de estar rebuscada combinava com seu visual antiquado: padrões florais, bibelôs de vidro e toalhinhas de crochê. A temperatura estava alta demais. As luzes, muito fortes. Nenhum sinal de poeira. Tudo estava em seu devido lugar. Manter as aparências era claramente importante para aquela mulher. Jude apostava que Carol sabia que o marido a traía, mas tinha medo demais para confrontá-lo. A única dúvida era se ela sabia o nome da amante.

Tudo indicava que Emmy tinha chegado às mesmas conclusões. Ela se concentrou na fileira de fotos de família penduradas na parede atrás do sofá. Diferentes tamanhos, formatos, molduras, cores. Todas dispostas ao redor de uma cruz gigante com Jesus esculpido em três dimensões, em cores vívidas. A cabeça dele pendia para baixo, e o sangue da coroa de espinhos escorria em filetes vermelhos brilhantes pelas laterais do rosto sofrido.

Definitivamente, aquela não era uma família que consideraria o divórcio uma opção.

— Elijah… — A voz de Carol era tímida. — Ele está bem? Liguei para a delegacia, mas disseram que ele não podia falar comigo, e ele não atendeu o celular.

— Está, senhora. Ele está ajudando bastante. Tudo o que quer é encontrar Paisley. — Emmy se virou para os fundos da casa. — Tem alguém aqui?

— O padre Nate — respondeu Carol. — Ele está fazendo chá.

— Vou ajudá-lo — disse Jude.

Não esperou permissão, também não precisava que lhe dissessem para que lado era a cozinha. Seu tio-avô Constantine havia projetado as casas naquela parte de North Falls. Ele não era um bom arquiteto, apenas um bom vendedor. Os Walker tinham investido no pacote de janelas reforçadas que impedia a casa de parecer um bunker subterrâneo. As luzes da cozinha estavam acesas. O amanhecer tingia o quintal de um tom arroxeado. O padre Nate Trask estava colocando a chaleira no fogão e quase a derrubou ao ver Jude.

— Você devia estar morta.

Ela deu de ombros.

— Disseram a mesma coisa para Jesus.

— Vejo que ainda tem a boca suja — respondeu. — O que está fazendo aqui? Esta família já passou por muita coisa. Não vou deixar você causar problemas.

— Estou aqui para trazer Paisley Walker de volta para casa.

Jude ainda tinha os antigos cartões de visita. Pegou um da bolsa e bateu no balcão com ele.

— Onde o senhor estava ontem de manhã, padre?

Ele se inclinou para ler o cartão em vez de tocá-lo.

— Judas traiu Jesus.

— Valeu pela notícia de última hora. Onde o senhor estava ontem de manhã?

O padre inflou o peito, indignado.

— O que está insinuando?

— Não estou insinuando nada. Estou perguntando explicitamente qual o seu álibi.

— Padre. — Emmy apareceu atrás de Jude, silenciosa. — Carol precisa do senhor. Eu levo o chá.

Jude devolveu o olhar feroz do padre enquanto ele passava por ela.

— Virgil acabou de ligar — informou Emmy. — A patrulha rodoviária perdeu o irmão da Carol. Estão tentando localizar o carro dele de novo.

Jude assentiu, embora Nate tivesse conseguido desestabilizá-la. Ela procurou objetos concretos na cozinha para se ancorar no presente: o processador de alimentos Cuisinart, a cafeteira Keurig, outro Jesus tridimensional pendurado na parede, cercado por fotos da família dispostas como um halo. Sentiu a frequência cardíaca voltar ao normal.

— Esse é o irmão. Reggie McAllister.

Jude nem se deu ao trabalho de pegar os óculos de leitura. Reggie estava com um braço ao redor de Paisley. Tinham o mesmo cabelo loiro e os mesmos olhos azuis, embora as tatuagens de prisão de Reggie fossem um grande contraste com o vestido branco de primeira comunhão da menina.

Emmy girou o botão do fogão. O gás ganhou vida sob a chaleira. Ela se apoiou de lado no balcão.

— Por que foi para cima do padre Nate?

— Despeito — admitiu Jude. — Parece que voltei a cair em velhos hábitos.

— Elijah deve ter cerveja na geladeira, se quiser.

— Meu negócio era Jack, mas obrigada.

Jude abriu os armários em busca de saquinhos de chá. Já tinha tido o suficiente do mau humor de Emmy.

— Se isso for um rapto cometido por um conhecido, é por meio dos contatos ilícitos do pai — continuou.

— Sim — disse Emmy. — Mandei Cole dar uma olhada no quarto dos pais. Talvez Elijah tenha deixado alguns números de telefone nos bolsos.

— Está fazendo um bom trabalho com ele, é um rapaz esperto.

— Não preciso da sua aprovação.

Emmy abriu um armário acima do fogão. Encontrou a caixa de chá e a sacudiu como se tivesse acabado de ganhar um troféu.

— Qual é seu problema com o padre Nate?

— Ele é padre numa época em que os padres perderam o benefício da dúvida — disse Jude. — Além disso, ele é um cuzão.

Emmy deu de ombros, como se aceitasse o argumento.

— Nate teve algum contato com as vítimas anteriores? — perguntou Jude.

— Os Baker eram católicos fervorosos. Paul Dalrymple não ia à igreja. Hannah foi criada batista, mas se considera uma cristã não praticante. Só aparece nos feriados.

Jude notou uma mudança no tom dela.

— Hannah Dalrymple, mãe de Madison?

Emmy assentiu.

— Isso.

A resposta curta era como conversar com uma versão miniatura do pai dela.

— Hannah e Paul estão envolvidos no assassinato de Gerald.

Emmy deu de ombros.

— Paul foi quem dirigiu até a cena do crime com uma arma e a apontou para meu peito. A participação de Hannah é incerta. Ninguém viu quem puxou o gatilho.

Jude arqueou uma sobrancelha.

— Ele apontou para você primeiro?

— Isso. — A secura sumiu do tom de Emmy. — Hannah gritou para me avisar e tentou impedi-lo.

— Ela estava tocando na arma quando disparou?

— Estava tão apavorada que não consegui ver nada. Meu pai foi assassinado bem na minha frente. Eu não estava memorizando tudo para poder fazer um relatório detalhado. Estava muito ocupada chorando como um bebê.

Jude achou interessante que a pessoa que saía da sala para evitar demonstrar sentimentos estivesse, de repente, admitindo tantos.

— Sinto muito que tenha...

— Você sabia de mim? — interrompeu Emmy. — Depois que saiu da cidade, sabia que eles me tiveram?

— Sabia.

Jude escolheu as palavras com cuidado. Não tinha noção quando Emmy iria atacar ou se fechar em silêncio, mas sabia que a resposta importava demais para se preocupar com a reação.

— Eu estava um caco. Ainda estava de luto pela perda do meu irmão e lutava contra o vício. Não tinha espaço no meu coração para mais ninguém.

Emmy se ocupou colocando saquinhos de chá nas xícaras. Estava de costas para Jude. Firmou as mãos no balcão e olhou para o quintal pela janela. A luz arroxeada e fantasmagórica destacava as folhas das árvores.

Jude entendeu o recado e a deixou sozinha na cozinha. Viu que Cole havia terminado de vasculhar o quarto. Ele estava encostado na parede, perto da porta da frente, os polegares presos no colete. A postura dele era casual, mas Jude percebia que estava atento a tudo.

Carol Walker estava sentada no sofá ao lado do padre Nate. Segurava o rosário entre as mãos entrelaçadas enquanto Nate rezava pelo retorno seguro de

Paisley. Jude esperou pelo "amém" antes de se sentar na cadeira diante deles. Avaliou rapidamente qual seria a melhor abordagem para conseguir as informações de que precisava no menor tempo possível.

Mostrar a Carol as fotos comprometedoras do celular de Elijah apenas a deixaria desesperada. Exigir o nome da amante dele poderia fazer com que ela se recolhesse num silêncio envergonhado. Seria melhor introduzir o assunto aos poucos, em vez de perder tempo desmontando-a para depois remontá-la. Ainda mais com Nate empoleirado ao lado dela no sofá como um abutre de batina.

— Sra. Walker — começou Jude, escolhendo a maneira de se dirigir à mulher com cuidado —, sinto muito por conhecê-la nessas circunstâncias. Como a xerife Clifton lhe disse, meu nome é Jude Archer. Estou atuando como consultora do FBI. Sei que já lhe fizeram muitas perguntas, mas, infelizmente, tenho mais algumas.

Carol olhou para o padre Nate, como se buscasse permissão. Ele deu um de seus acenos curtos e, em seguida, lançou um olhar severo para Jude, como se a alertasse.

— Pode perguntar — disse a mulher.

— Fale sobre Paisley. Como é sua filha?

Lágrimas escorreram dos olhos de Carol. Ela havia sido bombardeada com perguntas sobre horários, locais, detalhes minuciosos que pareciam não se conectar. Ninguém havia perguntado sobre sua menina.

— Elijah sempre diz que um dia vai ter que espantar os meninos com a espingarda. Não sei como tive uma menina tão bonita. Ela sempre foi tão feliz, mesmo quando era bebê, todo mundo dizia para mim: "Ela parece tão feliz".

Jude olhou para as fotos emolduradas acima do sofá. Viagens em família. Diversas fotos escolares mostrando Paisley ao longo dos anos. A transição de menina para jovem havia sido documentada em tempo real. Em um ano, Paisley estava suave e rechonchuda; no seguinte, os traços haviam se tornado mais angulosos, e o sorriso já não parecia tão fácil.

— A chegada dos catorze anos pode ser uma fase difícil para algumas meninas. Muitas mudanças.

— Ah, às vezes ela é difícil. — Carol soltou uma risada nervosa. — Mas é uma boa menina. Escuta o pai e eu, tenta fazer o melhor que pode.

Jude conteve a Myrna interior que queria corrigir a gramática da mulher.

— Ela vai bem na escola? Tem alguma matéria pela qual se interessa mais?

— Sim. — Carol começou a assentir, mas, novamente, olhou para Nate em busca de aprovação. — Ela adora química. É a matéria favorita dela.

Jude observou as mãos da mulher caírem sobre o colo. Havia parado de mexer no rosário.

— Por que química? A senhora também gosta?

— Eu amava matemática e ciências, mas agora sou só uma mãe. — O tom de Carol era desdenhoso. — Elijah vive brincando que ela estuda demais, diz que meninos não gostam de meninas inteligentes.

Jude manteve sua opinião para si mesma.

— Paisley pratica esportes?

— Ah, não, Elijah não quer que ela fique musculosa. — Carol deu outro sorriso fraco para Nate. — Não é feminino, não é?

A boca do padre se abriu exatamente quando a chaleira começou a apitar na cozinha. Jude viu a boca dele se fechar. Achou interessante seu desconforto. O padre Nate que ela conhecia considerava sua missão pessoal policiar as garotas de North Falls. Ela voltou a atenção para Carol e perguntou:

— Paisley tem um professor favorito?

— Ela adora a srta. Heller, a professora de química. E a dra. Clifton sempre foi muito gentil.

— A dra. Clifton é a diretora. — Jude tentou ser cuidadosa. — Paisley já teve problemas na escola?

— Ah, não, nada disso. Só teve umas meninas do oitavo ano que foram cruéis com ela no ano passado. A dra. Clifton resolveu tudo, foi muito gentil. — Mais uma vez, Carol olhou para Nate. — Elijah diz que a dra. Clifton é uma mulher durona porque nunca conseguiu ter filhos, mas ela cuidou de Paisley, e isso significa alguma coisa.

Havia muito a se extrair daquela última frase, mas Jude se obrigou a se concentrar apenas na parte que importava.

— As meninas estavam zombando dela por algum motivo em particular?

— Bem, o que se poderia imaginar. Paisley amadureceu antes delas.

Dessa vez, ela não olhou para Nate. Inclinou o queixo timidamente para o peito, como se apenas ela e Jude soubessem que meninas jovens desenvolvem seios.

— Elas estavam com ciúme, só isso, mas aí veio o verão, todas passaram para o nono ano e todo mundo alcançou todo mundo, então isso deixou de ser um problema.

— As meninas espalharam boatos sobre Paisley?

— Sim, essa foi a parte difícil. Disseram que ela era promíscua. — Carol virou o corpo em direção a Nate, falando diretamente com ele. — Paisley nunca fez nada disso, padre. O senhor pode perguntar ao dr. Carl. Elijah a levou para que ele a examinasse depois que os boatos começaram, porque nunca se sabe, mas o dr. Carl disse que ela ainda está intacta.

A boca de Nate se abriu de novo, mas não para falar. Ele parecia genuinamente preocupado.

Jude se perguntou se havia descartado o envolvimento de Elijah rápido demais. Seu instinto não tinha conseguido captar nada, mas até um idiota podia ver que havia algo profundamente errado no relacionamento dele com a filha.

— Carol, Paisley pode namorar?

— Ah, Deus, não, ela é muito nova para isso. Elijah nem gosta que ela use maquiagem.

Jude aproveitou a deixa.

— Conversei com Elijah antes de vir para cá. Ele pareceu preocupado com a maneira como Paisley anda se vestido ultimamente.

Os dedos de Carol voltaram a girar as contas do rosário.

— É mais como se ele estivesse triste. Quer que ela continue sendo a menininha do papai.

— A senhora se incomodava com a maneira como Paisley se vestia?

— Sim — disse, mas balançou a cabeça em sinal de negação. — Ela quer andar igual às amigas, meninas dessa idade, é melhor para elas se se misturarem. Os meninos não gostam quando você se destaca pelos motivos errados.

Jude observou quando os olhos de Carol caíram sobre as contas do rosário.

— Sra. Walker, há alguém com quem Paisley conversa? Em quem ela confia?

— Ela sabe que o padre Nate está sempre disponível para ela. — O sorriso de Carol era fraco enquanto olhava para o homem. — Ela tinha uma amiga na escola, Lily, mas a família dela se mudou no verão. O pai conseguiu um emprego na fábrica de automóveis na Carolina do Norte. Eu passei o número da mãe para aquele outro policial, o oficial Temple.

— Obrigada. É bom que a senhora esteja fazendo tudo o que pode para ajudar. — Jude percebeu que era o momento de ir direto ao ponto. — Provavelmente vou repetir algumas perguntas que já lhe fizeram, mas me fale da manhã de ontem. Elijah saiu para o trabalho antes de Paisley ir para a escola?

— Sim, ela... — Carol olhou para Nate mais uma vez. — Ela sempre saía depois dele.

Jude também sempre esperava Gerald e Myrna partirem antes de sair.

— Isso era porque ela não queria que ele visse o que estava vestindo?

Carol deu outra olhada em Nate antes de assentir.

— Às vezes, é mais fácil assim.

— Pedir perdão em vez de permissão?

Carol voltou a olhar para o rosário. Havia um cansaço nela que não tinha a ver com o desaparecimento de Paisley. Jude se perguntou quanto tempo do dia de

Carol era gasto pisando em ovos só para manter a paz. Também se perguntou se a mulher era o melhor uso de seu tempo. Elijah era o que oscilava de uma emoção para outra. Se Jude conseguisse pressioná-lo um pouco mais, ele acabaria desmoronando.

Emmy escolheu esse momento para entrar com o chá. Jude percebeu algo rígido na maneira como ela se movia ao colocar três canecas sobre a mesa de centro. Era nítido que estivera ouvindo a entrevista da cozinha. Era nítido que achara a técnica de Jude insatisfatória. Emmy fez questão de olhar para ela. Depois, olhou para as fotos na parede.

Jude seguiu o olhar. As fotografias mostravam os mesmos familiares que estavam na cozinha. Avós e primos, irmãs e irmãos. Piqueniques, retiros das escoteiras e viagens em família. A foto para a qual Emmy a direcionara estava no canto superior direito. Maior e mais brilhante, o tipo de foto impressa profissionalmente. Reggie vestia um smoking azul. Estava sentado em um sofá de couro preto com um braço protetor ao redor da garota em seu colo, segurando-a perto do peito para que a cabeça dela repousasse sobre seu ombro.

Emmy havia chamado a atenção para uma foto semelhante na cozinha, mas, sem seus óculos de leitura, Jude havia confundido a garota com Paisley e presumido que o vestido branco era para a primeira comunhão. Sua visão de longe sempre fora nítida. Sentada a cerca de dois metros e meio de distância, ela viu claramente que a longa cauda pertencia a um vestido de noiva, e que a jovem no colo de Reggie McAllister não era a sobrinha dele.

Jude encontrou o olhar de Emmy e assentiu, reconhecendo seu erro anterior.

— Vejo que a senhora tem uma família unida.

Carol se virou para olhar as fotos. Apontou para as diferentes pessoas.

— Esses são meus avós. Essa é a mãe de Elijah, as duas irmãs mais velhas dele e o tio Jeremy com a família. O pai dele morreu quando ele ainda era bebê. Esse é meu irmão, Reggie. Ele mora no Alabama.

— Posso ver a semelhança. — Jude se levantou, fingindo que precisava olhar mais de perto, embora a imagem ficasse embaçada sem os óculos de leitura. — Quem está com ele?

— Ah, essa é Shelley. Eles se casaram no ano passado. Ela está esperando gêmeos.

— Que maravilha. — Jude tentou infundir na voz um tom genuíno. — A senhora é próxima do seu irmão?

— Reggie teve alguns problemas no passado, mas sempre foi bom para mim e para Paisley. Ele vai ser um ótimo pai. Já montou o berço e a cômoda no quarto dos bebês.

— Reggie visita vocês com frequência? — perguntou Jude.

— Nem tanto ultimamente. — Sua voz baixou, como se compartilhasse uma confidência. — Ele teve alguns problemas poucos anos atrás, mas isso já são águas passadas.

Jude percebeu pela tensão que Emmy tinha mais informações sobre esses problemas do que ela. Cruzou os braços, deixando claro que ela poderia assumir.

— Sra. Walker — disse Emmy —, acabei de receber uma mensagem de um dos meus subdelegados dizendo que Reggie está a poucos minutos daqui.

— Ah, graças a Deus. — Carol parecia visivelmente aliviada. — Talvez ele possa falar com vocês. Ele é muito melhor nesse tipo de coisa do que eu.

— Muito melhor no quê? — perguntou Emmy.

— Bem... — Carol pareceu confusa. — Em conversar com as pessoas, eu acho.

— Com policiais? — O tom de Emmy mudou exatamente no momento certo. — Reggie está em liberdade condicional, não está? Ele teve problemas num jogo de futebol.

— Uma bobagem. — Carol se dirigiu a Nate. — Reggie se deixou levar pela emoção com alguns amigos. Ele sempre foi assim.

— Reggie passa muito tempo com Paisley? — perguntou Emmy.

— Não desde... — Carol deu de ombros. — Bem, ele não podia sair de Mobile. Depois conheceu Shelley, e precisou dar atenção a ela por razões óbvias.

— Quais são essas razões óbvias?

— Bem...

Os ombros de Carol subiram até as orelhas no mesmo gesto. Parecia lutar contra o impulso de se virar para Nate.

— Quer dizer, Shelley já estava grávida quando eles se casaram. Mas não foi por isso que se casou com ela, ele a ama, obviamente.

— Ela é jovem — disse Emmy. — Não parece muito mais velha que Paisley.

O sorriso de Carol ficou tenso.

— Ela é legalmente uma adulta.

Jude deixou o olhar viajar até o padre Nate. A coluna estava rígida; os lábios, comprimidos. Aquele era o moralista repreensivo e desaprovador que ela reconhecia de antes.

— Há quanto tempo Shelley está grávida? — perguntou Emmy.

— Eu não... — Os dedos de Carol se moviam tão rápido que as contas do rosário tilintavam como dentes. — Eu não sei.

Nate se mexeu no sofá.

— Carol, quantos anos ela tem? — perguntou ele.

A mão de Carol voou para o peito.

— Dezessete, Padre. Ela acabou de completar dezessete.

— Carol — disse Nate, a voz surpreendentemente firme, ele estava mesmo tentando ajudar —, quantos anos Shelley tinha quando Reggie a engravidou?

Os olhos de Carol encontraram os de Jude, mas apenas porque ela não conseguia olhar para Nate.

— Carol — insistiu o padre. — Agora é a hora de ser completamente honesta.

As contas do rosário tilintavam, nervosas. Ela olhou para baixo, observando-as deslizar pelos dedos como água.

— Quinze, da primeira vez. Mas ela perdeu o bebê e… e agora está com cinco meses. É uma bênção, não é? Ter filhos?

Jude viu a mandíbula de Emmy se contrair. Conhecia bem aquele olhar de recriminação silenciosa. A mulher se culpava por não ter investigado o irmão antes. Compreensível, mas não produtivo. Jude começou a contar os segundos do silêncio prolongado. Planejava intervir quando chegasse a dez, mas foi impedida por uma batida alta à porta.

— Carol? — chamou uma voz masculina. — Abra a porta. É o Reggie.

Emmy fez um sinal para Cole dar cobertura e abriu a porta. Reggie estava com a mão levantada para bater de novo. Ela não perdeu tempo com apresentações. Agarrou o pulso de Reggie, o girou e o levou para fora.

— Fique aqui.

Jude não esperou resposta. Saiu correndo pela porta.

Emmy empurrava Reggie pela calçada. Os postes de luz ainda estavam acesos. O carro de patrulha brilhava como se estivesse num palco. Jude teve uma visão perfeita de Emmy jogando Reggie de bruços sobre o capô e começando a revistá-lo, esvaziando os bolsos dele na calçada. Jude viu um monte de recibos amassados escaparem da carteira de couro marrom quando atingiu o concreto. Cole pegou tudo. Havia um olhar de pânico em seu rosto. Aquele não era o comportamento normal da mãe.

— Fale comigo, idiota. — Emmy pressionou o rosto de Reggie contra o capô do carro. — Onde está Paisley?

— Eu não… — Reggie ofegou quando ela puxou seu braço para cima. — Eu não sei!

— Diga onde ela está! — ordenou Emmy.

— Eu já disse que não…

— É assim que você quer resolver isso?

Emmy puxou as algemas. Prendeu os pulsos dele às costas.

— Tem o direito de permanecer calado.

— Por favor — implorou Reggie. — Eu não quero problemas, certo? Não sei onde ela está. Eu moro em Mobile, pelo amor de Deus. Acabei de chegar.

— Tudo o que disser pode e será usado contra você no tribunal.

— Jesus, moça! Eu falo com você, certo? Só...

— Cala essa boca — advertiu Emmy. — Você tem direito a um advogado.

Jude colocou a mão no ombro de Emmy. Queria que fosse um gesto de contenção, para trazê-la de volta ao momento, mas teve o efeito oposto.

— Tire a porcaria da sua mão de mim — ordenou Emmy. — Cole, tire-a daqui.

Jude ergueu as mãos em sinal de rendição quando o sobrinho se aproximou.

— Por favor! — implorou Reggie. — Me escutem! Eu prometo que posso...

— Eu mandei calar a boca.

Emmy o girou e o agarrou pela camisa com força. Perdera a visão periférica. Não estava ouvindo nada do que ele dizia.

— Se não puder pagar um advogado...

— Reggie! — Jude ergueu a voz, tentando trazer Emmy de volta à realidade. — Está renunciando aos seus direitos? É isso o que está dizendo? Quer falar?

— Sim, inferno, é o que estou dizendo! — gritou Reggie.

Emmy estreitou os olhos para Jude, nitidamente contendo a raiva. Levou alguns segundos antes que sua determinação voltasse. Ela olhou para Reggie como se o visse pela primeira vez. O pânico nos olhos. O peito arfando de medo. Emmy primeiro soltou a parte dianteira da camisa dele, depois deu um passo para trás.

— Reggie Lee McAllister, está abrindo mão dos seus direitos?

— Sim! — Ele praticamente implorou. — Eu estou em condicional. Se for preso de novo, são cinco anos. Não importa se vocês estiverem erradas. Minha vida acabou.

— Reggie — começou Jude, assumindo a conversa. — Onde você estava ontem de manhã entre sete e oito horas?

— Eu estava... — Reggie precisou recuperar o fôlego. — Trabalhando. Bati o ponto às 6h30, depois peguei o caminhão para fazer entregas. Tem GPS nele. Eles podem dizer onde eu estava, vocês podem verificar.

— Mãe.

Cole segurava um dos recibos e o mostrou para Emmy, que demorou tanto estudando a informação que Jude presumiu que estivesse ganhando tempo para recuperar o controle de suas emoções. Então entregou o recibo para Jude.

— Preciso dos meus óculos.

Não seria problema para Jude enxergar as letras miúdas sob a luz, mas queria dar mais tempo para Emmy se recompor. Pegou a bolsa, remexeu em volta do envelope com as fotos do celular de Elijah Walker, encontrou os óculos de leitura, colocou-os e estudou o recibo.

O logotipo era do posto de gasolina WaWa, em Fairhope, Alabama, uma cidade do outro lado da baía de Mobile. Um mochaccino grande e um bagel comprados na manhã anterior, às 6h38. Fairhope estava no fuso horário central, uma hora atrás de Clifton.

— Isso é uma prova. — A voz de Reggie estava cheia de alívio. — Precisei abastecer antes de começar a rota. Isso aí é o recibo do meu café da manhã. O diesel foi no cartão da empresa, você pode verificar nas câmeras do WaWa, certo?

Jude sabia que iriam checar as câmeras, assim como sabia que Mobile ficava a pelo menos seis horas de distância de onde estavam. Não havia como Reggie estar em North Falls sequestrando Paisley enquanto comprava café e um bagel ao mesmo tempo em Fairhope. Jude esperou que Emmy fizesse o mesmo cálculo.

— Vire-se.

Reggie a obedeceu. Jude viu a chave das algemas deslizar para dentro da fechadura. As mãos de Emmy tremiam. Ela ainda estava agitada.

— Reggie, quando foi a última vez que viu sua sobrinha? — perguntou Jude.

— No Natal. — Ele esfregou os pulsos. — Precisei de permissão do meu oficial de condicional. Ainda estava com a tornozeleira eletrônica, eles só tiraram duas semanas atrás. Pode confirmar com ele, certo? Liguei para ele antes de vir para cá. Tudo isso está registrado.

— Seu oficial de condicional sabe quantos anos sua mulher tinha quando engravidou?

— Merda. — Ele continuou esfregando os pulsos. — Ela que veio atrás de mim, tá bom? Trabalhava no McDonald's ali perto. A gente se deu bem, só isso. Os pais dela deram permissão para o casamento. Pode perguntar para eles.

— Cole. — A voz de Emmy estava trêmula. — Acompanhe Reggie até a casa. Pegue o número do oficial de condicional. Eu resolvo o restante.

Cole seguiu as ordens. Enquanto os dois homens subiam a calçada, Jude ficou para trás. Emmy parecia querer dizer algo, mas mudou de ideia. Pegou o celular do bolso, olhou para a tela por um momento e então digitou um número.

Jude não prestou atenção à ligação. Estava estudando o rosto de Emmy. A tensão na testa. O cansaço nos olhos. Estar no centro da investigação do sequestro de uma criança poderia tirar anos de vida de alguém. Somando-se a isso, assistir a Myrna desaparecer lentamente, ver Gerald ser morto a tiros e ainda lidar com uma estranha que sabia tudo sobre sua família, mas nada sobre você. Qualquer uma daquelas coisas poderia quebrar até mesmo a pessoa mais forte. Jude não sabia como Emmy ainda estava segurando as pontas.

— Certo. — Emmy encerrou a chamada. — Era Virgil. Ele vai rastrear as imagens do WaWa. Damien conseguiu as informações do CashApp de Elijah. O jardineiro se chama Antonio Ramirez. Mora em Phoenix com a família. A caminhonete preta está registrada no nome dele, no Arizona. Seth mandou alguns agentes baterem à porta dele, mas não é possível que Elijah o tenha visto na rua ontem de manhã.

— Por que Virgil está reportando isso para você, e não Seth Alexander?

Emmy deu de ombros.

— Isso importa?

— Sim, importa. Há uma hierarquia. Você não é secundária nessa investigação. É a xerife interina. Seth deveria se reportar diretamente a você, não por meio de um delegado aposentado.

— Virgil foi policial por mais tempo do que tenho de vida. Ele sabe o que está fazendo.

— Emmy. — Jude suavizou o tom. — Não consigo imaginar como foram as últimas 24 horas para você, mas precisa me ouvir se quiser continuar no seu cargo quando isso acabar. Está toda desorganizada, precisa se controlar. Vai acabar perdendo detalhes importantes.

— Quer falar de detalhes que estou perdendo? — perguntou Emmy. — Disse ao papai que não pisaria mais nesta cidade enquanto ele estivesse vivo. O que estou vendo aqui é sua volta triunfal?

— Essa é uma conversa para outro dia. Você precisa se concentrar no seu trabalho. Depois pode encontrar novas formas de me machucar.

— Acha que sou eu quem a está machucando? — Emmy soltou uma risada sarcástica. — Dê uma boa olhada no espelho, querida. Meu sangue está nos seus dentes.

Jude olhou para o céu e respirou fundo antes de continuar.

— Você está exausta. Passou por um trauma terrível. É compreensível que precise descontar isso em alguém.

— Pare de me psicanalisar. Eu não consigo mais brigar com você.

— Não estou pedindo para brigar *comigo*. Estou pedindo para brigar com *eles*.

— Mãe.

Cole se aproximou. Parecia acostumado a interromper discussões entre adultos.

— Falei com o oficial de condicional do Reggie. A história dele bate. Tudo, inclusive a autorização dos pais da Shelley para o casamento.

— Jesus. — Emmy olhava para uma mensagem no celular. — É a Peggy. Ela quer ver a foto.

— Que foto? — perguntou Cole.

Emmy balançou a cabeça novamente, mas, se era para dizer a ele para não perguntar ou para reconhecer o quanto a situação tinha acabado de piorar, estava além das habilidades dedutivas de Jude.

Ela enfiou a mão na bolsa e pegou o envelope.

— Deveríamos enviar as duas. Existe uma pequena chance de ela reconhecer a outra.

— Tudo bem. — A voz de Emmy era monótona. Ela se dirigiu a Cole: — Elijah tinha fotos pornográficas no celular. Closes dos órgãos genitais de um homem e de uma mulher. Provavelmente ele passava a foto do homem como se fosse dele. Achei que Peggy poderia reconhecer a mulher, caso fosse uma de suas clientes na depilação.

— Ah — disse Cole. — Certo.

Jude presumiu que alguém da geração de Cole já tinha visto coisas piores do que qualquer imagem no celular de Elijah Walker. Ela ergueu a imagem da mulher para que Emmy pudesse tirar uma foto. Depois, ergueu a do homem, dizendo:

— Tem mais de uma pinta que pode identificá-lo.

Os olhos de Cole se arregalaram, mas, para seu crédito, ele manteve a expressão neutra.

— Merda.

Emmy soltou um longo sopro de ar entre os dentes enquanto enviava as mensagens. Então perguntou a Jude:

— Por que não pressionou Carol sobre o caso de Elijah?

— Acha que ela teria me contado a verdade?

— Se o padre Nate dissesse para ela contar, sim.

— Você tem muito mais confiança em Nate do que eu.

— Sério? — perguntou Emmy. — Foi ele quem fez a Carol contar a verdade sobre a esposa criança do Reggie.

Jude percebeu que suas emoções também estavam fazendo com que perdesse detalhes. Abriu a boca para admitir o erro, mas Emmy a cortou antes que pudesse falar.

— As pessoas não são as mesmas de quando você estava aqui. Já se passaram mais de quarenta anos. Seja lá qual for a versão rígida do padre Nate que conheceu, essa versão mudou, porque é isso o que as pessoas fazem, elas mudam.

Jude não conseguiu distinguir se ela estava com raiva ou apenas exausta.

— Isso não tem a ver com o padre Nate, não é?

— Eu não sei do que se trata. — Emmy olhou para o celular. — Jesus Cristo. Peggy identificou a mulher da foto.

CAPÍTULO CATORZE

EMMY ESTAVA PRATICAMENTE VIBRANDO de exaustão quando enfim voltaram à delegacia. O cérebro não conseguia lidar com o som dos telefones tocando, dos agentes correndo de um lado para outro e das teclas sendo pressionadas à base da raiva — nada daquilo dava sinal de que Paisley Walker voltaria para casa.

Virgil ofereceu a cadeira em um gesto silencioso, mas Emmy apenas se encostou na mesa enquanto Seth Alexander ouvia Jude repassar as últimas atualizações do caso.

— A xerife conseguiu identificar a mulher que estava no celular de Elijah. O nome dela é Belinda Pfeiffer. Tem 22 anos. Trabalha em uma loja de utensílios de cozinha no shopping local. Nenhum antecedente. — Jude lançou um olhar para Emmy antes de voltar a atenção para Seth. — O que descobriu?

— A secretária de Elijah, Misty Norris, disse que percebeu que alguma coisa estava acontecendo no ano passado. Elijah tinha um compromisso fixo na última sexta-feira de cada mês, bloqueava algumas horas na agenda e desaparecia. Norris disse que isso sempre coincidia com o sumiço de cerca de seiscentos dólares do caixa da empresa. Walker nunca dava recibo, mas ele era o chefe, então ela não questionava.

Jude olhou para Emmy novamente antes de perguntar:

— E o motel? Alguém reconheceu a foto de Elijah?

— Não, senhora. A atendente do turno da noite disse que nunca o viu. Obviamente, negou que algo ilícito aconteça no local, mas é um verdadeiro muquifo. Muita atividade de gangues, várias motos estacionadas do lado de fora. Parece ser um ponto quente do tráfico de drogas.

— É, sim — confirmou Virgil. — Em boa parte do meu trabalho como detetive particular, fico de tocaia do outro lado da rua fotografando a traição de maridos. Um traficante chamado Wesley Woodrow opera no quarto dezenove, nos fundos. Atende pelo nome de Woody. Controla a maior parte do fentanil e da heroína que entram e saem do condado.

— E o atendente do turno do dia? — O olhar de Jude pousou mais uma vez em Emmy antes de se voltar para Seth. — Disse que mostrou a foto de Elijah para a atendente da noite. E o atendente diurno?

— Ah... — Seth pareceu desorientado. — Não sei se o Damien fez esse acompanhamento.

— Damien responde a você — disse Jude. — Precisa encontrar esse atendente.

Seth alisou a gravata.

— Sim, senhora.

— E a linha de denúncias?

— O de sempre — respondeu Seth. — Um monte de mulheres acusando namorados e ex-maridos. Muitas denúncias sobre vans brancas, o que não é surpresa, já que vans brancas estão por toda parte. Estamos seguindo todas as pistas. Batendo em todas as portas. Tentando não virar palhaços de investigação.

— E os cães farejadores?

— A suposição é que ele a levou embora de carro.

— Não faça suposições sobre o sequestro de Paisley Walker. Ponha os cães nas estradas de terra e me avise assim que falar com o atendente diurno no motel. Mostre a foto de Belinda Pfeiffer para ele também.

Jude o dispensou e se virou para Virgil.

— Mais alguma coisa do seu lado?

— A polícia de Verona acabou de pegar Belinda Pfeiffer. Ela mora naqueles apartamentos novos que seu tio Penley construiu. Vão trazê-la para cá. — Virgil arrancou uma folha do caderno. — Enquanto isso, eu estava olhando os perfis de Paisley no Snapchat e no Instagram. Ela interage com algumas meninas da escola. Anotei o nome delas para investigarmos. A maioria dos vídeos é o que se espera. Ela gosta de gatos, ama ler, curte as aulas de ciências, adora Taylor Swift e K-pop. Coisas típicas de uma menina de catorze anos.

— Vou verificar os dispositivos eletrônicos dela com a equipe de TI — disse Jude. — Ela pode ter uma conta falsa. Xerife, posso falar com você um minuto?

Emmy abriu a boca para responder, mas Brett surgiu do nada.

— Emmy? — Ele segurava uma pilha de papéis. — Peguei a lista dos jardineiros que trabalham no bairro dos Walker. Tem certeza de que quer que eu repasse isso? Talvez não tenha ouvido, mas o FBI já encontrou o cara que espalhou a casca de pinheiro.

Emmy cerrou os dentes. Ela não teria notado se não fosse por Jude martelando aquilo o tempo todo, mas Brett tinha parado de chamá-la pelo primeiro nome havia dez anos, quando ela tinha sido nomeada subdelegada. E agora que Gerald tinha morrido, ele havia voltado ao primeiro nome.

Ela se afastou da mesa. Tentou manter uma postura firme.

— Sim, subdelegado. Quero que ligue para cada um deles. Pegue os horários de trabalho e o nome de todos os membros das equipes. Você pode fazer isso enquanto conduz a vigilância discreta sobre Adam Huntsinger.

— Adam? — questionou Brett. — Quer dizer, porra, Emmy. Você realmente acha que...

— Acho que meu pai foi assassinado ontem de manhã e não quero outra turba justiceira fazendo alguma estupidez com os pais idosos do Adam ainda dentro da própria casa. — Emmy não tinha terminado. — Brett, quero deixar isso bem claro: você precisa ficar de olho em Adam o tempo todo. Se precisar mijar, use uma garrafa. Se precisar cagar, chame alguém para ficar no lugar antes de ir. Entendido?

O aceno de Brett foi curto.

— Sim, chefe.

Ela se virou para Virgil.

— Avise quando Belinda chegar.

Virgil também assentiu.

— Sim, chefe.

Emmy avistou Cole sentado à mesa, curvado sobre o teclado mais uma vez. Ela fez um gesto para que ele se aproximasse e disse a Jude:

— Vamos para os fundos.

Eles mal haviam se afastado do alcance dos ouvidos da equipe quando Jude começou a falar.

— Bom trabalho.

— Já disse que não quero sua aprovação. Alguém precisa comandar esse lugar. É o que meu pai iria querer.

— Ei. — Jude a parou antes que entrassem na sala de monitoramento. — Sobre o que você disse antes... Não estou aqui para me vangloriar. Estou aqui por você.

Emmy não podia continuar se dividindo entre o trabalho e o que quer que fosse aquilo. Ela acendeu as luzes. Os dois monitores brilharam na mesa, com a caixa de som Bluetooth entre eles. À esquerda, um deles mostrava Elijah sentado à mesa na sala de interrogatório. Os microfones sensíveis no teto captavam o som da respiração pesada dele. Emmy olhou para o outro monitor, que exibia a cadeira vazia à frente. Sua visão ficou duplicada. Ela fechou os olhos por um momento. Estava tão cansada que literalmente não conseguia enxergar direito.

— Emmy — insistiu Jude —, tem razão ao dizer que não me conhece, mas isso é o que eu faço de melhor, e, se puder encarar os últimos quarenta anos como minha preparação para ajudá-la neste caso, estará fazendo um favor a nós duas.

— Tudo bem.

Emmy viu Cole descendo pelo corredor. Ele parecia distraído.

— O que foi?

— Há muita movimentação on-line. As pessoas estão dizendo que Adam Huntsinger sequestrou Paisley e que somos burros demais para perceber.

Emmy sentiu o conhecido nó se formar no estômago.

— Alguém dando a entender que pretende fazer algo a respeito?

— É difícil saber quem está só jogando conversa fora e quem realmente fala sério, mas a tensão está aumentando. — Cole parecia preocupado. — Tem um grupo de detetives amadores trocando teorias. Nenhuma delas é nova. A maioria das pessoas acha que foi Adam.

— É inteligente monitorar esses grupos — disse Jude. — Alguns levam o trabalho a sério. Outros só estão entediados e querem causar confusão. O que você acha de Adam Huntsinger?

Emmy não tinha certeza do que pensar.

— Confio em Brett para vigiá-lo. Se foi Adam quem levou Paisley ou não, não sei.

— O que seu instinto diz? — perguntou Jude.

O instinto de Emmy queria fazê-la vomitar de exaustão.

— Não consigo decifrar.

— Nem eu — disse Jude. — O que sabe sobre Belinda Pfeiffer?

Emmy ficou surpresa ao perceber que ainda não havia permitido a si mesma pensar além do nome.

— Participo de um clube do livro com a mãe dela, Daphne, que coloca passas na salada de batatas. Não sei muito mais sobre a família além disso. Belinda não está no nosso radar como prostituta. Duvido que a mãe dela saiba no que ela está metida. Cole, encontrou alguma coisa?

— Belinda não aparece em nenhuma anotação de patrulha. Não está no radar de ninguém. Nunca foi presa. Nunca levou uma multa de trânsito. O TikTok dela é basicamente sobre *The Bachelor* e todas as versões de *Real Housewives*.

— Ela é católica? — perguntou Jude.

— Ela segue a Igreja New Holiness, mas não encontrei nada de tom religioso nas redes sociais.

— São os pentecostais — explicou Emmy, mas então percebeu que Jude provavelmente já sabia disso. — Então talvez Elijah tenha conhecido Belinda em um site de namoro? Algo de cunho extraconjugal, como o Ashley Madison?

— Duvido que ele tenha ficado em só um caso — disse Jude. — Deve haver mais mulheres no passado dele. Cole, vocês encontraram Viagra quando revistaram o quarto de Elijah e Carol?

Ele pareceu surpreso com a pergunta, mas respondeu:

— Sim, mas não estava no armário de remédios. E sim em uma caixa de sapatos dentro do armário.

— Estava escondendo de Carol — disse Jude. — Homens como Elijah usam Viagra para as amantes. Não desperdiçam com as esposas.

— Elijah me disse que Carol não era aventureira.

Emmy foi atingida por uma onda de tontura. Ela olhou para o chão, respirou fundo. Entre os terrores noturnos de Myrna e mais de 24 horas sem dormir, sentia que seu cérebro estava nadando dentro de um aquário.

— Você está bem? — perguntou Jude.

— Estou. — Ela ergueu o olhar, determinada a seguir em frente. — Virgil disse que Belinda mora em um dos apartamentos de Penley, em Verona. O lugar tem muitos jovens solteiros com dinheiro no bolso. O bar de Jonah fica na mesma rua. Talvez não signifique nada, mas Woody vende drogas nos fundos.

— O mesmo Woody que opera no quarto dezenove do Dew Drop? — perguntou Jude.

— O mesmo — confirmou Emmy. — Woody é esperto. Mantém as mãos limpas. Mas o nome dele surgiu no caso Anjos Partidos. Ele era adolescente na época. Cheyenne tinha muitas drogas pesadas escondidas no teto do armário do quarto, além de dezesseis mil dólares em dinheiro. Nunca descobrimos a origem.

— Adam não era o fornecedor dela?

— Não, pelo que sabemos, ele só traficava maconha.

Emmy viu Virgil no final do corredor. Ele ergueu o queixo.

— Belinda chegou. O que quer fazer com ela? — perguntou Emmy a Jude.

Jude hesitou.

— Você me diz, xerife.

Mais uma vez, Emmy precisou parar para pensar.

— Ela tem um histórico limpo. Provavelmente nunca pisou numa delegacia.

Jude sorriu.

— Jogamos ela na sala com Elijah e ouvimos a conversa?

— Sim.

Emmy apontou para Virgil em direção à sala de interrogatório. Esperou que ele assentisse antes de se permitir o prazer de afundar na cadeira diante dos monitores. Um grunhido escapou de sua boca. Lutou contra a vontade de fechar os olhos, concentrando-se no perfil de Elijah Walker na tela. Ele parecia tão exausto quanto ela. Segurava um copo de isopor entre as mãos. Emmy se lembrou de observar Dale Loudermilk pelos mesmos monitores doze anos antes, com o pai ao lado.

Olhou para o filho. Os ombros de Cole estavam tensos. Os olhos, ainda avermelhados. O certo era mandá-lo para casa descansar, mas não queria que ele fosse.

— Cole, apague a luz e feche a porta.

A sala escureceu. Jude ocupou a outra cadeira. Emmy percebeu a expressão ferida do filho no brilho dos monitores quando Jude sentou-se no lugar de seu avô. Emmy estendeu a mão para trás e apertou a mão dele, que segurou firme antes de passar a mão sob os olhos.

— Belinda! — A voz de Elijah soou estrondosa pelo alto-falante.

Virgil tinha acabado de jogá-la na sala e fechar a porta.

Emmy observou Elijah erguer as mãos em um gesto exagerado.

— Que merda você está fazendo aqui?

— O que acha que estou fazendo aqui? — rebateu Belinda. — Sua filha desapareceu e você está traindo sua esposa. Isso é o enredo de todos os episódios de *Dateline* já feitos.

— Não seja ridícula. — Elijah bufou. — Ninguém acha que eu sequestrei minha própria filha.

— Querido, olhe onde você está. — Belinda parecia incrédula. — Eles não mantêm ninguém numa delegacia por horas a menos que achem que fez algo errado.

Elijah ficou olhando para ela, sem piscar. Então seu rosto mudou quando, lentamente, percebeu que ela tinha razão. Afundou-se na cadeira, apoiando as palmas das mãos sobre a mesa. Emmy reconheceu o cansaço absoluto no olhar dele. Tinham privado Elijah de sono, feito um bombardeio de perguntas, tirado qualquer sensação de controle. Ele estava funcionando no piloto automático, apenas reagindo ao que estava bem diante de si, mas a realidade o atingira naquele instante, e ele sabia que tudo havia mudado. Não havia como voltar para a vida de dois dias antes.

— Eles... — A voz do homem estava áspera. — Eles ficaram pedindo minha senha do WhatsApp. Talvez tenham hackeado.

— Deve ter sido assim que me encontraram. — Belinda parecia acompanhar os detalhes melhor do que Elijah. — Todas as nossas mensagens vão estar por aí para todo mundo ler.

— Eles não iriam... não poderiam...

— Ah, querido, claro que vão. — Belinda elevou o tom como se falasse com uma criança sem noção. — Elijah, pare de se preocupar com coisas sem importância. A única coisa que importa agora é trazer Paisley de volta para casa.

— Você tem razão, tem razão. — Ele começou a sacudir a cabeça. — Isso é insano. Coisas assim não acontecem em...

Emmy percebeu que os dois terminaram a frase em silêncio. Coisas assim haviam acontecido em North Falls doze anos antes.

— Você acha que... — A garganta de Elijah fez um ruído audível no alto-falante. — Você acha que eles vão encontrá-la?

— Estou rezando para que a encontrem.

Elijah não percebeu a ambiguidade.

— Eles continuam me fazendo as mesmas perguntas. Não sei mais o que dizer. Só quero que a encontrem.

— Eles repetem as perguntas para ter certeza de que você dá as mesmas respostas.

Elijah pareceu surpreso. Estava preso no ciclo interminável de compartimentalizar o que acontecera para que o corpo não entrasse em colapso. Emmy se lembrou de Ruth Baker passando pelo mesmo turbilhão emocional doze anos antes. Era inconcebível para um pai imaginar a perda de um filho.

— Você está sendo honesto com eles, certo?

— Claro que sim. Não contei sobre você porque achei que não importava.

Belinda puxou a cadeira e sentou-se diante dele. O rosto dela preencheu o segundo monitor.

— Elijah, escute. Você precisa contar tudo. Deixe os especialistas decidirem o que importa.

Emmy percebeu o olhar furtivo que Belinda lançou para a câmera no canto. Ela sabia que estavam sendo observados. Jude também percebeu, e comentou:

— Mais esperta do que parece.

Emmy voltou a atenção para Elijah. Lágrimas escorriam pelo rosto dele.

— Aquela policial jurou que todo mundo está procurando por ela. Está demorando demais, não está? Já deviam tê-la encontrado.

— Eu ia me voluntariar para ajudar nas buscas, mas não sabia como isso iria parecer, sabe? — Belinda se desviou da pergunta mais uma vez. — Vi gente espalhada por toda a floresta perto das estradas de terra quando a polícia me trouxe. Todo mundo está fazendo o que pode.

— E se… — A voz subiu. Ele tentava engolir o medo. — E se não a encontrarem?

Belinda não ofereceu palavras vazias. Ela olhou para a câmera e depois para Elijah.

— Tudo o que podemos fazer é rezar para que o Senhor esteja cuidando dela.

— Eu tenho tentado rezar, mas uma voz continua me dizendo que a culpa é minha.

Emmy se inclinou na cadeira.

Belinda fez o mesmo.

— Como assim, culpa sua?

— Eu sou o pai dela. Eu devia tê-la protegido. Esse é meu único trabalho. — Ele respirou fundo, com dificuldade. — Ela estava tão brava comigo quando saí para o trabalho ontem. Furiosa. Pensei em ligar para ela do carro, mas vi que tinha oito mensagens e acabei me distraindo, e agora nunca mais vou poder dizer que sinto muito.

Emmy viu Jude apoiar os cotovelos no braço da cadeira, o queixo na mão. Ela não olhava para o monitor, mas sim para o alto-falante. O tom de Elijah havia mudado. Finalmente dizia a verdade.

— Por que Paisley estava tão brava? — perguntou Belinda.

— Semana passada, ela me pediu ajuda com o projeto de ciências, mas eu disse que, se ela queria assumir grandes tarefas, precisava aprender a fazer sozinha.

— Bem… — Belinda alongou a palavra. — Você só estava tentando ensinar independência para ela. Isso é uma coisa boa.

— Não, foi egoísmo. Eu não queria ajudar no projeto. Queria ver TV e ir dormir, então gritei com ela até que se irritasse e fosse para o quarto.

Elijah começou a balançar a cabeça para os lados. Emmy pensou que ele parecia um homem que tinha passado o tempo que ficara sozinho na sala de interrogatório repassando todas as oportunidades perdidas com Paisley.

— Ontem de manhã, quando estava saindo, tentei beijar a bochecha dela. Ela se afastou como se eu fosse contagioso. E, quando disse que a amava, Paisley só revirou os olhos. Está sempre revirando os olhos para mim. Eu falei como ela anda muito mal-educada. Nos últimos meses, tem parecido uma possessão demoníaca. Em um minuto, ela está doce, no outro, quer mandar em tudo, como se eu não fosse mais o pai dela.

— Isso me soa familiar — murmurou Emmy.

Jude olhou para ela.

— Quem?

— Madison sempre desafiava Paul e Hannah. Felix e Ruth Baker diziam a mesma coisa sobre Cheyenne. Eles culpavam Madison pelo jeito rebelde dela.

— E você? Quem você culpava?

— A puberdade. — Emmy deu de ombros. — Para falar a verdade, as duas se alimentavam disso. Acho que eram as piores inimigas de si mesmas.

— Isso não é incomum — disse Jude.

Emmy nem se deu ao trabalho de concordar. Observou Belinda pegar um pacote de lenços da bolsa Fendi. A polícia de Verona a deixara trocar de roupa antes de levá-la para a delegacia. Ela usava um top preto que deixava a barriga chapada à mostra e uma saia curta preta que destacava as pernas. A maquiagem estava borrada, provavelmente porque ela não tinha se dado ao trabalho de removê-la antes de dormir. Emmy não conseguiu evitar comparar Belinda com Carol, que estava vestida como uma austera viúva vitoriana.

— As fotos na cozinha — observou Emmy. — Carol parecia bem diferente no começo do casamento. Ela se vestia mais como Belinda.

— Ele se sente atraído por ela porque quer quebrar o espírito dela — respondeu Jude.

Emmy sabia que ela tinha razão. Jonah era do mesmo jeito. Ele a amava por ter opiniões e ser determinada quando namoravam, mas acabou odiando essas mesmas qualidades depois que se casaram.

O alto-falante ecoou com o som de Elijah assoando o nariz.

— Como Carol está lidando com isso? — perguntou Belinda.

— Só nos deixaram conversar por um minuto. — Ele amassou o lenço. — Ela está devastada e se culpa por ter deixado Paisley sair de bicicleta. Acha que devia tê-la levado de carro.

— Não é culpa de ninguém — disse Belinda. — Nem sua, nem da Carol. Paisley sempre vai de bicicleta para a escola.

— Mas não tão cedo. — Elijah pegou mais um lenço e secou os olhos. — Eu poderia ter dado carona para ela. Eu poderia... poderia ter feito tantas coisas.

— Bem, só vou dizer o que nós dois estamos pensando: essa diversãozinha que estávamos tendo acabou, certo? Você precisa apoiar a Carol, e acho que vou visitar minha tia Jenny em Copper Hill para não me olharem torto toda vez que eu sair do meu apartamento.

— Você está certa. Desculpe. Desculpe mesmo.

Jude se afastou dos monitores e olhou para Emmy.

— Ela não é uma garota de programa. Ela é um caso, né?

— Sim, mas aposto que Elijah também estava traindo Belinda com uma garota de programa. Aquela história dele sobre conhecer alguém on-line no ano passado, ir até o motel e deixar o dinheiro era elaborada demais pra não ter um fundinho de verdade.

— Concordo — disse Jude. — Precisamos falar com a secretária de novo. Ela percebeu que Elijah tinha uma reunião fixa na última sexta-feira de cada mês que coincidia com dinheiro desaparecendo do caixa da empresa. Ela pode nos dizer quando isso começou, quando terminou e se há um padrão diferente com outra mulher agora.

O alto-falante tremeu com o som de Elijah assoando o nariz mais uma vez. Belinda estendeu a mão e segurou a dele.

— Eles sabem quem a levou?

— Algum mexicano, provavelmente.

— Malditos mexicanos — disse Belinda. — Essa cidade está indo para o inferno.

— O país inteiro.

Emmy soltou um longo suspiro. Pelo menos, ainda tinham o racismo para compartilhar. Ela abaixou o volume e perguntou a Jude:

— E agora?

— Quero reabrir o caso dos Anjos Partidos.

Pela rapidez da resposta, Emmy percebeu que Jude já vinha pensando nisso havia um bom tempo. Ela, por outro lado, precisou de um momento para se ajustar à mudança repentina de direção. Estava tão focada quanto Elijah, olhando apenas para o que estava bem à sua frente.

— Você quer ver em que meu pai e eu erramos.

Jude parecia pensativa.

— Só me responde uma coisa: qual era o plano do Gerald?

— O que você quer dizer?

— O podcast *Anjo equivocado* é lançado. O kit de estupro de doze anos atrás em Metter é testado. O DNA do Adam é identificado. Ele sai do corredor da morte. Qual era o plano do Gerald?

— Colocar Adam de volta na prisão.

— Exato — disse Jude. — Se você não sabe o que fazer, comece do começo.

Emmy nunca ia se acostumar a ouvir essa estranha citando o pai.

— Papai já tinha pedido a Virgil para pegar todas as caixas do arquivo no escritório do DIG. Íamos revisar tudo na casa dele no fim de semana.

— Por que na casa do Virgil?

— Papai não queria que soubessem que estávamos reabrindo o caso.

— Esse segredo já era — disse Jude. — Diga a Virgil para trazer tudo para a delegacia e vamos analisar o caso juntos.

— De jeito nenhum — disse Emmy. — Paisley Walker é nossa prioridade.

— Querida, já estamos alcançando as 24 horas. Isso não é um sequestro por um dos pais ou conhecidos. Paisley não fugiu. Ela não está escondida em algum lugar. Um predador a levou. Isso não é mais uma corrida. É uma maratona. Tudo o que podemos fazer é torcer para encontrar o corpo, para que Carol e Elijah possam ter alguma paz.

Emmy sabia que ela estava certa, mas não conseguia perder a esperança.

— Não vou tirar recursos de uma criança desaparecida e em perigo.

— Não estou pedindo isso — disse Jude. — Diga-me o que seu NPC está dizendo. Com quem deveríamos falar? Onde deveríamos procurar? O que não estamos fazendo?

Emmy não soube responder. O NPC estava esgotado. Nada parecia certo.

— Todos na delegacia, todas as agências, centenas de pessoas continuarão procurando Paisley. Vão refazer entrevistas, revistar as áreas, interrogar professores, colegas, todas as pessoas da vida dela. Enquanto isso, vamos analisar o caso de Adam Huntsinger e encontrar os pontos fracos. Se houver uma descoberta, isso pode nos levar até Paisley.

Emmy balançou a cabeça para os lados, mas naquele momento não conseguia pensar em uma abordagem melhor. Concordar com Jude estava sendo muito mais fácil do que imaginara seis horas antes.

— Tudo bem. Vou com Virgil até a casa dele e o ajudo a trazer as caixas. Podemos nos instalar na sala de conferências do complexo da delegacia, assim não atrapalhamos ninguém.

— Não — disse Jude, porque aparentemente ainda estava no comando. — Está tão exausta que está embolando as palavras. São seis da manhã. Vamos nos encontrar aqui, às dez. Isso dá a você quatro horas para dormir um pouco, tomar um banho e se trocar.

— Não preciso que me diga o que fazer.

— Precisa, sim — insistiu Jude, levantando-se. — Vejo vocês dois aqui, às dez.

Emmy não conseguiu impedi-la de sair. Olhou para Cole. A mandíbula dele estava tensionada. Ela ligou as luzes e disse:

— Você ficou bem quieto aí atrás.

— Ela não está errada quando diz para encontrar os pontos fracos do caso antigo.

— Mas ela está certa?

A visão de Emmy voltou a ficar turva. Ela tinha que admitir uma coisa que Jude falara: o corpo inteiro doía de cansaço. Mas, ainda assim, não podia ir embora.

— Feche a porta e me diga o que você não está me contando.

Cole fechou a porta e se recostou ali. Encarou Emmy diretamente nos olhos.

— Preciso falar com minha chefe.

Emmy tentou se recompor.

— Você já está falando.

Cole desviou o olhar e fitou a parede atrás dela. Suas narinas se abriram, e ela viu as lágrimas se acumularem nos olhos dele.

— Ei.

Emmy se levantou e segurou o rosto dele entre as mãos para que o filho fosse obrigado a encará-la. Aquilo não era conversa de trabalho. Ele precisava da mãe. Emmy acariciou o rosto dele com a mão.

— Fale comigo, filho. Estou aqui.

Cole respirou fundo, tensionando os músculos do pescoço. Emmy sentiu o cansaço desaparecer. Cada parte do cérebro entrou em alerta enquanto esperava o filho encontrar coragem para falar.

— A foto do pau no celular do Elijah Walker — disse Cole. — Ele não pegou da internet. É de uma pessoa aqui da cidade. Eu reconheci as pintas.

— Certo.

Aquilo não surpreendeu Emmy. Ela sabia que o filho tinha uma vida sexual, e havia se assumido para ela aos quinze anos.

— E?

— É... ahn... — Ele parou de novo. — É o Jack.

Emmy riu. Não conseguiu evitar.

— Você está de sacanagem? A foto de pinto no celular do Elijah Walker é de Jack Whitlock?

— Pelo amor de Deus, mãe. — Cole se afastou dela. — Não tem graça.

— Não, claro que não tem.

Emmy se sentiu péssima por ter rido, mas fazia um certo sentido cruel que Jack tivesse piorado uma situação já terrível. Aquele babaca tinha colocado Emmy no centro da história, descrevendo-a muitas vezes como uma investigadora "bela, mas imperfeita". Também foi o único responsável por reacender o interesse no caso de Adam Huntsinger, o que levou diretamente à libertação de Adam do corredor da morte, o que, de certa forma, resultou no assassinato do pai dela. E, além de tudo isso, ele havia partido o coração do filho dela.

— Filho, desculpa. — Ela sabia que era difícil para Cole falar daquilo, mas precisava perguntar: — Tem alguma chance de Jack ter postado uma foto na internet e Elijah ter passado como sendo dele?

— Isso se chama *cockfishing*, e não.

Emmy podia ter vivido o resto da vida sem conhecer essa palavra.

— Elijah é o corretor de seguros do Jack. A gente sempre zoava ele porque é todo certinho — complementou Cole.

Emmy sentiu um aperto na garganta, ela lembrou que Elijah tinha mencionado o podcast de Jack na entrevista anterior. Na hora, tinha interpretado como os seis graus de separação de North Falls, mas agora percebia que tinha deixado passar um detalhe importante.

— Eu sou um idiota. — Cole balançava a cabeça de um lado para outro, como se não acreditasse na própria estupidez. — Você cuida do meu seguro. Eu nem sei como isso funciona. Jack sempre se encontrava com o Elijah na última sexta-feira do mês, dizia que era pra falar das apólices. Achei que fosse normal se reunir com o corretor assim.

Ele parecia tão devastado que Emmy queria abraçá-lo como fazia quando o filho era bebê. Mesmo assim, precisou perguntar:

— Você sabia que Jack cobrava por sexo?

— Não, mas faz sentido. Ele sempre tinha dinheiro vivo. — Cole soltou uma risada seca. — Ele nunca cobrou de mim.

— Você é quem devia ter cobrado. Nós dois sabemos que você era muita areia para o caminhãozinho dele.

— É...

Emmy percebeu que ainda era cedo para brincar com aquilo. A verdade era que ela sempre teve um pé atrás com a forma como Jack havia perseguido Cole. Ele era alguns anos mais velho e bem mais experiente, mas Emmy não interferiu porque não achava que era seu papel dizer ao filho quem ele deveria namorar. Aquele relacionamento tinha sido uma dolorosa lembrança de como a família havia tolerado seu relacionamento tóxico com Jonah. Ela disse a Cole o que gostaria que tivessem lhe dito na época:

— Jack é uma pessoa horrível. Ele tentou usar você pra chegar até mim e ao seu avô. Fez você achar que era especial, mas o tempo todo só o estava usando pra se sentir melhor sobre a própria vida de merda. Você merece alguém dez vezes melhor que Jack. Ele não o merecia.

Cole assentiu, mas ainda parecia arrasado. Emmy tentou ser prática.

— E eu vou ensinar você como funciona o seguro. Não é complicado. Você é um homem adulto. Eu devia ter ensinado antes.

— Certo. — Cole limpou o nariz com a manga da camisa e endireitou os ombros. — Eu entrei no TikTok do Jack pra ver onde ele estava quando Paisley desapareceu. Ele está em Los Angeles desde domingo, tentando vender o podcast pra um produtor.

Emmy nem tinha cogitado a possibilidade de um serviço de streaming comprar o podcast, mas aquela informação a deixou genuinamente preocupada. Cole continuou:

— Ele postou um vídeo dizendo que a Paisley vai ser a parte dois da série. Pegou um voo noturno de volta pra Geórgia. Com certeza vai fazer mais merda quando chegar aqui.

Emmy assentiu.

— Certo.

— Vai contar pra ela?

Ele se referia a Jude.

— Não, mas quero que cheque os voos e confirme que o Jack realmente estava fora da cidade, só para garantirmos. Certo?

— Certo. — Cole respirou fundo mais uma vez. — Vejo você às dez.

Emmy observou o filho sair pela porta e caminhar pelo corredor, a cabeça baixa. Não sabia o que mais lhe doía: o coração ou o orgulho. Quanto a ela, Emmy se arrependia profundamente de não ter espancado Jack até a morte com a própria xana de bolso quando teve a chance. Aquele desgraçado tinha iludido Cole por seis meses sem revelar que estava trabalhando no podcast. Tinha achado que ele ficaria ansioso para jogar a própria mãe e o avô aos leões.

Tinha achado errado.

Ela voltou a olhar para os monitores, tentando imaginar que outra merda Jack estaria aprontando. Emmy havia se esforçado para esquecer todas as esquisitices sexuais que o Jack adolescente escondia debaixo do colchão, especialmente quando ele começou a sair com seu filho. Mas estava começando a suspeitar que era isso o que Elijah Walker quis dizer quando falou que a esposa não era aventureira. Emmy estudou o rosto do homem. Ele mordia o lábio. Seth já tinha liberado Belinda. Elijah estava sozinho na sala. Emmy pegou o gravador de vídeo digital e desligou a fonte de energia.

Ele se assustou quando ela entrou na sala de interrogatório. Pulou da cadeira. Fez a mesma cara de "que porra é essa?" de antes, como o marido e pai moralista que era.

— Você estava pagando Jack Whitlock por sexo, né?

Elijah abriu e fechou a boca como um peixe fora d'água.

— Jack parou de trepar com você quando o podcast dele estourou no ano passado, não foi? Ele não precisava mais do dinheiro?

O homem fechou a boca abruptamente.

— Antes disso, você se encontrava com ele na última sexta-feira de todo mês no Dew Drop. — Emmy fez uma pausa. — Posso chamar o FBI de volta e colocar tudo isso no registro, ou pode me dizer agora mesmo se o que eu estou dizendo é verdade. Sim ou não?

— Sim. — Ele assentiu. — Mas eu não sou...

Emmy bateu a porta ao sair. Pelo menos sabia como Jack tinha se sustentado enquanto produzia o podcast. Apesar de sua profissão, ela não era do tipo que julgava as pessoas por usarem o que tinham para ganhar dinheiro, mas era preciso ter um par de colhões de latão para foder três gerações de policiais.

— Desgraçado maldito — murmurou, saindo da delegacia pela saída lateral, evitando a sala da equipe.

Emmy mandou uma mensagem para Seth Alexander avisando que não tinha problema em soltar Elijah Walker, nem que fosse pelo bem da esposa enlutada dele.

Ela tentou inspirar fundo, mas seus pulmões se recusaram a expandir. A lua ainda estava baixa no céu; parecia que aquela madrugada dos infernos nunca teria fim. Caminhou na direção oposta ao estacionamento, atravessando o pequeno bosque atrás da delegacia. Levantou os braços para bloquear os galhos baixos. Não fazia aquele caminho tinha seis meses, mas o corpo ainda se lembrava da rota.

As luzes estavam acesas na casa de Dylan. Ela o viu encostado no balcão da cozinha, lendo o *Herald* no iPad. Ele era um homem de rotinas. Emmy sabia que ele já tinha corrido, tomado café da manhã e tomado banho, e que estava conferindo as notícias antes de ir para o trabalho. Ela abriu o portão do quintal. Viu seu gato birmanês na janela da sala de estar. Bap-Bap estava com o rosto enfiado nas patas. Emmy tinha pedido para Dylan cuidar dele porque tinha medo do que Myrna poderia fazer. Abrir mão do gato foi quase mais difícil do que abrir mão de Dylan. Chorou no carro o caminho inteiro de volta para a casa dos pais.

Emmy enxugou os olhos. O cansaço era implacável. Sentia os ossos tremendo dentro do corpo e via tudo em dobro. Piscou, tentando clarear a visão. Parou ao pé da escada da varanda dos fundos de Dylan, torcendo para que ele olhasse para a janela e a visse.

Ele ainda era um homem bonito. Cabelo escuro penteado de lado, rosto bem barbeado. Já vestido para o fórum, de terno e gravata. Doze anos antes, Dylan Alvarez estava na periferia da vida de Emmy, seu "e se". E se ela não fosse casada com Jonah? E se tivesse chamado Dylan para sair depois do divórcio? E se tivesse esperado até Cole terminar o ensino médio? E se Dylan não estivesse namorando outra pessoa? E se não fosse boa o bastante para ele? E se só soubesse ficar com homens ruins?

O *como* era um mistério, mas tinha acontecido. Eles se encontravam no supermercado, no cinema, no parque. Ele lhe pagou uma bebida. Depois um jantar. Depois um drinque na casa dele. Depois passou a fazer o café da manhã para ela. Depois lhe apresentou Jenna, sua filha, e Emmy o apresentou a Cole. Dois anos se passaram antes que Emmy tivesse coragem de dizer que o amava. E, ainda assim, ela não se mudou para a casa de Dylan. Apenas começou a dormir lá. Primeiro nos fins de semana, depois mais dias, até que quatro anos se passaram.

Até que Myrna começou a piorar.

No dia em que Emmy deixara Dylan dissera a ele que continuaria a vê-lo, mas não o viu. Disse que ligaria, mas não ligou. Não faltavam motivos para que ele nunca mais voltasse a falar com ela. Mas, algumas horas antes, do lado de fora do complexo prisional, Dylan tinha pedido para apoiá-la. Ela não sabia se a oferta ainda era válida, mas estava desesperada, e ele estava dentro da casa que parte de Emmy ainda considerava seu lar.

E ainda não tinha tirado os olhos do iPad.

Ela sentiu a coragem começar a fraquejar. Pegou o celular para mandar uma mensagem. Uma dor aguda atravessou seu peito. O grito que Emmy soltou foi mais forte do que ela. O corpo processou a informação na tela antes do cérebro. Não era algo sobre Paisley. Não havia novidades. O que a atingiu foi o horário. Eram 6h24 da manhã. Naquele mesmo horário, no dia anterior, Emmy estava sentada à mesa da cozinha com a mãe. Fazendo a mesma rotina dos últimos seis meses. Então Cole descera a escada. Depois foram ao escritório de Gerald revisar o caso de Adam.

Tudo aquilo, cada segundo daquela manhã, nunca mais aconteceria.

— Emmy? — Dylan abriu a porta dos fundos e saiu para a varanda. — Você está bem?

Ela sentia as lágrimas escorrendo pelo rosto. Não se preocupou em enxugá-las.

— Estou ótima.

— Parece, mesmo. — Ele sorriu, mas estava claramente preocupado. — Do que você precisa, Em?

Ela sabia exatamente do que precisava. O mesmo de antes. Se enroscar nele. Desaparecer. Sentir que seus braços a protegiam. Soltar o ar que segurava desde que o pai caíra no chão. Faria qualquer coisa para ter esse momento de alívio. Qualquer coisa, menos contar a verdade.

— Quer transar?

— Claro. — Dylan sabia que não era isso o que ela realmente queria, assim como sabia qual papel deveria desempenhar. — Por que você não toma um banho primeiro?

— Tudo bem.

Ele segurou a porta aberta para que Emmy entrasse. Ela foi tirando o uniforme pelo caminho. O colete. O cinto. A camisa. Os dedos estavam dormentes quando tentou abrir a calça. A cabeça girava. Quase caiu ao se abaixar para desamarrar as botas.

— Deixe comigo.

Dylan tirou o paletó. Fechou a tampa do vaso para que ela se sentasse. Começou a desamarrar os cadarços, balançando a cabeça, irritado.

— Se eu tivesse parado você por dirigir desatenta, já estaria presa. Mal consegue ficar de pé.

— Pode me algemar, se quiser.

Ele riu, mas não como se fosse engraçado.

— Tenho que voltar ao trabalho em três horas e meia — acrescentou ela.

— Isso é sexo pra caramba.

— Já fizemos antes. — Ela se inclinou para abrir as torneiras da banheira. — Minha irmã ressuscitou.

— Eu sei.

Ele tirou as botas dela. Depois as meias. Depois todo o resto.

— Agora ela se chama de Jude. — Emmy viu Bap-Bap entrar no banheiro para ver o que estava acontecendo. — Ela me disse para descansar um pouco.

— Isso é loucura. — Ele a ajudou a entrar na banheira. — Quem ela pensa que é?

— Minha irmã, ao que tudo indica.

— Que babaca.

Dylan virou o pulso dela para desabotoar o relógio. Emmy tocou o dorso da mão dele. Esperou que a olhasse.

— O sangue do meu pai está na coroa.

O rosto de Dylan mudou. Ele encarou o relógio por um momento. Virou-o para a luz para ver o sangue. Seu peito subiu e desceu. Também amava Gerald.

Ela o observou se levantar e colocar o relógio com todo o cuidado na prateleira acima da pia. Depois, pegou uma toalha e um pano no armário. Fez carinho atrás das orelhas de Bap-Bap. Ajoelhou-se ao lado da banheira. Arregaçou as mangas. Jogou a gravata sobre o ombro. Molhou o pano na torneira. Ensaboou bem. Começou a lavar as costas de Emmy.

Ela fechou os olhos. O tremor em seus ossos se dissipou. O coração começou a desacelerar. O toque reconfortante dele. O calor da água envolvendo seu corpo. Os músculos relaxaram. Teve a impressão de que tinha carregado o mundo a noite toda, mas só naquele momento podia começar a soltar a pressão.

— Dylan?

— O quê?

— Eu teria me casado com você se tivesse me pedido.

Ele enxaguou o sabão das costas dela.

— Eu teria pedido se você quisesse.

Ele ergueu o braço dela e passou o pano ao longo da pele. Emmy observou seu rosto. Ainda estava irritado, mas ela sabia que também havia preocupação ali.

— Eu queria que você tivesse ficado bravo comigo.

— Ah, pode acreditar. Estou bravo com você.

— Não por eu ter ido embora de um jeito tão merda. — Ela se esticou para fechar a torneira. — Quero dizer, doze anos atrás, com Madison.

Dylan pendurou o pano na torneira. Sentou-se sobre os calcanhares. Esperou por uma explicação. Emmy às vezes fazia isso quando estavam sozinhos, só os dois, a mulher que nunca falava com ninguém além do pai falava com o homem que estava desesperado para ouvir o que ela tinha a dizer.

— Você se lembra de quando o encontrei na escola, na manhã seguinte ao sequestro das meninas?

Ele assentiu.

— Eu disse a você que Madison queria falar comigo antes do show de fogos, e que eu a ignorei, e você disse que odiava quando isso acontecia, como se acontecesse o tempo todo.

— Acontece o tempo todo. — Ele colocou a mão sobre a dela. — Por que eu culparia você por algo tão bobo e fora do seu controle?

— Porque... — Emmy se forçou a continuar. — Jonah me destruiu tanto. Eu o escolhi em vez da Hannah. Eu o escolhi em vez da Madison. Eu não merecia seu perdão.

— Amor, você era um ano mais nova que Madison quando conheceu Jonah. Vocês ficaram juntos por quase vinte anos. Não pode escolher algo se não sabe que tem escolha.

Emmy não aceitaria uma saída tão fácil.

— Se eu tivesse parado para ouvi-la...

— Você não sabe o que teria acontecido. — Ele enxugou as lágrimas dela. — Crianças fingem que as coisas importantes não importam e que as coisas sem importância são as mais importantes.

— Estou cansada demais para entender o que você disse.

— Eu sei, *mi cielo*. — Ele beijou a testa dela. — Vou colocar um alarme para 9h30. Ainda tem um uniforme seu no quarto que era da Jenna. Coloquei suas coisas em uma caixa de plástico na prateleira de cima. Preciso ir para o fórum, e você precisa descansar.

— A Hannah já vai para audiência preliminar?

— Ainda não. Eles têm mais 24 horas. Sabe como funciona. Ou a acusam ou precisam soltá-la.

Dylan deu de ombros, mas ela percebeu que aquilo o afetava. Estava acostumado a lidar com divórcios, não com casos de pena de morte.

— O DIG está reentrevistando testemunhas para ver se alguém diz que a Hannah estava segurando a arma quando ela disparou — acrescentou Dylan.

O estômago de Emmy se revirou. Sherry Robertson não estava brincando. Queria mesmo construir um caso de homicídio qualificado.

— E o Paul? Ele não pode dizer que a Hannah não estava segurando a arma?

— Acho que, quando ele acordar da bebedeira e perceber que pode pegar pena de morte, não vai ver problema em entregar alguém. Você sabe como funciona. Eles tiram a pena de morte da mesa para ele testemunhar contra Hannah. O primeiro rato fica com o queijo.

Emmy queria acreditar que ele estava errado.

— Ela é a mãe do filho dele. Paul não faria isso.

Dylan secou as mãos na toalha.

— Espero que esteja certa, amor. Vamos ver.

Emmy recostou-se na banheira, apoiando a cabeça na borda. Olhou para o teto. Ouviu Dylan na cozinha. Colocando coisas na lava-louças, pegando as chaves, saindo pela porta da frente.

Bap-Bap pulou sobre a tampa fechada do vaso sanitário. Girou três vezes e se deitou. Ela o viu piscar uma vez, depois duas, e então seus olhos se fecharam, e ele dormiu.

Ela estava desesperada para imitá-lo, mas não achava que conseguiria. Tinha passado os últimos seis meses em alerta sempre que a cabeça encostava no travesseiro. Esperando Gerald chamar por ajuda. Esperando Myrna começar a gritar. Preocupando-se com Cole. Com Tommy. Com Celia. Com Dylan. Com Bap-Bap. Com o trabalho. Com o podcast. Com Adam. Com um barulho que tinha ouvido e se deveria se levantar para verificar, e já que estava de pé, talvez fosse melhor ficar acordada, já que teria que trabalhar em algumas horas de qualquer jeito.

Então Emmy se sentava sozinha à mesa da cozinha, e a mente corria solta, procurando novas coisas com que se preocupar, novas situações para transformar em catástrofe, até que a tensão se acumulava e ela ouvia Myrna rangendo no topo da escada, e o estômago de Emmy se contraía enquanto ela se perguntava se a mãe cairia da escada de novo, ou se conseguiria chegar à cozinha, e se reconheceria Emmy, ou a chamaria de Martha, ou gritaria com a estranha que estava sentada sozinha em sua cozinha.

Emmy ouviu a torneira pingar. Bap-Bap começou a roncar. As pálpebras pesaram. Ela não conseguiu resistir.

Pela primeira vez em seis meses, Emmy se permitiu adormecer.

CAPÍTULO QUINZE

JUDE SENTOU-SE NO CARRO alugado, olhando para a casa onde havia crescido. Originalmente, a casa dos anos 1920 não passava de uma construção de um andar e dois quartos. Depois, expandiram a cozinha e adicionaram um segundo andar. Aí, uma garagem. Então, uma varanda em torno da casa. Depois, um galpão para guardar equipamentos, incluindo um pequeno trator para trabalhar o terreno dos fundos. O quarto de Jude ficava no segundo andar, no lado direito da casa, com vista para a varanda, o que era bastante útil quando queria sair em segredo. Um beliche tinha sido espremido no quarto dos fundos para Henry e Tommy. Myrna e Gerald dormiam no quarto maior, do outro lado. Todos compartilhavam o banheiro no fim do corredor.

A única coisa que parecia ter mudado nos quarenta anos que se passaram era o galpão, que, pelo que parecia, havia sido convertido em um espaço extra. Havia três carros estacionados na entrada de cascalho. O carro do Departamento do Xerife do Condado de Clifton era uma versão mais moderna do Plymouth Fury quadradão que Gerald dirigia antigamente. Jude reconheceu o conversível Alfa Romeo verde-caçador que o pai de Celia tratava como seu filho favorito. O Mercedes prateado de cem mil dólares obviamente pertencia a algum dos Clifton ricos. Eles sempre gostaram de ostentar riqueza.

Jude sentiu vontade de dar meia-volta e ir embora, mas não queria se permitir voltar ao padrão dos Clifton de evitar situações desconfortáveis. Saiu do carro e caminhou até a varanda. Lá, viu uma mulher parada em frente à pia da cozinha, lavando louça. O nariz arrebitado e os traços estreitos a colocavam firmemente no grupo dos Clifton ricos. Estava na casa dos quarenta, provavelmente filha de Cynthia e Ruel, que era tão pequena ao nascer que a chamavam de "*tiny baby*", um apelido que, como acontece nessas situações, fora reduzido para Taybee. Pelo tamanho dela, Jude imaginava que o apelido tivesse sido abandonado na puberdade.

— Oi! — A mulher encontrou Jude na porta da cozinha, e segurou a tela aberta. — Você deve ser minha prima Jude. Eu sou Taybee Clifton-Clifton. Bem--vinda de volta à cidade.

Jude não conseguiu evitar.

— Você se casou com outro primo?

— Ah, não, não vamos ser assim.

Taybee enlaçou o braço no de Jude e a arrastou para dentro da cozinha.

Nada havia mudado. Nem mesmo o telefone azul-claro na parede.

— Nós duas somos Clifton, querida. Precisamos cuidar uma da outra.

Jude observou enquanto Taybee enganchava a porta de tela. Depois, tirou-a do gancho e a soltou de novo. E mais uma vez.

— Como está sua mãe?

— Morta, assim como meu pai. — Taybee virou-se para ela. — Ela teve câncer cervical, e, um ano depois, foi a vez do meu pai, ele teve no cólon. Eu estava fazendo meu doutorado em Direito na Universidade da Geórgia, então faz muito tempo. Deus os tenha.

Taybee pegou uma caneca do escorredor e alinhou a alça perpendicular ao balcão antes de despejar o café.

— Então, agente do FBI, hein? Seus colegas estiveram na minha fazenda ontem, revistando tudo em busca de pistas sobre aquela pobre garota. Como é ser um agente da Federal? Uma agente, quer dizer.

— Muita papelada — observou Jude, enquanto Taybee ajustava a jarra da cafeteira três vezes seguidas. — Sinto muito pelos seus pais.

— Você não gostava da minha mãe.

— Não, nós nunca nos demos bem. — Jude pegou a caneca e a colocou sobre a mesa de qualquer jeito. — Mas, como você disse, somos Clifton.

— Isso mesmo. — Taybee endireitou a caneca. — Myrna saiu faz pouco tempo, mas, coitada, ela não a reconheceria. A ambulância a está levando para aquele novo lugar em Verona, onde era o hospital antigo. Tommy está com ela, mas Celia está lá em cima. Cole ainda está dormindo, pobre anjo. Ele estava se arrastando, e Myrna teve uma crise quando a ambulância chegou. Não sei como alguém está conseguindo trabalhar agora que Gerald se foi.

Jude não queria falar sobre o pai.

— Onde está Emmy?

— Deixe-me ver. — Taybee pegou a bolsa de couro vermelho da cadeira e puxou um celular em um estojo combinando. — Ah, que fofo. Ela está na casa do Dylan.

Jude viu o mapa do Life360 na tela do celular de Taybee.

— Você a monitora?

— Claro que sim. Eu não sei você, mas eu me sinto mais segura sabendo onde todo mundo está.

— Aham.

Jude tomou um gole de café, observando Taybee pegar outro estojo de couro vermelho, dessa vez para cartões de visita. Ela puxou um, bateu a borda do cartão três vezes no estojo e depois o entregou a Jude.

— Aqui estão meus contatos, se precisar. Nunca desligo meu celular. Já peguei seu número com o padre Nate. Nossa, ele tinha muito a dizer a seu respeito. — Ela olhou para o relógio. — Ai, minha nossa. Tenho uma audiência. Diga a Emmy que o fogão está funcionando de novo. Eu só girei a peça com uma chave, então espero que a casa não exploda. Trouxe umas comidinhas e deixei na geladeira. Tem umas coisinhas para o café da manhã lá também. Não esquente no micro-ondas, já deixei o forno pré-aquecido. Dez minutos e está pronto.

Jude tomou mais um gole de café enquanto observava Taybee rodopiar pela cozinha. Tocou a porta da geladeira três vezes. Depois, o balcão. Parecia pronta para sair.

— Certo, tenha um ótimo dia. — Taybee levou os dedos aos lábios e soprou três beijos para Jude antes de sair.

Depois, voltou para garantir que a porta estava fechada, repetindo o gesto várias vezes, antes de descer os degraus com seus saltos exagerados de tão altos.

Jude a observou da janela da cozinha. Taybee bateu no capô do Mercedes vermelho três vezes, então entrou no carro e iniciou uma rotina de ajustar os espelhos, o assento e o volante em um exemplo típico de transtorno obsessivo-compulsivo. Era um modo terrível de viver. Jude esperava que ela estivesse recebendo ajuda, mas também sabia que não fazia parte da natureza de um Clifton admitir precisar de ajudar. Duas vezes mais para uma Clifton-Clifton. Ou três vezes, como poderia ser o caso.

Ainda assim, a cozinha parecia vazia sem a energia nervosa de Taybee. Jude se sentia uma intrusa. Estava de pé atrás da antiga cadeira que antes era seu lugar à mesa, mas não conseguia se lembrar da última vez que se sentara lá. Na noite em que saiu de casa, fora forçada a ficar do lado de fora, na varanda, enquanto falava com o pai. Já passava da meia-noite. A chuva castigava o chão. Ela tinha olhado para além do ombro de Gerald e vira Myrna sentada à mesa. A mãe estava tão zangada que mantinha o olhar fixo na geladeira, recusando-se a virar a cabeça para se despedir.

Jude descansou a mão no encosto da cadeira. A melancolia ameaçava dominá-la. Ela olhou para o batente da porta. As marcas ainda estavam lá, onde Myrna havia registrado o crescimento deles. Tommy. Henry. Martha. Jude sentiu tristeza ao ver as adições relativamente recentes. Emmy. Cole. Ela tinha perdido tudo.

O silêncio foi quebrado por um rangido no corredor do andar de cima. Jude fechou os olhos. O som a transportou de volta à infância. Sentada à mesa com Tommy e Henry. Myrna gritando que o jantar estava esfriando. Gerald cambaleando no topo da escada, tão bêbado que era um milagre nunca ter caído.

Jude torcendo em segredo para que caísse.

— Emmy? — A voz de Celia tinha o mesmo tom suave de décadas antes.

Ela tinha sido a melhor amiga de Jude desde o jardim de infância. Até que Jude deixou a cidade e nunca mais falou com ela.

— Ah. — Celia parou na escada. — Você envelheceu.

Jude riu. Exceto pelos fios grisalhos no cabelo, ela parecia a mesma Celia do ensino médio.

— Você está dirigindo o Alfa do seu pai.

— Prometi a ele que doaria para o museu de carros quando ele morresse. O velho idiota acreditou em mim. — Celia a estudou enquanto entrava na cozinha. — Meu Deus, é mesmo você?

— Quer que eu tire a calça e mostre a cicatriz de quando você arrancou um pedaço da minha perna com aquele dardo de jardim?

— Isso foi coisa do Henry.

O sorriso de Jude teve um gosto agridoce. Ela tinha esquecido como era compartilhar Henry com outra pessoa.

— É bom ver você, Ceals.

Celia sorriu, mas não retribuiu o sentimento.

— Por que está aqui?

— Porque… — Jude se repreendeu por dentro por não ter preparado uma resposta melhor para a pergunta mais óbvia. — Porque recebi o alerta de desaparecimento de Paisley Walker, cliquei no link e vi a foto de Emmy com meu pai.

— Isso soa mais como uma sequência de eventos do que uma explicação.

Jude riu, porque era mais fácil.

— Ouvi dizer que você é diretora de ensino médio agora. Combina.

— Mas você já sabia disso antes de chegar aqui. — Celia abriu a geladeira e começou a tirar alguns potes de plástico. — Você tem nos acompanhado pelo Facebook.

— Tommy me delatou.

— Não precisava. Acha que eu não consegui juntar as peças? — Celia pegou um prato no escorredor. — Você sempre odiou o nome Martha e amava Paul McCartney, e não havia a menor chance de usar Judean. E Archer, bem, é de Isabel Archer, não é? *Retrato de uma senhora*. Você fez seu trabalho de literatura sobre Henry James no terceiro ano.

Jude já trabalhara com agentes experientes que não eram tão perspicazes. Mas, claro, eles não cresceram com Jude como Celia crescera.

— Por que nunca me mandou uma mensagem?

— Provavelmente pela mesma razão que você nunca me mandou uma.

Celia colocou dois biscoitos no prato e acrescentou um pouco de bacon.

— Conheci Paisley Walker na orientação do nono ano. Não me lembro de como ela era ou do que disse, mas no jornal tem uma foto minha apertando a mão dela, como faço com todos os alunos novos.

Jude percebeu a tristeza na voz dela.

— O que você sabe sobre a família?

— Elijah fez os seguros de nossos carros. — Ela abriu a porta do micro-ondas. — Não gosto dele, mas é quem cuida disso por aqui. Sabe como é.

Jude sabia. As pessoas de North Falls usavam serviços de North Falls.

— Taybee me disse para esquentar isso no forno.

Celia colocou o prato no micro-ondas. Fechou a porta. Depois a abriu e fechou de novo. E de novo.

Jude não queria rir, mas riu.

— Vou para o inferno por isso. Taybee realmente tem sido uma grande ajuda nos últimos anos.

Celia desligou o forno, sentou-se na cadeira de Henry e fez um gesto para Jude se juntar a ela.

— Certo, pode falar. Por que está aqui de verdade?

Jude demorou para se sentar.

— Meu trabalho é encontrar crianças desaparecidas. Há uma criança desaparecida. Achei que poderia ajudar Emmy.

— Emmy não é do tipo que aceita ajuda.

— Ela é tão parecida com Gerald. — Jude não conseguiu esconder o tom de admiração. — Ela enxerga pistas como ele fazia. Corta a enrolação. Sabe como chegar à verdade. E é tão mordaz quanto Myrna. Fazia tempo que alguém não me tratava assim.

— Emmy é o melhor dos dois, mas sempre foi ela mesma. — Celia deu de ombros, mas claramente estava orgulhosa. — Tommy contou sobre o câncer de Gerald?

— Milo me contou na funerária.

Jude tinha superado o choque inicial da morte do pai, mas a notícia a atingira com uma segunda onda de tristeza. Gerald sabia que ia morrer e ainda assim não tentou procurá-la.

— Quem é Dylan?

— Um homem muito bacana que Emmy largou porque não conseguia lidar com o fato de que Gerald estava morrendo de câncer e Myrna estava piorando ao mesmo tempo. — Celia entrelaçou as mãos sobre a mesa. — Tommy fez a parte dele. Eu tentei fazer a minha. A velha esqueceu tudo, menos o fato de que me odeia.

— Dizia a mim mesma que talvez houvesse algum tipo de resolução.

— Gerald não foi o único motivo para você ter ficado longe.

— Não, não foi.

Jude cutucou o jogo americano desgastado. A melancolia ameaçava voltar, trazendo junto a dor por tudo o que tinha perdido.

— A última coisa que disse para ele foi que o odiava.

Celia ergueu as sobrancelhas.

— Eu não só disse. Eu gritei — admitiu Jude. — Disse para os dois que não pisaria em Clifton enquanto estivessem vivos.

— Bem — disse Celia. — Gerald deixou Myrna de fora dessa parte da história, mas foi basicamente o que contou a Tommy e Emmy.

Jude sabia que o pai não cometia esse tipo de erro. Ele estava tentando proteger Myrna.

— Que explicação ele deu para minha falsa morte?

— O acidente de carro que quase matou Bubba Rawley. Você precisava sumir para não acabar sendo presa. Millie queria prestar queixa porque você roubou o carro dela. Ele disse às pessoas que você estava morta, e elas acreditaram.

Jude assentiu, mas apenas porque era uma boa história.

— O que o velho Bubba anda fazendo?

— Agora ele é avô. Os filhos são uns imprestáveis, assim como ele. E Bubba continua um babaca. Parece que esqueceu que estava cheirado de cocaína no dia do acidente. Ainda bem. Provavelmente não teria sobrevivido de outra forma.

Jude também não queria falar do acidente de carro.

— Fico feliz que tenha ficado com Tommy. Sempre teve uma queda por ele.

Celia fez uma pausa antes de responder, como se quisesse deixar claro que sabia o que Jude estava fazendo.

— E você ficou com quem?

— Um promotor-assistente que achava que queríamos as mesmas coisas. — Jude deu de ombros. — Mas não queríamos. Ele era um cara bacana. Agora tem esposa e três filhos.

— Nada de filhos para você?

— Nada de filhos para mim.

Celia soltou um longo suspiro.

— O que fez quando foi embora? Dirigiu até bater no Pacífico e fincou raiz?

— Viajei pelo país no fundo de uma Kombi, tocando numa banda chamada Radical Fiends. — Jude riu com Celia, porque era uma das coisas mais idiotas e risíveis que uma garota poderia fazer ao sair de uma cidade pequena. — Namorei o baixista, depois o baterista, então eles me expulsaram por ter traído os dois com o tecladista. Aí decidi que já tinha dado, fui estudar à noite, depois para a pós, então me ofereceram um emprego na carreira acadêmica, mas larguei tudo e entrei para o FBI.

— E parou de beber no meio do caminho. — Celia fez uma pausa, mas Jude não preencheu o silêncio. — Você conseguiu seu doutorado. Myrna teria ficado orgulhosa.

— Talvez. — Jude não tinha certeza. — Como faço para voltar às boas graças de Tommy?

— Ele não é tão complicado. Ama a família. Se você acertar as coisas com Emmy, estará de boas com Tommy.

— Fácil, fácil — brincou Jude.

Ambas se viraram ao som de outro rangido no pé da escada. Era Cole, vestindo apenas uma cueca boxer branca. Seus músculos eram como mármore esculpido. Ele tinha uma tatuagem de caveira e ossos cruzados no quadril esquerdo.

Ele olhou para Jude.

— Encontraram a Paisley?

— Não, querido. Sinto muito.

Celia começou a mexer na cozinha, pegando o café e outro prato.

— Por que está acordado, meu bem? Ainda tem mais uma hora para dormir.

Cole se jogou na cadeira.

— Fico pensando na Paisley. Acha mesmo que ela está morta?

A pergunta foi direcionada a Jude. Ela não ia suavizar a resposta.

— Se olharmos as estatísticas, é altamente improvável que ela ainda esteja viva.

— Madison foi mantida viva por pelo menos doze horas — disse ele.

Jude não apontou que já tinha se passado muito mais tempo.

— Acho que, nesses casos, é sempre bom ser pragmático. A esperança pode ser algo terrível. Consome a gente.

— Aqui está. — Celia beijou o topo da cabeça de Cole ao colocar o café da manhã à frente dele. — Precisa comer.

— Então vamos só revisar o caso de novo? — perguntou Cole.

— Sim, mas antes quero falar com Adam Huntsinger.

Celia enrijeceu, mas permaneceu em silêncio.

Cole percebeu a mudança. Lançou um olhar atento a Jude.

— O que minha mãe acha disso?

— Vim até aqui para perguntar, mas ela não está em casa. E, se estiver dormindo, não quero acordá-la. Pode ligar para o subdelegado que deveria estar de olho nele?

— O nome dele é Brett Temple, mas Adam provavelmente está no bar de Jonah esperando o caminhão da cerveja.

Cole enfiou um biscoito na boca. Jude teve que o esperar mastigar antes que continuasse:

— Jonah o contratou só para irritar minha mãe.

Pelo jeito de Celia, Jude percebeu que Jonah tinha irritado mais gente além de Emmy.

— Ainda são nove horas. Eles servem café da manhã? — perguntou Jude.

— Almoço. — Ele deu de ombros. — A entrega da cerveja é às 9h30, e Jonah não acorda cedo a menos que precise.

— Vista-se — disse Jude. — Você pode me levar. Ligue para Brett e confirme se Adam está no bar.

— Sim, senhora.

Cole enfiou outro biscoito na boca antes de desaparecer escada acima.

— Ele é um bom garoto — comentou Jude.

— Não conte para ele que eu disse isso, mas ele é perfeito. — Celia se sentou à mesa, entrelaçando as mãos. — Jonah comprou o bar do tio Penley com o dinheiro que conseguiu da Emmy depois do divórcio.

Jude sentiu uma onda de náusea ao ouvir falar naquele bar imundo. Sua mente logo resgatou a planta do lugar. Pisos pegajosos, fliperamas barulhentos, mesas de sinuca nos fundos, banheiros à esquerda do palcozinho e da pista de dança. Ela saía de casa escondida para ir lá com Henry. As bebidas eram fortes, e ninguém se importava se você era menor de idade, ainda mais se seu pai fosse o xerife; e seu tio, o dono do bar.

— Ei — chamou Celia. — Tudo bem?

Jude assentiu.

— Difícil acreditar que Penley vendeu o bar. Ele amava aquele lugar.

— Ele ama mais Emmy. E pode acreditar, qualquer um de nós teria doado um rim se fosse fazer Jonah deixá-la em paz. — Celia deu de ombros. — Vocês duas têm gostos parecidos. Jonah é um músico fracassado.

Jude não riu.

— Charles Manson, também.

Celia não riu.

— Tem certeza de que quer ver Adam de novo?

— Não.

Jude não insistiu no assunto Emmy e Jonah. Abriu a bolsa e começou a espalhar a maquiagem sobre a mesa. Batom, sombra, delineador, rímel. Apoiou o espelho compacto nos recipientes de sal e pimenta.

— Os fósforos ainda ficam perto do fogão?

Celia abriu uma gaveta, encontrou um isqueiro e o jogou sobre a mesa.

— O que está aprontando?

— Preciso que Adam pense que eu me tornei exatamente aquilo que ele achava que eu seria. — Jude espalhou pó pelo rosto, tentando ignorar como ele ressaltava os vincos ao redor da boca e dos olhos. — Fale-me sobre ele.

— Um desgraçado imprestável. Vendia maconha para crianças. Roubava dinheiro dos pais. A mãe dele está cega e Walton teve que hipotecar a casa para tentar livrá-lo do corredor da morte. — O rosto de Celia ficou sombrio. — Você sabe do podcast?

— *Anjo equivocado.* — Jude acionou o isqueiro e segurou o lápis de olho sobre a chama para derreter a cera. — Que monte de merda. Aquele Jack Whitlock claramente tem uma obsessão pela Emmy. Fez ela parecer uma policial trágica e instável digna de um pastelão.

— Você não sabe da missa a metade. — Mais uma vez, Celia não compartilhou os detalhes. — Como vai passar esse delineador sem óculos de leitura? Não tem como não estar tão cega quanto eu.

— Cale a boca e me ajude. — Jude entregou o lápis para ela e olhou para o teto. — O que você acha, Ceals? Foi o Adam? Gerald se enganou?

— Deixe eu me concentrar.

Celia ficou em silêncio enquanto traçava o lápis derretido sob os olhos de Jude. Poderiam muito bem estar de volta ao ensino médio. Só faltava um vinil do David Bowie no toca-discos.

— Depois que você foi embora, Adam piorou. Tocava o terror por aí, entrava e saía da cadeia. Continuava vendendo maconha, mas fazia uns bicos por fora, morava com os pais a maior parte do tempo.

— Gerald não sabia que a Millie tinha contratado um ex-presidiário para trabalhar na propriedade dela?

— Millie também não sabia. Encontrou o telefone do Adam no quadro de avisos do centro de idosos. Pagou em dinheiro, não fez perguntas. — Celia deu de ombros. — Não que isso importe. Millie não estava falando com Gerald quando as meninas desapareceram.

Jude conhecia bem as brigas de família que atravessavam gerações.

— Que surpresa.

— Bom, eu também não estava falando com Myrna, então não posso dizer nada — admitiu Celia. — Estava enfrentando a menopausa sem reposição hormonal. Deus abençoe o Tommy por ter me aguentado.

O ex de Jude não tinha sido tão resiliente.

— Deviam chamar de foda-se-pausa, porque você simplesmente manda o foda-se para tudo.

A risada rápida de Celia não tinha mudado desde os tempos em que elas tomavam goles de MD 20/20 atrás do Chilly Treat.

— Você é a especialista do FBI, dra. Archer. O que acha? Adam é culpado?

— Acho que preciso ter cuidado ao cutucar esse vespeiro.

Jude analisou seu reflexo. O delineado estava muito marcado. Esfregou o polegar para suavizar, avaliando o efeito no espelho pequeno. Depois passou mais sombra do que usara nos últimos quarenta anos.

— Meu Deus, não acredito que eu fazia isso todo dia.

— Aposto que tem um alfinete de segurança aqui em algum lugar.

Celia se inclinou sobre a gaveta de novo e passou um kit de costura para Jude.

— Queria que tivesse conhecido as versões aprimoradas da Myrna e do Gerald. Tommy diz que eles mudaram por causa da Emmy, mas acho que foi porque precisaram superar a perda do Henry.

— Eles precisavam que eu sumisse para conseguirem seguir em frente. — Jude tentou conter a amargura. — Você estava aqui, do meu lado, naqueles seis dias em que não encontraram o corpo dele. Viu como a Myrna veio pra cima de mim.

Gerald nem conseguia olhar na minha cara. Eu só tinha dezesseis anos. Também perdi meu irmão.

— Eu sei, você tem razão — concordou Celia. — Eles foram pessoas horríveis, pais horríveis. O jeito como a trataram é imperdoável. Não foi culpa sua Henry ter ido parar no rio naquela noite, poderia muito bem ter sido você. Myrna e Gerald praticamente a expulsaram da cidade.

Jude abriu o tubo de rímel.

— E, quando fui embora, eles se tornaram outras pessoas.

— Assim como você.

Jude riu.

— Justo. Precisei de trinta anos de terapia para chegar a essa mesma conclusão.

— Merda, não deixa ninguém saber que um Clifton fez terapia. A árvore genealógica inteira vai pegar fogo.

— Quem dera.

Jude enfiou o pincel no tubo de rímel várias vezes para carregar bem. Passou duas camadas nos cílios para garantir que ficassem bem empelotados, depois usou a ponta do alfinete para separá-los.

— Lembro como a Myrna ficava furiosa quando fazíamos isso.

— Você vai pegar conjuntivite! — gritou Celia.

Ela sempre fizera uma boa imitação de Myrna.

— Jesus, não acredito no que está acontecendo com ela. Dá medo de ver.

Jude passou uma camada generosa de batom.

— Antes só me preocupava com meus joelhos ruins, mas agora só consigo pensar se tenho o mesmo marcador genético.

— A tia Millie pode dizer de que lado veio.

— Puta merda. — Jude tinha achado que nada mais a surpreenderia. — Millie ainda está viva?

— Cole a chama de Tia Spoiler porque ela sabe contar como todo mundo morreu. — Celia passou um pedaço de papel-toalha para Jude. — A velha desgraçada se locomove melhor do que eu. Você sabe como as mulheres Clifton são teimosas demais para morrer.

Jude pressionou os lábios no papel-toalha, certificando-se de borrar um pouco fora das linhas.

— Como está?

— Você mandou bem — disse Celia. — Queria poder usar sombra de novo. Mas quando fico na frente do espelho, parece que estou tentando desenhar com giz de cera num saco enrugado.

O assoalho rangeu no pé da escada. Cole tinha voltado usando uniforme.

— Por que está com essa cara? — perguntou para Jude.

— Tipo uma prostituta velha e decadente? — Ela sorriu ao ver a reação dele. — Conheci Adam Huntsinger nos velhos tempos, querido. Ele não vai falar comigo se eu estiver arrumada demais.

— Isso é coisa de *boomer*?

Celia bagunçou o cabelo dele.

— Geração X, seu bobinho.

Jude percebeu, pelo sorriso de Cole, que aquele era um jogo entre os dois. Ela também não conseguiu conter um sorriso enquanto guardava a maquiagem de volta na bolsa. No caminho para a porta, tocou o ombro de Celia de leve.

Dentro da viatura, Cole apoiou o cotovelo no console e dirigiu com dois dedos no volante, do mesmo jeito que Gerald fazia. Uma onda inesperada de tristeza tomou conta de Jude. Já tinha lamentado a perda do pai tantas vezes ao longo dos anos que a morte dele de fato acabou parecendo um detalhe quando ela pegou o avião para atravessar o país. Mas lá, sentada ao lado de Cole, compartilhando daquele silêncio confortável, não conseguia evitar se sentir grata por ter as coisas que perdera na adolescência devolvidas em dobro naquele jovem ao seu lado.

— Vá em frente. Pode fazer suas perguntas — disse ela.

Ele estava só esperando pela permissão.

— Por que entrou para o FBI?

Jude não ia dizer que tinha entrado como um foda-se para o pai, que sempre dizia que ela não tinha o perfil certo para o trabalho. Mas podia chegar perto da verdade.

— Como psicóloga criminal, minhas opções eram ensinar ou atender pacientes. Eu já estava de saco cheio da faculdade e não queria montar um consultório num prédio comercial ou num hospital. Achei que poderia usar meu diploma de uma forma mais prática no FBI.

— Eles a recrutaram?

— Isso é mais coisa da CIA.

Ela percebeu pelo brilho nos olhos dele que tinha visto filmes demais.

— Já contaram sobre seu tio Henry?

— Um pouco. O tio Tommy tem dificuldade de falar sobre qualquer coisa. Tipo, qualquer coisa mesmo.

Jude sabia que não era exagero.

— Gerald queria que Henry se tornasse xerife. Desde o momento em que ele nasceu, meu pai lhe passou toda a sua sabedoria, suas técnicas, seus métodos. E eu estava sempre ali, ouvindo com Henry. Isso me deu uma vantagem quando entrei para a agência.

— O vovô ensinou minha mãe a ser policial. — Cole deu a entender que tinha captado tudo o que Jude não dissera. — E também estava me ensinando. Ou, pelo menos, tentando. Eu não prestei atenção como deveria.

Ela viu os olhos dele brilharem com lágrimas. O maxilar ficou tenso. Jude fez um gesto para segurar o braço dele, mas Cole moveu a mão para o topo do volante, colocando-se fora de alcance.

— Por que parou de beber?

— Pelo mesmo motivo da maioria das pessoas. Cansei. Deixa de ser divertido muito rápido, e aí só sobram as ressacas, a sensação de merda, de ser horrível com as pessoas que você ama e de fazer um monte de coisas nojentas que sabe que não deveria fazer. Então você bebe mais para esquecer, e o ciclo recomeça.

Cole assentiu.

— É mais ou menos o que o vovô disse. Que cansou. E que não queria perder a chance de ver a mim e minha mãe crescendo.

Jude também assentiu, mas as palavras ameaçaram abrir uma ferida muito antiga.

— O que achou do podcast *Anjo equivocado*?

— Que foi errado irem atrás da minha mãe daquele jeito. Ela não estava no comando do caso, o vovô estava. E eles tinham muitas provas. O júri ouviu tudo e concordou com o que foi apresentado.

Jude percebeu o tom de raiva na voz dele. Também achou interessante que Cole não estivesse insistindo que Gerald tinha acertado.

— O podcast sugeriu outro suspeito, Dale Loudermilk.

— Ele era o regente do coral da escola. Encontraram um monte de pornografia infantil no computador dele, mas foi descartado como suspeito do sequestro.

— Baseado em quê?

— Baseado no fato de que o Adam era mais provável por causa da preponderância de provas. Ele teve contato com a Madison no dia em que ela desapareceu. Admitiu ter lhe vendido o saquinho de maconha que encontraram no bolso dela. A tia Millie viu os dois sentados juntos na beira do lago naquela manhã. Além disso, o Adam derrubou o colar da Cheyenne do lado de fora da casa dele. Fora toda aquela história com o Jetta do pai dele, e ele calçava 43, não tinha álibi, essas coisas.

— Onde está Dale Loudermilk agora?

— Minha mãe conferiu ontem, quando Paisley Walker desapareceu. Ainda está na prisão. Só poderá pedir condicional daqui a quatro anos.

Cole baixou a mão e piscou as luzes para fazer um carro diminuir a velocidade.

— O que você achou do podcast? — perguntou ele.

— Acho que, na maioria das vezes, os produtores não têm todas as informações que a polícia tem, então é fácil se apegar a uma teoria alternativa. Não estou dizendo que eles sempre estão errados, mas estão vendendo uma história. Heróis e vilões. Bem e mal. A maioria só quer fazer um nome para si. Eles tendem a se esquecer das vítimas. Concentram-se no vilão em vez de nas pessoas que ele machucou.

— Esse cara machucou muita gente — disse Cole. — Minha mãe e a Hannah eram melhores amigas. Tipo irmãs, praticamente. Aí aconteceu toda aquela coisa com a Madison, e elas nunca mais se falaram. — Ele deu de ombros. — É estranho. Elas não são hostis uma com a outra nem nada, mas também não são mais amigas.

— Você perguntou para sua mãe o que aconteceu?

— Ela disse que um dia eu entenderia, mas é o que ela sempre fala quando não quer conversar sobre alguma coisa.

Jude percebeu pelo tom que essa ruptura o incomodava. Ele ainda era tão jovem. Não tinha desenvolvido a carapaça dura dos Clifton por completo.

— Imagino que não tenha visto quem estava segurando a arma ontem, quando Gerald foi baleado.

— Não. — Cole contraiu o maxilar algumas vezes. — Tem mais alguma pergunta sobre o podcast?

Jude deixou o silêncio se estender até ficar quase constrangedor.

— Achei estranho Jack chamar o podcast de *Anjo equivocado*, mas nunca mencionar ou tocar a música.

— Tem uma música?

— Uma música linda dos Cowboy Junkies. — Jude pigarreou e começou a cantar suavemente: — *Misguided angel hangin' over me... heart like Gabriel, pure and white like ivory... soul like Lucifer, black and cold like a piece of lead... misguided angel, love you 'til I'm dead...*

Quando terminou, Cole sorria.

— Você tem uma voz bonita.

— Boa o suficiente para o mestrado. — Jude tentou ser cautelosa. — Algumas pessoas acham que a música fala de uma mulher presa em um relacionamento abusivo.

Toda e qualquer expressão desapareceu do rosto de Cole. Talvez a carapaça dele fosse mais grossa do que ela imaginava. O podcast tinha tocado na superfície do fim do casamento de Emmy e Jonah, mas, mesmo quatro décadas depois, Jude ainda captava as nuances do código silencioso dos moradores de North Falls.

— Olhe. — A voz de Cole endureceu. Ele também era de North Falls. — Eu não sou um suspeito e não vou deixar você me interrogar sobre minha mãe.

— Justo.

Jude olhou pela janela, procurando uma maneira de mudar de assunto.

— Aqueles são os apartamentos do tio Penley?

Ele pigarreou, ainda na defensiva.

— São. Minha mãe quer que eu me mude para lá, mas, agora que a vovó não está mais na casa, não sei...

— Você é muito jovem para virar a srta. Havisham.

Ele lhe lançou o clássico olhar de Myrna.

— A vovó se livrou das coisas dela antes de piorar. Disse que não queria que tivéssemos que remexer no passado depois. E o vovô nunca teve muita coisa mesmo. Só as varas de pesca e os álbuns.

— Álbuns de fotos?

— Ensinei o vovô a revelar fotos sozinho. Ele que pediu. — Um sorriso nostálgico apareceu no rosto de Cole. — Só precisou de seis tentativas para entender como fazer.

Eles chegaram ao bar, que parecia o mesmo de antes, mas com uma nova camada de tinta. A placa Bar do Penley tinha sido substituída por um letreiro azul neon que dizia Boteco do Jonah. Jude viu uma viatura estacionada na calçada. Aparentemente, Brett Temple não tinha entendido a parte que pedia "discrição" na ordem de vigilância de Emmy. Também não tinha recebido o memorando de que dormir em serviço não era permitido. A cabeça estava jogada para trás; a boca, escancarada. Jude tinha lidado com homens como Brett durante toda a carreira na polícia. Ele era do tipo que seguiria uma mulher até o campo de batalha, desde que ela nunca, jamais, demonstrasse fraqueza.

— Precisa contar para sua mãe que o Brett estava dormindo no trabalho — disse Jude.

— Ah...

— Ouça, querido, não existe irmandade que se sobreponha a ser um Clifton. Aquele imbecil roncando em serviço vai se candidatar a xerife se achar que tem chance. Precisamos cortá-lo agora. Entendeu?

— Sim, senhora.

Jude saiu da viatura e caminhou até o prédio baixo. As placas de cerveja brilhavam fracamente sob o sol da manhã. A porta estava aberta para deixar o ar entrar.

Conforme se aproximava, Jude sentiu o cheiro de suor, cerveja e licor barato. Diminuiu o passo, tentando se preparar para o que estava por vir.

Ao longo de seus 39 anos de sobriedade, Jude tinha entrado e saído de bares o suficiente para amortecer a tentação. Mas nenhum daqueles bares era o que estava prestes a entrar. O lugar onde dançava com Henry enquanto os pais dormiam. Onde Tommy tinha brigado com um garoto do último ano sobre qual música tocar no jukebox. Onde, encostada em uma mesa de sinuca nos fundos, ela tinha se apaixonado por Jack Daniels. Onde havia cheirado a primeira carreira de cocaína em cima de uma tábua de corte na cozinha engordurada. Onde tinha perdido a virgindade no banheiro feminino.

Jude parou no limiar, sentindo como se uma força invisível a impedisse de entrar. Adam Huntsinger estava de costas para a porta, organizando garrafas de bebida nas prateleiras. Ela reconheceu a tatuagem de cobra em torno do antebraço dele. A tinta havia desbotado para um azul fantasmagórico, mas as linhas ainda eram brilhantes e ameaçavam sua memória.

Adam se abaixou para pegar outra garrafa. De perfil, Jude pôde ver que ele tinha envelhecido drasticamente. O rosto marcado por cicatrizes de acne parecia devastado. A mandíbula havia se transformado em papada. A postura estava curvada; a cabeça, projetada para a frente como a de uma tartaruga. Tinha ficado no corredor da morte por mais de uma década. Parecia vinte anos mais velho por fora e provavelmente tinha envelhecido cem anos por dentro. Jude tinha os próprios motivos para querer acrescentar mais cem, e depois mais cem, até que o peso disso arrastasse a alma dele direto para o inferno.

Jude entrou, enfiou a mão na bolsa, pegou uma nota de vinte dólares e a bateu no balcão. O pedido saiu como uma rima de infância.

— Jack dose dupla e um copo d'água.

— Estamos fe… — Adam a encarou, boquiaberto.

De perto, Jude reparou que ele tingira o cabelo de um preto artificial. As rugas ao redor da boca e dos olhos pareciam esculpidas em argila. As lentes grossas dos óculos estavam manchadas. Faltava um dos dentes da frente. O atendimento odontológico na prisão era tão bom quanto o médico, ou seja, inexistente.

— Martha?

Ela arqueou a sobrancelha.

— Eu o conheço?

— Jesus. — Adam riu, apreciando a situação. — Você continua uma gata.

— Então você me conhece.

Jude sentou-se no balcão. Não sabia se ele estava surpreso por vê-la viva ou por vê-la ali.

— Podemos conversar tomando uma bebida?

Adam pegou o uísque, encarando-a com admiração escancarada. Emmy havia dito a Jude que as pessoas tinham mudado nos últimos quarenta anos, mas o brilho predatório nos olhos miúdos de Adam era exatamente o mesmo.

— Caralho, essas garotas Clifton envelhecem como vinho.

— Adam Huntsinger. — Jude forçou-se a olhar nos olhos dele. — Que porra aconteceu com você?

Ele encheu o copo com uma dose tripla de Jack.

— O que aconteceu com *você*, isso sim! Todo mundo achava que você tinha morrido. Eu estava bem ali, perto da mesa de sinuca, quando seu tio Penley derramou uma dose no chão em sua homenagem.

Isso era bem coisa de Penley.

— Bubba Rawley queria me prender por causa do acidente de carro. Achei que fosse um convite para sair da cidade.

— Fez bem. — Adam colocou o uísque na frente dela e começou a encher um copo com água. — Queria ter saído que nem você. Teria me poupado de muita dor de cabeça.

Ela se recostou no banco para aumentar a distância entre os dois, mas não antes de sentir o cheiro azedo de álcool na respiração dele.

— Por que você ficou?

— O de sempre. — Ele desdenhou as duas condenações por homicídio qualificado com um aceno de mão. — Sinto muito pelo seu pai. Ouvi dizer que sua mãe também não está muito bem.

Jude sabia que ele não sentia nada. Também sabia como o Condado de Clifton funcionava. A notícia da chegada dela provavelmente já tinha ido até Ocmulgee e voltado, mas Adam fingia estar por fora. Ela não tinha problema em jogar a dança da cadeira com a verdade. Tinha passado a vida profissional antecipando o momento exato em que a música pararia.

— Como estão seus pais?

— Minha mãe está segurando as pontas. Meu pai vendeu o consultório, mas ainda trabalha uma vez por mês para ajudar, além das ações de caridade que faz. Fica viajando pelo país arrancando dente de graça.

— Que bom para ele. — Jude pegou o uísque, mas não bebeu. — Parece que ganhei uma irmã enquanto estive fora.

— Vou lhe contar uma coisa. — Ele apoiou as mãos no balcão, inclinando-se para a frente. O fedor de suor e álcool exalava de seus poros. — Sua irmãzinha é uma vaca sem sentimentos.

Jude apertou o copo, tentando não pensar em arrancar o resto dos dentes dele.

— Sirva-se de uma dose. Podemos brindar aos velhos tempos.

— Não, estou sóbrio há dez anos.

— Uau.

Ela apreciou a ousadia da mentira. Clássico de um alcoólatra.

— O que anda fazendo para se divertir?

— Cuidando da minha mãe. Ela tem um problema nos olhos, só enxerga sombras. Meu pai ainda está bem, mas cuidar dela está acabando com ele. Não estive muito por aqui. Acho que é hora de assumir a responsabilidade e fazer o que é certo por eles.

— Isso é admirável.

— Bom, precisei passar por muita merda para perceber que nada é mais importante que a família. — O sorriso dele se tornou astuto. O verdadeiro Adam estava pronto para brincar. — Você sabe como é. Pela família, a gente faz qualquer coisa.

Jude percebeu o tom malicioso em sua voz. A música havia parado. Agora, era só uma questão de quem ficaria de pé no final.

— Ei, Adam.

— Ei, Jude.

O canto do lábio dele ficou preso na lacuna deixada pelo dente faltando. A fofoca do padre Nate claramente já tinha corrido pela cidade. Adam não estava surpreso por vê-la viva. Estava surpreso por vê-la ali.

— Está tentando ajudar sua irmãzinha a me colocar de volta atrás das grades?

Ela deu de ombros.

— Como eu faria isso?

— Me fazendo dizer alguma merda estúpida.

— Acho que não precisa dizer nada, com seu DNA ligando você ao estupro lá em Metter.

Ele riu, sarcástico.

— Aquela garota não se lembra de nada. Nós dois estávamos trançando as pernas.

— Você não estava tão bêbado a ponto de não poder estuprá-la. — Ela viu o corpo dele se retesar, os músculos dos braços se contraindo. — Toquei num ponto sensível?

— Acha que eu não sei que você é um tipo de agente do FBI?

Jude deu de ombros.

— Você me pegou.

— Judy-Jude. — O sorriso de Adam se tornou repugnante. — Ontem, mais ou menos nessa mesma hora, eu vi seu pai caindo no chão, sua irmã pirando, seu sobrinho perdendo a cabeça.

Jude agradeceu silenciosamente a Freddy Henley por lhe ensinar a habilidade única de permanecer impassível diante da crueldade.

— O sangue de Gerald ainda está manchando a rua. Passei por cima vindo para o trabalho hoje de manhã. — Ele a observava, esperando uma reação. — Aquele velho babaca bateu à minha porta e entrou na minha casa como se só quisesse esclarecer um mal-entendido, mas eu sabia o que ele estava fazendo ali.

— E o que era?

— Tentando me colocar no xilindró de novo, igualzinho a você. — Adam apontou o dedo para ela. — Pense duas vezes, sua vadia. Não vou pagar por aquelas duas garotas de novo, e com certeza não vou pagar por uma stripper que mudou de ideia doze anos depois e chamou o que a gente fez de estupro.

— Barbara Jericho. — Jude viu as narinas dele se dilatarem. — Esse é o nome da mulher que você estuprou. Barbara Jericho.

— Eu sei o nome daquela vaca mentirosa. — Adam voltou o olhar para o copo de uísque. — Eu não tenho que ficar aqui ouvindo essa merda.

— Claro, mas por que não aproveita essa oportunidade para falar comigo? — perguntou Jude. — Diga-me por que você não é culpado. Como disse, eu estou com o FBI. Eu posso apontá-los na sua direção, ou você pode me persuadir a apontá-los para longe.

— Vá se foder. Eu não sou a porra de um pedófilo.

— É mesmo? — perguntou Jude. — Eu tinha só quinze anos quando você me estuprou no banheiro desse bar.

Ele ficou tenso de novo. Jude se preparou para a raiva, mas Adam não disse nada. O olho dele começou a tremer. As mãos se fecharam em punhos. Ela se preparou mentalmente para reagir a um soco, uma garrafa atirada ou até mesmo que ele se jogasse sobre o bar para estrangulá-la.

Adam não fez nenhuma dessas coisas. O peito dele subia e descia enquanto ele tentava se acalmar. Jude tinha visto milhares de presos fazerem o mesmo exercício, aprendiam isso durante a terapia de controle da raiva. Regule sua respiração. Pense em algo que lhe faça feliz. Afaste-se.

Ele não estava se afastando, mas respirou fundo antes de dizer:

— Eu tinha dezoito anos, apenas alguns anos a mais que você.

— Você me segurou. Mordi sua mão quando tentou cobrir minha boca.

Não havia cicatriz, mas Adam alisou o polegar ao longo do lugar onde ela o mordeu.

— Eu gritei pedindo socorro. Implorei para você parar — continuou ela.

Ele balançou a cabeça em negativa.

— Não foi isso que aconteceu.

— Você me deu um soco no estômago. Eu vomitei nas suas costas.

Ele continuou balançando a cabeça.

— Você vomitou por beber demais.

— E mesmo assim você continuou me estuprando.

Adam não conseguiu segurar o olhar dela, então se voltou para o copo. Jude reconheceu a maneira faminta como lambeu os lábios.

Ela empurrou o uísque em direção a ele.

— Sirva-se.

Adam virou tudo em um gole só e colocou o copo no bar. Expirou.

— Você estava me dando mole a noite toda.

— Você estupra todas as garotas de quinze anos que dão mole?

Adam lambeu os lábios mais uma vez. Ele queria mais uísque.

— Não sei de onde tirou essa besteira. Você falou comigo depois como se estivesse bem.

— Falei com você depois porque pensei que fosse me matar.

— Foda-se. — Ele riu. — Se fosse estupro, você teria contado ao seu pai.

Jude nunca tinha pensado em contar ao pai. Gerald ficaria bravo com ela por ter saído escondida, por estar bêbada, por ter se colocado em uma situação tão vulnerável.

— Eu só contei ao Henry um mês depois. Estávamos nas Cataratas. Ele queria dar uma surra em você, mas eu só queria ficar bêbada. Desmaiei e ele caiu na água. Não encontramos o corpo dele por seis dias.

— Um brinde ao Henry, então. — Adam encheu o copo com outra dose tripla e engoliu tudo. — Seu pai conseguiu me prender de qualquer maneira e me incriminou por assassinar aquelas garotas. Sabe o que eles fazem com pedófilos lá dentro?

— Então é estupro quando acontece com você, mas não quando acontece com uma criança de quinze anos?

— Você ainda tem essa boca maldita.

Ele encheu o copo novamente, dessa vez quase até a borda, e manteve os olhos em Jude enquanto inclinava a cabeça para trás e engolia o álcool. Soltou um arroto alto. Voltou a encher o copo. As mãos dele tremiam. O líquido espirrou no bar. O que quer que tivesse bebido antes de Jude entrar estava fazendo efeito, e rápido.

— Precisa ouvir meu lado aqui. — Ele pegou o copo e apontou para ela. — Não tenho nada a ver com aquela vagabunda da Paisley. Por que eu iria mexer com essa merda?

— Mas teve algo a ver com Madison e Cheyenne. Millie viu você com elas.

Ele engoliu a bebida e bateu o copo vazio no balcão.

— Ela só me viu com a gorda. Eu nunca toquei nela. A garota ainda era uma criança.

Jude sentiu os pelos da nuca se arrepiarem. Quarenta por cento de teor alcoólico era um baita soro da verdade.

— E a magra?

— Cheyenne. Ela era uma peça. É o que tenho para dizer. — Ele limpou a boca com os dedos. Os olhos vidrados. — Todo homem nessa cidade ganhou um boquete daquela vagabunda. Não é segredo que ela estava na vida. Dizia a todo mundo que tinha dezessete anos, mas agia como se tivesse trinta.

Jude manteve a expressão neutra.

— Quanto ela cobrava?

— Cinquenta por vez, mas ela nunca me cobrou. Vendi um pouco de erva para ela, só isso. Ela gostava de falar. Disse que estava economizando dinheiro. Tinha grandes planos de ir embora, assim como você. — As palavras estavam arrastadas, mas ele colocou mais uísque no copo e bebeu. — Ela me deixava tocar nela se estivesse chapada, mas nunca passei a rola.

— Você nunca arrumou cocaína para ela? — perguntou Jude. — Eu lembro que você gostava.

— Porra, não. — Adam foi pegar outra dose. — Acha que eu iria arriscar ser pego vendendo coisa pesada para uma aluna do nono ano?

Ele tinha alegado que Cheyenne tinha dezessete anos havia apenas um minuto.

— Foda-se essa merda. — Adam quase errou a borda do balcão quando apoiou a garrafa. — Shy é quem vendia cocaína. E bala. Ela estava pegando com aquele espertão na escola.

— Woody?

— Xiiiu. — Adam tentou tocar o dedo na boca enquanto a silenciava. Ele estava muito bêbado. — Woody não estava envolvido em nenhuma outra merda dela. Tinha colocado Shy para vender para as crianças de North Falls, mas só isso.

— Qual era a outra merda dela?

— E eu lá sei?

Adam deixou o copo de lado e bebeu direto da garrafa.

— Ouvi dizer que Woody vende nos fundos desse bar.

— Merda. — Ele tentou tocar o dedo na boca novamente. — O que você disse?

Jude percebeu que o uísque tinha chegado ao ponto de repetições constantes.

— Eu disse que acho que Penley deixou a espingarda serrada atrás do bar quando vendeu o lugar.

— Você adivinhou, querida. — Adam riu enquanto fingia pegar a arma. — Diga uma coisa: por que eu mataria aquela putinha se podia receber um boquete dela sempre que quisesse?

— Porque foder gira em torno de prazer. Estupro tem a ver com controle.

Ele olhou para ela por um segundo, então soltou uma gargalhada alta.

— A porra da Oprah Winfrey aqui, senhoras e senhores.

Jude tirou quatro notas de vinte da carteira e as espalhou no balcão.

— A próxima garrafa é por minha conta.

Seus joelhos tremiam enquanto ela se dirigia para a porta. Era como se, de repente, tivesse quinze anos de novo, sentindo o olhar predatório de Adam seguindo-a pelo bar lotado enquanto ignorava o sangue escorrendo pelas pernas e se acumulando nas botas, perguntando-se se ele tinha quebrado uma costela quando a socara, e tentava pensar como conseguiria subir na treliça até seu quarto, e se poderia tomar um banho imediatamente ou teria que esperar até de manhã para que os canos barulhentos não acordassem os pais.

Do lado de fora, Jude piscou com a repentina explosão de luz do sol. Os olhos arderam. Não era iludida a ponto de negar que havia lágrimas também. O delineador preto provavelmente escorria pelo rosto. Ela pegou os óculos escuros na bolsa e os colocou enquanto se aproximava de Cole e Brett. Tinha ido até lá esperando obter respostas e tropeçara em um doce momento de vingança.

— Adam Huntsinger está violando os termos da liberdade condicional. Está bêbado e há uma espingarda de cano serrado carregada sob o balcão. Ligue para o agente de condicional e veja se consegue pegá-lo pela violação e colocá-lo de volta lá dentro.

Brett lançou um olhar engraçado para ela.

— Está falando sério? Todo mundo sabe da espingarda.

— Então você é um idiota por não ter prendido esse cara antes. — Ela se virou para Cole. — Leve-me para a delegacia.

Ele assentiu.

— Sim, senhora.

CAPÍTULO DEZESSEIS

Emmy estava dirigindo por uma longa via não oficial que saía das estradas de terra. Seu peito ainda doía. A sensação de aperto havia voltado. Não tinha conseguido dormir até tocar o alarme que Dylan tinha programado para 9h30. Suas três horas de inconsciência abençoada haviam sido interrompidas por uma série de mensagens. Seth não tinha feito nenhum progresso para encontrar Paisley Walker. Tommy estava com Myrna no quarto 612 do Centro de Cuidado da Memória Azaleia. Sherry Robertson informava que a autópsia de Gerald seria realizada às quatro da tarde. Cole estava indo para o bar do pai com a tia que voltara dos mortos e estava causando o tipo de problema de que Emmy não precisava.

Tudo isso importava, mas apenas parte parecia real.

Emmy passara oito longos e angustiantes anos na expectativa do terrível dia da transferência final de Myrna para um lar de repouso e as seis semanas anteriores temendo a chegada da morte lenta de Gerald. Então, de repente, em um piscar de olhos, os dois partiram. Ela era, efetivamente, uma órfã. O pai nunca mais seria seu leme, guiando-a com suavidade na direção certa. Myrna nunca mais alimentaria seu fogo. Estava sozinha.

Dylan teria contestado a ideia. Ele sempre lhe dizia que ela precisava aprender a deixar os fardos de lado. A verdade era que Emmy tinha medo de deixá-los e nunca mais conseguir pegá-los de volta. Ainda mais em um momento como aquele. Paisley Walker contava com ela. A equipe a olhava em busca de orientação. A cidade precisava de algum tipo de resolução. Era possível que outras crianças vulneráveis estivessem em perigo. Emmy sabia o que os pais queriam que ela fizesse. Myrna diria para ela planejar, agir, fazer algo a respeito. Gerald diria para manter a cabeça baixa e fazer seu trabalho.

Ela fez a curva que dava na longa entrada da fazenda de Virgil e Peggy. O casal criava cavalos desde que se entendia por gente. Emmy cavalgava com Virgil quando era criança e, depois, os dois levavam Cole para os campos ondulados atrás da casa. Pensar nesses momentos aliviou um pouco a tensão em seus ombros. Era bom ter uma lembrança positiva em meio a tantas ruins que se acumulavam.

Emmy fez uma rápida manobra no fim da estrada e estacionou a viatura. A caminhonete de Virgil estava encostada a um reboque de cavalos. Ela sentiu o cheiro de esterco ao sair da viatura. Um vento começou a soprar. As nuvens começavam a escurecer. Uma tempestade se aproximava. Ela estava indo em direção à porta da casa de Virgil quando o viu saindo do celeiro, então atravessou a subida íngreme em direção ao fundo da propriedade. Sentia os pés escorregando dentro das botas. As três horas de sono tinham sido na banheira de Dylan. A pele estava mais enrugada do que a de Millie.

— Oi.

Virgil fechou a porta. Tirou a corrente pesada do ombro.

— Alguma novidade a respeito da Paisley?

— Nada. — Ela viu a decepção no rosto dele. — Pensei em pegar aquelas caixas que meu pai pediu para você tirar do depósito. Jude quer revisar o caso Huntsinger na delegacia, ver se deixamos passar alguma coisa.

Virgil pareceu surpreso.

— Elas estão no porão. Achei que seu pai não queria que soubessem que estamos reabrindo o caso.

— Ele não queria — disse Emmy. — Mas não consigo pensar em uma alternativa e Jude tem acertado mais do que errado, então é o que faremos.

— Faz sentido. — Ele passou a corrente pelo cadeado da porta e a amarrou em um nó frouxo. — Vamos ver se os esquilos conseguem desfazer isso.

Emmy se forçou a sorrir da piada, pelo menos para reconhecer que ele estava tentando. Caminhou ao lado de Virgil até a casa. Cole já tinha lhe dito que Jude estava fazendo perguntas sobre Emmy. Imaginou que Virgil era a única pessoa na cidade que a responderia com sinceridade.

— Você conheceu Martha quando ela morava aqui, não?

— Conheci como a filha de Gerald. Eu estava começando minha própria família quando ela começou a degringolar. Agradeci por só ter tido meninos. Criar meninas pode matar um homem.

Dessa vez, Emmy não conseguiu sorrir da piada.

— Sua irmã era o que chamamos de encrenqueira. Adorava uma festa. Adorava beber. Eu a parei algumas vezes por dirigir embriagada antes de perceber que Gerald não ia fazer nada a respeito. — Ele deu de ombros ao ver a expressão que Emmy fez. — Pode-se dizer que as coisas eram diferentes naquela época. Dirigir embriagado não era tão grave. Além disso, Gerald tinha os próprios problemas com a bebida, então acho que ele estava mais inclinado a relevar. Não importava quem acabasse machucado.

Emmy arqueou as sobrancelhas. Nunca tinha ouvido Virgil criticar o pai, nem de leve. Ele suspirou e disse:

— Desculpe, querida, foi uma época frustrante. Martha causou muitos problemas para muita gente.

— Está falando do acidente de carro?

— Isso foi uma grande parte, mas tudo o que levou à batida fez com que as pessoas quisessem que ela fosse punida. Martha estava completamente embriagada quando acertou Bubba Rawley. Ele quase perdeu o braço, tem danos nos nervos até hoje. Tommy sofreu uma concussão tão forte que mal conseguia andar em linha reta.

Aquilo era novidade para Emmy.

— Tommy estava no acidente?

— No banco do passageiro, quando ela bateu de frente com o caminhão de Bubba. — Virgil colocou a mão sob o cotovelo de Emmy para ajudá-la na parte mais íngreme da encosta. — O acidente aconteceu pouco depois da morte de Henry. Tommy estava tentando ocupar o lugar do irmão, mas não dava conta de acompanhar Martha. Ninguém dava.

Emmy não tinha dúvidas de que Tommy havia tentado.

— Nunca me contaram o que aconteceu com Henry, apenas que ele se afogou no Flint.

— Na época, os jovens gostavam de beber nas Cataratas. Soa familiar?

Ele esperou Emmy sorrir. Até o fim dos tempos os jovens beberiam nas Cataratas.

— Martha e Henry saíram escondidos bem tarde, ficaram bebendo. Ela apagou. Henry foi nadar ou caiu na água. Ele era um bom nadador, mas o nível de álcool no sangue estava altíssimo, também tinha consumido cocaína. E você já sabe o resto. Foram seis longos dias até encontrarem o corpo dele. Isso destruiu seus pais. Myrna ficou furiosa. Gerald passava o dia inteiro bebendo até cair. Mas não me surpreende que tenham culpado Martha. Henry era um bom garoto até deixar de ser. Martha sempre foi uma má influência. Se você me perguntasse naquela época, eu diria que ela acabaria morta, na cadeia, ou ambos.

Emmy notou um tom amargo. Ela não conseguia conciliar a garota que perdera o irmão com a mulher que passara a maior parte da carreira tentando encontrar crianças desaparecidas. Por outro lado, também era difícil ver Gerald como o tipo de homem que daria as costas à própria filha.

— Como meu pai era quando bebia?

— Tommy nunca contou?

O sorriso de Emmy foi genuíno dessa vez.

— Não, Tommy nunca me contou.

— Bem... — Virgil soltou um suspiro. — Vou lhe dizer a mesma coisa que disse ao seu pai quando conversamos sobre isso. Quando bebia, Gerald Clifton podia ser o filho da mãe mais cruel que você já conheceu.

Emmy ficou surpresa. Nunca ouvira alguém falar tão negativamente de Gerald. Nem mesmo Myrna, que conseguia encontrar defeito em tudo, havia sido tão direta.

— Para alguns homens, é mais fácil encarar o fundo de uma garrafa do que olhar outra pessoa nos olhos. Gerald conquistou muito do meu respeito mudando de vida do jeito que fez. Eu o teria seguido para dentro de um incêndio. Servi-lo foi a honra da minha vida. — Eles haviam chegado à entrada da casa. Virgil apoiou o pé na traseira do reboque. — Você não pode colocar uma pessoa em uma única caixa, Emmy Lou, ainda mais quando ela envelhece. Precisa julgá-la pelo conjunto da vida. Fazemos coisas ruins quando somos jovens, muitas das quais nos arrependemos. Fazemos coisas boas quando envelhecemos, tentando compensar os erros. No fim, Gerald foi um bom homem que fez algumas coisas ruins. Ele aprendeu com os erros. Não os repetiu com você.

Ela se lembrou de ter dito ao pai, doze anos antes, que não conseguia imaginá-lo cometendo erros. Naquele momento, dava a Virgil a mesma resposta que Gerald lhe dera.

— Fico feliz por isso.

— Eu também.

Emmy ficou ainda mais aliviada ao deixar o assunto de lado. Seguiu Virgil até os fundos da casa, um sobrado de tijolos com um porão no nível do chão. Passara incontáveis horas no salão de Peggy, lendo livros enquanto Myrna fazia o cabelo. Emmy sabia que Peggy havia comprado equipamentos novos quando montou um espaço na cidade, mas era estranho ver os antigos encostados na parede. Os secadores de cabelo em formato de colmeia e as duas cadeiras de barbeiro com os assentos de vinil rachados. Até mesmo o velho kit de primeiros socorros ainda estava pendurado na parede. A ferrugem corroera parte da cruz vermelha na porta. Emmy ainda se lembrava de Peggy pegando um curativo da caixa quando cortara o dedo acidentalmente com a tesoura.

— Peggy ia vender tudo isso no eBay, mas ficou ocupada demais, e as coisas ainda estão aqui.

Virgil alcançou a chave acima do batente da porta. Precisou dar um chute na parte de baixo para conseguir abri-la.

— Digo aos clientes que aqui podem resolver um caso, mas, se quiserem um permanente, vão precisar ir para a cidade.

Emmy forçou mais um sorriso enquanto ele afastava as cortinas da porta e das duas grandes janelas com vista para o quintal. Ela acendeu as luzes fluorescentes. A mesa dele e duas cadeiras dobráveis estavam no lado esquerdo, onde antes ficavam os lavatórios. Várias caixas de arquivos estavam empilhadas no fundo da sala, ao lado de uma estante metálica. Emmy contou um total de 21. Todas lacradas com fita da Delegacia do Xerife do Condado de Clifton. Reconheceu a própria caligrafia nos rótulos:

DALRYMPLE, M.
BAKER, C.
HUNTSINGER, A.
LOUDERMILK, D.

Passou o olhar rapidamente pelos subtítulos. Registros de chamadas, autópsias, depoimentos, relatórios policiais. Olhou para as prateleiras de metal. Havia uma fina camada de poeira cobrindo tudo. Uma antiga impressora matricial, um desktop Dell do início dos anos 2000 e uma copiadora tão velha que o vidro se movia no topo. Dezenas de caixas de arquivo dilapidadas estavam empilhadas em um armário aberto. Virgil sempre fora incrivelmente organizado, mas Emmy teve a sensação de que o espaço não era arrumado havia um bom tempo.

— A faxineira faltou? — perguntou.

— É... meio que deixei as coisas largadas.

Virgil desviou o olhar, envergonhado, enquanto estudava as próprias mãos. As unhas dele estavam manchadas de graxa do trabalho no celeiro.

— Não queríamos que a notícia se espalhasse, mas Peggy saiu de casa faz um tempo. Era para ser um teste, mas parece que vai ser definitivo. Nós nos livramos dos cavalos no mês passado, deixei o trabalho diminuir e estou pensando em me mudar para a Flórida, ficar mais perto dos netos.

Emmy sentiu uma pontada repentina de tristeza. Não estava surpresa que a notícia não tivesse se espalhado pela cidade. Peggy trabalhara tempo suficiente no salão de beleza para saber guardar segredos.

— Sinto muito.

— Acho que esse trabalho me consumiu mais do que eu imaginava. — Virgil ofereceu um sorriso fraco. — Um aviso.

Emmy pegou uma das caixas para se ocupar. Ele pegou duas. Permaneceram em silêncio enquanto faziam as viagens de ida e volta, enchendo o porta-malas da viatura e depois o banco traseiro. Ela se deu conta de que deveria ter estacionado mais perto do porão quando Virgil encaixou a última caixa no banco do passageiro.

— Certo — disse ele. — Avise se precisar de mais alguma coisa.

Emmy apertou os lábios. O plano de Gerald era que os quatro revisassem o caso juntos. Ele faria as perguntas. Virgil e Emmy forneceriam os detalhes. Cole faria o papel de advogado do diabo.

— Sei que é pedir muito, mas ninguém conhece a papelada desse caso melhor que você.

Ele olhou para o celeiro.

— Tem um cara vindo mais tarde dar uma olhada no feno que sobrou. Não quero que embolore.

— Claro — disse Emmy. — Eu entendo.

Virgil voltou a olhar para o celeiro.

— Que se dane, vou pedir pra ele vir amanhã. Vou tomar um banho e encontro você na delegacia em meia hora.

Emmy só percebeu que estava prendendo a respiração quando já estava ao volante da viatura. Soltou o ar lentamente. A presença constante de Virgil sempre fora um alívio. Revisar o caso de Adam Huntsinger sem Gerald já seria difícil, ela não tinha forças para enfrentar Jude sozinha.

Colocou os óculos escuros enquanto dirigia pela estrada de terra. Diminuiu o volume do rádio da polícia, baixou um pouco o vidro para dissipar o cheiro de mofo das caixas. Em vez de seguir pelo caminho principal, cortou pelos fundos. Não pela estrada atrás da fazenda de Taybee, mas pela que cruzava a propriedade particular de Millie. O lago estava à distância. A luz do sol transformara a superfície em um espelho.

As lágrimas de Emmy rolaram sem controle. Estava exausta demais para sonhar na banheira de Dylan, mas acordar na água foi desorientador e a levou de volta ao lago de Millie. Ela mergulhava sob a superfície. Estendia a mão para os dedos quebrados de Madison. Segurava o peso da cabeça da garota na palma da mão.

Sinto muito, querida. Sinto muito por não tê-la escutado.

O celular de Emmy vibrou no bolso. Presumiu que fosse Millie ligando para dar uma bronca por invadir a propriedade dela, mas era uma mensagem de Dylan: "Só checando se você não se afogou".

Uma nova onda de lágrimas a atingiu. Sentiu-se profundamente grata pela gentileza dele, pelo sentimento temporário de segurança que tinha lhe proporcionado. Não havia como expressar isso em uma mensagem. Ela mal conseguia dizer pessoalmente. Tocou duas vezes na tela para enviar uma resposta rápida, mas hesitou entre o joinha e o coração, o que era o ápice de sua estupidez emocional. Piorou tudo escolhendo o "haha" e jogando o celular no porta-copos.

O estacionamento da delegacia estava cheio quando Emmy parou na vaga de sempre. Ignorou a sala da equipe e seguiu direto para o complexo da cadeia. Mandou uma mensagem para o sargento de plantão pedindo que alguns assistentes pegassem as caixas no carro e as levassem para a sala de conferências. Depois, conferiu a localização de Cole no Life360. Estava parado nos fundos, perto da fazenda de Taybee. Imaginou que estivesse mostrando a Jude onde Cheyenne e Paisley desapareceram, com doze anos de diferença. E também imaginou que Jude estivesse preparando uma longa lista de erros que Gerald e Emmy cometeram na investigação.

Emmy enxugou os olhos antes de passar o crachá na porta dos fundos. Estava no fim de um corredor comprido. Havia menos barulho que o normal na cadeia porque a maioria dos detentos fora levada ao fórum para as audiências. Passou por outra porta até chegar às celas de contenção, depois por uma terceira e uma quarta, até estar na área de segurança do bloco de isolamento feminino.

Olhou pelo vidro da porta. O corredor longo e estreito terminava em uma parede de concreto. As três celas individuais ficavam à direita, maiores que as da ala geral, com paredes de concreto em três lados e grades na frente para que os guardas pudessem inspecionar visualmente as detentas a qualquer momento. Câmeras cobriam todos os cantos. Cada cela tinha um microfone capaz de captar até mesmo a respiração mais sutil. Não havia como se esconder do olhar atento da sala de monitoramento.

Hannah estava sentada na cama, joelhos dobrados, braços envolvendo as pernas. Sua boca se abriu ao vê-la pelo vidro. Emmy levou a mão à garganta e tocou os dedos na frente. Elas usavam esse sinal desde crianças. Significava que um adulto estava chegando, ou que Tommy estava tentando se esgueirar até elas, ou que Taybee estava escutando escondida de novo, então deviam ter cuidado com o que diziam.

Emmy esperou Hannah acenar indicando que havia compreendido antes de abrir a porta.

Hannah estava na primeira cela, a única detenta em isolamento. O cheiro era pior do que no resto da prisão. Os vasos sanitários e as pias de aço inoxidável eram basicamente um esgoto a céu aberto. Três fendas nas paredes externas eram fechadas com tijolo de vidro de cinco centímetros, mas serviam menos como janelas e mais como um lembrete de que não havia para onde ir. Cada centímetro de concreto era pintado de um branco brilhante e plastificado. Os travesseiros fediam a suor. Os colchões eram uma camada de espuma de poucos centímetros sobre mais concreto. As capas de vinil cheiravam a terebintina. Os cobertores e lençóis eram finos e ásperos, e Emmy se envergonhou ao perceber que nunca havia se importado com nada disso até o momento em que viu Hannah os usando.

Ela disse a primeira coisa que lhe veio à mente:

— Posso pegar um travesseiro limpo para você.

O sorriso de Hannah era fraco.

— Só diga para a camareira trazer quando fizer o serviço de quarto.

Emmy sentiu o desconforto no próprio sorriso.

— Você precisa de alguma coisa?

— Dylan se certific... — A respiração dela falhou. Estava lutando para manter a farsa. — Ele se certificou de que Davey fique com minha tia Barb.

— Isso é bom.

Emmy também estava lutando. As pernas não conseguiam mais sustentá-la. Deslizou as costas pela parede até se sentar no chão frio.

— Sinto muito.

Hannah sustentou o olhar dela.

— Eu também.

Emmy a observou se levantar, caminhar lentamente até a frente da cela e se sentar com as pernas cruzadas, então encostou a testa nas grades e olhou para Emmy. Poderiam estar de volta ao quarto de infância de Hannah, reclamando das mães, falando sobre garotos ou ouvindo Sarah McLachlan cantar "Building a Mystery" sem parar até que decorassem a letra.

— Você tem uma irmã — disse Hannah.

Emmy riu, porque é claro que uma mulher em isolamento na prisão do condado de Clifton tinha ouvido as últimas fofocas.

— Aparentemente, ela é meio que um gênio do crime. Todos os agentes do FBI estão agindo como o sr. Collins diante de Lady Catherine de Bourgh.

O sorriso de Hannah foi breve.

— Sinto muito, Em. Sinto muito mesmo.

As lágrimas de Emmy voltaram, mas ela não fez nada para escondê-las. Havia algo reconfortante em estar com alguém que já a tinha visto em seu pior momento.

— Ele estava escrevendo uma carta ontem de manhã.

Hannah também começou a chorar.

— Ainda está na escrivaninha dele, mas estou com medo de ler. Nem consegui ir para casa hoje — acrescentou Emmy.

— Gerald nunca me pareceu do tipo que escreve cartas. — Hannah pressionou os dedos sob os olhos. — O que você acha que ele disse?

Emmy deu de ombros.

— Leite. Ovos. Pão.

A risada escandalosa de Hannah ecoou nas superfícies duras. Emmy também riu. Era tão bom extravasar algo que não fosse tristeza.

— Você se lembra daquela carta que Cole escreveu para você do acampamento? — perguntou Hannah.

Emmy se lembrava.

— "Querida mãe. Disseram que eu podia tomar sorvete se escrevesse uma carta para você. Assinado, Cole."

Elas riram de novo, mas o som morreu rápido. Aquilo não era uma noite de garotas. Não estavam dividindo uma garrafa de vinho na área aberta do bar.

— Fico feliz que tenha encontrado Dylan. Ele é um bom homem.

— Bom demais — admitiu Emmy. — Achei que ele fosse me deixar. Aí mamãe piorou, papai ficou doente, e me convenci de que era demais, que ele ia me abandonar, mas ele não foi embora, então eu fui.

— Nossa, que surpresa, você não soube lidar com seus sentimentos, então se acovardou e nunca mais falou com ele de novo. — Hannah tinha direito ao sarcasmo na voz. — Existe alguma outra circunstância na sua vida em que pode ter cometido um erro parecido?

Dessa vez, Emmy não conseguiu rir. Nos doze anos que se arrastaram lentamente, ela nunca pensou em procurar Hannah. Esperou e esperou que ela desse o primeiro passo, e lá estavam.

— Tudo bem — disse Hannah. — Paul deixou bem claro que era você ou ele. Parece que nós duas fizemos a escolha errada. Mas eu demorei mais para perceber.

Emmy limpou o nariz. Ela estava lá por um motivo.

— É por isso que está falando comigo agora? Porque terminou com Paul há dois meses?

Hannah não mordeu a isca.

— Não sei se você percebeu, mas sou literalmente um público cativo.

O nariz de Emmy não parava de escorrer. Ela o limpou na manga.

— Myrna sempre apreciou o fato de você saber usar a palavra "literalmente" do jeito certo.

Hannah alcançou o rolo de papel higiênico barato ao lado do vaso. Tinha textura de papelão. Ela desenrolou um pouco na mão e o ofereceu através das grades. Emmy se inclinou para frente. Seus dedos se tocaram. Ambas se mantiveram assim por alguns segundos antes de se afastarem.

— Se serve de algo, finalmente entendo por que foi tão difícil para você deixar Jonah — disse Hannah.

— Não foi difícil — começou Emmy, embora o divórcio tivesse parecido uma morte por mil pequenas manipulações. — Como você sempre dizia, eu era teimosa demais e leal demais a alguém que não era leal a mim.

— Nós duas sabemos como ele tratava você — disse Hannah. — É fácil olhar de fora e dizer que a pessoa deveria largar tudo. Mas quando você está dentro da situação, quando vê o quanto seu filho precisa de um pai, quando diz para si mesma que o homem por quem você se apaixonou ainda está ali em algum lugar...

Emmy ouviu a tristeza na voz dela emudecendo.

— Eu ficava achando que Paul voltaria ao normal, sabe? — Hannah desenrolou mais papel higiênico para si mesma. — Achava que, em algum momento, ele, sei lá, talvez não exatamente superasse, porque nunca se supera a perda de um filho, mas achei que encontraria uma forma diferente de lidar com tudo. Que perceberia que ainda tinha um filho vivo que precisava dele. Uma esposa que precisava viver o luto ao seu lado. Mas ele não conseguia, e eu demorei muito tempo para enxergar que estava nos arrastando para baixo. Esperei demais. Devia ter me separado anos atrás. Teria evitado muita dor.

Emmy tocou a própria garganta de novo, lembrando-a de tomar cuidado.

— Eu sei — disse Hannah. — Mas é complicado, Em. É muito mais complicado do que eu imaginava, e me desculpe.

Emmy sentiu a tensão conhecida apertar o peito, o aviso do corpo de que ela precisava manter as emoções presas lá dentro. Mas não conseguiu. Não naquele momento. Não com Hannah.

— A culpa é minha, Han. A culpa é minha por você ter perdido sua menina mais preciosa.

Hannah não ofereceu absolvição. Apenas deu um sorriso triste.

— Ela *era* preciosa, não era?

Emmy inspirou fundo. Sentiu a tensão começar a se desfazer. Vivera com a tristeza por todos aqueles anos, mas nunca tinha conseguido compartilhar o luto.

— Era, sim.

— A última coisa que eu disse a ela foi para passar mais protetor solar. Parecia até que eu tinha mandado ela escalar o Everest. Ela só revirou os olhos e saiu batendo os pés. — Hannah ria enquanto enxugava os olhos. — Tenho que dar o braço a torcer. Ela ficou queimada só para me contrariar.

Emmy respirou fundo. Ela se lembrava de uma das últimas vezes que vira Madison. Não boiando no lago. Nem mesmo debaixo do carvalho. Emmy estava na sala de autópsia na sede do DIG, ouvindo o médico-legista apontar a queimadura de sol bem vermelha na parte de trás das pernas de Madison.

— Tudo isso com Paisley Walker... — disse Hannah. — Fico pensando se Carol se lembra da última coisa que disse para ela. Tipo, se foi apenas uma manhã qualquer ou se elas brigaram por algum motivo, se estavam felizes ou tristes.

Emmy percebeu que Hannah não esperava uma resposta para a pergunta. A prisão era um lugar para refletir sobre todas as coisas ruins que aconteceram na vida.

— Assim que Madison fez doze anos, começamos a brigar. Juro por Deus, tudo o que ela fazia era pensar em maneiras de me fazer sentir uma merda. — Hannah sorriu, mas Emmy se lembrava da tortura refinada dos insultos de Madison. — E, do nada, ela soltava um elogio, tipo dizer que meu vestido era bonito, ou que meu cabelo estava bom, e eu me sentia como se tivesse ganhado na loteria.

Emmy riu. Hannah também.

— A questão é que você e eu ainda a víamos como uma criança, mas ela estava a apenas três anos de ser adulta. De se formar no colégio. De ir para a faculdade. De se casar. De ter filhos. Mas, naquele momento, no dia em que fez quinze anos, ainda estava tentando se descobrir. Testando os diferentes tipos de pessoa que queria ser. E me irritando. Testando limites. Querendo desesperadamente ser uma mulher. Ainda se sentindo como uma criança.

Emmy se lembrou da sensação de incerteza da própria adolescência.

— Isso é o que me deixa tão triste — continuou Hannah. — Nós não tivemos a chance de conhecê-la. Madison sempre estará presa entre essas duas pessoas. A mulher que não conhecemos e a menina que conhecíamos.

A tristeza de Hannah preencheu o espaço. Emmy não conseguiu evitar sentir o mesmo. Elas não estavam apenas de luto por Madison. Estavam de luto por si mesmas. Emmy se perdera nas inseguranças de Jonah. Hannah se perdera no luto de Paul. Virgil tinha brincado que criar meninas podia matar um homem, mas ele não fazia ideia de como era difícil crescer e se tornar mulher.

— Ah — disse Hannah.

Ela olhava para a porta. Depois de quase trinta horas presa naquele espaço pequeno, cada um de seus sentidos estava aguçado para qualquer movimento do outro lado do vidro.

Emmy olhou para ver quem estava lá. O aperto voltou a seu peito quando viu Jude. A carranca da mulher era uma réplica exata da expressão de Myrna quando Emmy fazia algo estúpido ou decepcionante.

— "Srta. Bennet, deveria saber que não sou uma pessoa com quem se deve brincar" — ironizou Hannah.

Emmy sorriu com a imitação de Lady Catherine, mas sabia que Jude tinha seus motivos. Ela se levantou, dizendo a Hannah:

— Vou atrás daquele travesseiro.

Jude recuou para a área de segurança para que Emmy abrisse a porta. O crachá de Cole estava pendurado em um cordão em seu pescoço.

— Você roubou isso do meu filho?

— Vai mesmo me repreender por não seguir o protocolo quando acabou de passar vinte minutos comprometendo o caso do DIG contra uma suspeita de matar um policial?

— Está mais para quinze minutos.

— Pode tirar esse sorrisinho do rosto — retrucou Jude. — Nós duas sabemos que toda a conversa foi gravada. Não há chance de um júri ver vocês duas brincando e acreditar que Hannah é culpada. Ela nem pode ser chamada como testemunha agora. O promotor seria ridicularizado no tribunal.

— Certo. — Emmy pegou o crachá no bolso. — Pode me explicar por que o oficial de condicional de Adam Huntsinger ligou perguntando se eu queria que ele fosse preso de novo?

Jude franziu a testa.

— Por que o oficial ligou para você? Eu disse a Brett para cuidar disso.

— Por que está dando ordens aos meus subdelegados?

— O que disse ao oficial de Adam?

Emmy precisava acabar com aquele pingue-pongue de perguntas.

— Disse para ele fazer o que quisesse, porque só um idiota usaria o departamento do xerife contra Adam Huntsinger enquanto estamos sob intenso escrutínio público.

— Então, seus quinze minutos com Hannah Dalrymple foram… ?

— Não é da sua conta.

Emmy balançou o crachá para abrir a porta. Ouviu o som raivoso das botas de motoqueiro de Jude ecoando atrás dela enquanto caminhavam pelo corredor.

— Adam Huntsinger admitiu que teve contato sexual com Cheyenne Baker — disse Jude.

Emmy congelou. Estava prestes a abrir a porta seguinte. O cordão balançava como um pêndulo no crachá plastificado. Ela se virou, repetindo a informação na cabeça para conseguir entendê-la.

— Ele me disse que a Cheyenne normalmente cobrava cinquenta dólares por um boquete, mas trocaram por maconha — continuou Jude.

Emmy perdera a capacidade de falar.

— Ele disse que ela tinha muitos clientes, que estava juntando dinheiro, falava muito sobre sair da cidade... Nenhuma surpresa aí. Também disse que não houve penetração vaginal, mas considere a fonte.

Emmy começou a assentir, apenas para mostrar a Jude que estava ouvindo.

— Ele disse que nunca tocou em Madison. Alegou que ela era jovem demais para ele, mas não sei se acredito nisso também. — Jude passou por Emmy e usou o crachá de Cole na porta. — Esquerda ou direita?

— Esquerda — respondeu Emmy com esforço.

O choque inicial começava a passar. Não sabia se sentia inveja ou admiração pelo fato de Jude estar na cidade há menos de 24 horas e, de alguma forma, ter conseguido quebrar Adam Huntsinger.

— Ouvimos rumores de que Cheyenne se prostituía. Mas nunca tivemos provas.

— E sobre a origem das drogas? — perguntou Jude.

— O que você ficou sabendo?

— Adam disse que Woody estava usando Cheyenne para expandir para o mercado de North Falls. Arriscado, mas imagino que a margem de lucro compensasse. O pessoal de North Falls nunca desceria até o posto de caminhoneiros para economizar dez dólares numa trouxinha de três gramas e meio. É a mesma lógica com o sexo. Por que pagar vinte dólares para uma profissional experiente quando você pode ter uma adolescente de North Falls por cinquenta? Para muitos desses caras, quebrar o tabu faz parte da fantasia.

Emmy pigarreou. Não ia perguntar a Jude como ela havia conseguido aquela informação de Adam. A irmã realmente era algum tipo de bruxa.

— Suspeitávamos de que Woody fosse o fornecedor da Cheyenne. Nunca tivemos provas. Virgil tentou convencê-lo a vir para a delegacia voluntariamente para uma conversa, mas ele se recusou.

— Esperto para um adolescente. — Jude parou a alguns metros da sala de conferências. — O que acha do Woody agora? Vale a pena falar com ele sobre Paisley?

Emmy balançou a cabeça em negativa. Sentia que ainda estava tentando acompanhar o raciocínio.

— Ele é esperto demais. Vai pedir um advogado imediatamente. Vamos perder um dia inteiro esperando os advogados chegarem de Atlanta e, até o fim da semana, eles terão entrado com um processo por assédio contra nós.

— Nunca armaram um flagrante? — perguntou Jude. — Parece ser conhecimento comum que ele vende drogas nos fundos do bar do seu ex.

— A polícia de Clayville o deixa em paz. Dizendo bem a verdade, não sei se é medo ou se estão sendo pagos para ignorar. As gangues de motoqueiros que trazem heroína da Flórida são ricas e impiedosas. O chefe de polícia diz que não tem recursos para uma investigação desse porte.

— E qual era a desculpa do nosso pai? Entendo por que ele não usaria o departamento do xerife, mas ele poderia ter chamado o DIG ou o DEA.

— Nunca perguntei. Imaginei que ele não quisesse deixar Cole chateado.

— Talvez ele não quisesse deixar Jonah chateado — disse Jude. — Papai sabia que ele agredia você?

Emmy entreabriu os lábios para puxar o ar. Não era tão fácil de ser manipulada. Olhou para a porta aberta. O filho provavelmente estava na sala de conferências. Virgil também.

— Pedi para Virgil nos ajudar a revisar o caso. Ele era subdelegado quando Madison e Cheyenne desapareceram. Rastreou todas as ligações e os dados das torres de celular. Acho que podemos dividir a tarefa em equipes. Eu e Virgil no lado "Adam é culpado". Você e Cole no lado "Adam não fez isso".

Jude fez uma longa pausa, indicando que estava escolhendo deixar o assunto para trás.

— Não sei se estou de um lado ou de outro. Quero manter a mente aberta. Ainda é possível que Adam tenha assassinado Cheyenne e Madison.

Emmy cruzou os braços para manter as mãos ocupadas. A menção a Jonah havia despertado fantasmas dentro dela.

— Porque Cheyenne fez um boquete em Adam?

— Porque Adam continua sendo a explicação mais lógica. A única razão pela qual ele não está no corredor da morte, mas sim em liberdade condicional, é porque estuprou uma mulher em Metter doze anos atrás.

— Mas Barbara Jericho tinha 22 anos quando ele a estuprou. Madison e Cheyenne tinham quinze.

Se Emmy não estivesse observando Jude tão de perto, teria perdido a mudança em sua expressão. Havia algo rígido lá. Algo familiar.

— O que não está me contando?

A expressão de Jude mudou de novo.

— Estatisticamente, homens que estupram não fazem isso só uma vez e, em geral, não fazem só uma vítima.

— Clifton é um típico condado norte-americano. Temos milhares de casos de estupro em aberto e centenas de kits de estupro não testados. Não temos dinheiro nem recursos para analisar todos e, mesmo se tivéssemos, já seria tarde demais para ajudar Paisley Walker.

— Adam nunca foi preso por crime sexual? Ou detido sob suspeita?

— Nunca — disse Emmy. — O único padrão recorrente era dirigir sem carteira.

A expressão de Jude mudou mais uma vez. Claramente analisava todas as possibilidades.

— Tire nosso pai e seu orgulho da equação. Adam é culpado ou inocente? O que seu instinto diz?

O instinto de Emmy estava caótico.

— Nunca consegui ter certeza. Então, deixo meu cérebro assumir e olho para os fatos. Logicamente, Adam é quem faz mais sentido. O promotor distrital pensou a mesma coisa. Assim como os doze jurados.

— Certo — disse Jude. — O que sabemos?

A pergunta não doeu tanto dessa vez.

— As impressões digitais de Adam estavam no colar da Cheyenne, que encontrei do lado de fora do porão onde ele morava. Millie viu Adam com Madison naquela manhã, no lago. O DNA dos dois foi encontrado nos cigarros que fumaram. O Jetta do Walton tinha o mesmo tipo de pneu das marcas deixadas no campo de futebol e nas estradas de terra. Havia uma marca no para-choque dianteiro compatível com o impacto contra a roda traseira de uma bicicleta. Adam tinha acesso ao mesmo tipo de pistola usado para assassinar Cheyenne. As impressões digitais dele estavam no saco de maconha dentro do bolso de Madison.

— Explore os pontos fracos.

— As evidências eram todas *consistentes*, mas nenhuma era uma *correspondência exata*. — Emmy sabia que estava citando Cole. — Nenhuma das pistolas bateu com as análises balísticas. Não encontramos impressões digitais ou DNA no Jetta que correspondesse às garotas. Nunca encontramos botas tamanho 43 que combinassem com as pegadas. Não conseguimos relacionar os sulcos dos pneus do Jetta às marcas deixadas nas cenas do crime. Adam admitiu que vendeu maconha para Madison. Disse que ela lhe pediu para consertar o colar quebrado de Cheyenne e que deve ter caído do bolso dele. Nunca encontramos o celular de Cheyenne, aquele com as iniciais dela riscadas no aparelho. Nunca encontramos o martelo usado para quebrar as mãos e os pés de Madison. Nunca encontramos outro caso de sequestro ou assassinato com o mesmo *modus operandi*.

Jude cortou o ruído.

— O celular flip era da Cheyenne. O martelo foi usado em Madison.

— Acha que ele guardou como troféu? — perguntou Emmy.

O coração de Emmy começou a bater como um tambor. Sempre haviam presumido que Adam fosse um pedófilo que havia sido pego, não um criminoso em série com mais vítimas. Não podia deixar a mente correr para o que isso poderia significar para Paisley Walker.

— Presumo que Adam é o assassino. Você disse que ele provavelmente já estuprou antes. Acha que pode ter matado outras crianças antes de Madison e Cheyenne? — continuou Emmy.

— Houve menos de vinte casos de sequestro duplo de crianças nos Estados Unidos desde os anos 1970. É incrivelmente raro. Estatisticamente, pelos perfis desses criminosos, sabemos que eles tinham maior probabilidade de ter antecedentes de estupros, sequestros e assassinatos anteriores — explicou Jude. Emmy percebeu a mudança na voz dela, assumindo um tom quase acadêmico.

— Madison e Cheyenne não foram as primeiras vítimas dele.

— O sequestrador sabia o que estava fazendo — disse Jude. — Levá-las não foi uma decisão impulsiva. Ele as preparou. Conhecia as rotinas delas. Sabia como chegar até Cheyenne. Sabia como chegar até Madison.

— Sabia como chegar até Paisley.

— Você procurou casos semelhantes em que um martelo foi usado para quebrar as mãos e os pés?

— Encontrei dois, mas as vítimas não eram crianças. Uma tinha dezenove anos, em Tillar, Arkansas. A outra tinha 21, em Hidalgo, Texas. Os ossos foram quebrados, mas não de forma sistemática, e não conseguimos encontrar provas de que Adam viajara para fora do estado.

— *Se* foi o Adam, e *se* ele viajava com o propósito de cometer um crime, saberia como não deixar rastros. Desligaria o celular. Livraria-se de recibos. Usaria apenas dinheiro vivo. — Jude pegou o celular de dentro da bolsa. — Vou falar com meu contato no Centro Nacional para Crianças Desaparecidas e Exploradas. O banco de dados deles é mais completo que o do FBI.

— Como isso é possível?

— O FBI depende das autoridades para receber os dados. O envio não é obrigatório, e a adesão é falha. O Centro busca ativamente essas informações por conta própria.

Emmy sentiu uma gota de suor deslizar pela nuca.

— Temos que avisar Seth Alexander. Paisley pode estar sem algum item pessoal que foi levado como troféu.

— Não. — Jude ergueu os olhos do celular. — Vamos manter isso entre nós por enquanto. Nem Cole pode saber.

— Meu filho sabe guardar segredos.

— Eu sei, querida, mas, às vezes, saber um segredo é mais difícil do que guardá-lo. — Jude olhou por cima do ombro para se certificar de que estavam sozinhas. — Se encontrarmos os troféus, encontraremos o assassino.

CAPÍTULO DEZESSETE

JUDE ANALISAVA AS DESCOBERTAS do relatório da autópsia de Madison Dalrymple. Contusões, escoriações, trauma por objeto contundente, petéquias, ossos estilhaçados, mandíbula deslocada, hioide quebrado. Havia quase cem páginas de fotografias com descrições detalhando a tortura e o abuso que a criança de quinze anos havia sofrido ao longo de várias horas antes de ser estrangulada até a morte.

Cada osso das mãos e dos pés de Madison havia sido esmigalhado por um instrumento contundente. Vários golpes haviam sido desferidos com tanta força que a impressão quase perfeita da cabeça de um martelo de uso geral de cerca de quinhentos gramas ficara marcada com muita clareza. A destruição acontecera logo no início do sequestro da menina. O inchaço era tão pronunciado no momento da morte que a pele havia se rompido.

O fato de Madison ter sido mantida viva por pelo menos doze horas fez Jude hesitar. O predador tinha acesso a um local seguro e isolado o suficiente para que ninguém ouvisse os gritos de uma criança. Considerando a natureza mais rural do Condado de Clifton, essa informação não ajudava em nada a restringir as possibilidades de localização. Na verdade, nada que Jude havia descoberto ajudava a descartar qualquer hipótese.

Em sequestros predatórios, o raptor quase sempre tem um único propósito: abusar sexualmente de uma criança. Uma vez que o ato é consumado, ele começa a desenvolver uma estrutura de permissão para justificar o que, no fundo, sempre soube que aconteceria: o assassinato da vítima. Jude já ouvira tantos predadores darem suas desculpas tantas vezes...

"Não queria machucá-la, mas ela podia me identificar."

"Não podia deixar que um erro arruinasse minha vida."

"Fiquei com medo de que minha mãe descobrisse."

"Não sou assim; sou um homem bom."

Uma vez cometido o assassinato, a única questão restante era onde descartar o corpo. A água era a melhor escolha, já que eliminava vestígios de evidências. No entanto, o fato de o assassino de Cheyenne e Madison ter escolhido o lago de Millie era completamente ilógico. Jude e Henry haviam passado quase todos os verões nadando naquelas águas frias. Era um lugar lindo para tomar sol, mas o lago ficava exposto no meio dos trinta hectares do quintal de Millie.

Jude folheou lentamente as fotografias coloridas. Ao longo de sua carreira, vira tantas imagens como aquelas, tantas descrições chocantes, mas nunca havia encontrado um botão mágico que a anestesiasse para as crueldades infligidas a crianças.

Ela tirou os óculos de leitura para descansar os olhos. Já havia revisado o relatório de autópsia de Cheyenne, que era mais sucinto, em comparação. A menina fora morta com um tiro na testa de uma pistola calibre .22 de fogo circular. A morte fora imediata. Não havia sinais de abuso sexual, embora as múltiplas contusões e edemas no corpo indicassem que o predador a espancara violentamente com os punhos antes de matá-la. Para Jude, o achado mais notável na comparação entre as duas autópsias era o fato de que o assassino não quebrara as mãos e os pés de Cheyenne como fizera com Madison.

Ela pegou a caneta e fez uma anotação no bloco de notas para seguir com a investigação da vítima de dezenove anos assassinada no Arkansas e da vítima de 21 no Texas, ambas com as mãos e os pés quebrados por um martelo. Jude queria ver os relatórios de autópsia delas. O uso de martelos em ataques violentos não era incomum, mas a localização dos ossos fraturados, sim. Tinha o pressentimento de que seu contato no Centro Nacional para Crianças Desaparecidas e Exploradas conseguiria encontrar mais casos semelhantes.

Jude largou a caneta. Olhou para o quadro branco na cabeceira da mesa de reuniões. Nenhuma pista parecia importante o bastante para ser destacada. O monitor exibia uma tela preta com o selo da Delegacia do Xerife do Condado de Clifton quicando de um lado para o outro. Estavam lá havia quase três horas.

Cole, Virgil e Emmy ainda estavam de cabeça baixa, analisando centenas, possivelmente milhares, de dados. Apenas Cole usava um laptop. Os outros tinham aberto as caixas do porão de Virgil. O conteúdo estava organizado em pilhas de fotografias impressas, declarações, depoimentos, relatórios, transcrições de julgamentos, pen drives com imagens de câmeras de segurança e os diversos detritos que costumam acompanhar grandes casos.

Cada item tinha um carimbo Bates com um número correspondente e um código indicando que a prova havia sido registrada. Havia anotações manuscritas em cada número de telefone que havia sido chamado, em cada pista que havia sido seguida. Jude começava a reconhecer o hábito de Emmy de usar letras maiúsculas aleatoriamente, o que devia deixar Myrna maluca. Gerald não lhe ensinara apenas a ser uma boa policial, também ensinara a importância de manter a papelada em ordem.

Jude tirou um momento para observar o perfil de Emmy. A cabeça dela estava inclinada sobre as transcrições do julgamento "Estado da Geórgia vs. Adam Johnathan Huntsinger". O uniforme estava impecável; o cabelo, preso com perfeição no topo da cabeça, mas o olhar assombrado do luto ainda não a havia deixado. O que parecia devorá-la por dentro não era exaustão, mas ansiedade. Jude sabia como era ler casos antigos, as recordações que podiam ressurgir com os detalhes brutais. Havia um tipo de alívio temido ao encontrar um corpo. Você alcançava um objetivo, a busca esmagadora chegava ao fim, mas a um custo terrível.

Você carregava aquelas recordações para o resto da vida.

Cole sufocou um bocejo. Levantou-se da mesa de conferência e foi até a pequena cozinha nos fundos da sala. Jude o seguiu para aproveitar a chance de esticar as pernas. Ficou aliviada ao ver que ele estava preparando uma nova jarra de café. Mas a expressão perturbada no rosto do sobrinho era novidade. Cole provavelmente achara que estava sendo corajoso ao se voluntariar para ler o caso de Dale Loudermilk. Emmy havia deixado de fora as fotos pornográficas de crianças que Dale tinha baixado, mas às vezes as descrições explícitas eram igualmente perturbadoras. Os promotores eram encorajados a torná-las o mais chocantes e repulsivas que pudessem.

— Você está bem, querido? — perguntou Jude.

— Sim, mas que maldito desgraçado. — Cole começou a colocar o café no filtro. — O sr. Loudermilk dava aula na minha escola. Ainda bem que Jonah me obrigou a me inscrever na banda em vez de no coral.

Apesar das circunstâncias, Jude se pegou sorrindo, porque, é claro, Cole tinha feito parte da banda.

— O que você tocava?

— Pandeiro.

O sorriso malicioso voltou ao rosto dele. Aquele garoto certamente adorava irritar o pai.

— Por que a senhora não tem sotaque sulista?

— Ele aparece quando estou com raiva, bêbada ou cansada.

— Verdade, ouvi o sotaque quando brigou com o Brett. — Cole encheu a jarra com água da pia. — É difícil acreditar que aquele cara dava aula na mesma escola que Tommy e Celia, mas eles nunca souberam o quanto ele era nojento.

— A questão com os pedófilos é que não manipulam só as vítimas. Manipulam todos ao redor. — Jude se afastou para que ele pudesse encher o reservatório com água. — Isso faz parte do plano. Eles são os caras mais legais que você conhece. Ajudam a carregar um sofá, cortam a grama, oferecem-se para levar você ao médico. Assim, quando uma criança finalmente encontra coragem para contar a verdade, ninguém acredita que um sujeito tão gente boa faria algo tão horrível.

— A esposa ficou do lado dele até morrer, há alguns anos. — Cole ligou a cafeteira. — Mesmo depois que o Dale confessou como parte do acordo, ela escreveu uma carta para o juiz pedindo clemência.

— Aposto que o Dale disse a ela que só estava aceitando o acordo porque não tinha escolha e que tudo não passava de um grande mal-entendido.

Cole pareceu surpreso.

— Como sabe?

— Porque é isso o que todos eles fazem, querido. — Jude esfregou o braço dele e ficou satisfeita ao perceber que, dessa vez, ele não se afastou. — Vamos voltar ao trabalho.

Quando Jude voltou para a sala de conferências, Emmy levantou os olhos da transcrição do julgamento. Como de costume, foi direto ao ponto.

— Você disse que precisa de um corpo para traçar o perfil de um assassino com precisão. Você leu as autópsias. Qual é o seu perfil?

— O mesmo.

Jude não conseguia mais ficar sentada. Cruzou os braços e se posicionou à cabeceira da mesa, como se estivesse dando aula.

— Ele é um homem branco que trabalha em uma função especializada, que exige algum tipo de formação ou treinamento. Tem contato frequente com crianças e é uma pessoa confiável na comunidade. Provavelmente casado, talvez tenha família.

— Para se proteger, certo? Para que ninguém suspeite dele — disse Cole.

Jude assentiu.

— Certo.

— Eis o problema. — Emmy se recostou na cadeira. — Adam não tem esse perfil. Ele não tem qualquer habilidade especial. Nunca se casou. Sempre metido em problemas. Dirigia por aí com uma garrafa de Jack aberta e um baseado no cinzeiro, sem carteira de motorista. Ele era incrivelmente suspeito. As crianças o chamavam de Pervertido porque ele estava sempre rondando os alunos do ensino médio.

— Ela está certa — disse Virgil, olhando para Jude por cima dos óculos. — Sei que isso é sua especialidade, mas mesmo que tiremos Adam Huntsinger da equação, esse perfil não reduz muita coisa, especialmente em um estado com onze milhões de habitantes, sendo quase metade homens.

— Ele é local do Condado de Clifton — disse Jude. — Teve tempo para desenvolver um relacionamento com Madison e Cheyenne. Ele deixou os corpos em um lugar extremamente público. Fico chocada que Millie não o tenha visto afundando as garotas no lago. Quando eu era criança, ela sempre ficava olhando pela janela da cozinha para se certificar de que ninguém estivesse atravessando o quintal dela.

— Millie estava fora com todo mundo procurando as garotas — disse Virgil.

— Ela voltou para casa para tomar o remédio de pressão — acrescentou Emmy. — Naquele dia, recebi quase uma dúzia de mensagens de voz dela, mas só liguei de volta quando percebemos que Cheyenne teria cortado caminho pela propriedade dela para chegar às estradas de terra. Foi aí que Millie me contou que Adam era chamado de Pervertido. Devia ter ligado para ela antes.

Jude percebeu a autocensura na voz de Emmy. Perder algo que estava bem na sua frente era uma culpa terrível de se carregar. Assim como passar horas girando em círculos em uma sala cheia de caixas. Jude tinha uma decisão a tomar.

— Se só ficarmos analisando documentos, teremos uma visão limitada do caso. Vamos mudar a abordagem. Em vez de olhar para o crime pelos olhos de Cheyenne e Madison, olhemos pela perspectiva do assassino. Vamos recomeçar do zero e fingir que Adam não existe. Vamos chamar o criminoso de Cara Mau. Quando o Cara Mau conheceu as vítimas? Como? Onde?

— O primeiro celular descartável de Cheyenne foi ativado em agosto do ano anterior, então provavelmente foi nessa época que ela o conheceu — disse Virgil.

— Madison pegou uma receita de anticoncepcional com o dr. Carl em setembro — disse Emmy. — Mas era Cheyenne quem tomava as pílulas. Encontrei a cartela no sótão, acima do armário dela. Começou a tomar no dia primeiro de outubro. Meu palpite é que o Cara Mau a conheceu no shopping. É onde os adolescentes vão passar o tempo. Demorou a aliciá-la porque sabia que ela continuaria aparecendo.

— Acha que ele conheceu Cheyenne primeiro? — perguntou Jude.

— Acho — confirmou Emmy. — Se o Cara Mau realmente fosse da região, seria burrice se aproximar de Madison. Todo mundo sabia que Hannah era minha melhor amiga.

Jude percebeu a mesma nota de arrependimento na voz dela.

— Cheyenne se encaixa no perfil de vítima do Cara Mau? Pais controladores, adolescente rebelde?

— Sim — confirmou Emmy. — Acho que Madison também se encaixava, mas não tanto. Paul, o pai, tinha um rastreador no celular dela. Hannah tentava não ser superprotetora, mas é difícil não sufocar uma filha que está se afastando. Aí Cheyenne se mudou para Clifton, e as duas viraram melhores amigas. Virgil rastreou centenas de mensagens e ligações entre elas por dia.

— Não é exagero — disse Virgil. — Tenho os registros aqui.

Jude esperou enquanto ele revirava alguns papéis. Ela viu o logotipo preto da AT&T no topo das páginas. Abaixo do carimbo Bates estavam os resumos manuscritos de Emmy.

— Aqui está. — Virgil empurrou os óculos para cima no nariz para ler. — No Quatro de Julho, foram dezoito ligações entre Madison e o segundo celular descartável de Cheyenne. Um total de 97 mensagens trocadas. Aí, por volta das seis da tarde, toda comunicação cessou. Só retomou às oito da noite, mas todas as chamadas e mensagens foram de Madison. Nenhuma resposta de Cheyenne. O último sinal do celular dela na torre de North Falls foi às 17h58. Nunca mais apareceu. Ela deve ter desligado.

— Ou o Cara Mau desligou — disse Jude.

— É o seguinte. — Emmy se levantou da cadeira. Obviamente, havia recuperado o fôlego. — Os vizinhos disseram que Cheyenne saiu de casa de bicicleta por volta das 15h30. Não sabemos o que ela fez nessas duas horas e meia antes de desligar o celular. Ninguém a viu na cidade. Na época, não havia tantas câmeras de segurança nas ruas ou nas lojas. A maioria das pessoas estava assistindo aos fogos de artifício.

— Só uma torre de celular cobria North Falls — disse Virgil. — Os dados geográficos não eram tão precisos, então não conseguimos determinar onde exatamente Cheyenne esteve além dos limites da cidade.

— Fazia calor naquele dia? — perguntou Jude.

— Quarenta graus na sombra — respondeu Emmy. — Mas esse é um bom ponto. Ela deve ter ficado em algum lugar com ar-condicionado. A biblioteca estava fechada. Talvez no Chilly Treat?

— Todos lá foram entrevistados — disse Virgil. — Ninguém a viu.

— Talvez os vizinhos tenham se enganado sobre o horário em que ela saiu de casa — sugeriu Emmy. — Ou talvez ela tenha voltado sem que percebessem.

— Certo. — Jude sentiu que estavam girando em círculos de novo. — Cheyenne tinha três celulares. O celular flip, e o primeiro e o segundo descartáveis. Falem sobre eles.

— O primeiro descartável foi confiscado por Celia na escola — respondeu Emmy. — Cheyenne fez uma redefinição de fábrica a caminho da sala dela para entregá-lo.

— A redefinição apagou tudo — disse Virgil. — Quântico não conseguiu recuperar nada.

— Achamos o segundo descartável no bolso de trás de Cheyenne quando os corpos foram encontrados — continuou Emmy. — O aparelho ficou tempo demais submerso na água para que pudéssemos recuperar qualquer dado. Nunca encontramos o celular flip, mas sabemos que Cheyenne gravou as iniciais dela na capa: C.B.

Virgil assumiu, antecipando a pergunta seguinte:

— O iPhone de Madison foi encontrado esmagado no campo de futebol. O laboratório do DIG não conseguiu recuperar nada. Nenhum dos dispositivos foi sincronizado com a nuvem. Encontramos o laptop que a mãe de Cheyenne doou para a igreja, mas ele tinha sido completamente apagado. O computador da família também estava limpo. O laptop de Madison, também. Todos os rastros digitais foram apagados, perdidos ou nunca existiram.

Jude pensou em algo.

— Que tipo de celular flip Cheyenne usava?

— Nokia — disse Virgil. — Era do pai dela, Felix. Ele passou para Cheyenne quando comprou um iPhone. Não queriam que ela acessasse a internet sem que soubessem.

— Qual era o modelo? — perguntou Jude.

— Está aqui em algum lugar. — Virgil começou a revirar uma pilha grossa de papéis. — Vai demorar um minuto.

Emmy fez um sinal para Cole ajudá-lo.

— Vamos voltar o foco para o Cara Mau. Como foi o Quatro de Julho dele? — perguntou Judy. — A teoria é que ele deve ter encontrado Cheyenne nas estradas de terra, certo?

— Teoricamente — disse Emmy. — Não sabemos se ele a surpreendeu ou se combinaram o encontro. A bicicleta dela foi encontrada no trecho atrás da fazenda de Taybee.

Jude não conseguiu evitar uma risada.

— Claro que a Taybee ficou com a fazenda.

Emmy revirou os olhos, mas manteve a linha de raciocínio.

— Se o encontro foi combinado, imagino que o Cara Mau tenha mandado Cheyenne desligar o celular às seis. Ele não teria como saber que não conseguiríamos a geolocalização dela a partir da torre de celular. Meu palpite é que deveriam se encontrar por volta das 18h30. Fariam o que quer que fossem fazer, e então Cheyenne encontraria Madison no parque no máximo até as oito.

— Por que o Cara Mau e Cheyenne iam se encontrar?

— Para transar?

— Uma hora e meia para um boquete? — Jude teve que perguntar.

— Talvez ela estivesse finalmente disposta a aceitar penetração? — Emmy deu de ombros. — Cinquenta dólares pelo oral, contra várias centenas, talvez até mil, pelo sexo completo. Cheyenne não teria noção de quanto tempo levaria, se realmente fosse sua primeira vez. Ela tentava bancar a adulta, mas ainda era uma criança.

Jude percebeu a dor na expressão de Emmy. Ela conhecia Cheyenne Baker. O que era teórico tinha se tornado pessoal.

— Certo, então Cheyenne e o Cara Mau iam se encontrar para transar por volta das 18h30. Ele deveria buscá-la nas estradas de terra. E depois? — perguntou Jude.

Emmy deu de ombros.

— Se ainda estamos falando do plano, talvez Cheyenne achasse que o Cara Mau a levaria para a casa dele ou para um motel. É provável que tenha romantizado a ideia. Ele não teria dito a ela que tudo aconteceria no banco de trás do Jetta.

— E depois? — perguntou Jude.

— Acho que Cheyenne tinha combinado de encontrar Madison no parque até as oito. — Emmy parecia mais segura da linha do tempo. — Madison estava muito ansiosa quando falei com ela entre 20h15 e 20h30. Depois, tentou falar comigo de novo por volta das 20h50, mas eu a dispensei. Acho que ela esperou até os fogos começarem, por volta das nove, e então foi procurar Cheyenne.

Jude a observou cerrar a mandíbula. A culpa estava estampada no rosto de Emmy. Ela sabia que não adiantava tentar amenizar aquilo, então disse:

— Isso deixa uma lacuna de aproximadamente duas horas e meia entre o momento em que o Cara Mau sequestra Cheyenne nas estradas de terra e o momento em que ele sequestra Madison no parque.

— Exato. Isso sempre me incomodou. — Emmy apoiou os cotovelos no encosto da cadeira. — Eu sou o Cara Mau. Estou dirigindo meu Jetta. Estou com

Cheyenne e a bicicleta dela no carro. Espero duas horas e meia até o sol se pôr, então vou procurar Madison no parque, mas levo Cheyenne e a bicicleta comigo.

— Em sequestros duplos, geralmente ameaçam uma garota para fazer a outra obedecer — disse Jude.

— Mas sabemos que o Cara Mau tinha uma arma. Isso já é um baita argumento persuasivo. E ele obviamente tinha um local isolado para onde levou Madison, um lugar discreto o suficiente para torturá-la por horas. — Emmy deu de ombros. — Por que não levar Cheyenne para esse lugar, acorrentá-la e só depois ir atrás de Madison? Mesmo com quase ninguém na cidade, era arriscado mantê-la dentro do carro.

— Tão arriscado que, quando o Cara Mau entra no campo de futebol, Cheyenne consegue escapar — disse Jude. — Ela corre em direção às árvores. O Cara Mau atira na cabeça dela. Depois, vai atrás de Madison. Coloca as duas no carro e segue viagem.

— Não exatamente — disse Emmy. — Antes de ir embora, ele fez questão de mover as bicicletas. A de Madison estava no meio do campo de futebol. A de Cheyenne, perto das árvores. E, pelo que conseguimos perceber, ele deitou a bicicleta de Madison no chão. Já a de Cheyenne, jogou a uns três metros para fora do campo, até bater em uma árvore.

— Ele estava com raiva de Cheyenne, mas ainda assim teve sangue-frio para tentar desviar a busca. — Jude tinha visto o mapa meticulosamente desenhado por Emmy da primeira cena do crime. — É preciso ser forte para jogar uma bicicleta tão longe.

— É preciso ser forte para nadar até o meio do lago com as duas meninas acorrentadas juntas — disse Emmy. — Ele arrastou os corpos para lá e os prendeu a um bloco de concreto com uma corrente de seis metros para que flutuassem como duas pipas na água. Queria que fossem encontrados.

Jude a observou apertar os lábios. Sabia o peso que aquelas lembranças tinham.

— Sei, não. — Virgil levantou os olhos da papelada. — Para mim, parece que o Cara Mau estava em pânico. Não sabia o que estava fazendo. Levou Cheyenne no carro e talvez tenha decidido na hora para onde iria com Madison.

— Não — disse Jude. — Ele encenou a posição das bicicletas. Encenou a posição dos corpos. Não estava em pânico. Foi meticuloso.

Emmy começou a balançar a cabeça para os lados.

— Isso não parece coisa de Adam Huntsinger.

Jude teve que concordar. Adam era impulsivo, incontrolável. Não teria se preocupado em ser pego. Estaria concentrado demais em fugir.

— Achei.

Cole foi até o laptop e começou a digitar. O monitor na frente da sala piscou, depois espelhou a tela dele.

— O celular flip da Cheyenne era um Nokia N93i.

Jude reconheceu o modelo. O aparelho era grande, quase três centímetros de espessura quando fechado. Ao ser aberto, a parte superior girava para servir como visor.

Cole apontou para a dobradiça grossa e retangular no celular.

— O que é isso?

— Isso é uma câmera de vídeo 480p — disse Jude. — A entrada na lateral é para um cartão miniSD que armazena cerca de dois gigas de dados.

Emmy se aproximou do monitor para olhar o telefone e disse:

— Encontrei fotos altamente sexualizadas coladas no fundo do armário da Cheyenne. Nas fotos, ela e Madison estavam vestindo conjuntos de sutiã e calcinha bem provocantes. Madison estava de branco. Cheyenne, de preto.

— A Madonna e a promíscua — disse Virgil.

Um arrepio de alerta percorreu o corpo de Jude. Ela não gostava do rumo que aquilo estava tomando.

— As fotos pareciam encenadas?

— Eu não chamaria de um ensaio profissional, mas alguém se esforçou para fazer parecer o mais impessoal possível. Piso de concreto inacabado. Paredes pintadas de branco fosco. Um colchão king-size jogado no chão. — Emmy não pegou as fotos dos arquivos, provavelmente porque Cole estava lá. — Uma das imagens cruzava todo e qualquer limite. Cheyenne estava nua, deitada de costas no colchão, com as pernas abertas. Nós nos perguntamos se existiam outras fotos que mostrassem o homem que as tirou.

— O que significaria que o Cara Mau tinha motivações além das sexuais. As garotas poderiam colocá-lo na prisão. — Jude perguntou a Virgil: — Vocês nunca encontraram um cartão miniSD?

Ele negou com a cabeça.

— Não, e tenho que admitir que nem fiz uma análise profunda do modelo do telefone. Só presumi que fosse um celular flip comum.

— Ela podia mandar mensagens nesse troço? — perguntou Cole.

— Sim — disse Jude. — Olhe para as letras abaixo dos números. Você tinha que apertar os botões até três vezes para selecionar uma letra.

— Há doze anos não dava para enviar arquivos de vídeo grandes por mensagem. Não havia Wi-Fi em todo lugar como hoje. Aquela quantidade de dados teria estourado o plano de celular da família. Os pais dela teriam notado — disse Emmy.

— Como faziam para assistir aos vídeos? — perguntou Cole.

— O telefone vinha com um cabo que se conectava à parte de trás da TV, ou você podia tirar o miniSD e plugar em um adaptador para conectar ao computador — respondeu Jude.

— Por que sabe tanto sobre esse celular? — perguntou Emmy.

— Porque os pedófilos adoravam o modelo — disse Jude. — Na época, até as menores filmadoras eram grandes e difíceis de esconder. Esse era o telefone com melhor qualidade de som e vídeo do mercado. Dava para colocá-lo no bolso e ir até o parquinho.

— Droga — murmurou Cole.

— Felix Baker era dono do telefone antes da Cheyenne — disse Virgil.

— Felix tinha um álibi forte.

Emmy deslizou um dos pen drives pela mesa. A etiqueta tinha sua caligrafia bem apertada.

— Aqui tem imagens de Felix entrando e saindo da fábrica nos horários que ele nos deu, além de mostrar o carro no estacionamento. Também havia câmeras na área da sala onde ele trabalhava, que o mostraram na mesa de desenho. E os leitores de placas o captaram indo até a bacia do rio.

— Os leitores de placas captaram mais alguém que parecesse suspeito? — perguntou Jude.

— Não. — Virgil pegou outra pilha enorme de papéis e a deixou cair sobre a mesa com um baque alto. — Nosso sistema não era compatível com o da patrulha rodoviária. Tive que revisar tudo isso linha por linha. O Jetta não apareceu em lugar algum. E, caso queira saber, também não havia qualquer número de telefone incomum nos dados brutos da torre de celular. Eu mesmo rastreei cada número que não era dessa região.

— E outros Jettas? — Jude observou enquanto trocavam olhares entre si. — O quê?

— A fábrica estava produzindo trens de força para Jettas na época — disse Virgil. — Todo mundo tinha um.

— Certo. — Jude sempre gostava de afirmar o óbvio. — Todos nós estamos pensando que Cheyenne tinha um vídeo no Nokia que mostrava o Cara Mau, certo?

Todos assentiram.

— E Cheyenne provavelmente estava chantageando o Cara Mau, certo?

Apenas Emmy e Cole assentiram.

— Chantagem é algo sofisticado. Ela tinha só quinze anos — disse Virgil.

Emmy pareceu prestes a rir.

— Peguei Tommy fumando um dos cigarros de Penley quando tinha oito anos e o chantageei para me comprar doces pelos quatro anos seguintes.

Virgil ergueu as mãos em sinal de rendição.

— Tá bom.

Jude foi até o quadro branco. Enquanto escrevia, retomou os pontos principais:

— Cheyenne marcou um encontro com o Cara Mau nas estradas de terra às 18h30. Ela ia trocar o Nokia com o miniSD por dinheiro. Depois, encontraria Madison no parque às oito. Madison estava ansiosa porque sabia do plano. Isso quer dizer que ela sabia que não era totalmente seguro.

Emmy continuou a narrativa:

— Cheyenne tinha dezesseis mil dólares guardados no armário. Estava juntando dinheiro para que ela e Madison pudessem sair da cidade. Recebia por sexo oral. Vendia drogas. A filha da Taybee, Kaitlynn, ouviu Cheyenne falando com Madison sobre um homem mais velho com quem andava saindo. Cheyenne brincou dizendo que queria que o pau dele fosse tão grande quanto a carteira. Se o conteúdo do vídeo era realmente comprometedor, duvido que estejamos falando de apenas mil dólares. Ela deve ter exigido muito mais. O suficiente para finalmente irem embora.

Jude sentiu uma peça do quebra-cabeça finalmente se encaixar.

— Isso pode explicar as duas horas e meia que se passaram entre os dois sequestros. Cheyenne era esperta. Talvez estivesse jogando em várias frentes. Digamos que ela levou o Nokia para entregar ao Cara Mau, mas não o cartão miniSD. O Cara Mau deve ter ficado furioso. Sabemos pelo laudo da autópsia que ele a espancou antes de matá-la.

— Ela resistiu por duas horas e meia antes de contar ao Cara Mau onde encontrar Madison — disse Emmy.

Todos ficaram em silêncio, absorvendo os detalhes do que realmente havia acontecido naquela noite. Emmy pigarreou.

— As garotas estavam brincando com ele. Achavam que estavam no controle, que seguravam as rédeas, mas o Cara Mau sempre teve o poder.

— Continue — pediu Jude.

— Ele descobriu que o primeiro celular descartável de Cheyenne tinha sido confiscado na escola. Ela lhe garantiu que havia reconfigurado o aparelho antes de entregá-lo para Celia. Ele queria o chip para que não o rastreassem. Madison o cortou, mas não abriu mão. Em vez de jogar fora ou dar para o Cara Mau, deixou no próprio armário.

— Por quê? — perguntou Jude.

— Porque estava sendo uma idiota, ou tentando provocá-lo, ou porque era só uma garota estúpida que não entendia o quanto a brincadeira que estavam jogando era perigosa. — O tom casual de Emmy contrastava com o peso de suas palavras. — É a mesma razão pela qual Cheyenne nunca foi buscar o celular confiscado, mesmo depois de receber permissão. Simplesmente pegou outro descartável. Enquanto isso, o Cara Mau sabia o quanto os riscos eram altos. Ele poderia ser pego. Sua vida acabaria, perderia sua liberdade. As garotas só pensavam no que poderiam ganhar. Nunca consideraram o que o Cara Mau tinha a perder.

Jude sentiu mais uma peça do quebra-cabeça se encaixar.

— Há outro fator em jogo aqui. Pedófilos procuram crianças porque são mais fáceis de manipular. Eles não conseguem lidar com mulheres adultas. O assassino de Cheyenne e Madison deve ter ficado furioso porque elas estavam tentando tirar seu poder. As garotas não entenderam que o jogo poderia se tornar mortal.

Emmy espalhou meia dúzia de fotografias da cena do crime sobre a mesa. Jude reconheceu a estrada de terra pela cerca branca que delimitava a propriedade da fazenda de Taybee.

— Primeira cena do crime de Cheyenne — começou Emmy. — Segundo a análise do DIG, o Cara Mau a perseguiu por esse trecho da estrada com o carro. Encontraram marcas de pneus de bicicleta, mostrando que ela estava ziguezagueando para tentar despistá-lo. Ele não estava em alta velocidade, mas bateu na roda traseira da bicicleta com força suficiente para entortar o aro e quebrar os raios. Cheyenne perdeu o controle do guidão e caiu na vala, bem aqui. Dá para ver que houve bastante sangue.

Jude analisou os respingos de sangue na foto. Cheyenne tinha caído com força suficiente para espalhar o cascalho.

— O Cara Mau sabia que iria matá-la. Não tem como voltar atrás depois de atropelar uma criança de bicicleta. Ele sabia que não deixaria uma testemunha viva.

— A única razão pela qual não a matou logo de cara foi porque percebeu que o miniSD não estava no Nokia — disse Emmy.

— Com Cheyenne, foi algo transacional, não sexual — observou Jude. — O oposto do que aconteceu com Madison, que foi levada para um lugar remoto para que ele tivesse tempo com ela. Ele a torturou por horas. Soltou suas fantasias.

Emmy encontrou uma foto de anuário de cada garota. Diferentemente das outras provas, colocou-as com cuidado sobre a mesa.

— Madison ainda tinha rostinho de criança. Cheyenne parecia uma jovem mulher.

Um silêncio reverente tomou a sala. Todos precisavam de um momento para absorver a brutalidade por trás das mortes. O rosto de Madison era quase angelical. O dente da frente era torto. Tinha cabelos loiros compridos que desciam abaixo dos ombros. O cabelo escuro de Cheyenne era mais curto, cortado em camadas repicadas. A maquiagem era mais carregada. Os lábios estavam projetados, formando um bico. Ela se esforçava tanto para parecer mais velha, para viver uma vida que lhe fora arrancada.

Jude respirou fundo.

— Madison ficou em um local isolado por pelo menos doze horas. O Cara Mau poderia ter ficado com ela por mais tempo. Por que não fez isso?

— Depois que Millie me disse que Adam Huntsinger era o Pervertido, a notícia se espalhou rápido — respondeu Emmy. — Meu pai e eu fomos direto para a casa dos pais dele. A polícia de Clayville viu a caminhonete estacionada em frente ao bar. Meu pai e Virgil foram buscá-lo. Recebi uma ligação da Hannah talvez cinco minutos depois que eles saíram. Se ela sabia, todo mundo sabia.

— Adam estava no bar havia quanto tempo? — perguntou Jude.

Virgil deu de ombros.

— Seu tio Penley estimou que talvez uma hora.

— Não é o Adam. — Emmy parecia certa. — Tudo o que delineamos até agora aponta para um controlador capaz de pensar estrategicamente. Os sequestros e assassinatos de Cheyenne e Madison foram bem planejados e executados. Adam Huntsinger é impulsivo e burro. O histórico criminal dele está cheio de crimes de gente burra: beber em via pública, dirigir embriagado, infrações de trânsito. Ele nem consegue se lembrar de carregar a carteira de motorista no bolso. Não há a menor chance de ele ter feito isso.

— Ainda não chegamos ao ponto de saber algo com certeza. Vamos manter a mente aberta — disse Jude.

Emmy começou a balançar a cabeça em negativa de novo. Parecia em choque.

— Erramos.

— Vamos considerar outras possibilidades. — Jude voltou ao quadro branco e escreveu o nome de Adam no topo. — Todos conhecemos o caso contra Adam. Quais eram os outros homens na vida de Cheyenne e Madison que apareceram durante a investigação?

Virgil tomou a dianteira quando Emmy não respondeu.

— Felix Baker é o pai de Cheyenne, Paul Dalrymple é o pai de Madison, Dale Loudermilk dava aula de canto para as duas. Wesley Woodrow tinha uma conexão com drogas que poderia ter se sobreposto. O dr. Carl Whitlock era médico da Madison.

— Eliminamos Felix, mas vou deixar o nome dele na lista.

Jude escreveu os nomes abaixo de Adam e acrescentou o padre Nate.

— A família de Cheyenne era católica, certo?

Emmy começou a reagir. Folheou uma pilha de pastas.

— Nós descartamos Nate. Ele estava em Smyrna, reunido com o Arcebispo de Atlanta. Eu mesma fui até lá para falar com ele. Essa é uma foto daquele dia.

Jude olhou para a fotografia. Nate estava ao lado de um grupo de homens brancos gordos, todos vestidos com roupas pomposas e mostrando o polegar para a câmera.

— Quanto tempo de carro de North Falls até Smyrna? Três horas?

— Quase isso — respondeu Virgil. — Nate esteve lá o dia todo. A polícia rodoviária rastreou o Cadillac dele tanto nos leitores de placas quanto nas câmeras de trânsito.

Jude teve que admitir que estava impressionada. Gerald conhecia Nate desde sempre, e mesmo assim tinham verificado o álibi dele a fundo.

— E Paul?

— Ele estava com Hannah — disse Emmy. — Eu o vi ao longo do dia no parque. Brett Temple também. Paul já estava bêbado quando os fogos de artifício começaram.

— O dr. Carl ficou com o filho, Jack Whitlock, a noite toda — acrescentou Virgil. — Eles servem de álibi um para o outro. Verifiquei o histórico de navegação no computador do Jack. Ele ficou on-line a noite inteira, exceto pelos 45 minutos em que saiu para ver os fogos de artifício com o pai no quintal.

Jude se lembrou de Carl. Ele tinha sido amigo de Tommy.

— E Walton Huntsinger? Ele é o dentista da cidade. Todo mundo que eu conhecia se tratava com ele quando éramos crianças. Cheyenne ou Madison eram pacientes dele?

— Ele fez uma obturação de emergência em Cheyenne quando ela e a mãe se mudaram para Clifton, mas Walton estava fora da cidade no feriado.

Emmy abriu outra pasta e deslizou uma fotografia pela mesa de conferências.

— Esta é uma selfie que imprimimos do celular de Walton. Prova de que ele não estava em North Falls quando as meninas foram sequestradas. Ele é voluntário em uma organização chamada Tooth Troopers. Eles trabalharam no salão da Legião Americana em Bridgeport, West Virginia, por três dias. Walton alugou um carro porque a transmissão do Jetta dele estava com defeito. Foi assim que Adam teve acesso ao carro.

Jude olhou para a selfie de Walton Huntsinger em frente a um prédio de pedra. Reconheceu o rosto enrugado com facilidade. O mesmo sorriso afável. Os mesmos olhos semicerrados. O mesmo cabelo preto como carvão.

— A família certamente ama uma tinta de cabelo.

— Ele já era bem velho naquela época. Provavelmente está mijando poeira agora — disse Cole.

— Cole — repreendeu Emmy. — Walton é só alguns anos mais velho que Virgil.

— Eu não estou mijando poeira, garoto.

Virgil lançou um olhar cortante para Cole antes de pegar a cópia amarelada de um recibo de aluguel de carro. Ele deslizou o papel em direção a Jude.

— A Hertz em Verona confirmou que Walton alugou um carro no dia 2 de julho e devolveu cerca de meia hora antes de Emmy e Gerald o encontrarem em casa.

— A mala dele ainda estava no corredor — disse Emmy. — Ele estava no chuveiro quando meu pai bateu à porta da frente.

— Certo. — Jude passou para o próximo nome. — E quanto a Woody?

Virgil tomou a liderança de novo:

— Ele estava no lago Allatoona com a família do pai. Arrumaram confusão com outro grupo. A polícia precisou intervir. Algumas pessoas foram parar no hospital. Causaram o maior tumulto. Um jeito bem patriótico de comemorar o Quatro de Julho.

Emmy colocou outra foto na frente de Jude.

— Aqui está a ficha policial do Woody da noite da prisão.

Jude não conseguiu desviar o olhar do rosto do adolescente. Ele tinha um sorriso cínico nos lábios. Os olhos pequenos encaravam a câmera com arrogância. Tatuagens eram visíveis em seu peito nu. Um corte recente na testa. Havia algo estranhamente familiar em seus traços. Um arrepio percorreu sua espinha.

— Woody é parente do Bubba Rawley? — perguntou Jude.

— É — confirmou Virgil. — É neto dele. Tanya o abandonou. Ele foi criado pela avó, que morreu há alguns anos. Fentanil.

Jude se obrigou a desviar o olhar da foto.

— Do que ele foi acusado no Quatro de Julho?

— Inicialmente? Embriaguez e desordem, com um adicional de agressão — disse Virgil. — O advogado conseguiu reduzir para perturbação da ordem pública.

Emmy tocou de leve em um dos pen drives sobre a mesa.

— A gravação do interrogatório do Woody está aqui. Frio como gelo, só ficou sentado recusando-se a responder qualquer pergunta até que desistissem.

— Igual ao avô.

Só restava um nome no quadro.

— Dale Loudermilk. Qual foi o álibi dele? — perguntou Jude.

— Ele não tinha — respondeu Emmy. — Estava em casa sozinho naquela semana. A esposa tinha ido visitar a irmã em Carrolton. Ele teve dois dias de folga do centro recreativo. Os vizinhos estavam no show de fogos de artifício. Ninguém o viu até 5h30 da manhã do dia 5 de julho, quando um vizinho o viu na garagem lavando o carro.

Jude se lembrou de um detalhe do podcast.

— O que fez você seguir Dale pelo corredor da escola naquele dia?

Emmy não pegou uma foto nem apontou para um dos pen drives. Ela foi até o laptop que Cole estava usando e clicou em várias pastas até encontrar o que procurava.

Jude olhou para o monitor. A tela exibia um corredor de escola. As cores estavam desbotadas e os armários azuis se misturavam ao chão de tom amarelado. Dois armários estavam abertos, alguns metros de distância entre si.

— Estava com Celia na sala dela quando vimos Dale em um dos monitores de segurança. Ele não sabia que a câmera do corredor tinha sido consertada alguns dias antes. O armário aberto pertencia à Cheyenne. As fotos dela e da Madison de sutiã e calcinha estavam coladas no fundo.

Jude assistiu enquanto Dale Loudermilk aparecia na tela. Ela já tinha visto a foto dele na ficha criminal, mas em três dimensões ele parecia exatamente como imaginava: perfeitamente normal, como qualquer outro professor de qualquer escola dos Estados Unidos. Bermuda cargo bege. Camiseta verde do centro recreativo. Bigode espesso. Ele caminhava pelo corredor, mas parou diante do armário de Cheyenne. Ficou parado por vários segundos, olhando as fotos dentro. Então virou a cabeça para a esquerda. Depois para a direita. E estendeu a mão para dentro.

— Essa é a foto de Cheyenne nua, em que está se expondo — disse Emmy. — Eu a deixei virada para baixo dentro do armário.

Jude manteve o foco em Dale. Ele encarava a foto obscena. O rosto estava de perfil, mas não demonstrava emoção. O tempo passou devagar. Quase meio minuto antes que ele devolvesse a foto ao armário e se afastasse.

— Eu juntei as imagens para rastreá-lo até o auditório — disse Emmy.

Jude acompanhou o progresso de Dale pelo longo corredor. As mãos se mexiam dentro dos bolsos. Parecia distraído, sem perceber que Emmy o seguia a alguns metros de distância. Ele olhou rapidamente para os lados antes de abrir as portas do auditório. Outra câmera o capturou atravessando o saguão em direção a outro conjunto de portas. Segundos depois, Emmy passou correndo, segurando a porta antes que ela se fechasse.

Emmy pausou o vídeo.

— Não havia câmeras atrás do palco.

Jude deixou a admiração transparecer.

— Você não o confrontou. Apenas o seguiu. Isso mostra um instinto muito bom.

— Bom... — Emmy deu de ombros. — Talvez nem tanto. Dale está parecendo bem mais culpado do que Adam Huntsinger agora.

Cole fez a pergunta óbvia:

— Por que não acharam que Dale era o assassino?

— Nenhuma das fotos no laptop dele era de Cheyenne ou de Madison — enumerou Emmy. — As duas tinham quinze anos. Todas as garotas na coleção de Dale tinham entre nove e onze. Passamos horas revisando cada trecho de filmagem das câmeras de segurança da escola para ver se havia alguma evidência de Dale agindo de forma inadequada com Madison ou Cheyenne. Não encontramos nada que os ligasse. Fizemos entrevistas detalhadas com todos os professores e com cada aluno que tivesse tido o mínimo contato com as garotas. Falamos com pessoas do centro recreativo e do shopping. E sempre que Dale as levava para casa depois do ensaio do coral, os horários batiam. O ensaio terminava às cinco, e as meninas chegavam em casa dez minutos depois. Tanto Hannah quanto Ruth testemunharam sobre os horários no julgamento de Adam. Não havia uma única evidência que pudéssemos usar contra Dale.

— E Adam fazia mais sentido — disse Virgil. — Você conhece os motivos, mas minha aposta ainda é nele. Se serve de alguma coisa.

Jude ainda não tinha certeza. Voltou a olhar os nomes no quadro. Partira dali havia décadas e ainda assim conhecia superficialmente pelo menos quatro daqueles nomes.

— Sabemos se algum desses homens da nossa lista conhecia os outros?

— Bom... — Emmy deu de ombros. — A maioria é de North Falls. Podem se conhecer de vista. Só investigamos as conexões deles com as garotas.

— Chegaram a ligar um para o outro? — perguntou Jude a Virgil.

Ele fez uma pausa, como se precisasse deixar a pergunta assentar.

— Não tínhamos causa provável para um mandado contra ninguém além de Adam e Dale, e não havia registro de comunicação entre os dois.

— Adam estava no plano de celular dos pais? — perguntou Jude.

Virgil pausou de novo. Ele não era um homem acostumado a deixar pequenos detalhes passarem.

— Estava, tenho cópias de todos os registros de chamadas da família nos últimos seis meses. Do telefone fixo, além dos celulares de Walton e Alma. Estão todos em uma caixa no meu porão. Não achei que precisaríamos deles.

— Espere aí. — Emmy ergueu as mãos, como se precisasse que tudo parasse. Ela se virou para Jude: — Acha que Adam usava os telefones dos pais para se comunicar com um cúmplice?

— Cúmplices em sequestros em série não são comuns, mas também não são inéditos. Normalmente, é um casal envolvido em um caso de *folie à deux*, mas quando são dois homens os crimes podem ser extremamente brutais. Leopold e Loeb. Os Assassinos da Caixa de Ferramentas. Os Estranguladores de Hillside.

Emmy parecia abalada.

— Se Adam tinha um cúmplice, essa pessoa pode ter sido quem levou Paisley.

— Não vamos nos precipitar — disse Jude. — Por enquanto, são só teorias. Não temos nada concreto.

— Posso ligar para a prisão e ver se conseguimos os registros de visitas de Adam — sugeriu Virgil.

— Use o escritório do meu pai — disse Emmy. — Não deixe ninguém ouvir.

— Peça também uma lista de todos os guardas do bloco dele e dos presos que fizeram serviços de entrega de refeições, correspondência ou livros da biblioteca — acrescentou Jude. — Pegue todas as digitalizações dos e-mails dele e qualquer outra correspondência.

— Espere. — Emmy interrompeu Virgil antes que ele saísse. — Ligue também para a Prisão Estadual Dooley. Quero saber se alguém fez contato com Dale Loudermilk. Verifique as mesmas coisas, além do encarregado da cantina. Veja se alguém de fora está tornando a estadia dele na prisão um pouco mais fácil.

— Dale foi pego em flagrante com pornografia — disse Jude. — Ele sabia que ia passar um bom tempo atrás das grades. Se ele realmente tinha um cúmplice, seu silêncio não sairia barato.

— Entendido. — Virgil fez uma saudação para ela antes de sair.

Jude olhou de volta para o quadro branco. Sentia nos ossos que estavam chegando perto. Correu os olhos pelos nomes. Ela se esforçou ao máximo para que a experiência horrível com Adam não nublasse sua visão sobre os fatos do caso, mas o nome dele estava no topo da lista por um motivo. Lembrou-se de Emmy comentando que muitas das provas contra ele eram *consistentes*, mas não *correspondências exatas*. Um cúmplice poderia explicar essas discrepâncias.

— Qual era o tipo de carro que Dale tinha? — perguntou Jude.

— Uma caminhonete. Uma Ford F-150 branca. Seis anos de uso.

Emmy foi até o laptop.

— O carro que ele estava aspirando e limpando com uma solução de água sanitária às 5h30 da manhã era um Audi A4 preto, de três anos, que pertencia à esposa, Esther.

Jude observou o monitor novamente enquanto Emmy navegava pelas imagens: diferentes ângulos do porta-malas, para-choques traseiro e dianteiro, várias fotos do interior, os bancos, o assoalho, o volante e o console, além de uma foto com um close da borda da tampa do porta-malas, mostrando um ponto em que a tinta havia sido lascada.

— Dale nos disse que a tinta lascou quando ele levou o cortador de grama para consertar — explicou Emmy.

— Ele carregou um cortador de grama no Audi e não na caminhonete? — perguntou Jude.

Emmy assentiu, reconhecendo a desculpa esfarrapada.

— Ele fez um bom trabalho limpando o carro. Não havia transferência de tinta do que quer que tenha batido no porta-malas. Não encontramos marca visível no para-choque dianteiro esquerdo. Obviamente, por causa da água sanitária, nenhum dos nossos testes deu positivo para sangue ou fluidos corporais. Na época, presumimos que Dale tinha limpado o carro para que não descobríssemos que ele dava carona para Madison e Cheyenne depois da escola.

— Uma lona plástica foi encontrada quando dragaram o lago, certo? — perguntou Jude.

— Foi — disse Emmy. — Grande o suficiente para forrar o porta-malas, mas não havia evidências forenses no plástico.

Cole pigarreou.

— E quanto aos números no adesivo?

Jude não fazia ideia do que ele estava falando.

— Mostre para mim.

Cole mexeu no laptop e selecionou uma foto do interior do Audi. O volante estava no centro da imagem. Ele aumentou a imagem do canto superior esquerdo do para-brisa. Havia um pequeno adesivo quadrado com o logotipo da Speedy Go Garage. Abaixo, estavam escritas a data e a quilometragem da troca seguinte de óleo.

— Nesses carros mais sofisticados, a troca de óleo é feita a cada dezesseis mil quilômetros, ou doze meses, o que acontecer primeiro — informou Cole. — O adesivo diz que a próxima troca de óleo deveria ser feita no dia 2 de julho do ano seguinte, o que significa que a última foi realizada dois dias antes do sequestro de Madison e Cheyenne.

— Faz sentido — disse Emmy. — A irmã de Esther estava na Flórida na semana anterior. Ela a pegou no caminho de volta para Carrolton. Dale levou o carro dela para trocar o óleo enquanto ela estava fora.

Jude pegou os óculos de leitura e se aproximou do monitor para examinar os números. Seu instinto lhe dizia que Cole apontava para algo importante.

— Continue — incentivou.

Cole foi até o quadro branco e começou a escrever.

— O adesivo diz que a próxima troca de óleo deve ser feita quando o odômetro atingir 26.526 quilômetros, certo? Se subtrairmos dezesseis mil desse número, isso significa que, dois dias antes do sequestro de Cheyenne e Madison, o odômetro marcava 10.526 quilômetros.

— Merda — Emmy deslizou os dedos no trackpad para mostrar o console atrás do volante. — A quilometragem no odômetro é 11.543.

Cole traçou uma linha sob o número para calcular.

— Isso dá...

— Um total de 1.017 — disse Jude. — Em dois dias, Dale rodou 1.017 quilômetros com o Audi.

— Se foi uma viagem de ida e volta, seriam 508,5 quilômetros para cada lado — acrescentou Cole.

— Dale nunca mencionou uma viagem para fora da cidade — comentou Emmy.

— Walton saiu da cidade — disse Jude.

Emmy já balançava a cabeça de um lado para outro.

— Bridgeport, West Virginia, fica a 2.254 quilômetros ida e volta de North Falls. Virgil conferiu a quilometragem no recibo do carro alugado. Depois, só para garantir, pedi ao Departamento de Segurança Interna para checar todas as listas de passageiros de voos no país nesses dias, para ver se o nome de Walton Hubert Huntsinger aparecia em algum deles. Não apareceu. E tem mais isso...

Jude voltou-se para o monitor. Emmy usou o Google Earth para localizar o prédio da Legião Americana em Bridgeport, West Virginia. Ela clicou para expandir a visão da rua.

— Esse é o mesmo prédio que aparece atrás de Walton na selfie do celular dele. E os metadados do jpeg confirmam a localização. Ele definitivamente estava em West Virginia — disse Emmy.

— Certo. — Jude tirou os óculos e perguntou a Emmy: — O que seu instinto diz?

— Que Dale e Adam estavam trabalhando juntos.

— Qual a sua justificativa?

Emmy levantou a mão e contou os fatores nos dedos.

— Sabemos que Adam teve contato com as duas garotas. Ele foi visto fumando maconha com Madison. Admitiu para você, hoje de manhã, que recebeu sexo oral de Cheyenne. Sabemos que alguém estava produzindo pornografia infantil. Sabemos que Cheyenne tinha pornografia infantil dela mesma no armário. Sabemos que Dale colecionava pornografia infantil. Sabemos que ele olhou a foto ilícita de Cheyenne e não demonstrou reação. Sabemos que ele fez uma limpeza psicótica no Audi da esposa às 5h30 da manhã.

— Isso é convincente, mas não definitivo — disse Jude. — Precisamos descobrir para onde Dale foi com o Audi.

— Esther está morta, então não podemos perguntar a ela, e a irmã em Carrolton se recusa a falar conosco. Diz que quer deixar o passado para trás — disse Emmy, olhando os cálculos de quilometragem no quadro branco. — Isso dá cerca de dez horas de viagem de ida e volta. Madison foi mantida em algum lugar por pelo menos doze horas. Mas por que Dale a levaria para tão longe, depois a traria de volta, acorrentaria o corpo dela ao de Cheyenne e, então, deixaria as duas no lago da Millie?

O pressentimento ruim de Jude voltou com força.

— Ele pode tê-la levado para alguém. Um cliente, talvez.

— Tipo, a vendeu? — perguntou Cole.

— Talvez — disse Jude. — Isso explicaria as fotos no armário de Cheyenne. As garotas provavelmente foram enganadas para posar para elas. Não teriam ideia de que estavam sendo oferecidas para tráfico.

Emmy cobriu a boca com as mãos. Estava claramente pensando nas últimas doze horas da vida de Madison. Ela desapareceu na cozinha antes que o filho pudesse ver as lágrimas escorrendo por seu rosto.

Jude sabia que era melhor não ir atrás dela. Perguntou a Cole:

— Você sabe como traçar distâncias de viagem a partir de um ponto central?

— Quer saber todas as cidades que ficam dentro de um raio de quinhentos e cinquenta quilômetros de North Falls? Sim, senhora. — Cole se sentou ao laptop. — Mapas e erros, certo?

— Talvez.

Era difícil para Jude não se contagiar com o entusiasmo dele. Também era difícil não se lembrar das muitas vezes em que já havia estado nessa mesma situação.

— Um passo de cada vez, querido. Ainda estamos numa maratona, não numa corrida de velocidade.

O celular de Emmy vibrou na mesa.

Jude observou o identificador de chamadas passar pela tela: DESPACHO DO XERIFE DO CONDADO DE CLIFTON.

Emmy voltou para a sala de conferências. Seus olhos estavam secos quando ela atendeu a chamada.

— Marla, você está no viva-voz.

— Chefe. — A palavra veio carregada de ansiedade. — Adam Huntsinger ligou para a linha de emergência. Está exigindo falar com a senhora.

Emmy franziu a testa.

— Brett ainda está na cola dele?

— Sim, senhora. O último check-in de Brett foi em frente à casa dos Huntsinger, há cinco minutos. O GPS da viatura dele está posicionado a 45 metros descendo da entrada da garagem.

— Cheque Brett e transfira Adam para meu telefone.

— Transferindo agora, chefe.

Uma série de tons baixos soou no alto-falante do telefone, seguida pelo som rouco de uma respiração pesada.

O peito de Emmy subiu e desceu quando ela inspirou rapidamente.

— Sr. Huntsinger, aqui é a chefe Clifton. Como posso ajudá-lo?

— Você pode ir para a casa do caralho — sibilou Adam. As palavras dele estavam arrastadas. Claramente havia bebido mais desde que Jude o deixara no bar. — Que porra é essa, senhora? O que foi que eu fiz a você?

Emmy inspirou mais uma vez.

— Sr. Huntsinger...

— Eu encontrei o que sua irmã escondeu na porra da minha caminhonete! — gritou Adam. — Não vou pagar por isso dessa vez. Não tenho nada a ver com essa piranhazinha que sumiu.

Emmy olhou para Jude, que apenas balançou a cabeça para os lados. Cole fez o mesmo. Nenhum dos dois sabia do que Adam estava falando.

— Sr. Huntsinger. — O tom de Emmy permaneceu rigidamente controlado. — Preciso que o senhor se acalme e me diga o que encontrou na sua caminhonete.

— Você que se acalme, mulher. Era só isso o que eu queria falar.

Adam não desligou, mas Jude ouviu o som familiar de um homem dando um longo gole em uma garrafa.

— E vou lhe dizer mais uma coisa, vaca. É melhor tirar aquele policial da minha rua agora, ou juro por Deus que vou pegar a porra dessa espingarda e explodir essa merda que ele chama de cabeça.

CAPÍTULO DEZOITO

Emmy acelerou a viatura pela saída em direção a Elsinore Meadows. Ligou o giroflex azul para abrir caminho entre os carros. A sirene estava desligada para garantir uma abordagem silenciosa. Tudo o que conseguia ouvir, além do ronco do motor, era o sangue pulsando nos ouvidos. As mãos apertavam o volante. O suor escorria sob o colete balístico. Ao entrar na longa reta da estrada, tentou não pensar que havia feito aquele mesmo trajeto na manhã anterior, com Cole no banco de trás e Gerald ao lado. Os pensamentos tomados pela tragédia. Paisley Walker desaparecida. Uma turba de justiceiros clamando por sangue. Sua vida inteira prestes a mudar em um piscar de olhos.

Dessa vez, havia deixado Cole na delegacia. Ele protestou, mas sabia obedecer a ordens. Emmy disse que precisava que ajudasse Jude, mas a verdade era que não conseguiria se concentrar se levasse o filho para enfrentar um criminoso armado e sem nada a perder. Já tinha perdido pai e mãe. Seu mundo deixaria de existir se perdesse o filho.

Emmy avistou à frente uma fileira de SUVs pretos com identificação policial estacionadas no acostamento. Rick Tuttle estava no meio da rua, os braços musculosos cruzados sobre o colete à prova de balas que parecia prestes a estourar. O chefe de polícia de Verona tinha 1,92 metro de altura e o porte de um jogador de futebol americano, embora não pisasse em um campo desde os tempos de colégio. Um grupo de seis homens igualmente imponentes o cercava. O pessoal da polícia de Verona usava uniforme camuflado, botas de combate e carregava equipamento suficiente no colete para iniciar uma pequena guerra. Perto deles, Brett parecia uma criança brincando de polícia e ladrão.

Emmy estacionou atrás do último SUV. Saltou da viatura. Ajustou as alças do colete enquanto caminhava. O ar estava pesado de tensão. As nuvens haviam escurecido. A chuva vinha do Golfo. Concentrou a mente em Adam Huntsinger. Se a teoria a que chegaram na sala de conferência estivesse correta, ele tinha um cúmplice do lado de fora. Talvez esse homem estivesse estuprando e torturando Paisley Walker naquele exato momento. Ainda havia a chance de encontrá-la com vida.

— Chefe.

Brett foi correndo encontrá-la. Naquele momento, com certeza, estava bem desperto.

— Vi o Adam dentro da casa há dez minutos. Ele passou fechando todas as cortinas. Estava com a espingarda de cano serrado na mão. Não vi os pais dele, mas o carro de Walton estava na garagem quando ele chegou.

— Temos que presumir que a mãe dele também está lá dentro. Alma não dirige há anos.

Eles alcançaram o grupo de policiais. Emmy disse:

— Obrigada por virem. Minha equipe ainda está procurando Paisley Walker.

— Sem problemas. Sempre que precisar — respondeu ele.

Os óculos escuros espelhados dele refletiam a estrada atrás dela. Emmy se forçou a não pensar em Cole correndo pela rua, o colete balançando.

— Qual é a situação?

— O time da SWAT de Ocmulgee está a caminho. Chegam em vinte minutos.

Emmy não iria esperar pela SWAT.

— Walton e Alma, os pais do Adam, estão em casa. Ambos têm mais de setenta anos. Alma é cega. Adam está armado com uma espingarda. Já ameaçou atirar no meu subdelegado. Passou o dia bebendo.

— E é por isso que estamos aguardando a SWAT — disse Rick. — Não vou perder um dos meus homens. Não por um pedófilo e dois velhos.

Emmy cerrou os dentes. Teve que levantar a cabeça para encarar os seis homens fortes ao redor. Todos armados até os dentes. Todos bancando os durões.

— Certo.

Ela se virou para Brett.

— Vamos.

— Para onde? — perguntou ele.

— Trabalhar.

Emmy começou a correr em direção à casa. Seu olhar passou rapidamente pela mancha escura no asfalto onde Gerald havia caído. A sensação de ruptura ameaçou voltar, aquele vazio súbito. Ela sabia, com cada fibra de seu ser, o que o pai gostaria que ela fizesse naquele momento. O time da SWAT de Verona não era apenas afoito no gatilho. Eles se orgulhavam de não fazer prisioneiros. Emmy não tinha certeza de muitas coisas, mas tinha absoluta certeza de que Adam Huntsinger não poderia falar se estivesse morto.

— Chefe.

Brett corria ao lado dela.

— Qual é o plano?

Emmy soltou um breve suspiro. Estava ansiosa demais para se sentir aliviada.

— Vá por trás. Há duas saídas: uma na cozinha e outra na varanda dos fundos. Se Adam sair por qualquer uma delas, precisa se proteger, mas tente não atirar. Precisamos que ele fale. Ele pode nos dizer como encontrar Paisley.

Brett assentiu rapidamente.

— Sim, chefe.

Emmy diminuiu o ritmo para dar tempo de Brett contornar a lateral da casa. Pegou o celular. Ligou a câmera. Enfiou-o no bolso do colete tático, com a lente virada para fora. Gerald era contra o uso de câmeras corporais, mas fosse lá o que acontecesse entre Emmy e Adam Huntsinger seria registrado. Mesmo que fosse chumbo grosso atingindo seu peito.

Deu uma olhada rápida para dentro do Honda Corolla preto de Walton ao passar. A velha caminhonete Chevy de Adam estava estacionada mais perto da casa, parada em um ângulo brusco. Os pneus traseiros haviam deixado marcas fundas no cascalho. Não tinha ninguém na cabine, mas havia uma caixa de ferramentas aberta na carroceria. Plástico amarelo, alça quebrada. A tampa estava escancarada. Emmy viu um monte de chaves inglesas enferrujadas, chaves de fenda, alicates.

Ela soltou a trava de segurança da Glock, envolveu os dedos em torno do cabo e subiu os degraus da varanda. As janelas estavam escuras. Nenhum movimento atrás das cortinas. Ela conseguia ouvir uma TV ligada com som alto em algum cômodo nos fundos da casa. Emmy não precisou considerar suas opções. Fez exatamente o que o pai havia feito no dia anterior. Levantou a mão. Bateu com os nós dos dedos na madeira maciça. Forte o suficiente para ser ouvida sobre o som da televisão, mas não a ponto de fazer a porta tremer.

Ela recuou três passos, posicionando-se de lado para evitar ser atingida caso Adam decidisse atirar através da porta. Manteve a mão na Glock e esperou.

A porta não se abriu, mas o som da televisão foi desligado. No silêncio, ouviu as tábuas antigas do piso rangerem dentro da casa. Seu pensamento voltou para aquele dia fatídico, doze anos antes. Gerald tentando abrir a porta da frente, trancada. Emmy contornando a casa. Olhando o porão. Gerald chamando-a de volta para a entrada.

Ela bateu novamente. Dessa vez, mais suave, mas com firmeza.

— Adam? — A voz feminina soou fraca e distante. — Tem alguém na porta?

Emmy ouviu murmúrios de conversa mais perto. Dois homens discutindo. Um mais alto que o outro. Adam e Walton. A conversa logo cessou. Mais rangidos do piso, passos arrastados e, então, a porta da frente se abriu.

O rosto de Walton Huntsinger estava abatido. Seus olhos aparentavam cansaço por trás dos óculos grossos. O cabelo, artificialmente preto, tinha sido penteado com cuidado para esconder a calvície.

— Dr. Huntsinger, o senhor e sua esposa estão seguros? — perguntou Emmy.

— Sim, obrigado.

A voz dele soava derrotada. Já haviam passado por aquilo antes. Ele sabia como terminava.

— Adam está na cozinha. Venha comigo — acrescentou ele.

Emmy entrou na casa. Nada havia mudado. A única coisa que faltava no hall de entrada era a mala de Walton. Ela passou pelo local, e sua mente evocou a imagem da Samsonite preta, com o guarda-chuva colorido enganchado na alça e a carteira masculina de náilon vermelho com o logo dos Bulldogs da Geórgia enfiada no bolso com zíper. Ela seguiu Walton pelo corredor, passando pela sala de estar, depois pela de jantar, até chegar à cozinha. As paredes pintadas de amarelo-vivo haviam desbotado, mas, finalmente, os eletrodomésticos combinavam. Um chaveiro com o controle do Toyota estava sobre o balcão.

Adam estava sentado à mesa da cozinha. Sua boca se curvou nos cantos quando viu Emmy. Ele a encarou pelas lentes espessas dos óculos. Havia três objetos à sua frente:

A espingarda de cano serrado de Penley, retirada do bar.

Uma garrafa de Jack Daniels pela metade.

Um martelo de uso geral de quinhentos gramas.

Emmy sentiu a respiração falhar. O cabo de madeira estava quase preto de sangue seco. O sangue ao redor da cabeça de aço era mais brilhante, mais recente.

Paisley.

— Vá embora, pai — disse Adam.

Walton não olhou para Emmy. Seus pés arrastaram-se pelo chão enquanto ele saía da cozinha. O cômodo parecia menor sem ele.

— Sente-se aí, chefe — disse Adam.

Emmy não se sentou. Percorreu as janelas com o olhar. As cortinas na porta não estavam completamente fechadas. Ela viu Brett estendendo a mão para a maçaneta. A Glock na mão direita. Emmy balançou a cabeça, dizendo para ele ficar do lado de fora.

— Onde está Paisley? — perguntou a Adam.

— Vá se foder — respondeu. — Pergunta errada.

Emmy sabia sobre o que ele queria que ela perguntasse. Era o motivo pelo qual tinha ligado para ela.

— Fale sobre o martelo.

— Você sabe muito bem da porra do martelo.

Emmy seguiu a mão direita dele com o olhar quando Adam a pousou aberta sobre a mesa. Perto da garrafa. Perto da espingarda. Perto do martelo. Qualquer um deles poderia machucá-la. Ela se encostou no balcão, ficando fora do alcance de um golpe. Sentia a mente girando com perguntas.

Por que ele tinha ligado para a emergência exigindo falar com ela? Por que tinha ameaçado a vida de Brett? Por que tinha deixado o martelo sobre a mesa, como um gato trazendo um pássaro morto? O cúmplice dele estava tentando incriminá-lo? Ou Adam estava tentando enganá-la?

Emmy respirou fundo, obrigando-se a devolver uma pergunta.

— Esse martelo estava dentro da caixa de ferramentas na sua caminhonete?

— Exatamente onde sua irmã colocou.

— Por que ela faria isso?

— Você sabe o porquê.

Emmy prendeu a respiração quando Adam mexeu a mão, mas ele apenas pegou a garrafa. Seus olhos permaneceram fixos nos dela enquanto bebia. A garganta emitiu um som alto ao engolir. Então, ele bateu a garrafa com força sobre a mesa. Emmy o observou deslizar a mão esquerda em direção à espingarda. A tatuagem de cobra parecia pulsar ao redor do braço dele. Emmy sabia que estava tentando assustá-la. Tentando fazer com que ela demonstrasse medo.

Emmy não lhe daria isso.

— Onde está Paisley?

— Por que caralho você continua perguntando sobre aquela vadiazinha idiota?

Emmy deixou o silêncio se arrastar até Adam ficar inquieto. Ele se mexeu na cadeira. Começou a tamborilar os dedos na garrafa de Jack.

— Adam, o que estamos fazendo aqui? — perguntou.

— Eu estou bebendo. — O lábio dele ficou preso no vão entre os dentes quando sorriu. — Quer um trago?

— Não.

Emmy moveu a mão da Glock e a apoiou no balcão atrás de si. Sabia que conseguiria alcançar sua arma muito mais rápido do que Adam alcançaria a dele.

— Você me ligou na linha de emergência. Está bêbado. Disse que tinha uma espingarda. Ameaçou matar meu subdelegado. Achou que eu viria aqui atirar em você? Ou queria conversar?

Ele parou de tamborilar os dedos.

— Você não vai acreditar em mim de qualquer jeito.

— Tente.

Ele ergueu as mãos em um gesto de rendição.

— Eu não machuquei as meninas. Nenhuma delas. Não sei onde a Paisley está. Não tive nada a ver com Madison ou Cheyenne. Jesus Cristo, quem dá esses nomes para crianças? Parece nome de camisa, de rua e de uma cidade de merda em Montana.

— Wyoming.

— Porra. — As mãos dele caíram de volta sobre a mesa. — Igualzinha à sua irmã metida a esperta. Sempre corrigindo os outros. Ela ainda acha que é melhor que todo mundo.

Mais uma vez, Emmy esperou alguns segundos para ter certeza de que ele tinha terminado.

— Se não foi você quem matou Madison e Cheyenne, então quem foi?

— Aquela vagabunda do podcast disse que foi Dale.

— Certo — disse Emmy. — Qual é sua prova?

— Não acha que eu teria falado doze anos atrás? — Ele bateu o punho na mesa com tanta força que o martelo saltou até a borda. — Você sabe o que é estar no corredor da morte, esperando alguém enfiar uma agulha no seu braço e matar você por uma coisa que nem fez?

— Diga quem mais poderia ter sido.

— Você roubou doze anos da minha vida — disse ele. — Você e seu pai. Ele nem me ouviu. Eu disse a ele que não tinha feito nada daquilo. Disse a todo mundo. Ninguém acreditou em mim. Nem a porra da minha própria família. Eu ainda estaria esperando minha data de execução se não fosse por aquele babaca do podcast.

Mais uma vez, Emmy esperou que a raiva dele diminuísse.

— Quem iria querer incriminar você, Adam? Quem colocaria aquele martelo na sua caixa de ferramentas?

— A pessoa que matou aquelas garotas! — gritou ele. — O mesmo desgraçado que levou Paisley! Pelo amor de Deus, é isso o que estou tentando dizer!

Emmy esperou de novo.

— Achei que você tivesse dito que a Jude colocou o martelo na sua caminhonete.

— Talvez ela esteja envolvida também. — Ele afastou a inconsistência com um gesto de mão. — Alguém está tentando me foder. Eu nunca fiz nada de errado. Só vendia maconha pra molecada para poder me divertir um pouco.

— Quem iria incriminar você?

— Você é a porra da polícia. Por que não descobre?

— Vamos pensar juntos. Há alguém em sua vida que gostaria de o prejudicar?

— Só a porra da cidade inteira. Você não viu a galera lá fora pedindo minha cabeça quando seu pai levou um tiro?

— E um amigo? — perguntou Emmy. — Alguém que talvez quisesse mandá-lo de volta para a prisão?

— Porra, ninguém fala comigo. Eu não tenho amigos. Eu tenho advogados. Tenho aquele babaca do podcast tentando me convencer a dar entrevista como se fosse o Walter Cronkite. — Adam apontou o dedo para ela. — Não pense que não sei que ele está tentando me pegar e me foder com aquela acusação de estupro daquela vagabunda que nem lembro.

Emmy observou enquanto ele pegava a garrafa e tomava mais um gole. Mais uma vez, esperou até que terminasse.

— Vamos voltar para doze anos atrás. Fale de antes de ser preso. Com quem você andava?

— Pessoas. Sei lá. Todo mundo sumiu assim que vocês, filhos da puta, disseram para cidade inteira que eu era um pedófilo maldito.

— Você tinha alguém próximo naquela época? — perguntou Emmy. — Alguém com quem compartilhava seus interesses?

Dessa vez, Adam não explodiu. A postura mudou. Os olhos se estreitaram. Ele começou a tamborilar os dedos na mesa. Moveu a mão um centímetro para a esquerda, depois para a direita, depois de volta, como se tentasse decidir se pegava o martelo ou a espingarda.

— Por que está me perguntando isso?

Ela deu de ombros.

— Estou tentando ajudar você a descobrir quem colocou aquele martelo na sua caminhonete.

— Por que você não está fazendo essas perguntas para o Dale?

— Dale Loudermilk está na prisão estadual de Dooley cumprindo o resto da sentença.

— Merda. — Adam cruzou os braços e se recostou na cadeira. — Sabe que aquele desgraçado esteve aqui, né?

O coração de Emmy tremeu. Dessa vez, precisou estender o silêncio para recuperar a compostura.

— Quando o Dale Loudermilk esteve aqui?

— Veio trocar a lâmina do cortador de grama quando eu estava fazendo uns reparos no galpão. — Ele apontou com o polegar por cima do ombro, indicando o quintal. — O filho da puta nem me pagou.

Emmy se lembrou da história do cortador de grama de Dale. Ele tinha usado isso para justificar a tinta lascada no porta-malas do Audi.

— Quando foi isso?

— O que importa?

— Importa porque acabou de me dizer que Dale Loudermilk esteve na sua casa. Quero saber exatamente quando ele esteve aqui.

— "Exatamente quando" — imitou ele.

— Adam...

— Você sabe quem foi, não sabe? — Adam voltou a tamborilar a mesa. — Sabe, mas está protegendo o desgraçado.

Emmy tentou de novo.

— Adam...

— Gente de North Falls — disse Adam. — Eles sempre protegem uns aos outros, não é?

— Ele é de North Falls? — Emmy não conseguiu esconder a empolgação na voz. — O homem que está com a Paisley mora em North Falls?

Adam retorceu a boca em um sorriso de escárnio. Ele não estava olhando para Emmy. E sim para o telefone no colete dela.

— Eu quero um advogado.

— Adam...

— Eu quero um advogado. — Ele levantou as mãos lentamente no ar. — Eu quero um advogado. Eu quero um advogado. Eu quero um advogado.

Emmy o encarou, implorando em silêncio para que mudasse de ideia. Mas não mudou. Manteve as mãos erguidas. Emmy se virou para a porta e fez um sinal para Brett entrar.

Ela abriu a espingarda. A maldita arma nem estava carregada.

— Adam Huntsinger, você está preso por ameaçar a vida de um oficial da lei e violar os termos da sua condicional.

Adam deixou claro que ficaria de boca bem fechada.

— Levante-se.

Brett pegou as algemas e segurou o braço dele.

Emmy se lembrou de que o telefone ainda estava gravando. Tirou-o do bolso do colete e parou a gravação.

— Leve-o para o Rick. Deixe Verona cuidar dele — ordenou.

— Que porra é essa? — As mãos de Adam já estavam algemadas, mas ele começou a resistir. — Não pode me entregar pra Verona! Eles vão meter uma bala na minha cabeça!

— Cadê a Paisley? — perguntou Emmy.

— Eu não sei onde ela está, caralho! — Adam se lançou contra ela, mas Brett o puxou de volta. — Você não pode me dar para o Tuttle! Pelo amor de Deus!

— Última chance — disse Emmy. — Onde está Paisley?

A boca de Adam se contorceu em um sorriso sarcástico.

— Vá se foder!

Emmy deu um passo para trás, já prevendo o que viria. Adam cuspiu na direção dela. Brett o jogou de bruços sobre o balcão e começou a revistá-lo, esvaziando seus bolsos. Chaves da caminhonete Chevy. Um maço de Marlboro vermelho. Carteira. Um celular Android. Um saco Ziploc com restos de galhos e sementes. Um maço de papel de seda. Um isqueiro Bic de plástico.

— Leia os direitos dele. Pegue alguns kits de evidência no caminho de volta para a gente processar tudo isso.

— Sim, chefe.

Emmy se desligou do som da voz de Brett enquanto ele recitava os direitos de Miranda. Ela ouviu o som familiar dos passos arrastados de Walton no corredor. A expressão dele ficou abatida ao perceber o que acontecia na cozinha.

— Pai! — gritou Adam. — Pai! Chame o advogado! Estão tentando me matar!

Walton ficou em silêncio enquanto Brett empurrava Adam para fora pela porta lateral. Emmy ainda ouvia os gritos dele pedindo ajuda enquanto era levado pela entrada da garagem.

— Meu Deus.

Walton apoiou a mão no balcão, de cabeça baixa. Parecia ter murchado como um balão.

— É por causa daquela outra garota? Paisley Williams? — perguntou, sem conseguir olhar Emmy nos olhos.

— Paisley Walker. — Emmy injetou um pouco de gentileza na voz. — Sinto muito, dr. Huntsinger. Acho que Adam teve algo a ver com o sequestro dela.

— Isso é culpa minha. Eu nunca devia ter contratado aquele advogado. — Lágrimas caíram no chão. Ele ainda não conseguia encará-la. — Tem algo que eu possa fazer agora? Ela... ela ainda pode estar viva?

Curiosamente, parte da tensão no peito de Emmy se dissipou. Tanto Walton quanto Alma haviam parado de ajudar na investigação de Madison e Cheyenne quando perceberam que podiam ter sido responsáveis por mandar o próprio filho para o corredor da morte. Talvez com a vida de Paisley em jogo eles tomassem uma decisão diferente.

— O senhor e sua esposa podem responder a algumas perguntas?

Walton respirou com dificuldade. Ele sabia o que ela realmente queria dizer.

— Não sou eu quem você quer. Alma sempre foi mais próxima do Adam. Ele sempre confiou nela, sempre foi mais fácil entre eles. Talvez eu quisesse demais, exigisse demais.

— Paisley ainda pode estar viva. — Emmy tentou não pressionar muito. — Os pais dela, Elijah e Carol, estão desesperados para encontrá-la. Estão de coração despedaçado. Ela é filha única.

Walton respirou fundo.

— Não sei se Alma vai concordar em falar. Ela sempre o protegeu, nunca enxergou a parte ruim, só a boa.

— O senhor pode perguntar a ela? — Emmy tentou facilitar para ele. — Posso fazer um café ou um chá. Não precisamos falar do Adam se ela não se sentir confortável. Posso responder a qualquer pergunta sobre o que está acontecendo e por que ele foi preso.

A abordagem neutra o convenceu.

— O Sanka de Alma está no armário ao lado da pia.

Emmy observou Walton se arrastar de volta pelo corredor e virar à esquerda, subindo a escada. O pote de tampa laranja estava no mesmo armário das xícaras de café. Emmy só sabia da existência daquela marca de café instantâneo porque sua tia Millie bebia aquilo aos galões. Pegou a chaleira do fogão e começou a enchê-la na pia da cozinha. Moveu o olhar para a janela.

O local onde antes ficava o galpão estava tomado pelo mato. Só restava a laje de concreto manchada. Emmy ainda se lembrava do terror absoluto ao arrebentar a madeira apodrecida, esperando, rezando, para encontrar Madison viva. Então Gerald a segurara. Virgil olhara para ela com preocupação. O calor dentro do galpão era tão intenso que todos estavam ensopados de suor.

Ela colocou a chaleira no fogão e ligou o gás, então apoiou as mãos no balcãoe olhou para os objetos que estavam nos bolsos de Adam. Seda e cigarros. Um celular Android. Uma carteira masculina de náilon vermelho com o logo do Georgia Bulldogs.

De repente, Emmy ficou tensa.

O comichão. A sensação ruim. O *não parece certo*.

Ela encarou a carteira, mas não a viu. Estava de volta ao hall de entrada, doze anos antes. Gerald subia a escada. Walton fazia sinal para que Emmy voltasse para a cozinha e pegasse a chave do porão. A mala preta Samsonite dele estava ao lado da porta. Um guarda-chuva colorido enganchado na alça. Uma carteira masculina de náilon vermelho saía do bolso com zíper. O logo do Georgia Bulldogs estampado na frente.

Era exatamente a mesma carteira que Brett tinha tirado do bolso traseiro de Adam e jogado no balcão da cozinha instantes antes.

Emmy precisou engolir o excesso de saliva que se acumulou em sua boca. Olhou pelo corredor para se certificar de que Walton não estava voltando para a cozinha. Seus dedos pareciam destrambelhados quando descolou o velcro com cuidado. Esperou, ouvindo os sons da casa.

Nada.

A carteira tinha dezesseis dólares em dinheiro. Um recibo de maço de cigarros e gasolina do posto da esquina. Nenhum cartão de crédito. Nenhuma foto. O plástico onde ficava a carteira de motorista estava amarelado pelo tempo. Mal dava para ver a foto. Ela precisou rasgar o plástico para tirá-la. Emmy conferiu as datas. Adam tinha 49 anos quando a licença fora emitida. Media um metro e oitenta e sete de altura e pesava 86 quilos. A licença tinha expirado enquanto ele ainda estava no corredor da morte. O endereço era da casa em que ela estava.

Todas as explicações óbvias desmoronaram assim que começou a pensar nelas. Não havia chance de Walton ter usado aquela carteira barata de náilon por doze anos. Mesmo que Adam a tivesse encontrado largada pela casa, não havia motivo para colocar dentro dela uma licença de motorista vencida. Ele estava fora da prisão havia menos de uma semana. O plástico pressionara o documento por tanto tempo que a tinta havia se transferido para o interior.

Emmy estudou a foto da licença. Adam estava sério, quase hostil. O cabelo tingido de preto. Nem sequer um fio grisalho nas têmporas. O rosto já era marcado, a pele cheia de cicatrizes de acne. Ele facilmente poderia passar por um homem dezessete anos mais velho.

E um homem dezessete anos mais velho poderia facilmente se passar por Adam.

Os mesmos óculos grossos. O mesmo cabelo artificialmente escuro. O mesmo corpo magro. No dia anterior, Emmy havia confundido Adam com Walton quando ele ficou na porta conversando com Gerald. Podia imaginar facilmente um funcionário apressado da Administração de Segurança do Transporte no aeroporto cometendo o mesmo engano.

Emmy sentiu a mandíbula se contrair. Inspirou fundo, com dificuldade. Tentou se conter. Será que era realmente tão simples assim? Depois de doze longos anos, depois de tirar Cheyenne e Madison do lago, depois de perder o pai, depois de se esgotar na busca por Paisley, será que tudo se resumia a uma carteira barata de náilon? E tudo se reduzia a uma única pista que Emmy havia mencionado pelo menos três vezes nas últimas horas?

Todas as vezes em que Adam fora preso, ele não estava com a carteira de motorista.

Era porque Walton estava usando o documento do filho para encobrir seus rastros? Adam disse a verdade sobre ter sido incriminado? O cúmplice de Dale Loudermilk era, na verdade, o dr. Walton Huntsinger? Um homem branco que trabalhava em uma posição qualificada que exigia educação e treinamento? Cujo trabalho o colocava em contato frequente com crianças? Que era um membro respeitado da comunidade? Que era casado e tinha a própria família?

Emmy se posicionou na cozinha de forma que tivesse a visão do corredor vazio até o hall de entrada. Digitou o número de Cole em seu telefone.

— Mãe, ainda estou com Jude. Você está bem?

— Coloque no viva-voz para que ela possa ouvir — pediu Emmy, falando bem baixo.

Houve um clique, então Jude disse:

— Estou aqui. O que aconteceu?

— Preciso que verifique todos os aeroportos regionais num raio de 550 quilômetros de carro do Condado de Clifton.

Emmy pressionou o telefone junto ao peito para ouvir qualquer som na casa. Depois, levou-o de volta ao ouvido e sussurrou:

— Acho que Walton dirigiu o Audi até um pequeno aeroporto. Ele usou a carteira de motorista de Adam para comprar uma passagem de ida e volta em dinheiro. Pegou um voo para Bridgeport, West Virginia. Tirou uma selfie em frente ao prédio da Legião Americana para provar que esteve lá. Então pegou o voo de volta. Depois dirigiu o Audi até North Falls. E aí sequestrou Cheyenne e Madison.

Houve um silêncio absoluto na linha. Emmy continuou:

— É por isso que o nome de Walton não apareceu quando pedi para o Departamento de Segurança Interna verificar os registros de voo: ele estava viajando com o nome de Adam Jonathan Huntsinger. Walton foi quem colocou aqueles quilômetros no Audi. Ele é o homem sobre quem Cheyenne estava brincando quando disse que queria que o pênis dele fosse tão grande quanto a carteira. Walton voltou para Clifton escondido para encontrá-la nas estradas de terra. Depois foi atrás de Madison. É por isso que Dale estava limpando o Audi com água sanitária. Walton era cúmplice dele. Tudo o que pensávamos saber sobre Adam é, na realidade, verdade sobre o pai dele.

Jude não respondeu. Emmy se preparou para outra série de ressalvas, um lembrete de que eles realmente não sabiam de nada com certeza, de que aquilo era uma maratona, não uma corrida de velocidade.

— Cole. — O tom de Jude era afiado. — Os aeroportos regionais têm um número limitado de companhias aéreas. É mais fácil olhar quais linhas aéreas regionais voam de Bridgeport, West Virginia, e rastrear de volta até um aeroporto menor dentro do nosso alcance de viagem.

Os ouvidos de Emmy estavam tão atentos que ela ouviu Cole digitando. Olhou para o relógio. Contou os segundos à medida que passavam. A chaleira começou a ferver. Emmy estendeu a mão e a tirou do fogão. Desligou o gás. Voltou para sua posição, de onde podia ver diretamente o hall de entrada. As mãos estavam encharcadas de suor. Ela mal conseguia controlar a respiração.

— Merda, merda, merda. — Havia um tom de empolgação na voz de Jude. — O site da SouthJet Airlines diz que eles têm voos entre o Aeroporto do Centro-Norte de West Virginia, em Bridgeport, e o Aeroporto do Noroeste do Alabama desde 1997. Eles operam um Bombardier CRJ que faz dois voos de ida e volta todos os dias.

— Muscle Shoals fica quase exatamente a 555 quilômetros do Condado de Clifton — completou Cole. — São cerca de cinco horas de carro em cada trajeto.

— Os horários dos voos não devem ter mudado muito na última década — disse Jude. — Se Walton pegou o primeiro voo saindo de Muscle Shoals às 8h30 da manhã, ele teria cerca de uma hora para tirar a selfie na Legião Americana em Bridgeport antes de pegar o voo de volta para Muscle Shoals. O voo de retorno aterrissa ao meio-dia. Ele estaria de volta a North Falls por volta das cinco. E só precisava encontrar Cheyenne às 18h30.

— É ele. — Emmy não conseguia acreditar nas palavras que saíam da própria boca. — Era ele o tempo todo.

— Mãe — disse Cole —, olhei a distância entre a Legião Americana de Bridgeport e o aeroporto. São exatos seiscentos metros. Tudo o que Walton precisou fazer foi caminhar até lá, tirar a selfie e voltar para pegar o avião.

— Tem mais — disse Jude. — Pedi para Cole verificar os pneus do Audi A4. Eles usam os mesmos pneus Michelin que o Jetta.

— É por isso que os sulcos eram *consistentes*, mas não uma *correspondência exata* — disse Emmy. — Achamos que o Cara Mau estava dirigindo o Jetta, mas ele estava no Audi de Dale.

A porta lateral da cozinha se abriu. Brett estava de volta com um punhado de kits de coleta de evidências. Emmy fez um gesto para que ele ficasse em silêncio enquanto fechava a porta.

— Doze anos atrás, quando meu pai e eu viemos aqui procurando Adam, a porta da frente estava trancada, mas a porta lateral que levava ao porão estava destrancada. Desci a escada e vi o colar de Cheyenne. Walton deve tê-lo colocado lá quando voltou do lago de Millie — concluiu Emmy. Brett deixou cair um dos kits de evidências. Ela continuou: — Walton nos disse que não ouviu meu pai batendo à porta porque estava tomando banho, mas isso foi uma mentira para explicar o cabelo molhado. Ele tinha acabado de prender os corpos na água com correntes. E as chaves do Jetta estavam no balcão da cozinha. Ele me disse que elas geralmente ficavam no andar de cima. Já estava nos empurrando em direção a Adam. Foi por isso que roubou a carteira de motorista dele. O plano, caso fosse pego algum dia, era colocar a culpa no filho.

— Funcionou — disse Jude.

— Jesus — sussurrou Emmy.

A enormidade dos crimes continuava a atingi-la. Não apenas os horrores infligidos a Cheyenne e Madison, mas o sadismo de deixar o próprio filho apodrecer no corredor da morte.

— Concentre-se — disse Jude. — O que seu instinto está dizendo?

O instinto de Emmy era claro como nunca.

— Que Walton começou a suar frio quando o podcast saiu. Depois Adam foi liberto, e ele sabia que meu pai e eu reabriríamos a investigação de Cheyenne e Madison. Está tentando incriminar Adam de novo para que não investiguemos a fundo. Ele levou Paisley ontem de manhã. Plantou o martelo na caminhonete de Adam hoje. Precisa ser o mesmo que ele usou para machucar Madison. Está bem aqui na mesa da cozinha. Está todo ensanguentado. Parte sangue antigo, parte recente. Aposto que Walton o usou em Paisley para que também a ligassem a Adam.

— Quantos anos Walton tem?

— Não tantos a ponto de não conseguir atropelar a bicicleta de uma adolescente e apontar uma arma para a cabeça dela. E você mesma disse: Paisley está acostumada a obedecer.

— Cole e eu estamos indo aí.

— Não, Brett está comigo. Se a cavalaria chegar, pode assustá-lo. Acho que convenci Walton e Alma a conversarem comigo sobre Adam. Vamos ver como isso se desenrola. Se eu conseguir quebrar Walton, ainda podemos encontrar Paisley viva.

O silêncio cuidadoso de Jude voltou por um breve momento, mas ela disse:

— Certo.

Emmy encerrou a ligação.

— Coloque a chaleira no fogo de novo — disse a Brett.

Ele estava girando o botão para acender o gás quando Walton apareceu no hall, no topo do corredor. Caminhava arrastando os pés como um velho, mas Emmy já conhecia seus truques. Sabia como um homem frágil de 78 anos era. Eles se apoiavam nas paredes e nas cadeiras porque tinham medo de cair. Walton estava com as mãos cruzadas sobre a barriga. Caminhava em linha reta em direção a ela. Aquele era um homem que ainda tinha vida dentro de si, uma vida que estava usando para machucar os outros.

— Subdelegado, use uma colher e meia de chá de café solúvel, senão fica com gosto de água suja — disse Emmy.

— Sim, chefe.

Brett começou a abrir e fechar gavetas à procura de uma colher.

Walton chegou à cozinha.

— Os talheres ficam perto da lava-louças — indicou.

Brett pareceu nervoso.

— Obrigado, senhor.

— Dr. Huntsinger. — Emmy se colocou na frente de Brett e fez um esforço para sorrir para Walton. — Agradeço muito por sua ajuda com Adam. Dessa vez não é como da última. Paisley Walker ainda está desaparecida. Se ela estiver viva, precisamos fazer tudo o que for possível para encontrá-la. E, se estiver morta, precisamos encontrá-la para os pais.

Walton balançou a cabeça, com uma expressão triste.

— Rezo a Deus para que ela ainda esteja viva, mas lamento não ter boas notícias. Alma se recusa a falar com você. Ela nunca conseguiu enxergar Adam pelo que ele realmente é.

Emmy não ia desistir.

— Posso lhe fazer algumas perguntas? Talvez haja algo de que o senhor se lembre do passado. Algo que Adam tenha dito e que, na época, não fazia sentido.

— Adam nunca conversou muito comigo. Mesmo naquela época, só me procurava quando precisava de dinheiro, geralmente para um advogado. — Walton balançou a cabeça para os lados, projetando um ar de tristeza. — Eu o ajudei demais. Talvez, se tivesse deixado que fosse para a cadeia todas as outras vezes, ele tivesse se endireitado. Nunca vou me perdoar pelo que Adam fez.

Emmy percebeu a injeção de emoção teatral. Via claramente o jogo dele, que se apoiava na própria honestidade, na idade, nos atos de bondade, na posição na comunidade para encobrir as crueldades sádicas que escondia no coração. Ela tomou essa revelação como um guia.

— Dr. Huntsinger, sei que o senhor passou a vida toda tentando ajudar as pessoas. O senhor é um homem bom. Preciso que faça apenas mais uma coisa boa, por Paisley e pela família dela.

Brett tinha se encostado no balcão. Emmy ouvia o gás queimando sob a chaleira enquanto Walton fingia refletir sobre as consequências. Ele lançou um olhar para a mesa, mas ela não o convidou a se sentar. Em vez disso, apoiou as costas na cadeira, certificando-se de que ele não pudesse alcançar as armas.

— Dr. Huntsinger, eu imploro — disse Emmy, infundindo na voz um tom de desespero. — Ajude-me a trazer Paisley de volta para Elijah e Carol Walker. Ela tem apenas catorze anos. Não passa de uma criança. O senhor com certeza entende o que é saber que seu bebê está em perigo.

Walton prendeu a respiração, como se apenas pensar naquilo lhe causasse dor. Emmy esperou pela parte seguinte do espetáculo. Percebia que ele estava avaliando todas as possibilidades. Tinha que estar nervoso por haver um policial em sua casa. E iria querer informações.

Ela ainda tinha um último truque.

— Desculpe, não deveria ter insistido. Vamos embora, Brett...

— Espere. — Walton tentou um sorriso fraco. — Sinto muito pelo seu pai. Ele era um homem decente. Apesar do Adam, Gerald sempre nos tratou com respeito. Nunca nos culpou, a mim e a Alma, pelo que ele havia feito. — Emmy o deixou falar. — Depois que ele foi preso, nos tornamos párias. Alma precisou se aposentar. Quase perdi o consultório. Sua família sempre foi muito gentil comigo.

Ela não sabia como, mas ele estava com os olhos cheios de lágrimas.

— Obrigada. Meu pai sempre disse que o admirava.

Walton tirou um lenço do bolso de trás e secou os olhos.

— Sinto que tenho muito a compensar. Não deveria culpar Alma por tê-lo mimado. Eu também não enxerguei Adam pelo que ele era. Não posso carregar a perda de outra menina na consciência, farei tudo o que puder para ajudar.

— Obrigada, senhor. Sei que isso é difícil. Sei que o senhor ama Adam.

— Amo. Que Deus me perdoe, mas o amo.

A chaleira começou a apitar. Emmy ouviu Brett tirá-la do fogão e mexer os grãos no copo. Seus olhos permaneceram fixos em Walton. Uma gota de suor escorreu pela lateral do rosto dele.

— Dr. Huntsinger, por favor, tente se lembrar do período antes de Madison e Cheyenne serem sequestradas. Havia algum lugar para onde Adam gostava de ir? Algum lugar isolado onde ia para ficar sozinho?

— Ah, não, eu não saberia dizer. Adam nunca me contava aonde ia ou quando voltaria. Ia e vinha a qualquer hora. Ainda faz isso, para ser honesto. Não o vi muito desde que saiu da prisão.

Emmy fez uma pausa, fingindo absorver a informação.

— O senhor se lembra se Adam tinha algum amigo ou alguém com quem passava muito tempo?

Walton bateu os dedos no queixo, fazendo um grande esforço para parecer pensativo.

— Sabe, ele nunca teve muitos amigos. Nem na escola. Eu o incentivei a tentar esportes, a entrar para algum clube, mas ele sempre foi solitário.

Emmy notou a ênfase na palavra "solitário".

— Sei que Adam teve vários empregos. Em algum deles ele fez amizade com os colegas?

Walton fingiu refletir novamente antes de negar com a cabeça, devagar.

— Não que eu saiba. Sinto muito. Ele sempre foi reservado. Nunca entendi o que o deixava tão zangado. Alma e eu tentamos de tudo. Era tão difícil, nunca sabíamos o que poderia fazê-lo explodir.

Solitário. Temperamento volátil. Perigoso. Era como se ele tivesse pesquisado os sinais de psicopatia na internet.

— Que maneira terrível de viver — disse Emmy.

— Não é algo que alguém queira admitir em voz alta, mas ter medo do próprio filho...

Emmy lhe deu o momento que ele queria.

— Adam consertava cortadores de grama, certo?

— Eu o deixava usar o galpão nos fundos. As coisas até funcionaram por um tempo. — O sorriso fraco reapareceu. — Mas, como tudo o que Adam tentava, não deu certo. Ele passou a tratar a clientela mal. Eu recebia ligações no trabalho. Alma o indicou para alguns professores da escola. Professores não ganham muito dinheiro, como você sabe, não podiam se dar ao luxo de desperdiçá-lo.

Emmy aproveitou a deixa.

— Adam me disse que Dale Loudermilk foi um de seus clientes de conserto de cortadores de grama.

O silêncio na cozinha era diferente dessa vez. Mais sufocante. Mais revelador.

— Dale Loudermilk? — Walton tirou os óculos e começou a limpá-los com um canto limpo do lenço. — Esse é um nome terrível do passado. Ouvi dizer que ele morreu na prisão.

Emmy observou o homem colocar os óculos de volta e depois guardar o lenço no bolso. Ela não percebeu qualquer mudança na voz dele, nenhum sinal em sua expressão. O que mais notou foi que ele havia parado de piscar.

— Dale está vivo e passa bem na Prisão Estadual de Dooley.

— Ahn?

— O senhor chegou a vê-lo andando com Adam?

Ele ainda não havia piscado.

— Sim, agora que mencionou. Acho que os vi juntos no galpão algumas vezes.

— Chegaram a ficar juntos no porão onde Adam morava?

A pálpebra dele começou a tremer.

— Sim, pensando bem. Dale vinha aqui com frequência. Eram muito reservados, os dois. Alma começou a reclamar.

— Reclamava porque Dale estava aqui? — perguntou Emmy.

— Nem tanto disso, mas do fato de que Adam estava distraído. — Walton respirou fundo. — O combinado era que Adam poderia morar no porão, mas ele tinha que levar Alma para a escola e trazê-la de volta. Ele sempre se atrasava. Ela já não enxergava bem naquela época. Degeneração macular. Começou com cinquenta anos. Agora está completamente cega, coitada.

Uma lâmpada se acendeu na cabeça de Emmy.

— Imagino que Alma tenha vendido o carro quando parou de dirigir. O senhor se lembra da marca e do modelo?

Walton enfim piscou, olhando para Brett e depois de volta para Emmy.

— Eu teria que perguntar. Foi ela quem comprou. Levou Adam junto para a concessionária para ajudá-la a negociar. Acho que ele queria o carro mais para ele do que para ela. Ficou com a chave reserva mesmo depois que Alma o vendeu. Disse que perdeu, mas ele mente sobre tantas coisas...

Emmy não respondeu dessa vez, mas se perguntou se tinha sido incrivelmente ingênua com as mentiras dele doze anos antes ou se Walton havia perdido o jeito com o passar do tempo. Ele continuava colocando Adam no centro da conversa, primeiro dizendo que não sabia nada sobre o paradeiro do filho, depois chamando-o de solitário e, enfim, insinuando que ele havia guardado a chave reserva do Audi que fora da mãe. Tudo estava tão claro. Aquele homem estava desesperado para colocar o filho de volta na prisão.

— De qualquer forma, vou perguntar a ela do que se lembra. Eu trabalhava muito na época. Fazia voluntariado, faço parte de um grupo chamado Tooth...

— Troopers — completou Emmy. — Vocês já fizeram trabalho voluntário em Hidalgo, no Texas, ou em Tillar, no Arkansas?

— Eu não... — Walton começou a coçar o lado do pescoço. — Não me lembro exatamente. Viajamos bastante, muitas pessoas precisam da nossa ajuda. Vamos para as áreas mais carentes. As pessoas merecem ter acesso à saúde. É uma das minhas paixões. Retribuir. Ajudar os que têm menos.

Emmy percebeu que estava prestes a perdê-lo. Precisava tentar uma última vez, nem que fosse só para registrar as mentiras na presença de Brett como testemunha.

— Dr. Huntsinger, o senhor conhecia Dale Loudermilk?

— Ah, não, nem um pouco. Só de cumprimentá-lo na cidade. Ou quando ele vinha aqui com Adam, claro. Como mencionei, passavam muito tempo juntos. Alma e eu ficamos tão surpresos quanto qualquer um quando foi preso. Coisa terrível. As pessoas confiavam os filhos àquele homem. A cidade inteira se sentiu traída, esse tipo de confiança não se recupera depois de perdida.

A mão de Walton caiu ao lado do corpo. As unhas haviam deixado arranhões profundos no pescoço.

— Sabe, eu queria poder ajudar mais. Minha memória já não é a mesma. Foi há muito tempo.

— Doze anos — disse Emmy.

— Acho que eu... — Walton fez um gesto em direção ao corredor. — Preciso ver como Alma está. Ela anda assustada. Depende de mim para tudo. A vida dela desmoronaria sem mim, você entende?

Emmy entendeu exatamente o que ele estava dizendo. Queria que deixassem de lado o fato de ter assassinado e estuprado crianças porque a esposa era cega.

— E Paisley? Ela está assustada também?

Walton mordeu o lábio. O instinto lhe dizia que Emmy tinha descoberto tudo. Ela praticamente via o cérebro dele calculando as probabilidades. No fim, ele forçou um sorriso bobo, fingindo ainda ser o mesmo velho atrapalhado.

— Pode revistar a casa, oficial. Tem minha permissão. Olhe o porão. A caminhonete do Adam. O que for preciso. Não temos nada a esconder.

— Foi gentil da sua parte guardar a caminhonete dele — disse Emmy. — E todas as outras coisas. Como a carteira e a CNH.

Walton fixou o olhar na carteira no balcão. Ela percebeu que ele estava se lembrando da mala no hall de entrada, do jeito que a carteira tinha ficado à mostra na parte da frente. Sabia que tinha cometido um erro naquela época e se apressou para tentar encobrir.

— Alma guardou os pertences de Adam, sempre acreditou que ele era inocente.

— Sério? — perguntou Emmy. — O que a fez pensar isso?

A postura abobalhada de Walton desapareceu.

— Vou lá ver como ela está, se precisa de alguma coisa. Fiquem à vontade para vasculhar a casa.

— Dr. Huntsinger?

Ela esperou que ele se virasse.

— Não vai querer o café?

— Ah, certo. — Walton pegou a caneca que Brett lhe ofereceu. — Obrigado.

Emmy o observou seguir pelo corredor. O arrastar de pés havia sumido. Percebeu que ele fazia de tudo para manter um ritmo normal. Walton chegou ao hall de entrada, então fez uma curva rápida e subiu a escada apressado.

— Caramba, você quase o pegou — sussurrou Brett. — E agora?

Não havia "e agora" no que dizia respeito a Walton Huntsinger. Ele não tinha confessado. Não tinha infringido a lei. Emmy precisava encontrar outra maneira de pegá-lo.

— Ensaque a carteira — ordenou.

Emmy pegou um par de luvas de um dos kits de evidência. Levantou o martelo entre o polegar e o indicador para colocá-lo em um saco. O cheiro metálico de sangue subiu pela garganta enquanto ela o registrava como prova. Esperou até que Brett fizesse o mesmo com a carteira para passar as ordens.

— Reviste cada centímetro desse lugar. Confisque qualquer arma ou munição. Fique de olho em Walton e me avise se ele tentar sair. Olhe papéis, recibos, qualquer coisa que indique um local onde Paisley possa estar escondida. Ela ainda é nossa prioridade. Se conseguirmos pegá-lo por causa de Paisley, o pegamos também por Cheyenne e Madison.

— Sim, chefe.

Emmy saiu pela porta lateral. Começava a chover. Ela mandou uma mensagem para a central pedindo que enviassem uma unidade para ajudar Brett na busca. Quando chegou à estrada, a chuva já caía de verdade. Os SUVs da polícia de Verona tinham ido embora. Ela foi correndo até a viatura e jogou os kits de evidência no banco do passageiro. Só ligou para Cole quando já estava virando na estrada lateral que margeava a rodovia.

— Mãe? — Ele parecia animado e apavorado ao mesmo tempo. — Você está no viva-voz. O que aconteceu? Você está bem?

— Estou bem.

Era mais difícil manter a voz calma para o filho do que ao falar com um pedófilo assassino. Emmy se lembrou, em silêncio, de que a única coisa que importava naquele momento era encontrar Paisley Walker.

— Walton não cedeu, mas sabe que estou na cola dele. Praticamente implorou para que revistássemos a casa. Tenho certeza de que escondeu mais uma evidência para incriminar Adam. Está desesperado para nos despistar.

— O que você tem? — perguntou Jude.

— Nada concreto. — Emmy limpou a chuva do rosto. — Ensacamos a carteira de Adam e o martelo. Vai levar dias para testarmos tudo. Precisamos encontrar uma prova irrefutável que possamos apontar para Walton agora. Ele não vai nos dizer onde encontrar Paisley a menos que esteja encurralado.

Jude não respondeu. Emmy podia sentir a troca de olhares entre ela e Cole, refletindo sobre a futilidade de acreditar que ainda havia uma chance de Paisley estar viva.

Emmy não podia se permitir pensar assim. Ela não iria desistir.

— Conseguiram as listas de passageiros dos voos de Muscle Shoals e Bridgeport?

— Acionei alguns contatos. As informações devem chegar dentro de uma hora — respondeu Jude.

Emmy soltou um palavrão. Uma hora era tempo demais.

— Aqueles casos que mencionei no Arkansas e no Texas. Precisamos ver se Walton estava lá com a instituição de caridade.

— Já estamos investigando — disse Jude. — Também estamos ligando para depósitos dentro de um raio de 160 quilômetros para ver se os nomes de Dale, Walton, Alma ou Adam aparecem em algum contrato de aluguel. Do que mais precisa de nós?

Emmy tentou revirar a conversa com Walton na cabeça em busca de alguma pista a seguir.

— O Audi A4. Pesquisem a propriedade. Esther comprou novo ou foi uma revenda particular?

— Verificando agora — disse Cole. Houve um momento de silêncio, então: — Caramba. Temos uma conexão. Esther Loudermilk comprou o Audi de Alma Huntsinger três anos antes do sequestro.

Emmy queria socar o painel do carro. Tudo o que não tinha percebido doze anos antes ficava nítido.

— Lembra que Dale disse que a pintura do porta-malas do Audi lascou quando ele levou o cortador de grama para consertar? Obviamente, uma das bicicletas lascou a tinta, mas adivinha quem fazia consertos de cortador de grama no quintal doze anos atrás?

— Adam Huntsinger — respondeu Jude.

— Fica ainda melhor — disse Emmy, embora fosse exponencialmente pior. — Walton admitiu que Dale ia muito à casa deles naquela época. Estava tentando incriminar Adam, mas não percebeu que também se incriminava.

— Esses narcisistas sempre acabam se entregando.

Aquilo não era um jogo para Emmy. Ela apertou o volante para se firmar. O corpo parecia carregado por uma corrente elétrica. Parte dela se sentia mal por tudo o que não tinha percebido antes, outra parte estava apavorada por nada daquilo a levar ao paradeiro de Paisley.

— Virgil conseguiu alguma coisa a respeito de quem teve contato com Adam e Dale nas prisões?

— Ainda não — disse Cole. — Acho que ele ainda está no escritório. Vou chamá-lo.

— Cole, espere.

Emmy virou a viatura bruscamente em um retorno e voltou para o caminho por onde viera.

— Diga a Virgil que vou passar na casa dele. Quero pegar a caixa com os registros telefônicos de Walton e Alma. Podemos encontrar alguma ligação de Walton que não deveria estar lá. Se conseguirmos ligá-lo a Dale, podemos detê-lo.

— Entendido, chefe — disse Cole.

— Emmy.

A voz de Jude tinha um tom tenso que Emmy nunca tinha ouvido antes. O que a deixou temerosa.

— Pense no que isso significa. Ele abriu mão de um dos troféus.

O martelo.

— Predadores não sacrificam seus brinquedos a menos que estejam desesperados — analisou Jude. — Esse é o momento em que são mais perigosos. Cometem erros. Não só os bons, que ajudam a gente, mas os ruins, aqueles que matam pessoas.

Emmy tentou ignorar a certeza na voz de Jude, fingir que a irmã não era a autora do melhor livro daquele assunto.

— Acha que pode falar com Adam de novo? Ele achou que quem o estava incriminando era você. Parece que você consegue mexer com ele.

— O que ele disse sobre mim?

— Nada específico. — Emmy percebia que havia mais coisa naquela história, mas só podia navegar por uma crise de cada vez. — Adam está na cadeia de Verona. Se ele descobrir que o pai estava tentando mandá-lo de volta para a prisão, pode ficar com raiva e falar. Até onde sabemos, Walton não saiu de casa no último dia e meio. Ele pode ter deixado Paisley acorrentada em algum lugar. Ela pode sobreviver até três dias sem água.

— Querida, sabe que Paisley já morreu. Tudo o que podemos fazer agora é dar um pouco de paz a Elijah e Carol.

— Você não vai conseguir me fazer desistir dela. — A voz de Emmy falhou na última palavra, mas não se importava. — Vou encontrá-la, Jude. Não vou falhar dessa vez.

— Certo. — O suspiro era de resignação. — O que quer que eu faça?

— Não espere até a lista de passageiros chegar. Vá até Adam com o que *achamos* que sabemos. Você é a melhor interrogadora que temos, e Adam é o único suspeito estúpido o suficiente para falar. Preciso que o ajude a falar. Ele deve ter mais informações sobre o pai. Um lugar que frequentavam quando era criança, uma antiga propriedade de família com uma cabana de caça. Se conseguir virar Adam contra Walton, aposto que consegue virar Alma também.

Jude não a questionou.

— Estou indo agora.

Emmy desligou. Apertou o volante com força. A chuva começou a bater contra o para-brisa. Os limpadores mal davam conta. Ela fez uma curva fechada na entrada de Virgil, então deu ré para estacionar ao lado do trailer de cavalos. Emmy correu pelo pátio em direção ao porão. As botas escorregavam no chão de concreto. Esticava a mão para pegar a chave no batente da porta quando o celular começou a vibrar.

Ela precisou gritar em um tom acima do barulho da chuva.

— O que foi, Brett?

— Chefe. Tem alguma coisa estranha acontecendo com Alma Huntsinger. Fui ao andar de cima dar uma olhada nela, não está falando nada com nada. Não consegue manter os olhos abertos. Juro por Deus, parece que foi dopada.

O aviso de Jude ainda ecoava na cabeça de Emmy. Esse era o momento mais perigoso de um predador.

— Onde está Walton?

— No andar de baixo, na sala. Ele ligou a TV tão alto que as janelas estão tremendo.

— Chame uma ambulância. O reforço deve chegar a qualquer minuto.

Emmy encaixou a chave na fechadura e chutou a parte inferior da porta para desprendê-la do batente.

— Brett, não baixe a guarda com Walton. Ele finge ser frágil por causa da idade, mas ainda é perigoso.

— Sim, chefe.

Emmy teve que chutar a porta para fechá-la e impedir que a chuva entrasse. Guardou o celular de volta no colete. Acendeu as luzes fluorescentes. Foi até o armário nos fundos e passou os dedos pelas etiquetas das caixas de arquivos espremidas no espaço apertado. Emmy reconheceu alguns nomes das investigações de infidelidade em que Virgil tinha trabalhado. Não viu pastas com a própria caligrafia, mas havia uma caixa na parte mais baixa com a escrita antiquada de Virgil: REGISTROS DE CHAMADAS.

Ela não tinha tempo para ser cuidadosa. Ajoelhou-se e puxou a caixa, tentando desprendê-la como uma peça de *Jenga*. Em vez de deslizar para fora, o papelão se rasgou nos cantos. As outras caixas desabaram sobre ela, atingindo os ombros e o topo da cabeça. Emmy caiu para trás, levantando os braços para proteger o rosto. Sentiu a poeira entrar no nariz e na garganta, provocando uma crise de espirros. Uma das caixas fez um corte em sua testa. Emmy tocou a ferida com os dedos, que ficaram sujos de sangue.

— Merda — murmurou, rolando para o lado e ficando de joelhos.

Havia papelada espalhada por toda parte: documentos digitados, manuscritos, fotografias, recibos. Felizmente, o conteúdo da caixa de registros de chamadas ainda estava intacto. Ela a puxou para perto. A primeira folha tinha o nome e o endereço de Walton Huntsinger. O logotipo da AT&T, com o globo azul familiar, estava no canto. Emmy folheou a pilha, observando datas e números. A conta do celular de Alma. O de Walton. O telefone fixo. Tudo de doze anos atrás estava lá.

Emmy começou a puxar a pilha de documentos, mas os braços não responderam. As mãos pairaram no ar. Ela sentiu o cérebro lutando para fazer uma conexão. Era como se um enxame de abelhas tivesse invadido seu crânio de repente.

Ela abriu a boca. Respirou fundo.

As agências policiais funcionavam com base em documentação. Todo documento manuseado pela Delegacia do Xerife do Condado de Clifton era carimbado com um código de rastreamento e uma data. A informação era colocada em um registro, e esse registro indicava quem era o responsável por verificar os dados. Essa política estava em vigor desde o século anterior. Mesmo que um documento não fizesse parte da investigação oficial, mesmo que não fosse escaneado no sistema, ele ainda era carimbado na parte inferior e arquivado no local apropriado para que pudesse ser encontrado com facilidade, se necessário.

Nenhuma das folhas na caixa tinha uma numeração Bates.

Tampouco tinham as anotações de Virgil. Essa era outra regra. Se o investigador rastreasse um número de telefone, deveria anotar as informações encontradas. Dessa forma, se saísse de férias ou tivesse uma morte súbita, o subdelegado seguinte poderia continuar o trabalho.

Emmy pegou uma folha aleatória. Levantou-a contra a luz. Notou pontos de corretivo branco sobre alguns dos dígitos dos números de telefone. Novos números haviam sido escritos por cima com uma caneta de ponta fina. Emmy não via aquele fluido de correção opaco desde o ensino fundamental. Myrna o usava para corrigir erros quando preparava provas na velha máquina de escrever Smith Corona. Se a caligrafia fosse no mínimo legível, era possível substituir a letra ou número correto, fazer uma fotocópia e ninguém notaria a diferença.

O corretivo estava rachado e amarelado. Emmy usou a unha para raspá-lo. Levantou a folha contra a luz novamente. O número original era tão familiar para ela quanto o telefone fixo de sua casa. Ela o tinha discado incontáveis vezes: como uma jovem mãe cujo filho adorava cavalos, como uma subdelegada em busca do conselho de um mentor de confiança, como uma amiga que queria compartilhar uma taça de vinho ou um jantar.

Pertencia a Virgil Ingram.

Emmy olhou para a velha fotocopiadora encostada na parede. A impressora matricial antiquada. O desktop Dell do início dos anos 2000. Tudo de que uma pessoa precisaria para adulterar provas antes de carimbá-las e escaneá-las no sistema da polícia.

O sangue escorreu para dentro do olho de Emmy. O corte na testa ainda sangrava. Sentia-se atordoada quando se levantou. A mente entorpecida diante das implicações do que havia descoberto. Só conseguia repetir os fatos em silêncio. O número de telefone que aparecia várias vezes nos registros de chamadas de Walton Huntsinger pertencia a Virgil. Havia sido alterado com corretivo para que não fosse rastreado. Nenhuma prova real tinha sido processada pelo sistema. Não havia carimbos. Nem anotações. As evidências estavam dentro de uma caixa à qual apenas Virgil tinha acesso.

Emmy agia no automático quando empurrou as caixas para abrir caminho até o armário de primeiros socorros na parede. Teve que forçar a porta enferrujada para abri-la. O sangue de seus dedos deixou um rastro no metal branco. Não havia curativos nem ataduras dentro, apenas dezesseis ganchos, do tipo usado para pendurar chaves. Só que não havia chaves guardadas. Cada gancho segurava um pequeno saco transparente com bijuterias. Uma pulseira fina de prata com a inicial K. Um colar de ouro com um crucifixo. Uma pulseira da amizade da Klutz. Um pequeno broche da Grifinória. Um par de brincos em formato de estrela, do tipo que se dá para uma criança que acabou de furar as orelhas.

Troféus.

Ela pegou o velho celular flip que repousava no fundo do armário. Preto, com a frente espelhada. Tinha quase três centímetros de espessura. A dobradiça era um retângulo alongado com uma lente de câmera embutida. Emmy abriu o celular. Leu o número do modelo: Nokia N93i. Virou-o para olhar a parte de trás. Viu as iniciais arranhadas no plástico: C.B. Forçou a pequena tampa lateral para abrir. Havia um cartão miniSD azul na abertura.

Emmy ficou sem fôlego ao olhar para o teto. Não viu os azulejos manchados. Viu Virgil descendo a entrada da casa de Felix e Ruth Baker 85 minutos depois do sequestro de Madison. Ele estava de short e camiseta. Segurava um lenço para estancar os arranhões profundos no braço. Disse que havia arbustos espinhosos ao lado da casa. Escondia os três cortes fundos que as unhas de uma garota de quinze anos haviam aberto em sua pele.

Ela viu Virgil dezesseis horas depois. Emmy estava caída no chão do galpão nos fundos da casa de Walton Huntsinger. Gerald a segurava firme. Virgil estendeu um lenço para ela. O algodão estava molhado. O cabelo de Virgil, também. Ele puxava a gola da camisa. O uniforme estava colado ao corpo como plástico, porque a pele ainda estava úmida depois de arrastar os corpos acorrentados de Cheyenne e Madison até o meio do lago de Millie.

Ela viu a copiadora. O computador. Os registros de chamadas adulterados que escondiam a comunicação constante de Virgil com Walton Huntsinger nos dias próximos ao Quatro de Julho. O celular flip da Nokia. As bijuterias das garotas. Os troféus que ele havia tirado de outras vítimas. A maneira descarada como escondeu tudo à vista de todos, dentro do porão da própria casa.

Doze anos antes, Virgil tinha sido o responsável por rastrear todos os dispositivos eletrônicos. Haviam confiado em sua palavra quando ele disse que os celulares descartáveis não podiam ser rastreados. Os scanners de placas não deram em nada. Os dados das torres de celular eram inúteis. O funcionário da locadora Hertz se lembrava de ter visto Walton quando ele devolveu o carro. A quilometragem batia. O laptop doado de Cheyenne estava limpo. O celular descartável dela tinha sido enviado para Quântico. O segundo celular, encontrado no bolso da garota, estava encharcado. Não havia qualquer evidência que ligasse as garotas a outra pessoa que não Adam Huntsinger.

Virgil estivera sentado à mesa de reunião ouvindo Jude liderar o caso contra o assassino de Madison e Cheyenne. Ele se ofereceu para rastrear os contatos de Dale Loudermilk na prisão porque sabia que um nome específico apareceria na lista: Virgil Ingram, um homem branco que trabalhava em uma posição qualificada que exigia educação e treinamento. Um homem cujo trabalho o colocava em contato frequente com crianças. Um homem casado e com filhos.

Emmy levou a mão até a boca, mas não conseguiu emitir som. O sangue parou de circular em seu coração. A água gelada nas veias congelou por completo. Estava atônita, incapaz de pensar. Em cada parte da vida, em cada passo do caminho, Virgil sempre estivera lá. Ele era o subdelegado mais confiável de seu pai.

O homem que a ensinara a ser chefe. O pedófilo que tinha estuprado e matado Cheyenne Baker e Madison Dalrymple. O monstro que tinha levado Paisley Walker.

A porta se escancarou.

Emmy se sobressaltou, deixando o celular cair, quase tropeçando nas caixas. Em um instante, soube que não havia desculpas nem mentiras que pudessem tirá-la daquela situação. Virgil a tinha visto pela janela, provavelmente a observara enquanto ela fazia cada descoberta. Ele segurava uma pistola ao lado do corpo. Parecia algo saído de um filme da Segunda Guerra Mundial. Uma Ruger .22 fogo circular. Desmontagem com um botão. Ação por ferrolho. Carregador destacável.

Instintivamente, Emmy tentou recuar. A bota bateu na caixa pesada de registros de chamadas. Ela disse a primeira coisa que lhe veio à mente.

— Jude sabe sobre Walton. E sabe sobre você também.

Virgil sorriu, mas os olhos eram de um preto vazio e ameaçador.

— Ela sabe sobre Walton porque eu a levei até ele. Mas você não estaria sozinha no meu porão se ela soubesse de mim.

A frieza em sua voz fez um arrepio percorrer o corpo de Emmy.

— Como chegou aqui tão rápido?

— Eu já estava na rua resolvendo uns negócios. Cole me ligou avisando que você ia passar aqui.

Ela sabia que "negócios" ele estava resolvendo. Paisley Walker estava morta. Era só uma questão de tempo até Virgil matar Emmy também.

— Tenho que admitir, garotinha, você teria sido uma boa xerife. Gerald ficaria orgulhoso.

Emmy deveria estar apavorada, mas uma quietude tomou conta de seu corpo. Era a mesma sensação que tivera na estrada com o pai, mas, dessa vez, os sentidos estavam aguçados. Sua visão se fixou em Virgil. Lentamente, ela esticou a mão até a Glock. Sentiu a textura áspera do cabo de plástico sob os dedos.

— Não.

Ela envolveu a arma com a mão. A alça de segurança já estava solta.

Virgil ergueu a Ruger e a apontou diretamente para o peito dela.

— Eu mandei parar.

Emmy segurou a arma, mas a manteve no coldre. Ela fez os cálculos. A uma distância de quatro metros e meio, o projétil calibre .22 a acertaria com força, mas não atravessaria o colete à prova de balas.

Ele pareceu chegar à mesma conclusão. Levantou a arma, apontando para a cabeça dela.

— Você estava certa a respeito de tudo. Quero que saiba disso. Conheci Cheyenne no shopping. Estava fazendo bico na segurança para ajudar Peggy a abrir a loja.

Emmy deu de ombros, forçando a indiferença.

— Não me importo.

— Mas vai ouvir de qualquer jeito.

Ele esperou que ela argumentasse, mas Emmy percebeu que precisava ganhar tempo.

— Quanto tempo levou para aliciá-la?

— Não é aliciamento se está dando a elas o que querem. E acredite, garotinha, Cheyenne Baker queria ser fodida. — Ele estudou o rosto de Emmy, claramente esperando uma reação. — Ela era virgem na nossa primeira vez, mas, por Deus, sabia exatamente o que estava fazendo. Nada estava fora dos limites. Ela nunca disse não.

A mão de Emmy começou a suar ao redor da Glock. Usou a visão periférica para analisar o ambiente. Parede à esquerda. Cadeiras de barbeiro à direita. Nenhum lugar atrás do qual se abaixar. Nenhum lugar onde se esconder.

— Com Madison, precisei ir mais devagar. Ganhar a confiança dela. Fazer com que se sentisse especial.

Virgil passou a língua pelos lábios.

— Você lembra como ela era. Tão mal-humorada. Eu adoro um desafio.

Ela curvou o dedo ao redor do gatilho, sentindo a trava de segurança embutida. Teria apenas milésimos de segundo para sacar e disparar. Não podia desperdiçar tempo.

— Garotas dessa idade são tão frescas e receptivas. Tudo o que querem é ser amadas. Precisam de alguém para guiá-las. Para mostrar como o corpo delas funciona.

Emmy começou a puxar a Glock para fora do coldre, lentamente. Quinze balas no carregador, uma na câmara.

— Você também estava certa sobre o vídeo no Nokia. Walton sempre foi descuidado, mas eu devia ter sido mais esperto. Não sabia que ela estava nos filmando com o celular.

Ele riu, os olhos cravados no rosto dela.

— Todas aquelas fodas e chupadas gloriosas teriam nos enterrado vivos na prisão. — Ele estudou o rosto de Emmy com o olhar, em busca de uma reação. — Uma coisa é dizer que uma vadiazinha estúpida está mentindo. Mas Cheyenne tinha provas reais. Quando tentou nos chantagear, selou o destino das duas.

O estresse fez as lágrimas deslizarem pelo rosto de Emmy. Ela se guiou mentalmente pelo processo de sacar a Glock e puxar o gatilho.

— Não chore, Emmy Lou. Você já teve essa idade. Tão jovem e burra. Só braços e pernas. — Virgil lambeu os lábios. — Faz ideia de como foi difícil deixar você em paz?

Emmy parou de se mover. Ficou paralisada pela pergunta.

— Se Jonah não tivesse ficado com você primeiro, eu poderia ter lhe mostrado como é bom estar com um homem.

Emmy respirou fundo, trêmula. A determinação vacilou. A quietude começou a se dissipar.

— Emmy Lou — sussurrou ele. — Minha linda e equivocada Emmy Lou.

Ela se sentiu enojada com aquela intimidade.

— E Dale?

— Madison e Cheyenne não eram o tipo dele.

— Está mentindo.

— Por que eu mentiria?

Virgil esperou uma resposta que não veio.

— Descobri Dale anos antes de tudo acontecer. Ele me fez uns favores. Eu não o mandei para a prisão.

— Nós também descobrimos sobre ele. — Emmy lutou para tirá-lo do eixo. — Walton foi com o Audi de Esther Loudermilk até Muscle Shoals. Usou a carteira de motorista de Adam para voar até West Virginia e voltar. Depois, voltou para North Falls para sequestrar as garotas com você.

Virgil riu.

— Deus, você é inteligente para caralho. Foi exatamente isso o que ele fez. Adam sempre deixava a carteira jogada por aí. O idiota não fazia ideia de que Walton estava usando a identidade dele. A foto do lado de fora da Legião Americana foi ideia minha. E foi uma boa ideia. Assim que você viu aquela foto, parou de suspeitar de Walton.

— Diga onde deixou Paisley. Deixe-me levá-la para casa, para Carol e Elijah.

— Garotinha, isso não vai acontecer. — O peito de Virgil subiu quando ele respirou fundo. — Mas uma coisa eu prometo. Pelo bem do Cole, vou deixar seu corpo em um lugar onde ele possa encontrar.

Algo clicou dentro da cabeça de Emmy. O disparo de um cronômetro que ela nem tinha percebido que contava os segundos. Manteve os olhos fixos nos de Virgil, o corpo imóvel, a mão firmemente fechada em torno da arma, o dedo repousando no gatilho.

Então, bateu o salto da bota na caixa atrás dela.

Virgil olhou para baixo por um segundo. Mas um segundo era tudo de que Emmy precisava.

Ela puxou a Glock do coldre, ergueu-a no ar e começou a disparar assim que o cano ficou livre.

A primeira bala ricocheteou no chão. A segunda acertou o pé dele. A terceira estilhaçou o joelho, depois outra se cravou na coxa, então mais duas rasgaram a virilha e o quadril, outras três explodiram seu peito, então ela perdeu a conta enquanto o corpo de Virgil se debatia para a frente e para trás, como se estivesse sendo espancado por um boxeador.

Ele nem sequer caiu, apenas curvou-se de costas no chão. Emmy ouviu um clique rápido. O som ecoou pelos cantos. O pente estava vazio. Seu dedo não parava de puxar o gatilho. Ela soltou uma respiração curta e ofegante. Não conseguia abrir mão da arma. Os músculos estavam contraídos demais. A rigidez se espalhou pelo braço, travando seu cotovelo. Ela teve que bater a parte de trás da mão contra uma cadeira de barbeiro para conseguir soltar. A arma caiu no chão, bateu no Nokia quebrado e deslizou até parar, encostada em uma caixa de papelão.

A quietude voltou. O treinamento assumiu o controle. Ela chutou a Ruger para longe da mão de Virgil. Pressionou os dedos no lado do pescoço dele para ter certeza de que estava morto. Revistou os bolsos em busca de outras armas. Pegou o celular do colete para chamar a central.

Ela abriu a boca, mas não conseguiu falar. As cordas vocais pareciam paralisadas. Então mandou uma mensagem para Cole.

Foi Virgil. Ele está morto.

Emmy observou os três pontinhos subindo e descendo enquanto Cole tentava digitar uma resposta. Então eles desapareceram, e o telefone começou a tocar.

O dedo pairou sobre o botão verde para atender a ligação, mas ela não conseguiu pressioná-lo, não conseguia nem controlar a própria mão. O celular caiu. O vidro rachou.

O tremor começou em seu peito. Ela o sentiu se espalhar para a barriga e subir para os ombros. Viu o tremor percorrer os braços, estremecer os dedos. Tudo tremia. Os dentes começaram a bater. Os olhos pareciam instáveis. Ela não conseguia focar. Não conseguia enxergar. Não conseguia nem respirar. Cambaleou até a porta. A chuva havia passado. Ela piscou com a súbita explosão de luz do sol, tentando clarear a visão. A caminhonete de Virgil estava na entrada. A viatura de Emmy. O reboque de cavalos.

Vômito explodiu de sua boca. Emmy se curvou, engasgada, e vomitou na grama. A bile espirrou nas botas, manchou a calça. Ela caiu de joelhos mais uma vez. Lágrimas escorreram de seus olhos. Todas as emoções que havia mantido sob controle vieram à tona como um furacão. Ela começou a soluçar. Por Cheyenne. Por Madison. Pelo fato de ter matado um dos dois únicos homens no mundo que poderiam levá-la ao corpo de Paisley Walker. Ele havia confessado. Tinha contado tudo. Mas não tinha dito a Emmy como encontrá-la.

Ela se sentou sobre os calcanhares. Limpou a boca na manga. Olhou para as nuvens escuras. Uma névoa fina acariciava seu rosto. Ela viu o sol tentando sair.

— Pai — sussurrou. — Por favor, me diga o que fazer.

Não houve resposta, mas mais do que nunca Emmy ansiava pelo pai. Pelo leme que a guiava na direção certa. Pelos conselhos sutis que a faziam enxergar as pistas bem diante de seus olhos.

O que sabemos? O que achamos que sabemos? O que estamos deixando passar?

Emmy sentiu as perguntas atravessando sua mente em curvas lentas e preguiçosas, do mesmo jeito que ela e Hannah deslizavam de bicicleta pelas estradas de terra. Forçou-se a se levantar. Olhou mais uma vez para a casa de Virgil. As luzes estavam apagadas. As cortinas, abertas.

Na maioria dos sequestros predatórios, os corpos são encontrados em um raio de trinta quilômetros do local do crime. A área geralmente é familiar ao sequestrador. Ele revisita o local para reviver seus atos. Normalmente, esconde os corpos de alguma forma: cobertos com folhas, enterrados em uma cova rasa, submersos na água, ocultos em um prédio ou galpão abandonado, desmembrados e descartados em um lixão.

Virgil não levaria Paisley para a própria casa. Ele ia querer mantê-la em algum lugar isolado, contido, acessível. Um lugar em que se sentisse à vontade. Onde pudesse voltar para reviver seus crimes. Um lugar onde Emmy o tinha visto passar uma corrente pelo cadeado do mesmo jeito que havia prendido a corrente na rocha no fundo do lago de Millie.

O celeiro.

Emmy começou a correr morro abaixo. A grama estava encharcada. Ela escorregou e tropeçou, segurando-se com a mão esquerda. Um estalo de dor explodiu em seu pulso. Emmy se levantou de um salto e continuou correndo. Deslizou pelo último trecho da encosta de bunda no chão, depois se ergueu novamente. Correu mais trinta metros até o celeiro.

A esperança ressurgiu. Uma esperança estúpida e inútil. Virgil não havia dito que Paisley estava morta. Havia uma chance mínima, uma anomalia estatística, de que Paisley Walker ainda estivesse viva.

A corrente estava presa ao cadeado. Emmy a arrancou com uma das mãos. Escancarou a porta do celeiro. Luz e sombra dançaram pelo interior. O sol atravessava as rachaduras nas tábuas velhas. Ela sentiu os raios tremeluzindo no rosto enquanto verificava os estábulos vazios, a área de arreios e ração, a sala de equipamentos, o escritório.

— Paisley! — gritou. — Paisley Walker!

A voz ecoou até as vigas do telhado. Emmy deu um passo para trás para olhar o feno no sótão. Os fardos empilhados pareciam uma fortaleza. A escada não estava lá. Ela vasculhou o celeiro, correu de novo pelos estábulos, abriu as portas dos fundos. Encontrou a escada frágil de quatro metros no chão. Uma fisgada de fogo atravessou seu pulso torcido quando ela a arrastou para dentro. Mal conseguia erguê-la, mas, de alguma forma, conseguiu alinhar os trilhos laterais com o encaixe no chão do sótão. Subiu com uma mão só, enquanto a outra latejava como um metrônomo a cada degrau.

— Paisley! — gritou.

Emmy esperou, os ouvidos atentos a qualquer resposta.

Nada.

Ela terminou de subir. Havia apenas uma borda estreita entre os fardos de feno e o corrimão. Emmy ficou na ponta dos pés, mas não conseguia ver por cima. Os fardos estavam empilhados em pilhas de quatro, enfileirados de ponta a ponta. Cada um pesava pelo menos 25 quilos.

Emmy percorreu a borda às pressas, pressionando a palma da mão em cada seção, procurando um ponto fraco. Só o encontrou no final da fileira. Um dos fardos cedeu. Emmy empurrou os outros para o lado. Só conseguia ver escuridão adiante. Pegou uma pequena lanterna do bolso do colete. Subiu por cima dos fardos caídos. Virgil os havia empilhado em três fileiras. Ela não pensou no fato de estarem lá para abafar o som. Para esconder. Para absorver sangue, fluidos e sofrimento.

Em um movimento, ela acertou a bota em madeira maciça. A escuridão a envolvia. Virgil tinha revestido as paredes e o teto com painéis. O sol não conseguia atravessar as frestas das tábuas. O feixe da lanterna era fraco. Ela começou a examinar a área de um lado para o outro. Um brilho branco interrompeu seu movimento.

Tênis Skechers, cadarços cor-de-rosa.

Emmy tentou invocar a frieza, mas o desespero não podia ser ignorado. Viu o outro pé do tênis. Um moletom azul com o logo da The Eras Tour. Leggings pretas enroladas. Um top esportivo rosa. Uma calcinha com estampa da Hello Kitty e elástico cor-de-rosa, porque meninas de catorze anos ainda eram crianças.

A luz começou a tremer na mão de Emmy. O feixe se moveu para cima. Saltou para o canto mais distante.

— Não… — sussurrou Emmy. — Não…

Paisley Walker estava deitada de lado. Sangue manchava o rosto, o tronco, as pernas. Os olhos estavam fechados; os lábios, inchados. As mãos tinham uma aparência grotescamente deformada. A pele estava escura na região em que o sangue se acumulava ao redor dos ossos quebrados. Os pés estavam iguais, os arcos curvados do mesmo jeito que os de Cole quando era bebê.

Emmy foi até ela. O teto era baixo. Teve que rastejar pelo chão. Colocou a lanterna ao lado, deixando o feixe iluminar o rosto da menina.

— Paisley? — Emmy mal conseguia pronunciar o nome. Pressionou os dedos no pulso dela. — Querida, consegue me ouvir?

Então fechou os olhos, tentando ignorar as batidas aceleradas do próprio coração enquanto procurava um pulso. O braço de Paisley estava inchado demais. Os fluidos tensionavam a pele como um balão cheio d'água. Emmy se deitou ao lado da menina. Gentilmente virou o rosto dela do chão, segurando o peso da cabeça na palma da mão. Pressionou dois dedos na lateral do pescoço.

Mais uma vez, Emmy fechou os olhos. Não pensou em Madison, nem em Cheyenne, nem mesmo em Paisley. Pensou em seu filho querido. Dar à luz quase a matara. Era para ela ter ficado de repouso por um mês, mas não conseguia se segurar e ia ao berçário a cada poucas horas para garantir que ele estava bem.

O primeiro chamado como subdelegada tinha sido para um bebê vítima de morte súbita. Emmy ficara aterrorizada de que o mesmo pudesse acontecer com o filho. Ainda se lembrava da euforia cada vez que pressionava os dedos na artéria carótida dele e sentia a pulsação rápida do sangue bombeando através de seu coração precioso. Era a mesma sensação que sentia com Paisley naquele momento.

— Meu Deus! — Emmy se engasgou.

Ela estava viva.

— Paisley Walker.

Emmy segurou o rosto da menina entre as mãos. Fez a voz soar firme, autoritária.

— Paisley, sei que você pode me ouvir. Preciso que olhe para mim agora.

A menina não respondeu. Emmy estava dividida entre ficar ou sair para pegar o telefone. Não precisou decidir, pois o lamento distante das sirenes chegou até ela. Tinha assustado Cole por não atender a ligação. Era bastante provável que todos os policiais do condado estivessem chegando em disparada.

— Paisley! — gritou Emmy. — Você está ouvindo essas sirenes? Vamos levar você de volta para sua mãe e seu pai, mas preciso que abra os olhos e olhe para mim, querida. Você está segura agora. Está segura.

A menina não reagiu. Emmy estava prestes a insistir quando viu movimento sob as pálpebras, como duas bolinhas de gude deslizando sob um pano de seda.

— Isso mesmo — disse Emmy. — Olhe para mim, querida. Mostre-me esses lindos olhos.

No início, tudo o que Paisley conseguiu abrir foi uma pequena fresta. As pupilas eram círculos escuros gigantescos em um mar de vermelho. Emmy virou a lanterna em direção ao próprio rosto. Aproximou-se para que a menina pudesse vê-la.

— Paisley — disse. — Sou a xerife Emmy Clifton. Você está segura. Estou aqui para ajudá-la, certo?

Os olhos da menina se fecharam, depois se abriram lentamente. Os lábios se separaram. O hálito tinha um cheiro rançoso e doentio.

— O... o homem... — sussurrou.

— Ele está morto. Ele não pode mais machucar você.

— Eu... — A voz dela vacilou. Os olhos se fecharam. Mas as palavras não pararam. — Eu estava na minha bicicleta e... e ele me acertou, e eu... eu caí... e fiquei... fiquei tão assustada e... e...

— E o quê, querida? — Emmy enxugou as lágrimas que escapavam dos olhos da menina. — Pode me contar tudo. Eu não vou a lugar nenhum.

CAPÍTULO DEZENOVE

Emmy estava sentada ao lado de Cole na sala de observação dentro da delegacia. A única luz vinha dos dois monitores, mas Emmy não olhava para as imagens. Olhava para a mão direita. A memória do pulso de Paisley Walker ainda pairava na ponta de seus dedos. A garota tinha sido levada de helicóptero para o centro de trauma infantil em Atlanta. Estava gravemente desidratada, à beira da morte, quando Emmy a encontrou. Não havia como saber se voltaria a usar as mãos e os pés.

Mas estava viva. Respirando. Falando. Estava com Elijah e Carol, em segurança.

Todos agiam como se Emmy fosse uma heroína, mas não havia heróis naquela história. Tudo em que Emmy conseguia pensar eram as palavras de Hannah na noite em que Madison e Cheyenne desapareceram. Naquele momento, ambas ainda se agarravam à menor esperança de que Madison fosse encontrada com vida. Hannah havia feito a pergunta mais óbvia: "Como ela vai se recuperar disso?".

Doze anos não haviam aproximado Emmy de uma resposta, mas, se ser uma Clifton lhe ensinara algo, era que algumas coisas eram mais fáceis de suportar do que de encarar.

Ela entrelaçou as mãos, tentando afastar a sensação do toque. Foi recompensada com uma dor horrível no pulso esquerdo. Ficou sem ar. As costelas à frente do coração estavam machucadas. Virgil havia disparado um único tiro com a Ruger antes de começar a cair. K-5, centro de massa. O projétil .22 golpeou o colete balístico de Emmy como um raio comprimido. Na hora, ela não sentira, mas cada respiração tinha se tornado um tormento.

Cole pousou a mão sobre o braço dela. Emmy sabia que ele estava preocupado, mas não havia a menor chance de ficar deitada em um leito de hospital enquanto Walton Huntsinger era interrogado.

— Estou bem, querido.

Ela olhou além dele para o monitor que mostrava Walton largado na cadeira. Jude e Seth Alexander estavam sentados do outro lado da mesa. Seth parecia exausto. A gravata afrouxada. Estava curvado sobre um bloco de notas apoiado na perna cruzada. Não estava transcrevendo a entrevista. Apenas anotava inconsistências. No início, a caneta rabiscava movida pela raiva. Àquela altura, só fazia uma ou outra marca esporádica.

Em contraste, Jude parecia revigorada. Nada do que Walton dissera tinha conseguido abalá-la. Enquanto ele os guiava pelos detalhes repugnantes de sua doença, ela permanecia impassível, às vezes até entediada. Poderia muito bem estar ouvindo alguém falar do preço do algodão no mercado. Ele nem percebeu que ela preparava uma armadilha até ser tarde demais.

Emmy não tinha tanto orgulho a ponto de não admitir que a irmã havia dado uma aula magistral de interrogatório. Sete longas e brutais horas haviam se passado desde a prisão de Walton, mas Jude o desmontara com cuidado, peça por peça, até que, finalmente, ele cedeu.

O som de Seth virando a página do bloco de notas ecoou pelo alto-falante Bluetooth.

— Certo. — O tom de Jude era preciso e profissional. — Continue.

Walton olhou para o bloco de notas de Seth. O último resquício da fachada de homem de bem tinha caído. Só restava o estuprador e assassino de crianças.

— Acho que foi uns dez dias antes do Quatro de Julho. Cheyenne me disse para encontrá-la no meu escritório à meia-noite. Achei que a gente ia se divertir, mas ela me mostrou o vídeo.

— Como ela mostrou o vídeo?

— No Nokia N93i. Era daqueles bons, com câmera de vídeo, que dava pra esconder no bolso. Virgil nem sabia que ela tinha. Eu já disse, ela era esperta. Ele tinha dado um iPhone descartável para ela, mas vivia checando para garantir que não tivesse nada que a ligasse à gente. — Walton deu de ombros. — Ela era uma mentirosa dos infernos.

Jude manteve o foco.

— O que fez quando Cheyenne mostrou o vídeo?

— Arranquei o telefone da mão dela. Ela começou a rir. Verifiquei o compartimento do cartão de memória, mas estava vazio. Ela disse que o tinha colocado em um lugar seguro. — Walton tirou os óculos e os jogou sobre a mesa. —

Ela disse que, se eu não desse cinquenta mil dólares para ela, enviaria a parte do vídeo que mostrava todos nós juntos para Emmy Clifton.

— Todos nós? — repetiu Jude.

— Eu, Virgil, Cheyenne e Madison — enumerou Walton, colocando oficialmente seus crimes no registro. — Cheyenne achava engraçado, algum tipo de brincadeira doentia. Ela não dava a mínima de arruinar nossa vida.

Emmy mordeu o lábio. Walton e Virgil não eram as vítimas da situação.

— E Madison? Ela estava envolvida no esquema de chantagem? — perguntou Jude.

— Sim, mas não foi ideia dela.

— Como sabe disso?

— Madison nunca teria tentado nos machucar. Ela era uma boa garota. Tudo de ruim em que ela se meteu foi por causa de Cheyenne.

Emmy sentiu o gosto de sangue na boca. Nenhuma das meninas era ruim. Elas tinham sido vítimas de dois predadores sádicos.

— Certo. — Jude manteve a calma sobrenatural enquanto o conduzia pelos crimes. — O que fez depois que Cheyenne mostrou o vídeo?

— Entrei em pânico. Liguei para Virgil. Ele disse que cuidaríamos das duas no feriado de Quatro de Julho.

— Diga qual era seu plano.

— O plano de Virgil — corrigiu. — Não estou transferindo a culpa. Estou dizendo que ele sempre esteve no comando porque era policial. Sabia o que estava fazendo. Como nos deixar em segurança. Ele disse para Cheyenne nos encontrar nas estradas de terra porque sabia que todos estariam nos shows de fogos de artifício. Ela entregaria o telefone e nós daríamos o dinheiro.

— O que ela faria com cinquenta mil?

— Ia se mudar para Atlanta com Madison. Iriam embora em três meses, na noite de Halloween, assim ninguém iria procurá-las.

Emmy fechou os olhos. Era fácil imaginar Madison e Cheyenne pensando estupidamente que tinham tudo planejado. A ideia de que ninguém as procuraria no Halloween era absurda.

— O plano que acabou de me contar é o que Cheyenne achava que aconteceria. O que você e Virgil realmente planejavam fazer? — questionou Jude.

— Eu queria pagar e deixá-las sair da cidade. Sabia que qualquer outra coisa chamaria muita atenção. — Walton esfregou os olhos. — Virgil disse que os cinquenta mil seriam apenas o começo. Que elas continuariam voltando para pedir mais. Não podíamos lhes dar esse tipo de poder. Eu não estava convencido até que Cheyenne aumentou a pressão.

— Como?

— Ligações. Ligações constantes.

Walton coçou o pescoço. As unhas já haviam cravado sulcos irritados na pele.

— Cheyenne ligava várias vezes no mesmo dia. Alma começou a desconfiar. Não havia uma razão plausível para uma adolescente ficar me ligando tanto. Ou para ligar para mim e ponto, para dizer a verdade. Virgil continuava dizendo que precisávamos fazer algo a respeito, mas eu hesitava. Nunca tínhamos feito nada assim na cidade. Sempre deixamos nossas atividades longe de North Falls.

Emmy percebeu a mudança para o tempo presente. Walton ainda não tinha aceitado que passaria o resto da vida na prisão. Talvez isso fosse algo bom. Cada um dos troféus de Virgil precisava ser rastreado até um caso. Os contatos de Jude já haviam identificado cinco jovens assassinadas em cinco locais diferentes onde Walton esteve com os Tooth Troopers. Em todos os casos, exceto um, a folha de ponto de Virgil mostrava que ele havia tirado pelo menos dois dias de folga do trabalho. Emmy se lembrava de ter brincado com ele sobre passar todo o tempo na companhia de cavalos.

— Volte ao plano — insistiu Jude.

— Virgil me disse como montar meu álibi — respondeu ele, novamente com detalhes. — Dale me emprestou o Audi para ir até Muscle Shoals. Usei a carteira de motorista de Adam para reservar uma passagem de ida e volta para West Virginia. Paguei em dinheiro, como ele orientou. Depois que pousei, fui até o prédio da Legião Americana para tirar uma foto e provar que estava lá. Então peguei o voo de volta para Muscle Shoals. Voltei dirigindo o Audi até a casa de Dale. Virgil me encontrou lá. Entramos no carro e pegamos as meninas.

— Quem estava no carro?

— Virgil e eu.

Um novo detalhe. Uma nova pergunta respondida. Na noite do desaparecimento de Madison e Cheyenne, Emmy se perguntara como um único homem havia conseguido controlar duas garotas de quinze anos. Dois predadores faziam todo o sentido.

— Você, Dale ou Virgil fizeram alguma coisa para preparar o carro? — perguntou Jude.

— Ah, sim — disse Walton, como se tivesse acabado de se lembrar. — Dale forrou o porta-malas com uma lona. Acho que era preta. Virgil ficou furioso porque tinha mandado Dale prender as bordas com fita adesiva para vedar tudo. Mas Dale sempre foi um babaca. Ele via tudo como um jogo de desafio.

Cole sussurrou um palavrão. Emmy olhou para ele. As mãos estavam cerradas com tanta força que ele parecia querer atravessar a tela do monitor e espancar Walton.

— De que outra maneira Dale esteve envolvido naquela noite? — perguntou Jude.

— Foi só isso. — Walton deu de ombros. — Dale nos deixou usar o carro de Esther, mas ficou em casa. Eu já disse, ele gosta das mais novas. Só ajudou porque sabia que Virgil poderia prendê-lo. Nós dois morríamos de medo dele, não preciso ficar lembrando que ele era policial, mas fazia diferença. Ele poderia nos destruir em um instante. Adorava jogar isso na nossa cara.

Emmy tentou não se concentrar no tom patético e choroso.

Jude parecia não ter dificuldade em ignorá-lo.

— Você e Virgil entraram no Audi. Saíram da casa de Dale. Para onde foram?

— Estávamos adiantados, então Virgil dirigiu por meia hora. Ele tinha combinado de encontrar Cheyenne às 18h30 na estrada de terra.

— Ela sabia que você estaria lá também?

— Não, mas era assim que Virgil fazia as coisas. Nós sempre tínhamos que estar juntos. — Walton coçou o pescoço até sangrar. — Vou lhe contar por que ele queria que eu estivesse junto. Eu era a saída de emergência dele. Se algo desse errado, iria me matar e armar tudo para parecer que tinha salvado o dia. Virgil era esperto. Sempre estrategista.

Emmy não teve dificuldade em acreditar que essa era a intenção dele. Sempre tivera a impressionante habilidade de estar dezenas de passos à frente.

— Virgil me disse que faria parecer que Cheyenne tinha sido vítima de um atropelamento — prosseguiu Walton. — Ele iria manipular a cena do acidente para que nada levasse até nós. Era bom em alterar provas.

Cole pigarreou para chamar a atenção de Emmy e disse:

— Foi por isso que só encontraram um par de pegadas. O DIG eliminou as impressões do pessoal do departamento do xerife.

Ela cerrou os dentes. Não conseguia imaginar quantos outros casos Virgil havia manipulado. Precisariam revisá-los por anos.

— Cheyenne estava na bicicleta quando chegamos à estrada de terra — contou Walton. — Virgil não diminuiu a velocidade. Ela entrou em pânico, começou a pedalar o mais rápido que podia, ziguezagueando. Virgil tocou a roda traseira da bicicleta com o para-choque. Não estávamos em alta velocidade, mas a pobrezinha voou pelo ar. Ele ia terminar o serviço, mas então percebi que o cartão de memória não estava no telefone.

— O miniSD? — perguntou Jude.

— Isso — confirmou Walton. — Cheyenne não quis dizer onde estava. Levamos ela para minha casa e a colocamos no galpão.

Emmy sentiu um calor ardente dentro do peito. Mais um detalhe explicado. Mais uma pergunta respondida. Virgil havia se encarregado de analisar o galpão em busca de evidências. Ele lhes dissera que não havia vestígio das garotas.

— Cheyenne era tão resistente. — Walton parecia impressionado. — Levou horas para entregar Madison. Qualquer homem teria cedido, mas ela aguentou até o fim. Com exceção de Virgil, ela foi a pessoa mais forte que já conheci.

Emmy odiou o tom reverente dele. Cheyenne Baker era uma garota de quinze anos. Ela não precisava ser forte. Precisava estar segura.

— Você suspeitou de que Madison estivesse com o miniSD? — perguntou Jude.

— Claro — disse Walton. — Mas Virgil não queria ouvir. Lembrei a ele que Madison tinha cortado o chip SIM, mas se recusado a entregá-lo. Mad às vezes fazia isso, era teimosa sem motivo. No começo, ela nunca nos desobedecia. Era assim que Virgil a via ainda, como um anjo inocente. Ele não conseguia aceitar que Cheyenne a tinha corrompido.

Emmy só conseguia pensar nas fotos que havia encontrado no armário de Cheyenne. Uma garota usando lingerie branca e justa. A outra de preto. Boa e má. A Madonna e a promíscua.

— O que fez Virgil aceitar que Madison estava com o cartão miniSD? — perguntou Jude.

— Cheyenne o convenceu, mas não sem lutar. Aquela garota era osso duro de roer. — Walton ainda tinha um tom de admiração na voz. — Por horas, aguentou tudo o que Virgil fez. Num minuto dizia que o pai estava com o cartão de memória. Em outro, dizia que tinha escondido na bolsa da mãe. Você não conhecia as meninas, mas Cheyenne protegeu Madison de muitas coisas. Ela aguentava o pior dos interesses de Virgil. Estava lá fora vendendo seus serviços por dinheiro, traficando drogas, fazendo tudo o que podia para fugir.

— Por que ela queria fugir?

— Os pais dela eram idiotas. — Walton parecia um adolescente petulante. — Ruth era fria e violenta. Felix nunca estava em casa. Os dois eram fanáticos religiosos. Do tipo que aparecia na igreja toda vez que as portas se abriam. Cheyenne estava cansada das besteiras deles. Ela não era uma criança. Era uma jovem com necessidades. Eles nunca a deixavam se divertir.

Emmy não era fã dos Baker, mas não chamaria dois homens adultos estuprando uma criança de diversão.

— O que Cheyenne disse no galpão? — perguntou Jude.

— Demorou um pouco. Eu falei que ela estava sempre tentando proteger Madison. Mas Virgil achou um jeito de arrancar dela. Cheyenne disse que Madison estava no parque. Que tinham marcado de se encontrar às oito debaixo de uma árvore específica.

Emmy não gostou de ouvir sua teoria confirmada. Ainda conseguia se lembrar daquele momento perdido debaixo do carvalho. O olhar irritado no rosto de Madison. A mudança súbita de emoções, a garota parecendo que ia começar a chorar. E havia a ansiedade de Madison no topo da colina. O "agora, não" de Emmy que fizera uma menina de quinze anos confusa ir procurar a amiga sozinha.

— Cheyenne disse a você e a Virgil onde encontrar Madison e o cartão miniSD. E então? — disse Seth.

— Não podíamos deixar Cheyenne no galpão porque eu não fazia ideia de onde Adam estava. Ele poderia chegar a qualquer momento.

— Por que não a mataram? — perguntou Jude.

Walton passou a mão pela boca.

— Como eu disse, Virgil tinha um apego. O fato de ela ter resistido a ele por tanto tempo era um afrodisíaco. Não estava pronto para se livrar dela.

Emmy colocou a mão no peito. Ela sentia Cole lutando para manter a compostura.

— Continue — disse Jude.

— Virgil colocou Cheyenne no porta-malas, depois colocou a bicicleta dela por cima. A tampa não fechava. Ele me mandou amarrar com uma corda, mas sou melhor em dar pontos de sutura. A tampa ficava pulando toda vez que pegávamos um buraco na estrada. — O sorriso de Walton foi breve. O detalhe só era engraçado para ele. — Dirigimos até o parque para encontrar Madison. Virgil ia mandar uma mensagem para ela do celular descartável de Cheyenne, pedindo para nos encontrar no estacionamento, longe da multidão, mas Madison já estava lá quando chegamos. Parecia destino.

— E então? — instigou Jude.

— Ingenuamente, achei que poderíamos resolver a situação. Ia conversar com Madison, fazê-la entender. Eu já disse, ela era uma boa garota. Sem Cheyenne, a vida dela teria tomado outro rumo.

Emmy começou a balançar a cabeça em negativa. A fachada de Walton estava voltando ao lugar. Nenhum deles deixaria as meninas vivas. Ambos eram assassinos sádicos.

Jude também percebeu isso e ordenou:

— Atenha-se aos fatos.

Walton deu de ombros.

— Virgil entrou com o carro no campo de futebol para atrair Madison mais para longe da multidão. Os fogos de artifício tinham acabado de começar. Eu saí do carro, mas ela já estava olhando dentro do porta-malas. Tentando ajudar Cheyenne. Fiquei com medo de que ela fosse gritar.

— O que você fez?

— Não foi o que eu fiz. Foi o que Madison fez. Ela se virou e olhou para mim. Fiquei paralisado, não sabia como responder. Mas aí Virgil bateu com o martelo na nuca dela.

Emmy fechou os olhos novamente, rezando para que a imagem de Madison sendo atingida não assombrasse seus sonhos.

— E depois?

Walton suspirou.

— Madison não cabia no porta-malas com Cheyenne e a bicicleta, então Virgil contornou o carro com ela nos braços para colocá-la no banco de trás. Então Cheyenne começou a correr em direção às árvores. Todo mundo de North Falls estava descendo a colina. Não me lembro de como a pistola foi parar na minha mão, mas de algum jeito ela disparou, e Cheyenne estava morta.

Emmy não precisava do relatório da autópsia para saber que ele estava mentindo. Tinha visto a ferida de bala na testa de Cheyenne quando viu a menina pela primeira vez na água.

— Era a pistola .22 de fogo central?

— Era — disse Walton. — Virgil me pediu para levar uma arma. Era a única que tinha por perto. Meu pai gostava de atirar por esporte. Eu não gosto de armas.

— É. — Cole soou furioso. — Ele gosta de martelos.

Emmy resistiu ao impulso de consolá-lo.

— Você atirou em Cheyenne — disse Jude. — E depois?

— Segui as ordens de Virgil, como sempre fazia. — Walton deu de ombros. — Ele disse que tínhamos que deixar as bicicletas. Não cabiam as duas no porta-malas, e com Cheyenne sangrando tanto, não podíamos colocá-la dentro do carro. Virgil me disse para deixar uma bicicleta no meio do campo. Ele jogou a outra em direção às árvores. Depois fechamos o porta-malas e fomos embora.

Emmy resistiu ao impulso de fechar os olhos novamente, mas a mente ainda exibia a imagem de Madison presa dentro do porta-malas com o corpo sem vida de Cheyenne.

— Para onde vocês foram? — perguntou Jude.

Ele olhou para os óculos.

— Para o celeiro. Peggy estava viajando. Ela iria voltar no fim de semana. Isso nos deu tempo para… para planejar.

Emmy sabia exatamente o que tinha dado tempo de fazer.

— Vocês encontraram o cartão miniSD?

— Estava no bolso de Madison. Virgil colocou de volta no Nokia. Perguntei se podia ver o vídeo, talvez fazer uma cópia, mas ele não deixou. Disse que era muito perigoso, mas sei que ele assistiu. Quem poderia resistir?

Jude não respondeu.

— Você teve relações sexuais com Madison Dalrymple?

Walton hesitou, mas disse:

— Sim.

— E com Cheyenne Baker?

— Antes, sim. — Walton hesitou novamente. — Mas não depois. Isso era coisa do Virgil.

Cole agarrou a mão ferida de Emmy. Ela segurou a dele, ignorando a dor.

— E os ferimentos nas mãos e nos pés de Madison?

— Isso foi… — Walton hesitou de novo. — Nós dois gostávamos disso. Revezávamos. A forma como as fraturas reverberam pelo cabo de madeira, é uma vibração tão sutil. Quase como uma pequena morte a cada estalo.

Emmy entreabriu os lábios para respirar. Seu único consolo era saber que um júri ouviria a confissão doentia e distorcida de Walton e não hesitaria em mandá-lo para o corredor da morte.

— Quem se livrou dos corpos? — perguntou Jude.

— Nós dois. Virgil sabia que Millie tinha saído para ajudar nas buscas pelas garotas. Pegamos um bloco de concreto e um pedaço de corrente do celeiro dele. Arrastamos os corpos para o meio da água e prendemos no fundo. Quase não consegui voltar para casa a tempo. Meu cabelo ainda estava molhado quando o xerife bateu à porta. O uniforme de Virgil estava encharcado, mas ninguém percebeu.

— Por que deixá-las no lago? — perguntou Jude.

— Virgil disse que queria ter certeza de que os corpos seriam encontrados. Que devíamos isso aos pais de Madison. Ele conhecia os dois, sabe. Paul e Hannah, boas pessoas.

Emmy não tinha sentido a raiva tomar conta até aquele momento. Virgil não tinha escolhido o lago de Millie por compaixão. Ele tinha colocado as meninas lá como um grande foda-se para Emmy e Gerald.

— Cheyenne foi sua paciente quando se mudou para a cidade.

— Fiz uma obturação de emergência, mas ela não era uma das minhas pacientes regulares. — Walton deu de ombros novamente, como se não tivesse tido opção. — Virgil foi quem a escolheu. Eu ia deixá-la em paz, mas ele a viu no shopping e alguma coisa simplesmente clicou dentro dele. É assim com essas garotas. Elas sorriem para você ou flertam um pouco, e você sente esse puxão no coração. Não consegue dormir. Não consegue comer. Só consegue pensar nelas. Isso pode enlouquecer, se você deixar.

— De quem foi a ideia de pegar Paisley Walker? — Jude continuou o interrogatório.

A postura de Walton mudou. Ele tinha sido relativamente aberto na última hora, mas cruzou os braços e se recostou na cadeira.

— Foi tudo ideia do Virgil. Eu nem tinha ouvido o nome de Paisley até ler no *Herald*. Depois chegaram todas aquelas pessoas furiosas lá em casa. Achei que Virgil estava tentando incriminar Adam de novo. Mas então seu pai me disse que não achava que Adam tivesse feito aquilo.

Emmy se inclinou para a frente. Estudou o rosto de Jude no monitor. Nada tinha mudado. Ela parecia tão impassível quanto estivera enquanto Walton descrevia o assassinato brutal das duas garotas.

— Gerald explicou por que achava que Adam era inocente?

— Ele disse que North Falls era pequena demais; e Adam, grande demais. Por causa do podcast, todo mundo conhecia o rosto dele. Não tinha como ele se aproximar de uma adolescente. A mesma multidão que estava do lado de fora da casa o teria caçado até o fim do mundo.

Emmy duvidava que o pai tivesse usado tantas palavras, mas aquilo soava exatamente como o tipo de percepção que Gerald teria. Ele claramente havia desenvolvido essa teoria na longa caminhada pela entrada da casa. Só que a bala do revólver de Paul o impedira de compartilhá-la com Emmy.

— Virgil obviamente percebeu a mesma coisa. Sabia que não poderia culpar Adam de novo — disse Walton.

— Por que está dizendo que é óbvio?

— Porque sei como Virgil pensa. Já disse que sempre fui a saída de emergência dele. — Outro dar de ombros. — Quando Adam colocou aquele maldito martelo na mesa da cozinha, foi como um desafio. Eu sabia que Virgil viria atrás de mim.

— Como o martelo poderia incriminar você?

— Meu DNA está nele todo. Virgil sempre usava luvas, nunca ficava sem camisinha, estava sempre depilado, sabia exatamente o que encontrariam.

— Walton soltou uma risada amarga. — E, se não encontrassem, sabia como fazer parecer que sim.

Emmy não tinha dúvidas de que ele estava certo. Tinha confiado completamente na análise de Virgil.

— Por que ele guardava todas as provas? A papelada, os troféus... estavam guardados à vista de todos.

— Era assim que ele jogava o jogo. — Walton quase soava invejoso. — Até pouco tempo atrás, Peggy morava na casa. Tudo o que ela precisava fazer era descer a escada. Mas nunca descobriu. Confiava nele. Todo mundo confiava nele: Gerald, Emmy Lou, o padre Trask, a cidade inteira. Ele se excitava com a enganação. Dá uma adrenalina saber que você é mais esperto que todo mundo.

Jude não apontou que, no fim, ele não tinha sido tão esperto assim.

— E doze anos atrás? Foi ideia de Virgil incriminar Adam pelo assassinato de Cheyenne e Madison?

— Ninguém armou para ele. — Walton parecia perplexo com a pergunta, apesar de ter usado a carteira de motorista do próprio filho exatamente para esse propósito. — Foi assim que aconteceu.

— E o colar de Cheyenne? — perguntou Jude. — Foi encontrado no seu quintal.

— Imagino que a explicação do Adam seja a verdade, Madison deu o colar para ele consertar. Ele vivia mexendo com esse tipo de coisa. Era muito bom com as mãos.

— Um colar quebrado foi encontrado na estrada onde Cheyenne foi atropelada.

— Ela devia estar usando outro — disse Walton. — Você precisa entender, Adam sempre esteve no lugar errado, na hora errada. A vida inteira, tudo o que ele fez foi estragar as coisas. Eu estava sempre tendo que acobertá-lo.

— Você não o acobertou doze anos atrás — disse Jude. — Ele foi condenado à morte. Poderia ter sido executado.

— Não tente enganar quem já conhece o jogo, querida. Você conhecia Adam desde sempre. — Walton cruzou os braços sobre o peito de novo. — Nós dois sempre soubemos que ele acabaria na prisão. A vida dele era um desastre. Vendia drogas para crianças. Não conseguia manter um emprego. Passava a maior parte do tempo bêbado. Eu tive que escolher: a vida dele ou a minha. Sei que não acha que meu trabalho de caridade tem valor, mas me orgulho de todo o bem que fiz. Cuidei das pessoas de quem ninguém mais cuidaria. E sabia que Adam abandonaria Alma. Eu precisava ficar fora da prisão para cuidar dela.

Cole se mexeu ao lado de Emmy. Fervia de raiva.

— O babaca só se importa com ele mesmo.

Emmy se manteve concentrada nos monitores. Jude olhou para o relógio. Estava controlando o tempo. Ainda havia muitos assassinatos a serem abordados.

— Que tal uma pausa para o banheiro?

— Sim, mas... — Walton tinha uma expressão hesitante. — Pode me dizer como Alma está?

Jude se virou para Seth. Ele pareceu surpreso. Era a primeira vez em horas que ela reconhecia a presença dele na sala.

— Agente Alexander, tem alguma atualização?

Seth baixou o bloco de notas e a caneta.

— Os médicos disseram que a dose de lidocaína que Walton lhe deu era tóxica, mas ela vai sobreviver.

Jude se voltou para Walton.

— Boa notícia, certo?

Ele não parecia aliviado. Tinha passado doze anos mantendo a esposa longe da polícia. Alma devia saber mais sobre seus crimes do que imaginava.

— Certo. Obrigado.

Emmy ouviu Cole resmungar de novo. Esperou até que Walton fosse escoltado para fora da sala de interrogatório antes de acender as luzes. Olhou para o filho.

— Você está bem, querido?

A mandíbula de Cole estava travada. O osso saltava como uma bigorna. Achou que ele iria descarregar mais raiva contra Walton Huntsinger, mas, em vez disso, ele disse:

— Você me mandou aquela mensagem sobre Virgil e depois não atendeu quando liguei. Você sempre atende minhas ligações.

Emmy sentiu um aperto no peito, mas não ia se deixar consumir por aquilo mais uma vez.

— Você tem razão, desculpe. Eu estava mal.

— Eufemismo — Cole riu.

— Sua avó detesta quando você omite sujeito e verbo nas frases.

O sorriso de Cole vacilou.

— Virgil estava bem na nossa frente o tempo todo.

— Se estava na sua, imagina na minha — lembrou Emmy. — Virgil era um psicopata. Enganou todos nós, a cidade inteira. A própria esposa e os filhos não faziam ideia do que ele fazia. Nem o vovô percebeu. Se está procurando alguém para culpar, somos todos culpados.

Cole não parecia convencido.

— Jude disse que pedófilos também manipulam as pessoas ao redor. Assim, quando uma criança diz que algo ruim está acontecendo, você acredita no pedófilo, não na criança.

— Ela está certa — disse Emmy, mas isso não a consolava. — Filho, você se lembra do que o vovô dizia sobre erros?

— Que eles podem nos dar uma oportunidade de perdoar.

Cole olhou para a sala de interrogatório vazia nos monitores. Ela percebeu que a determinação dele estava por um fio.

— Está começando a cair a ficha de que o vovô se foi. Daqui a alguns dias, estaremos no funeral dele.

— Olhe para mim.

Emmy girou a cadeira dele de frente para ela. Não conseguiu evitar arrumar a gola do filho. Ele não tinha abotoado de novo.

— Sei que deveria dizer para sentir o que quiser sentir, mas precisa extravasar tudo isso antes do funeral. Não vai ser um evento privado, muitas pessoas estarão de olho na gente. O governador vai estar lá, senadores, políticos, policiais de toda a região, câmeras de TV, fotógrafos. Vai ser difícil manter a compostura, mas eu estarei bem ao seu lado, e Tommy, Celia e o restante da família também. Precisa se lembrar de que é um Clifton. Mantenha a cabeça baixa e…

— Faça seu trabalho. — O aceno de cabeça que Cole deu foi curto, mas Emmy sabia que ele faria o que precisava ser feito. — E Jude? Ela vai estar lá?

Emmy ainda não tinha pensado nisso, mas já sabia a resposta.

— Isso depende dela. Não vou impedi-la.

— Nem eu. — Não havia alívio em sua expressão. — Preciso contar outra coisa, mas vai ser difícil.

Ela se preparou silenciosamente para mais uma má notícia.

— Desembuche.

— O que você fez para encontrar Paisley. A escolha que teve que fazer com Virgil. Só quero dizer que… — A mandíbula dele se moveu algumas vezes enquanto tentava conter a emoção. — Espero ser o mesmo tipo de policial que você um dia. Espero aprender a ser tão bom quanto você.

Emmy lutou contra as próprias emoções. Eles eram mesmo uma dupla, ela e o filho. Os dois sentados juntos em uma sala silenciosa, ambos lutando contra a vontade de chorar. Ela sabia que, em algum momento, precisaria consertar isso, tornar-se um porto seguro para Cole, assim como Gerald tinha sido para ela.

Mas não naquele dia.

— Filho, espero que nunca tenha que fazer essa escolha, mas sei que vai ser um bom policial. Você já está no caminho certo. Não poderia estar mais orgulhosa. Você é quase perfeito.

Emmy puxou a gola dele como quem aponta algo a ser melhorado. Depois, procurou uma forma de mudar de assunto. Estava frágil demais para continuar se mantendo um exemplo estoico. Felizmente, havia uma forma fácil de encerrar a parte difícil daquela conversa.

— Preciso contar uma coisa também. Não tem um jeito bom de dizer isso, então vou ser direta. Tommy e eu decidimos há algum tempo que, quando o vovô se fosse e a vovó precisasse ser transferida para a clínica, venderíamos a casa.

Cole se endireitou na cadeira.

— O quê?

— Você precisa tirar todas as suas coisas até o fim do mês.

— Mãe...

— Se fosse você, ligaria logo para o tio Penley. Celia me disse que Tommy não vai tirar a coleção de chapéus do quarto de hóspedes de jeito nenhum. — Emmy se levantou para sair. — Continue assistindo ao interrogatório. Avise se eu precisar ouvir algo.

— Mãe...

— Xerife interina — corrigiu Emmy, e isso foi o suficiente para calá-lo.

Emmy deixou a porta aberta para que o ar circulasse na sala abafada. Precisava checar e-mails, organizar a escala dos plantões, verificar os subdelegados. Sua mente se encheu de uma longa lista de tarefas enquanto começava a subir pelo corredor.

Seu corpo, no entanto, tinha outras ideias.

Sentiu um arrepio, um aviso primitivo. Não era o comichão nem o *não parece certo*, mas um luto latente que passara os últimos dias mantendo à distância. Seu escritório ficava no fim do corredor. O de Gerald, também. As luzes ainda estavam apagadas. A capa de chuva dele ainda pendia no cabide.

Ela empurrou a porta do banheiro feminino. Para sua surpresa, Jude estava parada diante da pia. As mãos apoiadas no balcão, a cabeça baixa. A interrogadora imperturbável e fria como gelo havia desaparecido. Lágrimas escorriam pelo rosto. Era como se cada palavra doentia e perversa que saíra da boca repugnante de Walton Huntsinger ao longo daquelas sete horas finalmente a tivesse atingido.

Emmy se sentiu profundamente envergonhada por testemunhar um momento tão íntimo. Começou a sair.

— Não vá — disse Jude.

Emmy se sentiu presa do lado errado da porta. Jude parecia destruída. De jeito nenhum iria querer que alguém a visse daquele jeito.

Jude riu do desconforto dela.

— Vejo que Myrna a ensinou a ter pavor de lágrimas.

— Acho que é uma predisposição genética — disse Emmy. — Tipo como algumas pessoas acham que coentro tem gosto de sabão.

— Isso é uma variação dos genes dos receptores olfatórios reagindo aos aldeídos nas folhas.

Jude também tinha aprendido alguns truques com Myrna. Parecia mais recomposta enquanto usava o dedo para ajeitar o delineador no espelho. Seus olhos encontraram o reflexo de Emmy. O banheiro estava vazio. Elas eram as únicas mulheres na delegacia.

— Está tudo bem sentir o que você sente.

— Claro.

Emmy não ia ficar analisando os próprios sentimentos no banheiro com a irmã mais velha e distante. Levou a conversa para um terreno mais seguro.

— Conseguimos pegar Dale por crime com resultado morte no caso de Cheyenne e Madison, certo?

— Sim.

Jude entrou na cabine para pegar papel higiênico.

— Ele deu apoio material a Virgil e Walton para os crimes. Limpou o Audi para ajudá-los a encobrir os assassinatos. Provavelmente vai aceitar um acordo para pegar prisão perpétua em troca de testemunhar contra Walton. A boa notícia é que Dale nunca mais vai machucar outra menina.

Emmy queria se sentir mais aliviada do que estava.

— E o Adam? Ele realmente foi enganado?

Jude limpou o nariz.

— Meu instinto diz que sim.

O de Emmy dizia o mesmo.

— Adam ainda vai ser preso por ameaçar a vida do Brett e por violar a condicional.

— E por estupro — acrescentou Jude. — Barbara Jericho merece justiça.

Emmy esperava que ela conseguisse.

— Dale Loudermilk estava nas mãos de Virgil. Provavelmente por mais do que a pornografia infantil no laptop. Pode ter vítimas no mundo real.

— Você tem razão.

Jude se apoiou no balcão.

— Vou falar com meus antigos chefes. Ver se me deixam pegar o caso do Dale como um projeto paralelo. Acho que consigo fazer ele falar.

— A prisão Dooly fica a só meia hora daqui. — Emmy deu de ombros. — Quer dizer, imaginei que você ficaria para o funeral do papai, mas...

— Tem certeza, Emmy?

O rosto impassível de Jude desapareceu de novo. Ela estava vulnerável, quase sem fôlego de tanta necessidade.

— Eu realmente gostaria de prestar minha última homenagem ao papai, mas não se isso for deixar você ou Cole desconfortáveis.

Emmy não suportava vê-la tão exposta.

— E o Tommy?

— Ele disse que tudo bem se não tiver problema para você.

Emmy sabia que podia contar com o irmão pelo menos para isso.

— Por mim, tudo bem.

— Obrigada.

Jude fez uma pausa, dando a si mesma mais um momento para se recompor.

— Olhe, sei que terapia é um tabu por aqui, mas vai precisar conversar com alguém sobre o que aconteceu com o Virgil. Não só por causa da traição. Matar uma pessoa é algo muito pesado.

— É. — Emmy ia encerrar o assunto. De todas as coisas em que não queria pensar, Virgil estava no topo da lista. — Quanto tempo acha que vai levar com Dale Loudermilk?

— O tempo que for necessário — disse Jude. — Acho que vou ficar por aqui por um tempo, de qualquer forma. Sei que somos estranhas uma para a outra, mas gostaria de mudar isso.

Emmy sentiu a terrível sensação de lágrimas ardendo nos olhos. O corpo estava se voltando contra ela de novo. Precisava dormir antes de desmoronar de vez.

— Você tem razão. Somos estranhas.

— Somos — concordou Jude. — Mas, às vezes, é bom ter uma estranha por perto, caso precise desabafar.

Emmy piscou, tentando conter as lágrimas. Em vez de ver Jude, viu o escritório de Gerald. A cadeira vazia. As fotos que ele mesmo tinha imprimido e emoldurado. De vez em quando, conversavam por cima das mesas, só os dois. As pessoas que nunca falavam com ninguém falavam uma com a outra.

— É.

Emmy enxugou os olhos ao voltar para o corredor. Tentou inspirar, mas a dor das costelas machucadas parecia uma barra de ferro quente pressionando seu peito. O número habitual de telefones tocava na sala da delegacia. A equipe de apoio do FBI e os voluntários já tinham ido embora. O turno da noite já patrulhava as ruas. Os dois detetives do xerife estavam em suas mesas. Foi só naquele momento que Emmy percebeu que era a única responsável pela força policial. Não havia mais alguém para apoiá-la. Ninguém a quem recorrer além de si mesma.

— Chefe Clifton?

Sherry Robertson parecia furiosa, o que significava que tinha visto o vídeo de Emmy e Hannah conversando no complexo carcerário.

— Posso falar com a senhora por um instante?

Sem pensar, Emmy fez um gesto para que a mulher entrasse na sua sala. Só percebeu o que havia feito quando já estava alcançando o interruptor de luz. As lâmpadas fluorescentes se acenderam com um estalo. Duas mesas, uma de frente para a outra. Uma cadeira dobrável que podia ser virada em qualquer direção para visitantes. Emmy olhou para o chão. As botas já haviam cruzado a porta. Não podia se sentar. Encostou-se na mesa e esperou.

— Imagino que não seja surpresa saber que vou precisar soltar Hannah Dalrymple.

Emmy não ia entrar naquela.

— E Paul?

Sherry cruzou os braços, mas não insistiu no caso de Hannah. Os agentes do DIG eram treinados para serem diplomáticos com a polícia local atrapalhada.

— Ele já está sóbrio e finalmente ouvindo os advogados. Querem tirar a pena de morte da mesa. Ele vai confessar ter atirado em Gerald se aceitarmos prisão perpétua sem direito a condicional.

Emmy sabia que um acordo significava que não haveria julgamento. Hannah não seria chamada a testemunhar sob juramento. Nenhuma testemunha subiria ao banco. Os advogados de defesa de Paul não tentariam desmontar o caso. Ele se declararia culpado pelo assassinato de Gerald e morreria na prisão.

— Já perguntou a Tommy o que ele acha?

— Ele disse que a decisão é sua.

Tommy nunca falhava.

— Aceite o acordo. Minha família já passou por muita coisa. A dele, também.

Não havia mais o que dizer. Sherry foi embora. Emmy fechou a porta.

Olhou para o escritório vazio. Fotos de Cole e Emmy de uniforme. Tommy de chapéu *porkpie*. Celia com o gato. Condecorações na parede. Uma foto do governador, outra do presidente. Não havia papelada na mesa de Gerald.

As últimas semanas tinham sido difíceis para ele. O câncer havia se espalhado para a coluna. Em alguns dias, a dor dificultava até se vestir pela manhã.

Emmy sabia que deveria tirar um momento para si. Permitir-se um tempo para o luto. Processar o que tinha perdido. Encontrar um jeito de superar. Em vez disso, pegou o celular no bolso e ligou para Dylan.

— Amor? — Ele parecia preocupado. — Você está bem?

Ela percebeu que ele não estava em pânico por causa da ligação. Parecia que uma eternidade havia se passado desde que Emmy tinha matado Virgil e encontrado Paisley. Para Dylan, tinham sido apenas algumas horas.

— Estou na delegacia. — Foi tudo o que conseguiu dizer.

— O DIG já a interrogou sobre o tiroteio? — Dylan tinha o tom de um advogado. — Eles não podem falar com você sem um representante.

— Meu representante sindical está a caminho.

Emmy sentiu a garganta apertar. Não havia ligado para falar sobre ter matado Virgil.

— Hannah vai ser solta.

Dylan precisou de um segundo.

— Como isso aconteceu?

— Eu me comprometi como testemunha ao falar com ela no circuito interno da prisão.

— Ce-erto. — Dylan alongou a palavra.

— Não é só isso. Ninguém conseguiu provar que as mãos dela estavam na arma quando o disparo aconteceu. O DIG não conseguiu construir o caso. Estão indo atrás do Paul. Os advogados estão convencendo-o a aceitar um acordo para evitar arriscar tudo no tribunal.

Assim como Jude, Dylan sabia como deixar o silêncio se prolongar, o que provavelmente dizia mais sobre Emmy do que sobre eles.

— Sei que essa é uma pergunta estúpida, mas como você se sente a respeito disso?

— Péssima — admitiu Emmy. — Gerald amava a Hannah. Ela foi minha melhor amiga desde sempre. Cole a adora. Paul era o marido dela. Eles têm um filho juntos. Davey já perdeu uma irmã para a violência, agora vai perder o pai. Ele quase perdeu a mãe.

— Todas essas afirmações são corretas.

Ele estava com aquele tom de advogado de novo.

— Estou na sala do meu pai pela primeira vez desde que ele morreu, e sei que, se começar a chorar, nunca mais vou parar.

Dessa vez, quando Dylan deixou o silêncio se instalar, Emmy soube que era porque estava chocado. A última vez que tinha falado com ele de forma tão aberta fora doze anos antes, em um dos corredores da escola.

Ela se obrigou a continuar:

— Esperei tanto tempo para eles morrerem. — Dizer aquelas palavras em voz alta fez Emmy se sentir um monstro, mas não podia negar a verdade. — Não que eu quisesse perdê-los, mas quando Myrna foi diagnosticada, começou essa contagem regressiva, e tudo o que ouvi desde então, todo dia, toda semana, todo mês e ano, foi esse tique-taque constante. Esperando que ela se esquecesse das coisas, de lugares e eventos e, por fim, de mim, do Tommy, do Cole e do papai.

Emmy se recostou na porta para se firmar.

— Aí meu pai foi diagnosticado com câncer, e ninguém conseguia nos dizer quanto tempo ele ainda teria, então outro relógio começou a contar, e eu não conseguia lidar com os dois ao mesmo tempo. Tivemos que ver o papai definhar aos poucos, enquanto, ao mesmo tempo, minha mãe nos assombrava como um fantasma dentro da própria casa, e ninguém podia nos dizer quando aquilo ia acabar. — Emmy precisou parar para engolir em seco. — Eu sinto tanta falta deles, Dylan. Passei tanto tempo com medo de perdê-los e, de repente, foi como se alguém tivesse estalado os dedos e os dois relógios parassem ao mesmo tempo, e eles simplesmente se foram. E o pior de tudo é que me sinto tão aliviada por isso enfim ter acabado, por não ter mais que conviver com esse maldito tique-taque o tempo todo.

Ela ouviu Dylan soltar um longo suspiro.

— Sinto muito, *cariño*. Às vezes, as coisas são uma merda e a gente tem que aceitar. Não há vergonha em se sentir aliviada quando a parte ruim acaba.

Ela limpou o nariz com a manga da blusa.

— Você faz jantar para mim?

— Meu amor, já é meia-noite.

Emmy olhou para o relógio. Ele estava certo. Ela tinha perdido a noção do tempo naquele quarto escuro com Cole. O terceiro dia desde a morte do pai já estava começando.

— Que tal um café da manhã? — propôs Dylan.

— Está bem.

Ela encerrou a ligação. Não podia desabar na frente da equipe. Limpou o nariz de novo. Largou o telefone na mesa. Seu peito doía como se tivesse uma faca enfiada nele, quando cedeu e se deixou cair na cadeira.

— Toc, toc.

Vanna Temple abriu a porta sem esperar permissão para entrar.

Ela olhou para o rosto de Emmy e perguntou:

— Hora ruim?

Emmy quase revirou os olhos. Nunca havia um bom momento para a esposa irritante de Brett. Principalmente porque ela estava grávida e presunçosa de novo.

— O que você quer, Vanna?

— Só vim deixar um uniforme limpo para Brett. Você anda fazendo ele trabalhar demais, mocinha.

Vanna se esforçou para se acomodar na cadeira dobrável. O vestido amarelo de bolinhas brancas parecia uma meia de sola antiderrapante esticada sobre a barriga.

— Aproveitei para passar aqui e avisar que Brett vai se candidatar a xerife.

Emmy pressionou os lábios. A pior parte daquela conversa era que, desde o início, a irmã tivera razão.

— Nós duas sabemos que você não quer esse cargo — disse Vanna. — Ninguém pode preencher o lugar do Gerald, mas Brett vai tentar fazer o melhor para deixar seu pai orgulhoso. Espero que ele tenha seu apoio.

Emmy ficou olhando para ela por um bom tempo, até ser desconfortável.

— E de onde você tirou que eu não quero o cargo?

— Ah, bem, é que é um trabalho difícil, não é?

— Você faz ideia do que foram os últimos três dias da minha vida?

Vanna riu, embora nada tivesse graça.

— Acho que esta cidade não está pronta para ter uma mulher como xerife.

— Esta cidade — repetiu Emmy. — Você quer dizer o Condado de Clifton, onde todos os Clifton vivem, não está pronto para ter outro Clifton como xerife?

— Ah, querida, isso não foi uma crítica a você. Só não é a ordem natural das coisas. — O dar de ombros despreocupado de Vanna implicava que aquilo estava além do controle delas. — Mulheres não lideram. Homens, sim. Eles são os caçadores. Nós somos as coletoras. Eles são nossos protetores. Precisamos deixar que nos protejam.

— De quem precisamos que nos protejam?

— O quê?

Emmy evocou sua melhor Myrna.

— De quem as mulheres precisam de proteção, Vanna?

Vanna obviamente sabia a resposta, já não estava mais rindo.

— Emmy, não seja ridícula.

— É xerife — disse Emmy. — Este é meu título agora. Eu era a subdelegada chefe antes. Agora, sou a xerife.

— Tudo bem, dá pra ver que não está em condições de conversar. — O sorriso de Vanna estava tenso. — Tenha um dia abençoado, *xerife*.

O impacto da despedida foi um pouco diminuído pela dificuldade em se levantar da cadeira. Vanna deixou a porta do escritório aberta. Emmy se levantou para fechá-la. Em vez de voltar para a própria mesa, empurrou o laptop de Gerald para o lado. Deu a si mesma um momento antes de se sentar na cadeira do pai.

Quando Emmy era criança, Gerald a levava para a delegacia para dar um descanso a Myrna. Ele a acomodava em sua mesa com lápis de cor e livros de colorir. Ligava o rádio para que ela não ouvisse as conversas com Virgil sobre os casos.

Ela sempre odiara colorir. Myrna não a tinha criado para ficar parada. Emmy passava a maior parte do tempo girando na cadeira do pai até ficar tonta. Depois, ficou mais velha e começou a passar todo o tempo livre com Hannah. Então Jonah apareceu. Depois, Emmy estava usando um uniforme de policial e sentada na sala da equipe. Por fim, sentada do outro lado da mesa do pai como subdelegada chefe.

Naquele momento, sentava-se na cadeira de Gerald porque precisava que suas costas ficassem contra a parede. Emmy não queria que ninguém visse o que estava fazendo.

Abriu o laptop. Acessou o backup na nuvem do celular. Selecionou o vídeo de três dias antes, gravado na rua, em frente à casa de Adam Huntsinger.

Emmy pressionou o *play*.

O rosto de Dervla Culpepper estava tensionado de arrogância enquanto filmava a multidão com seu iPhone. Ashleigh Ellis olhava para o relógio. Brandi Norton se ajoelhava para amarrar o sapato. A multidão começava a ficar inquieta novamente. Mães de calça legging. Homens com macacões de trabalho. Alguns retardatários de camisa social. Um total de 26 pessoas voláteis e imprevisíveis, com mais a caminho.

Quando começou a gravação, Hannah já estava lá. Gerald ainda não tinha saído de dentro da casa. Emmy queria registrar os rostos na multidão porque, às vezes, criminosos violentos tentavam se inserir nas investigações. Fingiam ser testemunhas, cidadãos preocupados ou meros espectadores. Às vezes, se ofereciam para sair da aposentadoria para ajudar no caso.

Ouviu-se uma tosse na sala da equipe. Emmy esperou para ter certeza de que ninguém ia na direção da sala. Baixou o volume quando Hannah perguntou: "Acha que Adam levou Paisley?".

Emmy deslizou o cursor para frente, passando direto pela conversa. Ainda conseguia se lembrar do impacto que sentira ao ouvir Hannah lhe dirigir uma pergunta direta. A agonia compartilhada de assistir a Gerald, lenta e dolorosamente, subir a entrada da casa. O calor reconfortante da mão de Hannah segurando a sua. O suor escorrendo do rosto do pai quando ele se apoiou na caixa de correio para recuperar o fôlego.

A visão da fragilidade de Gerald foi tão desconcertante que Emmy guardou o celular no bolso do colete sem interromper a gravação. A câmera continuou filmando por dezesseis minutos. Quando ela parou a filmagem, estava coberta de sangue, sentada dentro da viatura ao lado do filho.

Ela apertou a tecla para voltar o vídeo à velocidade normal.

Gerald segurava a caixa de correio como se fosse uma muleta. Ele estava tão visivelmente debilitado. A pele pálida. Não conseguia ficar ereto por causa das fraturas na coluna. A voz soava rouca quando disse à multidão: "Paisley Walker não está aqui. Vão para casa. Deixem a gente fazer nosso trabalho".

Emmy pulou alguns instantes adiante. Gerald se afastava da caixa de correio. Reunia a frieza que corria em suas veias. Endireitava-se. A tática funcionou. A maioria das pessoas estava se dispersando, mas Dervla Culpepper empurrou o celular na direção do rosto de Gerald. Ele parecia exausto ao responder à pergunta vazia dela: "Senhora, o caso contra Adam Huntsinger é...".

Hannah gritou o nome de Paul.

A câmera se virou junto com Emmy.

Os acontecimentos se deram tão rápido que lá, sozinha em sua sala, Emmy precisou desacelerar a reprodução para um quarto da velocidade para entender o que realmente tinha acontecido.

Paul apontara o revólver para o coração de Emmy. A multidão se dispersara. Pânico. Gritos. Choro. Empurrões. Cole corria à distância. O colete tremulava atrás dele. Então Hannah surgia na tela, lançando as mãos para pegar a arma.

Emmy se inclinou mais para perto da tela. Reduziu a velocidade do vídeo ao mínimo.

Assistiu ao dedo indicador da mão esquerda de Hannah acidentalmente escorregar pelo arco do gatilho no exato momento em que Paul disparou o revólver. O cano subiu e desviou a trajetória da bala, que passou direto por Emmy e atingiu o peito de Gerald.

Emmy pausou o vídeo. Respirou fundo. Recostou-se na cadeira do pai.

Hannah havia salvado sua vida.

Sherry Robertson diria que Hannah também tinha ajudado a tirar a vida de Gerald.

Emmy encarou a imagem pausada. A fumaça ainda se espalhava pela boca do revólver. Ela não precisava ver o restante. Os detalhes do assassinato do pai ficariam com ela para sempre.

Arrastou o arquivo para a lixeira. Apertou a opção de exclusão permanente. Compraria um novo celular no dia seguinte, submergiria o antigo na água até que os circuitos morressem. Ninguém jamais veria aquele vídeo. Ninguém além de Emmy e Hannah jamais saberia o que realmente havia acontecido.

Um segundo. Uma reação rápida. Um momento fatal no tempo.

Perder algo precioso. Apegar-se a um casamento ruim. Tentar proteger um filho.

Emmy sabia exatamente como era isso.

Ela também sabia que erros podiam ser um motivo para o perdão.

DOZE DIAS DEPOIS

CAPÍTULO VINTE

Jude sentou-se ao lado da cama da mãe. As luzes estavam apagadas, mas os feixes de luz do sol que entravam entre as persianas meio fechadas se moviam lentamente pelo chão. Myrna dormia quando ela entrou, o que, de todas as formas, era um presente. Quarenta e dois anos haviam se passado desde a última vez que se viram. Jude era quase vinte anos mais velha do que Myrna era naquele dia distante. O choque de encontrar a mãe tão debilitada era quase insuportável. Ela se lembrava de uma mulher imponente, intimidadora. Uma pessoa que citava Nathaniel Hawthorne para descrever sua roupa ou sacava uma caneta vermelha para corrigir o cartão que recebera de Dia das Mães.

Aquela Myrna não era a mulher idosa que definhava em uma cama de hospital. Ela parecia tão pequena, tão vulnerável. A pele estava quase translúcida. Veias azuladas cruzavam as pálpebras. A cor dos lábios lembrava as hortênsias rosa-claro que ainda cresciam no jardim da casa antiga.

Treze dias antes, Jude havia refinado um excelente discurso durante o voo de cinco horas de São Francisco, na viagem de três horas até North Falls e enquanto caminhava os últimos metros até a funerária de Milo, onde o pai jazia morto. O discurso era breve, porque a mãe nunca fora dada a solilóquios floridos. A maior parte era estruturada em uma série de pedidos, porque Jude havia presumido que Myrna, como sempre, controlaria o equilíbrio do poder.

Vai me deixar vê-la? Vai me deixar falar com ela? Vai me deixar enterrar meu luto?

Anos de terapia ajudaram Jude a atravessar tantos momentos sombrios de sua vida. A noite em que Adam Huntsinger a estuprara. O fato de ter começado a beber excessivamente para anestesiar a dor. A perda de Henry para o rio Flint. Os muitos dias de espera até que o corpo dele fosse encontrado. Ver Gerald se afogar na bebida. Assistir a Myrna desmoronar. Presenciar a evolução final da invisibilidade de Tommy. A culpa que Jude sempre carregaria por sua pequena participação na morte do irmão.

Era muita coisa para processar, mas nenhuma dessas sessões a levou ao ponto de se perdoar por ter desistido de seu bebê.

Quarenta e dois anos antes, Jude estava no auge do vício em álcool. Quase não havia conseguido se formar no ensino médio. Myrna e Gerald finalmente a tinham expulsado de casa. Ninguém sabia que ela estava grávida. Ela mesma mal admitia isso. Estava instável, sem teto, vivendo no carro que havia roubado da tia Millie. Tinha ido até Memphis para tentar uma carreira musical que nunca aconteceria. Ignorou a gravidez até que fosse tarde demais para fazer qualquer coisa além de seguir em frente.

De alguma forma, por algum milagre, Jude estava completamente sóbria quando deu à luz. Diferente da maioria das mulheres, lembrava-se de quase todos os detalhes daquela fria manhã de novembro. Especialmente da enfermeira gentil que a avisara de que a polícia estava a caminho da maternidade. Queriam interrogá-la a respeito de um atropelamento em que o carro de Millie fora visto fugindo do local.

A enfermeira deu uma sacola de plástico a Jude com algumas fraldas e leite em pó. O sangue ainda escorria por suas pernas quando ela fugiu pelo acesso das ambulâncias. A bebê nem sequer tinha nome. Nenhuma certidão de nascimento. Nenhum registro. Apenas uma mãe alcoólatra que vivia em um carro roubado havia sete meses.

Jude ainda não sabia por que não abandonara a criança no hospital. Não era ingênua o suficiente para acreditar que seu coração se enchera de alegria na primeira vez que segurou a bebê. Esse momento só veio horas depois. Jude parou no acostamento para dormir. A bebê começou a berrar como uma sirene. Jude tentou de tudo: alimentar, trocar, implorar, suplicar. Então ligou o rádio, e Emmy Lou Harris estava cantando "Sweet Dreams".

Quando Henry e Jude eram crianças, Gerald às vezes os levava para a delegacia por algumas horas, para que Myrna tivesse um tempo sozinha em casa. Ele espalhava lápis de cor e livros de colorir sobre a mesa para distraí-los. Depois, colocava um disco para que não ouvissem as conversas sobre os casos com seus subdelegados.

Emmy Lou Harris era a favorita dele. Jude sabia de cor todas as músicas de cada álbum. Naquela manhã fria e escura, no acostamento de uma estrada nos arredores de Memphis, ela embalou Emmy Lou nos braços e cantou a canção mais suave que conseguiu. Ao chegar à última estrofe, apenas Jude chorava. Ela não conseguia superar a delicadeza dos cílios de Emmy Lou. O azul límpido e impressionante dos olhos dela. O contorno perfeito dos lábios. O cheiro gostoso da cabeça. O toque insistente do coração pulsando em sua mão.

Quando fugiu do hospital, tudo em que Jude pensava era escapar da polícia. Mas aquele momento no carro, com Emmy Lou, deu-lhe uma direção. Jude começou a dirigir para o sul. Começou a fazer planos. Iria para a faculdade. Criaria sua filha. Seria professora como a mãe. Reconquistaria o respeito de Gerald. Quando cruzou a divisa do condado de Clifton, sentia-se eufórica com todas as possibilidades.

Tudo isso mudou quando Gerald abriu a porta.

O frio era cortante, mas ele não a deixou entrar. Myrna, sem dizer uma palavra, levou Emmy Lou para aquecê-la na cozinha. Millie e o padre Nate estavam sentados à mesa para a partida de cartas semanal. Gerald tinha mandado Jude esperar na varanda e fechado a porta na cara dela.

Ela se sentiu como um filhote abandonado ao olhar pela janela da pia. Ninguém retribuiu o olhar. Myrna colocou Emmy Lou no ombro. Sua mandíbula estava tensa, o osso projetado, enquanto fitava a porta da geladeira. Jude não ouvia o que diziam, mas a conversa foi curta. Todos assentiram em silêncio, em um consenso mudo. Então Gerald e Myrna abriram a porta e anunciaram a decisão. Disfarçaram como uma escolha, mas na verdade era um ultimato: Jude poderia ir embora com Emmy Lou, ou Jude iria e Emmy Lou ficaria.

Olhando para trás, ela sabia que nunca a deixariam levar a bebê. Era uma mãe solteira, alcoólatra, morando em um carro roubado. Mas, então, Gerald prometeu que pararia de beber, e Myrna prometeu que amaria sua filha.

E Jude prometeu aos pais que nunca mais colocaria os pés no condado de Clifton até que ambos estivessem mortos.

Sons vindos do corredor interromperam seus pensamentos. Duas mulheres conversavam, pratos e talheres se chocavam. Myrna mexeu a mão, mas apenas para empurrar o lençol para longe do pescoço. A luz do sol se aproximava da cama. Jude se levantou para ajustar as persianas. Acabou fitando o estacionamento por entre as frestas.

Pensou em algo que Emmy tinha perguntado diante da casa de Carol Walker: por que Jude dedicara décadas de sua vida a reunir crianças perdidas com os pais, mas nunca havia tentado voltar para Myrna e Gerald?

Era uma boa pergunta, mas não captava o verdadeiro propósito dos 27 anos de carreira de Jude.

As doze fotos de meninas assassinadas na parede da sala, as viagens exaustivas de ida e volta para a prisão de Folsom, as incontáveis horas com Freddy Henley, os anos de busca em Pinnacles. As trilhas. As rotas de escalada. As áreas de nidificação. As cavernas e fendas que serviam de lar para pelo menos treze espécies de morcegos. O paredão Ressurection. O Cânion Frog. A Garganta Bear. O Pico Hawkins. A formação rochosa Machete. Tanya Butler, Natalie Daniels, Honora Rios, Wanda Trochek, Mary Kay Morris, Valerie Lydelle, Jennifer Wu, Mandy Crull, Johna Blackmon, Kayse Nguyen, Steph Haver, Darlene Talbot.

Jude não encontrara as garotas e mulheres que Freddy Henley assassinara. Encontrara seus ossos. Suas cinzas. Seus dentes quebrados. A missão nunca foi reunir um pai com uma criança perdida. Foi dar a esses pais algo que ela nunca teve: um lugar para enterrar o luto.

Ela se afastou da janela. Myrna ainda dormia. O barulho no corredor diminuíra, mas alguém forçava a maçaneta. Jude estava prestes a abrir a porta quando se escancarou.

— Millie Clifton! — anunciou Millie, sugando todo o oxigênio do quarto de Myrna.

As luzes se acenderam. Ela viu Jude e fez uma careta.

— Você me deve três mil dólares pelo carro que roubou.

— Vendi para uma prostituta por seiscentos dólares na Califórnia.

— Dessa vez, só aceito dinheiro, espertinha. Não vai me deixar com um cheque sem fundos de novo.

A única surpresa de Jude foi que Millie não estava cobrando juros.

— Como eles fizeram isso, Millie? Myrna só apareceu com...

— Xiu!

Millie pressionou um dedo retorcido nos lábios de Jude, obrigando-a a parar. Depois, cambaleou pelo quarto com os braços estendidos como o monstro de Frankenstein, presumivelmente para se segurar caso caísse. Agarrou-se à mesinha de cabeceira. Pegou o controle remoto, apontou para a TV. *Gunsmoke* tremulou na tela. Miss Kitty e Doc estavam ao lado de uma diligência. Millie aumentou o volume até um nível desconfortável. Soltou o controle, então voltou a se arrastar pelo quarto.

Jude retomou de onde havia parado.

— Myrna só apareceu com um recém-nascido e ninguém fez perguntas?

— Perguntar o quê? — retrucou Millie, como se a própria ideia fosse um insulto. — Myrna escorregou no gelo e quebrou a perna enquanto estávamos visitando os primos Coleman. Descobrimos que ela estava grávida quando a levamos ao médico. Gerald a levou para casa para se recuperar. Dissemos a todos que ela estava de cama, não conseguia descer a escada. Eu passava lá todos os dias para checar. As pessoas deixavam caçarolas e tortas, mas você sabe como ela podia ser arisca. Não havia tanta gente assim querendo vê-la pessoalmente.

Jude sabia que, pelo menos essa parte, era verdade.

— Foi tão simples assim?

— Por que não seria? — Millie deu de ombros, descartando as mentiras. — Gerald disse a todos que Emmy Lou tinha nascido antes que ele conseguisse levar Myrna ao hospital. O tio Rudy arranjou uma certidão de nascimento. Eu publiquei o anúncio no jornal. A mãe de Taybee doou uma das fotos antigas de bebê dela. A tia Pauline deixou Myrna tirar l icença de um ano da escola para cuidar dela. Emmy Lou era grande para a idade, mas o tio Enoch lembrou a todos que os Coleman sempre foram grandalhões.

Jude havia esquecido como os Clifton mentiam com facilidade para proteger uns aos outros.

— E, assim, eu desapareci.

— Esse foi o acordo que você fez. — Millie cutucou o peito de Jude com o dedo. — Agora é minha vez. Você quebrou sua palavra. Gerald morreu, mas Myrna ainda está aqui. Pelo menos o corpo dela está. Por que voltou? Diga a que veio.

Jude teve vontade de rir naquela cara de maçã enrugada.

— Eu não lhe devo satisfações.

— Quem mais vai ouvir? Agora só restamos eu e Nate. Todo mundo morreu. Ninguém sabe que você a largou e nunca mais olhou para trás.

Jude se esforçou para manter a voz baixa.

— Você faz ideia de quantas vezes eu quis voltar para casa?

Millie bufou, incrédula.

Tentar se justificar para aquela velha venenosa era loucura, mas Jude não conseguiu se conter. Tinha fuçado a vida de Emmy por anos pelo *North Falls Herald* e nas páginas de Facebook de Celia e Tommy. Tinha feito tantos planos, comprado tantas passagens de avião, escrito tantos e-mails e cartas que jamais enviara.

— Eu sabia que ela era feliz — disse Jude. — Sabia que papai manteve a promessa de ficar sóbrio. Que cuidou dela. Que mamãe a amou incondicionalmente. Que Tommy e Celia a protegeram. Que ela teve um filho lindo e incrível, meu neto. E eu sacrifiquei o que queria, o que desejava, o que precisava para me curar, porque não queria destruir isso. Por ela. Por Cole. Por todos eles.

— Pois veja só, que santa.

— Pode apostar que sou. — A raiva acendeu-se sozinha. Millie só conhecera Martha, a criança. Nunca conhecera Jude, a mulher. — Acha que não pensei em contar a ela? Ela acabou de perder Gerald, faz treze dias. Nos últimos seis anos, vem perdendo a única pessoa que conheceu como mãe. Não vou aparecer depois de quatro décadas e tentar substituir Myrna. Ela não merece isso. Mamãe criou uma garota linda, inteligente e maravilhosa. Ela merece a morte mais tranquila que puder ter.

— Olhe só quem quer ser uma boa filha agora.

— Se você não consegue ver que sempre amei meus pais, então não entende como o amor funciona.

Millie ergueu uma sobrancelha fina.

— Você nunca vai contar a ela?

— Pra quê?

A questão rondava a mente de Jude desde que chegara a Clifton. Ela tinha concluído que a única pessoa que se beneficiaria com a verdade era ela mesma, o que significava que não havia benefício algum.

— Se eu puder estar na vida de Emmy como irmã, isso basta. E se está esperando que eu pague penitência, você mais do que ninguém sabe que, às vezes, saber um segredo é mais difícil do que o guardar.

— Imagino que tenha aprendido essa baboseira psicológica lá na Califórnia. — Millie voltou a franzir a testa, mas pelo menos estava recuando. — Vou lhe dar um conselho, querida. Melhor tomar cuidado com essa garota. Ela é mais esperta que você. Vai descobrir o que aconteceu. E aí, o que você vai fazer?

Jude desistiu.

— Não sei, Millie. Tem muita coisa acontecendo na vida dela. Talvez possamos ajudar uma à outra.

— Ah, não!

As duas se viraram ao som da voz de Myrna.

— Olhem! — Ela apontava para a televisão. — Chester caiu do cavalo!

— Ele está bem! — gritou Millie. — Ele está subindo de novo! Ele está bem!

Jude mal ouviu a troca de palavras. Myrna estava acordada. Olhava para ela com um sorriso educado nos lábios. Jude sorriu de volta, mas não havia o menor traço de reconhecimento. Sua mãe poderia estar olhando para uma funcionária ou uma estranha de passagem. O momento durou menos de um segundo. O olhar de Myrna voltou para a televisão.

— É estúpido ter esperanças desse tipo.

Millie nunca perdia a chance de girar a faca na ferida. Cambaleou até o controle remoto para ajustar o volume para um nível mais suportável.

— Ela não reconhece você.

Jude teve que engolir o luto antes de falar.

— Ela reconhece você?

— Não, mas eu pareço mais velha que a avó dela, então não quer ser mal-educada.

Jude percebeu a tristeza na voz de Millie. Deve ter sido difícil sobreviver a todas as pessoas importantes em sua vida. Ela tentou amenizar as coisas da maneira dos Clifton.

— Honestamente, estou chocada que você ainda esteja de pé.

Millie gargalhou.

— Não mais do que *mim*.

— Eu — corrigiu Myrna. — Não mais do que *eu*.

A risada leve de Emmy precedeu sua entrada no quarto. Ela deu a Jude o aceno de cabeça habitual. O uniforme estava amassado. O pulso torcido, envolto em uma tala. Segurava uma antiga lista telefônica junto ao peito.

— Mamãe nunca vai se esquecer de ser pedante.

Jude sorriu, mas viu Emmy olhar para Myrna com a mesma esperança de reconhecimento. Nada. Nunca mais haveria. Ela realmente tinha partido.

Emmy pigarreou exatamente como Jude fizera antes. Colocou a lista telefônica sobre a mesa. Disse a Millie:

— Deixou isso no carro.

— Acho que estou no lugar certo para perder meus parafusos. — Millie caminhou como um Frankenstein até a cadeira e praticamente desabou no assento. — Diga a Kaitlynn para me trazer um pouco de raiz-forte quando vier me buscar. Ah, e picles, mas não o pote grande. Não quero que estrague na geladeira.

— Sim, senhora.

Emmy fez um gesto para que Jude a seguisse para o corredor. Como de costume, mergulhou direto no trabalho.

— Os federais estão transferindo Walton Huntsinger para Atlanta. Ele concordou em falar com os Texas Rangers sobre o caso Hidalgo. Aparentemente a vítima era filha de um senador. Há muita pressão para resolver o caso.

Jude fechou a porta para não precisar gritar mais alto que o som de *Gunsmoke*.

— Falei com meu contato no Centro. Eles têm três outros casos possíveis que coincidem com as viagens que Walton fez com os Tooth Troopers. Fizeram teste de DNA em todos. Se conseguirmos uma correspondência com Walton, isso nos levará a um total de dezenove vítimas.

— Jesus — sussurrou Emmy.

— Vai piorar — alertou Jude. — Walton vem machucando pessoas há muito tempo.

A tensão se refletiu na testa de Emmy.

— E Virgil?

— O FBI está usando reconhecimento facial para escanear imagens de câmeras de segurança em aeroportos menores em um raio de oitocentos quilômetros do condado de Clifton. Já o encontraram embarcando no Augusta Regional e em Punta Gorda, na Flórida. Estava usando uma carteira de motorista roubada de um vigarista cumprindo pena na prisão estadual de Calhoun. A foto era muito parecida. Ele não conseguiu isso por acaso.

— Calhoun fica perto da fronteira com o Alabama.

— Estamos coordenando com o Departamento de Investigação Estadual — disse Jude. — O DIG está entrevistando funcionários em Calhoun para descobrir quem vendeu a carteira para ele.

— As viagens clandestinas de Virgil coincidem com as de Walton?

— Algumas — disse Jude. — Mas precisa saber que até recentemente Virgil viajava para apresentar seus cavalos. Acho que ele agia sozinho. Não tenho dúvidas de que deixou um rastro de casos não resolvidos. Vai ser mais difícil com Virgil. Ele entendia de manipulação de evidências. Tenho certeza de que cobriu os rastros. Talvez nunca saibamos quantas garotas e mulheres ele machucou.

A mandíbula de Emmy se contraiu, o osso projetando-se do mesmo jeito que o de Myrna. Ela olhou para o fim do corredor. A traição de Virgil era uma ferida que não cicatrizaria tão cedo. Jude reparou nos cílios delicados de Emmy quando ela piscou para afastar as lágrimas.

— Certo — disse. — Preciso sair deste prédio.

Jude esperava uma de suas saídas abruptas, mas Emmy acenou para que a seguisse pelo corredor. Elas passaram direto pelo elevador e seguiram para a escada. Ambas foram criadas por uma mulher que não acreditava em perder tempo. Jude segurou-se no corrimão para descer com segurança. As botas de motoqueiro e a calça tinham ficado no hotel. O salto e o terninho eram vestígios da vida anterior.

Emmy analisou a roupa enquanto fazia a curva no patamar.

— A Hillary Clinton sabe que roubou o guarda-roupa dela?

— O Andy Taylor sabe que você roubou o dele?

Emmy lançou um olhar vazio para Jude.

— Quem é Andy Taylor?

— Parabéns. Você finalmente encontrou um jeito de me machucar. — Jude a seguiu escada abaixo. — Estive em Dooly hoje de manhã, conversando com Dale Loudermilk. Ele não me daria atenção se aparecesse de calça jeans e jaqueta de motoqueira. É assim que ele acha que uma agente se veste, então é assim que eu tenho que me vestir.

Emma tinha parado no patamar seguinte.

— O que ele disse?

— Falamos principalmente de música, mas uma hora vou conseguir fazer ele ceder e me contar o que sabe.

— Acho que você tem o direito de parecer tão confiante.

— Fiz eletivas de Música na graduação. Estou revisando as aulas de música clássica para manter o interesse dele. — Jude desceu o restante da escada para se juntar a Emmy no patamar. — Quando você prende um psicopata, a personalidade dele tende a se apagar. A prisão é solitária. Ficam entediados o tempo todo. Você precisa se lembrar de que, quando estão lá fora, cada emoção que demonstram, cada ação, é algo que estão espelhando. Eles não sabem como ser boas pessoas, então roubam essas características das pessoas ao redor. Eu vou espelhar Dale até ele confessar.

— Essa descrição me parece familiar.

— Virgil Ingram era definitivamente um psicopata.

Emmy olhou para a tala no pulso e ajustou a tira de velcro.

Jude havia aprendido a reconhecer as manifestações físicas do desconforto de Emmy. O jeito como ela pressionava os lábios. A tentativa óbvia de controlar a respiração. As mudanças abruptas de assunto que confundiam a mente. O pigarrear, mexer no celular ou, recentemente, ajustar a tala.

— Você conseguiu algum momento de paz com Myrna? — perguntou Emmy.

A tristeza dela era tão palpável que Jude a sentiu no peito.

— Quando as pessoas morrem, o relacionamento com elas não acaba. Você encontra novas formas de se conectar.

— Acho que nunca vou parar de ouvir a voz do papai na minha cabeça, mas com ela… — O olhar de Emmy passou por Jude, fixando-se na escada. — É difícil vê-la na cama o dia todo. Ela sempre estava com pressa. Seguir em frente. Fazer planos. Fazer algo. Mas ela aceitou a doença. No começo, era gerenciável, depois ficou um pouco ruim, depois muito ruim, e então pior ainda. Foram anos, mas agora parece que tudo aconteceu em minutos.

Esses eram os momentos mais difíceis com Emmy, essa inconstância em que Jude não sabia se o silêncio iria ajudar ou se deveria insistir com cuidado. Matar Virgil era um fardo que Emmy sempre iria carregar, mas aquele ato de autopreservação apenas se somava ao peso ainda maior de perder Gerald e acompanhar, passo a passo, a lenta marcha de Myrna em direção ao túmulo.

— Eu morava em São Francisco no final dos anos 1990, quando surgiram os inibidores de protease — começou Jude. — Foram os primeiros medicamentos capazes de impedir que o HIV levasse à AIDS. De repente, todos aqueles homens e seus cuidadores, que viviam em um limbo, lidando com a incerteza diária de esperar adoecer ou morrer, receberam a vida de volta. Eles estavam felizes, obviamente, mas os níveis de depressão e ansiedade dispararam. Tinham vivido sob a pressão da incerteza por tanto tempo que não sabiam mais como viver. Chamaram isso de Síndrome de Lázaro. Voltar dos mortos.

Emmy pressionou os lábios. Jude continuou:

— Você cuidou de Myrna e Gerald por muito tempo. Está tudo bem ser feliz. Apoie-se nas pessoas ao seu redor. Permita-se respirar.

— Por que quando o papai falava comigo parecia conselho, mas quando você fala parece um biscoito da sorte?

Jude deu de ombros.

— Pelo menos eu uso advérbios.

Emmy começou a descer o próximo lance de escadas. Ficou em silêncio até chegar à saída. Então, virou-se para Jude e disse:

— Eu sei quem é Andy Taylor. Myrna me tirou mais cedo da escola um dia porque estava passando o episódio dos picles.

Do lado de fora, o sol cortava as nuvens como uma navalha. Jude procurou os óculos escuros enquanto seguia Emmy por um caminho sinuoso até o pequeno jardim com vista para o lago. Pássaros cantavam nas árvores. Patos caminhavam pela parte rasa. Todos os bancos estavam vazios, pois aquele não era o tipo de lugar em que os pacientes passavam muito tempo ao ar livre.

Jude sentou-se a uma das mesas de concreto. Sentiu um leve arrepio com a brisa vinda da água.

— Como Paisley está?

— Ela está indo. — Emmy sentou-se à frente de Jude e puxou a tala novamente. — Os médicos acham que ela vai conseguir andar, com auxílio. Não sabem dizer quanto do movimento da mão ela vai recuperar. A parte psicológica é incerta. Eu disse à Carol e ao Elijah que falaria com ela quando estivesse pronta, mas não sei como ela vai se recuperar do que aconteceu.

— Ou você se recupera, ou não.

Jude tirou os óculos escuros. Não podia perder a oportunidade de fazer Emmy se abrir sobre Virgil.

— A negação tem uma péssima reputação, mas pode ser muito útil como algo temporário. O problema começa quando você permanece nela, porque o trauma não desaparece, só se armazena no corpo, ainda mais em crianças.

Quanto mais tentam reprimi-lo, mais o corpo encontra formas de trazê-lo de volta à tona.

Emmy prestava atenção.

— Como?

Jude tentou não soar como se estivesse dando uma palestra.

— Pessoas com traumas têm mais propensão a enfrentar problemas de saúde mental, desenvolver vícios e se automutilar. E há também o componente físico. Com o tempo, o trauma pode alterar a química do cérebro, causar doenças autoimunes, problemas cardíacos, às vezes até encurtar a expectativa de vida.

Emmy pressionou os lábios novamente.

— Não estamos mais falando de Paisley, não é?

Jude entrelaçou as mãos no colo para evitar segurar as de Emmy. Os últimos doze dias tinham sido cheios de evasões quando o assunto sobre o que havia acontecido no porão de Virgil surgia. Ela rezou em silêncio para que Emmy finalmente estivesse pronta para falar.

Emmy respirou fundo e virou o rosto para a água. Jude achou que fosse se fechar, mas ela sempre a surpreendia.

— Quando Adam saiu da prisão, comecei a ter sonhos em que encontrava Madison e Cheyenne na água. Fiquei tão aliviada quando pararam, mas agora o sonho envolve a morte de Virgil. — Emmy piscou repetidas vezes, afastando lágrimas que jamais deixaria cair. — Eu o vi entrar e soube quase na mesma hora que ia atirar nele. Isso nunca tinha acontecido antes. Não estou dizendo que não consigo fazer meu trabalho, mas normalmente, quando a situação aperta, eu sinto o peso. Fico tão ansiosa que me esqueço de respirar. Mas, com Virgil, não foi assim.

Elas se olharam quando Emmy desviou o olhar da água.

— Senti uma calma absoluta no corpo. Estava tranquila. Sabia exatamente o que fazer. Minhas mãos não tremiam. Meu coração não disparou. Eu enxerguei com total clareza que era ele ou eu. E fiz o que papai sempre me ensinou a fazer. Fiz meu trabalho. Puxei o gatilho e matei um homem que conhecia desde pequena, e não senti absolutamente nada.

— O que aconteceu depois?

Emmy soltou uma risada curta, mais de choque do que qualquer outra coisa.

— Jesus, eu odeio quando você está certa. Saí e vomitei até revirar o estômago do avesso.

Jude seguiu o exemplo de Emmy e respirou fundo, buscando calma.

— Essa calma que você sentiu é uma resposta ao trauma. Existem apenas três reações possíveis: lutar, fugir ou congelar. Você sabe o que fugir enquadra: correr.

Congelar costuma ser descrito como dissociação. Sua mente vai para outro lugar para que não tenha que processar o que está acontecendo com seu corpo. Com Virgil, seu cérebro escolheu lutar. A dopamina inundou o centro de recompensa para reforçar seu comportamento, porque era necessário para sua sobrevivência.

Mais uma vez, Emmy prestava muita atenção.

— Sentir-se invencível pode ser prazeroso. O problema é quando você começa a buscar esses comportamentos para receber a mesma dose de dopamina. Você começa a testar limites, a se colocar em risco, tomar decisões ruins pela adrenalina, se machucar no processo.

— Parece um vício.

— É exatamente como um vício. Ambos funcionam nos mesmos caminhos de recompensa. Ambos podem alterar a estrutura do cérebro e mudar a forma como ele processa informações. — Jude deu de ombros. — Por que acha que eu era tão boa no meu trabalho? Assassinos em série também passam por isso.

O olhar de Emmy se iluminou em surpresa.

— Conte-me.

— Algumas pessoas acham que assassinos em série cometem erros porque querem ser pegos, mas a verdade é que estão tão desesperados quanto qualquer outro viciado. Na primeira vez que matam, sentem uma euforia intensa. Na segunda, é bom, mas já não é igual à primeira. O cérebro cria uma tolerância. Então, eles começam a buscar essa sensação, testando limites, tornando-se mais sádicos, mais perversos, para desencadear aquela mesma resposta. O desespero faz com que sejam descuidados. Tudo o que importa é sentir aquele êxtase outra vez.

— Como os alcoólatras.

— Como eu. Eu corri riscos estúpidos e me coloquei em situações ruins. Perdi coisas que importavam. Coisas que eram preciosas. Coisas que ainda são.

Emmy voltou a mexer nos fechos de velcro.

— Aquilo que você perguntou... Jonah não batia em mim. Ele me empurrou escada abaixo quando estava grávida, e me senti completamente vulnerável. Presa, se quer saber a verdade, porque tínhamos Cole entre nós. Depois disso, deixei que ele fizesse o que quisesse. Essa é a parte vergonhosa. Ele não precisava me bater porque eu sempre cedia.

A dor no coração de Jude parecia vidro se estilhaçando em milhões de pedaços. Ela devia ter ficado por perto. Podia ter protegido Emmy.

— Emmy Lou, desculpe por ter perdido tanto da sua vida.

Emmy franziu a testa.

— Há nem duas semanas, você nem sabia que eu existia.

Jude sentiu o perigo de voar perto demais do sol. Conteve-se.

— Você devia usar "menos de" com essa construção de frase.

Dessa vez, Emmy não riu. Respirou fundo e segurou o ar nos pulmões por muito tempo.

— Na noite em que Cheyenne e Madison desapareceram, papai me disse uma coisa, e só depois percebi que ele estava falando de você.

Jude voltou o olhar para o lago. A dissociação sempre fora seu mecanismo favorito. Tentou se ancorar no presente. Observou a tala no pulso de Emmy. A pulseira branca do relógio dela. O distintivo em forma de estrela de Xerife do Condado de Clifton, que ela só recentemente havia prendido no uniforme.

Jude repetiu a frase de Emmy.

— Conte-me.

— Estávamos falando de erros, e papai disse que havia cometido todos os erros grandes logo no começo. Que era rígido demais. Que afastou pessoas da vida dele, mas que não podia mudar o que aconteceu, e que era tarde demais para pedir desculpa. Disse que precisou se ensinar a ser diferente. A aprender a perdoar.

Jude voltou a encarar a água.

— Papai era um grande defensor do perdão — continuou Emmy. — Aos outros. A si mesmo. Acho que o que ele estava dizendo era que havia se passado tempo demais para que um pedido de desculpa resolvesse as coisas entre vocês. A forma que encontrou de compensar isso foi mudar de vida. Parar de beber. Ser uma pessoa melhor. Aprender a perdoar.

A sinceridade na voz de Emmy era de partir o coração, mas tudo em que Jude conseguia pensar era que um homem que teve força para mudar de vida, que construiu o próprio caráter em cima do perdão, havia desistido da filha que mandara embora.

— Tenho pensado naquela estatística que você citou sobre sequestros duplos de crianças. Que *menos de* vinte casos assim foram registrados nos Estados Unidos desde os anos 1970. Você literalmente escreveu o livro sobre sequestros infantis. Sabia sobre Cheyenne e Madison. Por que não voltou para casa doze anos atrás?

— É uma boa pergunta — disse Jude, apenas para ganhar tempo e formular uma resposta. — Duas crianças vulneráveis tinham sido sequestradas. Não parecia o momento certo para uma reunião surpresa da família Clifton. Você e papai precisavam se concentrar na investigação. Eu não ia explorar a situação para fazer tudo girar em torno de mim.

— Certo — disse Emmy, mas não ficou claro se aceitava a explicação ou apenas estava mudando de assunto. — Finalmente consegui entrar no escritório do papai, lá em casa.

Jude estudou o rosto dela. Aquilo não parecia mais uma das típicas mudanças de assunto aleatórias de Emmy.

— Deve ter sido difícil.

— Essa não é a questão — disse Emmy. — Vou precisar ser direta, porque é a única forma que sei falar isso. Alguns meses atrás, papai pediu para Cole o ensinar a usar a impressora. Achamos que estava imprimindo fotos, mas encontrei um álbum no armário dele. Havia imprimido vários artigos sobre você. O último dizia que você finalmente tinha encontrado a menina Talbot.

Jude teve a impressão de que o mundo tinha sido arrancado de debaixo dos seus pés.

— Não sei como, mas ele deve ter ido fundo na pesquisa. Você se esforçou muito para manter seu nome fora do caso Freddy Henley, mas papai a encontrou.

Ela não conseguiu responder. O pai havia acompanhado sua carreira. Sabia que Jude havia quebrado Freddy. Que tinha encontrado o corpo das vítimas. Que tinha levado todas elas para casa.

— Tem mais — disse Emmy.

Jude riu para ter um motivo para não chorar.

— Na manhã em que papai foi morto, ele estava escrevendo uma carta. Cole e eu entramos na sala e ele a escondeu dentro de uma pasta. Depois fomos para a casa de Adam Huntsinger e... — Emmy deu de ombros. — Ele nunca teve a chance de terminá-la. Não está claro para quem era, mas acho que era para você.

O coração de Jude começou a martelar como uma caixa de bateria. Ela observou Emmy enfiar a mão no bolso de trás e tirar uma folha de caderno dobrada. Jude abriu a bolsa, prolongando o ato de pegar os óculos de leitura, abrindo o estojo. Sua mão tremia um pouco quando os colocou. Desdobrou o papel. Viu a data. A caligrafia antiquada de Gerald.

Querida Filha,

Achei que teria um milhão de palavras para lhe dizer, mas agora que estou sentado para escrevê-las, só tenho três. Eu sinto

Jude leu de novo. Virou a página. Nada no verso.

— É só isso? "Eu sinto" e mais nada?

— Sim — disse Emmy. — Tipo um *Mad Libs* mórbido.

— Orgulho — completou Jude, porque sabia que Gerald não havia endereçado a carta a ela.

Emmy morava na casa dele, sempre a chamara de filha.

— Essa é a terceira palavra. Ele queria que você soubesse que estava orgulhoso.

— Não, acho que a terceira palavra era "muito". Ele estava escrevendo para você. Estava dizendo "eu sinto muito".

Jude apreciava a generosidade, mas sabia que era um exagero.

— Nunca saberemos.

— Talvez — disse Emmy. — Mas pedidos de desculpas estavam na cabeça do papai naquela manhã. Ele chamou Tommy e eu para o escritório para dizer que ia internar Myrna. Disse que ela já tinha partido. Que a mulher que foi nossa mãe estava morta. E pediu desculpas a nós dois por ter demorado tanto para colocá-la neste lugar horrível.

Jude colocou a carta sobre a mesa entre elas.

— Fico feliz que ele tenha tirado essa decisão das suas costas. É uma escolha difícil de se fazer.

— Você está me enchendo de clichês e eu estou tentando lhe dar respostas. — Emmy parecia frustrada. — Depois que papai foi baleado, tivemos um momento antes que ele morresse. Ele estava me olhando, e não parecia confuso ou desorientado. Ele estava lá comigo, e disse: "Diga à sua mãe que eu sinto muito".

O mundo girou de novo. Jude se forçou a manter contato visual com Emmy, mesmo quando o suor frio começou a brotar. Emmy tinha descoberto? Estava tentando dizer que sabia?

— Contei para a mamãe alguns dias depois.

A respiração de Jude ficou presa no peito. As mãos tremiam.

— Eu me senti uma idiota, mas contei. Ela não fazia ideia do que eu estava falando. Mamãe não se lembra de mim, muito menos de que sou filha dela.

Jude tentou se recompor. A culpa que sentia por manter segredo fazia a mente saltar para as conclusões erradas. Comportava-se como uma suspeita durante um interrogatório. Prestes a cometer um erro estúpido.

— O que estou deixando passar?

— O óbvio. Pense bem. Papai já tinha pedido desculpas a mim e a Tommy naquela manhã. Depois, mandou que eu dissesse à mamãe que sentia muito. Isso só deixa você. Papai escreveu a carta de desculpas para você. — Emmy desdobrou o papel, alisando-o sobre o concreto. — "Querida filha, eu sinto muito."

O vento ergueu as pontas da folha. Jude tirou os óculos de leitura. Dobrou-os de volta no estojo. Era Emmy quem deixava algo passar. Na manhã de sua morte, Gerald Clifton dissera que a esposa estava, essencialmente, morta. Ele sabia, enquanto jazia na rua, que a própria vida se aproximava do fim. O acordo que fizera 42 anos antes finalmente se cumpriria. Jude havia prometido que não pisaria no condado de Clifton até que os pais estivessem mortos. O que significava que Gerald não estava pedindo perdão a Myrna.

Ele estava pedindo perdão à mãe de Emmy. Jude.

— Droga. — Emmy tirou o celular do bolso para ler uma mensagem. — Taybee me escalou para levar salada de batata para o jantar na casa dela. Ela está perguntando se você pode fazer ovos recheados. Tenho as receitas da Myrna. Podemos ajudar uma à outra, se quiser.

Jude olhou para o azul límpido e impressionante dos olhos da filha.

— Certo.

AGRADECIMENTOS

Os primeiros agradecimentos sempre vão para Kate Elton e Victoria Sanders — vinte e cinco anos, cara. Como assim?

Também gostaria de agradecer à minha confreira, Bernadette Baker-Baughman, assim como a Diane Dickensheid, Christine Kelder e à equipe na VSA. Obrigada também a Hilary Zaitz Michael por trazer a magia.

Na William Morrow, agradecimentos especiais a Emily Krump, Liate Stehlik, Heidi Richter-Ginger, Jessica Cozzi, Rachel Berquist, Jen Hart, Kaitlin Harri, Chantal Restivo-Alessi e Julianna Wojcik. Na HarperCollins mundial, muito obrigada a Jan-Joris Keijzer, Miranda Mettes, Kathryn Cheshire e por último, mas não menos importante, à incrivelmente erudita e incessantemente determinada srta. Liz Dawson.

Para pesquisa: David Harper dedicou a paciência e a gentileza habituais ao responder às minhas perguntas médicas peculiares. John Capo e Charity Norton opinaram sobre importantes detalhes jurídicos. Sherry Lang foi incrivelmente prestativa com seus conhecimentos de investigações de raptos e sequestro. PS ajudou com a hierarquia da polícia, questões processuais e as coisas que me fazem parecer mais entendida do que realmente sou. Maggie Cherneff e Christina Lim, da Snap, responderam a algumas perguntas importantes de segurança. Agradeço a todos aqui nomeados e aos não nomeados por me emprestarem sua expertise. Obviamente, quaisquer erros são meus.

Leo Berry-Lawhorn venceu o leilão "Nomeie um Personagem", do Charitybuzz, e deu a honra duvidosa a Michael Berry-Lawhorn, e espero que esteja feliz com sua transformação em uma roupa de proteção.

Ao meu pai, estou feliz que ainda esteja aqui. Para D.A. — nunca sou tão feliz como quando estou com você.

Este livro foi impresso pela Vozes, em 2025, para a HarperCollins Brasil. O papel do miolo é avena 70 g/m², e o da capa é cartão 250 g/m².